Ostgoten Saga

Ostgoten Saga

Nach der »Origo Gothica«,
dem Geschichtswerk der Amaler
im 6. Jahrhundert

Herausgegeben, übersetzt und kommentiert
von Hans-Jürgen Hube

marixverlag

Bibliografische Information der Deutschen Nationalbibliothek
Die Deutsche Nationalbibliothek verzeichnet diese Publikation
in der Deutschen Nationalbibliografie; detaillierte bibliografische
Daten sind im Internet über http://dnb.d-nb.de abrufbar.

Der vorliegende Text wurde behutsam revidiert und
neu übertragen nach folgenden Ausgaben:
Lat. Jordanes-Text: Monumenta Germaniae Historica, Iordanis, Romano et Getica,
hrsg. von Th. Mommsen, Berlin 1882
Der dt. Text u.a. nach der Gotengeschichte des Jordanes nebst Auszügen aus seiner
Römischen Geschichte in der Übersetzung von W. Martens, Leipzig 1884
Covergestaltung: Nicole Ehlers, marixverlag GmbH
Bildnachweis: akg-images GmbH, Berlin
Lektorat: Etel Brüning, Kaltenkirchen und Dietmar Urmes, Bottrop
Satz und Bearbeitung: Medienservice Martin Feiß, Pößneck
Gesetzt in der Adobe Jenson Pro
Gesamtherstellung: CPI books GmbH, Ulm
Printed in Germany

ISBN: 978-3-86539-248-0

www.marixverlag.de

Inhalt

Vorwort

Was wissen wir wirklich über unsere germanischen Vorfahren in alter Zeit, etwa über die Goten, die angeblich aus Skandinavien stammen sollen? Stammeslegenden geben uns undeutliche Kunde über die Goten. Als Germanist und Skandinavist an der Berliner Humboldt-Universität hatte ich oftmals Fragen der Studenten über das rätselhafte Volk der Ostgoten zu beantworten und habe, sobald ich das Gotische des Bischofs Wulfila mit dem modernen Schwedischen, mehr aber noch mit dem »gutnischen« Dialekt auf der Insel Gotland, verglich, eine Ähnlichkeit zwischen diesen Sprachen konstatiert, die verblüffend war. Geht man von diesen Übereinstimmungen aus, so kann man schon meinen, dass die »Origo Gothica« aus dem sechsten Jahrhundert mit ihrer gotischen Herkunftssage aus Skandinavien Recht hat. Kamen die Goten tatsächlich aus Skandinavien, oder siedelten sie ursprünglich seit jeher am Südufer der Ostsee und breiteten sich von da nur immer weiter nach Norden und natürlich noch weit mehr nach Süden aus? Saßen *Geten* vielleicht schon lange vor Christi Geburt in Südosteuropa? Viele Generationen von Althistorikern und Altgermanisten haben sich schon mit dieser Fragestellung beschäftigt, und bei neueren Autoren deutet sich wohl immer mehr ein Kompromiss an. Es kann reizvoll sein, auf alte Sagen, Legenden und Überlieferungen zurückzugehen, ihre Angaben mit neuen Erkenntnissen zu verbinden, Verborgenes hinter den alten Geschichten zu entdecken und sich in die Welt des Altertums, in die spätere Zeit der Völkerwanderung mit ihren »Hunnenstürmen« und »Gotenkämpfen«, bis hinunter in die Ägäis, ja bis nach Kleinasien, hineinzuversetzen, das immer stabiler werdende Königtum der Amaler, eines Hauptstammes der Ostgoten,[1]

1 Ostgoten: Ostrogoten, Greutungen. Die in den Lehrbüchern gängige Bezeichnung für einen Teil des ostgermanischen Volkes der Goten, der sich ab 269 n. Chr. unter dem Königsgeschlecht der *Amaler* von den Westgoten trennte, um 270–280 einen Vielvölkerstaat unter Ermanarich (gest. nach 370) in der Ukraine bildete. Dieser eher sagenhafte Staat erreichte seine größte Ausdehnung über das ganze europäische Russland und unterlag 375 den Hunnen, worauf sich die Ostgoten an den *Dnjepr* und von hier bis in die Nähe der *Donau* zurückzogen. Ein Teil von ihnen überschritt unter *Radagais* (gest. 406) die Donau. 454 lösten sich die Ostgoten von der hunnischen Vorherrschaft und erhielten als Verbündete des Kaisers Markian Wohnsitze in Pannonien, wo sie offenbar zum *arianischen* Christentum übertraten. 489 fielen

näher zu betrachten und mit unseren heutigen Geschichtskenntnissen zu konfrontieren. Beginnen wir mit einem Zitat:

»Von der Insel Skandza als einer Völkerwerkstatt oder Gebärerin von Stämmen, daran erinnert man sich, sind die Goten einstmals mit ihrem König Berig ausgewandert. Sogleich, als sie ihre Schiffe verließen und an Land waren, gaben sie dem neuen Ort einen Namen. Und dieser heißt unterdessen noch heute, wie man berichtet, *Gothi-Skandza*. Von da aus rückten sie bald vor gegen die Sitze der *Ulm-Rugier*, die damals am Meer wohnten, führten Krieg mit ihnen, lieferten ihnen manch ein Gefecht und vertrieben sie aus dem Land. Ihre Nachbarn, die *Vandalen*, haben sie schon damals unterworfen, und sie zwangen sie durch ihre Siege, sich ihnen anzuschließen.«

Das ist der Anfang der *amalischen* Stammeskunde, die Cassiodor aufgezeichnet hat und Jordanes schließlich der Nachwelt überlieferte. Theoderich der Große, der bedeutendste aller Ostgoten, ging noch im sechsten Jahrhundert davon aus, dass sein Amalergeschlecht aus Skandinavien stamme und die weiten Wege von der Weichselmündung über Hinterpommern ins Donaugebiet und weiter bis zum Nordufer des Schwarzen Meeres gezogen sei, von da später nach Pannonien in Ungarn und endlich nach Italien gelangt sei. Warum soll man dieser Stammessage nicht Glauben schenken? Mit gewaltigem Aufwand haben Forscher die skandinavische Gotenherkunft verteidigt. Viele jüngere Forscher bezweifeln das. Das Bild einer gotischen Völkerwanderung quer durch Europa hatte stets etwas Anziehendes, und wird diese These heute abgelehnt, dann breitet sich Enttäuschung aus.

Eine offenbar vielhundertjährige Geschichte weisen die Ostgoten bis zum Untergang ihres Staatswesens in Italien im Jahre 555 auf, und es war wohl die Amalersippe, die über alle Zusammenbrüche hinweg den Gotennamen aufrecht erhielt und tief in die Heldensage eingedrungen ist. Man denke nur an Ermanarich oder an Dietrich von Bern, dessen Sagengestalt auf Theoderich den Großen zurückgeht, wenn auch ganz andere Personen mit diesem Dietrich verschmolzen sind, wie uns bei-

sie unter Theoderich dem Großen auf Veranlassung des oströmischen Kaisers *Zenon* in Italien ein. Nach dem Sieg über Odoaker bestand das rechtlich zum Römischen Reich gehörende *Ostgotenreich* einschließlich Siziliens, Dalamatiens, der Alpenländer und Slawoniens unter Königen wie Theoderich, Vitigis, Hildebad, Erarich, Totila und Teja bis ca. 555, als die byzantinischen Feldherrn Belisar und Narses es zerschlugen.

spielsweise die nordische Thidrekssage gelehrt hat. Die skandinavische Herkunft entwickelte von jeher eine starke Anziehungskraft, wenn sie auch nur sagenhaft in der »Origo Gothica« des Cassiodor und später in der Zusammenfassung des Balkangoten Jordanes aufscheint.

In diesem vorliegenden Buch wird nochmals nach der »Kunde der Alten« und nach »Geschichten, die man sich erzählt« die überlieferte Darstellung des genialen Theoderich-Ministers Cassiodor und des gotischen Historikers Jordanes als die »Saga der Ostgoten« vorgeführt, untersetzt und ausgebaut mit vielen weiteren Legenden und Heldensagen, jedoch auch kritisch hinterfragt nach dem Wissensstand gegenwärtiger Ostgotenforschung.[2] Gerade heute wieder wird in populären Filmen, Fernsehsendungen und kleineren Buchgeschichten die »heroische Zeit« der Goten etwas verklärt vorgetragen und gefährlich dicht an die Germanen-Manie des vorigen Jahrhunderts angelehnt. Da vernimmt man, dass schon um Christi Geburt im fernen Rom von dem wilden, barbarischen, aber herrischen Volk der Geten am »Ende der Welt« geredet wurde, dass man solche Völkerschaften einige Jahrhunderte später förmlich mit den *Hunnen* verglich und deren zeitweilige Verbrüderung fürchtete. Schon einige frühe römische Schriftsteller wussten davon, dass die Goten zeitweise die Küste des heutigen Polen und die Weichselregion besiedelten und ihr Land »Gothiskandza« nannten.

Das Volk der Goten am »Ende der Welt«, an der polnischen Ostseeküste, wurde nur zu oft in allerlei Heldengeschichten hochstilisiert und in den Himmel gehoben. Und in der Nazizeit sah man in den Goten gern einen der Hauptstämme der germanischen »arischen« Rasse. Was hat es mit all den Legenden und Sagen wirklich auf sich? Wie kamen die Ostgoten nach Italien, um dort ihr germanisches Reich zu gründen, das doch nur so kurze Zeit Bestand hatte?

Dieses vorliegende Buch möchte auf neue und andere Weise von den Schicksalen der Ostgoten, ihrem Bündnis mit den Hunnen und den Kämpfen gegen andere Volksstämme berichten, wobei die »Origo Gothica« eine so wichtige Rolle spielt. Leider ist Cassiodors Haupt-

2 Vgl. T. S. Burns, *A history of the Ostrogoths*, Bloomington 1984; vgl. A. S. Christensen, *Cassiodorus, Jordanes and the History of the Goths*. Studies in a Migration Myth. Kopenhagen 2002; vgl. P. Heather, *The Goths*, *The peoples of Europe*. Oxford 1996.

werk über die Goten verloren gegangen, sodass uns nur das Werk des Jordanes zur Verfügung steht, der viele Teile exzerpierte, aber auch vieles Wesentliche ausließ oder verkürzte.

Mit nur drei Booten seien die Goten übers Meer gefahren, um dem »ewig finsteren und unwirtlichen Norden« zu entfliehen. Aus Skandinavien, jener *Vagina nationum*, dem »Schoß der Völker« seien die Goten über die Ostsee ausgewandert, um die Küste des heutigen Polen und die Weichselregion zu besiedeln. »Gothiskandza« wurde zur »zweiten Heimat« der Goten. Die Goten-Saga ist ein großer Mythos. Ihre vermutete Herkunft aus dem hohen Norden gab den Goten in der Antike Prestige und eine besondere Identität. Einen klangvollen Namen behielten die Goten schließlich bis heute. In Etappen zogen die Goten seit dem 2. Jahrhundert die Weichsel aufwärts. Anfänglich gingen wohl nur einzelne kleinere Sippenverbände auf die Reise. Aber Generation für Generation ließ sich nun stets eine kürzere Strecke weiter südlich nieder. Bei ihnen gab es in der Frühzeit keinen Massenexodus wie gut 200 Jahre zuvor bei den Kimbern und Teutonen, die zu Zehntausenden den großen Treck bildeten, das Römerreich in Gefahr brachten und vernichtet wurden. Die Goten suchten zunächst stets flussaufwärts nach besseren Siedlungsplätzen. Archäologen stießen bei Maslomesc in Südpolen auf ihre Spuren, sie machten einen sensationellen Fund, denn sie entdeckten ein gotisches Bootsgrab. Darin war eine Gotin sitzend bestattet worden, gleichsam auf einer Ruderbank. In Grodek am Fluss Bug legte man einen ganzen Gotenfriedhof frei. Einige hundert Skelette liegen hier eng beieinander. Im Unterschied zu anderen Germanen wurden die Männer ohne Schwerter und Dolche beigesetzt, ein Charakteristikum der Goten. Vielleicht, so glaubten sie, erlaubten ihre Götter keinerlei Waffengebrauch im Jenseits. Die Goten, die hier begraben wurden, waren wohl noch gänzlich unbedeutend. Erst später, in der eigentlichen Völkerwanderungszeit, ging der Gotenname in die große Geschichte ein. Mitunter helfen die Gräber weiter, wenn die historischen Quellen zu spärlich sind oder gar schweigen. Der reichhaltige Schmuck in den polnischen Gräbern zeugt von weitreichenden Handelsbeziehungen, sie erstreckten sich vom hohen Norden bis in ferne südliche Länder. Aus Nordafrika und Palästina stammten bunte Glasperlen. Sie wurden bei Gotinnen an der Weichsel als wertvoller Schmuck wiederentdeckt. Die Goten verfertigten u. a. Gegenstände aus Hirschhorn, die sie ins Römische Reich exportierten. Dafür erhielten sie kostbare Essenzen aus dem Vorderen Orient, nachgewiesen in den Parfümbehältern. Die Verlockungen der römischen Kultur, vor allem der Drang nach Beute, trugen dazu bei, dass die Goten das Weichselgebiet verließen und südwärts aufbrachen. Um 175 nach Christus begann im heutigen Polen der lange Marsch der Goten, der sie entlang der Weichsel in Richtung Donau und Schwarzes Meer bis an den Don führte. Nach einigen Menschenaltern sollten sie zum Umsturz der antiken Welt beitragen. Doch noch befanden sie sich weit außerhalb des römischen Horizonts.

Dieses Buch über die Ostgoten wertet Cassiodors »Origo Gothica« und andere Quellen aus, bringt eine Nacherzählung der spätantiken Überlieferungen, geht auf die Rolle der Hunnen als zeitweilige Herren der Ostgoten ein, reichert den mitunter dürftig überlieferten Stoff mit zahlreichen Anmerkungen und Ergänzungen an, untersucht auch die römische Geschichte der Völkerwanderungszeit und berichtet schließlich davon, wie die oströmischen Generäle, u. a. Belisar und Narses, im Auftrag des byzantinischen Kaisers der Ostgotenherrschaft in Italien – nicht lange nach dem Tode Theoderichs – ein Ende bereiteten. Beim vorliegenden Text handelt es sich um eine Neuübersetzung auf der Grundlage einer Textübertragung von W. Martens[3] aus dem Jahre 1884, die auf Mommsens Ausgabe beruht.

In den Fußnoten und anderen längeren historischen und sagengeschichtlichen Ergänzungen (kurze Zusätze im originalen Jordanes-Text selbst stehen jeweils in eckigen Klammern), im ausführlichen Nachwort, im Literaturverzeichnis und im Register sind weitere Informationen über die langen, beschwerlichen aber auch erstaunlichen Wege der Ostgoten enthalten, die dem interessierten Leser die Lektüre erleichtern. Bei der Ausarbeitung war mir meine Frau Erika Hube eine große Hilfe.

Berlin, im März 2010 Hans-Jürgen Hube

3 Jordanes: Gotengeschichte nebst Auszügen aus seiner Römischen Geschichte. Übers. v. Wilhelm Martens. – 1884 – nach *Monumenta Germaniae Historica, Iordanis, Romana et Getica*, Hrsg. v. Th. Mommsen, Berlin 1882.

Mythos auf des Königs Geheiß

Was ist die »Origo Gothica«?

Wir werden im Verlauf unserer Darstellung über die Ostgoten noch mancherlei Überliefertes in unseren Mythen und Sagen in Erfahrung bringen. Leider haben die Sänger, die an den ostgotischen Fürstenhöfen in Heldenliedern über die Taten ihrer Vorfahren erzählten, nichts Schriftliches hinterlassen, und damit sind wir auf die spärlichen schriftlichen Überlieferungen antiker Autoren angewiesen. Aber über die Ostgoten gibt es eine recht ausführliche Saga, die in der geschriebenen Geschichte des frühen Mittelalters als »Getica« oder als »Gotengeschichte des Jordanes« bekannt geworden ist.

Diese Memoria, diese gotische Stammeskunde oder »Origo Gothica« hat ursprünglich Cassiodor aufgezeichnet und Jordanes hat sie der Nachwelt überliefert, wie wir im Weiteren darstellen wollen. Ostgotenkönig Theoderich der Große verlangte noch im sechsten Jahrhundert, dass sein Geschlecht, das – wie er meinte – aus Skandinavien stamme und den weiten Weg über Hinterpommern und das Weichselgebiet ans Schwarze Meer und von dort nach Pannonien und Mösien und schließlich nach Italien eingeschlagen habe, genügend durch eine »Origo Gothica«, durch eine schöne Stammes- und Herkunftsgeschichte, gewürdigt werden müsse.

Zu diesem Zweck beauftragte er einen seiner vornehmsten Minister in Ravenna, eben jenen Cassiodor, eine »Gotengeschichte« nach dem Vorbild römischer Geschichtswerke auszuarbeiten und ihm vorzulegen. Cassiodor war Theoderichs Vertrauter, und er machte sich bald an die Arbeit, indem er zahlreiche ältere Autoren, die etwas über das Gotenreich zu Papier gebracht hatten, heranzog und eine vielbändige Goten-Memoria in Angriff nahm. Wir wären sehr froh, wenn wir diese wichtige Arbeit des Ministers heute noch hätten. Doch leider haben wir nur eine gekürzte und an mancherlei Stellen unglaubwürdige Gotengeschichte eines gewissen Jordanes, auf die wir uns stützen können.

Ehe wir diesen Jordanes-Text zur Kenntnis nehmen wollen – natürlich in Abschnitten und unterbrochen von unseren Kommentaren aus heutiger Sicht – erscheint es zweckmäßig, das wenige, was man über Cassiodor und Jordanes heute weiß, hier vorzustellen.

Überliefertes über Cassiodorus und Jordanes

Cassiodor hieß mit vollständigem Namen *Flavius Magnus Aurelius Cassiodorus Senator,* war ein römischer Staatsmann, Gelehrter und Schriftsteller. Er wurde um 485 in Scylaceum [heute Squillace] geboren. Das ist eine Gemeinde in der Provinz Catanzaro in Kalabrien (Süditalien). Er starb um 580 im Kloster Vivarium bei Scylaceum. Er entstammte einer vornehmen römischen Familie, bekleidete verschiedene hohe Ämter im italischen Reich der Ostgoten und wurde 507 in ungewöhnlich jungen Jahren *Quaestor sacri palatii,* d. h. Geheimschreiber in der Kanzlei Theoderichs des Großen. Er diente noch in anderen hohen Ämtern, unter anderen als *Magister officiorum* und als *Praefectus praetorio.* All diese spätrömischen Ämter wurden von den Ostgoten nach ihrer Eroberung Italiens seit 489 beibehalten. Cassiodor setzte sich für eine Aussöhnung zwischen Römern und Ostgoten ein und entwickelte dabei ein starkes Interesse für die Herkunft dieses Volkes. Nach Theoderichs Tod 526 leitete Cassiodor unter der Regentschaft von dessen Tochter Amalasuintha die Zivilverwaltung Italiens. Nach dem Beginn der oströmischen Wiedereroberung Italiens unter Kaiser Justinian und den Thronwirren nach König Athalarichs Tod zog er sich um 540 von allen Staatsgeschäften zurück. Nach längerem Aufenthalt in Ravenna und Konstantinopel gründete er 554 auf den väterlichen Gütern das Kloster *Vivarium.*

Am Ende der Spätantike waren große Teile der antiken Literatur verloren gegangen. Als hervorragende Leistung Cassiodors wird immer gewürdigt werden, dass er – neben Boëthius und in der Nachfolge von Quintus Aurelius Memmius Symmachus – bedeutendes Schrifttum und Bildungsgut der Antike bewahrte und der Nachwelt vermittelte. Aus seiner Kenntnis der Handschriften der antiken Literatur verfasste er mit seiner Schrift »Institutiones divinarum et saecularium litterarum« u. a. eine Anleitung für das Abschreiben von Handschriften und erklärte deren Sammlung zur Aufgabe der Mönche. Die Abschriften hat er archiviert und zur ersten mittelalterlichen Bibliothek zusammengefasst. Ihre Größe wird mit etwa 100 Codices angegeben, und das zeigt im Vergleich mit den 120 000 Büchern der 475 in Konstantinopel abgebrannten letzten antiken Bibliothek das Ausmaß des kulturellen Verfalls in Cassiodors Zeitalter. Unter Cassiodors zahlreichen Schriften ist auch eine knappe Weltchronik erhalten, die bis 519 reicht und wegen der Konsulardatierungen wichtig ist. Ebenfalls noch vorhanden sind Aktenstücke und Urkunden, die sogenannten *Variae*, die eine bedeutende Quelle über die Verwaltung des ostgotischen Königreichs bilden.

Seine »Geschichte der Goten« in zwölf Büchern, die er im Auftrag Theoderichs des Großen verfasste und unter Athalarich fertigstellte, ist völlig verloren gegangen, wurde aber von Jordanes in dessen »Getica« rezipiert, der die Urgeschichte der Goten idealisierte und mit Fiktivem ausschmückte. Benutzt man Cassiodors Gotengeschichte in der gekürzten Version des Jordanes, so ergeben sich natürlich Forschungsprobleme bezüglich der historischen Wahrheit, die im weiteren Verlauf dieses Buches erörtert werden sollen. Letztlich kommen wir dann zu der »Ostgoten Saga«, wie sie hier dargestellt wird. Cassiodor schrieb auch über theologische Fragen und gab Anleitungen zum Studium der Bibel sowie anderer grammatischer Schriften.

Der Balkangote Jordanes schrieb Latein

Auch Jordanes (mitunter: Jornandes, Iordanes, Iordanis; gestorben nach 552) war ein berühmter Gelehrter und Geschichtsschreiber in der Mitte des 6. Jahrhunderts. Über Jordanes' Leben ist relativ wenig bekannt. Er stammte offenbar aus dem gotischen Bevölkerungsteil der Balkanhalbinsel, er sprach gotisch und beherrschte neben Latein auch Griechisch, wenn auch das Latein, in dem seine Schrift vorliegt, nach Ausweis von Altphilologen nicht mehr das beste gewesen ist. Aus seinem Werk geht hervor, dass er Kontakte mit der senatorischen Oberschicht des Oströmischen Reiches pflegte. Als sicher kann gelten: Er war der Sohn eines wohlhabenden Goten namens *Alanoviiamuthis*, und zudem gilt er als der Enkelsohn eines weiteren gotischen Gelehrten namens Paria, der zunächst Schreiber bei dem Heerführer Kandak gewesen war, und dieser hatte einst *Skiren, Sadagaren* und *Alanen* nach Mösien geführt. An Jordanes Mitteilung, dass er ein *Gote* sei, gibt es keinen Grund zu zweifeln. Er gehörte wohl – wie schon Mommsen vermutete – zu den Nachkommen jener Skiren, Sadagaren oder Alanen, die, wenn sie auch anderen Stammes als die Goten waren, doch in ihrem neuen Wohnsitz gotische Namen und Sitten angenommen hatten; und sie waren nicht mit Theoderich nach Italien gezogen.

Daher könnte Jordanes allenfalls auch als der Nachkomme eines Alanen gelten, denn diese Namensform steckt ja wohl immerhin in dem Vaternamen »Alano-viiamuthis«. Ob Jordanes' Name wirklich als gotisch anzusehen ist, bleibt umstritten, aber immerhin hat man darin die Bestandteile *ibrs* (Eber) und *nandhs* (kühn) entdecken wollen, was zur Namensstruktur eines Germanen ja passen würde. Wie Jordanes selbst bezeugt, war er vor seiner »Bekehrung« der *Notarius* bei einem Militärführer namens Gunthiges oder Baza, einem Schwestersohn Kandaks, einem Sprössling des Amalergeschlechtes, also in einer ziemlich hohen Lebensstellung. Was seine conversio wirklich bedeutet, ist recht unklar. Mommsen vermutete, Jordanes sei nach dem Ende seiner Stellung als Notarius Mönch geworden und habe weiter in den früher bezeichneten Gegenden gelebt. Es dürfte aber eine andere Ansicht zutreffender sein, wonach Jordanes durch seine Bekehrung nicht bloß Mönch, sondern ein hoher geistlicher Würdenträger geworden ist. Und dieses stimmt überein mit dem Bischof Jordanes von Kroton, der sich 551 zusammen mit Papst Vigilius in Konstantinopel aufhielt.

Wie erwähnt, hat der damals über Italien herrschende Ostgotenkönig Theoderich der Große bereits um 520 den schon genannten Senator Cassiodor mit einer Niederschrift der Geschichte der Goten beauftragt. Diese Arbeit wurde jedoch erst 533, etwa sieben Jahre nach dem Tod Theoderichs († 526), veröffentlicht. In Kenntnis dieses Werkes schrieb dann um die Jahrhundertmitte Jordanes in Konstantinopel eine eigene, wohl stark gekürzte Version und ergänzte sie durch andere Quellen und aktuelle Ereignisse – inzwischen hatte der oströmische Kaiser Justinian I. zwei Kriege gegen die Goten geführt, und die Eroberung Italiens stand kurz vor dem Abschluss. Jordanes' Version »De origine actibusque Getarum«, nach Theodor Mommsen kurz »Getica«, genannt, blieb der Nachwelt erhalten; Cassiodors Gotengeschichte hingegen ging gänzlich verloren.

Jordanes' in lateinischer Sprache verfasste »Getica« (d. h. getische Geschichten, wahrscheinlich abgeschlossen bis zum 31. März 551 und veröffentlicht 551/552) stellen eine der wichtigsten Quellen zur gotischen Geschichte dar. Bewertet man sie richtig, so gilt doch vor allem, dass politische Gründe bei ihrer Niederschrift eine große Rolle spielten: Erstens wollte Theoderich gern das Monopol auf die gotische Geschichte besitzen, und deswegen wurden die durch die Ostgoten, genauer die Amaler, bewirkten Sagen und Legenden vor allem anderen herausgestrichen. Zweitens sollte der Versuch gemacht werden, die gotische Historie zu einem Teil der römischen werden zu lassen.[4] In Anlehnung an Cassiodor erklärt Jordanes ja, die Goten seien ursprünglich aus Skandinavien gekommen;[5] das aber war offensichtlich ein frommer Wunschtraum des »Amalers« Theoderich; denn man kann diese These archäologisch nur wenig untermauern. Darüber hinaus seien diese Gotenstämme identisch mit den in der Antike schon länger bekannten *Geten*, und dieser Irrtum erklärt ja auch den Titel »Getica« des Jordanes. Aber dennoch spielte und spielt der Herkunftsmythos, die sogenannte *Origo Gentis*, dabei eine erhebliche Rolle. Denn bestimmte Goten, man denke nur an das schwedische Öster- und Västergötland, an den Fluss Göta-Älv usw., sind sicherlich einst aus Skandinavien gekommen.

Überdies war Jordanes, wie viele griechische und römische Geschichtsschreiber, der Ansicht, die Goten gehörten zum Volk der Skythen. Es war nämlich eine Tradition der antiken Historiographie, den Begriff *Skythen* auf fast alle barbarischen Völker anzuwenden, die im Umkreis des Schwarzen Meeres auftauchten. So ist denn der Stammbaum der Amaler, der im Kapitel »Getica« 79 aufgeführt ist, eher ein Mythos, der wohl auf Cassiodors Überlegungen fußt. Insgesamt aber wird Jordanes' Darstellung über die späteren Phasen der ostgotischen

4 Arne Christensen, Peter J. Heather und Michael Kulikowski haben auf die Schwierigkeiten bei der Verwendung der *Getica* als Quelle für die gotische Geschichte, zumal für die Frühzeit, hingewiesen.

5 Rolf Hachmann, Die Goten und Skandinavien (Quellen und Forschungen zur Sprach- und Kulturgeschichte der germ. Völker), Berlin 1970.

Geschichte in der neueren Forschung deutlich positiver bewertet, als das früher der Fall war.

Allerdings – bezüglich der Überlieferungsgeschichte ist Jordanes' »Goten Saga« eine eher phantasievolle Arbeit, die nur in groben Zügen mit der Wirklichkeit übereinstimmt. Aber dennoch, auch Authentisches finden wir neben vielem, das eher als legendär und sagenhaft aufzufassen ist. Neben den hier noch ausführlich zu untersuchenden und zu zitierenden Texten der »Getica« verfasste Jordanes auch eine Weltchronik, an die er eine Übersicht über die römische Geschichte seit der Zeit des Augustus bis ins 24. Regierungsjahr des oströmischen Kaisers Justinian I. anschloss. Dieses Werk des Jordanes wurde bekannt unter dem Titel »Historia Romana«. Auch diese Arbeit hat wahrscheinlich eine ältere Vorlage, und zwar das gleichnamige Werk des Quintus Aurelius Memmius Symmachus, das wie Cassiodors Gotengeschichte heute nicht mehr existiert. Wahrscheinlich war es eine Intention des Jordanes, dass seine »Getica« mit der »Historia Romana« eine konzeptionelle Einheit bilden sollten.

Man weiß wirklich wenig über das Lebensschicksal des Jordanes. Es ist nicht bekannt, wann er gestorben ist, ebenso wenig kennen wir das Datum seiner Geburt. Indirekt aber könnte man über seine Lebensumstände an Hand seiner erwähnten »Bekehrung« noch manches vermuten. Jordanes widmete sein römisches Geschichtsbuch einem Geistlichen namens *Vigilius*, und da ein solcher in der Person des Papstes *Vigilius* nachgewiesen ist, so liegt eigentlich kein Grund vor, daran zu zweifeln, dass dieser Papst hier von Jordanes angeredet wird. Daraus ergibt sich: Der Geschichtsschreiber Jordanes war offenbar keinesfalls ein einfacher Mönch, sondern in einer erheblich höheren Position, ja, vielleicht in der Stellung eines Bischofs von Kroton.

Die Aufforderung, die Jordanes am Schluss seiner Widmung an Vigilius richtet – *quatinus diversarum gentium calamitate comperta ab omni erumna Iiberum te fieri cupias et ad deum convertas* – beinhaltet offenbar keineswegs, dass Vigilius sich bekehren und auch Mönch werden sollte. Eher ist doch wahrscheinlich, dass hier ein hoher Geistlicher dem anderen ans Herz legt, er solle, wenn er nun die Mühsale der Welt in einer Weltchronik durchgelesen habe, daraus die Schlussfolgerung ziehen, sich los und ledig von allerlei »weltlichen Kümmernissen« eben lieber seinem Gott zuwenden. Man überlege: Wenn Jordanes tatsächlich bloß ein schlichter Mönch gewesen wäre, hätte er es nicht gewagt, Vigilius mit »Bruder« anzureden und ihm »gottgefällige« Vorschläge zu machen.

Urteilt man so über die Stellung des Jordanes nach seiner »Bekehrung« so ergibt sich daraus auch der Ort, an dem er seine Bücher schrieb. Zwar zeigt Jordanes gute Lokalkenntnisse über Mösien und Illyrien, und beide römische Provinzen liegen ja südlich der Donau, etwa auch über *Marcianopel,* aber er kennt sich auch ausnehmend gut in ganz Italien aus. Er ist welterfahren und offenbar weit herumgekommen. Deshalb ist es auch nicht so abwegig, Jordanes am Ende seines Lebens in der oströmischen Hauptstadt Konstantinopel zu vermuten. Es gibt Gründe anzunehmen, dass er seine beiden Bücher dort verfasst hat, wo er vielleicht mit Papst Vigilius zusammen im Exil lebte. Das würde auch seine Parteilichkeit für Ostrom in der Darstellung des Krieges zwischen Ostgoten und Oströmern und seine zuweilen unangemessenen Lobreden für das Kaiserhaus verständlich machen.

Die genauen Titel der beiden Jordanes-Werke, die auf unsere Zeit gekommen sind, lauten: »Über den Lauf der Zeiten oder über Ursprung und Taten des Römervolkes« – (*De summa temporum vel origine actibusque gentis Romanorum*) – und »Über Ursprung und Taten der Geten« (De origine actibusque Getarum). Könnte auch der Ort, wo sie wirklich geschrieben worden sind, noch Gegenstand eines Meinungsstreits sein, so steht doch die Zeit der Abfassung durch das eigene Zeugnis des Autors unverbrüchlich fest: Sie reicht in das Jahr 551. Und zwar schrieb Jordanes eingangs an der »Römischen Geschichte«, warf sie dann beiseite und nahm auf den Wunsch seines Freundes Castalius die »Geschichte der Goten« in Angriff, und erst nachdem er diese abgeschlossen hatte, vollendete er auch die erste Arbeit.

Die »Römische Geschichte« beginnt er mit der Weltschöpfung, durchläuft die Geschichte der alten orientalischen Völker und der Griechen und macht schließlich die Schicksale der Römer zum Zentrum der Erzählung, die bis auf die Zeiten Justinians (551) und mit Zusatz bis zum Jahr 552 ausgeführt ist. Dieses Buch, das zum wesentlichen Teil aus Rufinus Festus,[6] Hieronymus,[7] Orosius,[8] Eutropius[9] und Ammianus Marcellinus[10] zusammengestellt wurde, ist für unsere Zwecke nicht so wichtig, mit Ausnahme weniger Stücke aus den letzten Abschnitten, die in der hier gebotenen Version als Anhang aufgeführt sind. Glücklicherweise sind die Originale der oben angeführten Autoren noch vorhanden, aus denen Jordanes sein Wissen zusammenstellte.

Indessen – man kann seine »Gotengeschichte« gar nicht hoch genug veranschlagen, denn es gibt ja so wenig Handfestes, das überliefert ist. Zwar bietet Jordanes keine großartigen eigenen Forschungen an, obgleich einiges nur durch ihn der Nachwelt erhalten geblieben ist. Aber das ungemein Wertvolle seines Werkes besteht eben darin, dass er uns die Vorlagen bietet, um die verlorenen Schriften des Cassiodorus über die Goten doch noch – wenn auch gekürzt und in Auszügen – kennenzulernen.

Cassiodorus – ein großer Amalerfreund

Insgesamt sollte man stets das Folgende bedenken: In seiner Widmung an einen weiter nicht bekannten Freund *Castalius* gesteht Jordanes selber ein, dass seine Gotengeschichte nichts weiter ist als eine Kompilation, ein fleißiges aber unselbstständiges Werk, das er während der Abfassung seines anderen Buches in kurzer Zeit ausarbeitete. Die Basis für ihn war zweifellos – wie erwähnt – das großartige, viel umfangreichere Werk, gern »Origo Gotica« (Der Ursprung der Goten) genannt, das der wohl berühmteste Staatsmann seiner Zeit, Flavius Magnus Aurelius *Cassiodorus Senator* vorgelegt hat. Dieser Mann war ebenso bedeutend als Gelehrter wie als Politiker. Er hat die Tatsache akzeptiert, dass nunmehr Ostgoten, genauer der ostgotische Stamm der Amaler und nicht etwa der der Balthen, über Italien herrschten.

6 Rufinus: Kirchenhistoriker (um 344–410); u. a. Übersetzung der *Historia ecclesiastica* des Eusebius.

7 Hieronymus: (um 347 – um 420), Kirchenvater und Schriftsteller.

8 Orosius: Paulus Orosius (um 385 – um 418), aus Spanien stammender christlicher Geograph und Theologe.

9 Eutropius: († nach 390), spätantiker röm. Historiker des 4. Jahrhunderts.

10 Ammianus Marcellinus: Spätantiker Historiker (* um 330 in Antiochia, Syrien, † spätestens um 400 wahrscheinlich in Rom).

Cassiodor – das wissen wir aus seinen vielen anderen noch vorhandenen Schriften – war ein äußerst kluger, beredter Verehrer des Gotenkönigs Theoderich. Und noch zu dessen Lebzeiten sorgte er wahrscheinlich dafür, dass das gotische Volk – und im weitesten Sinn auch viele andere germanische Völkerschaften – eine hohe Meinung von ihm bekamen. Und da die Ostgoten ebenso wie ihr berühmter Bischof Wulfila dem arianischen Christentum zugehörten, gab es im katholischen Rom stets Spannungen, und dort schätzte man einen Arianer auf dem Thron des Ostgotenreiches gar nicht sehr. Die bekannte oberdeutsche Sage über Theoderich, den »Dietrich von Bern«, lässt ihn in einigen Versionen sogar auf einem schwarzen Ross in die Hölle fahren.

Zu der Zeit aber, als Cassiodor sein Amaler-Werk verfasste, war dies natürlich ganz anders. Bis zu seinem Tod 526 hielt Theoderich an seiner arianischen Glaubensversion fest, und so blieb dies zunächst auch unter seinen Nachfolgern. Aber bald wurde das ostgotische Königtum in Italien bekämpft. Im weiteren Verlauf dieses Buches wird darauf noch ausführlich eingegangen. Cassiodor bekleidete auch unter Theoderichs Nachfolgern bis 537 einflussreiche Staatsstellen. Erst nach dem Ende des Königtums unter Vitigis 540 zog er sich, wie erwähnt, als Mönch in das von ihm gegründete Kloster *Vivarium* zurück und starb dort in hohem Alter um 570.

Cassiodor verfasste zweifellos auf Geheiß des Theoderich seine zwölfbändige Goten-Saga, die wahrscheinlich die gleiche Überschrift wie das Buch des Jordanes trug. Wie alles, was Cassiodor vorlegte, hatte auch das Gotenbuch den Zweck, die Taten und die Regierung des großen Gotenkönigs sowie das Sagengeschlecht der Amaler zu verherrlichen. Eine als Formelbuch von Cassiodor bearbeitete Sammlung amtlicher Schreiben, genannt *Variarum libri XII*, lässt noch erahnen, wie stark die Amalertradition damals ausgeprägt war.

Friedlich sollte sich nach Theoderich und seinem Minister das Ostgotenvolk ins Römische Reich einfügen. Hoffnungen auf eine gedeihliche Zukunft sollten geweckt werden. So tritt bei kritischer Betrachtung der »Origo Gothica« bald die Einseitigkeit in der Darstellung des Cassiodorus/Jordanes klar hervor. Ja, die Verhimmelung der Amaler und mit ihnen des Theoderich übersteigt mitunter alles

Maß. In ihrer eifrigen Absicht, alles diesem Ziel unterzuordnen, begehen die Autoren auch direkte Geschichtsfälschungen, natürlich auch unbewusst und in guter Absicht.

Dieses Bestreben trieb Cassiodor nun dazu, die Geschichte der Goten in uralte Zeiten zurückzuversetzen und ihnen eine fabulöse, äußerst ruhmreiche Urgeschichte anzuhängen, indem er sich auf ältere, meist verwirrende Überlieferungen stützte und die Goten mit den Geten gleichsetzte. Und diese Darstellung fand übrigens auch Jacob Grimm gar nicht so falsch, wenn es auch schlechterdings wohl unmöglich ist, diesen Völkerschaften eine Existenzberechtigung in der Nähe des Römerreichs in so früher Zeit einzuräumen.

Wenig richtig ist wohl auch, dem Gotenkönig Theoderich ein ewig freundschaftliches Verhältnis zum oströmischen Kaiser *Zenon* anzudichten. Aber hier handelte Cassiodor als echter Vertreter des Amaler-Klans. Vielleicht hatte ihn Theoderich sogar dazu beauftragt, von einem möglichst friedlichen Zusammenleben zwischen Ostgoten und Ostrom auszugehen, um eine Verschmelzung der Volksgruppen anzubahnen. Daher tilgte Cassiodor alle bösen Erinnerungen an eine seit langem bestehende Feindschaft zu Ostrom, deshalb überging er auch die rüde Art, mit der die Ostgoten sich in den Besitz Italiens gesetzt hatten.

Anders Jordanes. Denn er allein ist gänzlich auf der Seite der kaiserlichen Oströmer, wenn es um die Darstellung des letzten Entscheidungskampfes zwischen Ostgoten und Oströmern geht. Hier schlägt er sich ohne Kompromisse auf die Seite der byzantinischen Kaiser. Ildebad, Erarich und Totila akzeptiert er überhaupt nicht mehr als Ostgotenkönige, da solches auch die Politiker am Hof von Konstantinopel nicht mehr taten. Allerdings sah Jordanes in den byzantinischen Regenten, die Theoderich stets als seine Freunde und Verbündete betrachtete, die zu Recht kämpfenden Rächer der Königin Amalasuintha. Und Germanus, der Sohn der Matasuntha, der Enkelin Theoderichs, hielt er (um 551) für den rechtmäßigen Fortsetzer römischer Politik.

Leider sind wir über die ältesten handschriftlichen Überlieferungen der Schriften des Jordanes nicht sicher informiert. Nur soviel wissen wir: Die hohe Verehrung der Amalertradition des Cassiodor ist bei ihm schon erheblich zurückgenommen. Zu erwähnen bleibt noch, dass auch die Heidelberger Handschrift des Jordanes-Textes aus dem 9. oder sogar aus dem 8. Jahrhundert leider – wie erwähnt – 1880 beim Brand im Hause Mommsens vernichtet wurde. Doch hat Mommsen noch 1882 eine erste kritische Ausgabe für seine Sammlung *Monumenta Germaniae historica* ediert. Und die Goten betreffenden Abschnitte sind nach einer Übersetzung aus dem Jahre 1884 ausgewertet worden.

Geographisches

Die launige Vorrede der »Origo Gothica«

Um Leser und Zuhörer in sein Werk über die Goten richtig einzustimmen, unternimmt es Jordanes, zunächst einmal von den Schwierigkeiten seiner Bemühungen zu berichten, etwas Authentisches über älteste Überlieferungen der Goten in Erfahrung zu bringen. Und hierbei stellt er sein Licht gar ein wenig zu sehr unter den Scheffel, denn er gibt sich bescheiden und in vielem unwissend. Gleich zu Anfang will er vermeiden, dass man denken könnte, dass er sein Gotenbuch allein verfertigt habe, und deshalb betont er auch gleich, wo er »abgeschrieben« hat – ja, dass er keinesfalls ohne schriftliche Unterlagen seine Arbeit verfertigt habe. Zu diesem Zweck stellt er seiner Schrift nach Art der Alten ein kleines, aber sehr aufschlussreiches Vorwort voran, in dem er über seine Absichten und Kenntnisse einige zurückhaltende Auskünfte gibt. Auch wir wollen diese launige Vorrede als Erstes aus Jordanes' Schrift wörtlich zur Kenntnis nehmen, wobei wir – wie schon betont – auf eine auf Mommsen fußende Übersetzung aus dem Jahre 1884 von Wilhelm Martens zurückgreifen, diese aber der besseren Lesbarkeit halber neu übersetzt und der heutigen Zeit angepasst wiedergeben, ohne irgend etwas wegzulassen. Jordanes führt uns wörtlich folgendermaßen ein:

»Obschon ich, auf einem kleinen Schiffe fahrend, mich an der Küste eines ruhigen Gewässers halten und bloß, wie einer einst sagte, aus den Angelteichen der Alten einige kleine Fische herausziehen wollte, so zwingst du mich, Bruder Castalius, meine Segel auf die hohe See zu richten. Du redest mir sogar zu, das Büchlein, das ich gerade unter den Händen habe, nämlich den Auszug aus den Chroniken, einfach liegen zu lassen, um die zwölf Bücher des Senators [Cassiodorus] über den Ursprung und die Taten der Goten – von der Vorzeit bis auf den heutigen Tag durch die Reihen der Geschlechter und Könige herabsteigend – in einem einzigen und dazu noch kleinen Buch zusammenzufassen. Das ist ein sehr schwerer Auftrag, der anzudeuten scheint, dass der, der ihn mir gab,[11] von der Last der Arbeit wohl nichts wissen wollte. Auch berücksichtigst du nicht, dass mein Atem zu schwach ist, um die herrliche Posaune jenes Mannes zu füllen! Zu allen anderen Schwierigkeiten kommt aber noch die hinzu, dass ich jene Bücher jetzt nicht einmal mehr zur Verfügung habe, um seinen Gedanken genau folgen zu können. Aber – um nicht zu lügen – für drei Tage habe ich die betreffenden Bücher vor einiger Zeit durch die Freundlichkeit seines Verwalters zur Lektüre bei mir gehabt.[12] An den Wortlaut indessen erinnere ich mich nicht mehr so genau, doch den Sinn und die Fakten glaube ich noch vollständig im Gedächtnis behalten zu haben.

Außerdem habe ich Verschiedenes aus einigen Geschichten in griechischer und lateinischer Sprache hinzugefügt, was sich dazu eignet, den Anfang und das Ende und allerlei in der Mitte mit meinen Worten zu vermengen. Deshalb nimm freundlich und ohne Missachtung an, was du selbst von mir verlangt hast, und lies es mit Vergnügen durch! Und wenn etwas übergangen ist, wovon du, der du nahe bei dem Volk wohnst, Kunde hast, so setze es hinzu und wünsche mir Erfolg, liebster Bruder. Der Herr sei mit dir! Amen.«[13]

So also beginnt Jordanes sein hochberühmtes Werk über die Goten. Und gleich zu Beginn teilt er mit, dass er – was einigermaßen unglaubwürdig ist – die zwölfbändige Gotengeschichte Cassiodors nur auf drei Tage von einem Verwalter zum Lesen bekommen hätte und dass er seinen Auszug daraus zur Grundlage seines eigenen Buches machte, indem er, wie er wörtlich angibt, »Anfang und Ende und allerlei in der Mitte« aus eigenem Wissen eingeflochten habe. Wir wissen heute, ehe wir weiter den Jordanes-Text verfolgen, dass jene Zutaten von besonderer Bedeutung für die Beurteilung des Jordanes-Standpunktes sind, die sich auf Ereignisse nach 526 beziehen, weil er ja diese Zeit selbst miterlebte und daher auf eigene Erinnerungen zurückgreift.

11 Gemeint ist offenbar ein gotenfreundlicher Politiker in Konstantinopel oder der sonst nicht bekannte »Bruder Castalius«, eventuell ein Mönch oder ein hoher arianischer Geistlicher, der wohl auch in der oströmischen Hauptstadt lebte.

12 Diese Angabe scheint untertrieben. Natürlich muss Jordanes die schriftlichen Arbeiten des Cassiodorus viel länger besessen haben, um soviel Einzelheiten anhäufen zu können!

13 Vgl. das Vorwort §§ 1–3. Insgesamt umfasst Jordanes' Arbeit ohne Vorwort 60 Kapitel; und wir werden sowohl die Kapitelnummern als auch deren Paragraphen jeweils als Anmerkungen anführen.

Indessen, die Art, in der Jordanes den ihm vorliegenden Stoff verarbeitet hat, ist einigermaßen fragmentarisch und mitunter auch ziemlich oberflächlich, woraus er ja in seinem Vorwort auch gar kein Hehl macht. Schon der Übersetzer von 1884, der erwähnte Wilhelm Martens, schreibt, dass Jordanes' Schreibweise »freilich gar manches zu wünschen übrig lässt«. Er verstand als Gote zwar Griechisch und Lateinisch, aber »er stand eben mit seinem Wissen und Können durchaus gar nicht auf der Höhe seiner Zeit«, findet Martens. Er nennt die Handhabung der lateinischen Sprache sogar teils ein wenig stümperhaft, und er bescheinigt Jordanes eine »absolute Unerfahrenheit, über seinen Stoff Meister zu werden« und ihn »nach einheitlichen Gesichtspunkten zu ordnen«. Und das hätte es ihm eigentlich verbieten sollen, schriftstellerisch aufzutreten, meint Martens und übertreibt natürlich maßlos, denn wir sind diesem Jordanes, auch wenn er an vielen Stellen Oberflächliches, Mythisches und Sagenhaftes weitergibt, unendlich dankbar, dass er sich der Gotengeschichte angenommen hat. Versöhnlich setzt jener Übersetzer indessen hinzu, Jordanes sei immerhin anspruchslos genug gewesen, um »diesen Mangel an Befähigung ohne Rückhalt anzuerkennen«, ja, er habe selbst seine Römergeschichte nur ein bloßes »Geschichtsbüchlein«[14] genannt, für das er nur auf den »Beifall der einfachen Leute« rechnen könne. Seine Abhängigkeit von anderen Autoren ergibt sich gleich im Vorwort seiner Gotengeschichte, deren Vorrede, wie später festgestellt wurde, eigentlich Wort für Wort aus der Übersetzung eines Kommentars von *Origenes* zum Römerbrief entnommen ist.

Sonst ganz unbekannt ist eine andere angebliche Quelle des Jordanes: *Ablabius*, der als ausgezeichneter Verfasser einer sehr zuverlässigen Geschichte der Goten gelten soll. Wir wissen nicht einmal, ob diese griechisch oder lateinisch geschrieben und was für ein Landsmann ihr Verfasser war. Wir können nur die Vermutung aussprechen, dass er um 500 gelebt hat und dass auf ihn viele Nachrichten über die Stammesgeschichte der Goten zurückzuführen sind.[15] Einige meinen,

14 Er nennt sie lateinisch storiuncula ›Geschichtchen‹.

15 Vgl. Seeck, O., Ablabius. Realencyclopädie der classischen Altertumswissenschaften 1. 1893.

es sei die Tochter Theoderichs gewesen, die sich hinter dem Pseudonym versteckte.

Älter noch ist der gleichfalls von Jordanes benutzte *Priskos*. Er schrieb eine Geschichte über Byzanz und Attila, die bis 472 reichte und bruchstückweise noch vorhanden ist. Seinen »Originaltext« wollen wir auszugsweise im weiteren Verlauf dieses Buches vorstellen. Kommen wir nun zum Wortlaut des ersten Kapitels unseres Originalwerks!

Kapitel 1

Was die »Origo Gothica« über ihre »alte Welt« weiß

Im ersten Kapitel[16] seines Werkes schreibt Jordanes gleich etwas Genaueres über die Geographie der alten Welt – etwa so, wie sie nach damaligem Verständnis existierte –, in die er dann etwas später seine Gotennachrichten einfügt.

I. »Unsere Vorfahren haben – wie Orosius berichtet – angenommen, dass der ganze Erdkreis vom Ozean rings umflossen und dreieckig sei; seine drei Teile haben sie Asia, Europa und Afrika genannt. Über diese dreigeteilte Ausdehnung des Erdkreises sind fast unzählige Schriften vorhanden, welche nicht nur die Lage der Städte und Ortschaften erklären, sondern auch, was noch mehr zur Anschaulichkeit beiträgt, die Anzahl der Schritte und Meilen abmessen, auch die in den Meeresfluten verteilten Inseln, sowohl die größeren wie die kleineren, die sie *Zykladen* und *Sporaden* nennen, nach ihrer Lage in der ungeheueren Weite des großen Meeres. Die äußersten, undurchdringlichen Grenzen des Ozeans aber hat nicht nur niemand zu beschreiben unternommen, sondern es ist auch bislang niemandem gestattet gewesen, dorthin vorzudringen, weil man die Erfahrung machte, dass das Meer wegen des Widerstandes des Seegrases [!] undurchdringlich ist und weil die Winde dort zu wehen aufhören. Und somit ist es keinem wirklich bekannt außer demjenigen, der es erschaffen hat. Der innere Uferrand dieses Meeres aber, der – wie wir gesagt haben – die ganze

16 Kap. 1, §§ 4–9.

Erde umkreist, indem er wie ein Kranz ihre Grenzen umgibt, ist wissbegierigen Menschen recht bekannt geworden, zudem denjenigen, die über diesen Gegenstand etwas schreiben wollen.

Der Erdkreis nämlich ist von [vielen] Völkerschaften besiedelt, und einige Inseln in demselben Meer sind durchaus gut bewohnbar, etwa gegen Morgen zu, nämlich im Indischen Ozean *Hyppodes* und *Iamnesia*, jene sonnenverbrannte Insel, die indessen unbewohnbar ist, aber doch weit sich in Länge und Breite mit ihrer Ausdehnung erstreckt; auch *Taprobane,*[17] welche, abgesehen von anderen Orten und Besitzungen, mit zehn sehr festen Städten geschmückt ist, aber auch noch eine andere gar anmutige, nämlich Silefantina und auch Theron, die freilich von keinem Schriftsteller beschrieben worden, aber doch von Siedlern reichlich bevölkert sind.[18]

Auch in seinem Westteil hat derselbe Ozean einige Inseln, die durch die Fahrensleute fast allgemein bekannt sind. Auch gibt es nicht fern von der Gaditanischen Meerenge[19] eine mit Namen *Beata,*[20] und eine zweite, die *Fortunata* heißt: Indessen rechnen einige Schriftsteller auch jene beiden Vorsprünge von Galizien[21] und Lusitanien[22] zu den Inseln des Ozeans, von denen auf dem einen ein Herkules-Tempel und auf dem andern noch heute ein Denkmal Scipios zu sehen ist.[23] Doch gehören sie, weil sie mit dem Ende Galiciens zusammenhängen, wohl eher zum europäischen Festland als zu den Inseln des Ozeans. Dieser hat aber auch noch andere Inseln, weiter drinnen inmitten seiner Wogen, die *Balearen* heißen, und eine andere, namens Mevania [Man, irische See]; dazu die *Orkaden,* 33 an der Zahl, doch sind nicht alle bewohnt. Weit draußen im Westen liegt noch eine Insel namens *Thule,*

17 Heute wohl: Sri Lanka.

18 Die Namen dieser sonst eher als phantastisch geltenden Inseln finden sich in einer Darstellung des antiken »Cosmographen« 5, 29 u. Julius Honorius p. 5, wie dies die »Deutsche Altertumskunde« vermeldet, werden sonst aber wie die meisten anderen als »unbekannt« geführt.

19 Gibraltar, Gades = *Cadiz.*

20 Beata: eigentl. unbewohnte Insel in d. Karibik, südl. Hispaniola.

21 Histor. Provinz Galicia im nordwestl. Spanien.

22 Lusitania: Röm. Provinz der Kaiserzeit, ungefähr heutiges Portugal bis zum Duero u. Teile des westl. Spanien, insbes. Extremadura u. heutige Provinz Salamanca. Benannt nach dem dort lebenden Volk der Lusitaner, schon im 3. Jh. v. Chr. in den Quellen aufgetaucht.

23 Nach der »Deutschen Altertumskunde« sei hier eher der Turm des Augustus auf der nordwestl. Spitze Spaniens gemeint.

von welcher der Mantuaner [Virgil] unter anderem sagt: – ›dir diene Thule am Ende der Welt!‹ [24]

Es liegt auch in diesem ungeheuren Meer, in seinem arktischen, d. h. in seinem nördlichen Teil, eine umfangreiche Insel namens Skandza,[25] wovon unsere Erzählung mit Gottes Hilfe beginnen soll. Denn das Volk, nach dessen Ursprung du fragst, kam – wie ein Bienenschwarm aus dem Schoß dieser Insel hervorbrechend – nach Europa. Wie aber und unter welchen Umständen, das wollen wir im Folgenden, wenn der Herr es will, berichten!«

Soweit liest man den Text des Jordanes im ersten Kapitel. – Also, das ist der Anfang unseres Originaltextes, der hier in einer möglichst wörtlichen deutschen Fassung wiedergegeben wird, und nun wissen wir bereits, wie man sich damals – etwa um 551, als dieses Werk entstand – die Welt vorstellte. Von anderen Erdteilen kennt man nur Europa und ein Stück Asiens, dazu ein wenig Afrika, und im Übrigen werden seltsame Inseln im Ozean genannt, natürlich auch eine, die man seit Caesar recht gut kannte. Zu dieser führt uns nunmehr, als wolle Jordanes mit der Tür ins Haus fallen, der an allen Stellen recht knappe und an Worten sparsame Text.

Kapitel 2

Britannia, die bekannte Insel

In Kapitel 2[26] geht nun Jordanes seltsamerweise nicht auf Skandinavien ein, sondern wendet sich westwärts zu der im Altertum gut bekannten Insel im Atlantischen Ozean, schon damals *Britannia* genannt. Er beschreibt sorgfältig deren Lage und weiß manches Interessante zu berichten. Hierzu heißt es wörtlich:

II. »Nun, indessen will ich kurz, so gut ich eben kann, die Insel Britannien besprechen, die in einem Meerbusen zwischen Spanien,

24 Virgil in: Georgica 1,30: *tibi serviat ultima Tule.*

25 Skandza: Skandinavien; einst als Skadias bekannt, vgl. germ. *skada* ›schaden‹, evtl. die Insel, die einem Schiff, falls es sich nähert, Schaden verursacht.

26 Kap. 2: §§ 10–15.

Gallien und Germanien gelegen ist. Mag auch einst, wie Livius[27] berichtet, keiner diese umfahren haben, so haben doch viele Leute Gelegenheit gehabt, allerlei Mutmaßungen über ihre Größe anzustellen. Denn Julius Cäsar hat sie, nachdem sie lange den römischen Waffen unzugänglich gewesen ist, durch Kämpfe, die nur des Ruhmes wegen geführt wurden, erschlossen; von da an war sie offen für den Warenverkehr und auch vielen Leuten zu anderen Zwecken. Dem eifrig nachforschenden Zeitalter, das nun folgte, gab sie genauere Kunde von ihrer Lage, und diese wollen wir nun an Hand von griechischen und lateinischen Gewährsmännern näher untersuchen.

Die meisten haben sie als einem Dreieck ähnlich bezeichnet, das sich in nordwestlicher Richtung erstreckt und mit einem Winkel, dem größten, den Rheinmündungen gegenüberliegt; von da laufe es, allmählich an Breite abnehmend, schräg rückwärts in zwei andere Winkel aus und liege mit den beiden längeren Seiten Gallien und Germanien gegenüber. Seine Breitenausdehnung beträgt da, wo sie am größten ist, 2510 Stadien; und seine Länge soll 7132 Stadien nicht übersteigen. Es soll eine bald mit Dornbüschen, bald mit Waldungen bewachsene Ebene sein. Auch erhebe sich das Land zu einigen Bergen. Von träger Flut sei es umgeben, die nur schwer dem Schlag der Ruder weicht und nicht durch Winde anschwillt, wahrscheinlich deshalb, weil das Festland wegen seiner Entlegenheit keinen Anlass zu Meeresbewegungen gibt.

Denn hier hat das Meer eine größere Ausdehnung als irgendwo sonst. Strabo[28] aber, ein berühmter griechischer Schriftsteller, berichtet uns, dass – da der Boden durch die häufigen Überschwemmungen des Meeres feucht sei – dort so dichte Nebel aufsteigen, dass die Sonne fast den ganzen abscheulichen Tag hindurch verdeckt ist und den Blicken entzogen wird, auch wenn sie hell scheint. Auch ist, wie der Annalenschreiber Cornelius erzählt, die Nacht in Richtung auf entferntere Gegenden heller und sehr kurz.

Es [Britannien] birgt sehr viele Metalle in sich, ist reich an allen Kräutern und fruchtbarer an allem, was mehr dem Vieh als den Men-

27 Titus Livius: (59 v.Chr-17), schrieb in Patavium (Padua) seine röm. Geschichte *Ab urbe condita* in 142 Büchern, wovon nur die Bde. 1–10 u. 21–45 erhalten sind.

28 Strabo: um 63 v. Chr. – um 28, verfasste 17 Bücher über Geographie, die im Gegensatz zu seiner röm. Geschichte weitgehend erhalten sind. Erstmals findet man bei ihm eine ausführlichere Darstellung Britanniens und Germaniens.

schen zur Nahrung dient. Es fließen aber hin und wieder durch das Land viele ansehnliche Flüsse, die auch Edelsteine und Perlen mit sich führen. Die Silurer [alter kelt. Stamm] haben farbige Gesichter und kommen meist mit schwarzem, krausem Haar auf die Welt; die Bewohner Kaledoniens[29] dagegen haben rötliche Haare und einen hohen, aber nicht stark gebauten Körper: Sie sind den Galliern oder Spaniern ähnlich, je nachdem, wie sie den einen oder den anderen näher stehen. Daher haben einige vermutet, dass sich von diesen, die durch die Nachbarschaft angelockt wurden, noch Bewohner erhalten haben.

Alle, Völker und Könige, sind noch im gleichen Zustand der Rohheit. Dio,[30] ein sehr berühmter Geschichtsschreiber, erzählt jedoch, dass sie alle den Namen der Kaledonier und Maaten angenommen haben. Sie wohnen in Hütten aus Strauchwerk, die zugleich ihre Viehställe sind; oft dient ihnen auch der Wald als Unterschlupf. Zum Schmuck – oder aus irgendeinem anderen Grund – tätowieren sie sich mit Eisen. Sie bekriegen sich des Öfteren aus Herrschsucht oder um ihren Besitz zu vermehren, nicht bloß zu Pferde und zu Fuß, sondern auch mit Zweigespannen und Sichelwagen, die man gewöhnlich *Essedas* nennt. Dies wenige von Britannien gesagt zu haben, soll hier genügen.«

Nun, damit endet das 2. Kapitel. – Und wie man sieht, hat der Verfasser hier einige ältere Autoren angeführt, und es erscheint wohl als sicher, dass er die Vorlagen hierfür bei Cassiodor gefunden hat, denn dieser hat sich offenbar schon in seiner eigenen Darstellung mit den Verhältnissen in Britannien beschäftigt. Übrigens sei hier angemerkt, dass Senator Cassiodorus sehr wahrscheinlich seine eigenen 12 Bände der Gotengeschichte vernichtet hat, die er ja in der Regierungszeit Theoderich (493–526) verfasste und worin er die Goten sehr vorteilhaft beschrieb, weil dies sein König so wollte. Aber kurz nach Theoderichs Tod änderte sich das politische Klima, und Cassiodor, einst dessen wichtigster Minister, fand sich nun in Konstantinopel wieder, dem Hauptsitz der antigotischen Partei. Um zu vermeiden, als ein Feind des oströmischen Kaisertums betrachtet zu werden, verbarg er offensichtlich jeglichen Bezug auf die frühere Gotenfreundschaft.

29 Caledonia: das schott. Hochland.

30 Lucius Cassius Dio Cocceianus: (um 163 bis nach 229) röm. Senator, Konsul und Schriftsteller.

Und Jordanes war in Wahrheit nur durch das Entgegenkommen von Cassiodors Verwalter, nicht durch ihn selbst, angeregt worden, etwas über die Goten und Amaler aufzuschreiben.[31] Doch kehren wir noch einmal zu dieser skurrilen Erdbeschreibung des Jordanes zurück!

Hier kann es vielleicht reizvoll sein, zum Vergleich einmal die berühmte Erdkreisbeschreibung des größten isländischen Gelehrten und Historikers *Snorri Sturluson* aus dem 13. Jahrhundert anzuführen. In seinem umfangreichen Werk »Heimskringla« hat Snorri in seiner Anfangsgeschichte »Ynglinga Saga« das Folgende über die damals bekannte Welt der Wikinger geschrieben, und dabei – man beachte – die Grenze zwischen Europa und Asien durch einen Fluss angegeben, den er *Tanais*[32] genannt hat. Und, wie auch Jordanes ein halbes Jahrtausend früher, die Ostgrenze der Germanen am Grenzfluss Tanais sah.

Snorri Sturluson schreibt: »Der Weltkreis, den das Menschenvolk bewohnt, ist durch Meeresbuchten vielfach gegliedert. Große Meere reichen vom Ozean in die Länder hinein. Vom Nörvasund [Gibraltar] erstreckt sich ein Meer bis zum Jorsalaland [das Heilige Land (»Jerusalems Land«)]. Von diesem führt eine lange Bucht nach Nordosten. Sie heißt das Schwarze Meer und trennt zwei Erddrittel. Das östliche heißt Asien, und das westliche nennt man Europa, mitunter *Enea*. Aber nördlich vom Schwarzen Meer erstreckt sich Großschweden oder Kalt-Schweden. Einige halten Großschweden für nicht kleiner als Groß-Sarazenenland. Andere finden es ebenso groß wie Groß-Mohrenland (Afrika). Der Nordteil Großschwedens ist wegen des Frosts und der Kälte unbevölkert, wie ja auch der Südteil des Mohrenlands öde ist durch Sonnenbrand. Weit ausgedehnte Landschaften gibt es in Großschweden, Völker mancherlei Art mit vielerlei Sprachen. Riesen leben da und Zwerge, auch Mohren. Völker verschiedener, wunderlicher Art bewohnen es sowie wilde Tiere und Drachen von furchtbarer Größe. Aus dem äußersten Norden indessen, von den Bergen, die jenseits der bewohnten Erde liegen, ergießt sich ein Strom über Schweden hin, dessen Name *Tanais* (Don) ist. Vordem nannte man ihn Tana-Kvisl oder Wanen-Kvisl, der zum Ozean durchs Schwarze Meer strömt. Das Land zwischen den Donmündungen ist als Wanen-

31 Vgl. James J. J. O'Donnell, *The Aims of Jordanes*.

32 Tanais: alte Bezeichnung für *Don*.

heim oder Wanenland bekannt, und der Strom trennt die beiden Erdteile: im Osten Asien, im Westen Europa. Das Land Asiens östlich von Tanakvisl hieß Asenland oder Asenheim, und die Hauptstadt *Asgard*.

In dieser Burg aber lebte ein Hövding namens Odin, und dort war auch eine große Opferstätte, und Brauch war's, dass 12 Opferpriester die obersten Goden darstellten, die die Opfer zu leiten hatten und unter den Männern Recht sprachen. Man nannte sie Diar oder Drottnar, ihnen musste alles Volk dienen und Verehrung erweisen. Ein großer Kriegsmann war *Odin;* und weit wanderte er umher; manches Reich wurde ihm untertan; und er war so siegreich, dass er in jedem Streit die Oberhand gewann. So kam es, dass die Menschen meinten, er müsse seiner Natur nach in jeder Schlacht den Sieg gewinnen. Seine Gewohnheit war's, wenn er seine Mannen zu Kampf oder Fahrt losschickte, ihnen vorher die Hände auf das Haupt zu legen und sie zu segnen. Nun glaubten sie, eine glückliche Fahrt zu haben. Bei seinen Leuten war es auch Brauch, sobald sie auf See oder zu Lande in Not waren, seinen Namen anzurufen. Dadurch meinten sie stets Rettung zu finden, denn dort, wo er war, fanden sie, läge auch all ihre Hilfe.

Oft zog *Odin* sehr lange von daheim fort, sodass er manches Jahr auf Wanderungen zubrachte. Zwei Brüder hatte Odin: Ve und Vili. Sie führten die Herrschaft in seiner Abwesenheit. Einst, als Odin weit gewandert war und lange ausblieb, glaubten die Asen, er käme nicht wieder. Da teilten seine Brüder das Erbe: Odins Gattin Frigg aber nahmen sie gemeinsam zur Frau. Bald danach kam Odin zurück und nahm seine Gemahlin wieder in Besitz. Mit einem Heer zog *Odin* gegen die *Wanen;* doch die waren gut gerüstet und verteidigten ihr Land, und so siegte bald dieser, bald jener. Beide Völkerschaften verheerten das Land des andern und fügten sich Schaden zu. Doch als sie des Streits überdrüssig wurden, verabredeten sie eine Zusammenkunft, um sich zu versöhnen. Sie schlossen einen Friedensvertrag und stellten gegenseitig Geiseln. Die Wanen gaben ihre Edelsten heraus: *Njörd* den Reichen und seinen Sohn *Frey*, die Asen aber sandten einen Mann namens *Hönir*. Sie sagten, er eigne sich sehr wohl zum Hövding; denn er war groß und sehr schön. Mit ihm sandten die Asen den *Mimir*, einen sehr weisen Kerl, und die Wanen stellten dafür den Klügsten aus ihrer Schar, der *Kvasir* hieß.«

Soviel erzählt uns Snorri Sturluson über die Geographie und die ältesten Sagengeschichten bei den Nordleuten, und nicht weniger sagenhaft geht es nun auch bei Jordanes weiter, der einiges Verblüffende über die alte Heimat der Goten, wie er meint, zu berichten weiß.

Kapitel 3

Sagen und Nachrichten von der Insel Skandza

Im dritten Kapitel[33] wendet sich Jordanes in der »Origo Gothica« nunmehr Skandinavien zu, und zwar mit folgenden für unsere Verhältnisse doch recht ausführlichen Mitteilungen:

III. »Wir wollen nun wieder zur Lage der Insel *Skandza,* die wir eben verlassen haben, zurückkehren! Dieser Insel Skandza gedenkt im zweiten Buch seines Werkes Claudius Ptolemäus,[34] ein ausgezeichneter Geograph, indem er sagt: ›Draußen im nördlichen Eismeer liegt eine große Insel namens Skandza, von der Gestalt eines Zitronenblatts mit krummen Seitenkanten, weit in die Länge gezogen.‹

Von ihr berichtet auch Pomponius Mela, dass sie im Kodanischen Meerbusen[35] gelegen sei, dessen Ufer der Ozean bespült. Sie liegt vor der Mündung des Flusses Vistula [Weichsel], welcher auf den sarmatischen Gebirgen entspringt und gegenüber von Skandza, auf diese Weise Germanien und Skythien scheidend, in drei Mündungen in den nördlichen Ozean fließt. Sie hat im Osten einen sehr großen Binnensee, von wo – wie aus einem Bauch hervorkommend – der wellenreiche Fluss Vagus[36] dem Ozean zuströmt.

Im Westen wird sie [die Insel] von der unendlichen Salzflut umgeben, im Norden von demselben nicht schiffbaren, endlosen Ozean eingeschlossen, von dem – wie bei einem auslaufenden Arm – durch einen ausgedehnten Busen das Germanische Meer [Nordsee] gebildet wird. Hier sollen zerstreut mehrere kleine Inseln liegen, wo die

33 Kap. 3; §§ 16–24.

34 Claudius Ptolemäus: griech. Philosoph, ca. 150 n. Chr.

35 Gemeint: Buchten rings um Jütland, Kattegat?

36 Hier wahrscheinlich der *Göta-Älv*, der aus dem Vänersee fließt.

Wölfe, wenn sie wegen heftiger Kälte auf dem zugefrorenen Meer hinübergegangen sind, ihr Augenlicht verlieren sollen. So ist das Land nicht nur für die Menschen unwirtlich, sondern auch für Tiere schrecklich.[37]

Auf der Insel *Skandza* aber, wovon hier nunmehr die Rede ist, wohnen viele verschiedene Völker, doch nur von sieben gibt Ptolemäus die Namen an. Ein Honigbienenschwarm ist wegen der großen Kälte dort nirgendwo zu finden. Im nördlichen Teil wohnt ein Volk, die Halogii,[38] welches mitten im Sommer 40 Tage und 40 Nächte hindurch fortwährend die Tageshelle hat und ebenso viele Tage und Nächte im Winter keinen Sonnenschein kennen soll. So wechseln Trübsal mit Freude, gute und schlimme Zeiten in anderer Weise als bei den übrigen Menschen ab. Und warum dieses? Nun, weil man bei ihnen an den längeren Tagen die Sonne im Osten am Rande des Gesichtskreises auch auf dem Rückweg sieht, sie an den kürzeren Tagen dagegen nicht so erblickt, sondern anders, da sie den südlichen Himmel durchläuft. Und das, weil sie sich bei uns von unten zu erheben scheint, bei jenen, wie man sagt, aber unterhalb des Gesichtskreises vorbeigeht!

Andere Völker dort sind die *Scritifennen* [Schreitfinnen], die nicht nach Getreidenahrung fragen, sondern sich von Wildbret und Vogeleiern ernähren. Die Brut der Vögel in den Sümpfen ist so groß, dass sie sich vermehren und zugleich dem Volk volle Sättigung geben. Ein anderes Volk, das dort wohnt, sind die Suehans,[39] die – übrigens wie die Thüringer – ausgezeichnete Pferdezüchter sind. Diese sind es auch, die den Römern auf dem Verkehrsweg durch Vermittlung vieler anderer Völker die sappherinischen Felle liefern, und diese sind berühmt durch ihre prächtige Schwärze. Während sie selber gar dürftig leben, haben sie die reichste Kleidung!

Es kommt dann noch eine Masse anderer Völker hinzu: die *Theusten* [Einwohner von Tjust], *Wagor* [Einwohner von Wag], *Bergio,*[40] *Hallin,*[41] *Liothida,* deren Wohnsitze sich sämtlich auf ebenem, fruchtbarem Land befinden, weshalb sie sich auch gegen Einfälle anderer

37 Hier ist das lat. Wort *crudelis* ›grausam‹ so übersetzt.

38 *Halogii*: die Einwohner von *Halogaland* im nördl. Norwegen.

39 *Suehans*: Schwedens Einwohner, im heutigen *Svealand*, darunter südwestl. liegt *Götaland*.

40 Bergio: vgl. **bergaz* ›Bergbewohner‹

41 Vgl.**hallus* ›Fels, Berg‹, Region in Mittelschweden (Halland).

Stämme zu wehren haben: Nach diesen folgen die *Ahelmil, Finnaithen,*[42] *Fervir* und *Gautigothae,*[43] ein tapferes und kriegerisches Volk; sodann die Gemischtstämme, die Ewa-Greutinger.[44] Alle zusammen wohnen in ausgehauenen Felsen wie in Kastellen nach Art der Tiere.

Weiter nach außen leben die *Ostrogoten,* die *Raumarikier,*[45] die *Rahnarikier,*[46] die sehr zahmen Finnen, deren Sitten milder sind als die aller Bewohner von Skandza; ferner die ihnen gleichenden *Wingul-Leute;*[47] die Swithiuti [evtl. Svea-Leute], die hier durch ihre Körpergröße, mit der sie alle anderen übertreffen, berühmt sind.

Deswegen haben auch die Dänen, die von ihnen abstammen, den Stamm der *Heruler* [evtl. nach Earl, Jarl gebildet], obwohl diese an Wuchs die größten Menschen auf ganz Skandza sind, aus ihren ursprünglichen Wohnsitzen vertrieben. Auch die Grannier,[48] Agadii [norweg. Landschaft Agder], Eunixer [norweg. Nachbarn], Thelae [Telemarken], Rugii [norweg. Rogaland, vgl. Rügen], Haruder [norweg. Hordaland] und Ranier [Rani vgl. Ranerike] sind in derselben Gegend beheimatet. Über sie herrschte vor noch nicht allzu vielen Jahren der König *Rodwulf,* der sein eigenes Reich für gering achtete und sich in den Schutz des Gotenkönigs *Theoderich* begab, wo er fand, was er wünschte. – Alle diese Völkerschaften, an Gestalt und Mut größer als die der Germanen, kämpften [einst] mit tierischer Wildheit.«

Soweit für diesmal unser Originaltext. – Das alles erklärt hier Jordanes und verblüfft durch Detailkenntnisse. Und übrigens, die Nachrichten über die vielfachen Völkernamen der skandinavischen Halbinsel gehen wohl tatsächlich auf einen Gotenhäuptling namens *Rodwulf* zurück, den Cassiodor offensichtlich kannte, denn dieser hat, wie Jordanes ausdrücklich mitteilt, ja sein eigenes nordisches Königreich verlassen und sich zu Theoderich dem Großen nach Italien begeben. Er gehörte offensichtlich zur der unter »Rani« erwähnten Gruppe und stammte wahrscheinlich aus der schwedischen Provinz *Bohuslän.* Da

42 Finnen auf der **heatha* ›Heide‹

43 Gaut: hier eine erläuternde Vorsilbe (auch: Name des Gottes Odin), also *Gaut-Goten.*

44 Vgl. diejenigen, die **ewa* ›immer‹ auf **greut,* ›Gries, Sandboden‹ – wohnen.

45 Südnorweg. **Raumariki,* d. h. ›Einwohner von Rauma-Land‹.

46 Südostnorweg. **Rahnariki,* d. h. ›Einwohner von Ra(h)na-Land‹.

47 In: **Wingul-mork* ›Wingulmark‹, südnorweg. Region.

48 Lat. granii = norweg. ›Grenzbewohner‹, vgl. *grenmar* u. *grenland;* vgl. schwed./norweg. *granne* ›Nachbar‹.

man Goldfunde aus der Zeit, als das Ostgotenreich in Italien unterging, in jenen Gebieten Skandinaviens besitzt, könnte man annehmen, dass einige Ostgotengruppen mit ihren »Reichtümern« aus Italien wieder nach Mittelschweden zurückgekehrt sind.

Wir haben hier Deutungsversuche wiedergegeben, die u.a. bereits Müllenhoff,[49] von Grienberger[50] und B. Yeat in seiner englischen Übersetzung der »Getica« vorgenommen haben. Sie sind indessen mitunter ziemlich gewagt und treffen nicht immer das Richtige.

Kapitel 4

Vereinte Goten daheim und im Lande »Oium«

Im nächsten Kapitel,[51] das von einigen Forschern gern mit der Überschrift »Die vereinten Goten« versehen worden ist, nähert sich Jordanes seinem eigentlichen Thema, er erzählt nämlich die Sage, wie die Goten aus Skandinavien fortgezogen seien, und weil diese Stelle so berühmt ist, wollen wir sie – wenigstens den Anfang – auch in der Originalsprache hier einmal vorstellen. Lateinisch lautet der Anfang des vierten Kapitels wie folgt:

IV. »*Ex hac igitur Scandia insula quasi officina gentium aut certe velut vagina nationum cum rege suo nomine Berig, Gothi quondam memorantur egressi: qui ut primum e navibus exeuntes terras attigerunt, ilico nomen loco dederunt. Nam hodieque illic, ut fertur, Gothisc-Andia vocatur*. Dazu die Übersetzung: ›Von dieser Insel Skandza also sollen einst wie aus einer Werkstatt der Völker oder einer Mutter der Nationen die Goten mit ihrem König *Berig* ausgefahren sein. Sobald sie ihre Schiffe verließen und ans Land stiegen, gaben sie ihm sogleich ihren Namen. Denn noch heute heißt, wie man erzählt, dort das Land Gothisc-Andia.‹«[52]

Und so geht der Originaltext weiter:

49 Vgl. Deutsche Altertumskunde II. 359ff.
50 Vgl. Zeitschr. für deutsches Altertum XLVI, 128ff.
51 Kap. 4, §§ 25–29.
52 Eigentlich: got. *gutisk andja* ›gotisches Ende‹.

»Von da rückten sie später vor in das Land der Ulmerugier[53] [Inselrugier], die damals an den Meeresküsten saßen, zogen gegen sie zu Felde, lieferten ihnen eine Schlacht und vertrieben sie aus ihrer Heimat. Ihre Nachbarn, nämlich die Vandalen,[54] unterwarfen sie schon damals und nötigten sie durch ihre Siege zum Anschluss. Als nun die Zahl des Volkes immer mehr zunahm und ungefähr der fünfte König nach Berig[55] herrschte, nämlich Filimer,[56] der Sohn des Gadarich,[57] fasste dieser den Entschluss, das Gotenheer mit Weib und Kind müsse auswandern.

Als er nach geeigneten Wohnsitzen und passenden Gegenden suchte, kam er in die Lande von Skythien, die in ihrer Sprache *Oium*[58] heißen. Die fruchtbaren Gegenden gefielen dem Heer. Da brach jedoch die Brücke zusammen, die über den Fluss führte, nachdem schon die Hälfte des Volkes sie überschritten hatte. Und man vermochte sie nicht wiederherzustellen; so konnte keiner mehr hinüber oder herüber. Denn jene Gegend, wie erzählt wird, ist von einem Abgrund mit unsicherem Sümpfen umgeben, und die Natur hat sie so auf doppelte Art unwegsam gemacht.

Noch bis auf den heutigen Tag aber lassen sich dort Stimmen von Viehherden vernehmen, und man hat allerlei Anzeichen vom Vorhandensein von Menschen entdeckt, wie man das nach dem Zeugnis von Wanderern glauben darf, die dies alles allerdings bloß aus der Ferne vernommen haben wollen.

Der Teil der Goten also, der unter *Filimer* über den Fluss setzte und nach dem Lande *Oium* kam, bemächtigte sich sogleich des erstrebten Bodens. Bald darauf gelangten sie zu dem Volk der Spaler,[59] lieferten ihnen eine Schlacht und gewannen sie. Im Siegeslauf gelangten sie dann bis an den entferntesten Teil Skythiens, der an den Pontus[60]

53 Ulm = schwed. *holm*: ›Insel‹. Inselrugier (vgl. dt. ›Rügen‹) bewohnten die Ostseeküste v. d. Oder bis zur Weichsel.

54 Eigentl. got. *wandjans* = diejenigen, die sich ›wenden‹, sich fort wenden oder wandern.

55 Berig: vgl. = got. **bair-rika*, ›Bär‹, *rika* ›reich, stark‹.

56 Filimer = got. *filu* ›viel‹; **mer, mar* ›berühmt‹; ein bekannter mythischer Gotenkönig.

57 Gadarich: got. *gada-* ›verwandt‹, *-reiks*, vgl. lat. *rex* ›König‹.

58 Oium: vgl. die *Auen*, fruchtbare Gegenden in Südrussland, Ukraine.

59 Spaler: nach Ansicht einiger Forscher eine slaw. Volksgruppe.

60 Pontus: histor. Landschaft an der kleinasiat. Küste des Schwarzen Meeres, Kappadokien.

grenzt, wie das in ihren alten Liedern[61] fast nach der Art eines Geschichtsbuches erzählt wird.

Dies bezeugt auch Ablabius,[62] der die Goten vortrefflich geschildert hat, und zwar in seiner durchaus zuverlässigen Geschichte. Hiermit stimmen auch einige frühere Schriftsteller überein.

Warum Josephus,[63] ein höchst gewissenhafter Berichterstatter, da er doch überall die Wahrheit sich zur Richtschnur nimmt und den Ursprung der Dinge bis auf die ersten Anfänge verfolgt, diese Nachrichten vom Ursprung der Goten nicht erwähnt hat, wissen wir nicht. Nur den Magog[64] nennt er aus ihrem Stamm und fügt hinzu, dass sie ihrer Herkunft und ihrem Namen nach *Skythen* geheißen hätten. Die Lage dieses Landes nun müssen wir, ehe wir zu einem anderen Gegenstand übergehen, zunächst behandeln.«

Damit endet dieses berühmte vierte Kapitel. – Hier also geht Jordanes dazu über, dieses im Altertum so oft genannte *Skythien* näher zu beschreiben, also die neue Heimat der Goten nach ihrer Wanderung ans Schwarze Meer. Zuvor aber ist es interessant, noch auf zwei in diesem Kapitel genannte Völkerschaften kurz einzugehen, die ja späterhin in Jordanes' Gotengeschichte eine erhebliche Rolle spielen: Das ostgermanische Volk der *Vandalen*, ursprünglich wohl in Jütland und Mittelschweden, wird hier von Jordanes als südlich der Ostsee sesshaft beschrieben. Das weist uns hin auf eine sehr frühe Zeit, denn um die Zeit von Christi Geburt werden ja ihre Wohnsitze bereits im mittleren Schlesien, benannt nach den Silingen, vermutet. Und der nahe

61 Leider sind bekanntlich nur wenige Bruchstücke davon, u. a. in der Edda u. a. Heldenliedern, überliefert.

62 Ablabius (bei Jordanes dreimal genannt) als Verfasser einer Gotengeschichte. Er ist sonst nicht bekannt. Einige Forscher – wie weiter oben schon kurz erwähnt – haben vermutet, dass sich dahinter Theoderichs Tochter *Amalasuintha* verbirgt, die ein großes Interesse hatte, got. *Vorfahren* darzustellen.

63 Josephus Flavius, röm. Historiograph (um 93).

64 Magog: Mit Gog zusammen Doppelname für den endzeitlichen Feind des Gottesvolkes (Ezech. 38–39). Die Abkunft der Skythen und Goten von Gog und Magog, dem Sohn Japhets, war eine Vorstellung, die bei Römern im 4. Jahrhundert üblich war, Cassiodor sah darin wohl nichts Negatives mehr, schon Josephus Flavius hatte in seinen *Antiquitates* Magog mit den Skythen gleichgesetzt. Und Ambrosius prophezeite 377 dem Kaiser Gratian, Gott werde den Römern den Sieg über Gog, der eigentl. *Gothus* sei, verleihen. Und nach Genesis 10,3 hieß es über Gomers Sohn *Ascanas*, dessen Abkömmlinge seien eigentlich *Ascanaci gentes Goticae*; und daraus ergibt sich wohl, dass man für Deutschland zeitweise im Hebräischen den Namen *Aschkenas* bildete.

verwandte Stamm der Hasdingen wird in der 2. Hälfte des 2. Jahrhunderts n. Chr. schon nördlich von Dakien nachweisbar. Wir werden im Verlauf dieser Texterläuterungen noch mehrfach auf die Vandalen zurückkommen, deren Schicksal ja in Nordafrika unter den Schlägen oströmischer Feldherrn zu Ende ging – übrigens ähnlich wie das bittere Ende des Ostgotenreiches in Italien.

Die ebenfalls erwähnten *Holmrugier* kommen wohl ursprünglich aus Südwestnorwegen, erreichten aber, wie vermutet wird, bereits im 2. Jahrhundert v. Chr. die Pommersche Küste, und nicht abwegig ist es in älteren Darstellungen gewesen, auch die Insel Rügen als ihr Einzugsgebiet darzustellen. Hier bei Jordanes indessen sind die Holmrugier etwas weiter östlich lokalisiert, etwa an der Weichselmündung, was auch viel für sich hat, ja, einige Forscher wollen sie sogar bis hinauf an die ostpreußisch-baltische Küste verorten. Ihre Südwärtsverschiebung setzte allerdings, wie heute weithin vermutet wird, vor der allgemeinen Völkerwanderung schon um 350 ein, und man findet sie dann an der mittleren Donau. Das Rugierreich in Niederösterreich wurde von Odoaker 487 zerstört, gegen den 489 ein Bündnis mit Theoderich geschlossen wurde, und die Reste der Rugier gingen dann im Volk der Ostgoten auf. Auch die Rugier begegnen uns im Verlauf dieser hier dargestellten Gotengeschichte noch öfter.

Bleibt noch übrig, einen längeren Exkurs über die in der Forschung häufiger erwähnten *Gutonen* auf der Südseite der Ostsee anzufügen, die zweifellos zu den germanischen Oststämmen zählen. Die Gutonen waren, so die heutige Meinung, übers Meer gekommene Goten, und sie lagen wohl oft im Streit mit den Vandalen. Dieses 3. Kapitel, das einen Teil der gotischen Stammessage wiedergibt, spiegelt den langen Kampf der beiden Völkerschaften wider. Und gleich bei der ersten Erwähnung der Vandalen wird erklärt, ein gotischer Sieg sei zu feiern gewesen. Das war ein lang andauernder Prozess, der dazu führte, dass sich die anfangs unter der Fuchtel der Vandalen stehenden Gutonen (Festlandgoten) des ersten nachchristlichen Jahrhunderts befreiten. Noch der ältere *Plinius* (23–79) hat die Gutonen als Untergruppe der Vandalen-Vandilen angesehen. *Strabo*[65] erwähnt die Gutonen in einem Atemzug mit den keltischen *Lugiern,* und auch Tacitus warf Lugier

65 Strabo: griech. Geograph ca. 60 v. – 20 n. Chr.

und Vandalen in einen Topf. Sehr wahrscheinlich ist deshalb, dass es sich bei den Lugiern und Vandalen um einen Kultverband gehandelt hat, der östlich der Oder zuerst keltisch und später germanisch dominiert wurde. Hundert Jahre n. Chr. dürften wohl schon die Germanen hier das Sagen gehabt haben. Tacitus sah die Gutonen – von der Donau aus betrachtet – »jenseits der Lugier« und rechnete ihre Teilstämme zu den Vandalen. Man könnte fragen: Gutonen – sind das die alten Goten?

Nun, die Gutonen, die älteren »Festlandgoten« an der Ostsee, waren zeitweise ein noch abhängiges und um 150 n. Chr. ein kleines Volk, aber sie entwickelten damals Willenskräfte, die sie von den Nachbarn trennten. Ein braver gutonischer Krieger lag waffenlos im Grab, denn er unterschied sich sagenmäßig schon erheblich von Odins Einheriern,[66] die stets für den Endkampf zwischen Göttern und Menschen mit Waffen zu üben hatten. In der ersten Hälfte des ersten Jahrhunderts noch abhängig und wenig selbstbewusst, errangen die Gutonen in der zweiten Jahrhunderthälfte die Oberherrschaft über die Lugier, lösten sich aus dem alten Kultverband und zogen langsam über die Weichsel nach Südosten.

Als die Lugier im ersten Jahrhundert unter der Oberherrschaft der Markomannen standen, waren die Gutonen offensichtlich von König Marbod[67] abhängig. Die gutonischen Siedlungen lagen am Rand des markomannischen Gebietes, sodass sich hier eine Front gegen das Großreich Marbods entwickeln konnte. Damals stand der Römer Drusus[68] mit einem markomannischen Flüchtling namens Catualda[69] in Kontakt, der bei den Gutonen Zuflucht gesucht hatte. Von dort griff Catualda mit »starker Macht«, d. h. mit Hilfe der Gutonen, seine Heimat an und beseitigte Marbod. Eineinhalb Jahre vor Catualdas Coup (etwa 18 n. Chr.) war Arminius[70] mit verbündeten Germanen

66 Einherier: der Sage nach »Waffentote«, die für Odin in Walhall für den *Endsieg* aufgespart sind und sich ständig in ermüdenden Kämpfen bewähren müssen. Am Ende eines Schlachttages getötet, kehren sie frohgemut und lebendig in ihr »Kriegerparadies« nach Odins Walhall zurück.

67 Marbod: Markomannenkönig 9 v. – 19 n. Chr.

68 Drusus: röm. General († 23).

69 Catualda: Markomannenfürst, ca. 8 n. Chr.

70 Arminius: Cheruskerfürst († 21), siegte bekanntlich über die Römer im Teutoburger Wald 9 n. Chr.

die Elbe aufwärts nach Böhmen gezogen. Arminius' Kampf gegen Marbod leitete den cheruskischen Bürgerkrieg ein. Catualda hingegen erhielt die Unterstützung der Gutonen, damit sie ihre Abhängigkeit von den Markomannen aufheben konnten. Aber weder Catualda noch Marbod konnten sich halten, und schließlich nahm das Römerreich beide als Flüchtlinge auf. Ihre Gefolgschaften wurden später im Quadenland zwischen March und Waag angesiedelt.

Die Catualda-Episode kann ein Auslöser gewesen sein, dass jenes Heer der Goten mit Weib und Kind auf Beschluss des Königs *Filimer* die Heimat verließ. Wie Jordanes mitteilt, seien ja die Goten in eine »gewaltige Sumpflandschaft« geraten. Bei der Überschreitung eines Flusses sei die Brücke eingebrochen und habe das Volk auf immer gespalten. Die einen blieben zurück, die anderen, die den Fluss bereits überwunden hatten, zogen weiter und fielen in das Gebiet der *Spalen* ein. Schließlich hätten sich die Goten in *Oium,* d. i. »in den Auen«, an der Küste des Asowschen Meeres niedergelassen. Diese schöne Mär in unserem Kapitel 4 kann man gern als Begründung nehmen, weshalb nur ein Teil so weit gezogen ist, andere aber weit hinten zurückblieben und andere Wohnsitze suchten. Dass ein Stamm als Ganzes auswanderte, wirkt ebenso als Sagengeschichte wie die immer wieder aufgewärmte Idee von der Übervölkerung. Man vermutet, dass die »Saga vom Brückeneinsturz« vielleicht bedeutete, dass hier Cassiodor die gotische Teilung in einen westlichen und einen östlichen Stamm beschreiben wollte. Die jüngere Archäologie, vor allem russische Forschungen, konnte nachweisen, dass eine sehr langsame Verlagerung der sogenannten ostpommerisch-masowischen Wielbark-Kultur stattfand, so benannt nach dem Ort Cernjachov bei Kiew. Das Vordringen der Träger der festlandgermanischen Kultur in den ukrainischen Raum war demnach ein Prozess, der ab ca. 150 bis weit ins dritte Jahrhundert andauerte. Die Vorrückenden waren offenbar noch Gutonen, und das Südwärtsschieben dauerte über Generationen. Demgegenüber verblasst neuerdings die beliebte alte Idee des zügig geplanten Gotenzuges von der Weichsel an den Pontus. Dieser oft beschriebene Zug ans Schwarze Meer hat eher nur etappenweise stattgefunden, eventuell über Masowien, Podlachien und das Brester Gebiet. Die Anfangsphase der Cernjachov-Kultur kann in Wolhynien gesucht werden. Aber der

Fluss, der die Goten schließlich voneinander trennte, war sicherlich der *Dnjepr*. Jedoch die Mär vom Brückeneinsturz, die radikale Trennung suggeriert, berücksichtigt nicht, dass Goten an beiden Flussufern lebten. Auch ein Dnjepr war keineswegs eine unüberwindliche Grenze zweier Stammesräume, wie man dies in unserer »Origo Gothica« herauslesen kann. Möglicherweise bewahrt die Erinnerung an solch ein Trennungsgeschehen eher die Tatsache, dass es eine komplette Abwanderung oder Separation eben nie geben konnte.

Deshalb ist die »Origo Gothica« zumindest in diesem Punkt recht glaubwürdig. Mussten die Goten aus der Berig-Zeit noch ihre gutonische Selbstständigkeit gegen andere ostgermanisch-keltische Konkurrenten verteidigen, so fanden sie andere, nämlich iranische, sarmatische und slawische Stämme in Skythien vor. Nicht von ungefähr nennt Jordanes in dem 4. Kapitel den Kampf mit den Spalen, auf slawisch wohl »Riesen«. Aber wahrscheinlich waren sie wohl noch keine wirklichen Slawen.

Kapitel 5

Wo liegt denn Skythien? Am Ister?

Nach dieser etwas längeren Abschweifung ist es Zeit, endlich wieder zur Gotengeschichte des Jordanes zurückzukehren, um Interessantes über die neue Heimat der Goten zu erfahren, und so lesen wir im fünften Kapitel[71] etwas über *Skythien*, dieses antike Wort für jene Region jenseits der Donau,[72] und das konnte sich – wer weiß wie weit – hinziehen, vielleicht gar bis zur Wolga, meinten einige damalige Verfasser. Man liest im nächsten Kapitel jetzt wortgenau:

V. »Skythien grenzt an Germanien bis dahin, wo der Fluss Ister [östl. Donau] dahinfließt oder der Morsianische See sich ausbreitet. Es erstreckt sich bis an die Flüsse Tyras,[73] Danaster [Dnjestr] und Vago-

71 Kap. 5, §§ 30–46.

72 Vgl. P. Lakatos, From the Land of the Scythians. The Metropolitan Museum of Art Bulletin XXXII 5, New York 1975.

73 Tyras: auch griech. Stadt am Schwarzen Meer.

sola [Bug], und jenen großen Danaper [Dnjepr] und an das Taurusgebirge, nicht das in Asien, sondern ein besonderes skythisches, längs des ganzen Mäotischen [Asowschen] Meeres und darüber hinaus durch die Enge des *Bosporus* bis an den Kaukasus und den Fluss *Araxes*. Sodann biegt es hinter dem Kaspischen Meer nach der linken Seite um: Im äußersten Asien vom nordöstlichen Ozean zuerst in der Form eines dünnen Pilzes, wird es nachher sehr breit und kreisförmig und erstreckt sich bis zu den Hunnen,[74] Albanern und Seren [Chinesen].

Dieses Land Skythien also, weit in die Länge und Breite sich ausdehnend, grenzt im Osten an die Seren, die an seinem Ende beim Kaspischen Meer wohnen, im Westen an die Germanen und an den Fluss Vistula [Weichsel]. Im Norden wird es vom Ozean, im Süden von Persien, Albanien, Iberien, dem Pontischen [Schwarzen] Meer und dem unteren Lauf des Ister begrenzt, der von seiner Mündung bis zur Quelle auch Danubius [Donau] heißt.

Auf der Seite, wo Skythien die Küste des Pontus erreicht, berührt es bekannte Städte: Boristhenis, Olbia, Kallipolis, Kherson, Theodosia, Kareon [Kertsch], Myrmekion und Trapezunt, die die wilden Skythenvölker von den Griechen gründen ließen, damit sie mit ihnen Handel treiben konnten. Mitten in diesem Skythien gibt es eine Gegend, die Asien und Europa voneinander trennt, nämlich die *riphäischen Berge* [russ. Hochland], aus denen der gewaltige Tanais [Don] entspringt, der in die Mäotis [Asowsches Meer] mündet; und der Umfang seines Sumpfes und Tieflandes beträgt 144 000 Schritte (Meilen), und er ist nirgends tiefer als acht Ellen.

Das erste Volk im westlichen Skythien ist das der Gepiden,[75] deren Land von großen und bedeutenden Flüssen durchströmt wird; denn die Tisia [Theiß] durchfließt es von Norden nach Süden; von Westen kommt der große Danubius selber, von Osten der Flutausis [Aluta, Olt], der reißend mit vielen Stromschnellen in die Fluten des Ister

74 Die Hunnen sind hier etwas seltsam lokalisiert; s. das Kapitel über die Hunnen mit weiteren Erläuterungen.

75 Gepiden: Wahrscheinlich kamen die Gepiden im 2. Jahrh. zusammen mit den Goten an die Weichsel. Mitte des 3. Jahrh. stießen sie unter ihrem König Fastida über die Weichsel nach Süden vor, schlugen dabei die Burgunder vernichtend und erreichten schließlich das nördl. Siebenbürgen, ein Teil zog mit den Goten ans Schwarze Meer; siehe Kapitel 17 über die Gepiden!

mündet. Innerhalb dieser Flüsse liegt *Dakien*, das von steilen Gebirgen geschützt ist, die es wie ein Kranz umgeben. Links von diesen, wo die Grenze nordwärts geht, von den Quellen der Vistula [Weichsel] abwärts über ungeheure Strecken hin sitzt das zahlreiche Volk der Veneter.[76]

Mögen auch ihre Benennungen wechseln nach ihren verschiedenen Stämmen und Wohnsitzen, ihre hauptsächlichen Namen sind doch die der *Sclavenen* und *Anten*. Die Sclavenen haben das Land von der Stadt *Noviedunum* [Isaktscha] und dem sogenannten *Mursianischen See* bis zum Danaster [Dnjestr], im Norden bis zur Vistula inne. Statt in Städten wohnen sie in Sumpfgegenden und Wäldern. Die Anten dagegen, die tapfersten unter ihnen, hausen an der Krümmung des Pontus vom Fluss Danaster bis zum Danaper [Dnjepr], die zahlreiche Tagereisen voneinander entfernt sind.

An der Küste des Ozeans [Ostsee] aber, wo sich in diesen die Vistula [Weichsel] mit drei Mündungen ergießt, sitzen die Widiwarier,[77] die sich aus verschiedenen Stämmen zusammengeschart haben. Hinter diesen wohnen gleichfalls am Ozean die *Ästen*, ein sehr friedliebendes Volk. Im Süden davon lebt das tapfere Volk der Akatziren, das von Früchten nichts weiß und nur von Vieh und von der Jagd lebt. Jenseits von diesem wieder, nämlich oberhalb des *Pontischen Meeres* breiten sich die Sitze der *Bulgaren* aus, die die unglücklichen Folgen unserer Sünden so weit bekannt gemacht haben.

Von hier aus kam durch die *Hunnen* aus einem an tapferen Stämmen so fruchtbaren Boden eine zwiefache Wut über die Völker. Die einen nämlich hießen Altziagiren, die anderen hießen Saviren,[78] und sie bewohnen voneinander abgesonderte Landstriche: die Altziagiren neben Cherson,[79] wohin der habgierige Kaufmann die Waren Asiens bringt. Im Sommer durchstreifen sie die weiten Steppen und wählen ihre Wohnsitze, je nachdem sie der Reichtum an Futter für das Vieh

76 Veneter: auch Wenei genannt, oft mit Wenden wiedergegeben. Antikes Volk, das den nordöstl. Teil des heutigen Italien besiedelte. Ihr Gebiet erstreckte sich westlich bis zur Etsch (Athesis), oder nach einigen Annahmen bis zur Adda, nördl. bis zu den Alpen und östl. bis zum Timavo im heutigen Friaul. Es wird vermutet, dass ihre Ansiedlung sogar noch weiter nach Norden reichte, da der Bodensee in röm. Quellen als lacus venetus bezeichnet wurde.

77 Widiwarier: Wiland/Witland- = ›Waldland-Bewohner‹; vgl. schwed. ved ›Holz‹.

78 Saviren: auch Sabiren, ein hunnischer Stamm am Schwarzen Meer.

79 Cherson: Krim-Hafen. Stadt am Dnjepr, Name einer Kolonie auf der Krim bei Sewastopol.

dazu einlädt; im Winter dagegen ziehen sie sich an das Gestade des Pontischen Meeres zurück.

Die Hunuguren[80] aber sind bekannt durch den Handel mit Hermelinfellen, die dort zu haben sind. Vor ihnen fürchteten sich selbst an Kühnheit bedeutende Männer. Von ihnen lesen wir, dass sie ihre Wohnsitze zuerst auf skythischem Boden längs des Mäotischen Sumpfes besaßen. Dann wohnten sie in Mösien, Thrakien und Dakien; später wiederum werden sie als nördlich vom Pontischen [Schwarzen] Meer in Skythien wohnend erwähnt; nirgends aber finden wir solche Ammenmärchen aufgezeichnet, dass sie gar in Britannien oder auf sonst einer Insel unterjocht und von jemandem um den Preis eines einzigen Pferdes losgekauft worden seien. Wenn nun aber einer behauptet, dass sie ganz anders, als wir berichtet haben, in der Weltgeschichte erwähnt worden sind, so widerspricht dies zwar unserer Ansicht; wir halten uns jedoch lieber an das, was wir gelesen haben, als an irgendwelche Altweibergeschichten.

Um also zu unserer Aufgabe zurückzukommen: So hatten sie, nämlich die Goten, in der ersten Zeit, von der wir ausgehen, als sie an der *Mäotis* in Skythien wohnten, nach dem, was man davon weiß, einen König *Filimer*. In der zweiten Periode, d. h. als sie in Dakien, Thrakien und Mösien saßen, erwähnen sehr viele Geschichtsschreiber bei ihnen den Zalmoxes[81] als einen in der Philosophie ausnehmend gut unterrichteten Mann. Schon vor diesem besaßen sie den *Zeuta*, einen weisen Anführer, nachher noch den Dekaineos,[82] als dritten den Zalmoxes, von dem ich oben gesprochen habe.

Auch besaßen sie in reichlichem Maße Lehrer der Weisheit. Daher waren diese Goten stets gebildeter als fast alle anderen Barbaren und kamen fast den Griechen gleich, wie Dio berichtet, der ihre Geschichten und Jahrbücher in griechischer Sprache verfasst hat. Er sagt, dass diejenigen, die unter ihnen durch edle Geburt hervorragten und aus denen sowohl die Könige als auch die Priester entnommen wurden, zuerst *Tarabostesei*, dann Pilleaten[83] geheißen hätten. So berühmt wa-

80 Hunuguren: ungar. Volksstamm.

81 Zalmoxes: (einigen Quellen zufolge Zamolxis), Schüler des Pythagoras. Zur Lehre des in die göttliche Sphäre erhobenen sagenhaften Zalmoxis gehörte seine asketische Lebensweise.

82 Dekaineos: dakisch-getischer Gesetzgeber.

83 Pilleaten: eigentl. ›Fellkappenträger‹.

ren diese Goten, dass man ehedem erzählte, Mars, den frühere Dichter trügerisch den Kriegsgott[84] nennen, sei bei ihnen geboren worden.

Daher sagt Vergil:[85] ›Auch der Vater Gradivus,[86] der Herr der gotischen Lande.‹

Diesen Mars haben die Goten stets mit einem grausamen Kult verehrt – denn sein Opfer war der Tod der Kriegsgefangenen. Sie waren der Meinung, dass der Schlachtenlenker am zweckmäßigsten durch Menschenblut versöhnt werden müsse. Ihm wurden die Anteile der Beute zugeteilt, ihm zu Ehren wurden an Baumstämmen die erbeuteten Rüstungen aufgehängt; ja, eine ganz besondere Verehrung für ihn war ihnen angeboren. Stets schien es so, als wollten sie ihrem Stammesvater göttliche Verehrung erweisen. In ihren dritten Wohnsitzen indessen, oberhalb des Schwarzen Meeres, wo sie schon menschlicher und – wie oben bereits erwähnt – gebildeter geworden waren, teilten sie sich auf in zwei Stammesgruppen.

Die einen, Visigoten[87] genannt, dienten dem Geschlecht der Balthen,[88] die anderen, als Ostgoten bezeichnet, dienten den berühmten Amalern. Unter ihren Nachbarn ging ihr Bestreben vor allem darauf aus, die Bögen mit festen Sehnen zu bespannen, wie es Lukan, der eher Geschichtsschreiber als Dichter ist, folgendermaßen bezeugt hat:

›Und die armenischen Bögen bespannt mit gotischen Sehnen!‹[89]

In ältesten Zeiten schon feierten sie mit Gesängen und Saitenspiel die Taten ihrer Vorfahren: Den Erpamara,[90] Hanala,[91] Fritigern,[92] Widigoia[93] und andere, deren Namen bei diesen Völkern in so hohem An-

84 Jordanes erwähnt statt des Odin/Wodan hier den röm. Gott Mars; denn als Christ will er den heidn. Namen nicht erwähnen.

85 Vergils Äneis: 3, 35.

86 Vater Gravidus: Beiname des Kriegsgottes Mars.

87 Visigoten: nach Cassiodor got. visi: ›weise Goten‹, später allgem. Westgoten genannt.

88 Balthen: Zweites got. Geschlecht neben den Amalern, genannt »die Kühnen« (vgl. engl. bold).

89 Aus dem Werk Pharsalia 8, 221 des röm. Dichters Marcus Annaeus Lucanus (39–65 n. Chr). Er war ein Neffe Senecas d. J. und somit Enkel Senecas d. Ä.

90 Erpamara: got. erpa ›bräunlich« = germ./got. mara ›Pferd, Mähre«. Von A. Greule als »undeutbar« bezeichnet und als evtl. Gen. angesehen. Der nur bei Jordanes belegte Name eines myth. got. Vorfahren.

91 Hanala: (h)ana-la vgl. Ahn, -la: Deminutivsilbe: ›kleiner Vorfahr‹.

92 Fridigern: vgl. got. Frii-gaírn: frii ›Friede‹, gaírn ›gern‹; got. Häuptling um 376–378.

93 Widigoia: got. Widu-gauja, got. widu ›Wald, Holz‹; gauja ›Mann‹, hölzerner Gott. Auch: Gotenfürst Vidigoia: Sieger bei den Terwingen über die Sarmaten (332).

sehen stehen, wie das bewundernswürdige Altertum Ähnliches kaum von Heroen zu rühmen weiß. Damals überzog, wie von Vorfahren berichtet wird, Sesostris[94] die Skythen mit einem Krieg, der für ihn selbst schrecklich wurde. – Er kämpfte nämlich gegen diejenigen, die das Altertum als Männer von *Amazonen* bezeichnet hat. Ja, auch ihre Frauen führten Krieg, wie Orosius[95] in seinem ersten Buch unmissverständlich berichtet. Wir sind daher ganz entschieden der Ansicht, dass er damals mit *Goten* kämpfte, ja, dass er nämlich mit den Männern der Amazonen gestritten hat, das wissen wir sicher.

Denn damals saßen diese Goten im Gebiet des *Borysthenes*, den seine Anwohner Danaper [Dnjepr] nennen, bis hinauf an den Tanais [Don] rings um den Winkel des Mäotischen Sumpfes. Mit dem *Tanais* aber meine ich den Fluss, der – in den riphäischen Bergen [zentralruss. Hochland] entspringend – solch einen reißenden Lauf hat, dass er allein, wenn die benachbarten Flüsse oder die Mäotis, ja selbst der Bosporus *zufrieren*, aus zerklüfteten Bergen hervorsprudelnd, niemals selbst in skythischer Kälte zu Eis gefriert. Hier nimmt man die berühmte Grenze von Asien und Europa an.

Ein anderer Fluss ist derjenige, der auf den Bergen der Chrinner[96] entsteht und ins Kaspische Meer[97] fließt. Der Danaper [Dnjepr] aber entspringt aus einem großen Sumpf, aus dem er wie das Kalb aus dem Mutterleib hervorkommt. Er hat bis zu seinem mittleren Lauf süßes, trinkbares Wasser und zeigt Fische von gutem Geschmack, die keine Knochen, sondern nur Knorpel im Leib haben. Aber in der Nähe des Pontus nimmt er einen kleinen Fluss, den Exampheus[98] auf, dessen Wasser so bitter ist, dass jener [Danaper], der schon 40 Tagereisen schiffbar ist, durch dieses kleine Wässerlein verändert und gefärbt wird, sodass er sich gar nicht mehr ähnlich sieht. Zwischen den griechischen Städten Kallipidä[99] und Hypannis[100] fließt er dann ins Meer. Vor seiner Mündung liegt eine Insel namens *Achillis*. Dazwischen

94 Sesostris: 1973–1928 v. Chr., ägypt. Herrscher; hier also völlig anachronistisch.
95 Orosius: um 385 – um 418, aus Spanien stammender christl. Geograph und Theologe.
96 Chrinner: Valday-Höhen?
97 Ins Kaspische Meer: gemeint ist die Wolga.
98 ›Geheiligter Weg‹ nach Herodot.
99 Kallipidae: in der Dnjestr-Region.
100 In der Region am Bug.

breitet sich weites, ödes Land aus, mit Wäldern und voller gefährlicher Sümpfe.«

Soweit der Text des Jordanes in diesem Kapitel 5. – Was er uns über die Amazonen auftischt, die es bei den Skythen gegeben haben soll, ist natürlich recht weit von der Wirklichkeit entfernt. Und er verirrt sich auch in solche Frühzeiten, von denen man annehmen kann, dass damals noch keineswegs Goten – vielleicht waren es ja die im Altertum bekannten Geten? – in diesen Gebieten gewohnt haben können.[101] Aber Jordanes lässt es mit einer kurzen Mitteilung über kriegerische Frauen nicht bewenden. Von den Amazonen will er auch in seinem sechsten Kapitel berichten, und er tut dies nun mit folgenden eher phantastisch-sagenhaften Sätzen, immer in dem Bestreben, den Goten, vor allem den Ostgoten, eine möglichst lange, heroische Vergangenheit anzudichten.

Aber überliefert aus der Spätantike sind allenfalls die schon erwähnten *Gutonen*. Und diese »Gutones« waren zweifellos noch nicht Amaler, denn sie werden zwischen Christi Geburt und 150 erwähnt. Das ist der Zeitabschnitt von »ungefähr fünf Generationen« von Goten, die – geht man nach der »Origo Gothica« – in *Gothiscandza* angesiedelt waren. Man kann den Berichten mit Cassiodors Geographie zustimmen, der ja Gothiscandza und auch die Weichselinsel Spesis bzw. Gepedoios aus der Sicht des sechsten Jahrhunderts verstand. Wie eben gelesen, lebten hier an der Küste *Widiwarier*, die Bewohner des *Witlands/Waldlands*, und zu ihnen zählen wahrscheinlich auch estnisch-baltische und gepidische Gruppen. So ist es eigentlich nicht verwunderlich, dass Cassiodor im 6. Jahrhundert noch von einem gotisch besiedelten *Weichselgebiet* ausgeht, weniger von slawischer Bevölkerung. Wie schon weiter oben angedeutet, besaßen die antiken Autoren über die Gutonen bloß geringe Kenntnisse. Aber dennoch enthält das wenige immerhin einige aufschlussreiche Notizen.

Und es war Ptolemaios, der als letzter antiker Autor etwas über die Gutonen mitteilen konnte. Übrigens ist er der Einzige, der sie ganz deutlich lokalisiert hat. Nach Ptolemaios wohnten die Gutonen im *Weichselknie* am »rechten, sarmatischen Ufer« des Flusses. Eigentlich

101 Über die Unterschiede zwischen Goten und Geten siehe weiter unten in Kap. 9!

gibt es auch keinen bestimmten Grund, solche Angaben zu bezweifeln. Denn – wie wir oben schon mehrfach erwähnten – hier vollzogen sich die regionalen Verschiebungen offensichtlich sehr langsam. Da lebten die Gutonen also in jenem Gebiet, von dem aus sie allmählich immer zahlreicher zum Schwarzen Meer vordrangen, wenn auch ihr »Zug zum Schwarzen Meer« in der Jordanes-Version, die wir soeben zur Kenntnis genommen haben, sehr phantastisch anmuten und der Sage angehören dürfte.

Aber noch etwas ist interessant: Ptolemaios erwähnt nicht bloß die Gutonen auf dem Festland, sondern auch die *Guten*, und diese bezeichnet er als einen der sieben skandinavischen Inselstämme. Einige Forscher meinen, es könne sich hierbei nur um begriffliche Unterschiede handeln. Andere aber gehen davon aus, dass es hier dennoch um zwei zeitlich unterschiedliche Gotenstämme gehen müsse. Die Gutonen gelten in der Antike auch als bekannt und eingeführt, was ihre Namen und ihre Verortung auf dem Festland angeht. Dies kann man natürlich von den Guten des Ptolemaios nicht behaupten. Vielleicht sind sie also doch die Vorläufer der Gauten, und diese Spezies kennen wir von dem vierhundert Jahre jüngeren Prokop,[102] über den mancherlei noch zu erörtern ist. Nicht von ungefähr wird in der nordischen Sprachgeschichte ein besonderer Dialekt als »gutnisch« hervorgehoben, und der wird bis heute vorwiegend auf der Insel Gotland gesprochen. Er ist übrigens mit dem Gotischen des Bischofs Wulfila noch am ehesten verwandt, da er ein recht altertümliches Gepräge aufweist.

102 Prokopios von Caesarea (lat. Procopius), im Deutschen meist Prokop genannt, war spätantiker Historiker des 6. Jh.s (um 500; † um 562) und einer der bedeutendsten des Altertums.

Mythische Uraltzeiten

Kapitel 6

König Tanausis – ein Gote im 2. Jt. v. Chr.?

Allen Ernstes dichtet die »Origo Gothica« den Goten in der Balkanregion und am Schwarzen Meer eine fast eintausenddreihundertjährige Existenz an. Soviel Altes aus der über tausendjährigen Geschichte v. Chr. dürfte selbst Cassiodorus und Jordanes vielleicht zu viel gewesen sein. Aber damit erfreute man offensichtlich die Herrschenden, allen voran den Ostgotenkönig Theoderich den Großen. Immerhin – es sind meist historisch nachweisbare Könige, die hier jetzt ins Bild kommen, Parther, Meder, Daker und dergleichen, doch eigentlich keine Goten. Wir lesen hier also:

VI. »Als nun die Goten hier wohnten, zog – während *Tanausis*[103] auf dem Königsthron saß – der Ägypterkönig *Vesosis* gegen sie zu Felde. Der erwähnte Gotenkönig Tanausis warf sich dem Ägypter Vesosis in der Schlacht bei Phasis[104] entgegen, von wo [übrigens] die Fasanen massenweise für die Festmahle der Reichen in der ganzen Welt kommen. Er brachte ihm eine schwere Niederlage bei und verfolgte ihn bis nach Ägypten, und wenn ihn nicht die Wogen und Schanzlinien des unüberschreitbaren Nilstroms gehindert hätten, die Vesosis dort schon vor langer Zeit wegen der Einfälle der Äthiopier hatte aufführen lassen, so hätte er ihn dort in seinem eigenen Lande vernichtet.

Aber während er jenem Vesosis in einer solchen Stellung nichts anhaben konnte, unterwarf er auf dem Rückweg fast ganz Asien und machte es seinem damaligen lieben Freund, dem Mederkönig Sornus,[105] zinspflichtig.

---

103 Tanausis: um 1323–1290 v. Chr.

104 Phasis: Gegend südl. des Kaukasus (Rioni).

105 Sornus: König der Meder: altoriental. westiran. Volk mit indogerm. Sprache, das im 1. Jt. v. Chr. das nordwestiran. Hochland bewohnte. 835 v. Chr. erstmals erwähnt.

Damals blieben manche aus dem siegreichen Heer [des Taunausis] in den unterworfenen und durch von Fruchtbarkeit ausgezeichneten Provinzen absichtlich zurück und verließen das Heer. Von ihnen stammen, wie der Dichter Trogus Pompejus[106] mitteilt, die Parther[107] ab. Daher heißen sie bis auf den heutigen Tag so, das heißt auf Skythisch ›Ausreißer‹, und ihrer Abkunft entsprechend sind sie unter allen Völkern Asiens die [besten] Bogenschützen und tüchtige Krieger. Was aber unsere Erklärung des Namens Parther anbelangt, so behaupten einige, dass sie Parther hießen, weil sie sich von ihren Vorfahren trennten.[108] Diesem Tanausis aber erwiesen die Goten nach seinem Tod göttliche Ehren.«

Nun, soviel im sechsten Kapitel dazu. Was flunkert uns hier Jordanes vor, und vielleicht hat er auch selbst daran geglaubt?

Auch das Thema des Frauenraubs, das in der römischen Geschichte hinlänglich bekannt ist, man denke nur an den »Raub der Sabinerinnen«, möchte Jordanes den Lesern nun ans Herz legen. Deshalb führt er auch hier nochmals die »heroischen« Gotenfrauen an, die sich gegen irgendwelche Eindringlinge aufs Beste zur Wehr setzen, weil sie dies von ihren gotischen Männern gelernt hätten. Wir können hier sagen, dass Jordanes es keineswegs verschmäht, diese Legende anzuführen, und wir wissen dabei nicht genau, ob er sie bereits von seinem großen Gewährsmann Cassiodor übernommen hat. Historisch gesehen begibt er sich aber auf ganz unsicheres Gelände, obschon die Zeit der Parther (3. Jahrhundert) aus seiner Sicht (6. Jahrhundert) noch nicht so lange vorüber war.

Im Anschluss an die Episode des legendären, aber ganz irrationalen Gotenkönigs Tanausis, der vielleicht doch eher ein Skythenherrscher war, fügt Jordanes noch mehr phantastische Mären in seinem neuen Kapitel[109] hinzu.

106 Gnaeus Pompeius Trogus: röm. Historiker aus dem Gebiet der Vocontier in der Provinz Gallia Narbonenis, der in der Zeit von Augustus u. Titus Livius lebte.

107 Parther: iran. Stamm südöstl. des Kaspischen Meeres, schon seit König Kyros II. (559–529 v. Chr.) zum Perserreich gehörig. Nach Kämpfen mit Rom fiel das Partherreich 224 n. Chr. in die Hand der Sassaniden. Jordanes will hier tatsächlich sogar die Parther den Goten zuordnen.

108 Vgl. lat. partio(r) ›verteilen, abtrennen‹.

109 Kap. 7 §§ 47–48.

Kapitel 7

Wie man zu Gotenfrauen kam

Das Folgende lesen wir nun über die eigenartigen Gotenfrauen, nachdem Jordanes sich hinreichend über diesen phantastischen *Tanausis* geäußert hat. Es lautet dort der Originaltext wörtlich:

VII. »Als nach seinem Tod die Heerkrieger unter seinen Nachfolgern in andere Länder zu Streit und Krieg ausgezogen waren, versuchte es ein Nachbarvolk, die zurückgelassenen Frauen der Goten zu rauben. Diese leisteten jedoch, wie sie es von ihren Männern gelernt hatten, tapferen Widerstand und wiesen ihre Bedränger mit großer Schmach ab. Nach dem Sieg griffen sie, von kühnem Mut beseelt, indem sie sich gegenseitig dazu aufforderten, zu den Waffen und wählten zwei besonders kühne Frauensleute, nämlich *Lampeto* und *Marpesia*, zu ihren Fürstinnen. Da diese beiden nun auf den Schutz des eigenen Landes und auf Verwüstungen des fremden bedacht waren, blieb Lampeto zurück, nachdem sie das Los geworfen hatten, um die Heimat zu verteidigen.

Marpesia jedoch führte das Frauenheer weiter an und brach mit dieser ganz neuen weiblichen Kriegermannschaft in Asien ein, wo sie mit Waffengewalt verschiedene Völker unterwarf, andere aber durch friedliche Unterhandlungen für sich gewann. Und sie kam bis zum *Kaukasus*, wo sie sich eine Zeit lang aufhielt und jener Gegend den Namen *Marpesia-Felsen* gab. Daher sagt Vergil:

›Gerade so als starrte ein großer Kiesel empor, ein *marpesischer* Felsblock.‹[110]

Da, wo später Alexander der Große Tore errichten ließ, denen er den Namen ›Kaspische Pforten‹[111] gab, stehen jetzt zum Schutz des Römischen Reiches die *Lazen*. Hier eine Zeit lang verweilend, erstarkten die Amazonen. Dann brachen sie auf, überschritten den Fluss Alis [Kisil Irmak], der an der Stadt Gargara [Çankiri] vorbeifließt, und unter-

110 Vergil in seinem Werk Äneis 6.

111 Pylas Caspias: Sirdar Pass, bei Derbent an d. Westküste des Kaspischen Meeres – Süddagestan.

warfen, überall gleich glücklich kämpfend, Armenien, Syrien, Cilicien, Galatien,[112] Pisidien[113] und all die Städte von Asia Minor [Kleinasien].

Dann wandten sie sich gegen Ionien und Äolien und machten sich diese untertan. Hier behaupteten sie eine längere Herrschaft und benannten auch Städte und Burgen nach ihren Namen. In Ephesus[114] erbauten sie wegen ihrer Lust am Schießen und an der Jagd, die sie mit Leidenschaft betrieben, der *Diana* mit großem Aufwand einen herrlichen Tempel. Auf solche Weise sozusagen geschah es, dass sich skythische Frauen der Herrschaftsgewalt in Asien bemächtigten, die sie über hundert Jahre lang behielten. Hierauf kehrten sie endlich zu ihren Gefährtinnen an den oben erwähnten *Marpesischen Felsen*, d. h. in den Kaukasus, zurück.

Da wir nun schon zweimal auf dieses Gebirge zu sprechen kamen, so denke ich, dass es der Sache nicht fernliegt, dessen Höhenzüge und Lage zu beschreiben, da er [der Kaukasus] bekanntlich ohne Lücke den größten Teil der Erde begrenzt. Er erhebt sich vom Indischen Ozean, und an der Seite, wo er dem Süden zugewandt ist, glüht er infolge der Sonnenhitze; auf der Nordseite ist er unwirtlich durch frostige Winde und Raureif. Dann macht er einen Bogen und verläuft nach Syrien und entsendet neben vielen anderen Flüssen nach der verbreitetsten Meinung in das vasianensische[115] Land den *Euphrat* und den *Tigris*, die beide schiffbar sind, und zwar aus der reichlichen Menge immer fließender Quellen. Diese beiden umfassen das Land der Syrer, dem sie seinen Namen Mesopotamien und seine Gestalt gaben, und ergießen ihre Fluten in einen Busen des Roten Meeres.

Dann wendet sich oben besagtes Gebirge [Kaukasus] nach Norden, zieht mit großen Krümmungen durch die skythischen Lande, und von hier aus sendet es sehr namhafte Flüsse in das Kaspische Meer, wie den Araxes [Aras], den Cysus [Kur] und den Kambises [Jora], und dehnt sich in seiner Fortsetzung bis an die *riphäischen Berge* [zentral-

112 Galatien: hier ursprüngl. kelt. Stamm, der sich am Fluss Halys niederließ, um 25 v. Chr. röm. Provinz.

113 Pisidien: histor. Landschaft im W.-Taurus. Seit dem 6. Jh. vor Chr. unter pers. Oberhoheit. Seit etwa 100 v. Chr. römisch.

114 Ephesus: griech. Stadt in Westanatolien; später röm. Hauptstadt der Provinz Asia. Berühmte Ruinenstadt. Tempel der Diana.

115 Vgl. Basilisene in Armenien

russ. Hochland] aus. Von da geht es, indem es mit seinen Abhängen das Skythenland begrenzt, bis zum Pontischen [Schwarzen] Meer und erreicht mit seinen Ausläufern auch die Fluten des Hister [untere Donau]. Durch diesen Fluss wird es gespalten und heißt in Skythien auch *Taurusgebirge*. Von solcher Beschaffenheit und solcher Ausdehnung ragt es, das größte fast aller Gebirge, mit seinen hohen Gipfeln empor und bietet durch seinen natürlichen Bau seinen Völkern unübersteigbare Bollwerke.

Denn mit stellenweisen Einschnitten, wo im Spalt des getrennten Gebirges ein offenes Tal liegt, hat es die Kaspischen Tore, dann die Armenischen, dann die Cilicischen und andere Tore, die jeweils nach der Gegend, worin sie sich befinden, verschiedene Namen haben. Aber kaum ein Wagen kann dort fahren, da auf beiden Seiten die Felswände jäh abfallen.

Bei den verschiedenen Völkern hat das Gebirge verschiedene Namen empfangen. Hier nennt es der Inder Lammus [Himalaja], dort Propanissimus [assyr. Berge]; der Parther nennt es zuerst Choatras, später Nifates;[116] der Syrer und Armenier bezeichnet es als Taurus; bei den Skythen hat es die Namen Kaukasus [*kauka:* urverwandt: *hoch*] und *Riphäus* und am Ende wieder *Taurus*. Noch viele andere Benennungen haben die Völker diesem Gebirge gegeben. Und weil wir jetzt auch von seiner Ausdehnung einiges berichtet haben, so sollten wir nun wieder zu den *Amazonen* zurückkehren, von denen wir ausgegangen sind!«

Soweit reicht der echte Jordanestext im siebenten Kapitel. Erläutern wir auch hier das eine oder andere!

Nun, jetzt wissen wir also eine Menge über gotische *Amazonen*, und es fällt uns schwer, die Angaben der »Origo Gothica« in diesen Punkten zu würdigen. Und es nützt uns wenig, wenn wir mehr über das von ihnen so stolz requirierte Ionien, Äolien oder Armenien wissen, all diese Namen gehören in die antike Welt. Vielleicht könnte man noch kurz auf das wenig bekannte *Pisidien* eingehen, das im Westtaurus liegt. Es schließt sich landeinwärts nach Norden an Pamphylien an. Und die im Wesentlichen bäuerlichen *Pisider* standen seit Mitte des 6. Jh. v. Chr.

116 Teil des Taurusgebirges: Ala-Dagh.

unter der Oberhoheit der Perser. Seit etwa 100 v. Chr. wurde Pisidien unter römischer Herrschaft verwaltet. Das mag fürs Erste zu den erstaunlich erfolgreichen Gotenfrauen genügen, die ja – und das verblüfft – der Sage nach fast ganz Kleinasien (Türkei) erobert haben sollen!

Soviel dazu. Das alles findet Jordanes und hat nun noch romantischere, ja geradezu erotische Legenden, die er den Gotenamazonen andichtet. Und der erstaunte, fast verzweifelte Leser soll es ihm glauben. Amazonen kennt natürlich die griechische Mythologie. Es sind unter einer Königin in Kleinasien lebende kriegerische Frauen, die zwei Monate im Frühjahr mit Männern eines Nachbarvolkes zusammentreffen, um den Fortbestand ihres Volkes zu garantieren. Nur Mädchen werden aufgezogen und mit Pfeil, Bogen und Schwert ausgebildet. Unter ihrer Königin *Penthesilea* kämpfen sie im Trojanischen Krieg gegen die Griechen. Bildliche Darstellungen finden sich in allen Gattungen der bildenden Kunst, u. a. kennt man ein Relief eines Amazonenkampfes am Fries eines Mausoleums in Halikarnassos aus der Mitte des 4. Jahrhundert v. Chr. Die berühmteste Darstellung eines solchen Kampfes stammt übrigens von Rubens (um 1620). In der nordischen Mythologie kennen wir sie als die Walküren, die »Wählerinnen der kampftoten Helden«. Meist erscheinen sie zu sechs, neun oder zwölf mit Helm und Schild in fester Brünne, mit Funken sprühenden Speeren, von Blitzen umspielt. Sie reiten auf ihren Wolkenrossen durch die Lüfte. Solche »Schildmädchen« sind Lieblingsgestalten der nordischen Sage, und man sieht, dass diese Vorstellungen schon bekannt waren – nämlich in der Ostgoten Saga der »Origo Gothica«. Die Walküren boten Anlass zu außerordentlich schönen Dichtungen in Skandinavien, worin ihre Liebe zu Helden geschildert wurde. Da sie meist als Töchter irdischer Könige dargestellt werden, andererseits aber auch mit übermenschlichen Zügen ausgestattet sind, kann man sie als »Wunschtöchter« Odins betrachten, wie es beispielsweise auch Brynhild in der nordischen Nibelungensage war.

Ansatzweise lesen wir also bereits in gotischen Texten des 6. Jahrhunderts über kriegerische Gotinnen. Später finden wir dann, fein ausgedacht, auch die »Schwanenmädchen« in der berühmten Wielandsage. Erfahren wir nun Weiteres über legendäre Überlieferungen hinsichtlich kriegerischer Frauen bei den Goten.

Kapitel 8

Goten-Amazonen schlafen mit Kriegern der Nachbarvölker

Einigermaßen abenteuerlich setzt nun die »Origo Gothica« ihre Berichterstattung über die skythisch-gotischen Frauen im achten Kapitel[117] fort. Es heißt da:

VIII. »Aus Furcht, ihre Nachkommenschaft könnte immer mehr abnehmen, strebten sie danach, bei den Männern der benachbarten Völker zu schlafen. Einmal im Jahr wurde Zusammenkunft gehalten und ausgemacht, dass man am selben Tag im folgenden Jahr wieder zusammenkommen wolle, um den Nachwuchs männlichen Geschlechts dem Vater zu bringen. Was weiblich war, sollte die Mutter für den Kriegsberuf erziehen, oder sie nahmen, wie einige meinen, bei der Geburt von kleinen Jungen – mit stiefmütterlichem Hass gegen das unglückliche Kind – diesem das Leben. Bei ihnen war also das Gebären von Jungen, das ja doch üblicherweise überall erwünscht ist, recht verhasst! Diese ihre Grausamkeit führte dazu, dass man allgemein große Angst vor ihnen hatte. Denn welche Hoffnung, frage ich, hätte es da noch für einen Gefangenen geben können, wenn es nicht einmal erlaubt war, dem Sohn Nachsicht zu schenken?

Gegen diese nun kämpfte – wie erzählt wird – der Held *Herkules* und überwand die *Melanis,* jedoch mehr durch List als durch Tapferkeit. *Theseus* aber nahm die *Hippolyte* als Beute mit, die ihm dann den Hippolytus gebar. Auch eine Königin namens Penthesilea hatten später diese Amazonen, über die sich in den Geschichten vom Trojanischen Krieg rühmliche Zeugnisse finden lassen. Diese Frauen sollen nämlich bis auf Alexander den Großen stets die Regierung in der Hand gehabt haben.«

Mit diesen Darlegungen endet das achte Kapitel unserer »Origo Gothica«. Wir fügen hier nur weniges hinzu: Jordanes vermittelt uns hier ein wenig griechisch-römische Sagengeschichte. Nun wissen wir wenigstens auch durch ihn, dass zum Beispiel Theseus, der Nationalheld

117 8. Kap. §§ 56–57.

der Athener, seine Amazonenbraut Hippolyte erbeutet hat, und das war nur eines seiner vielen Abenteuer. Wie Jordanes den Griechenhelden Herkules und die dazu gehörige Amazone Melanis eingearbeitet hat, verlangt uns Respekt ab, aber man könnte doch auch fragen: Was hat das alles mit den alten Goten zu tun?

Nun aber sieht der Verfasser der Gotengeschichte wohl selber ein, dass er mit den Amazonen ein erhebliches Stück vom Wege abgekommen ist, und ihm selbst ist wohl auch klar, dass sich diese etwas obskuren Märchen nicht ohne Weiteres in seine gotischen Geschichten einfügen lassen.

Kapitel 9

Geten und Goten – dasselbe?

Deshalb wird die »Origo Gothica« im nächsten Kapitel[118] nun doch energischer, und Jordanes redet seinen fiktiven Leser, eben den in seinem Vorwort genannten Bruder *Castalius*, direkt an. Das lautet im Original so:

IX. »Damit du aber nicht etwa sagst: ›Warum verweilt der Bericht, der doch von den Männern der Goten handelt, so lange bei ihren Frauen?‹ – so vernimm nun auch etwas von der ausgezeichneten, ruhmwürdigen Tapferkeit der Männer!

Dio, ein Geschichtsschreiber und sehr gründlicher Altertumsforscher hat seinem Werk den Titel ›Von den Geten‹ gegeben – dass aber ›Geten‹ gleichbedeutend mit ›Goten‹ sind, haben wir schon oben bewiesen![119] Auch Orosius Paulus erläutert dies: Nun, dieser Dio erwähnt bei ihnen nach sehr langer Zeit einen König namens *Telephus*. Damit aber niemand einwende, dass dieser Name der gotischen Sprache völlig fremd sei, so hat wohl jeder schon bemerkt, dass sich die Völker meistens fremde Namen zu ihrem Gebrauch aneignen, dass sich zum Beispiel die

118 9. Kap. §§ 58–60.

119 Wie man hier sieht, macht Jordanes keinen Unterschied zwischen antiken Geten und frühmittelalterlichen Goten, und nur so kann er den Amalern eine so lange Stammesgeschichte andichten!

Römer die der Mazedonier, die Griechen die der Römer, die Sarmaten die der Germanen und die Goten meist die der Hunnen entlehnen. Dieser Telephus also, Sohn des Herkules und der Auge, ein Gemahl einer Schwester des Priamus, von schlankem Körperbau, noch furchtbarer durch seine Kraft, stand an Tapferkeit seinem Vater nicht nach, ja, er war auch in der Ähnlichkeit der Gestalt geradezu ein zweiter Herkules.[120]

Sein Königreich nannte man früher Mösien [Mösia, südl. d. Donau]. Im Osten dieser Provinz sind die Donaumündungen, im Süden liegt Makedonien, im Westen Histrien, im Norden fließt die Donau. Der soeben erwähnte Telephus also führte Krieg mit den Danaern,[121] wobei er in der Schlacht den *Thesander*, einen griechischen Fürsten, tötete. Als er dann auch den *Ajax* [stärkster Held d. Griechen] angriff und den *Ulysses* [Odysseus] verfolgte, strauchelte sein Pferd über einen Rebstock; er fiel und wurde von Achilles mit dem Speer am Schenkel verwundet, sodass er lange nicht geheilt werden konnte. Die Griechen aber jagte er, obwohl er verletzt war, aus seinem Land. Nach dem Tod des Telephus folgte ihm sein Sohn *Euryphilus* in der Herrschaft nach, der ein Sohn der Schwester des Phrygerkönigs[122] Priamus war. Er wurde, als er aus Liebe zu *Kassandra* am Trojanischen Krieg teilnehmen und seinen Verwandten und seinem Schwiegervater zu Hilfe kommen wollte, gleich nach seiner Ankunft umgebracht.«

120 Telephus, ein Arkadier, war Sohn des Herakles und der Auge, einer Priesterin der Athene; ihrem Vater, König Aleos, war in Delphi geweissagt worden, ein Sohn der Auge werde seine beiden anderen Söhne, Auges Brüder, töten. Herakles verliebte sich aber in die schöne Auge und schwängerte sie, worauf diese das Kind im Geheimen gebar. Da wurde sie durch Aleos auf offener See ausgesetzt, weil der König sich scheute, seine Tochter eigenhändig zu töten. Telephus wurde allein in einem Gebirge ausgesetzt und von einer Hirschkuh gesäugt. Auf dem Pergamon-Fries (Berlin) wird er allerdings von einer Löwin gesäugt, was spektakulärer war. Beim König Theuras fand er später seine Mutter, doch erkannte niemand, dass es Mutter und Sohn waren. Nachdem er für Teuthras gekämpft hatte, gab der ihm seine eigene Mutter Auge zur Frau und machte ihn zu seinem Nachfolger.

121 Danaer: bei Homer Bezeichnung für Griechen. Danaergeschenk: das hölzerne Pferd im Trojan. Krieg.

122 Priamus: Sohn des Laomedon, der sechste und letzte König von Troja während des von Homer geschilderten Trojan. Krieges; verheiratet mit Hekabe und Vater von Paris, Kassandra, Polyxena, Hektor, Troilus, u. a. Seine Schwestern sind Hesione, Killa und Astyoche. Sein Name kommt vom griech. oder lyd. Wort priasthai ›Kaufgeschäft‹. Diesen Namen erhielt er, weil seine Schwester Hesione ihn erkaufte, als die Stadt von Herakles gestürmt wurde. Er wurde bei der Eroberung Trojas von Neoptolemos, dem Sohn des Achilles (auch bekannt als Pyrrhus), am Altar des Zeus umgebracht. Nach ihm wurde der Schatz benannt, den H. Schliemann 1872 in den Ruinen von Troja entdeckte.

Soweit der originale Text des neunten Kapitels. – Ja, soviel erzählt uns hier Jordanes über allerlei Mythen, und er bemüht hierbei sogar den Sagenschatz der Griechen, den er quasi in die gotische Vorgeschichte einbringen möchte. Neben vielen geläufigen griechischen Sagenhelden erscheinen auch Hinweise auf die Phryger, die ursprünglich Einwohner von Inneranatolien waren. Die römische Diözese Phrygien wurde dann unter Diokletian in Phrygia I–II unterteilt.

Historisch betrachtet kann man natürlich von Goten in unserem Sinn damals in Kleinasien nicht sprechen. Sie sind zu dieser Zeit noch in Skandinavien ein Stamm unter vielen, und erst 7 v. Chr. – 17 n. Chr. werden – wir wiesen schon darauf hin – erstmals sogenannte *Gutonen,* wenn es denn enge Verwandte der Goten waren, im heutigen Pommern und an der polnischen Küste bezeugt. Um 150 hörte man, wie gesagt, im Altertum von den eigenartigen *Guten* auf der Insel Skandza, vielleicht auf Gotland? Aber das ist von Forschern auch bestritten worden. Und erst von dieser Zeit an kann man wohl ernsthaft mit dem berühmten und im Schrifttum des 19. Jahrhunderts so oft erwähnten »Gotenzug ans Schwarze Meer« rechnen. Wir werden an gegebener Stelle noch mehrfach auf »gelehrte« Diskussionen darüber zurückkommen, etwa, wie man sich diese Auswanderung nach Süden im 2. Jahrhundert – lange vor der großen Völkerwanderung – denn eigentlich vorzustellen hätte, dass dies nämlich – wie schon angedeutet – erstaunlich langsam in Schüben über Generationen hinweg verlief.

Wer aber sind die Geten? Die *Geten* oder *Getai* (griech.) waren eigentlich ein indoeuropäisches Reitervolk des frühen Altertums, das zur weit verbreiteten Stammesgruppe der Thraker gehörte. Obwohl sie mit zwei oder drei anderen Völkern zu den Vorfahren der Rumänen zählen, ist in der Literatur nicht viel über sie zu finden. Sie siedelten ab dem 5. Jahrhundert v. Chr. (nach anderen Quellen schon im 7. Jahrhundert) westlich des Schwarzen Meeres zwischen der unteren Donau und dem östlichen Balkan – also etwa im Gebiet zwischen dem heutigen Moldawien und Ost-Bulgarien, auch beiderseits der unteren Donau, in der Dobrudscha und in Bessarabien. Das Volk der Getai wird erstmals von Herodot erwähnt.

Sie kannten bereits die Eisenverhüttung und -verarbeitung zu Waffen, Arbeitsgeräten und Schmuck, doch haben sie keine Schriften hinterlassen. Fast alles Wissen über sie stammt aus altgriechischen und römischen Quellen. Die bekannteste Persönlichkeit dieses ersten Königreichs ist König *Burebista* (um 70–44 v. Chr.), der Reichseiniger und Eroberer griechischer Stadtstaaten an der Schwarzmeerküste um 50 v. Chr. Jordanes geht in einem weiteren Kapitel auf ihn ein.

Seit dem ersten Jahrhundert v. Chr. waren die Siedlungsgebiete der Daker und Geten größtenteils im Dakerreich vereinigt. Während und nach der Römerzeit vermischten sich beide Völker mit der römischen Zivilbevölkerung und bilden nach Ansicht der meisten Ethnologen die Basis des heutigen rumänischen Mehrheitsvolkes. Kleinere Anteile kamen noch mit den Völkerwellen des 3. bis 8. Jahrhunderts (Goten, Hunnen, Awaren) hinzu. Die ab 900 im Westen und Siebenbürgen dominierenden Magyaren assimilierten sich hingegen kaum. Jordanes hielt die Geten, wie wir eben lasen, jedenfalls für identisch mit den Goten, was seiner Phantasie und den Wünschen der Amaler-Sippe entsprach.

Kehren wir nun zunächst auf die legendären Mitteilungen des Jordanes über Sachverhalte zurück, die weit vor dem historisch beweisbaren Auftauchen der Goten im Süden anzumerken sind. Im zehnten Kapitel[123] wendet er sich nämlich dem Perserkönig *Cyrus* und der sagenhaften Getenprinzessin *Tomyris* zu.

Kapitel 10

Märchenhaftes: antike Namen, antike Goten

Jetzt lesen wir Märchenhaftes, vermischt mit alter Historienüberlieferung:

X. »Hierauf begann Cyrus [II.], der Perserkönig,[124] nach einem großen Zwischenraum, nämlich von nahezu 630 Jahren, wie *Pompejus Trogus* bezeugt, gegen die Königin der Geten *Tomyris* einen für ihn unheilvollen Krieg. Übermütig gemacht durch seine Siege in Asien, strebte er danach, die Geten zu unterwerfen, deren Königin, wie schon

123 Kap. 10, §§ 61–66.
124 Cyrus [II.] um 559 v. Chr.

gesagt, Tomyris war. Obschon ihn diese am Überschreiten des Flusses *Abraxes* hätte hindern können, ließ sie ihn doch herüberkommen, da sie es vorzog, ihn mit der Waffe in der Hand zu besiegen, statt ihn durch die Vorteile der Örtlichkeit fernzuhalten. So geschah es auch. Als nun Cyrus kam, begünstigte das Glück anfangs die Parther so sehr, dass sie den Sohn der Tomyris und den größten Teil ihres Heeres töteten.

Aber als sie den Kampf wieder aufnahmen, besiegten die Geten mit ihrer Königin das Partherheer bis zur Vernichtung und machten zudem reichliche Beute; und hierbei sah auch das Volk der Goten[125] zum ersten Mal sirische[126] Zelte. Hierauf zog Königin Tomyris, noch mächtiger durch diesen Sieg, zumal sie sich eine so reiche Beute angeeignet hatte, in denjenigen Teil Mösiens, der jetzt unter Entlehnung seines alten großskythischen Namens einfach Kleinskythien[127] genannt wird, und sie erbaute an der mösischen Küste des Pontus nach ihrem Namen die Stadt Thomes [Tomi].[128]

Später verlangte Perserkönig Darius,[129] der Sohn des Hystaspes, die Tochter des Gotenkönigs Antyrus zur Frau unter Bitten und sogar Drohungen, falls man seinen Willen nicht erfüllen würde. Die Goten aber verachteten diese Verwandtschaft mit ihm und ließen seine Gesandtschaft unverrichteter Dinge zurückfahren. Wütend über diese schimpfliche Zurückweisung zog Darius nun mit 700 000 Bewaffneten gegen sie, um sich für die zugefügte Beschimpfung zu rächen und das Volk zu bestrafen. Ungefähr von Chalcedon [türk. Kadiköy] bis nach Byzanz stellte er Schiffe wie eine Brücke zusammen und verband sie untereinander; dann zog er gegen Mösien und Thrakien. Über die Donau baute er eine ähnliche Brücke, wurde aber zwei Monate lang durch häufige Kämpfe bei Tapae heimgesucht und verlor 8 000 Mann, danach eilte er aus Besorgnis, die Donaubrücke könnte von seinen Feinden besetzt werden, in schleunigster Flucht nach Thrakien

125 Hier spricht Jordanes deutlich und ausdrücklich von »Goten«, was natürlich wenig glaubwürdig ist: Aber er sieht ja ohnehin keinen Unterschied zwischen Geten und Goten.

126 Sirische Zelte: Zelte aus Seide.

127 Moesia: Dobrudscha, zwischen unterer Donau u. Schwarzem Meer.

128 Tomi, im 7. Jh. v. Chr. von Griechen gegr. unter Konstantin d. Gr. als Constantiniana gefördert, entwickelte sich in röm. Zeit zum Zentrum der Dobrudscha, heute Konstanza, seit 1878 rumänisch.

129 Darius I., gest. 486 v. Chr.

zurück. Nicht einmal in Mösien glaubte er sich in Sicherheit, um dort wenigstens eine kurze Zeit verweilen zu können.

Nach seinem Tod beschloss Xerxes,[130] die Schmach zu rächen, die sein Vater erlitten hatte, und überzog mit eigenen 700 000 Mann und 500 000 Mann Hilfstruppen, 1 200 Kriegsschiffen und 3 000 Lastschiffen die Goten mit Krieg, wagte aber – durch ihren Mut und ihre Festigkeit besiegt – keinen ernsthaften Kampf. Denn er zog wieder, ohne zu streiten – wie er gekommen war – mit seinem Heer ab.

Auch Philipp, der Vater Alexanders des Großen,[131] knüpfte Freundschaft mit den Goten und nahm Medopa,[132] die Tochter ihres Königs Gudila,[133] zur Frau, um, durch solche Verwandtschaft gestärkt, die Herrschaft der Mazedonier zu befestigen. Nach dem Bericht des Geschichtsschreibers Dio gedachte Philipp, welcher an Geldmangel litt, in jener Zeit mit Heeresmacht Odyssitana[134] zu plündern, eine Stadt Mösiens, die damals wegen der Nachbarschaft von Thomes den Goten unterworfen war. Da kamen jene Priester der Goten, die ›die Gottesmänner‹[135] hießen, nachdem plötzlich die Tore geöffnet waren, unter Zitherspiel in weißen Kleidern heraus und riefen im Bittgesang die heimischen Götter an, damit sie hilfreich die Mazedonier vertreiben sollten.

Als die Mazedonier diese so zuversichtlich auf sich zukommen sahen, stutzten sie. Und sie, die Bewaffneten, wurden – wenn man so sagen darf – von den Unbewaffneten in Schrecken versetzt. Unverzüglich lösten sie das Heer auf, das sie zum Krieg ausgerüstet hatten, ließen von der Zerstörung der Stadt ab und gaben sogar diejenigen frei, die sie nach Kriegsrecht außerhalb der Stadt gefangen genommen hatten, schlossen Frieden und kehrten alsdann zu den Ihrigen zurück.

Im Andenken an diesen Streich bekriegte lange Zeit später ein ausgezeichneter Führer der Goten namens Sitalkes,[136] mit 150 000 Mann – verbündet mit den Athenern – den König der Mazedonier Perdik-

130 Xerxes: um 519–465 v.Chr.

131 Alexander d. Gr. 356–323 v. Chr.

132 Medopa: sagenhafte Geten- bzw. Gotenprinzessin. 4. Jh. v. Chr.

133 Gudila: evtl. got. gudi-la; gudi- ›Opferpriester‹, -la Diminutivsilbe; mythischer Gotenkönig, 4. Jh. v. Chr.

134 Odyssitana: Varna.

135 Gottesmänner: got. gudjans; in Skandinavien: Goden.

136 Sitalkes/Sithalkus: nur nach Jordanes ein Gotenkönig, 4. Jh. v. Chr.

kas.[137] Diesen hatte Alexander, als er in Babylon von der Hand eines treulosen Dieners den Tod trank, nach dem Erbrecht als Nachfolger in der Herrschaft über die Athener zurückgelassen. Aus einer großen Schlacht gegen ihn gingen die Goten als Sieger hervor, und so zogen diese für jenes alte in Mösien erlittene Unrecht nach Griechenland und verwüsteten Makedonien.«

Soviel, so gut. So also hat die »Origo Gothica« hier antikes Wissen verarbeitet und allerlei Geschichten mit dem Stamm der Amaler verwoben, den es damals noch nicht gab.

Nun, das alles – in historisch-sagenhaften Gewändern – setzt uns Jordanes hier vor, denn er will ja nach dem Wunsch des Ostgotenkönigs Theoderich die Goten mit der alten historischen Überlieferung, mit den »Geten« verbinden, sie geradezu als »gleichwertig« hinsichtlich der alten Helden und Könige darstellen. Dabei beruft er sich u. a. auf zeitgenössische Autoren wie *Gnaeus Pompeius Trogus,* den er schon mehrfach erwähnt hat. Das war ein römischer Historiker in der Provinz Gallia Narbonensis, der in der Zeit von Augustus und Livius wirkte. Sein Vater diente unter Caesar als Sekretär und Übersetzer. Trogus selbst war ein Mann von enzyklopädischem Wissen. Er schrieb Bücher über die Naturgeschichte von Pflanzen und Tieren und wurde oft von Plinius d. Ä. genannt. Sein Hauptwerk waren jedoch die *Historiae Philippicae* in 44 Büchern über Makedonien. Die römische Geschichte bis zu der Zeit, in der die Griechen und der Osten mit Rom in Kontakt traten, blieb unberücksichtigt. Hauptsächlich aus dem Grund, weil solch eine Sammlung die Möglichkeiten eines Römers überstieg, wird oft angenommen, Trogus habe die Angaben führender griechischen Historiker nicht selbst gesammelt. Von seinem Werk sind nur Auszüge des Justinus erhalten. Jedenfalls nennt Jordanes hier einen gewichtigen Zeugen für seine Geten- bzw. Goten-Phantasien.

Die Geschichte um die angebliche Gotenkönigin *Tomyris* (auch Thamyris, Thomyris oder Tamiris) ist pikant. Das war eine Königin der südöstlich des *Aralsees* siedelnden keltischen *Massageten,* gegen die der große Perserkönig Kyros II. um 530 v. Chr. – so wird berichtet – auf einem Feldzug fiel. Herodot bietet zu dieser Version über Kyros'

137 Perdikkas: histor. König, um 429 v. Chr.

Tod eine längere Passage. Danach war Tomyris als Witwe Alleinregentin der Massageten. Ihr Reich wollte sich aber Kyros auch noch einverleiben. Zunächst versuchte er es friedlich, indem er um ihre Hand anhielt. Dann zog er gegen sie zu Felde. Als er zum Grenzfluss Araxes kam, übermittelte ihm Tomyris das Angebot, er könne entweder unbehelligt drei Tagesmärsche in ihr Reich vorrücken oder ihr einen ebenso weiten Vormarsch erlauben, um dann mit ihr um die Entscheidung zu kämpfen. Auf den Rat des angeblich noch lebenden Lyderkönigs *Krösus*, der sich gegen die Meinung der persischen Adligen durchsetzte, drang Kyros auf Tomyris' Territorium vor und lockte ein Drittel ihrer Armee in eine Falle. Die Perser verteidigten nämlich ihr mit köstlichen Weinen bestücktes Lager absichtlich nur schwach. Nun, die Massageten betranken sich und konnten so von der persischen Hauptmacht überrumpelt werden, wobei auch *Spargapises*, der Sohn der Tomyris, gefangen genommen wurde. Als er nach seinem Rausch wieder zu sich kam, beging er aus Scham Selbstmord. Noch ehe Tomyris vom Tod ihres Sohnes erfuhr, verlangte sie von Kyros dessen Freilassung. Sollte der Perserkönig dieses Ansinnen ablehnen, drohte sie damit, seine Blutrünstigkeit zu sättigen. Ungerührt rüstete sich Kyros zum Kampf gegen sie, unterlag aber schmählich, denn sie war ja auch eine Art »Gotenamazone«. Den Kopf seiner Leiche ließ sie in einen Schlauch voller Blut stecken. Nun, sagte sie, habe sie ihre Warnung, ihn mit Blut zu sättigen, erfüllt.

Die Geschichte von Tomyris und Kyros war im Altertum ziemlich bekannt. So gibt es zahlreiche Berichte anderer Autoren, die wesentlich später als Herodot schrieben. Ihre Darstellungen sind kürzer und mehr oder weniger stark abweichend. So vertauschte der Sammler von Kriegslisten, Polyainos, die Rolle der Königin und des Perserkönigs. Tomyris floh demnach scheinbar vor Kyros und überließ den Persern ihr Lager, das mit Weinen gefüllt war, um sie zur Nacht zu besiegen. Iustinus vermengt Herodots Bericht noch mit einer anderen Geschichte. Danach gestattete Tomyris den Persern den Übergang über den Fluss in der Hoffnung, die ihr vertraute Heimatgegend bei der Wahl eines für die Skythen günstigen Kampfplatzes auszunützen. Wie bei Herodot lockt Kyrose dann Teile ihres Heeres unter der Führung ihres Sohnes in sein reich gefülltes Lager und machte es nach dem Weingenuss nieder. Nun floh Tomyris zum Schein vor den Persern, überfiel sie aber in einer Schlucht, wo die Skythen auf den umliegenden Hügeln warteten, und tötete Kyros mit angeblich 200 000 Kriegern.

Diodor machte Tomyris – ähnlich wie Iustinus – zu einer Skythenkönigin, ohne allerdings ihren Namen anzugeben. Nach ihrem Sieg über die Perser lässt sie Kyros sogar durch eine Kreuzigung sterben. Dem sizilianischen Geschichtsschreiber Diodor diente die Tat der Tomyris als Beweis, dass skythische Frauen ebenso kriegstüchtig seien wie die sagenhaften Amazonen. Noch verdrehter ist natürlich die Darstellung unseres Historikers Jordanes, der sich zwar, wie er selbst sagt, auf *Trogus* (ebenso wie Iustinus) stützt, aber trotzdem Tomyris als Königin der Geten darstellt. Nach ihrem Sieg über Kyros sei sie in den später Kleinskythien genannten Teil Mösiens gegangen und habe dort an der Pontus-Küste eine nach ihr benannte Stadt *Tomi* gegründet, wie wir dies soeben weiter oben lasen!

Auch jenen berühmten Darius I.[138] lässt Jordanes nicht aus, um die »Heldentaten« der Geten zu preisen. Ein gotischer König namens *Antyrus* wollte ihm doch wahrhaftig nicht die schöne Tochter geben. Später bekam es Darius mit der Angst, und trotz so vieler Krieger zog er ab und ließ die Goten in Frieden. Natürlich war Darius I. ein Name, den viele kannten. Er war Großkönig des persischen Achämenidenreiches, nach eigener Angabe der neunte König aus der Dynastie. Er wird oft mit dem Beinamen »der Große« bezeichnet. Sein Name bedeutet »das Gute weiterführend«. Darius I. gilt neben Kyros II. als der bedeutendste Großkönig Altpersiens. Seine Verwaltungsreformen wurden lange als vorbildhaft angesehen, vielleicht beeinflussten sie sogar die Römer. Außerdem förderte er die Künste, insbesondere die Architektur. Davon zeugen die Gründung von *Persepolis* und die Bautätigkeit in Residenzstädten, etwa in *Susa*. Mit seiner Invasion Griechenlands, die 490 v. Chr. in der Schlacht von Marathon scheiterte, begannen die Perserkriege.

Nun wissen wir, dass er auch in der Ostgoten Saga eine kleine Rolle spielt. Beweisen kann man solches natürlich nicht, und es ist auch nicht wahrscheinlich.

Selbst Xerxes, der etwa bis 465 v. Chr. lebte, wird hier von Jordanes ganz unhistorisch in Gotenkämpfe verstrickt. Sein Name verheißt

138 Darius I.: 549 – 486 v. Chr.

schon viel, denn er ist »der über Helden Herrschende«, und als Sohn des Darius unterdrückte er allerlei Aufstände in Ägypten und Babylonien. Sein Versuch, Griechenland zu erobern, schlug fehl. Ebenso wie sein Vater hat er großen Anteil am Ausbau von Persepolis. Doch sein Ende kam unvermittelt, denn er wurde ermordet. Wie uns die »Origo Gothica« mitteilt, zog selbst er angesichts der ungeheuren Gotenmacht mit seinem Riesenheer unverrichteter Dinge wieder ab. Wo er die Goten getroffen haben soll, bleibt indessen unerwähnt.

Schließlich wird auch noch Philipp, der Vater Alexanders des Großen, bemüht, der ebenso ins vorchristliche Zeitalter gehört und hier sogar als Verwandter der Goten auftritt. Gudila war nach Jordanes sein Schwiegervater, der – sein Name klingt zwar gotisch – doch wohl eigentlich ein thrakischer König namens *Kothelás* gewesen ist. Nebenher vernehmen wir noch, dass auch das heutige bulgarische *Varna* damals den Goten gehört hat und deren Priester – weiß gekleidet – die Stadt gerettet haben.

Noch ein Name fällt in diesem zehnten Kapitel, und das ist *Sitalkes*, der »als Gote« irgendwann viel später die Mazedonier besiegt haben soll. Im Jahre 429 v. Chr. sammelte Sitalkes ein 150 000 Mann starkes Heer und zog gegen Makedonien, um *Amyntas*, den Sohn des Philipp auf den Thron zu bringen. Dieser Übermacht waren die Makedonier hilflos ausgeliefert. Abgesehen von ein paar Überfällen der Reiterei auf die Armee vermieden sie jede weitere Konfrontation und zogen sich in die befestigten Städte zurück. So eroberten die *Thraker* – das sind für Jordanes ja Geten/Goten! – *Eidomene, Gortynia* und *Atalante* und verwüsteten weite Landesteile. Perdikkas versprach daraufhin dem *Seuthes*, einem Neffen des Sitalkes, seine Schwester *Stratonike* zur Frau, wenn er Sitalkes zum Abbruch der Angriffe bringen würde. Da die Nahrungsvorräte zu Ende gingen und der Winter hereingebrochen war, willigte dieser ein, und Seuthes ehelichte Stratonike.

Das sind – höchstens im übertragenen Sinn – Gotengeschichten. Aber für die »Origo Gothica« sind eben auch Thraker irgendwie Goten. – Diese Strategie setzt Jordanes auch im folgenden elften Kapitel[139] fort, und wir vernehmen die folgende ahistorische Geschichte, die sich ebenfalls wohl kaum mit den wahren Goten in Verbindung bringen lässt.

139 Kap. 11, §§ 67–73.

Kapitel 11

Burebista und Decenaeus im sagenhaften »Gotien«

Wörtlich heißt es hier in unserer originalen, lateinisch verfassten »Gotengeschichte«:

XI. »Als darauf Burebista[140] über die Goten herrschte, kam Deceneus[141] nach Gotien, zu der Zeit, als Sulla[142] die Herrschaft bei den Römern an sich riss. Diesen nahm Burebista auf und verlieh ihm fast königliche Macht. Auf seinen Rat hin verheerten die Goten die Länder der Germanen, die jetzt die Franken[143] innehaben. Dann kam Cäsar, der zu allererst das Römische Reich sich botmäßig machte, fast die ganze Welt unterwarf und alle Königreiche überwand, ja sogar die Inseln eroberte, die weit entfernt vom Festland im Ozean liegen, dazu auch solche zinspflichtig werden ließ, die den Namen der Römer nicht einmal vom Hörensagen kannten. Doch konnte er – so oft er es auch versuchte –niemals die Goten unterwerfen!

Schon regierte Gajus Tiberius,[144] der dritte römische Kaiser; aber auch unter seiner Regierung blieben die Goten frei. Das war ihr Glück, das war ihr Vorteil und ihr Wunsch, dass sie alle Vorschriften ihres Beraters Decenaeus allein für begehrenswert hielten und diese auf jede mögliche Weise, weil sie ihnen eben nützlich schienen, um sie zu verwirklichen. Da dieser sah, dass sie ihm in allem folgten und auch von Natur sehr begabt waren, so unterrichtete er sie fast in der ganzen Philosophie; denn hierin war er ein erfahrener Meister. Er bildete sie durch die Ethik aus und milderte so ihre barbarischen Sitten. Er unterrichtete sie auch in der Physik und brachte sie zu einem nach eigenen Gesetzen geregelten, naturgemäßen Leben; und diese Gesetze sind bis jetzt noch bei ihnen vorgeschrieben und heißen Belagines,[145] er unterrichtete sie auch in der Logik und machte sie vor allen Völkern

140 Burebista: Histor. nachweisbarer Dakerkönig (60–44 v. Chr.), aber kein »Gote«.

141 Decenaeus: Angehöriger der Priesterkaste. Dakisch-getischer Gesetzgeber.

142 Sulla regierte Rom ca. 82–79 v. Chr.

143 Franken: Hier entfernt sich Jordanes offensichtlich doch sehr weit von der wirklichen Geschichte. Mit »jetzt« kann er nur die eigene Zeit (um 551) gemeint haben.

144 Gajus Tiberius regierte von 14 bis 37 in Rom.

145 Belagines: Gesetze; vgl. schwed. lag, engl. law ›Gesetz‹.

geschickt im Gebrauch ihrer Vernunft. Indem er eine Art praktische Philosophie darlegte, wies er sie darauf hin, mit guten Werken ihr Leben zu veredeln.

Durch das Vortragen von theoretischen Dingen leitete er sie auch auf das Betrachten des Himmels hin und lehrte sie, die Bahnen der zwölf Himmelszeichen und den Weg der Planeten durch sie zu beobachten und somit eine Art Sternkunde zu betreiben. Er setzte ihnen auseinander, wie der Mond wächst und abnimmt und wie weit die feurige Sonnenkugel den Erdkreis an Größe übertrifft: Oder er machte ihnen klar, unter welchem Namen oder unter welcher Bezeichnung die 346 Sterne, die am Himmelsgewölbe auf- und untergehen, von Osten nach Westen jäh hinabsinken.

Was muss das für eine Freude gewesen sein, wenn da diese heldenmütigen Männer, wenn sie die Waffen kurze Zeit ruhen ließen, mit den Lehren der Philosophie vertraut gemacht wurden! Nun konnte man sehen, wie der eine nach der Stellung des Himmels, der andere aber nach der Beschaffenheit der Kräuter und Sträucher forschte, noch ein anderer jedoch das Ab- und Zunehmen des Mondes, jener wieder die Sonnenfinsternis beobachtete und sich bei der Erklärung beruhigte, dass diejenige, die nach Osten eilen will, durch die kreisförmige Bewegung des Himmelgewölbes erfasst und nach Westen zurückgebracht wird.

Solches und vieles andere teilte Decenaeus den Goten aus seiner eigenen Erfahrung mit und gewann so ein wunderbar hohes Ansehen bei ihnen, sodass er nicht bloß das einfache Volk, sondern sogar die Könige beherrschte! Er wählte unter ihnen die edelsten und klügsten Männer aus, unterrichtete sie in der Götterkunde und lehrte sie, bestimmte Gottheiten und Heiligtümer in Ehren zu halten. Und er machte die zu Priestern, denen er den Namen *Pilleaten* gab, wahrscheinlich, weil sie beim Opfern ihr Haupt mit einer *Tiara* bedeckt hatten, die wir ›pilleus‹ nennen. Das übrige Volk aber, so befahl er, könnte man Capillaten[146] nennen, ein Name, den die Goten hochhielten, und dessen sie noch heutzutage in ihren Gesängen gedenken. Als aber Decenaeus starb, erwies man dem Berater Comosicos die gleiche Ehre, weil er dieselbe Klugheit besaß. Er galt bei ihnen wegen seiner

146 Capillaten: vielleicht mit gering geschmücktem Kopfhaar; das war Priestern vorbehalten.

Erfahrung sowohl als König als auch als Priester viel und richtete über die Stämme mit großer Gerechtigkeit.«

Nun, mit diesen Worten endet dieses elfte Kapitel unseres Gewährsmannes Jordanes.

Und wir bemerken auch hier wieder, dass Jordanes in seiner Darstellung eifrig bemüht ist, den Goten bzw. den *Dakern* der alten Zeit geradezu Weisheit und allerlei Kenntnisse anzudichten, um sie weiter in die Nähe der römischen Kultur zu bringen. Ginge es nahm ihm, so wären diese vermeintlichen dakischen Uraltgoten den vornehmen Römern fast ebenbürtig gewesen.

Wie schon angedeutet: Dies Gesagte trifft auf ein in Dakien einst ansässiges Volk zu, das häufig »Geto-Daker« genannt wird. Ob sie wirklich eine germanische Sprache benutzten, kann hier nicht untersucht werden, ist übrigens aber durchaus zweifelhaft. Gern wurden sie im Altertum *Geten* genannt. Als sich die Griechen auf der Westküste des Schwarzen Meeres ansiedelten (Pontus Euxinus) und man Kolonien wie Tomis, Histria, Callatis, Olbia und Apollonia gründete, kamen die dort ansässigen Thraker, die eher mit Kelten verwandt waren, in Kontakt mit der griechischen Welt. Herodot hat als Erster die Bevölkerung nördlich der Donau als *Getae* (Getis) bezeichnet. Nachweise über Geto-Daker reichen bis zum 6. Jahrhundert v. Chr. zurück. Aber diese Geto-Daker waren offenbar Abkömmlinge der Thraker. Die frühesten archäologischen Funde führen zur Kultur in der Dobrudscha zurück, die übrigens vornehmlich durch Töpferwaren dargestellt wird. Geto-Daker besiedelten offenbar das riesige Gebiet, das sich zwischen den nördlichen Karpatenketten und dem Balkan erstreckte. Sie hatten in der Tat ihre Blütezeit unter König *Burebista* (ca. 82–44 v. Chr.), der ein Gegner Cäsars und ein Freund Pompejis war. Um 70 v. Chr. hatten getische Daker offensichtlich durch Burebistas politische und militärische Erfolge eine stabile Herrschaft errichtet.

Mit früheren Traditionen verwurzelt, erstarkte Burebistas Reich durch die Eroberung der griechischen Städte an der Schwarzmeerküste, wie Tomis, Histria und Callatis, nachdem keltische Einflüsse beseitigt waren. Somit gelang es Burebista, über diese ganze thrakisch-geto-dakische Region zu regieren, vom Balkangebirge bis zu den

Karpaten, von Tyras am Dnjestr bis zur Theiß. Da er beiderseits der Donau agierte, war Burebista »der erste und größte unter den Königen der Thraker«, wie Schriften des *Acornion von Dyonisopolis* aussagen. Von seiner siebenbürgischen Festung aus entwickelte Burebista ein System von weiteren Befestigungen, das von seinen Nachfolgern Dicomes, Scorillo, Cotiso fortgesetzt werden sollte. Der König gewann an Kraft durch seine steten Vereinigungsbemühungen, die zum Zusammenschluss des geto-dakischen Stammes, seiner Sprache und Eigenart führten, sodass man nun meinte, sich auch militärisch mit den Römer messen zu können.

Wie wir soeben schon lasen, wurde der König durch den großen Priester *Dekaineos* ermutigt. Aus dem Bürgerkrieg zwischen Cäsar und Pompeji wollte er Vorteile erzielen und unterstützte daher Pompeji. Doch Cäsar siegte und hatte dann vor, sich an den Dakern durch einen Krieg zu rächen. Seine Ermordung im Jahre 44 v. Chr. verzögerte indessen einen bewaffneten Vormarsch um etwa einhundertzwanzig Jahre. Kurz nach Cäsars Fall wurde Burebista selber durch den einheimischen Adel gestürzt, der die absolute Macht des Königs nicht länger dulden wollte. Nach Burebistas Ausscheiden wurde sein Staat schwächer und büßte weitere Teile seines Territoriums ein.

Die Geto-Daker durchlebten eine Zeit des kulturellen Wohlstands, als *Decebalus* (87–106 n. Chr.) den Thron bestieg. Die geto-dakische Zivilisation hatte damals ihren Höhepunkt erreicht. Schon im ersten Jahrhundert v. Chr., als sich das Römische Reich ausbreitete, wurde die Donau zur Grenze zwischen der Römischen Monarchie und den Geto-Dakern. Die *Dobrudscha* lag schon unter römischer Herrschaft, und zwar seit der Herrschaft des Augustus (31 v. – 14 n. Chr.). Schließlich erklärten die Römer den Dakern nach einer ersten Konfrontation (87–89 n. Chr.) den Krieg, was zu zwei blutigen Schlachten 101 und 105 n. Chr. führte. Die Geto-Daker waren geschlagen, das von Trajan[147] geführte Reich breitete seine Grenzen über die Donau aus und ein Teil Dakiens wurde zu einer kaiserlich-römischen Provinz. Zwei Monumente erinnern an diese Ereignisse: Eines ist die *Säule des Trajan* in Rom, das Werk von Apollodorus von Damascus (113 n. Chr.), und das andere ist das sogenannte *Trophaeum Traiani* bei Adamclissi (109 n. Chr.).

147 Trajan regierte 98 bis 117.

Fassen wir zusammen: Die mit der griechischen Kultur sehr früh in Verbindung gekommenen *Thraker* bewohnten das Gebiet südlich des Balkangebirges, das im Osten an Makedonien grenzte. Die *Geten* siedelten nördlich des Balkangebirges und im Gebiet der unteren Donau. Die griechischen Quellen bezeichneten die siebenbürgischen Daker ebenfalls als »Geten«. Die wiederum aus solchen Quellen schöpfenden römischen Geschichtsschreiber übersetzten den Namen des Volkes der »Geten« willkürlich auch dann noch als Daker, wenn eigentlich von den Geten die Rede war. Gerade darum sind einige der Angaben über die Teilnahme der Daker an einzelnen Kämpfen der Römer im 2. und 1. Jahrhundert v. Chr. an der nördlichen Grenze Makedoniens mit verschiedenen thrakischen, getischen und keltischen Stämmen durchaus kritisch zu behandeln. Bei der Untersuchung dieser Fragen leistet das archäologische Material wenig Hilfe. Vom Dnjestr bis zur Donau und vom Balkangebirge bis zu den Nordkarpaten, im späteren Gebiet des (burebistaischen) dakischen Königreiches lebten die verschiedensten ethnischen Gruppen, die im Süden als »Geten«, im Osten als »Bastarner« und innerhalb des Karpatenbeckens als »Kelten« bezeichnet werden können.

Auch in seinem folgenden Abschnitt beschäftigt sich die »Origo Gothica« des Jordanes noch mit der sagenhaften Vorgeschichte der Goten auf dem Balkan und lenkt unsere Blicke – überraschenderweise noch weit genauer – auf die Provinz *Dacia*. Welche Zeit meint er eigentlich? Etwa als Dakien noch nicht römisch war?

Kapitel 12

Skoryllus – Gotenkönig in Dakien?

Als Letztes erwähnt das Kapitel 11 Skoryllus als Nachfolger des Comosicus. Wir lesen nun weiter etwas über das Sagengeflecht der »Origo Gothica« im Gewand des Jordanes über die Geto-Daker. Es heißt dort wörtlich:

XII.[148] »Als auch dieser aus dem Leben schied, bestieg *Skoryllus* als König der Geten den Thron und herrschte über sein Volk in Dakien

148 Kap. 12. §§ 73–75.

vierzig Jahre lang – ich meine das alte Dakien, das jetzt bekanntlich die Gepiden[149] bewohnen. Dieses Land, gegenüber von Mösien jenseits der Donau gelegen, wird von einem Kranz von Bergen eingeschlossen und ist nur von zwei Seiten zugänglich, auf der einen Seite über *Boutae*, auf der anderen über *Tapae*. Dieses *Gotien*, das man früher Dakien nannte, das jetzt aber – wie erwähnt – Gepidien heißt, grenzte damals im Osten an die *Roxolanen*,[150] im Westen an die *Jazygen*, im Norden an die Sarmaten und Bastarnen,[151] im Süden an die Donau. Die Jazygen sind nämlich von den Roxolanen nur durch den Fluss Aluta/Alutus [Olt] getrennt.

Und weil ich nun die Donau erwähnt habe, halte ich es nicht für unpassend, über diesen herrlichen Fluss einiges anzuführen. Er entspringt im Alamannenland und hat in seinem 1 200 000 Schritte langen Lauf von seiner Quelle bis zur Mündung in den Pontus sechzig Nebenflüsse und nimmt sie auf, wie ein Rückgrat, wobei sich die Rippen wie in einem Flechtwerk einfügen. Er ist überhaupt der größte Fluss; er heißt in der Sprache der Besser[152] auch *Hister*; er hat jedoch keine größere Tiefe als 200 Fuß. Er übertrifft alle übrigen Flüsse bei weitem, mit Ausnahme des Nils. – Soviel von der Donau! – Nun wollen wir – mit Gottes Hilfe – zu unserem Gegenstand zurückkehren, von dem wir ein wenig abgeschweift sind!«

Damit endet dieses zwölfte Kapitel.

Den Ausführungen des Jordanes in seinem recht kurzen 12. Kapitel könnte man noch Weiteres über das oben skizzierte Geto-Dakien hinzufügen. Und es ist eigentlich erstaunlich, wie geschickt hier König Burebistas *Dakien* als vermeintliches frühes *Gotien* ganz selbstverständlich der Gotengeschichte hinzugefügt wurde.

Man muss sich klarmachen: Als Burebista auf dem Höhepunkt seiner Macht stand, verfügte er über 200 000 Krieger; aber etwas später wird die dakische Streitmacht auf nur ein Fünftel dieser Zahl geschätzt. Burebistas Königreich zerfiel erst in vier, später in fünf Teile. In dem Zentralgebiet gelang es anfangs dem oben erwähnten

149 Gepiden: über diesen eng mit den Goten verwandten Stamm s. weiter in Kap. 17!
150 Roxolanen: sarmat. Stamm, hierher gehören auch die Jazygen.
151 Bastarnen: germ.-kelt. Volksgruppe, nach d. Donauinsel Peuke auch Peukiner genannt.
152 Besser: lat. Bessi, thrak. Stamm.

Decenaeus, über Burebistas eigenen Stamm zu herrschen. Der hier als sein Nachfolger genannte Comosicus vereinigte wahrscheinlich endgültig die Macht des Königs und des Oberpriesters in seiner Person. Die von Burebista bis zu Decebalus reichende Königsliste orientiert offenbar auf das Zentralgebiet, das Königreich im südwestlichen Teil Siebenbürgens, während weitere dakische oder getische Kleinkönige, die zur Zeit des Augustus erwähnt werden, über abtrünnige Stämme der Geten an der unteren Donau regierten. Der in mehreren Quellen erwähnte Daker *Cotiso,* der Herrscher in der Umgebung des *Eisernen Tores,* ist in der bekannten Namensreihe nicht enthalten. Da in den alten Schriften diverse Schreibfehler vorkommen, ist dieser Cotiso vielleicht mit Comosicus identisch.

Von dem zerfallenen Reich Burebistas kann man nur den Bereich in Siebenbürgen als *dakisch* bezeichnen, die übrigen Gebiete stehen offensichtlich unter der Herrschaft anderer *getischer* Stammesfürsten. Von diesen ist dem Namen nach König *Dicomes* bekannt, der Beziehungen zu Antonius Pius (138–161) unterhielt und ihm vor der Schlacht von Actium Hilfe anbot. Andere getische bzw. dakische Könige rechneten sich durch einen Anschluss ans Römerreich Vorteile aus. Unter diesen Umständen blieb die dakische Frage selbst in der auf den Tod Cäsars folgenden Zeit in der römischen Öffentlichkeit aktuell. Octavian verkündete als Erbe Cäsars den Krieg gegen die Daker. Ein greifbares Ergebnis des Krieges war die Besetzung der im Save-Tal liegenden Stadt Siscia (Sisak). Sie wurde als Ausgangspunkt für einen Dakerkrieg ausersehen.

Indessen, zum Krieg mit den Dakern ist es nicht gekommen. Rom gab sich mit der Verdrängung Cotisos aus seinen südlich der Donau liegenden Besitzungen zufrieden, wozu es kurz nach dem Sieg Octavians in Actium im Jahre 29 v. Chr. kam. Crassus errang in der ersten Phase eines mehrere Jahre dauernden Krieges über Cotiso einen Sieg. Dieser aber gab das linke Donauufer nicht auf und blieb wahrscheinlich noch längere Zeit im einstigen Hauptgebiet Burebistas an der Macht. Durch die Einnahme der südlich der Donau gelegenen Gebiete Noricums und Pannoniens sowie durch die Gründung der Makedonien unterstellten mösischen Armee kam es erneut zur Konfrontation mit den Dakern. Die Römer unternahmen erste Schritte, um das linke Donauufer unter ihren Einfluss zu bringen. Als man Pannonien besetzte (10 v. Chr.), überquerten Daker die Donau; wurden jedoch zurückgeschlagen. Augustus entsandte ein Heer, das die Daker zwang, die Herrschaft der Römer anzuerkennen. Sie wurden von der Donau nach Norden vertrieben, als man am Westufer Wachstationen errichtete. So war Dakien zwar nicht besiegt, aber ferngehalten.

Erwähnt wird auch ein Appulus-Stamm. – Wahrscheinlich ist hier die Gegend von *Apulum* (Weißenburg) gemeint. Es war kein Zufall, dass Augustus unweit der Olt-Mündung eines der frühesten Legionslager an der Donau (Oescus = Gigen) errichtete. Das andere, vermutlich ebenfalls aus der Zeit des Augustus stammende Lager an der Donau, *Carnuntum* (Altenburg), wurde in der Nachbarschaft des germanischen Königreiches des Maroboduus, des anderen gefährlichen Feindes der Römer, aufgeführt. Solches zeigt, dass das dakische Königreich trotz der Gebietsverluste nach dem Tod Burebistas noch stets zu den schwer einzunehmenden Staatsbildungen zählte.

Nun erwies es sich als günstig, dass zwei Stämme des sarmatischen Reitervolkes ihr Siedlungsgebiet nach Westen schoben: Jazygen und danach Roxolanen trieben einen Keil zwischen Geten und Daker, waren eine Art Puffer zwischen Pannonien und den Dakern. Um die Spannungen nördlich der Donau zu vermindern, unternahmen die Römer bereits unter Augustus Umsiedlungen. Sie verpflanzten Geten (Daker?) nach Mösien und sicherten damit den Sarmaten Siedlungsraum. Die dadurch entstandenen Verwirrungen legten sich allmählich. Noch gegen Ende der Herrschaft des Tiberius verwüsteten Daker und Sarmaten auch Mösien. Danach folgte eine längere friedliche Periode, die nach der Königsliste mit der Herrschaft des vierzig Jahre regierenden Königs *Coryllus* zusammenfiel. Jedenfalls lesen wir das in dem hier vorliegenden zwölften Kapitel des Jordanes.

In anderen Quellen wird *Coryllus* nicht erwähnt, so ist es möglich, dass es sich hier um eine Verballhornung des Namens *Scorillo* handelt. Über diesen König ist die Anekdote überliefert, dass er sein Volk dadurch von Einmischungen der Römer fernhielt, dass er zwei Hunde aufeinander hetzte, um dann vor sie einen Wolf zu stellen. Sogleich hätten die Hunde den Wolf angegriffen. Diese Vorsicht war vielleicht typisch für die lange Herrschaft des Coryllus-Scorillo. In Bezug darauf bezeichnete Tacitus[153] die Daker als »stets unzuverlässiges Volk.« Doch wenn zum Ende der Herrschaft des Augustus berichtet wird, die Daker seien nicht mehr so gefährlich, ja sogar geneigt, die römische Vorherrschaft zu akzeptieren, so zeigen sich hier die friedlicheren Kontakte der Scorillo-Zeit. Dennoch, der dakische Staat unterschied sich offenbar erheblich von den germanischen und sarmatischen Staatsbildungen entlang der Donaugrenze. Nach den geographischen Voraussetzungen war das Zentrum durch Bergketten ohne Straßenübergänge von der Donau abgeschlossen.

Ein römischer Angriff von Westen durch das Tal der Temesch, von Osten durch das Tal des Schil oder Olt verlangte nicht nur Umwege, sondern auch Vorbereitungen zum Überqueren gut zu verteidigender Pässe. Jedenfalls, die Daker waren am wichtigsten Abschnitt der Grenze, wo die Donau durch eine steile Schlucht südliche Karpatenausläufer durchfließt, überlegen. Um Treidelschifffahrt zu ermöglichen, wurden Straßen in den Felsen geschlagen, und diese Leistung der antiken Technik wurde unter Tiberius (37) vollbracht. Rom schreckte vor materiellen Opfern nicht zurück, um die Sicherheit der Schifffahrt zu gewährleisten.

Neben der vorteilhaften geographischen Lage hatten die Römer auch mit der starken Zentralmacht des Dakerreiches zu rechnen. Es gab die Hochfestung *Sarmizegethusa* im Westen des Mühlbacher Gebirges und weitere Burgen, wodurch man das Zentrum gut verteidigen konnte. Die Festungen waren mit Wällen und oft mit Türmen versehen und dienten nicht nur zum Aufenthalt der Krieger. Sie waren zugleich handwerkliche Zentren, Lager, Schatzkammern und Heiligtümer. Welche Menge an Arbeitskräften der König dirigieren konnte, zeigen die mit großen Quadersteinen versehenen Fachwerkmauern der Burgen sowie die Höfe, Straßen und Steintreppen. Auf diese Weise wurde Druck auf das unter primitiven Bedingungen lebende Volk ausgeübt. Groß war der Abstand zwischen den als »Filzmützen« bezeichneten Untergebenen und den adligen »Langhaarigen«. Der Stärkung des Königs diente auch die Religion, deren Kultstätten neben den Burgen rumänische Forscher untersuchten. Die aus vier Säulenreihen bestehenden viereckigen Heiligtümer zeigten, dass man von einem nach astrologischem Glauben

153 Tacitus: Historiae III, 46, 2.

ausgerichteten Kult sprechen kann, dessen Ursprung antike Autoren auf den asketisch lebenden Thraker *Zalmoxes* (auch Zamolxis) zurückführen. Diese thrakisch-getische Richtung bürgerte offenbar der oben von Jordanes genannte *Decenaeus* ein. Das Privileg der Kultausübung war Priestergeheimnis, denn der Oberpriester war der Vermittler zwischen der überirdischen Welt und dem König.

Als man die Burgen freilegte, kamen auch römische Importwaren zum Vorschein, die zum hohen Niveau des in den Burgen ausgeübten Handwerks beitrugen. Wahrscheinlich wurden Befestigungsarbeiten in den Burgen auch von griechischen und römischen Experten geleitet. An einem riesigen kegelförmigen Kultgefäß sind Stempelabdrücke mit lateinischen Buchstaben erkennbar. Forscher interpretierten diese Schriftzüge meistens als »Decebalus, Sohn des Scorillo.« Ist die Deutung richtig, so kann man annehmen, dass Decebalus wirklich ein Sohn des Scorillo war. Doch zwischen Vater und Sohn regierte noch König Diurpaneus. Mit seinem Namen ist eine neue Richtung verbunden, die bis zum Untergang des dakischen Königreiches geführt hat. Scorillo wollte an den Grenzen des Römerreiches verlässliche Verbündete, und so ist es möglich, dass ihm Tiberius nach dem Straßenbau durch die Donauenge hohe Jahreszuwendung zukommen ließ.

Nach Jordanes fiel König *Diurpaneus* zu der Zeit ins Römerreich ein, als die Daker – sich vor der Habgier Domitians fürchtend – ihren Vertrag kündigten, den sie lange zuvor mit anderen Kaisern geschlossen hatten. Wir haben es gelesen. Vielleicht wollte Domitian die hohen Zahlungen verringern, aber es ist kaum anzunehmen, dass er das tat, als die Germanen an der Donau zum Krieg rüsteten. Die Daker griffen spätestens im Winter 85–86 über die zugefrorene Donau an. Dabei fiel *Oppius Sabinus*, der Statthalter von Mösien. Domitian selbst kam nach Mösien und ließ den Gegenangriff durch den Leiter der Prätorianergarde Cornelius Fuscus ausführen, der in das Land der Daker eindrang. Damals kam *Decebalus* an die Macht, und Fuscus starb im Kampf, eine Legion wurde völlig aufgerieben. Erst der dritte römische Heerführer, Tettius Julianus, erfocht 88 einen entscheidenden Sieg bei *Tapae*, einer Enge, durch die eine Straße zum Königssitz führte.

Dünn fließen in diesen Jahren die Quellen. Doch soviel ist sicher: Decebalus nutzte auch in den folgenden Jahren, als Domitian in Pannonien den germanisch-sarmatischen Krieg fortsetzen musste, die bedrängte Lage der Römer nicht aus. Möglicherweise hatte er mit hohen Zuwendungen weit mehr erreicht. Beim Friedensschluss (88) nahm ein gewisser *Diegis* das die Macht des Dakerkönigs symbolisierende *Diadem* entgegen. Decebalus weitete nach dem Friedensschluss, als er ein Verbündeter Roms war, sein Königreich bedeutend aus. Die Grenzen Dakiens waren zu seiner Zeit im Westen die *Theiß*, im Norden die *Karpaten* und im Osten der *Dnjestr*. Dieses riesengroße Gebiet, auf dem nicht nur Daker, sondern auch Kelten, Sarmaten und andere Stämme lebten, brachte Decebalus sicher nicht ohne Kämpfe in seinen Besitz. Nach Ptolemaios lebten am weitesten nördlich die auch aus anderen Quellen bekannten Stämme der keltischen *Anartier* und *Taurisker*, im nördlichen Siebenbürgen die *Boier* sowie jenseits der Karpaten die dakisch sprechenden *Kostoboker*.

Soviel sei hier als Ergänzung zu Kapitel 12 hinzugefügt.

Mit großer Selbstverständlichkeit bewegt sich Jordanes in einer gotischen Frühgeschichte, die – zumindest was den Gotenzug ans Schwarze Meer angeht – weit davor liegt, als historisch gesehen noch gar keine reinen Goten in einem Bündnis mit römischen Kaisern begriffen waren. Es bleibt fraglich, ob die von ihm genannten Geten tatsächlich germanisch sprachen und dazu noch gotisch. Dennoch handelt Jordanes' dreizehntes Kapitel[154] von Kaiser Domitian, dessen Daten wir auf 81–96 n. Chr. ansetzen müssen. Dieser Kaiser führte mit den Dakern Krieg, und deren Erfolge schreibt Jordanes erneut auf das Konto der getisch-gotischen Geschichte.

154 Kap. 13. §§ 76–78.

Kapitel 13

Daker oder Goten – Domitian – Diurpaneus

Wir lesen hier:

XIII. »Nach langer Zeit, unter der Regierung des Kaisers Domitian [81–96], lösten die Goten [Daker + Geten?], die seine Habsucht fürchteten, das Bündnis, das sie vor langer Zeit mit den anderen Fürsten geschlossen hatten, vernichteten Soldaten und Feldherren am Donauufer, das schon lange zur römischen Herrschaft gehörte, und verwüsteten es. Damals war in dieser Provinz nach Agrippa[155] ein gewisser *Oppius Sabinus* römischer Statthalter. Bei den Goten aber war Diurpaneus[156] an der Regierung, als sie in einem Krieg die Römer besiegten, dem Oppius Sabinus das Haupt abschlugen, viele feste Plätze und Städte, die dem Kaiser gehörten, angriffen und brandschatzten.

Wegen dieser Not der Seinen marschierte Domitian mit seiner ganzen Macht nach Illyrien, und nachdem er an die Spitze seiner Soldaten, die fast aus dem ganzen Reich herbeikamen, den Fuscus nebst anderen ausgezeichneten Männern gestellt hatte, überdeckte er die Donau durch nebeneinander gelegte Schiffe und veranlasste seine Soldaten, über diese Fahrzeuge wie über eine Brücke gegen das Heer des Diurpaneus zu ziehen. Aber jetzt zeigten sich auch die Goten (!) nicht feige; sie griffen zu den Waffen und besiegten die Römer beim ersten Zusammenstoß. Römergeneral Fuscus wurde getötet, und die Schätze im Lager der Soldaten plünderte man. Weit und breit siegten die Goten und nannten ihre Edlen, denen sie ihren Sieg verdankten, nicht mehr einfache Menschen, sondern *Ansen*,[157] das heißt Halbgötter.

Deren Stammtafel will ich nun kurz durchgehen: woher ein jeder stammt oder woher er seinen Ursprung ableitet und wo er sein Ende fand. Und du, o Leser, vernimm nun unbefangen, was ich, der ich dir die Wahrheit sage, berichte!«

---

155 Fontejus Agrippa war um 69–70 n. Chr. röm. General in Mösien.

156 Duras-Diurpaneus: Dakischer König 69–86. Goten waren wohl damals noch nicht dabei.

157 Ansen: vgl. das 1. germ. Göttergeschlecht der A(n)sen, in nord. Sagen oft bezeugt, neben den Wanen.

Soweit der Originaltext des Kapitels zwölf. Und jetzt folgt mit den Worten des Jordanes eigentlich das, worauf wir lange gewartet haben: Wir erfahren nämlich nun die Ahnengeschichte der Goten, und sie beginnt mit Odin/Wodan, und darin steckt das uralte schamanische Ekstasewort, das wir in »Wut« wiederfinden. Einen Beinamen Gaut/Gapt aber entdeckt man schon in den Sagen Skandinaviens. So ist hier bei den Goten der göttliche Ursprung im Namen zu finden. Der amalisch-ansische Spitzenahn Gaut ist eine weit ältere Version des späteren wikingerzeitlichen Odin. Der Greutungenkrieger *Gizurr* stellt sich beispielsweise im Hunnenschlachtlied der Edda als Abkömmling des Gaut/Odin dar. Und in der skandinavischen Überlieferung kommen die Götter ja aus dem südrussischen Raum, wo das berühmte Asenheim neben dem Wanenheim liegt, die Heimatgegenden der beiden großen Göttergeschlechter. Der isländische Geschichtsschreiber Snorri Sturluson verband den Namen des Göttergeschlechts der Asen mit Asien.

Der römische Geschichtsschreiber und Bischof Isidor von Sevilla († 636) schrieb: »Viele Jahrhunderte hindurch waren die Goten in einem Reich unter der Führung von Königen vereint. Aber weil diese in den Chroniken nicht verzeichnet sind, weiß man nichts von ihnen. Sie sind erst von der Zeit an in die (schriftlichen) Geschichtsquellen aufgenommen worden, als die Römer ihren kämpferischen Mut zu fühlen bekamen.«

So beginnt Isidor seine gotische Geschichte, die er mit Hilfe römischer Quellen beschreiben will. Cassiodor, der die Kunde von den *Amalern* von Ältesten aus dem Gotengeschlecht sicherlich auch erfuhr, stützte sich als Verfasser der »amalischen Gotengeschichte« lieber auf Lieder und Geschichten, auf *Carmina, Cantus maiorum und Fabulae*. Fremdes, das die Goten herabsetzte, wurde selbstredend nicht verwertet, und so gilt ihm die mündliche Überlieferung wohl auch als fragwürdig hinsichtlich der Glaubwürdigkeit. Schon Isidor lässt die Geschichte der Goten mit den nichtrömischen Skythen beginnen. Und auch Cassiodor hat – wie man aus den vorangegangenen Kapiteln des Jordanes ersieht – eine vorrömische und eine vorskythische Überlieferung zusammengetragen. Er möchte die Bindungen der Goten vom Balkan, von der Weichsel und in Skandinavien betonen. Aber bei Isidor erfährt man keine Namen alter Gotengeschlechter.

Nein, nur aus Cassiodors »Origo Gothica« kennt man die Namen der gotischen Königssippen. Klar ist auch die Absicht: Man will um die Person Theoderich des Großen herum die amalische Tradition monopolisieren! Sie sind die eigentlichen »alten« Goten, dagegen rechnete man die Balthen, das zweite große Gotengeschlecht, zu den *Westgoten*. Die Amaler haben »göttliches Charisma«, sind Könige und Heroen, aber die wirkliche Erklärung des Amaler-Namens findet man auch bei Cassiodor nicht. Diese Erklärung hat der Leser selbst zu finden.[158]

In Jordanes' Ahnen-Darstellung erkennen wir die Hausüberlieferung Theoderichs des Großen. Er entschied, wer zur Amalersippe zu zählen sei. Es war die »Origo Gothica«, die viel dazu beitrug, dass der Name der Amaler in Ost und West so große Wertschätzung in seiner Zeit erfuhr.

Vernehmen wir nun, wie Jordanes die gotischen Ahnen erklärt. Er schreibt in Kapitel 14 über den Stammbaum der Amaler; und natürlich waren es allesamt »Helden«, mit denen man sich in Geschichte und Sage schmücken konnte. Und hier liest man es auch etwas anders als in den Sagenüberlieferungen der Nordleute, etwa bei Snorri Sturluson.

158 Amal: got. amal ›Großartiger, Göttlicher‹. Nach Jordanes der wichtigste Stammvater der Ostgoten.

Amaler-Stammbaum

Kapitel 14

Amal und Ostrogotha

So stellt nun Jordanes den Stammbaum dar, und manches in der überaus knappen Darstellung erinnert in Stil und Wiedergabe an Texte aus der Bibel. Hier das Original:

XIV.[159] »Der Erste dieser Helden also war, wie sie selbst in ihren Sagen berichten, *Gapt*, der den Hulmul zeugte; Hulmul zeugte Augeis, Augeis aber den, der Amal heißt und von dem der Ursprung der Amaler herrührt. Dieser Amal brachte *Hisarna* hervor, und Hisarna – der zeugte Ostrogotha! Jener Ostrogotha indessen war Vater von Hunwil; Hunwil zeugte Athal; von diesem stammen Achiulf und Odwulf ab; Achiulf aber zeugte Ansila und Ediulf, Wultwulf und Hermenerig; *Wultwulf* aber brachte Walahrabn hervor, der wiederum den Winitharius zeugte. Winithar bekam den Wandalar, Wandalar zeugte Thiudimir, Valamir und Vidimir. Thiudimir indessen war der Erzeuger von Theoderich; dieser hatte als Tochter die Amalasuintha [† 535]. Amalasuintha gebar den Athalarich;[160] und die Matasuntha gebar ihrem Mann den *Eutharich*,[161] der auf folgende Weise mit ihr verwandt ist. Der oben erwähnte Ermanarich [† 535], Sohn des Achiulf, erzeugte den Hunimund; Hunimund aber war der Vater von Thorismund,[162] während Thorismund wiederum den Berimund hervorbrachte.

Jener Berimund aber gilt als der Vater von Widiricus/Witerich; und Witerich gewann den Eutharich, der – mit Amalasuintha vermählt – den Athalarich und die Matasuntha erzeugte; und als Athalarich in jungen Jahren verstorben war, wurde Matasuntha an den Vitigis

159 Kap. 14, §§ 79–82.

160 Athalarich: Ostgotenkönig 526–534.

161 Eutharich: got. Jua-reik, eigentl. Herrscher der Jüten.

162 Thorismund: got. aúris-mo ›Wage-Mut‹. Sohn v. Hunimund I.

vermählt, von dem sie kein Kind bekam. Sie wurden zusammen von Belisar [ca. 500–565] nach Konstantinopel geführt. Als dann Vitigis aus dem Leben schied, nahm sie der Patricius Germanus, der Neffe des Kaisers Justinian, zur Gattin und erhob sie zur Patrizierin. Mit ihr zeugte er einen Sohn, der gleichfalls Germanus hieß. Als aber auch Germanus gestorben war, beschloss sie, Witwe zu bleiben. Wie aber und auf welche Weise das Reich der Amaler zerstört worden ist, das werden wir an seinem Ort, wenn der Herr uns dabei hilft, aufzeigen! – Jetzt aber wollen wir zu unserem Ausgangspunkt zurückkehren und berichten, wie die Reihe des Geschlechtes, wovon wir hier reden, das Ziel ihrer Bahn erreicht hat. Der Geschichtsschreiber Ablabius nämlich hat überliefert: Dort an einem Küstenstrich oder Flussarm des Pontus, wo die Goten – wie erläutert – in Skythien verweilten, saß im Osten nur ein Teil von ihnen, und ihr König war der erwähnte *Ostrogotha*. Es ist unsicher, ob sie wegen seines Namens oder wegen der östlichen Lage Ostgoten genannt worden sind. Die übrigen aber, in einer weiter westlichen Region lebend, hießen Visigoten.«[163]

Soweit das legendäre »Stammbaum-Kapitel« 14. Wir fügen hinzu: Hier hat uns Jordanes' »Origo Gothica« so mit Gotennamen vollgepackt, dass wir zunächst wenig davon haben. Denn wie – wenn alles auf einmal kommt – kann man solches behalten, geschweige denn in die richtige Reihenfolge bringen? Natürlich, wir haben Verständnis, dass es gar nicht anders ging, als zunächst einmal die »Amalerriege« vorzustellen, um im weiteren Verlauf der Darstellung auf Einzelheiten und Einzelschicksale zu kommen. Wir begreifen auch, dass zunächst die Ansis [Asen] das Göttliche der Amaler beweisen müssen. Das ist uraltes Germanenwissen, vielfach in alten Sagen und Geschichten erwähnt.[164] Dann überrascht es auch nicht, dass danach Gapt oder Gaut kommt, der alte skandinavische Kriegergott, übrigens später ein Beiname Wodans/Odins. *Hulmul* (Halmal) ist wahrscheinlich identisch mit Humli, dem mythischen Vorfahren der Dänen, wie ihn Saxo Grammaticus in seinem ersten Buch der »Gesta Danorum«, der Geschichte über die Taten der Dänen, anführt. *Augeis*, der sehr sagenhaft

163 Visigoten: die »weisen« Goten, später auch als Westgoten allgemein zitiert.
164 Felix Dahn, Die Völkerwanderung. Klagenfurt 1977, S. 43, 85, 162, 175, 176, 263.

und sonst nicht belegt ist, erinnert an das gotische *auja* »Heil« und an gotisch *-geis* »Speer, Ger«.

Amal(a) wird erst in der vierten Generation genannt. Die Amaler (**amblan* = sich abmühen) – das sind die tätigen, tapferen Vorfahren.[165] Das ostgotische Amalergeschlecht wird von Theoderich dem Großen als das gotische Ahnengeschlecht schlechthin favorisiert. Es sind die berühmten *Amelungen* in der Sage, und insgesamt gibt ja der von Jordanes überlieferte 17 Generationen umfassende Stammbaum zu Spekulationen bezüglich fast jedes Namens Anlass. Auch *Hisarna,* darin das deutsche »Eisen« – germanisch *isarna,* ist sehr sagenhaft, sonst kaum belegt und vielleicht ein keltisch-illyrisches Lehnwort und könnte durch den Eisenbezug die moralische Stärke des Geschlechts betonen.

Und der nächste Heros Eponymos ist dann *Ostrogotha* (um 240?), den man schon am Schwarzen Meer vermuten kann und den Jordanes offensichtlich etwas zu früh ansetzt. Nur ein Herrscher wäre zwischen ihm und *Amal,* was den geschilderten Kämpfen des Ostrogotha in Dakien widersprechen würde. Hier bestehen starke Zweifel an der chronologischen Abfolge. Wir kommen darauf zurück. *Ostrogotha* ist ja der namengebende Ahn der Ostgoten. Dahn meint, unter *Gordian III.* (um 243), der sich »Besieger der Goten« nennen ließ, wird als Führer der Feinde der Skythenkönig *Argunthis* genannt, vielleicht derselbe, der gegen Kaiser Philippus Arabs (244–249) unter dem Namen *Argait* von dem Gotenkönig Ostrogotha über die Donau geschickt wurde, um Mösien und Thrakien zu verheeren. Der Name dieses Königs setzt voraus, dass diese Gruppe der Goten schon geraume Zeit den Sondernamen *Ostrogoten/Ostgoten* führte. Seine Vorgänger sind keine Amaler, und seine Vorgänger in der Stammtafel sind wohl größtenteils sagenhaft.

Jedenfalls hatte *Ostrogotha* längere Zeit ein friedliches Verhältnis zu Rom. Ostrogotha hob die Macht der Ostgoten bedeutend, auch gegenüber den ringsum wohnenden Germanen. Hunwil erinnert an das deutsche Wort »Hüne« sowie an gotisch wilja »Wille« und fungiert hier vielleicht nur als Kultwort, da der Name sonst nicht belegt ist. Athal, man vergleiche germanisch-gotisch aðal »edel, der Edle«,

165 Etymolog. Namensableitung bei Müllenhoff, Monumenta Germaniae Historica. AA 5, 143.

steht als Ahn wahrscheinlich für die »hohe« Abkunft der Ostgoten. Achiulf, man vergleiche lateinisch acer, englisch edge, deutsch »Ecke, Schwert« ist natürlich sagenhaft; Od(w)ulf, man vergleiche gotisch auja »Heil«, kann auch kaum anders als von der phantastischen Seite her betrachtet werden. Ansila: aus gotisch ans »kleiner Ase«; Ediulf: »Eidwolf«; Wultwulf: aus gotisch wult- »mächtig«; Hermenerig: aus gotisch Aírmana-reik »großer Herrscher« sind Namen aus der Vorfahrenreihe, die wohl wenig verifiziert werden können.

Ermanaricus (Ermanarich) als »Edelster« ist schon ein Vertreter der etwa zehnten Generation. Und er ist auch der Erste, der nicht nur durch die »Origo Gothica« bezeugt ist.[166] Von nun an wird die Amalerliste ein wenig durchsichtiger und entfernt sich von der rein mythischen Rückschau. Walahrabn, wörtlich »Wahlrabe«, ist gleichsam der Name des »ausgewählten Kultkriegers« mit Bezug auf einen der beiden Raben Wodans/Odins. In Winitharius, König um 376, gotisch *Winiþa-harjis*, steckt der »Wendenbekämpfer«, der offensichtlich erfolgreich gegen Slawen auftrat, während Wandalar: gotisch *Wandala-harjis* auf Deutsch als »Vandalen-Besieger« zu verstehen ist.

Aber erst wirklich in ein geschichtliches Blickfeld rücken – davon handelt diese Darstellung später – die amalischen Brüder *Valamir* (*425, König 440), *Thiudimir* († 475) und *Vidimir* († 473), und sie waren verbündet mit den Hunnen. Thiudimirs Sohn aber ist Theoderich der Große (454–526), für den schließlich die ganze Mühe dieser Gotenhistorie angelegt worden ist. Die bei Jordanes in diesem Kapitel erwähnte Matasuintha, gotisch *maþa* »groß«, war übrigens die Enkelin Theoderichs des Großen und die zweite Frau des Vitigis. Darüber später mehr.

Nun, die hier vorgeführte Genealogie der Amaler, wir können es an anderen Stellen noch genauer finden, entstand ja noch – wenn auch relativ kurz – vor dem Tod Theoderichs im Jahre 526. Doch sagen manche Forscher, Anlass für die Goten-Genealogie sei vielleicht auch die Betonung west- und ostgotischer Gemeinsamkeit gewesen, etwa bei der Eheschließung Amalasuinthas mit Euthanarich im Jahre 515.

Insgesamt ist die Rekonstruktion des Jordanes, basierend auf Cassiodorus, wegen des »uralten Stammbaums« natürlich wenig glaub-

166 Ammianus Marcellinus 31, 3, 1.

würdig und sehr problematisch.[167] Das Geschlecht erlosch 536 mit dem Tod des Königs Theodahad.[168]

Ehe aber unser Gewährsmann Jordanes zu den eigentlichen Amaler-Goten kommt, will er den Lesern noch die andere Seite der Goten, die *Visigoten,* ein wenig näherbringen. Und hierbei verliert er sich nochmals in Phantastereien und Sagengeschichten.

Kapitel 15

Vorfahrenidylle: Maximinus aus Thrakiens

Wir lesen nun Sagenhaftes und teilweise auch Historisches. Wörtlich heißt es hier:

XV.[169] »Von ihnen [d. h. den Westgoten] haben wir schon erwähnt, dass sie über die Donau gingen und eine Zeit lang in Mösien und Thrakien lebten. Aus ihren Kreisen stammte auch Maximinus,[170] ein Kaiser nach Alexander,[171] nach dem Sohn der Mammäa. Denn – wie Symmachus im fünften Buch seiner Geschichte sagt –, als der Kaiser Alexander gestorben war, wurde Maximinus vom Heer zum Kaiser gekürt, ein Mann von sehr niederer Abkunft aus Thrakien. Sein Vater war ein *Gote*[172] namens *Mikka,*[173] seine Mutter eine Alanin, die Ababa hieß. Er regierte drei Jahre lang; doch als er seine Waffen gegen die Christen richtete, verlor er zugleich seine Herrschaft und sein Leben.

Er [Maximinus] kam unter der Regierung des Kaisers [Septimius] Severus [193–211], gerade als dieser den Geburtstag seines Sohnes feierte, nach seinem Knabenalter und einem Leben unter Bauern schnurstracks von der Viehweide zum Kriegsdienst. Der Herrscher hatte nämlich gerade Soldatenspiele abgehalten, und als dies Maxi-

167 Peter J. Heather, Cassiodorus and the rise of the Amals. In: Journal of Roman Studies 79 (1989), S. 103–128.

168 Hermann Schreiber, Auf den Spuren der Goten, S. 79, 85.

169 Kap. 15, §§ 83–85.

170 Maximinus: 235–238.

171 Alexander Marcus Aurelius Severus 222–235.

172 So reiht Jordanes quasi den Kaiser Maximinus in die got. Ahnenreihe ein! Anachronistisch.

173 Mikka: got. Bikki, ein Kultname, der in den nord. Sagen oft mit negativem Vorzeichen erwähnt ist.

minus sah, bat er – obwohl er ein jugendlicher Halbbarbar war – den Kaiser in seiner Muttersprache,[174] er möge es ihm doch gestatten, mit erprobten Kriegern um den ausgesetzten Preis einen Ringkampf zu machen. Nun, Severus, der dessen hoch aufragende Gestalt sehr bewunderte – er war, wie man erzählt, mehr als acht Fuß groß – riet ihm aus Besorgnis, seinen Leuten könnte durch diesen ungeschlachten Mann Verletzungen zugefügt werden, sich doch lieber mit den Trossknechten im Ringen zu versuchen.

Da warf Maximinus sechzehn Trossknechte mit großem Geschick zu Boden, ohne sich nach dem Sieg Ruhe und ein wenig Erholung zu gönnen. Nachdem er diese Preise erhalten hatte, wurde er auf Befehl des Kaisers in Ehren unter den Kriegern aufgenommen und diente zuerst zu Pferde. Drei Tage später, als der Kaiser auf den Exerzierplatz hinausritt, sah er ihn ausgelassen herumtollen nach Barbarenart,[175] und er befahl dem Tribunen, ihn strenger zu halten und an die römische Kriegszucht zu gewöhnen.

Sobald aber Maximinus merkte, dass der Kaiser von ihm sprach, ging er auf ihn zu und begann zu Fuß mit ihm, dem reitenden Kaiser, zu wetteifern. Da spornte der Kaiser sein Ross zu einem ausdauernden Ritt an und verfolgte ihn, in vielen Kreisen hierhin und dorthin galoppierend, in allerlei Krümmungen, bis er müde wurde. Hierauf sprach er zu Maximinus:

»Willst du vielleicht, mein Thraker, nach dem Lauf auch noch ringen?«

Und der antwortete:

»So viel es dir beliebt, mein Kaiser!«

Hierauf sprang Severus vom Pferd und ordnete an, dass noch ganz frische Mannen mit ihm kämpfen sollten. Der aber warf sieben der stärksten Kerle zu Boden, ohne zwischendurch auch nur einmal auszuschnaufen. Und so wurde er allein vom Kaiser mit silbernen Ehrenzeichen und einer goldenen Halskette belohnt. Dann reihte man ihn auf kaiserlichen Befehl in die fürstliche Leibwache ein.

174 Wenn Jordanes dies so betont, könnte die »Muttersprache« ja nur das Gotische gewesen sein!

175 Barbarenart: Jordanes führt uns also jenen Maximinus als Halbgoten bzw. Halbbarbaren vor.

Später wurde er unter Antoninus Caracalla[176] Mannschaftsführer, erwarb sich durch häufige Heldentaten immer größeren Ruhm und erhielt als Preis für seine Tapferkeit nach mehreren Offiziersstellen auch das Zenturiat.[177] Als jedoch später Macrinus[178] auf den Thron kam, entsagte er dem Kriegsdienst fast drei Jahre lang; und obwohl er den Rang eines Tribunen besaß, ließ er sich doch nie vor Macrinus sehen, da er dessen Herrschaft für nichtswürdig hielt, weil sie durch Freveltaten erlangt worden war. Zu Heliogabal,[179] als dem Sohn des Antoninus, kehrte er darauf zurück und übernahm seine Tribunenstelle; später kämpfte er unter Alexander, dem Sohn der Mammäa, mit großartigem Erfolg gegen die Parther.

Als dieser Alexander bei einem Söldneraufstand in Mainz ermordet worden war, wurde er selbst – ohne Beschluss des Senats – durch die Wahl des Heeres zum Kaiser ernannt, bis er alles Gute, was er getan hatte, durch seine Christenverfolgung schmählich[180] in den Staub zog. Als er bei *Aquileja* von Puppio ermordet worden war, hinterließ er das Reich dem Philippus.[181] – Wir aber haben deshalb diesen Bericht aus der Geschichte des Symmachus für unser Werkchen entnommen, um zu zeigen, dass das Volk, von dem wir hier berichten, sogar bis zur Höhe eines Römischen Herrschers aufgestiegen ist! Indessen, nun erfordert es unser Gegenstand, dass wir zu unserem Ausgangspunkt zurückkehren.«

Bis hierhin reicht der Originaltext des fünfzehnten Kapitels. – Viel weiß Jordanes nicht über die Goten zu vermelden. Dafür nennt er uns die Namen der römischen Kaiser und erzählt uns eine rührende Geschichte, wie stark doch jener offenbar aus Gotenkreisen stammende Maximinus war. Man konnte also auch – das will vielleicht dieses Kapitel sagen – aus niederen Gotensphären aufsteigen und Kaiser wer-

176 Marcus Aurelius Antoninus Caracalla, Kaiser von 211 bis 217.

177 Zenturiat: Befehl über eine Hundertschaft (lat. centum ›hundert‹).

178 Opellius Macrinus, Kaiser von 217 bis 218.

179 Heliogabal: Kaiser Elagabalus: von 218 bis 222.

180 Hier gibt der »Christ« Jordanes zu erkennen, wie wenig er von röm. kaiserlicher Christenverfolgung hielt.

181 Philippus Arabs: (244–249). Ungenauigkeit des Jordanes: tatsächlich waren es Pupienus und Balbinus.

den, wenn man genügend Kraft und Energie aufwandte, selbst wenn die Mutter eine *Alanin*, d. h. eine »Barbarin« war.

Das alles gibt Jordanes Zuhörern oder Lesern zu überlegen, und nun geht er im nächsten Kapitel auf die eigentlichen *Ostgoten* ein, die gleichsam bislang nicht sonderlich erwähnt worden sind. Sie sind es ja, die am weitesten nach *Osten* zogen und ihre Siedlungsgebiete wohl bis an den *Don* ausgedehnt haben. Ehe wir aber den Originaltext weiterlesen, sollten wir uns zum besseren Verständnis nochmals den gotischen Auszug aus den Weichselgegenden vergegenwärtigen. Und hierzu scheint es notwendig, das bisher Gelesene in einen größeren Zusammenhang aus heutiger Sicht zu stellen.

Die berühmten alten Lieder, von denen wir allerdings nur Stückwerke kennen, haben den »Zug der Goten« ans Schwarze Meer, nach dem weit entfernten »Skythien«, beschrieben. Weil man – wie schon erwähnt – angeblich an Übervölkerung litt, sei man mit Weib und Kind unter König *Filimer* entlang der Weichsel losgezogen und nach und nach in ein gewaltiges Sumpfgebiet gekommen. Als man einen Fluss überqueren wollte, sei die Brücke eingebrochen, und ein Teil der Goten – später *Visigoten* genannt – sei zurückgeblieben. Das sei die legendäre Spaltung des Gotenstammes gewesen. Nur die Ostgoten seien weiter gekommen bis zu einer Landschaft, die sie *Oium*, »in den Auen« nannten, weit hinten am Asowschen Meer. Und dort seien sie geblieben. Ja, diese schöne Sage erläutert mit dem Brückeneinsturz und der Überbevölkerung die gotische Wandersehnsucht, und es wird, übrigens schon von Cassiodor, die Trennung in West- und Ostgoten vorweggenommen. Aber einen pausenlosen Zug, so auch russische Forscher, hat es nie gegeben, wie auch? Es gab nur eine ganz allmähliche Verlagerung der ostpommerschen Wielbark-Kultur[182] in die Ukraine, wie auch archäologische Funde bestätigt haben.

Der Prozess – wie andernorts hier schon angedeutet – zog sich vom zweiten bis weit ins dritte Jahrhundert hin, aber es gab keinen kurzen, geplanten Gotenzug bis an den Pontus. Die legendäre zerbrochene Brücke dürfte jene über den *Dnjepr* gewesen sein, aber in Wirklichkeit haben damals gleichartige Goten an beiden Ufern gewohnt, und nur ganz allmählich kam es zu dem hier spektakulär überbetonten Abson-

182 So genannt nach dem Dorf Cernjachov bei Kiew.

derungsprozess, wie es uns die »Origo Gothica« andeuten will. Und es war nicht – wie später in der eigentlichen Völkerwanderungszeit – bereits eine totale Auswanderung, vielmehr eher ein allmähliches Vorschieben der Siedlungsgebiete ans Schwarze Meer, wobei Fühlung gehalten wurde mit den Daheimgebliebenen, die wir als *Gutonen* kennengelernt haben.

Wir sagten bereits: Traditionskerne,[183] wie etwa der der Amalersippe, haben den Gotennamen weitergetragen. Was wir bisher von Jordanes gelesen haben, war eine Art Sammelsurium zum Zweck der Selbstdarstellung der Ostgoten, ja, wir lernten nur Aspekte der Überlieferung kennen. Doch wir müssen die daraus entstandenen Sagen und Legenden ebenso wie die messbaren Tatsachen wohl ernst nehmen. Selbst wenn die erzählte skandinavische Herkunft eher ein Mythos ist, sollten wir – wie die »Origo Gothica« erzählt – das Ganze zumindest als Volkssage und damit als recht glaubwürdig anerkennen. Letztlich stellt sich hier nicht die Frage, ob Skandinavien tatsächlich die »Urheimat« war, sondern es geht eher um die Meinung, dass Stämme wie die Gutonen, die später zu Goten wurden, wirklich über die Ostsee kamen und an Oder- und Weichselmündungen einst landeten und lebten.

In der von Cassiodor geschilderten »Gotengeschichte« sind pauschal drei Stammesgründer namentlich genannt: Da ist *Amal*, mit dem sozusagen der Stammbaum der Amaler oder der Ostgoten beginnt. Der sagenhafte *Ostrogotha* lieh als König den Ostgoten seinen Namen. Wir vernehmen etwas von *Gaut* oder Gapt, von *Humli*, der als Vater der Dänen gautische Beziehungen vermuten lässt.

Interessant wird es, wenn man die »Origo Gothica« mit ihrer Vorlage vergleicht, dem Werk des Ptolemaios, der die *Gotoi* als nur eines unter sieben skandinavischen Völkern bezeichnete. Die *Guten* indessen, es wurde kurz bereits erwähnt, lokalisierte Ptolemaios schon damals an der Weichsel. Gab es zwei Gotenstämme diesseits und jenseits der Ostsee? Wie aus ihrem Stammbaum hervorgeht, waren aber erst die Amaler unter Ostrogotha wirklich kontinentale Goten. Da gehört Ostrogotha – wie wir gleich lesen werden – der Zeit an, als die Amaler

183 Lieblingsbegriff bei Herwig Wolfram, Die Goten, S. 17 u. a.

schon in ukrainischen Gefilden siedelten (um 250). Die Guten des Ptolemaios indessen lebten schon vor 150 am Südufer der Ostsee.

Während Amal nur ein Nachfahre Gauts und seiner Insel-Gauten ist, die wahrscheinlich auch Prokop kannte, sind die *Amaler* eine Sagenkonstruktion weit späterer Zeiten. Die »Origo Gothica« schreibt die gotische Landnahme in Hinterpommern einer anderen Sippe zu, geführt von dem schon genannten *Berig*, und dieser rechnet nicht zu den Amalern. *Filimer* ist der letzte des Berig-Stamms, danach ergibt sich ein relativ langer zeitlicher Zwischenraum bis zur ersten Nennung der Amaler und Balthen. Selbst die ersten Könige der Gotenstürme des 3. Jahrhunderts rechnen zu keinem dieser beiden Königsgeschlechter. Doch wird an anderer Stelle ausdrücklich betont, es habe vor den Amalern genügend Helden gegeben, deren Taten das Volk in seinen Liedern würdigte. Hierzu passt jene phantastische Angabe der »Origo Gothica«, die Landnahme auf dem Kontinent sei 2030 Jahre vor der Vitigis-Kapitulation von 540 erfolgt, das heißt genau im Jahre 1490 v. Chr. Hingegen gründeten sich die Amaler erst etwa 440 Jahre oder 17 Generationen vor *Athalarichs* Regierungsantritt, und das war im Jahre 526, wie wir hier lesen konnten.

Diese Differenzierung führt aber Jordanes selber ad absurdum, indem er eben jene Kapitulation von 540 als »Ende einer amalischen Geschichte« darstellt, die 2030 Jahre gedauert habe. Das versöhnt uns mit der stillschweigend vorausgesetzten skandinavischen Herkunft der Amaler, wie sie ihr Stammbaum enthält, mit der zweifellos voramalischen Berig-Geschichte. Am Ende setzt Jordanes die gotische Geschichte der amalischen gleich und stützt damit die *Memoria* der »Origo Gothica« über einen skandinavischen Ursprung.

Nun befanden sich die Gutonen, wie schon zuvor erwähnt, in jenem Raum, von dem aus sie zum Schwarzen Meer vordrangen, mag der viel zitierte »Zug der Goten« auch sehr langsam vonstatten gegangen sein. Aber jener Ptolemaios erwähnt ja nicht bloß die *Gutonen* auf dem Festland, sondern auch die *Guten* als einen der sieben skandinavischen Inselstämme. Waren die beiden »Gotenvölker« tatsächlich identisch oder gibt es auch damals schon beträchtliche Unterschiede? Das ist selbstredend nicht eindeutig zu beantworten, doch kann man die Frage eher verneinen. Die Gutonen des Ptolemaios sind – was Namen und Lokalisierung auf dem Festland betrifft – antike Überlieferungen. Doch die Guten heben sich davon ab. Wären sie tatsächlich Vorläufer der Gauten des rund vierhundert Jahre jüngeren Prokop (um 500; † um 562)? Das kann nur gemutmaßt werden. Dass sie indessen mit den gleichzeitigen Gutonen – wenn sie auch nicht identisch mit ihnen waren – überhaupt nichts gemein hatten, ist einfach unwahrscheinlich. Wo man die Gutonen in Skandinavien ansiedelt, und am wahrscheinlichsten ist doch die Gegend am *Göta-Älv*, bleibt offen. Und ihre zweite Heimat dürfte ja die untere Weichsel gewesen sein.

Auch *Rugier* und *Lemovier* waren – wir haben es schon gelesen – Nachbarn der Gutonen. Sie kann man eher westlich von ihnen an der Odermündung und Vorpommern finden. Die Stammessage, die bloß den Namen der »Inselrugier« überliefert, spricht selbstverständlich von kriegerischen Auseinandersetzungen mit ihnen. In der Überlieferung des Zeitgenossen Tacitus gelten Gutonen, Lemovier und Rugier, die mit gleicher Bewaffnung und Lebensweise dargestellt sind, als ostgermanisch. Sie sollen allesamt runde Schilde und Kurzschwerter besessen haben. Zudem erwähnt Tacitus auch, Gutonen und ihre Nachbarn hätten unter Königen gelebt, die für germanische Verhältnisse besonders viel Einfluss und Macht verkörperten.

Eigentlich geht es um Folgendes: Die Essenz der Goten lag in einem besonderen Herrscherwesen, dessen Macht übliches Maß überschritt. Der »König« befehligte das »wandernde Heer« und vermochte die Machtmittel eines kleineren Stammes wirkungsvoller einzusetzen, als dies den kleinen Häuptlingen königsloser Großverbände überhaupt möglich war. Dieses Gotenkönigtum entwickelte – wie auch der österreichische Forscher Wolfram hervorhebt – erhebliche Anziehungskraft auf Stammesfremde, und einzelne Kleinstämme schlossen sich ihm willig an. Dadurch besaß man nicht bloß die Fähigkeit, den Heerbann aus Scharen unterschiedlicher ethnischer Zugehörigkeit zu bilden, sondern entsprechend der Gefolgschaftsidee auch zu stabilisieren. Vielleicht wusste Ptolemaios wenig vom letzten Stand gotischer Stammesbildungen, als er seine »Geographie« verfasste, doch man bedenke: Das kleine Weichselvolk der gutnisch-sarmatischen Gutonen konnte gar *Markomannen* bekriegen und Stammesunruhen verursachen, die viele Generationen beiderseits des Limes erfassten. Das war nur möglich, wenn es über eine straffe Königsstruktur verfügte. Weichselgoten folgten ihren Königen wahrscheinlich treuer und bedingungsloser, als dies sonst bei lose strukturierten Volkshaufen jener frühen Jahrhunderte üblich war.

Volkstümlich formuliert könnte man eventuell sagen: So ein früher Gotenkönig, der als Halbgott über seiner Sippe, über seinen Mannen, den Frauen, Kindern und Alten schwebte, hatte viel mehr zu sagen, als das bei wild nomadisierenden kleinen Kriegerscharen anzunehmen wäre. Zwar dürfte eine solche »eiserne Disziplin«, wie sie römischen Legionen des 2. Jahrhunderts eigen war, nicht geherrscht haben, doch das alles wurde durch den kultischen Zusammenhalt wettgemacht. Wir dürfen nicht vergessen, dass ein gotischer »Reiks«, ein Stammesführer also, gleichzeitig oberster Opferer war und die Huldigungen überwachte, die den germanischen Göttern zukamen. Obschon wir wenig über diese gotischen »Gottesdienste« wissen, so steht doch außer Frage, dass in jener frühen Zeit des zweiten bis dritten Jahrhunderts die heidnischen Kulthandlungen einem einzigen Ziel dienten, nämlich den Stammesverband mit all seinen Verzweigungen zu festigen.

Kehren wir nun, nach diesem längeren Exkurs über die kultische Frühgeschichte der Goten, die irgendwie seit etwa 150 n. Chr. von der Ostsee aus in die Ukraine aufbrachen, zurück zu Jordanes' halb historischer, halb sagenhafter Mitteilung über König *Ostrogotha* und seine Ostgoten zurück!

Kapitel 16

Ostrogotha am Schwarzen Meer – sagenhaft

Da haben wir nun das eigentliche Kapitel[184] über diesen Sagenkönig. Es heißt dort bei Jordanes:

XVI. »Dieses Volk tat sich ganz besonders in der Gegend, wo es sich aufhielt, das heißt auf der skythischen Seite des Pontus [des Schwarzen Meeres], hervor, da es dort so breite Länderstrecken, so viele Meerbusen, so weite Flussgebiete unangefochten besaß. Oft unterlag der Vandale seinen Waffen, der Markomanne war ihm zinspflichtig,

184 Kap. 16, §§ 59–63.

die Häuptlinge der Quaden wurden ihm unterworfen. Als der oben erwähnte Philipp[185] die Römer anführte, der allein mit Philipp, seinem Sohn, vor Konstantin[186] Christ war, vollendete Rom in dessen zweitem Regierungsjahr sein tausendstes Jahr. Da wurden die Goten, wie es zu gehen pflegt, weil sie über die Entziehung der Jahresgelder erbost waren, aus ihren Freunden zu Feinden. Denn obschon sie fern unter ihren Herrschern lebten, waren sie doch Verbündete des Römischen Staates gewesen und erhielten dafür jährlich bestimmte Zuwendungen.

Zuletzt ging *Ostrogotha* [um 245?] mit den Seinen über die Donau und verwüstete Mösien und Thrakien. Um ihn wieder zurückzutreiben, wurde von Philipp der Senator *Decius* beauftragt. Da aber dieser gegen die Goten nichts ausrichten konnte, entließ er seine Soldaten von den Fahnen und nötigte sie, ins Privatleben zurückzukehren, als ob die Goten bloß wegen ihrer Nachlässigkeit über die Donau gekommen wären! Und nachdem er solcherlei Strafe über die Seinen verhängt hatte, kehrte er zu Philipp zurück.

Als aber dessen Soldaten sich nach so vielen Mühen aus dem Kriegsdienst entlassen sahen, flüchteten sie voller Entrüstung zu dem Gotenkönig *Ostrogotha*. Dieser nahm sie auf, und durch ihre Reden ermutigt, führte er alsbald 500 000 Bewaffnete von seinem Volk ins Feld; dazu nahm er einige Taifalen[187] und Hasdingen[188] auf, aber auch 3 000 Karpen,[189] ein gar kriegerisches Völkchen, das oft mit den Römern in Feindschaft lag. Späterhin aber besiegte Galerius Maximinus[190] diese, als seinerzeit Diocletian [284–305] und Gallienus Maximian [253/260–268] Kaiser waren, und machte sie dem Römischen Reich tributpflichtig.

Er [Ostrogotha] aber nahm auch noch andere Goten und Peuciner von der Insel Peucä zu sich, die an der Mündung der Donau am Pon-

185 Philipp Arabs: Kaiser 244–249.

186 Konstantin I.: Kaiser 306/324–337.

187187 Taifalen: Teilweise werden sie mit Westgoten, teilweise mit Sarmaten in Verbindung gebracht. Lange Zeit in der Walachei, im Banat und in Siebenbürgen und in der Gegend an der Donau zu finden, wurden sie in der Zeit der Hunnen in ganz Europa verteilt. So sind ihre Spuren nicht nur in Frankreich, wo wohl Tiffanges nach ihnen benannt ist, sondern auch in Italien und Spanien zu finden.

188 Hasdingen: Vandalengeschlecht, später sogar königl. Familie; eigentl. Mannen mit langem Frauenhaar.

189 Vgl. K. Patsch, Carpi. Realencyclopädie 34 6. 1899. 1608ff.

190 Galerius: Kaiser 293/305–311.

tus liegt. Den *Argaith*[191] und *Guntherich,*[192] die Vornehmsten in seinem Volk, ernannte er zu Feldherrn. Hiernach durchwateten sie die Donau, verheerten Mösien zum zweiten Mal und griffen sogar *Marcianopolis* [bulg. Preslav] an, die berühmte Hauptstadt dieses Landes. Sie ließen jedoch nach langer Belagerung, als sie von den Einwohnern Geldzahlungen erhalten hatten, davon ab.

Und weil wir nun Marcianopolis genannt haben, so wollen wir einiges wenige über seine Lage einschieben. Diese Stadt hat nämlich, wie man sich erzählt, schon der Kaiser Trajan[193] erbaut, und zwar aus folgendem Grund: Ein Hofmädchen seiner Schwester *Marcia* ließ beim Baden im Fluss *Potamus,* der sehr helles, wohlschmeckendes Wasser hat und mitten in der Stadt entspringt, zufällig einen Goldbecher in die Tiefe fallen, wohin ihn das Gewicht des Metalls hinabzog. Doch lange danach kam er wieder an die Oberfläche. Das war nun etwas ganz Ungewöhnliches: erstens, dass ein leerer Becher so versank, und zweitens, dass er, nachdem er von den Wellen verschlungen war, von den Wellen wieder ausgespien wurde und an der Oberfläche schwamm. Als dies Trajan zu seiner großen Verblüffung vernahm, meinte er, in der Quelle wohne wohl eine Gottheit, und er gründete die Stadt und gab ihr den Namen Marcianapolis nach seiner Schwester.«

Soviel zum Originaltext des Ostrogotha-Kapitels. – Über König Ostrogotha weiß unser Gewährsmann Jordanes offenbar auch nicht sehr viel, denn er bringt kaum Details über ihn. Dafür erfahren wir etwas über die *Taifalen* und *Hasdingen,* auch über die *Karpen,* die ein »kriegerisches Völkchen« sein sollen. Die Taifalen waren offenbar ein Volk unsicheren Ursprungs. Teilweise werden sie mit den Westgoten oder den Sarmaten in Beziehung gesetzt. Lange Zeit waren sie in der Walachei, im Banat, in Siebenbürgen und an der Donau zu finden, wurden zur Zeit der Völkerwanderung und durch Hunnen in ganz Europa verteilt. So sind ihre Spuren nicht nur in Frankreich, sondern auch in Italien und Spanien sichtbar. Ihre kriegerischen Aktivitäten wurden bereits vor 291 von römischen Quellen beschrieben, aber in größeren Grup-

191 Argaith: got. Arg-ais, arg- ›Anführer‹, -ais ›Eid‹; got. Heerführer um 248.
192 Guntherich: got. Guni-reik, guni- ›Kampf-‹, -reiks ›König‹, got. Häuptling um 248.
193 Trajan: röm. Kaiser v. 98 bis 117.

pen traten sie in diesem Jahr erstmals in gut dokumentierter Form auf. Die Terwingen (Tervingi) kämpften im Bund mit den Taifalen gegen die Hasding-Vandalen und Gepiden, und es ging um Dakien.

Die *Hasdingen* waren ein Teilstamm der Vandalen, der im 2. Jahrhundert n. Chr. im Gebiet des heutigen Rumänien und Ungarn nachweisbar ist. Ende des nächsten Jahrhunderts vereinigten sie sich mit dem zweiten vandalischen Teilstamm, den *Silingen,* und fielen um 401 erneut ins Römische Reichsgebiet ein. 406 nahmen sie am allgemeinen Vorstoß nach Gallien teil (Rheinübergang) und erschienen 409 in Spanien. Unter Führung des hasdingischen Königs *Geiserich* setzte 429 ein Verband aus hasdingischen und silingischen Vandalen gemeinsam mit Alanen nach Nordafrika über und etablierte dort ein bis 533 bestehendes Reich.

Über *Marcianopolis* ist Jordanes auch bestens informiert, ja, er erzählt gleich eine kleine Sage, wie diese Stadt zu ihrem Namen kam. Übrigens, der Christ Jordanes geht hier auch auf eine heidnische, d. h. römische »Gottheit« ein, die vielleicht – ähnlich wie die Nixe des germanischen Kulturkreises – an der Quelle hauste.

Was Jordanes hier in diesem Kapitel, das sich mit ostgotischen Einfällen beschäftigt, alles erwähnt, können wir hinsichtlich der historischen Qualität aus Mangel an anderen Quellen nicht immer verifizieren. Nur soviel ist sicher: Von ihren Wohnsitzen am *Dnjepr* und *Dnjestr* aus unternahmen also die Ostgoten Ende des 3. Jahrhunderts einige Raubzüge in römische Gebiete. Diese sporadischen Kriegshandlungen sind auch von römischen Autoren bestätigt worden. Schon seit 238 fanden offenbar Übergriffe über den Limes hinweg an der unteren Donau statt, und meistens kehrte man, reich mit Beute beladen, in die ansonsten wenig lokalisierbaren Wohnsitze am Schwarzen Meer zurück. Hatte ein Sagenkönig wie Ostrogotha nun seine Burg an der Mündung des Dnjepr oder des Dnjestr? In welchen der fruchtbaren Täler der von Jordanes als *Oium* genannten Gegenden lebten die Ostgoten tatsächlich?

Die richtige chronologische Einordnung und Identifizierung des allgemein als historisch geltenden *Ostrogotha* hat der Forschung des öfteren Kopfzerbrechen verursacht. Cassiodor datiert ihn in die Zeit des Philippus Arabs (244–249), doch hat man früher in dieser Einordnung eine Verwechslung mit einer Person aus der Zeit Theoderichs gesehen.[194] Schönfeld bezweifelte allgemein die Geschichtlichkeit des Ostrogotha.[195] Heute erscheint als ziemlich gesichert, dass Cassiodor recht hat und Ostrogotha ein Zeitgenosse von *Airgaith* war.[196] Man kann davon ausgehen, dass der sagenhafte Ostrogotha doch wohl eher als ein richtiger Ostgote gelten kann, auch wenn in den Quellen eine eindeutige Trennung zwischen Ost- und Westgoten erst unter Claudius II. dokumentiert ist. – Übrigens, im Jahre 242 sind auch (Ost-) Goten im Heer Gordians III. auf einem Perserfeldzug bezeugt. – Soviel als Kommentar zum Ostrogotha-Kapitel.

Nun kommt die »Origo Gothica« auf ein leidiges Thema zu sprechen. Es ist der Bruderkampf gegen ein eng verwandtes Volk, das ebenfalls in die südlichen Gefilde aufgebrochen war und – wie Jordanes meint – aus Neid gegen die erfolgreicheren Ostgoten Krieg angefangen hätte.

Kapitel 17

Raubzüge gegen Gepiden

Im siebzehnten Kapitel[197] liest man Aufschlussreiches über die Gepiden, von denen bislang nur wenig gesprochen worden ist. Dazu erfährt man wörtlich das Folgende:

XVII. »Alsdann begaben sich die Goten, wie wir berichtet haben, nach einer langen Belagerung reich beschenkt in ihre Heimat. Als das Volk der Gepiden indessen sah, wie sie auf einmal überall siegreich auftraten und mit Beute bereichert wurden, erhoben sie aus Neid die Waffen gegen ihre Stammesverwandten.

Wenn du [gemeint: Bruder Castalius aus d. Vorwort] aber erfahren willst, wie Goten und Gepiden stammesverwandt sind, so will ich es kurz berichten: Du wirst dich erinnern, dass ich schon am Anfang er-

194 Ludwig Schmidt, Die Ostgermanen, Neudruck 1969, S. 201–02.
195 Moriz Schönfeld, Wörterbuch der altgerm. Personen- u. Völkernamen, Sp. 803.
196 Ernst Schwarz, Germanische Stammeskunde, Heidelberg 1956, S. 87.
197 Kap. 17, §§ 94–100.

zählt habe, die Goten seien mit ihrem König *Berig* aus dem Schoß der Insel *Skandza* aufgebrochen und auf nur drei Schiffen zum diesseitigen Ufer des Ozeans, das heißt, nach *Gothiskandza*, gekommen. Von diesen drei Schiffen soll eines, weil es – wie es ja oft vorkommt – etwas später eintraf, dem Volk den Namen gegeben haben. Denn in ihrer Sprache heißt träge *gepanta*. Daher kam es, dass sie allmählich in derber Form dieses »Schimpfwort« *Gepiden* erhalten haben. Denn unzweifelhaft leiten auch sie ihren Ursprung aus dem Stamm der Goten her.

Weil aber, wie gesagt, *gepanta* etwas Träges und Langsames bedeutet, so entstand als ein passendes Scheltwort daraus der Name der Gepiden, der auch nicht ganz unpassend sein dürfte. Denn sie sind [wirklich] trägen Geistes und schwerfällig in Bezug auf ihre Körperbewegungen. Also, diese Gepiden, von Neid angestachelt, hausten seinerzeit in *Spesis* auf einer Insel, die rings von den Untiefen der *Vistula* umgeben ist. Und die nannten sie in ihrer Sprache Gepidoios[198] – nun bewohnt, wie man sagt, vom Volk der Widiwarier,[199] während die Gepiden selbst in bessere Länder gezogen sind. Diese Widiwarier haben sich aus verschiedenen Völkern wie an einem Zufluchtsort dort gesammelt und bildeten so ein eigenes Volk.

Da also rief der Gepidenkönig *Fastida*, wie gesagt, sein ruhiges Volk auf und vergrößerte mit Waffen das väterliche Gebiet. Die Burgunder[200] schlug er fast bis zur Vernichtung und besiegte noch mancherlei andere Völkerschaften.

Auch die Goten forderte er ohne Grund zum Kampf heraus und verletzte so das frühere Bündnis der Blutsverwandtschaft durch seine unerträgliche Streitsucht; und indem er in seinem hochfahrenden Übermut seinem wachsenden Volk immer mehr Land zu erobern begann, verringerte er die Zahl der Bewohner in der Heimat immer mehr. Er schickte Gesandte an *Ostrogotha*, unter dessen Herrschaft noch sowohl die Ostgoten als auch die Visigoten standen. Und er beklagte sich, dass er von schroffen Gebirgen eingeschlossen und von

198 Gepidoios: got. Gibi-aujos, -aujos ›Auen‹ der Gepiden, ›wasserreiches Land‹.

199 Wii-warii: got. wii- ›Wald‹, -warii ›Männer‹, vgl. lat. viri ›Männer‹.

200 Burgunder: von Plinius d. Ä. im 1. Jh. n. Chr. erstmals genannt zw. Oder u. Weichsel. – Im 3. Jh. am Main nachweisbar. Anfang 5. Jh. bei Worms u. Speyer. 436 durch Hunnen erobert. Vgl. dazu die Geschehnisse im »Nibelungenlied«. Vgl. R. Kaiser, Die Burgunder, Stuttg. 2004.

dichten Wäldern eingepfercht sei; er verlangte also von zweien das eine: Der König solle entweder Krieg führen oder Land für ihn bereit halten. Da antwortete Ostrogotha, da er ein Mann von festem Sinn war, den Gesandten Folgendes: Er verabscheue zwar einen solchen Krieg, und es werde ihn auch hart betreffen, und es sei durchaus gottlos, mit Verwandten zu streiten – aber Land räume er ihnen nicht ein!

Kurzum, die Gepiden schlugen los, und um nicht für den Schwächeren gehalten zu werden, rief auch Ostrogotha seinen Heerbann gegen sie auf. Bei der Stadt Galtis [transsilvan. Burgstadt Oppidum], wo der Fluss Auha [Aluta] vorbeifließt, stießen sie aufeinander, und es wurde mit großer Tapferkeit auf beiden Seiten gestritten, weil beide gleiche Bewaffnung und gleiche Kampfesart besaßen. Aber ihre bessere Sache und ihre Ausdauer halfen [schließlich] den Goten. Als sich endlich ein Teil der Gepiden zurückzog, trennte die Nacht die Schlacht. Da ließ Fastida, der König der Gepiden, die Leichen der Seinigen zurück und marschierte der Heimat entgegen, von ebenso großer Schmach und Schande niedergedrückt wie vorher von Übermut aufgeblasen! Auch die siegreichen Goten, zufrieden mit dem Abzug der Gepiden, kehrten zurück und genossen in ihrer Heimat glücklichen Frieden, solange *Ostrogotha* ihr Oberhaupt war.«

Soviel ist an Originaltext über Ostrogotha und die Gepiden vorhanden. Leider wissen wir aus diesen Darlegungen immer noch nicht, wo denn die Burg oder der Palast des legendären Ostrogotha stand. War es am Dnjestr? Hier an dieser Stelle erscheint es aber zweckmäßig, noch ein wenig mehr zu den Gepiden zu sagen, die – wie wir sahen – um 250 schon eine starke Macht darstellten.

Wir müssen leider feststellen: Von allen bekannteren Germanenvölkern der Völkerwanderungszeit liegt die Geschichte der Gepiden am meisten im Dunkeln, sie lässt sich deshalb allenfalls in groben Zügen darstellen.[201] Es gelang ihnen nicht, einen dauerhaften Staat zu errichten oder wenigstens eine stabile Besiedlung innerhalb festgelegter Grenzen zu schaffen. Kein späterer römischer Chronist fand sich bemüßigt, ihre Geschichte niederzuschreiben und irgendwelche Überlieferungen der Nachwelt zu vermitteln, falls es sie denn über-

201 Ludwig Schmidt, Die Ostgermanen, S. 529–564.

haupt gegeben hat. Nach 260 traten sie zum ersten Mal ins Licht der Geschichte, als sie im Verein mit den Goten *Dakien* angriffen.

Als römische Kaiser diese Provinz ein Jahrzehnt später aufgaben, gelang es den Gepiden nicht, auch nur einen ihrer Teile in ihren festen Besitz zu überführen. Dadurch bestätigte sich das bei Jordanes gelesene Vorurteil, die Gepiden seien träge und ein wenig antriebsschwach. Die Gegend, in der sie dann schließlich doch Fuß fassten, befand sich an der nordwestlichen Grenze Dakiens, genauer östlich der *Theiß*. Dort harrten sie aus, bis die Ostgoten sie zu Beginn des fünften Jahrhunderts unter ihre Botmäßigkeit brachten. Doch später, als die Hunnen in Erscheinung getreten waren, dienten ihre Krieger meistens hunnischen Herren. Dazu gibt es ein treffendes Beispiel: Attila, über den wir noch mancherlei in dieser *Ostgoten Saga* lesen werden, schätzte den Gepidenkönig *Ardarich* weit mehr als alle anderen Könige oder Anführer der vielen Vasallen.

Und übrigens: Als die Hunnen ganz massiv ihren großen Angriff auf den Balkan im Jahre 447 begannen, erwiesen sich die Gepiden als Attilas treueste Verbündete. Auf den *Katalaunischen Feldern* kämpften sie 451 auf dem rechten Flügel der hunnischen, bunt gemischten Scharen. Indessen, als Attila gestorben war, stellten sie sich – weiterhin unter der Führung Ardarichs – in einem blutigen Kampf gegen Attilas Söhne, und ihr Aufstand zog weitere Vasallen nach sich. Bald besiegten sie die hunnischen Streitkräfte an einem Fluss namens *Nedao*, und dieser Fluss wird in Pannonien vermutet. So errangen sie im Jahr 454 gemeinsam mit verbündeten Sarmaten, Sueben und Rugiern ihre volle Unabhängigkeit. Dieser Sieg hatte den Effekt, dass die Gepiden nunmehr in einer neuen Heimat im *östlichen Karpatenbecken* angesiedelt wurden, denn sie erhielten den Status von Römischen Verbündeten, und damit waren auch etliche Zahlungen verbunden. Aber die alte Gegnerschaft zu den Ostgoten blieb bestehen, denn auch jetzt noch konnten die weit überlegenen Amaler sie jederzeit angreifen oder gar vernichten. Als Theoderich der Große über genügend Macht verfügte, vertrieben seine Krieger die Gepiden im Jahre 504 gänzlich aus den Donauländern. Erst 537, als es mit dem Ostgotenreich in Italien schon bergab ging, wurde den Gepiden erlaubt, sich wieder um Sirmium, dem späteren *Mitrovica* in Pannonien, niederzulassen. Das war die Zeit, als die Ostgoten schon in Kämpfe gegen Byzanz verwickelt waren.

Alles in allem: Der Status der Gepiden war unsicher, und mit ihrem Einfluss im Donautal war es nicht weit her. Konstantinopel war indessen sehr auf Sicherheit und Ruhe an diesem Flussabschnitt interessiert. So übergaben die Römer die Grenzwacht lieber den Langobarden als den Gepiden. Es war *Audoin,* der 546 mit seinen Langobarden den Auftrag bekam, die römischen Provinzen von Pannonien in Besitz zu nehmen und diese nunmehr als Föderaten von Ostrom zu verteidigen. Damit war nun allerdings die Bedingung verbunden, die Gepiden aus diesen Regionen zu vertreiben. Innerhalb von fünf Jahren wurde diese Aufgabe von den Langobarden erfüllt, und in der Schlacht auf dem *Asfeld* (552) erlitten die gepidischen Streitkräfte eine empfindliche Niederlage. Danach haben die Gepiden bei geschichtlichen Ereignissen von größerer Tragweite keine Rolle mehr gespielt.

Waren die Gepiden auch in den von ihnen bewohnten Gebieten immer nur recht kurze Zeit, so erwies es sich doch als fruchtbar, einmal archäologisch ihre Siedlungen nachzuweisen. Diejenige Landschaft, in der sie am deutlichsten irgendwelche Hinterlassenschaften vorweisen konnten, war das *Tal der Theiß* und die sich unmittelbar östlich daran anschließende Region. Ein großer Erdwall, der offenbar von Sarmaten im vierten Jahrhundert gegen die Goten und Vandalen geschaffen wurde, stellte augenscheinlich die östliche Begrenzung des Gepidengebiets dar. Gräberfunde mit deutlichen Hinweisen auf gepidische Kultur gruppieren sich um die Stadt *Szentes,* und möglicherweise war hier eines der Machtzentren des Stammes. Erst jetzt beginnt man allmählich, bestimmte Siedlungsflächen systematischer zu orten. Man nimmt an, dass bei den Gepiden eher Einzelgehöfte oder kleine Dörfer zu finden waren. Reste von Burgen kommen vornehmlich im transsylvanischen Bergland vor, während an der Theiß Plätze mit direkten Verteidigungsanlagen noch nicht entdeckt wurden. Oft wird darauf hingewiesen, dass die materielle Kultur der Gepiden im fünften und sechsten Jahrhundert recht deutlich mit derjenigen, der in jener Gegend siedelnden Langobarden übereinstimmt. Allerdings lässt sich auch klar ein typisch *gepidischer* Einschlag in den aufgefundenen Metallarbeiten feststellen. Die Awaren überfielen im Jahre 576 das Gebiet der Gepiden, verwüsteten das meiste, was von gepidischen Strukturen noch geblieben war und bekämpften zugleich die Langobarden so heftig, dass diesen schließlich keine andere Wahl blieb, als nach Italien auszuweichen, wo bekanntlich die Lombardei noch heute von ihrer einstigen Existenz Zeugnis ablegt. Wenigsten eine kleinere Gruppe von Gepiden überlebte den Awarenkampf. Im Jahre 500 war ein byzantinischer General mit Aktionen gegen Gepiden auch jenseits der Donau beschäftigt. Eine größere gepidische Streitmacht griff gemeinsam mit Awaren 626 sogar Konstantinopel an. Nach 570 scheint das gepidische Stammeselement indessen weitgehend aufgebraucht gewesen zu sein, denn späterhin hört man von Gepiden und ihren Taten nichts mehr. – Soviel als Ergänzung zu den in Kapitel 17 erwähnten Gepiden und ihren Schicksalen.

Nun fährt unser Text mit einer legendären Geschichte über einen gewissen *Cniwa* fort, der allerdings schon um 250 bezeugt ist. Wo und wie – nun, das kann man aus den spärlichen Mitteilungen von Jordanes nicht recht herauslesen. Dennoch ist er sicherlich ein historischer König, der augenscheinlich von 250 bis 271 regiert hat. Cniwa (*got. »das Knie«) scheint ein besonders erfolgreicher und raffinierter Häuptling gewesen zu sein, der den Römern durch seine wohldurchdachten Angriffe und Kriegszüge zu schaffen machte.

Kapitel 18

Ostgotenkönig Cniwa und seine Sage

Über ihn schreibt Jordanes in Kapitel 18[202] ein paar interessante Details. Wörtlich heißt es hier:

XVIII. »Nach seinem [Ostrogothas] Tod trennte Cniwa[203] das Heer in zwei Teilgruppen auf; die eine schickte er ab, um Mösien zu verwüsten, da er wusste, dass es durch die Nachlässigkeit seiner Herrscher von Verteidigern entblößt war. Er selbst zog mit 70 000 Mann nach Euscia, das ist Nova [Novograd, Donau], hinauf. Hier durch den Feldherrn Gallus[204] zurückgewiesen, rückte er nach Nikopolis [Stari Nikub] vor,

202 Kap. 18, §§ 101–103.

203 Cniwa: ca. 250–271; befehligte u. a. auch bastarnische, taifalische u. hasdingisch-vandal. Kriegergruppen.

204 Befehlshaber von Innermösien, Kaiser 251–253.

einer wohlbekannten Stadt am Jatrusfluss.[205] Diese hat Trajan nach Besiegung der Sarmaten erbaut und sie die ›Sieges-Stadt‹ genannt. Als hier unvermutet der Kaiser Decius[206] eintraf, zog sich Cniwa endlich in die Gebirgstäler des Haemus[207] zurück, die nicht fern davon lagen. Von hieraus eilte er, nachdem er die erforderlichen Gerätschaften besorgt hatte, nach *Philippopolis* [bulg. Plovdiv]. Als der Kaiser Decius von seinem Abzug erfuhr, zog er, da er seiner Stadt zu Hilfe kommen wollte, über das Haemusgebirge und kam nach *Beroea* [bulg. Stara Zagora].

Während er hier die Rosse und sein müdes Heer ausruhen ließ, fiel plötzlich Cniwa mit seinen Goten wie der Blitz über sie her, und nachdem er den römischen Heerbann geschlagen hatte, jagte er den Kaiser mit den wenigen, die entkommen konnten, wieder nach Euscia zu über die Alpen nach Mösien, wo sich damals *Gallus* als Grenzhüter mit einer großen Kriegerschar aufhielt. Er sammelte sodann von hier wie von Oescus [Gigen] sein Heer und bereitete sich auf einen kommenden Kampf vor.

Cniwa aber eroberte nach langer Belagerung Philippopolis, bemächtigte sich der Beute und verbündete sich mit dem [röm.] Stadtbefehlshaber *Priscus*, der darinnen war, um mit ihm gemeinsam gegen Decius zu kämpfen. Als es aber zum Gefecht kam, durchbohrte man gleich den Sohn des Decius mit einem Pfeil und bereitete ihm so einen grausamen Tod. Als dies der Vater bemerkte, soll er – um den Mut seiner Leute anzustacheln – geschrien haben:

›Keiner wage es, hierüber zu trauern! Der Verlust eines einzelnen Soldaten ist ja noch kein Verlust für den Staat!‹

Dennoch rannte er, da er in seinem Vatergefühl den Tod des Sohnes nicht ertragen konnte, auf die Feinde los, entweder um zu sterben oder seinen Sohn zu rächen. Und als er nach *Abrittus* [Razgrad] kam, einer anderen Stadt in Mösien, wurde er von den Goten umzingelt und schließlich umgebracht, und so bereitete er seiner Herrschaft und seinem Leben ein jähes Ende. Dieser Platz heißt noch heute *Altar des Decius*, weil er dort vor der Schlacht irgendwelchen heidnischen Göttern eigenartige Opfer dargebracht hatte.«

205 Jatra: Nebenfluss d. Donau.
206 Decius: 249–251.
207 Haemus: balkan. Gebirgszug.

Nun, soviel im Kapitel 18 zunächst im Originaltext über den legendären Cniwa. Das ist das wenige, was über den Goten *Cniwa* und die Seinen bei Jordanes geschrieben steht. Aber schauen wir ergänzend kurz zurück! In dem Jahrzehnt zwischen 238 und 248 gab es offenbar noch keine gotischen, dafür aber *carpische* Einfälle in Dakien. 246 und am Neujahrstag 248 siegte Kaiser Philipp Arabs über die *Karpen*. Schon der erste Sieg bot den Anlass, die Münzprägung in der Provinz wieder aufzunehmen. Wegen dieser Erfolge meinte nun Philipp, er könne auch seine Gotenpolitik revidieren. Er verweigerte ihnen weitere Jahrgelder und kündigte alle Abmachungen mit den Goten. 248 sandte er – wie wir auch bei Jordanes soeben gelesen haben – den fähigen Militär *Decius* nach Mösien, um die römische Armee kampffähiger zu machen. Was Decius wirklich tat, ist schwer zu sagen. Jedenfalls gewann er das Heer für sich und wagte nun seinerseits als Usurpator den Griff nach der Macht. Mit ihm marschierte die Donauarmee im Sommer 249 nach Italien, und die Katastrophe nahm ihren Lauf.

Jedenfalls, im Frühjahr 250, als Cniwa schon regierte, stießen drei germanisch-sarmatische Kriegerverbände aus dem moldauisch-walachischen Raum auf römisches Gebiet vor. Ziel des Angriffs waren die Provinzen Dakien, Mösien und Thrakien, die offensichtlich erheblich verwüstet wurden. Das Unternehmen stand, wie soeben gelesen, unter der Führung von Cniwa, der neben seinen eigenen Leuten auch andere Stämme aufbieten konnte. Unter ihnen befanden sich – allen voran – selbstverständlich wieder die sarmatischen *Karpen*, daneben bastarnische, taifalische und hasdingisch-vandalische Gruppen. Selbst römische Überläufer fanden sich ein.

Verlauf und Ende des Kriegszuges zeigten, dass die Goten bereits auf einem ersten Höhepunkt ihrer Ausstrahlungskraft waren. Cniwa selbst, und das vermittelte uns auch Jordanes im vorigen Kapitel, erwies sich als ein Häuptling, der über mehr als bloße primitive Kriegskenntnisse verfügte. Er wirkte derart stabilisiert, dass er Niederlagen ohne Weiteres verkraften konnte. Das erinnert an *Tacitus* und dessen Beschreibung des gutonischen Königtums.

Cniwas Hauptmasse überquerte die Aluta (Olt) und stieß auch auf Romula [Recka] vor. Die Karpen trennten sich hier von den Goten und marschierten die Aluta aufwärts nach Dakien. Cniwa aber setzte nach

Oescus [Gigen] über die Donau und zog stromabwärts nach Niedermösien. Eine dritte Gruppe, vielleicht unter *Airgaith* und *Guntherich,* war bereits in der niedermösischen Dobrudscha und stand vor Philippopolis [Plovdiv], wie Jordanes andeutet. Decius hatte unterdessen Dakien von den Karpen befreit und wollte nun die Goten stellen. Überraschend tauchte er vor Nikopolis [Stari Nikub] auf; doch Cniwa war bereits nach der Stadtplünderung in die Berge des Balkanmassivs retiriert.

Decius verfolgte ihn, wie wir lasen, übers Gebirge, da drehte der gewiegte Gote um und überfiel die kaiserliche Armee, die sich nach dem Übersteigen des *Sipka-Passes* in Beroea [Stara Zagora] erholen wollte. Erst im Frühjahr 251 waren die Römer wieder einsatzbereit. Hingegen ging *Philippopolis* noch im Sommer 250 verloren. Durch den Fall der Stadt konnten es sich die Goten in Thrakien und wohl auch im angrenzenden Illyrien bequem machen. Nicht vor dem Frühjahr 251 trat *Cniwa* den Rückmarsch an. Siegesfroh und beutebeladen zog man nach Nordosten. In der Zwischenzeit hatte der Kaiser seinen Sohn Herennius *Etruscus* zum Augustus ernannt. Nach Anfangserfolgen stießen die Römer im Hochsommer 251 auf die gotische Hauptmacht bei Abrittus [Hisarlak] in der Nähe des bulgarischen Razgrad. Cniwa lockte seine Feinde in einen unübersichtlichen Sumpf. Die Einkesselung gelang, Decius und sein Sohn fielen, wie wir soeben in Kapitel 18 lesen konnten. Mit Mühe rettete Gallus (251–253) die Armeereste, die ihn daraufhin zum Kaiser ausriefen. Er musste die Goten mit ihrer reichen Beute an Menschen und Gütern ziehen lassen.

Soviel berichtet also Jordanes – eher andeutungsweise – über die Einnahme von Abrittus. Und dieses Gefecht zwischen Ostgoten und Römern soll tatsächlich im Jahre 251 stattgefunden haben. Bemerkenswert ist, dass ein römischer Stadtkommandant, eben jener *Priscus,* zuvor mit den Goten gemeinsame Sache gemacht hat, und er war ja daraufhin auch kurzfristig von seinen dortigen Soldaten zum *Imperator* ausgerufen worden, wenngleich er nichts weiter als ein kurzfristig agierender Usurpator war, von dem man später nichts mehr hörte. Aber die Eroberung der Stadt gestattete es nunmehr den Goten, auch nach Thrakien und wohl auch ins angrenzende Illyrien vorzudringen.

Wenig Genaues hat Jordanes in seinem vorangegangenen Kapitel 18 mitgeteilt, wo Cniwa mit all seinen Gefangenen und mit seiner reichen

Beute tatsächlich hingezogen ist. Oft hat man den Eindruck, dass er so weit jenseits der Donau gar nicht zu Hause war, dass er eher in der flussreichen Niederung seinen Palast errichtet hatte, wenn es denn immerhin keine rechte Burganlage war. Die hätte man bis heute wohl gefunden. Geht man von Attilas weitläufiger hölzernen Palastanlage aus, die ja weiter unten von Jordanes genau beschrieben ist, so könnten ähnliche Bauwerke auch für Cniwa und seinen Anhang vorhanden gewesen sein.

Über genauere Örtlichkeiten bei den transdanubischen Goten später mehr. Kehren wir nun zum Originalbericht des Jordanes zurück.

Kapitel 19

Korrupte Kaiser, die Pest und brüchiger Gotenfrieden

Wie es mit Römern und Goten nach 251 noch weiterging, erfahren wir von Jordanes in seinem nächsten Kapitel,[208] das sich vorwiegend mit der Römerseite beschäftigt. So vernehmen wir nun wörtlich:

XIX. »Als Decius tot war, bemächtigten sich Gallus[209] und Volusianus [Sohn d. Gallus] der Herrschaft über die Römer. Damals verwüstete auch eine Pest, die fast gleich der Not gewesen ist, die wir vor neun Jahren durchgemacht haben, das Aussehen des ganzen Erdkreises[!], besonders aber richtete sie in *Alexandria* und in ganz Ägypten große Verheerungen an, wie der Geschichtsschreiber Dionysius[210] unter Tränen über dieses Unglück berichtet. Dies hat auch unser verehrungswürdiger Blutzeuge Christi, Bischof Cyprianus[211] in einem Buch beschrieben, das den Titel trägt ›Über die Sterblichkeit‹.

Damals riss ein gewisser Aemilianus [im Jahre 253] die Herrschaft in Mösien an sich, weil die Goten wegen der Nachlässigkeit der Kaiser wiederholt Mösien verwüstet hatten. Als er sah, dass dies ungestraft geschah und von keinem ohne großen Aufwand von Staats wegen ver-

208 Kap. 19, §§ 104–106.

209 Gallus: Kaiser 251–253.

210 Bischof v. Alexandria 248–265.

211 Bischof v. Carthago 248–258, Märtyrertod.

hindert werden konnte, tat er es in der Meinung, dass ihm dies ebenso gelingen würde. Und nachdem er alle Soldaten an sich gezogen hatte, fing er an, die Städte und das Landvolk auszuplündern.

Während gegen diesen innerhalb weniger Monate eine Menge von Gegenrüstungen wuchs, hatte er gegen den Staat eine nicht geringe Übeltat im Sinn. Doch schließlich wurde er fast gleich zu Beginn seines verruchten Unternehmens überwältigt und verlor zugleich sein Leben und die Herrschaft, wonach er so gierig getrachtet hatte.

Die oben erwähnten Kaiser Gallus und Volusianus aber herrschten weiter, wenn sie auch schon nach einer Regierung von kaum zwei Jahren aus der Welt schieden. Doch während der zwei Jahre ihrer Herrschaft war überall Frieden; sie waren allseits beliebt. Nur einen Missstand hatte man an ihrer glücklichen Regierungszeit auszusetzen: die allgemeine Pest! Aber solches tun nur gedankenlose Verleumder, die das Leben anderer mit kleinlicher Schmähsucht bemäkeln wollen! Diese beiden also schlossen bald nach ihrem Regierungsantritt mit den Goten ein Bündnis. Indessen, nicht lange danach, als beide Herrscher gestorben waren, übernahm ein Römer mit Namen Gallienus[212] die Macht.«

Das war der Wortlaut dieses 19. Kapitels, und wenig ergiebig kommt uns dieser Textabschnitt vor, und dazu ist er noch ausnehmend kurz. Von Usurpatoren und auch Friedenszeiten ist die Rede. Aber wir vernehmen auch, dass es zu friedlichen Bündnissen mit den Goten gekommen ist.

Nun, Wahres und Sagenhaftes erläutert Jordanes hier, um gleich im nächsten Kapitel 20 fortzusetzen, wie die (Ost-)Goten die Schwächen der Römer ausgenutzt haben. Nun hatten sie bald auch Schiffe, mit denen sie etwa im Jahre 257 auch die südwestliche Küste des Schwarzen Meeres heimsuchten. Dem erwähnten Aemilianus, der die Römer in Pannonien anführte, war es vorher gelungen, die Goten etwas zurückzudrängen. Dafür wählten ihn, wir gerade lasen, seine Leute zum Kaiser, und so gelangte er im Jahre 253 an die Regierung. Doch noch im gleichen Jahr wurde er ermordet, und Valerianus bestieg den Kaiserthron. Dessen Sohn Gallienus wurde nun zum Mitregenten befördert.

212 253, 260–268.

Aber seitdem waren Gotenverbände wieder unterwegs und verheerten vor allem griechische Landesteile, und nur mit Mühe konnte das von ihnen umzingelte *Thessaloniki* gehalten werden.

Es ist richtig, dass die Goten und andere Stämme weit im Osten am Schwarzen Meer zunehmend das Meer als Transportweg für ihre – sicherlich noch – primitiven Schiffe entdeckt hatten. So konnten sie immerhin als »frühe Wikinger« – allerdings nicht mit so viel nautischer Übersicht, an den Ufern des Schwarzen Meeres entlangsegeln, und der Geschichtsschreiber *Zosimus* überliefert in seiner *Neuen Geschichte*, Buch 1, Kapitel 42, dass gotische Zimmerleute um 267 gar an sechstausend Schiffe am *Dnjestr* zusammengebaut hätten, und mehr als 300 000 Mannen seien dabei an Bord gegangen. Das mag geflunkert sein, aber der wahre Kern dieser Aussage steht außer Frage.

Die genauere Datierung der um die Mitte des 3. Jahrhunderts durchgeführten Seeräuber-Abenteuer der Goten bereitet auch heute noch erhebliche Schwierigkeiten. In einer Art Seegefecht mit gotischen Verbänden starb offenbar auch der römische Feldherr *Veneranius* um 267. Und wie man bei Zosimus im Kapitel 39 seines ersten Buches nachlesen kann, gelang es gotischen Seeräubern nach Plünderungen in Thrakien, sogar nach Athen vorzustoßen, das sie zeitweise in Besitz nahmen. Wie groß die dort zur See agierenden Verbände wirklich waren, bleibt unsicher, denn wenn Zosimus uns einreden will, es seien gar 300 000 Mannen auf ihren Schiffen in jenen Jahren unterwegs gewesen, so erscheint dies doch sehr übertrieben.

Kehren wir hier aber zurück zum Originaltext, worin zuletzt im 19. Kapitel Kaiser Gallienus erwähnt wurde. Und nun erfahren wir auch noch – im folgenden Abschnitt – die Namen von ein paar Goten, über die wir sonst wenig oder gar nichts wissen.

Kapitel 20

Respa, Weduko, Tharwaro: Gotenfürsten

Bezüglich des erwähnten Kaisers Gallienus fügt die »Origo Gothica«, etwas scheinheilig und »progotisch«, in Kapitel 20 das Folgende hinzu:

XX.[213] »Da dieser [d. h. Gallienus] sich allen möglichen Ausschweifungen hingab, nahmen Respa [um 267], Weduko und Tharwaro,[214] die Anführer der Goten, Schiffe und segelten über den Hellespont nach Asien hinüber. In dieser Provinz verheerten sie viele Städte, steckten auch den berühmten Tempel der Diana in Ephesus,[215] den – wie wir oben erwähnten – die Amazonen gebaut hatten, in Brand. Dann kamen sie nach Bithynien[216] und zerstörten hier Chalcedon, welches später Cornelius Avitus[217] teilweise wieder aufgebaut hat. Auch heute [d. i. um 555] bewahrt dieses, wenn es sich auch der Nachbarschaft der Königsstadt [Byzanz] erfreut, doch noch einige Zeichen von seiner früheren Zerstörung zur Kunde für die Nachwelt.

Mit solchem Glück, gleich bei ihrem Einfall in Asien, plünderten und raubten die Goten; hierauf gingen sie wieder zurück über den Hellespont und verwüsteten unterwegs Troja und Ilium, die – kaum dass sie sich ein wenig von jenem Krieg Agamemnons erholt hatten – wieder vom Schwert des Feindes zerstört wurden. Nach solchen Verheerungen in [Klein-]Asien bekam Thrakien ihre Wildheit zu fühlen. – Hier bemächtigten sie sich der Stadt Anchialos, die – am Fuß des Haemus in der Nähe des Meeres gelegen – einst vom Partherkönig Sardanapal gegründet worden war. Sie sollen viele Tage dort geblieben sein und sich der Bäder in dem warmen Wasser erfreut haben, die am zwölften Meilenstein von Anchialos liegen. Diese sprudeln aus der Tiefe des feurigen Quells hervor, und unter den übrigen unzähligen

213 Kap. 20, §§ 107–109.

214 Tharwaro (Tharuaro): got. *Þur-war(s)*: got. *Þur-* ›kühn‹, -wars ›vorsichtig‹. Gotenhäuptling um 265.

215 Ephesus: gebrandschatzt ca. 259. Türk. Ruinenstadt in Kleinasien, heilige Stadt d. Diana. Wie aus anderen Quellen hervorgeht, konnte das eigentliche *Ephesus* von den Goten nicht eingenommen werden; der Tempel befand sich außerhalb der Stadt.

216 Bithynien: nordwestl. Türkei. 546 v. Chr. zu Persien, 74 n. Chr. als röm. Provinz gegr., ab 395 oström.; ab 1298 Teil des Osman. Reiches.

217 Avitus: regierte als Kaiser von 455 bis 456.

warmen Bädern auf der ganzen Welt sollen sie ganz besonders wirksam sein, die Kranken zu heilen.«

Bis hierher lasen wir den Originaltext der »Origo Gothica«. Und wir fügen hinzu: Andere Forscher sagen jedoch, es sei nicht diese Stadt in Moesien, sondern Anchiale in Kilikien gewesen, und das liegt in der Südtürkei. Und jener hier von Jordanes genannte *Sardanapal(us)* war wohl der assyrische König *Assurbanipal* (669–627 v. Chr.), den Jordanes immerhin namentlich, wenn auch ganz ahistorisch, nennen kann. Er war nach Ktesias von Knido der letzte König des assyrischen Reiches und wird mit dem König von Babylon, der in den brennenden Ruinen seines Palastes Selbstmord beging, gleichgesetzt. Er begründete also Anchiale in Kilikien. Alexander der Große sah hier angeblich ein Standbild des Königs, zusammen mit einer Inschrift, die besagte: »Anchiale und Tarsos hat Sardanapal an einem Tag begründet. Du aber, Fremdling, iss, trinke, liebe; was sonst der Mensch hat, ist der Rede nicht wert!«

Übrigens kann als wissenswert noch angefügt werden: Die ostgotische Schiffsinvasion ging wahrscheinlich von einer Basis aus, die weit westlich der Krim lag. Griechenstädte am Westufer des Schwarzen Meeres, an den südrussischen Flussmündungen wie Olbia (Nikolajev) und Tyras (Dnestrovski, rumän. Cetatea Alba) dürften die Goten schon vorher eingenommen haben, und sie sind dort vielleicht von den Einwohnern sogar unterstützt worden. Verbündete der Ostgoten waren damals *Karpen* und sarmatische *Boraner*, dazu bastarnische Peukiner und einige sarmatische Kleinstämme. Auch hatten sich ihnen wohl schon damals hunnische Urugunden[218] angeschlossen. Auf der Krim und am Don hat man ihre Wohnsitze lokalisieren wollen.

Seit 267 konkurrierten *Heruler* vom Asowschen Meer aus mit den Ostgoten. Schon bald kam es zum großen Einbruch, als dem neuen Kaiser Claudius II.[219] im Jahr 269 in der Vernichtungsschlacht von Naissus [Niš] ein großer Sieg über die Goten gelang. Die Geschlagenen zogen sich zunächst in Richtung Makedonien zurück, ständig von der starken römischen Reiterei bedroht. Sie wurden am Mons *Gessax*

218 Urugunden: Reiternomaden auf der Krim.
219 Claudius II.: 268–270.

im Rhodopengebirge wohl eingekesselt, versklavt oder als Kolonnen südlich der Donau angesiedelt. Das war das Jahr, als in den südlichen Provinzen Hungersnot, Pest und Krankheiten herrschten. Nur wenige der »westlichen« Goten sahen damals ihre Heimat wieder. Darüber schreibt Jordanes nichts.

Claudius II. war der erste Kaiser, der den Ehrentitel »Gothicus« annahm, hier wohl soviel wie »Gotenvernichter«. Große Teile des Balkans waren von »Barbaren« nun gesäubert, und als Claudius an der Pest gestorben war, kam sein Nachfolger Aurelian [270–275] über die Donau und besiegte einige Kriegergruppen der Goten in ihren eigenen Gebieten, und auch er beanspruchte den Titel »Gothicus«, denn er überwand ja eine größere Gotenschar. 5 000 Krieger und ihr König Cannabas [gest. 271] sollen damals gefallen sein. Übrigens wurde dieser Gotenkrieg mit einem riesigen Triumphzug in Rom gefeiert. Aurelian fuhr in einem von vier Hirschen gezogenen Wagen zum Kapitol, und er schenkte einem seiner Generäle eine gewisse »Braut« *Hunila* aus einer Gotensippe, und vielleicht ist damals das gotische *bruta* (vgl. schwed. *brud* »Braut«) als Lehnwort ins Lateinische eingedrungen.

Erst um 273 wurde die große Provinz Dakien von den Römern vollends aufgegeben. In den nun nicht mehr von Römern dominierten Gebieten ließen sich allerlei westgotische Scharen nieder, und damit entfernten sie sich noch weiter von ihren eigentlichen ostrogotischen Stammesbrüdern. Aber das Schwergewicht bildeten doch die Ostgoten gegen Ende des Jahrhunderts, als sie dazu übergingen, ganz systematisch Kleinasien zu verheeren. Dazu weiß Jordanes so einiges mitzuteilen, und ist auch manches recht sagenhaft, so stimmt doch die Grundtendenz.

Nach diesem Exkurs wollen wir den Originaltext der »Origo Gotica« wieder betrachten und den Fortgang der Geschichte zur Kenntnis nehmen! Noch geht es Jordanes darum, vor der eigentlichen Trennung des Gotenstammes in West- und Ostgoten einiges über dessen Kriegszüge in den Regionen südlich der Donau und weit nach Osten zu erwähnen und zu erläutern. Hierbei kann es nur im Sinne der bislang so positiv gezeichneten Rolle der Ostgoten sein, wenn auch entsprechende plausible Begründungen für die Kriegszüge gegen andere Völkerschaften vorgetragen wurden. Es soll ja beim Leser der »Gotengeschichte« nicht der Eindruck entstehen, dass das stolze Volk der *Amaler* nichts weiter sei als gewöhnliche Seeräuber und Tagediebe, die sich auf Kosten anderer bereichern wollen. Nein, sie sind auch bereit, für die Römer zu kämpfen, will Jordanes sagen, und sie bleiben ihren Grundsätzen treu. Solches verspricht nun das nächste Kapitel.

Kapitel 21

Warum Ostgoten Asien verheeren

Hier liest man in der »Gotengeschichte« das Folgende darüber:

XXI. »Als sie [die Ostgoten?] späterhin in ihre Heimat zurückgekehrt waren, wurden sie bald darauf von dem römischen Kaiser [Galerius] Maximian[220] um Beistand gegen die *Parther* ersucht, worauf diese Hilfstruppen sandten und treu mitkämpften. Als aber der Kaiser Maximian – sozusagen nur mit ihrer Hilfe – den *Narseus*, den König der Parther und Enkel *Sapors des Großen*, verjagt, seine gesamten Schätze erbeutet, seine Frauen und Söhne zu Gefangenen gemacht hatten, als ferner *Diocletian*[221] den Achilleus in Alexandria [297] überwunden und Maximianus Herculius in Afrika die Quinquegentianer[222] vernichtet hatte, – da beachteten sie, da sie dem Staat Frieden geschaffen hatten, die Goten überhaupt nicht mehr.[223]

Und doch kämpfte das römische Heer schon lange nur mit Mühe gegen andere Völker, wenn sie [d. h. die Goten] nicht dabei waren. Denn es ist ja offenbar, wie oft ihr Beistand angerufen wurde! So wurden sie auch unter Konstantins Regierung[224] um Hilfe gebeten und zogen gegen dessen Verwandten, den Licinius[225] zu Felde. Sie besiegten ihn, schlossen ihn in *Thessaloniki* ein, beraubten ihn der Herrschaft und töteten ihn schließlich im Dienste des siegreichen *Konstantin*.

220 Kaiser Galeius Maximian: 293–311.

221 Diokletian: auch oströmischer Kaiser und Augustus 284–305.

222 Ein Fünfstämme-Verband.

223 Die Tatsache, dass die Römer sich nicht mehr um die Goten kümmerten und ihnen keine Beachtung schenkten, muss nun bei Jordanes dazu herhalten, die übertriebenen Angriffe der Goten gegen Asien zu entschuldigen.

224 Konstantin I.: Augustus in Westrom 306, dann alleiniger Kaiser 324–337.

225 308–324.

Auch bei Gründung der hochberühmten Nebenbuhlerin Roms, die er [Konstantin] nach seinem Namen benannte, waren die Goten behilflich, die mit dem Kaiser ein Bündnis schlossen und ihm 40 000 der Ihrigen gegen jedes beliebige Fremdvolk als Beistand stellten. Ihre Heeresteile und Krieger werden noch bis auf den heutigen Tag im Reich als »Verbündete« angeführt. Denn damals blühte ihr Gemeinwesen unter der Herrschaft ihrer beiden Könige Ariarich[226] und Aorich.[227] Nach deren Dahinscheiden folgte Geberich[228] in der Regierung, ausgezeichnet durch Tapferkeit und Abstammung.«

Soweit der originale Text. Aus dieser Übersicht geht klar hervor, dass sich die Goten noch schwergewichtig in Regionen um Dnjestr, Bug, und Dnjepr befanden, allerdings schon damals mit einer bestimmten Stoßrichtung nach Westen, und dass sich die Trennung in West- und Ostgoten sehr langsam vollzog. Die westlichen Goten, auch Terwingen (= Waldbewohner) genannt, bevorzugten damals noch das Binnenland, vor allem zwischen Dnjestr und Dnjepr, während die östlichen Goten stärker die Küsten am Schwarzen Meer besiedelt hatten. Jordanes will uns wissen lassen, dass sich West- und Ostgoten zumindest um 245 noch unter der einheitlichen Herrschaft des legendären Königs *Ostrogotha* befanden. Ähnliches erzählt auch Hermann Schreiber in seinem Buch »Auf den Spuren der Goten«, und er meint, die Bezeichnungen Visigote (d. h. »weiser Gote«) und Ostrogote (d. h. »ruhmvoller Gote«) bezögen sich eher auf das Verhalten der Stammesangehörigen bei Raubzügen als auf Himmelsrichtungen. Erst die »Origo Gothica« (und die Idee geht wohl auf Cassiodorus zurück) münzt die Bezeichnungen auch in geographisch getrennte Stämme um, in »West- und Ostgoten«.

Letzte Nachrichten über gotische Aktivitäten sind aus dem Jahre 275 bekannt, als Kaiser Tacitus[229] einige Gotenverbände vernichten ließ, doch er wurde schon ein Jahr später ermordet, und sein General *Florianus*, der nun um den Thron kämpfte, ließ andere Gotengruppen

226 Ariarich: got. *Arja-reik, arja-* ›edel‹, *-reik* ›Herrscher‹. Gotenkönig und Terwingenrichter um 332.

227 Aorich, got. *Hauh-reiks, hauh* ›hoch‹, Terwingenkönig um 332.

228 Geberich: got. *Giba-reik, giba-* ›Gabe‹. Er besiegte die Vandalen.

229 Tacitus: 275–276.

ungeschoren. Nach dem Jahre 275 gibt es längere Zeit keinerlei zeitgenössische Nachrichten über die Goten mehr. Erst 322 liest man wieder von ihnen, als sie unter König *Rausimod*[230] in Thrakien und Mösien zu Plünderungen unterwegs waren. Doch Kaiser Konstantin verfolgte sie über die Donau hinweg, griff eine der Stammesgruppen an und verursachte auch den Tod Rausimods, wie Zosimus berichtet hat.

Jordanes hat ja im soeben vorgestellten Kapitel 21 nur das Positive über die Könige Ariarich und Aorich dargestellt. Er erzählt nicht, dass die Vandalen, als sie von den Goten hart attackiert wurden, sich an Konstantins Sohn[231] wandten und dieser auch ein furchtbares Strafgericht über Teile der Goten verhängte. Dabei sollen an die hunderttausend durch Hunger, Kälte und Verfolgung umgekommen sein, sodass Ariarich schließlich um Frieden bitten und seinen Sohn als Geisel stellen musste, wie es Felix Dahn in seiner »Geschichte der Völkerwanderung«, Bd. 1, Kapitel 13, ausführt. Ariarich scheint der erste terwingische Richter oder *Kindins* gewesen zu sein, der bekannt wurde. Mit ihm schloss Konstantin den Vertrag von 332, wonach die Goten Hilfstruppen stellten und den Handel an der Donau wieder aufnehmen durften. Dem Kaiser wurde eine Siegesstatue geweiht mit dem Text »Der zurückgekehrten Fortuna aus Anlass des Sieges über die Goten«, und seither wurden in Konstantinopel »gotische Spiele« im Februar gefeiert. Wahrscheinlich war die Geisel, die Ariarich stellte, sein eigener Sohn *Aorich*, und der war möglicherweise der Vater Athanarichs.

Einige Forscher nehmen an, dass Aorich im Jahre 348 die Christenverfolgungen mit initiiert hat, denn in Nikopolis (bulg. Stari Nikub) siedelten sich die Vertriebenen, darunter Bischof Wulfila, als neu entstehendes Volk der »Kleingoten« an, und sie genossen bei Kaiser Konstantius II. (337/350–361) einen guten Ruf als brave Römerfreunde. Auch standen die Kaiserlichen aus Konstantinopel bei den Terwingen recht hoch im Kurs, denn man war ja nun bereit, dem neuen Kaiser *Julian Apostata*[232] bei dessen Zügen in den Orient als Föderaten mit Kriegerkontingenten zu dienen.

---

230 Terwingischer Gotenfürst um 323, vgl. got. *rauþ-* ›rot‹, *mod* ›Mut‹.
231 Konstantin der Jüngere II. 337–340.
232 Julian: Kaiser von 361 bis 363.

Als einen tatkräftigen »Vollgoten« kann Jordanes nun einen neuen König vorstellen, der mit den Vandalen kurzen Prozess machte. Betrachten wir dazu das nächste Kapitel!

Kapitel 22

Vandalenkämpfe

Jordanes nannte im soeben gelesenen Kapitel 21 den Gotenkönig *Geberich,* der offensichtlich in den weiter westlich anzusiedelnden Gotengruppen eine wichtige Rolle spielte. Es heißt nun im 22. Kapitel[233] dazu wörtlich:

XXII. »Dieser [Geberich], der Sohn des Hilderith,[234] Enkel des Owida, Urenkel des Nidada, glänzte durch Ruhmestaten nicht minder als durch seine Abstammung; er versuchte gleich zu Anfang, seine Herrschaft auch auf die *Vandalen* auszudehnen, und zwar gegen *Wisimar,*[235] deren König. Dieser stammte aus dem Geschlecht der *Hasdingen,* das unter ihnen eine glänzende Stellung einnimmt und ein höchst kriegerischer Stamm nach dem Zeugnis des Geschichtsschreibers Deuxippus[236] ist. Dieser berichtet auch, dass sie wegen der weiten Entfernung kaum in Jahresfrist vom Ozean bis an unsere Grenzen gekommen seien. In dieser Zeit wohnten sie, wo jetzt die Gepiden sitzen, an den Flüssen *Marisia, Miliare, Gilpil* und *Grisia,*[237] der die zuvor genannten Flüsse alle an Größe übertrifft.

Im Osten begrenzten sie [gemeint: die Gepiden] damals der Gote, im Westen der Markomanne, im Norden der Hermundure,[238] im Süden der *Hister,* der auch *Danubius* [Donau] heißt. Während ihres dortigen Aufenthaltes also wurde den Vandalen vom Gotenkönig

233 Kap. 22, §§ 113–115.

234 Hilderith: got. *Hildi-reð, hildi-* ›Kampf‹ – *reð* ›Rat, Berater‹.

235 Wisimar: got. *Wisi-marhs, wisi* ›weise‹; *marhs* ›Pferd‹. Vandalenkönig um 334.

236 Deuxippus: Historiker in Athen, 3. Jahrh.

237 Grisia (Körös): ungar. Fluss.

238 Lat. Ermundurus, got. *Airmun-duros,* Hermundure. Die *Hermunduren* sind ein Stamm der germ. Sueben, und sie siedelten im 1. Jahrh. an der mittl. Elbe, wo sie teilweise ostwärts weiterzogen und zw. Main u. oberer Donau sesshaft wurden. Sie gingen im 4. Jh. allmählich in dem Stamm der Thüringer auf.

Geberich der Krieg erklärt, und zwar am Ufer des erwähnten Marisia-Flusses;[239] und nicht lange wurde mit gleichem Glück gekämpft. Nach kurzer Zeit lag der Vandalenkönig Wisimar mit einem Teil seines Volkes auf der *Walstatt*.

Geberich aber, der ausgezeichnete Anführer der Goten, kehrte, nachdem er die Vandalen besiegt und ausgeplündert hatte, in die Heimat zurück, von wo er gekommen war. Da sammelten einige Vandalen, die entkommen waren, die Scharen der Ihrigen, die nicht waffenfähig waren, und verließen ihre unglückliche Heimat. Und sie baten den Kaiser Konstantin [den Ersten] um Pannonien [ca. 334], wo sie ungefähr sechzig Jahre lang – nachdem sie dort ihre Wohnsitze erhalten hatten – als Untertanen den Befehlen der Kaiser gehorchten. Von hier aus besetzten sie lange Zeit später, von dem Heermeister Stilicho, dem früheren Konsul und Patricius, eingeladen, die gallischen Provinzen, wo sie bei ihren Plünderungszügen gegen ihre Nachbarn sehr wenige feste Wohnsitze hatten.«

Soweit unser Originaltext des zweiundzwanzigsten Kapitels über die Vandalen, die in Jordanes' Schrift natürlich noch öfter erwähnt werden. Und dieser Stamm hat ja in besonderem Maße in der Spätantike eine Rolle gespielt. Deshalb könnte man an dieser Stelle weitere Fakten und Zusammenhänge über sie einführen, um die »Origo Gothica« besser zu verstehen:

Diese Vandalen – man muss es glauben – waren wohl doch nicht bloß »einige« wenige, die nach Jordanes damals den Kaiser Konstantin um Wohnsitze in Pannonien, d. h. in den aus vier römischen Provinzen bestehenden Gebieten südlich der Donau, anbettelten. Man nannte die römische Diözese auch *Westillyrien*; schon 6–9 n. Chr. hatten die illyrischen Einwohner Aufstände gegen die Römer unternommen. Und natürlich gab es auch jetzt noch eine illyrische Bevölkerung, die nun mit den germanisch sprechenden Vandalen auskommen musste! Dadurch wurde die Volksvermischung unter römischer Oberhoheit noch vergrößert. Im 2. Jahrhundert war *Pannonien* außerdem bereits durch die Markomannenkriege verheert worden. Diese Markomannen, zu den Sueben gehörig, wurden von Marbod um 8 v. Chr. bereits

239 Marisia: Nebenfluss der Donau.

nach Böhmen geführt, und nach dem Zusammenbruch des Marbod-Reiches (19 n. Chr.) standen die Markomannen in loser Abhängigkeit zu Rom. Als sie im Zuge der ersten frühen germanischen Völkerbewegung die Donau überschritten, kam es 166–175 und 177–180 zu zwei Markomannenkriegen. Die Römer konnten nicht verhindern, dass die Markomannen später 253 und 357 erneut die Donau überquerten und in römisches Gebiet, u. a. nach Pannonien, vordrangen.

Über den im obigen Kapitel 22 erwähnten Vandalenkönig *Wisimar* (um 331–337) weiß Jordanes nicht viel zu berichten. Er stammt offenbar aus dem Geschlecht der Hasdingen, wurde von *Geberich* (330–340) angegriffen und an den Ufern des *Marosch* getötet. Sein Volk – das jedenfalls suggeriert uns Jordanes hier – wurde durch die Niederlage angeblich wesentlich geschwächt, sodass es die bisherigen Sitze in Dakien, die im Süden von der Donau, im Norden von Hermunduren, im Westen von Markomannen, im Osten von Goten begrenzt waren und sich an den Flüssen *Marosch, Körös* (Grisia) und den unbestimmten *Gilpil* und *Miliare* hinzogen, offenbar wegen des Drucks der Goten nicht mehr behaupten konnte, sondern sich von Konstantin einen Landstrich in Pannonien einräumen ließ.

Beiläufig erläutert die »Origo Gothica« im vorliegenden Kapitel 22 auch den späteren Vorstoß der Vandalen nach Gallien. Damals machten sich Hasdingen und Silingen unter Gunderich (406–428) auf den Weg, bis schließlich die Vandalen, vermischt mit Alanen, 429 unter Geiserich nach Nordafrika übersetzten, wo sie ihr kurzlebiges Reich gründeten.

Und auch die Erwähnung des *Flavius Stilicho* (um 365–408, hingerichtet) passt ins Bild, der als römischer *Magister militum* und *Patricius* wohl vandalischer Abstammung war. Nach dem Tod des Theodosius I. im Jahre 395 wurde Stilicho Regent im Weströmischen Reich für Honorius, musste jedoch in Kämpfen in Thessalien gegen die Westgoten dem Oströmischen Reich die Diözesen Makedonien und Dakien überlassen. Wie weit es richtig ist, dass die Vandalen durch ihn nach Gallien direkt eingeladen wurden, sei hier dahingestellt. Das ist eher eine eigenwillige Interpretation des Jordanes. Stilicho jedenfalls wehrte in Mittelitalien Germanenscharen unter *Radagais*[240] um 406 ab, be-

240 Radagaisus: ostgot. Heerführer um 405–406, Invasion in Mittelitalien.

siegte auch schon 402 und 404 Alarich, doch als dieser sich mit Rom verbündete, führte das zu Stilichos Hinrichtung (408).

Nun schwenkt die »Origo Gothica« auf die eigentlichen Ostgoten ein, und berichtet von jenem sagenhaften *Ermanarich* (gest. ca. 375), über den so viele Geschichten, Heldensagen und Legenden im Umlauf sind. Wann Ermanarich an die Spitze der Ostgoten trat, ist ungewiss. Aber sicherlich kann man schon eine erhebliche Zeit vor 350 annehmen. Dieser germanische König ist übrigens der erste, der in unseren Sagen wirklich lang und breit behandelt wird. Die Erinnerung an ihn hielt sich – wenn man bedenkt, wann er lebte – mündlich an die eintausendzweihundert Jahre, ehe er im Mittelalter in den geschriebenen deutschen und nordischen Sagen genannt wurde. Nun, vielleicht hielt er sich im Gedächtnis der Germanen so lange, weil er als ein strenger, grausamer König galt, der seine Verwandten umbrachte und dafür auch einen schlimmen, aber gerechten Tod erlitt. So etwas rührt und schockiert immer die Zuhörer – und später die Leser.

Wenden wir uns jetzt mit Hilfe des Jordanes-Textes diesem Sagenhelden zu!

Sagenumwobener Ermanarich

Kapitel 23

Allerlei Heldensagen und Geschichten

Wir wollen diesem berühmten König, der bei Jordanes leider relativ kurz behandelt wird, einen breiteren Zusatzabschnitt widmen, zunächst aber vernehmen, was die »Origo Gothica« zu berichten weiß. Sie vermeldet im Kapitel 23[241] wörtlich:

XXIII. »Als der Gotenkönig *Geberich* aus diesem Leben geschieden war, folgte einige Zeit nachher *Ermanarich* in der Regierung nach – der berühmteste unter den Amalern, der viele kriegstüchtige Völker des Nordens bezwang und sie nach seinen Gesetzen zu leben nötigte. Nicht zu Unrecht haben ihn einige unter den früheren Autoren mit Alexander dem Großen verglichen. Denn er hatte seinem Szepter folgende Völkerschaften unterworfen: die *Golthescytha*, die *Thiuden* in Aunxis, die *Wasinabronken, Merens, Mordens, Imniskaren, Rogas, Tadzans, Athaul, Navego, Bubegenas* und *Koldas*.[242]

Als er aber berühmt war durch die Unterwerfung so vieler, duldete er es nicht anders, als dass er auch den Rest vom Volk der *Heruler*,[243] de-

241 Kap. 23, §§ 116–120.

242 Diese Namen sind offenbar aus einem Itinerar eines Handelsreisenden entnommen und werden so in der *Origo Gothica* dargestellt. Hierbei waren wohl die *Golthescytha* »Goldvölker am Ural«, *Thiuden* in Aunxis können als got. Cjudi in Aunus, russ. Olónetz/Karelien gedeutet werden; die *Wasinabrokans* könnten Leute aus einer Gegend mit üppiger Bewässerung sein, *Merens* und *Mordens* gelten als wolgafinn. Merier und Mordwinen; *Imniscari* hat man als Bienenzüchter-Stamm (russ. mescera) angesehen; *Rogas* und *Tadzans* suchte man an der Wolga, die weiteren Namen sind ebenfalls sehr *unsicher* in ihrer Deutung. Vgl. dazu G. Schramm, Die nordöstl. Eroberungen der Russlandgoten (Merens-Mordens u. d. anderen Völkernamen bei Jordanes, Getica XXIII 116). Frühmittelalterl. Studien 8. 1974. 3ff.

243 Heruler: got. Aírul-os, airul- ›edel‹, vgl. *Earls*. schwed. *Jarlar*. Dieses wahrscheinlich zuerst in Jütland ansässiges Volk wurde um 250 von den Dänen vertrieben. Die westl. Heruler wanderten zum Niederrhein, wo sie im 6. Jh. letztmalig erwähnt wurden. Die östl. Heruler zogen zum Asowschen Meer und gründeten zw. March und Theiß um 500 ein Reich, das aber bereits nach wenigen Jahren von den Langobarden erobert wurde.

ren Führer *Alarich*[244] war, nachdem er es größtenteils vernichtet hatte, seiner Botmäßigkeit unterwarf. Dieses Volk, das, wie der Geschichtsschreiber Ablabius berichtet, von seinem Wohnsitz in den Sumpfgebieten entlang des Mäotischen [Asowschen] Meeres, welche die Griechen *Hele* nennen, seinen Namen Heruler bekam, ist wegen seiner Schnelligkeit durchaus hochmütig. Es gab nämlich damals kein Volk, das aus ihnen nicht seine Leichtbewaffneten für das Heer ausgewählt hätte! Aber wenn auch ihre Behändigkeit ihnen in anderen Kriegen häufig Rettung brachte – der Festigkeit und Langsamkeit der Goten unterlagen sie dennoch! Und das Schicksal wollte es, dass auch sie mit den übrigen Völkern dem Gotenkönig Ermanarich dienten mussten.

Überdies, nach der Besiegung der Heruler rückte der hier besprochene Ermanarich auch gegen die *Veneter* vor, die, obgleich man sie als Krieger verachtete, doch – durch ihre Zahl stark – anfangs Widerstand zu leisten versuchten. Aber nichts bringt ja eine feige Masse, besonders wenn Gott es zugibt, zuwege gegen ein zahlreiches, anrückendes Heer! Diese alle, – wie wir zu Anfang unseres Buches, d. h. im Völkerverzeichnis – schon auseinandergesetzt haben, sind einem Stamm entsprossen. Sie haben aber jetzt dreierlei Namen und heißen *Veneter, Anten* und *Sklawenen*. Sie wüten jetzt überall, und das geschieht wegen unserer Sünden;[245] damals jedoch dienten sie alle dem Ermanarich.

Ebenso unterwarf er auch das Volk der *Ästen,*[246] die weithin die Küsten des germanischen Ozeans [d. Ostsee] bewohnen, durch Klugheit und Tapferkeit und herrschte über alle Völker Skythiens und Germaniens wie über seine eigenen Untertanen.«

Soviel im Original. Das ist der erste Teil, nämlich das Kapitel 23, des legendären Textes der »Origo Gothica« über Ermanarich. Und was weiß man nun über diesen Mann? Kennt man nur das wenige aus dem Text des Jordanes, so ist dies wahrlich nicht viel! Daher muss man erheblich weiter ausholen, denn es ist sicher nötig, weiter Wissenswertes

244 Alarich: got. *Ala-reik, ala-* ›alle‹, *-reik,* lat. *rex* ›König‹.

245 Jordanes erweist sich hier als »rechter Christ«, denn er ist ja der Meinung, dass der massive Einbruch von Fremdvölkern nur damit zu tun hat, dass die Christen gesündigt hätten. So wurde ja auch Attila als *Geißel Gottes* bezeichnet.

246 Ästen: damals der germ. Name für die *Balten/Esten*.

über diese Ostgoten und diesen großen Ostgotenherrscher ausfindig zu machen, um so Jordanes' Bericht zu ergänzen.

Dass es zwei Gotenstämme gab, wusste man in Rom sicher schon seit 291. Schließlich hatte man mit der westlichen Volksgruppe, den sogenannten *Terwingen,* die auch *Visigoten* genannt wurden, im ungarischen Tiefland Bekanntschaft gemacht. Doch als Hauptstamm galt damals die »östliche« Gotengruppe. Sie – so erfuhr man – schlug sich irgendwo am Don mit Alanen herum und stand mit irgendwelchen Reiternomaden, etwa den Urugunden, in Kontakt. Dann aber hörte man wenig von diesen südrussischen Goten, eigentlich lange Zeit gar nichts.

Doch an der unteren Donau lebten, so glaubten römische Zeitzeugen, nun einigermaßen »christliche« Goten. Mit denen gab es Verbindungen, und sie vermutete man im aufgegebenen Dakien. Erst viel später erfuhr man Näheres von dem Vorhandensein der weit entfernten gotischen Steppenbewohner, den *Greutungen,* und in dem gotischen *Greut-* steckt irgendwie das deutsche Wort »*Gries*«, was hier »Sand« bedeutet, wenn man *t* > *s* als Element der 2. Lautverschiebung versteht, also Bewohner in Sandgegenden zum Unterschied von Leuten in Sumpfgegenden.

Gegen Ende seines Krieges gegen die Terwingen stieß Kaiser *Valens*[247] auf sie. Und es ist nicht ganz klar, ob die Greutungen 369 den Terwingen halfen oder nur ihr eigenes Gebiet vor den Römern beschützen wollten. Ammianus Marcellinus erwähnte fast parallel Greutungen und Terwingen, sodass an ein bewusstes Zusammenwirken beider Stämme zu denken wäre. Hierbei nannte ein gewisser *Munderich* dem Ammianus einen greutungischen Ortsnamen im Westen des Dnjestr.

Übrigens, als man gegen die Hunnen marschierte, hielten die westgotischen Terwingen im Jahre 376 vor dieser Gegend an und respektierten so das Nachbargebiet der ostgotischen Greutungen. Am Flussufer »in deutlicher Entfernung vom Greutungental« ließ der Westgotenkönig Athanarich damals sein Lager errichten. Vielleicht kann man, was einige Forscher vermuten, den Unterlauf des Dnjestr als das *Greutungental,* also als eine Heimatregion der Ostgoten, verste-

247 Valens: Kaiser von 364 bis 378.

hen. Die Grenze zwischen Terwingen und Greutungen müsste demnach der obere Flusslauf gebildet haben. Bessarabiens *Budschak*, die Steppe, war wahrscheinlich eine ziemlich menschenleere Grenzzone. Kaiser Valens fand die Greutungen erst nach mehrtägigen Märschen.

Wir haben es schon bei Jordanes in Kapitel 14 gelesen: Der erste ansisch-amalische König im südrussischen Skythien war wahrscheinlich der sagenhafte *Ostrogotha*. Umringt von fremden Völkern und nicht zuletzt von den stammesverwandten *Gepiden*, über die schon gesprochen wurde, dürften sich unter diesem Amaler die »königlichen Skythen« in der Bezeichnung *Greutungen* wohl herausgebildet haben. Die Greutungen sind die »Steppenbewohner«, die Ostrogothen die »glänzenden Goten«, beide Bezeichnungen aber gelten für den Ostgoten-Stamm.

Als Greutungenkönig und König der Ostgoten wird allerdings erst *Ermanarich* wirklich greifbar, und er ist tief in die germanische Heldensage eingegangen, wie gleich zu zeigen ist. Dieser kriegerische Herr war ein Alleinherrscher über ein »kriegerisches Volk« in den »weiten und fruchtbaren Gebieten des Südostens« am Nordufer des Schwarzen Meeres. Er hatte sich gegenüber den benachbarten Stämmen durch oft erzählte Heldentaten aller Art als furchterregend gezeigt. Ermanarich galt als der »edelste der Amaler«, den einige alte Autoren »zu Recht mit Alexander dem Großen verglichen«, wie es bei Jordanes heißt. Solchem Vorbild an heldischem Eroberungswillen konnte Ermanarich wohl vor allem deswegen durchaus das Wasser reichen, weil seine gepanzerten Lanzenreiter bis tief in russisch-baltische Gebiete vordrangen und somit in kurzer Zeit ein Großreich etablierten, in dem zahlreiche unterschiedliche Stammesgruppen eine lose Gemeinschaft darstellten. Genannt werden – wie wir sahen – die verschiedensten »Nordvölker«, dann die Heruler an der Donmündung, vorslawische *Anten, Wenden* und *Sclavenen*, und wahrscheinlich gehörten tatsächlich auch die baltischen Esten an der Ostsee dazu, wie Jordanes hier mitteilt.

Die mannigfachen, äußerst kriegerischen Nordvölker, die Ermanarich dazu brachte, »nach seinen Gesetzen« zu leben, reiht ja Jordanes in seiner berühmten »Memorierliste« auf. Will man diese unterschiedlichen Nordvölker lokalisieren, so muss man beinahe 2 000 Kilometer weit reiten, denn soweit sind ihre Gebiete wohl von den *Greutungen* in

Südrussland entfernt. Allerdings sind gerade hier Jordanes' Angaben erheblich unglaubwürdig, berücksichtigt man zudem die geringe Bevölkerungsdichte jenes Jahrhunderts.

Das bedeutet, dass sich für das Herrschaftsgebiet Ermanarichs Größenordnungen anbieten, die fast unglaublich sind. Dennoch ist nicht von der Hand zu weisen, dass berittene Russlandgoten wirklich weite Strecken zurückgelegt haben, um wertvolle Metalle, Bienenprodukte und teure Pelze herbeizuschaffen. Fernhändler zogen – wahrscheinlich unter ostgotischem Schutz – bis zur unteren *Oka*, ja bis zur *Wolga* und die Kama aufwärts bis zu den Goldbergwerken des Ural. Solchen Handel zu steuern lag im Interesse greutungischer Expeditionen. Einige Forscher meinen, die Vertreter der cernjachovschen Kulturkreise verfügten über genügend militärische Kräfte, über Reiternomaden und wanderungsfähige Krieger, um in die russischen Weiten vorzudringen. Nicht umsonst kommen in der Liste der von Ermanarich unterworfenen Völkerscharen, die uns Jordanes überliefert, weit entfernte Stämme sogar zwischen Don und Wolga vor.

Als die Nordvölker in die (sicherlich nur lose) Abhängigkeit der Greutungen geraten waren, wandten sich die Ostgoten gegen die Heruler am unteren Don, und die »Origo Gothica« spricht hier ausdrücklich von Kämpfen, die Ermanarich gegen den Herulerkönig *Alarich* austrug. Sicherlich musste man zuerst den Fernhandel mit den Wolgagebieten unterbinden, bevor die Heruler klein beigaben. Offensichtlich gelang es den Greutungen, die Kontrolle über die Handelswege vom Wolgaknie stromabwärts bis zum Don und zum Schwarzen Meer zu gewinnen, wie einige Gotenkenner[248] meinen. Als Ermanarich auch die finnischen und kaukasischen Gebiete in sein Reich einbezogen hatte, konnte er seinen Einfluss auch auf die baltischen *Esten* ausdehnen. So heißt es in der »Origo Gothica«, der König habe allen Völkern Skythiens und Germaniens vorgestanden, als seien sie seine eigenen. Letztlich dürfte sogar Ermanarichs Einfluss über die Weichsel hinweg noch gegolten haben.

Von Kämpfen des oströmischen Kaisers Valens gegen die Ostgoten im Jahre 369 erzählt der römische Geschichtsschreiber Ammianus

248 Zu ihnen zählt der bereits erwähnte Forscher Herwig Wolfram in seinem Buch »Die Goten«.

Marcellinus.[249] Unklar bleibt dabei, ob Valens bis in ostgotische Gebiete marschiert ist oder nur ostgotische Hilfstruppen auf Seiten des Westgotenkönigs *Athanarich* bekämpfte. Doch es ist möglich, dass Valens tatsächlich bis in Greutungen-Gegenden vordrang. Lose war das Reich des Ermanarich strukturiert, aber es reichte vom Schwarzen Meer buchstäblich bis zur Ostsee. Doch wie sehr die einzelnen Völkerschaften ihre Unabhängigkeit bewahren konnten, sei dahingestellt. Vielleicht mussten sie nur ein wenig Tribute bezahlen und ab und zu Kriegsdienste leisten.

Das riesige Ermanarich-Reich fiel 375 urplötzlich den Hunnen zum Opfer, die – wir wollen es später noch an Hand der »Origo Gothica« darstellen – wie ein Sturmgewitter über die Ostgoten herfielen. Wenig Konkretes gibt es darüber, eigentlich nur bei Jordanes und Marcellinus, und umso mehr nahm sich die germanische Seele der nun auftauchenden Helden an. Neben Ermanarich – dem *Jörmunrek* der nordischen Sage – galt das Interesse vor allem dem Hunnenkönig *Attila*, dem Etzel des Nibelungenliedes, worauf noch einzugehen ist. Also, es verwundert nicht, dass gerade dieser Ostgotenkönig so mannigfach in unseren Sagen präsent ist. Und am meisten wussten stets die Sagenerzähler über Ermanarichs Tod zu berichten.

Schon Jordanes selbst hat wohl dazu beigetragen, dass Ermanarich zu einer Sagengestalt wurde. Er berichtet nämlich, wie wir noch lesen werden, dass Ermanarich wegen der Gerüchte, die der Ansturm der Hunnen verursachte, seinem Leben selbst ein Ende setzte.[250] Auch Ammianus Marcellinus erzählt, dass die Hunnen das Alanen-Gebiet zunächst überrannten, die als Nachbarn der Greutungen auch Tanaiten [Tanais – Don] hießen. Sie schlossen ein Bündnis mit ihnen, und dann überfielen sie die »ausgedehnten und reichen Gaue« Ermanarichs. Der sei »hart getroffen« worden und habe zunächst versucht, sich gegen den Hunnensturm zur Wehr zu setzen, dann aber habe er »aus Furcht vor den großen Entscheidungen« sich selbst getötet.[251]

249 Ammianus Marcellinus. Röm. Geschichte, 27. Buch, Kap. 5.

250 Otto Gschwantler, Ermanrich, sein Selbstmord und die Hamdirsage – Zur Darstellung von Ermanrichs Ende in Getica 24, 129f. – Die Völker an der mittleren und unteren Donau im 5. u. 6. Jh. (Hrsg. H. Wolfram/F. Daim, Denkschriften der österr. Akad. d. Wiss.) 145, Wien 1980, 187ff.

251 Ammianus Marcellinus. Röm. Geschichte 34. Buch, Kap. 3

Etwas anders liest man es in den nordischen Überlieferungen. Hier gehört Snorri Sturlusons jüngere Edda zu den ältesten Zeugnissen, worin einige Verse des Skalden Bragi (9. Jahrhundert) über ihn als eine Art Schildbeschreibung vorkommen.[252] Große Ähnlichkeit mit Jordanes' Darstellung hat die Geschichte von Ermanarichs Tod in der *Wölsungensage* und der *Thidreks Saga*. Und in den Eddaliedern *Gudrunarhvöt* (Gudruns Aufreizung) und *Hamdismal* (Das Lied von Hamdir) werden Episoden des Nibelungenschicksals mit Ermanarich verknüpft, der hier *Jörmunrek* heißt. *Gudrun* (im Nibelungenlied Kriemhild) heiratet in dritter Ehe *Jonakur*, und die Söhne und Brüder Hamdir und *Sörli* werden von ihr aufgereizt, Ermanarich umzubringen, weil er *Swanhild*, ihre Tochter aus erster Ehe, von seinen Rossen zu Tode trampeln ließ. Hier überwiegt also Gudruns Rachemotiv. Swanhild ist mit der von Jordanes erwähnten *Sunilda* identisch. Ein dritter Bruder namens *Erp* wird von seinen beiden Brüdern auf der Fahrt zu Ermanarich getötet, und mit diesem Sagenmotiv wird erklärt, warum die Rache schief geht und der König nur verstümmelt wird.

Bei Saxo Grammaticus, dem bedeutenden dänischen Historiker und Legendenschreiber des 13. Jahrhunderts,[253] heißt Ermanarich *Jarmerik* und ist der Sohn Siwards von Dänemark. Als *Buthlus*, Jarmeriks Onkel, abdankt, wird Jarmerik sogar König von Dänemark, und er ist ein typischer Bösewicht, der seine Verwandten umbringen lässt. Es würde zu weit führen, wollte man den ziemlich verwickelten Handlungsablauf der Ermanarich-Geschichte bei Saxo hier wiedergeben. Nur soviel: Der Sohn Jarmeriks aus erster Ehe, *Broder*, erhält den Befehl, Swanhild zu bewachen. Doch Jarmeriks übler Ratgeber *Bikki* beschuldigt ihn, mit ihr ein Verhältnis zu haben. Darauf wird Broder an den Galgen gebracht und sie wird von Pferden zertreten. Doch die Rosse scheuen sich, die edle Prinzessin zu zerstampfen. Erst als Bikki befiehlt, das Antlitz des Mädchens zur Erde zu drehen, gelingt die Tötung. Als der Ratgeber verrät, Swanhilds Brüder wollten Jarmerik angreifen, zieht sich dieser in seine Burg zurück, doch eine Zauberin namens *Guthruna* hilft den Brüdern, die Burg zu erobern. Hellespon-

252 Snorri Sturluson: Die jüngere Edda, Jena 1925, S. 193ff.
253 Hans-Jürgen Hube, Saxo Grammaticus, Wiesbaden 2004, S. 481ff.

tier auf Seiten der Brüder kämpfen gegen die Dänen. Jarmerik, dem man Hände und Füße abschlug, wälzt sich unter den vielen Leichen.

Erwähnt wird Ermanarich auch schon im altenglischen *Beowulf* und *Widsið*, außerdem in den Quedlinburger Annalen zu Beginn des 11. Jahrhunderts. Reinhard Schmöckel zitiert daraus: »Die Tötung des Gotenkönigs Ermanricus durch die Brüder Memido und Serilo und Addaccarus war schimpflich, wie er es verdient hatte; sie haben ihm Hände und Füße abgehauen, nachdem er ihren Vater getötet hatte.«[254] – In den Annalen hat sich das Rachemotiv Gudruns über die hingerichtete Tochter schon verändert. Der Grund, weshalb die zwei Brüder Ermanarich angreifen, ist hier nur die Tötung des Vaters. Übrigens, in den Annalen ist Ermanarich wirklich umgebracht und nicht bloß verstümmelt worden.

Zu den jüngeren Sagen über Ermanarich zählt diejenige von »Koninc Ermenikes dot«[255] in niederdeutscher Sprache, worin Dietrich von Bern mit elf seiner Speerbrüder in das Schloss des Königs von *Armentrik* zieht, um ihm dort den Kopf abzuschlagen. Betrachten wir insgesamt die über Jahrhunderte verlaufene Überlieferung, so wird bald klar, dass sich die Ermanarich-Sage immer weiter zuspitzte, denn aus dem Großkönig bei Jordanes, der in keiner Weise negative Züge aufweist, wurde ein grausamer, unduldsamer König, der nicht mehr gut bei den Hofskalden des Mittelalters wegkommt. Zu dem negativen Bild trug vor allem der ihm angedichtete unermessliche Reichtum bei, dazu wird er oft mit römischen Kaisern wie Justinian verwechselt, die zum Untergang der Ostgoten beitrugen.

Kehren wir nun zum Originaltext der »Origo Gothica« zurück und vernehmen wir, was er über das sagenhafte Volk der Hunnen zu berichten weiß, dem ja die deutsche Sage u. a. in der Gestalt des Etzel (Attila) ein unsterbliches Denkmal setzte.

254 Reinhard Schmöckel, Dt. Sagenhelden und die histor. Wirklichkeit, Hildesheim 1995, S. 91.

255 F. H. v. d. Hagen, Altdeutsche Heldenlieder, alte Vorrede Heldenbuch, S. CXIV, Hildesheim 1977.

Kapitel 24

Die Hindin in einer Hunnensage

Nun erfahren wir Abenteuerliches über Ermanarich und die Hunnen im folgenden Kapitel.[256] Dort steht wortgetreu diese seltsame Mär zu lesen:

XXIV. »Nach nicht langer Zeit, wie Orosius berichtet, brach das Volk der Hunnen, das über alle Begriffe roh und wild ist, gegen die Goten los. Über ihren Ursprung ist uns folgender Bericht vom Altertum überkommen: Filimer, König der Goten, Sohn Gadarichs des Großen, nach der Auswanderung aus der Insel Skandza der fünfte Beherrscher der Geten, der auch, wie oben von uns berichtet wurde, mit seinem Volk nach Skythien zog, erfuhr von dem Aufenthalt gewisser Zauberweiber in seinem Volk, die er selbst in seiner Muttersprache Halirurunnen[257] nennt. Da er sie für verdächtig hielt, vertrieb er sie und nötigte sie, fern von seinem Heer in Einöden umherzuirren.

Dort wurden sie von unreinen Geistern[258], als sie in der Wüste umherschweiften, erblickt; diese begatteten sich mit ihnen und umarmten sie, und so entstand dieses wilde Geschlecht. Zuerst hielt es sich zwischen den Sümpfen auf, ein unansehnliches, hässliches und kleines, kaum menschenähnliches Geschlecht, an keiner Sprache erkenntlich außer an einem Etwas, das bloß den Schein einer menschlichen Sprache durchblicken ließ. Diese Hunnen also, von solchem Ursprung, näherten sich dem Gebiet der Goten.

Ihr wilder Stamm saß, nach dem Bericht des Geschichtsschreibers Priskos, auf der jenseitigen Küste des Mäotischen Sumpfmeeres [d. Asowschen Meeres], ohne irgendeine Beschäftigung zu kennen außer der Jagd; nur dass der Stamm, nachdem er zu einem Volk herangewachsen war, die Ruhe seiner Nachbarvölker durch Raub und Hinter-

---

256 Kap. 24. §§ 121–130.

257 Halirurunnen: lat. *Haliurun(n)ae* got. Hexen. *Alraunen*. Sie werden auf abenteuerliche Weise als Mütter der Hunnen dargestellt. Das Wort ist auch im Ahd. belegt, und es geht zurück auf alb-runa, und das ist auch der Name einer schon bei Tacitus genannten germ. Seherin *Alb-runa:* Alb Geist ›Mahr‹, *runan* vgl. raunen. Es ist eine schon in der griech. Antike belegte menschenähnliche »Zauber«-Wurzel, die der Sage nach unter Galgen wächst, und zwar aus dem Harn eines Gehenkten. Im 16. Jh. war der Alraunen-Aberglaube weit verbreitet.

258 Unreine Geister: Bibelwort. Jordanes gibt sich hier als christl. Autor zu erkennen, ursprüngl. war er wahrscheinlich *Arianer*, bis zu seiner »Bekehrung« zum Katholizismus.

list beeinträchtigte. Als Männer von diesem Volk – wie es so geht – auf die Jagd auszogen, und zwar an die innere Küste der Mäotis, bemerkten sie, wie unversehens eine Hindin sich zeigte, die in den Sumpf ging und, bald weiterschreitend, dann wieder haltend, ihnen den Weg wies. Die Jäger folgten ihr und gingen zu Fuß durch das »Mäotische Sumpfmeer«, das sie bislang – wie ein wirkliches Meer – für undurchgänglich gehalten hatten. Danach, als der skythische Boden den Landfremden vor Augen lag, entschwand die Hindin. Dies hatten meiner Meinung [d. h. des Jordanes!] nach diejenigen Geister, von denen sie entsprossen sind, aus Feindschaft gegen die Skythen getan.

Jene Hunnen, aber, die bisher nicht gewusst hatten, dass es noch eine andere Welt gab außer der Mäotischen, wurden von Bewunderung über das skythische Land ergriffen und – scharfsinnig wie sie sind – meinten sie, dieser niemandem vorher bekannte Weg sei ihnen durch eine göttliche Fügung gezeigt worden. Sie kehrten zu den Ihrigen zurück, berichteten ihnen den Verlauf der Sache, rühmten Skythien, überredeten ihr Volk und eilten auf dem Weg, den sie unter Führung der Hindin kennengelernt hatten, nach Skythien.

Und sie brachten viele, denen sie beim Zug nach Skythien begegneten, als Siegesopfer dar, die übrigen unterwarfen sie. Hierauf überschritten sie jenen ungeheueren Sumpf, rissen sogleich wie eine Art Wirbelwind der Völker die Alpidzuren, Alcildzuren,[259] Itimaren [Itimari], Tunkarser [bei Priskos: Tonosures] und Boisker [Boisci], die die Küste in jenem Teil von Skythien bewohnten, mit sich fort. Auch die Alanen,[260] die ihnen im Kampf gewachsen, an Gesittung aber, Lebensweise und Schönheit des Körperbaus verschieden waren, suchten sie in wiederholten Kämpfen heim und unterwarfen sie. Denn auch diejenigen, denen sie im Krieg vielleicht nicht überlegen waren, erfüllten sie mit Entsetzen durch das Schreckliche ihres Anblicks und jagten sie durch ihr furchtbares Aussehen in die Flucht.

Einen schrecklichen, schwärzlichen Anblick boten sie nämlich und trugen, wenn man so sagen darf, gewissermaßen einen abscheulichen

259 Bei Priskos sind *Amildzuri* erwähnt.

260 Alanen: kaukas. Stamm, mitunter als got. Volk angesehen. Die Alanen zogen als iran. Nomadenvolk und als Vorläufer der Hunnen von Ost- und Zentralasien nach dem Westen. Nach dem Hunneneinfall zogen Teile der Alanen mit Germanen nach Frankreich, Spanien und Nordafrika. Von den Alanen stammen die in den Kaukasustälern lebenden *Osseten* ab.

Klumpen und kein Gesicht, eher Punkte als Augen. Ihre Verwegenheit verriet schon ihr grimmiger Anblick, da sie sogar gleich am Tag der Geburt ihren Kindern ihre Grausamkeit zeigen. Denn den männlichen durchschneiden sie mit Eisen die Wangen, um sie, noch ehe sie überhaupt Milch genießen, Wunden ertragen zu lehren. Daher bleiben sie bartlos bis in ihr Alter und erreichen das Mannesalter ohne Bartschmuck, weil das von Schnitten zerfurchte Gesicht die rechtzeitige Verschönerung des Bartwuchses durch die Narben verhindert hat. Sie sind so unansehnlich, aber flinke und ausgezeichnete Reiter. Breitschultrig und geübt für Bogenschießen und Pfeile sind sie auch; ihr Nacken ist stark und immer aufgerichtet voll Stolz. In der Gestalt von Menschen leben sie in tierischer Wildheit.

Als die Goten dieses kampfrüstige Volk, das schon viele Stämme vernichtet hatte, sahen, erschraken sie und berieten sich mit ihrem König, wie sie sich einem solchen Feind entziehen könnten. Zwar hatte der Gotenkönig Ermanarich, wie wir oben berichtet haben, über viele Völker triumphiert. Als er sich jedoch Gedanken wegen der Ankunft der Hunnen machte, gelang es dem treulosen Volk der Rosomonen,[261] das ihm damals mit anderen untertan war, ihn auf folgende Weise zu hintergehen:

Als er eine Frau namens *Sunilda* aus eben diesem Volk[262] im Zorn über die trügerische Flucht ihres Mannes an wilde Pferde hatte binden lassen und so auseinander riss, rächten ihre Brüder Sarus und Ammius den Tod ihrer Schwester und stachen dem Ermanarich ihr Schwert in die Seite. Infolge dieser Wunde schleppte sich dieser mit seinem siechen Körper dahin und führte ein elendes Dasein.

Die Zeit der Krankheit des Königs benutzte der Hunnenkönig *Balamber*[263] aus und rückte mit einem streitfertigen Heer in das Gebiet der Ostgoten ein, von denen die Visigoten infolge gegenseitiger Eifer-

261 Rosomonen: got. *rusmunans (?)* – germ. Stamm, herulische Königsfamilie? Ross-Männer? Vgl. Gschwantler, O., Zum Namen der Rosomonen und an. Jonakr. Die Sprache 17. 1971. 164ff.

262 Lat.: *Sunilda nomine ex gente memorata ...*, got. *Sun-hilda, sun-* ›Sonne‹, *hild-* ›Kampf‹. Tatsächlich wird die uns bekannte *Swanhild* hier etwas abgewandelt vorgestellt, und zudem ist sie noch aus dem »treulosen« Volk der Rosomonen, über das Forscher schon viel gerätselt haben; s. weiter unten!

263 Balamber: got. auch *Balimber*, um 376. Es ist unklar, ob hier tatsächlich ein hunn. Name vorliegt.

sucht bereits getrennt waren. Da starb Ermanarich, der ebenso wenig den Schmerz seiner Wunde als die Einfälle der Hunnen ertragen konnte, hochbetagt und lebenssatt im 110. Lebensjahr. Sein Tod gab den Hunnen die Übermacht über diese Goten, die – wie erwähnt – im Osten saßen und Ostgoten hießen.«

Das ist der überlieferte Text im berühmten Hunnen-Kapitel des Jordans. – Hier lesen wir Spektakuläres über die Hunnen und Ermanarich. Und ob er wirklich über hundert Jahre alt wurde, sei dahingestellt. Es geht ja auch nicht um das Lebensalter. Herauskommen soll, dass er wie ein Patriarch lebte und auch wie ein großer König starb. Andererseits stellt Jordanes an Ermanarich Eigenschaften fest, die sich in der Sage zum Motiv des bösartigen Tyrannen und Vernichters der eigenen Sippe komprimierten. Cassiodor hat den alten Helden noch mit Bibelzitaten umkommen lassen. Aber die Peinlichkeit bestand weiter, dass er gegen die herandrängenden Hunnen kein Rezept hatte.

Nicht aus der Welt zu schaffen war die unangenehme Geschichte über die von Pferden zertrampelte Geliebte *Sunilda*. Und auch der Selbstmord war – wie wir eben lasen – nur notdürftig zu kaschieren und mit dem schönen Wort »lebenssatt« in ein besseres Licht gerückt worden. Übrigens, der Name Ermanarichs kommt – so wollte es wohl der große Amaler Theoderich – nicht im Stammbaum seiner Tochter Amalasuintha vor. Sunilda, ihr namentlich nicht bekannter Gemahl sowie ihre Brüder Ammius und Sarus zählen hier zur »treulosen« Sippschaft der *Rosomonen*. Eigentlich tragen sie germanisches Wesen in sich, und ihre Existenz in der Heldensage bestätigt, dass sie als Germanen aufgefasst wurden. Eine historische Bewertung erscheint bezüglich des Namens der *Rosomonen* kompliziert. Forscher haben unterschiedliche Deutungen versucht. Waren nun die Rosomonen ein Volksstamm oder ein Königsgeschlecht, das dem Ermanarich Gefolgschaftsdienste leistete? Saßen sie ganz hinten an der Grenze des Don, wo auch das ostgotische Territorium endete? Vielleicht waren es *Heruler*, die sich gegen den Großkönig auflehnten, als die Hunnen kamen? Etymologisch gesehen könnten es auch die »Roten« gewesen sein, was vom Rotfärben der Haare stammten müsste, wie das ja bei verschiedenen Gefolgschaften bekannt ist, die so ihre Herren oder Ahnen ehren wollten. Auch dann könnten es Heruler sein, die sich gegen die Amaler stellten wie der Rugierspross *Erarich*, der um 541 nach dem gotischen Königsthron greifen wollte.[264]

Ammianus Marcellinus, der Zeitgenosse Ermanarichs, nennt uns noch folgende Details: Nach der Besiegung der Alanen am Don waren Hunnen gemeinsam mit diesen in die Gebiete der *Greutungen* vorgedrungen. Ermanarich leistete noch längere Zeit Widerstand. Aber die Vorstellung hat viel für sich, dass sich Ermanarich im Moment der Niederlage selbst opferte, wie einige Forscher meinen. Als er gestorben war, zerbrach die Einheit des Stammes und der königlichen Sippe. Die meisten unterwarfen sich den Hunnen, und nur einige versuchten zu fliehen. Ungefähr im Jahre 376 waren die freien Ostgoten entweder unter hunnischer Herrschaft oder hatten das Weite gesucht.

Was taten eigentlich die Visigoten nach Ermanarichs Tod? – Nun, im Sommer 376 warteten Zehntausende von Westgoten am Nordufer der unteren Donau um *Durostorum* [rumän. Silistea] ängstlich auf die Erlaubnis, den Fluss überschreiten und sich in Thrakien ansiedeln zu dürfen. Sie waren ein Teil derjenigen, die nur wenige Jahre zuvor die Römer gezwungen hatten, mit ihrem König *Athanarich* wie mit einem Großfürsten zu verhandeln. Jetzt, von den Hunnen geschlagen und hungrig, hatten sie Angst, dass ihre Gegner über sie herfallen könnten, ehe man ihnen gestattete, ins Römische Reich zu flüchten. Im Herbst war es soweit: Westgoten und nach kurzer Zeit auch zahlreiche Ostgoten, Taifalen und andere transdanubische Stämme überquerten die Donau.

Der folgende Kampf zwischen Westgoten und Oströmern, der hierauf jahrelang in Thrakien tobte und auch Teile Makedoniens erfasste, ist oft dargestellt worden. Wie bekannt, entwickelten sich die germanischen Eindringlinge allmählich zu Großstämmen in Frankreich und Spanien. Die Hunnen hingegen verharrten – sieht man einmal von Attilas kurzlebiger Herrschaft in Frankreich ab – an der Peripherie. Ihre Geschichte in den letzten Dekaden des 4. Jahrhunderts scheint uninteressant zu sein. Und gering sind die historischen Informationen über die Hunnen zu dieser Zeit. Es war stets schwierig für einzelne Forscher,[265]

264 Otto Gschwantler, Zum Namen der Rosomonen und anord. Jonakr. Die Sprache 17. 1971. 164ff.

265 Zu ihnen zählt der Hunnen-Kenner Maenchen-Helfen; s. dort!

in Annalen, Bibelkommentaren, Homilien, Edikten und Gedichten die wenigen Passagen zu finden, die sich mit den Hunnen befassen.

Nach den heftigen Gefechten »Ad salices« (Bei den Weiden) in der nördlichen Dobrudscha zwischen Westgoten und Ostroms Truppen im Sommer 377 gingen die Römer hinter den Haemus (Balkangebirge) zurück. Doch selbst mit den ihnen hastig gesandten Verstärkungen wollte der römische Befehlshaber keine weitere Auseinandersetzung riskieren, denn die Westgoten waren zahlenmäßig weit überlegen. Aber ihre Stärke war zugleich auch ihre Schwäche,[266] wie ein Kenner jener Verhältnisse geschrieben hat. Sie waren kein Heer sondern ein ganzes Volk: Frauen, Kinder, Kranke und alte Leute. Das waren vier- oder fünfmal so viele wie die Krieger. Jegliche Nahrung war aufgebraucht worden, und alles Lebensnotwenige hatten die Römer in Burgfesten untergebracht, die der Feind wegen seiner Unerfahrenheit nicht einmal belagerte.

Schnell verstärkten die Römer die Bergpässe, um das Einsickern der Fremdvölker zu verhindern. Die Westgoten wimmelten eng gedrängt zwischen Donau und wenig besiedelten Gegenden umher, und ihre Lage war verzweifelt. Römische Krieger hätten leicht die Palisaden durchbrochen, aber die Goten hatten darin wenig Erfahrung. Gleichermaßen »von ihrer Wildheit und dem Hunger angetrieben«, erläuterte Ammianus Marcellinus, preschten sie immer wieder vor und wurden zurückgeschlagen. Eingezwängt zwischen dem Meer zur Linken, den Bergen rechts und vorn und der Donau im Rücken gewannen die Goten in ihrer Notlage einige Hunnen und Alanen für sich, weil sie ihnen riesenhafte Beutezüge versprachen.

Ammianus Marcellinus berichtet malerisch schaurige Einzelheiten über die Schrecken der Barbareninvasion. Die Hunnen hatten beim Erstürmen der römischen Befestigungen ebenso geringe Erfahrungen wie die Westgoten, und im unwegsamen Gebirge waren ihre schnellen Reiter nicht viel wert. Wahrscheinlich überquerten die Hunnen die Donau weit im Westen, ritten das Tal der Morava nach Naissus (jugosl. Niš) hinab und bedrohten die Römer von hinten. Der römische Kommandant verließ daraufhin die Pässe.

266 Otto Maenchen-Helfen, Die Welt der Hunnen, S. 21.

Offenbar waren die Hunnen fähig, solche geschickten Winkelzüge auszuführen. Es ist unbekannt, ob ihre Anführer wirklich Häuptlinge oder Hauptleute waren, ob ihnen ihre Krieger aus Loyalität gehorchten oder um Ruhm zu suchen oder in kürzester Zeit soviel Beutezüge wie möglich durchsetzen wollten. Jedenfalls fanden die Hunnenführer zu einer Übereinkunft mit den Westgoten und hielten ihre Scharen über Hunderte von Meilen zusammen.

Der allererste Bericht eines hunnischen Einfalls in die Balkanprovinzen durch Ammianus Marcellinus widerspricht der These, dass die Hunnen noch 50 Jahre nach ihrer Invasion in Südrussland bloß aus einer grauen Menge ungeordneter Einzelhorden bestanden hätten.

Wie beschreibt nun die »Origo Gothica« die Verhältnisse an der unteren Donau?

Das verfolgen wir nun kurz gefasst im folgenden Abschnitt und schließen einen längeren Exkurs über den Gotenbischof Wulfila an.

Kapitel 25

Donauübergang – Bischof Wulfila

Jordanes will im 25. Kapitel[267] das Ganze herunterspielen. Er untersucht nicht so sehr den barbarischen Angriff der Westgoten um 377, sondern beschäftigt sich mit den politischen Zusammenhängen, redet sogar davon, die heidnischen Scharen wollten Christen werden. Aber er beklagt sich auch über die Tatsachen, dass man den Goten dabei die »Irrlehre« des Arianismus[268] beibringen wollte. Darüber mehr, wenn wir den Gotenbischof Wulfila darstellen. Lesen wir zunächst den originalen Text:

XXV. »Die Visigoten, das heißt jene anderen Gefährten der Goten und Bewohner des westlichen Landes, aufgeschreckt durch die Furcht ihrer Stammesverwandten, waren unschlüssig, was sie nun wegen der Hunnen tun sollten. Nach reiflicher Erwägung schickten sie endlich nach gemeinsamem Beschluss einige Gesandte ins Römische Reich

267 Kap. 25, §§ 131–133.

268 Vgl. H. E. Giesecke, Die Ostgermanen und der Arianismus. Leipzig/Berlin 1939.

zu Valens,[269] zu dem Bruder Valentinians[270] des Alten, mit der Bitte, er solle ihnen einen Teil Thrakiens oder Mösiens zur Besiedelung anweisen. Dafür würden sie nach seinen Gesetzen leben und sich seiner Herrschaft unterwerfen.

Und um mehr Zutrauen zu finden, versprachen sie, sogleich Christen zu werden, wenn man ihnen nur Lehrer, die ihre Sprache verstünden, geben wolle. Als Valens dies erfuhr, stimmte er gleich freudig zu, da er sie selbst schon darum bitten wollte. Er nahm diese Goten in Mösien auf und errichtete dort durch sie sozusagen eine Mauer seines Reiches gegen die übrigen Völker. Weil nun damals Valens von dem treulosen Abfall der Arianer[271] angesteckt war und alle Kirchen unserer Partei [der Katholiken] geschlossen hatte, so schickte er Anhänger seiner Glaubenspartei als Prediger zu ihnen. Diese flößten ihnen dann, da ihre Schüler unerfahren waren und nichts verstanden, das Gift des falschen Glaubens ein. So wurden auch die Visigoten vom Kaiser Valens vielmehr eher zu Arianern als zu Christen gemacht. Später brachten diese den Ostgoten und den Gepiden, ihren Verwandten, aus Liebe das Evangelium, und sie lehrten sie ebenfalls die Verehrung dieser Irrlehre. So luden sie das ganze Gotenvolk zur Annahme eines solchen falschen Glaubens ein.[272] Sie selbst gingen, wie gesagt, über die Donau und ließen sich in Uferdakien [Dacia Ripensis], Mösien und den thrakischen Provinzen mit Erlaubnis des Kaisers nieder.«

Das ist der Inhalt dieses 25. Kapitels, das sich mit den Arianern beschäftigt.

Untersuchen wir nun, wie es damals mit der sogenannten Irrlehre des Arianismus stand! Nun, Jordanes beklagt beredt, dass die Goten, ja selbst Kaiser Valens, dem bösen Arianismus anhingen, den er eine »Irrlehre« nennt. Ja, man glaubte in Gotenkreisen nicht so recht an die katholische Dreieinigkeit, an die Wesensgleichheit von Gott Vater,

269 Valens: oström. Kaiser 364–378. Dieser ist Anhänger des arianischen Glaubens.

270 Valentinian: weström. Kaiser 364–375.

271 Arianer: Anhänger der Christologie des alexandrin. Priesters Arius (um 260–336). Nach Arius ist Christus Gott nicht wesensgleich, sondern nur dessen vornehmstes Geschöpf. Die Lehre wurde 325 unter Einfluss von Konstantin d. Gr. auf dem Konzil v. Nicäa verurteilt. Bei Goten, Vandalen u. Langobarden lebte sie bis ins 6. Jh.

272 Aus dieser Bemerkung geht klar hervor, dass Jordanes, ursprünglich wohl auch Arianer, längst zum katholischen Glauben übergetreten war, als er sein Buch schrieb.

Sohn und Heiligem Geist. Eher meinte man, die Letzteren seien dem eigentlichen Gott irgendwie untergeordnet, und das entsprach ja auch ihrem germanischen Gottesbegriff, denn Wotan/Odin galt nun einmal als der »oberste Gott«, dem alle anderen nachgestellt waren. Das wurde seit dem Konzil von Nicäa (325) von Kaiser Konstantin I. und katholischerseits heftig bekämpft.

Jetzt ist es an der Zeit, etwas über Wulfila, den Gotenbischof, einzuflechten, um die inneren Verhältnisse bei den Ostgoten näher kennenzulernen.

Das arianische Christentum der Goten ist eng verbunden mit dem großen Übersetzer der Bibel ins Gotische, mit Wulfila. Jedenfalls lesen wir in der »Origo Gothica« nichts über Vorwürfe gegen Wulfila, dem ja eigentlich die Schuld an dem Festhalten der Goten an Arius († 336)[273] zu geben war. Einiges weiß man von *Philostorgios*, der mitteilt, dass Wulfilas Vorfahren aus Kappadokien stammten, womit die gotische Gemeinde stets verbunden war. Etwa im Jahr 264 soll Wulfila von Plünderern gotischer Herkunft aus Sadagolthina, Stadtbezirk Parnassos, nach Transdanubien verschleppt worden sein. Das sei unter der Herrschaft des Valerian und des Gallienus geschehen. Man hat das genauer untersucht und festgestellt, dass die Vorfahren des Wulfila im Jahre 257 Gefangene von Donaugoten wurden.

Wulfilas Geburtsjahr wird auf 311 angesetzt. Sein Name ist gotisch und bedeutet »kleiner Wolf«, und in mütterlicher Linie dürfte er Kappadokier gewesen sein und einen gotischen Vater gehabt haben. Er war ein geborener Gote, von dessen nichtgotischen Großeltern man – im Unterschied zu vielen seiner Stammesgenossen – eine verlässliche Nachricht hat. Den *Pontifex ipseque primas*, den gotischen Bischof und Stammesoberen sahen die Römer in Wulfila, und er galt gar als »Moses seiner Zeit«, wie Konstantius II. ihn nannte.

Das erste Mal reiste der junge Wulfila schon 332 oder 337 nach Konstantinopel. Wulfila sollte offenbar eine Gesandtschaft der gotischen Stämme in die Kaiserstadt begleiten. Er verfasste später Trak-

273 Arius: Der um 260 in Libyen geborene altkirchliche Theologe war nach seiner Ausbildung in Antiochia Priester in Alexandria. Seine Lehre und Verwicklung in innerkirchliche Spannungen führten 318 zu seiner Verurteilung durch den Bischof von Alexandria, die auf dem Konzil von Nicäa 325 wiederholt wurde.

tate und exegetische Schriften in Latein und Griechisch. Und dazu musste er natürlich nicht nur diese Sprachen gelernt, sondern auch eine bestimmte Bildung erfahren haben. Wulfila war kein ungeschliffener Emporkömmling, denn ohne soziales Ansehen hätte er niemals Teilnehmer einer gotischen Abordnung sein können, die beim Kaiser vorgelassen wurde. Wulfila bekleidete offenbar ein geistliches Amt und wurde bald Bischof, weil er etwas zu sagen hatte. Er stieg auf, ohne wohl vorher Diakon oder Presbyter gewesen zu sein.

Immerhin gab es seit 332, als die von Konstantin besiegten Goten erstmalig ans Christentum glauben sollten, wahrscheinlich einen Mangel an einheimischen Geistlichen, sodass mancher schnell Karriere machte. Da Wulfilas' Auftrag wahrscheinlich weit gefasst war, dürften ihn auch andere nichtgotische Stämme, vor allem aber die Römer, als Bischof akzeptiert haben. Fragt man nach Wulfilas sozialer Position, so zeigt sein Lebenslauf, dass er über einen bestimmten Reichtum verfügt haben dürfte. Sein Vater hat kaum der Unterschicht angehört. Für den Bischof von Durostorum mit Namen *Auxentius* war Wulfila ein heiliger Mann, als er dessen Vita nach den üblichen Exempeln verfasste. Wulfila, etwa mit dreißig Jahren zum Bischof geweiht, blieb sieben Jahre nördlich der Donau, wurde in Mösien angesiedelt, wo er weitere dreiunddreißig Jahre einer gotischen Gemeinde vorstand. Er starb, nachdem er vierzig Jahre als Bischof gewirkt hatte. Auxentius verfasste über ihn in sein proarianisches Traktat, und man kann damit rechnen, dass seine Zeitangaben stimmen.

Als Wulfila mit einer gotischen Gesandtschaft 337 nach Konstantinopel kam, soll er von *Eusebius* zum Bischof geweiht worden sein. Etwas kann nicht stimmen, denn erst 338 ernannte Konstantin II. den Bischof von Nikomedia, Eusebius, zum Hauptbischof von Konstantinopel. Forscher haben errechnet, dass Wulfila wohl erst 341 auf der Kirchweih-Synode geweiht wurde, als man sich unter Konstantius' II. und Eusebius' Vorsitz um einen Kompromiss zwischen dem (katholischen) Bekenntnis von Nicäa und den abweichenden Lehren bemühte. Wulfila suchte stets zu vermitteln. Vielleicht wurde er tatsächlich erst 341 in Antiochia zum Bischof der Christen im getischen Land geweiht.

Als er nach Mösien vertrieben wurde, änderte Wulfila seine Meinung wenig, denn er wollte als Vertreter seines Stammes die ethnischen

Unterschiede zwischen Goten und Römern »in Christo« aufheben oder wenigstens glätten. Der Römer Mercurinus, der über Wulfila schrieb und sich später in Mailand Auxentius nannte, kam zu Wulfila, der von ihm stets – über den Tod hinaus – verehrt wurde.

Schon Wulfilas Bischofsweihe weist aus, dass es christliche Gemeinden in gotischen Landen gab, und auch seine Bibelübersetzung zeugt vom frühen Wirken lateinischer und griechischer Missionare unter den Goten. So könnte der Kappadokier *Eutyches*, den die antiarianischen Autoren zum Apostel der Goten hochstilisierten, ein älterer katholischer Zeitgenosse des Wulfila gewesen sein. Die Anfänge des Christentums gehen offenbar bis ins dritte Jahrhundert zurück. Bereits die Gotenscharen eines *Cniwa* sollen um 251 christliche Römer zu sich als Gefangene verschleppt haben, und die hätten daraufhin »ihre Herren zu Brüdern« gemacht.[274] Wohin man die gefangenen Christen verbrachte, lässt sich nur schwer feststellen. Viele gotische Raubzüge hatten ihren Ausgangspunkt auf der Krim, sodass vielleicht römische Gläubige dorthin und ins Hinterland der Krim verschleppt worden sind. Immerhin hatte man am Bosporus um 300 bereits das Christentum offiziell gebilligt. Als sich 325 in Nicäa die Kirchenväter versammelten, gab es dort nach einem Bischof der Krim auch einen *Theophilos* aus der »Gothia«. Katholische Kirchenväter machten ihn später zum Vorgänger und Lehrer des Wulfila.[275]

Auf der Krim entfaltete die christliche Gemeinde ein Eigenleben, und es ist nicht klar, ob man eher arianisch oder katholisch war. Im Jahre 404 richteten die Krimgoten jedenfalls eine Bitte an den Bischof von Konstantinopel, man möge ihnen einen Nachfolger für den verstorbenen Bischof *Unila* senden. Nach Italien ziehen wollte man nicht. Als Theoderich der Große die Krimgoten dazu einlud, kam man diesem Ansinnen nicht nach. Noch nach Jahrhunderten erhielt sich die gotische Krim ihr von Wulfila beeinflusstes Christentum. Aber mehr noch als diese Splittergruppe bewahrten die Balkangoten ihren arianischen Glauben, und man blieb dabei, auch als die arianischen Kaiser schon vergessen schienen.

274 Elfriede Stutz, Gotische Literaturdenkmäler, S. 4f.
275 Otto Gschwantler, Bekehrung und Bekehrungsgeschichte, Reallexikon der germ. Altertumskunde, S. 176f.

Kaiser Konstantius II. kämpfte gegen einen Leugner der katholischen Lehre namens *Audaios,* der aus Mesopotamien stammte. Die nach ihm benannte Sekte der Audianer vertrat die Meinung, Gott habe – wie alle – einen Körper (Anthropomorphismus), und lehnte die als Dogma festgeschriebene Lehre von Nicäa ab. Von der *Dobrudscha* aus missionierte Audaios unter den heidnischen Goten, und er fand viel Anklang bei den Terwingen. Es war König *Athanarich,* der diese christliche Sekte noch heftiger als die der Arianer verfolgte.

Von unten nach oben – so verlief die Christianisierung bei den Terwingen und allen anderen Germanen. Aber das Christentum wurde von der donaugotischen Oberschicht – früher vom Römischen Staat – als Angriff gegen die Stammesordnung angesehen und in einer Weise verfolgt, für die sich bei Germanen kaum ein Gegenstück findet. Eine erste gotische Christenverfolgung um 348 ergab sich im Zusammenhang mit Kämpfen gegen die Römer. Wulfila wurde vertrieben und bekam den Beinamen Confessor (Bekenner). Blieb man dem Glauben treu, konnte man gar den Märtyrertod erleiden. Wenig bekannt sind diese Leidensgeschichten früher gotischer Christen. Viel für sich hat die Meinung, dass die Verfolgungen zur Athanarich-Zeit nach 365 einsetzten.

Bleibt noch die Frage: Wann übersetzte Wulfila die Bibel ins Gotische? Nach seiner Vertreibung aus dem Gotengebiet jenseits der Donau war er ja wahrscheinlich auch im mösischen Gebirge um Nikopolis bloß ein kleiner Chorbischof, für ein eher ländliches Gebiet zuständig. Ob er tatsächlich Stadtbischof von Nikopolis war und somit die dortige Bibliothek für seine Übersetzungen benutzt hat, ist ungewiss, und vielleicht überschätzt man damit den kulturellen Status einer kleinen Römerstadt. Wulfilas Gemeinde bestand eher aus Hirten. Aus der Zeit, als Wulfila noch in Mösien wirkte, weiß man wenig. Gewiss beherrschte er drei Sprachen und war vielfältig literarisch tätig. Der Hauptteil seiner Schriften, auch die Bibelübersetzung, geht auf diese Zeit zurück. Das Erfinden und Verbreiten des gotischen Alphabets, das die griechische Schrift, das Lateinische und auch Runen benutzte, war zeitaufwendig, ehe die sinnvolle Textübertragung begann. Wulfila verwendete als Vorlage für das Neue Testament die Koine-Überlieferung des 4. Jahrhunderts. Unser Wissen um das Bibelgotische schöpfen wir vor allem aus dem *Codex Argenteus,* der später in

Theoderichs ostgotischem Italien entstand. Die gotische Bibel enthält nur wenig typische idiomatische Wendungen, eher handelt es sich um ein gräzisierendes Gotisch.

Auxentius erzählt, an vielen Synoden habe Wulfila mitgewirkt, doch bezeugt ist seine Anwesenheit nur auf dem »arianischen« Konzil von Konstantinopel, wo er sich 360 dem im Vorjahr formulierten Bekenntnis anschloss. Wulfila sorgte für die gotische Identität seiner Anhänger, die Jahrhunderte überdauerte. Jordanes spricht von den Wulfila-Goten als »Kleingoten«, und als »klein« galten danach diejenigen Völker, die zum Römischen Imperium zählten. »Groß« bedeutete soviel wie »nicht unterworfen«. Katholischen Autoren des fünften Jahrhunderts machten Wulfila zum Parteigänger *Fritigerns* und zum Feind *Athanarichs.* Allein Wulfila und die Seinen besaßen das nötige Instrumentarium zur Mission. Fritigerns Entscheidung für den Arianismus, wann immer sie getroffen wurde, war quasi die erste innergotische Unterstützung des Bekehrungswerkes, das Wulfila begonnen hatte.

Um 369 begann Athanarich seine zweite Christenverfolgung. Drei Jahre lang dauerte sie, und sie traf alle, auch Katholiken. Da Fritigern gegen Athanarich kämpfte und den Glauben des Arianerkaisers annahm, half er der kleingotischen Mission. Vielleicht war Fritigern schon während des Krieges von 367/69 mit dem Arianerkaiser und seinen geistlichen Beratern in Verbindung gekommen, wozu auch Wulfila gehörte. Dann wäre die Christenverfolgung bis 372 quasi eine Reaktion Athanarichs auf die inneren und äußeren Feinde gewesen. Zwischen 372 und 375/76 kämpften arianische Kräfte gegen Athanarich. Und Wulfila-Missionare wurden nördlich der Donau gebraucht, um zumindest in Fritigerns Sinne zu wirken. Tatsächlich fielen jedoch vornehmlich gotische Christen der Verfolgung zum Opfer.

Indessen, auch die katholische Mission unter Goten war sehr aktiv. Der gegen die Arianer eifernde *Vetranio,* Bischof von Tomi, trat als Gegenspieler des Wulfila im Kampf um gotische Seelen auf. Die Verfolgung, die Athanarich und andere gotische Häuptlinge betrieben, setzt voraus, dass die Terwingen in der Mehrheit noch Heiden waren oder dass die christliche Minderheit so stark war, dass man sie als Gefahr auffasste.[276]

276 Diese Überlegungen zum Arianismus und den Christenverfolgungen fußen auf Darstellungen von H. Wolfram, u. a. in seinem Werk »Die Goten«, 3. Aufl. 1990.

Erst die Entscheidung Fritigerns wird dem arianischen Christentum zum Durchbruch verholfen haben. Allerdings wird auch berichtet, dass viele terwingische Flüchtlinge ihr Christentum bloß vorgetäuscht hätten, um von den Römern aufgenommen zu werden. Man könnte annehmen, der Übertritt der Goten des Fritigern zum Christentum habe eine Art Kettenreaktion ausgelöst. Länger dauerte die Christianisierung der außerrömischen gotischen Stämme, etwa der Ostgoten und Gepiden. Als offene Kämpfe losbrachen, hat sich Wulfila natürlich auf die Seite der Christen gestellt. Im Frühjahr 381 ergriff Kaiser Theodosius erste antiarianische Maßnahmen und berief das zweite ökumenische Konzil ein. Unter den arianischen Bischöfen, die bei Theodosius dagegen intervenierten, war auch Wulfila. Und den Arianern wurde ein neuerliches Konzil für 382 zugestanden. Während dieser dritten Kirchenversammlung ist Wulfila wahrscheinlich im Jahre 383 in Konstantinopel gestorben. Auf dem Totenbett erklärte er zum letzten Mal, dass beispielsweise der heilige Geist »weder Gott noch Herr« sei, sondern der »treue Diener Christi«. Und er sei ihm nicht gleich, sondern »unterworfen«. Er sei »in allem dem Sohn gehorsam«, wie auch der Sohn »in allem Gottvater unterworfen« sei.

Unter großer Trauer der Goten wurde Wulfila zu Grabe getragen. Die nachfolgenden Synoden verurteilten den Arianismus. Doch der 2. Kanon der Kirchenversammlung wies schon 381 an, dass die »Kirchen Gottes unter den Barbarenvölkern« nach der Weise regiert werden sollten, die schon »unter den Vätern herrschte«. Damit gab es den Freiraum, in dem der Arianismus als gotisch-vandalische Stammeskirche weiterleben konnte. So war bis 395 die Basis geschaffen, von der aus die innergermanische Mission begann. Anfangs erreichte der Arianismus nur die Ostgoten, Gepiden und Vandalen, später den Großteil der Germanen, und fast wäre selbst der berüchtigte Merowingerkönig *Chlodwig* noch Arianer geworden.

Kehren wir nunmehr zum Text der »Origo Gothica« zurück, nachdem wir etwas ausführlicher über Wulfila und das arianische Christentum bei den Goten gesprochen haben. Nur so können wir auch die weiteren Kapitel des Jordanes richtig einordnen und einschätzen.

Kapitel 26

Der Anschlag auf dem römischen Gastmahl

In diesem Kapitel[277] lesen wir Genaueres über die Gotenführer *Fritigern, Alatheus* und *Saxfrax*, die immerhin erheblich dazu beitrugen, dass die Römer immer mehr Respekt vor den gotischen Stämmen gewannen. Es heißt dort wörtlich:

XXVI. »Da geschah es wie gewöhnlich bei noch nicht ganz sesshaften Völkern, dass Hungersnot unter ihnen ausbrach. Daher beschlossen ihre Häuptlinge und Herzöge, die über sie statt der Könige herrschten, nämlich Fritigern,[278] Alatheus[279] und Safrax,[280] aus Mitleid mit ihren bedrängten Heeren die römischen Heerführer Lupicinus [281] und Maximus[282] um die Eröffnung eines Marktes zu ersuchen.

Aber wozu treibt uns nicht »der verruchte Hunger nach Gold«?[283] Aus Habsucht verkauften diese Heerführer nicht nur Fleisch von Schafen und Rindern, sondern bald auch von verendeten Hunden und unreinen Tieren zu hohen Preisen, sodass sie einen Sklaven gegen einen einzigen Laib Brot oder 10 Pfund gegen ein Stück Fleisch eintauschten.

Als aber den Goten die Sklaven und die Gerätschaften ausgingen, forderte der habgierige Kaufmann bei der drückenden Not gar ihre Söhne als Zahlung. Indem die Eltern diese hergaben, sorgten sie nur für das Wohlergehen ihrer Sprösslinge. Denn sie hielten es für besser, dass sie lieber ihre Freiheit als ihr Leben verlören, wenn nämlich jemand aus Barmherzigkeit verkauft wird, wo er doch Nahrung erwarten kann, als dass er für den Hungertod aufbewahrt wird!

In jener Zeit der Drangsal begab es sich, dass jener Lupicinus, der [thrakische] Anführer der Römer, den Gotenfürsten *Fritigern* zu einem Gastmahl einlud und ihm, wie das Ende der Geschichte zeigte,

---

277 Kap. 26: §§ 134–138.
278 Fritigern: westgot. Anführer 376–378.
279 Alatheus: greutung., d.h. ostgot. Hauptmann um 378.
280 Safrax: alan. Anführer 376–380.
281 Lupicinus: röm. Comes in Thrakien.
282 Maximus: röm. Usurpator († 388).
283 Zitat aus Vergils Äneis, 3, 56.

dabei nach dem Leben trachtete. Fritigern, der keine Arglist vermutete, kam – von wenigen begleitet – zum Festmahl. Während er nun in der zeltartigen Behausung der Hauptleute speiste, hörte er das Geschrei der Seinen, die elend ermordet wurden. In einem anderen Teil des Hauses nämlich versuchten Söldner des Unterfeldherrn auf dessen Befehl, die Gefährten Fritigerns zu töten, die man eingeschlossen hatte. Und das laute Aufschreien der Sterbenden drang bis zu den nun schon argwöhnischen Ohren.

Sogleich erkannte Fritigern jetzt den offensichtlichen Betrug. Er zog sein Schwert aus der Scheide und entkam mit großer Verwegenheit und Schnelligkeit aus dem Gastmahl, entriss die Seinen dem drohenden Tod und trieb sie an, nun ihrerseits Römer umzubringen. So hatten diese kriegstüchtigen Mannen die erwünschte Gelegenheit gefunden, eher im Krieg als durch Hunger umzukommen:

Und sogleich bewaffneten sie sich, um Lupicinus und Maximus den Garaus zu machen! Jener Tag nahm den Goten den Hunger, den Römern aber ihre Sicherheit! Nunmehr begannen die Goten nicht mehr als Fremdlinge und Ausländer, sondern als Bürger und Herren über die Besitzer des Landes zu herrschen und den ganzen Norden des Landes bis an die Donau in ihren Besitz zu bringen.

Als Kaiser Valens diese Nachricht in Antiochia erfuhr, machte er rasch sein Heer kriegsfertig und zog nach Thrakien ins Feld. Hier kam es zu einer beklagenswerten Schlacht;[284] darin siegten die Goten; der Kaiser floh verwundet auf sein Bauerngut bei Adrianopel [türk. Edirne]. Hier wurde er, als die Goten, ohne zu wissen, dass sich der Kaiser in einer so dürftigen Behausung verbarg, mit all seinem königlichen Pomp verbrannt, wie es gewöhnlich der Feind in seiner Wut tut.

Dies war ganz nach Gottes Gericht, dass er von denen mit Feuer verbrannt wurde, die er – als sie um den wahren Glauben baten – zum falschen Glauben verführte und denen er das Feuer der Liebe in das Feuer der Hölle verwandelt hatte! Damals, nach solchem Siegesruhm, begannen die Visigoten die beiden Provinzen Thrakien und Uferdakien [Dacia Ripensis] zu besiedeln, als ob sie sich des angestammten Bodens bemächtigt hätten.«

284 9. August 378.

Soweit reicht hier der Originaltext der »Origo Gothica« im Kapitel 26. Auch hier sollen noch einige Ergänzungen folgen, da wir es mit historischen Ereignissen zu tun haben, die lange weiterwirkten. Besonders bedeutsam war die – wie Jordanes sich ausdrückt – »beklagenswerte« Schlacht bei *Adrianopel,* über die im Weiteren noch mehr zu berichten ist. Doch erst einmal erscheint es zweckmäßig, hier auf die sagenhafte Überlieferung hinsichtlich der von den Hunnen überwundenen Ostgoten einzugehen. Eigentlich nur Jordanes und Ammianus Marcellinus berichten über die Zeit nach dem Tod Ermanarichs, also nach 375, als die Ostgoten unter die Oberhoheit des Hunnenherrschers *Balamber* gelangten. Über den weiß man soviel wie nichts. Aber er ließ wohl den ostgotischen Scharen und auch den übrigen Stämmen in vielem ihre Selbstständigkeit. Sie konnten weiterhin nach ihren Stammesbräuchen leben und hatten im Wesentlichen nur Krieger für Balambers Unternehmungen zu stellen. Genaueres darüber liest man noch in Kapitel 48.

Als die Westgoten von dem Zusammenbruch des Ostgotenreichs erfuhren, stießen sie bis ans Ufer des *Dnjestr* vor und errichteten dort ihr Heerlager. Einige unter Munderich und Lagariman wurden zwanzig Meilen vorausgeschickt, um zu beobachten, wie die Hunnen näherkamen. Doch diese Hunnen hatten das visigotische Heer längst bemerkt und setzten an einer anderen Stelle über den Fluss. Dann griffen sie die Westgoten von hinten an. Entsetzt flohen diese in die Berge und verschanzten sich dort. Vom Ufer des *Pruth* bis zur Donau wurde offensichtlich sogar ein hoher Palisadenzaun gegen die Hunnen errichtet. Doch bald brach jene von Jordanes hier erwähnte schreckliche Hungersnot aus. Auch kam es zu Reibereien unter den Anführern. Einige unter der Führung Alavivs und Fritigerns zogen zur Donau hinunter und fanden dort durch Kaiser Valens Aufnahme im Römerreich. Doch, wie wir oben schon gelesen haben, nutzten römische Offiziere die Not der Westgoten schändlich aus und tauschten beispielsweise jeweils einen Hund – so steht es wörtlich in Kapitel 26 – gegen einen in die Sklaverei verbannten Goten ein.

Wie wir weiter oben erfuhren, waren auch Ostgoten und Taifalen unter ihren Häuptlingen Alatheus und Safrax an die Donau gekommen und suchten ebenfalls Eingang ins Römerreich, der ihnen jedoch verwehrt wurde. Obwohl der korrupte römische Offizier Lupicinus Truppen gegen sie einsetzte, gelang es den Ostgoten, auf primitiven Flößen ans andere Ufer zu kommen. Und in gehöriger Entfernung von Fritigerns Lager verschanzten sich nun auch die Ostgoten. Das Gelage, von dem Jordanes im obigen Kapitel 26 spricht, fand offensichtlich bei Marcianopel [Preslav] statt, und nachdem es zum Handgemenge und schließlich zum Gemetzel kam, machten sich die Westgoten auf und plünderten ringsum in Thrakien. Der verräterische Lupicinus, der ihnen nachsetzte und gegen sie kämpfen wollte, erlitt eine Niederlage.

Als Kaiser Valens aber Verstärkungen aus Armenien erhalten hatte, kam es in der Wagenburg der Westgoten zu heftigen Kämpfen, die jedoch unentschieden ausgingen. Zwar wollten die Römer sie aushungern, aber bald gelang es den Westgoten, auch noch Alanen und Hunnen anzuwerben, und so blieben sie schließlich siegreich. Frigerid, ein eigenwilliger Heermeister des weströmischen Kaisers *Gratian* allerdings, überfiel eine große Gruppe plündernder Goten unter einem gewissen Farnobius, der dabei den Tod fand.

Hier soll nochmals kurz über die bedeutsame Schlacht bei Adrianopel berichtet werden, die ein wirklicher Entscheidungskampf war, das Gotenpotential stärkte und mit der schrecklichen Niederlage der Römer endete, die Jordanes als so »beklagenswert« bezeichnet hat. Von seinen unwissenden Beamten bestärkt, näherte sich der leichtgläubige Kaiser Valens der großen Stadt. Inständig bat Gratian seinen Onkel Valens: »Wartet mit dem Angriff so lange, bis weitere weströmische Krieger angekommen sind!«

Doch Valens, hochmütig und begierig, den Schlachtenruhm allein einzuheimsen, hörte nicht auf ihn. So tauchten die dummdreisten Römer am 9. August 378 vor der westgotischen Wagenburg auf. Dort wartete man ebenfalls noch auf *Alatheus* und *Safrax* mit ihren berittenen Ostgoten, und so verlangte Fritigern, man sollte weitere Verhandlungen führen und einen hochgestellten Römer als Geisel stellen. *Richomer*, ein Franke, stellte sich seinerzeit zur Verfügung. Doch bevor er in der Wagenburg anlangte, griffen die unvorsichtigen Römer ganz ungestüm an. Da stürzte sich die inzwischen eingetroffene ostgotische Reiterei in die unbarmherzige Schlacht, und immer wieder durchbrachen die Goten die Reihen der Römer, bis alles in kopfloser Verwirrung flüchtete. Der kaiserliche oströmische Dummkopf *Valens* fiel in der Schlacht. Nur ein Drittel der Römer konnte sich retten. Daraufhin wollte ein römischer Heermeister namens *Julius* tatsächlich böse Rache üben und alle Goten in römischen Diensten umbringen lassen, was natürlich nicht zu machen war. Unterdessen war ein Reiterführer des Valens entsetzt zu dem jungen *Gratian* geeilt, der noch in Pannonien weilte, und berichtete vom Tod des Onkels, wie Zosimus es dargestellt hat.[285] Gratian ernannte sogleich *Theodosius* zum Kaiser des Ostreiches, und jenem gelang es, die Goten aus Thrakien zu vertreiben. Doch viele Goten wurden auch unbesehen in seine Armee aufgenommen.

Soviel über Adrianopel und den ostgotischen Sieg. Im folgenden Kapitel[286] liest man Näheres über diesen Kaiser *Theodosius,* der sich – so jedenfalls überliefert es Jordanes – als sehr tatkräftig und energisch erwies. Er war keineswegs so leichtgläubig wie sein Vorgänger Valens, und einseitig arianisch war er auch nicht, im Gegenteil, er unterstützte bald die katholische Linie.

Kapitel 27

Gestrenger Oströmer: Kaiser Theodosius

Der nun folgende Text steht wieder wörtlich in der »Origo Gothica«:

XXVII. »Als aber Theodosius,[287] von Spanien kommend, von Gratian zum Kaiser erwählt worden und im östlichen Reich dem Valens, seinem Oheim von der Vaterseite her, nachgefolgt war, kam die Manneszucht unter den Soldaten bald in einen besseren Zustand. Darum empfand der Gote nun Furcht, als er die Faulheit und Nachlässigkeit der früheren Herrscher überwunden sah. Denn der Kaiser, durch Scharfsinn, Tüchtigkeit und Umsicht gleichermaßen ausgezeichnet, spornte durch strenge Dienstvorschriften, durch Freigebigkeit und durch Gunstbezeigungen sein entmutigtes Heer zu tapferen Taten an. Da nun die römischen Soldaten unter einem neuen, besseren Herr-

285 Zosimus, Neue Geschichte, 4. Buch, Kap. 24.
286 Kap. 27, §§ 139–141.
287 Theodosius: Kaiser 379–395, Alleinherrscher 392–395.

scher mehr Selbstvertrauen gefasst hatten, begannen sie, die Goten [wieder] anzugreifen und verjagten sie aus Thrakien.

Als jedoch der Kaiser Theodosius so schwer erkrankte [Anfang 380], dass man ihn fast aufgab, da gewannen die Goten ihre Kühnheit zurück. Sie teilten ihr Heer auf, und Fritigern brach auf, um Thessalien,[288] Epirus[289] und Achea zu brandschatzen, Alatheus aber und Safrax zogen mit den übrigen Truppen nach Pannonien.

Sobald Kaiser Gratian, der sich damals wegen der Einfälle der Vandalen[290] von Rom nach den gallischen Provinzen begeben hatte, erfuhr, dass die Goten wegen des verzweifelten Zustandes des Theodosius immer mehr Verheerungen anrichteten, rückte er bald mit Heeresmacht gegen sie vor, nicht jedoch im Vertrauen auf seine Waffen, sondern eher, um sie durch Vergünstigungen und Geschenke zu besiegen; er bewilligte ihnen die nötigen Nahrungsmittel und schloss mit ihnen sogar ein Bündnis und Frieden.«

Das ist der originale Text dieses siebenundzwanzigsten Kapitels. Auch hier erscheint es notwendig, das eine oder andere noch hinzuzufügen. Wie man ersieht, widmet sich Jordanes an dieser Stelle den Bündnissen, die die Westgoten mit den Römern eingingen, und man kann sagen, dass sie damals tatsächlich in ein Föderatenverhältnis eingetreten sind. Darüber gleich mehr im folgenden Kapitel. Doch zuvor ist es an der Zeit, noch etwas über den Gotenkönig Athanarich[291] im Voraus darzustellen. Mehr erfahren wir dann noch im folgenden Kapitel.

Übrigens, weit mehr als bei Jordanes erfährt man bei Ammianus Marcellinus über diesen Mann, der erheblich früher schon in die Verhältnisse jenseits der Donau eingriff. Er wird von unserem Gewährsmann Ammianus als ein »sehr mächtiger Herrscher« beschrieben. Weit hinten, im Innern Skythiens, in den Gefilden außerhalb des Römerreichs, das ja nur bis an die Donau reichte, regierte seit etwa 360 dieser Westgote *Athanarich*, der sich nach einer Notiz des Themistios gar als Gotenrichter und weniger als König darstellen lassen

288 Thessalien: östl. Mittelgriechenland.
289 Epirus: nordgriech. Provinz.
290 Hier irrt Jordanes! Es ging um die Einfälle der Alamannen, nicht um die der Vandalen.
291 Athanarich: Gotenkönig, 365–376/381.

wollte. Er war mit Ostrom liiert und hatte ein Bündnis geschlossen. Schon Konstantin der Große, berichtet Themistios, habe Athanarichs Vater für sich eingenommen, indem er in Konstantinopel eine Statue für ihn aufstellen ließ. Aber im Jahre 365, als der Usurpator *Prokopius* (365–366) gegen die beiden Kaiser Valentinian und Valens marschierte, unterstützte Athanarich diesen Emporkömmling mit 3 000 Mann. Bald waren sie jedoch geschlagen und wurden als Gefangene auf römische Donaustädte verteilt, der Usurpator selbst hingerichtet.

»Das habe ich nicht gewusst«, verteidigte sich Athanarich und zeigte Briefe vor, worin behauptet wird, Prokopius sei der rechtmäßige Kaiser. Da kam es nun zu einem dreijährigen Kleinkrieg gegen den Gotenherrscher Athanarich, der es jedoch vermied, sich Valens in offener Schlacht zu stellen. Sagenhaft ist die Überlieferung, wie beide Potentaten in der Mitte des Grenzstroms, also auf einem Donauschiff, vom Morgen bis zur Nacht zäh verhandelten, während die Truppen jeweils auf einer Uferseite geduldig ausharren mussten, um schließlich einen Friedensvertrag auszumachen.

Noch etwas wird berichtet: Athanarich hasste und verfolgte die Christen, und er war – wie uns die Geschichte des Wulfila erläutert – nicht der erste Gotenhäuptling, der dies betrieb. Wie Sokrates[292] vermeldet, gab es wegen der Christenverfolgungen auch Streit mit Fritigern, der die Römer um Hilfe gegen Athanarich bat. Valens gewährte sie und bekämpfte zeitweise den Christenhasser, und dafür soll Fritigern den Glauben, allerdings in arianischer Form, angenommen haben, zumal Kaiser Valens ja selbst Arianer war. Athanarich aber machte dann auch seinen Frieden mit Ostrom, hielt sich aber vorsichtshalber in den unzugänglichen Bergregionen Dakiens auf, während die Ostgoten unter *Alatheus* und *Safrax* mit Zustimmung des Kaisers Gratian nach Pannonien zogen, um dort zu siedeln.

Jetzt erfahren wir gleich, wie das Verhältnis zwischen den Goten und der kaiserlichen Macht wirklich aussah, denn hier können wir die Version der »Origo Gothica« nachlesen, und zwar im folgenden 28. Kapitel. – Jordanes erzählt hier, dass nach Fritigerns Tod (378) der friedlicher gewordene Athanarich wieder König und Richter über alle Westgoten geworden sei. Und er wurde – wie wir gleich le-

292 Vgl. Felix Dahn, Geschichte der Völkerwanderung, 2. Bd. Kap. 1.

sen – überaus freundlich behandelt und von dem genesenen Kaiser Theodosius ehrenvoll nach Konstantinopel eingeladen. Wie freiwillig der Gotenherrscher dieser Einladung allerdings Folge geleistet hat, ist umstritten. Themistios[293] jedenfalls meint, der Gote habe großes Misstrauen gehabt und wollte sich nicht unbewaffnet mit Theodosius an einen Tisch setzen. Kurze Zeit nach der Ankunft in der Kaiserstadt ist Athanarich tatsächlich gestorben – oder ist er ermordet worden? Es ist interessant, wie Jordanes das im nächsten Kapitel[294] schildert.

Kapitel 28

König Athanarich – sein seltsamer Tod

Wir lesen dazu wieder wörtlich:

XXVIII. »Als aber danach Kaiser Theodosius gesund wurde und erfuhr, dass Kaiser Gratian ein Bündnis zwischen Goten und Römern geschlossen habe, was ihm selbst erwünscht war, freute er sich sehr darüber und gab diesem Frieden seine volle Zustimmung.

Mit dem König Athanarich,[295] der damals Fritigern nachgefolgt war, verband er sich, indem er ihm Geschenke darbrachte, und er lud ihn aufs Freundlichste ein, zu ihm nach Konstantinopel zu kommen. Dieser nahm das gerne (!) an und rief bei seinem Eintritt in die Kaiserstadt staunend aus:

›Ah! Hier sehe ich, wovon ich oft mit ungläubigen Ohren gehört habe – den Ruhm nämlich dieser großen Stadt!‹

Hierhin und dorthin ließ er seine Blicke schweifen und bewunderte bald die Lage der Stadt und den Verkehr der Schiffe, dann die berühmten Mauern und das Gewimmel der verschiedenen Völkerschaften, die von verschiedenen Seiten herzuströmend sich gleichsam in einem Becken vereinigten. So bestaunte er auch die in Reih' und Glied angetretenen Krieger und sprach:

293 Themistios, Staatsreden, 15. Rede.

294 28. Kapitel, §§ 142–145.

295 Athanarich: got. *Aþana-reik, aþana-* ›edel‹, *-reik* ›König‹. Richter der Terwingen von 365 bis 376/381.

›Gewiss ist dieser Kaiser gar ein Gott auf Erden, und wer gegen ihn die Hand erhebt, der verwirkt durch eigene Schuld sein Leben!‹

In solcher Bewunderung wurde er noch bestärkt durch all die höheren Ehren, die ihm der Kaiser [Theodosius] angedeihen ließ. Wenige Monate darauf indessen schied er, nämlich Athanarich, aus dieser Welt. Die Gewogenheit des Kaisers ging so weit, dass er ihn im Tod fast noch mehr ehrte als im Leben. Er veranstaltete nämlich für ihn ein würdiges Begräbnis und ging beim Leichenzug selbst vor der Bahre her. Nach dem Tod des Athanarich blieb dessen gesamtes Heer in einem Untertanenverhältnis zu Theodosius; man stellte sich unter die Herrschaft der Römer und bildete mit den römischen Soldaten gleichsam einen Körper.

Jener Kriegsdienst der Verbündeten, wie er schon zuvor unter Konstantin eingerichtet worden war, wurde [also] erneuert; und sie selbst wurden nunmehr »Verbündete« [foederati] genannt. Von diesen nahm der Kaiser mehr als 20 000 Bewaffnete mit, die er als treue Freunde kannte, als er gegen den Tyrannen Eugenius[296] auszog, der nach der Ermordung Gratians Gallien in Besitz genommen hatte; er besiegte diesen Tyrannen und bestrafte ihn.«

Soweit der Originaltext des Kapitels 28. Kehren wir noch einmal in das Jahr 378 zurück, als jene bedeutsame Schlacht von *Adrianopel* geschlagen wurde! Man hat bisweilen behauptet, dass die Hunnen bei Adrianopel Seite an Seite mit den Goten gekämpft hätten. Aber Adrianopel (378) war ein rein gotischer Sieg.

»Die römischen Legionen wurden von den Goten niedergemetzelt«,[297] schrieb Hieronymus ein Jahr nach der Katastrophe, und keiner von denen, die seine Chronik verwendeten, wollte in diesem Punkt irgendetwas aus anderen Quellen hinzufügen. Der Bericht Ammians über die Schlacht ist bei weitem nicht so genau, wie man das von einem Autor mit solcher militärischen Erfahrung und solchem Verständnis für das Wesentliche erwarten konnte. Doch soviel ist sicher: Die Ent-

296 Hier irrt Jordanes, es ging um *Maximus*, den Spanier, der 383–388 als Tyrann fungierte, nicht um Eugenius. Dieser starb erst 394.

297 »Romanae legiones usque ad internicionem caesae sunt a Gothis« (Hieronymus); vgl. Otto Maenchen-Helfen, Die Welt der Hunnen, S. 23.

scheidung fiel erst mit der Ankunft der Ostgoten. Fritigerns Westgoten hielten dem stürmischen Angriff der römischen Reiterei nicht stand. Zurückgetrieben zu ihren Wagenburgen und hart bedrängt von den vordringenden Legionen, wurden sie letztlich nur von den ostgotischen Reitern des Alatheus und Saphrax gerettet. Der westgotische Anführer vermied es, solange er konnte, eine Schlacht anzufangen, einesteils, weil er noch immer hoffte, mit dem Kaiser zu einer Übereinkunft zu kommen, hauptsächlich aber, weil er es nicht wagte, allein zu kämpfen. Die Römer hatten ihre sarazenischen wilden Reiterscharen, und Fritigern benötigte so dringend die ostgotische Kavallerie. Wäre sie nicht noch rechtzeitig herangeritten, wären die Westgoten wahrscheinlich geschlagen, wenn nicht sogar vernichtet worden. Aber die plötzliche ostgotische Attacke brachte die Römer in völlige Verwirrung, danach sogar in Panik, und dann folgte das Massaker.

Somit steht fest: Adrianopel, eine der entscheidenden Schlachten der Gotengeschichte, wurde von ostgotischen Reitern gewonnen. Sicherlich waren einige Männer von anderen Stämmen dabei, aber es waren keineswegs Hunnen. Ammianus spricht ausdrücklich von einer Schar Alanen.[298] Falls der Bericht von Jordanes geschrieben worden wäre, könnte man argwöhnen, er wollte den Hunnen nicht das Verdienst eines gotischen Sieges einräumen und erwähnte sie deswegen nicht. Aber Ammianus hatte ja keinen Grund, die Alanen den Goten vorzuziehen. In seiner Erzählung tauchen die Hunnen erst nach der Schlacht wieder auf.

Als die Goten ihr Lager bei *Perinthus* am Marmarameer aufschlugen, waren sie mit Hunnen und Alanen durchmischt.[299] Nein, die Hunnen hatten sich vom Kampf ferngehalten. Sie warteten ab, wer da gewänne. Sie waren auf Beute aus und hatten kein Bedürfnis, ihr Blut für Goten zu vergießen.

In den nächsten zwei Jahren nennen die Quellen mehrfach Hunnen, Alanen und Goten zusammen. Ob aber die Hunnen allein oder als Verbündete der Goten die Dörfer der unglücklichen thrakischen Bevölkerung plünderten und niederbrannten, ist ungewiss. Ein paar zeitgenössische Autoren beschrieben ja die Hunnen stets als die fürch-

298 »Halanorum manus«, vgl. Ammianus Marcellinus 31, 12, 17.
299 »Hunis Halanisque permixti«, vgl. Ammianus Marcellinus 31, 16, 3.

terlichsten Mordbuben, »schrecklicher als jede Art des Verderbens«.[300] Nach 380 werden weder Hunnen noch Alanen unter den Fremdvölkern in den Balkanprovinzen erwähnt. Die Goten dienten jetzt zu Tausenden in den kaiserlichen Armeen. Die römischen Kommandeure *Botherich, Eriulf, Fravittas, Gainas* und *Rumorid* waren gebürtige Goten. Aber wir hören nichts von hunnischen Kontingenten oder hunnischen Offizieren. Die Hunnen zogen sich offenbar weit hinter die Donau zurück. Man kann sagen: Vieles ging schief vor Adrianopel. Blicken wir nochmals im Einzelnen auf die damaligen Ereignisse im Römerreich zurück, um die Handlungsweise der Goten noch besser zu verstehen!

Im Juni 378 setzte sich Gratians Armee, die so schnell wie möglich die von den Westgoten bedrängten Oströmern entsetzen sollte, nach Thrakien in Bewegung. Wir haben schon gelesen, dass der Wunsch des jungen Kaisers, sich dem Valens als Sieger über freche Barbaren im Westen darzustellen, den Marsch um mindestens einen Monat verzögert hatte. Gratian führte seine Leute in langen Märschen von *Felix Arbor* am Bodensee nach Lauriacum [oberösterr. Lorch], wo die Armee, die 300 *Milia* zurückgelegt hatte, kurz rastete. Gratian zog die Donau hinab, kam nach Bononia [bulg. Vidin] und Sirmium [Sredska Mitrovica]. Dann reiste er über denselben Fluss nach *Castra Martis* (bulg. Kula] weiter, obschon ihn das Wechselfieber quälte. In diesem Gebiet überfielen ihn unerwartet die Alanen, und er verlor Leute seines Gefolges. Gratian hätte es nicht gewagt, mit nur »Leichtbewaffneten« die Donau hinunterzusegeln, wäre er nicht sicher gewesen, dass Quaden, Jazygen und Sarmaten am linken Flussufer friedlich blieben. Die Quaden waren gezwungen, Leute für die römische Armee zu stellen, und das Bündnis mit den Sarmaten im Banat war noch frisch. Um gegen Überraschungsangriffe vorzusorgen, hatte man die Grenzanlagen verstärkt. Pannonische römische Soldaten waren sogar zum Dienst nach Britannien abkommandiert worden. Im Frühling 378 vereinigten sich Gratians General *Frigeridus* und seine transalpinen Hilfstruppen mit der Römerarmee Thrakiens. Gratian hatte von den Stämmen östlich der Donau nichts zu befürchten. Aber nur wenige Monate später wurde Valeria, Pannoniens östlichster Provinzabschnitt, von Goten, Hunnen und Alanen überrannt.

300 »Omni pernicie atrociores«, vgl. Otto J. Maenchen-Helfen, Die Welt der Hunnen, S. 23.

Überlegt man, dass Gratian so schnell wie Kaiser Julian reiste, der im Sommer 361 bei außergewöhnlich gutem Wetter mit 3 000 Mann von »der Stelle, wo der Fluss schiffbar ist«, bis nach Sirmium in elf Tagen fuhr, so dürfte Gratian spätestens Anfang Juli in Bononia angekommen sein. Wahrscheinlich war er in *Castra Martis* nicht später als Mitte Juli. Nun kann man fragen, ob er mit Valens vor dem 9. August, dem Tag der Schicksalsschlacht von Adrianopel, hätte zusammentreffen können. Der Brief, den er Valens sandte, zeigt, dass er entschlossen war, seine Reiterei so schnell wie möglich einzusetzen.[301] Doch eine Passage bei Zosimus, verfasst im 6. Jahrhundert, scheint darauf hinzuweisen, dass Gratian plötzlich umkehrte und nach Sirmium zurückritt. Der Reitergeneral *Victor*, einer der wenigen Offiziere, die das Massaker von Adrianopel überlebten, schlug sich durch Makedonien und Thessalien nach Mösien und zur Provinz »Pannonia secunda« durch, um Gratian, der sich hier aufhielt, das Fiasko zu melden.

War Victor wirklich der Erste, der Gratian den Tod des Kaisers Valens mitteilte? Oder hatte der erkannt, dass er allein nach der Vernichtung der Ostarmee zu schwach war, um den Kampf gegen die Goten fortzusetzen? Vom Tod des Valens hatte Gratian vielleicht schon gehört, während er noch ostwärts unterwegs war. Sollte er aber umgekehrt sein, so gab es dafür nur einen Grund: Seine Truppen, obschon in Thrakien benötigt, müssen noch dringender in Pannonien gebraucht worden sein. Valens kämpfte gegen Goten. Gratian aber musste mit Heerscharen kämpfen, die von den *Hunnen* nach Pannonien getrieben wurden, und mit Hunnen selbst! – In der Tat: bald waren Hunnen im Anzug.

Westroms Kaiser Gratian bat bei seinem Treffen mit Bischof *Ambrosius* in Sirmium, dieser solle für ihn eine Abhandlung über den Glauben schreiben, und der verfasste u. a. sein Werk »Über den Glauben« [*De fide*], nachdem er vom Tod des Valens erfahren hatte. Er pries den jungen, orthodoxen, d. h. katholische Kaiser Gratian als »Herrscher über die ganze Welt, der die Goten besiegen würde!« In seinen biblischen Beweisen für die Dreieinigkeit, die Einheit von Vater, Sohn und Heiligem Geist, steht eine Sentenz, die aufhorchen lässt: Ambrosius ereiferte sich: »Haben wir nicht die lange Grenze entlang, von Thrakien und durch Uferdakien, Mösien ... ein wüstes Durcheinander

301 Vgl. Ammianus Marcellinus, 31, 12, 4.

predigender Gotteslästerer [Arianer!] und eindringender Barbaren vernommen?« Aber in Ambrosius' Traktat »De fide« sind die Goten noch als der einzige Feind erwähnt. Danach aber bekam Ambrosius alarmierendere Nachrichten. Sodann folgen die so oft in der Fachliteratur zitierten Sätze:

»Die Hunnen«, schrieb Ambrosius, »warfen sich auf die Alanen, die Alanen auf die Goten und die Goten auf die Taifalen und Sarmaten; die Goten, aus ihrem eigenen Land vertrieben, vertrieben uns aus Illyrien, und ein Ende ist nicht abzusehen«.[302]

Im Januar 379, als Gratian *Theodosius* zum neuen oströmischen Herrscher ausgerufen hatte, war die Situation schon wieder beinahe hoffnungslos: »Die Städte sind verwüstet, Myriaden von Menschen getötet, die Erde ist von Blut durchtränkt, und ein fremdes Volk zieht durch das Land, als ob es ihm gehörte«, schrieb ein gewisser *Gregorius von Nazianz* (329–390), der hier nach O. J. Maenchen-Helfen zitiert wird. Der Kaiser Gratian vermochte nicht länger von seinem Hauptquartier in Sirmium aus die Gegenwehr an der Grenze zu leiten, die von Westungarn bis zum Schwarzen Meer reichte. Das östliche Illyrien, das die Diözesen Dakien und Makedonien umfasste, hatte er dem Theodosius als Nachfolger des Valens übergeben. Gratian konzentrierte sich nun darauf, gegen die Eindringlinge in Pannonien zu kämpfen.

Sokrates und Sozomenos, diese beiden Kirchenhistoriker, äußern sich ziemlich diffus über die »Stämme von den Ufern des Hister« (der Donau). Zwar erwähnt Symmachus (um 340–402) die Siege des Gratian und des Theodosius, ohne allerdings mitzuteilen, wer genau die Feinde waren. Da drückten sich die Dichter *Pacatus* und *Ausonius* deutlicher aus, denn von ihnen hören wir, dass die Stämme, die die Sarmaten zur Donau und nach Westen trieben, nun selbst den Limes angegriffen und ihn vielerorts durchstoßen hätten. Theodosius weilte ja noch in Spanien, als Goten, Hunnen und Alanen anrückten.

»Alles, was der Gote verwüstet, der Hunne plündert, der Alane wegschleppt, wird Arcadius einst wünschen [wiederzugewinnen]«,[303]

302 Zit. s. Otto J. Maenchen-Helfen, Die Welt der Hunnen, S. 25.

303 »Quidquid atterit Gothus, quidquid rapit Chunus, quidquid aufert Halanus, id olim desiderabit Arcadius«, zit. bei O. J. Maenchen-Helfen, Die Welt der Hunnen, S. 26. Vgl. auch: J. Liebeschuetz, Barbarians and bishops. Army, church and State in the age of Arcadius and Chrysostomus, Oxford 1990.

lautete das Dichterwort. Pannonien war noch nicht verloren, aber es wurde hart umkämpft. Doch Ende 378 erhielt der eben genannte Ausonius, der Lehrer Gratians und Konsul des Jahres 379, in *Trier* die erfreuliche Botschaft, dass der Kaiser alle Feinde besiegt habe.

Indessen, mit diesen Siegen kann es nicht so weit her gewesen sein, wie sie in Trier, das immerhin weit vom Schuss lag, meinten, denn die Barbaren-Einbrüche gingen weiter. So musste Gratian im Februar und März 379 – aus Gründen, die wir schon gelesen haben – in Sirmium bleiben, und im April war er in Tricciana [Sagvár], südwestlich vom Plattensee. In seiner Dankrede für das Konsulat, die der genannte Poet *Ausonius* Ende 379 in Trier an Gratian richtete, rühmt er den »mutigen jungen Herrscher« Gratian, dass er »in einem einzigen Jahr« die Donau- und Rheingrenze befriedet habe.

Im Winter 382 überschritten germanische *Skiren*, vermengt mit Hunnen, die Donau, wurden aber zurückgetrieben. Diese Tatsache ist nur deshalb interessant, weil sie zeigt, dass die Hunnenmacht noch nicht in der Lage war, andere Stämme nördlich der Donau zu hindern, ohne ihre Oberherren loszuschlagen. Doch Theodosius schien begriffen zu haben, dass die schrecklichen Reiter auf ihren Hunnenpferdchen, die sich zu Herren über vielerlei Kleinstämme in der »Skythia« aufgeschwungen hatten, bald eine größere Gefahr für seinen Reichsteil darstellen würden als die Goten. So machte er – wie schon erwähnt – im Herbst 382 mit den Westgoten seinen Frieden. Und die Westgoten, von Seuchen heimgesucht und durch ständiges Umherziehen erschöpft, wollten dem Kaiser ein Abkommen abringen, das ihnen Siedlungsland und Subsidien für ihr Stillhalten bot. Der Friedensvertrag sicherte den Goten weite Landstriche in Mösien [inferior] und in dem östlichen Uferdakien zu.

Ein Jahr zuvor waren Gefolgsleute *Athanarichs* am rechten Flussufer sesshaft gemacht worden, um jegliche Überfälle auf die Römer zu verhindern. »Der Kaiser«, so schrieb Zosimus, »gab den Goten Kühe und Land, weil er erwartete, dass sie »einen uneinnehmbaren Wall« gegen die Einfälle der Hunnen bilden würden. Als Föderaten waren die Westgoten zu solchen Waffengängen verpflichtet. Ihre Aufgabe war es, sich selbst zu verteidigen. Indem sie für ihre neue Heimat kämpften, wirkten sie für Rom. Solange sie die Donau bewachten, waren die Nordprovinzen vor Hunnen sicher, meinte man.

Nun, wenige Jahre genoss die römische Bevölkerung in den Städten und Dörfern Frieden. Aber schon 384 oder 385 überschritten Hunnen die zugefrorene Donau und nahmen *Halmyris* in der Dobrudscha ein. Dieses geschah noch außerhalb des gotischen Bezirks, aber bald waren Hunnen auch in anderen Teilen Skythiens zu finden. 386 stießen Stämme erneut östlich und westlich der »Gotenwacht« an der Donau an einzelnen Stellen tief in römisches Gebiet vor. Da sie bis Makedonien unterwegs waren, kann man schließen, dass die Plünderer schnelle Reiter waren. Vielleicht nicht so viele, doch sie waren stark genug, die römischen Krieger zu überrennen – sicher unter Umgehung befestigter Plätze – und unbeschadet mit der Beute dorthin zurückzukehren, woher sie gekommen waren. Damals gab es keinen anderen Feind, der solche Raubzüge auf dem Westbalkan durchsetzen konnte, außer den Hunnen.

Die Eindringlinge im Osten aber waren Germanen. Im Sommer 386 erschienen ostgotische Greutungen unter dem Kommando des *Odotheus* mit ihren Verbündeten am linken Ufer der unteren Donau und erbaten von *Promotus*, dem »Magister militum« in Thrakien, die Erlaubnis, den Fluss zu überqueren. Sie forderten Land, um sich anzusiedeln. Als ihr Ansinnen abgelehnt wurde, versuchten sie – wie schon weiter oben angedeutet –, sich den »Weg ins Reich« zu erzwingen. Promotus fügte ihnen eine vernichtende Niederlage zu.[304]

Wie viele es waren, erfahren wir nicht. Sicherlich übertreibt auch der Geschichtsschreiber *Claudian* die Zahl der Boote, die, von der »Blüte der barbarischen Jugend bemannt«, von den Römern versenkt wurden. Doch selbst wenn es nicht dreitausend, wie er schrieb, sondern bloß tausend waren, mit nicht mehr als drei, vier Kriegern pro Boot, würden man auf etwa zehntausend Männer kommen. Eine germanische Armee macht stets etwa ein Fünftel der Bevölkerung aus. Erstaunlich ist, dass eine so große Masse von Goten imstande war, ihren hunnischen Oberherren zu trotzen und zur Donau durchzubrechen. Das zeigt, dass die hunnische Macht in den Ebenen nördlich der unteren Donau noch nicht so gefestigt war.

Die Lage um 380 an den Grenzen Pannoniens und in der Ebene östlich der Donau blieb angespannt. Bloß ein kleiner Teil der *Sarma-*

304 Otto J. Maenchen-Helfen, Die Welt der Hunnen, S. 27.

ten schloss mit den Römern Frieden. Die Gefechte mit den anderen dauerten das ganze Jahr 383 über an. Ob der Sieg, den die Truppen Valentians II. über den schwer zu stellenden Feind im Frühjahr 384 errangen, so entscheidend war, ist zweifelhaft. Die Versuche der Sarmaten, aufs rechte Donauufer zu gelangen, haben ihre Parallele in den Angriffen der *Greutungen* des Odotheus. Sie schienen versucht zu haben, die hunnische Herrschaft abzustreifen und neue Weidegründe zu finden.

Im Frühjahr 384 jedenfalls zogen hunnische Reiter als Verbündete des legitimen Kaisers durch Noricum und Rätien in Richtung Gallien. Hunnen wurden hier gegen Barbaren eingesetzt, von ihren Zelten im Osten herbeigelockt, was später noch oft der Fall war. Die einzige Quelle für das Auftauchen der Hunnen in Westeuropa ist eine kurze Passage in einem Brief des Bischofs Ambrosius an Valentinian II. Ambrosius spielt dabei auf Ereignisse an, von denen wir wenig wissen.

Als er von Trier nach Mailand zurückkehrte, traf Ambrosius im Dezember 383 im südlichen Gallien Truppen des Usurpators *Maximus* (383–388). Sie wollten die Pässe über die Seealpen und die Sperren an der Riviera besetzen. In Italien beobachtete Ambrosius die Armee des Kaisers unterwegs in der Gegenrichtung. In vier Monaten, seit Gratian ermordet worden war, hatte sich Maximus zum Alleinherrscher Galliens aufgeschwungen. Er wollte in Italien einfallen und hätte es wohl auch getan, falls er keinen Kampf mit Gratians jüngerem Bruder Valentinian und dessen fränkischem Heermeister *Bauto* befürchtet hätte. Der rechtgläubige Maximus aber hatte Angst vor der arianischen Kaiserinwitwe *Justina* – Valentinian war ja noch ein Kind – und vor dem Heiden *Bauto*. Als Maximus vier Jahre später in Richtung Italien losschlug, stieß er auf keinen Widerstand. Vor dem Ostkaiser Theodosius hatte Maximus aber Respekt. Ihm war klar, dass ein Angriff auf Italien Krieg mit Theodosius bedeutete. Bauto formierte alle seine Krieger an der Westgrenze. Sie sollten dort ausharren, bis die Armee des Theodosius heranmarschiert wäre. – Und Maximus schlug los: Er stachelte die *Juthungen* auf, gegen *Rätien* vorzugehen. Da die Juthungen noch unter ihren Niederlagen der Jahre 378 und 379 litten und von den verstärkten Garnisonen entlang dem *Limes Raeticus* in Schach gehalten wurden, wagten sie nichts bis zum Sommer 383.

Da zu der Zeit Hungersnot den Westteil des Reiches und Italien heimsuchte, war *Raetia secunda* plötzlich sehr begehrenswert, da sich dort fruchtbare Gegenden befanden. Als Gratian gegen die eindringenden Juthungen vorgehen wollte, zwang ihn die größere Gefahr im Westen, seine Armee nach Gallien zu werfen, um *Maximus* aufzuhalten. Im Januar 384 kamen die Juthungen. Es ist kaum denkbar, dass Maximus mit den Barbaren ein formelles Bündnis schloss. Was sie brauchten, war allein die Zustimmung des Maximus, in Rätien einfallen zu dürfen.

Überquerten sie energisch die Alpenpässe, so war Bauto dem Maximus ausgeliefert. Denn dann konnte dieser Usurpator gleichsam als Retter der Römischen Welt vor den Barbaren nach Italien ziehen. Damals holte sich *Bauto* Hilfe bei den Hunnen und Alanen. Und sie feierten ihre Triumphe über die Juthungen, deren Angriff zerschlagen wurde. Die Hunnen ritten aber nicht in ihr Land zurück, sondern wandten sich westwärts und »näherten sich Gallien«. Als diese Nachricht *Mailand* erreichte, war Bauto schockiert, denn obwohl Theodosius beschlossen hatte, Italien zu helfen, war der nicht gewillt, Bauto bei einem Angriff auf Maximus beizustehen. Wenn die Hunnen als Bautos Verbündete in Gallien einfielen, musste Maximus solches als Kriegsbeginn ansehen. Die Hunnen mussten um jeden Preis aufgehalten werden, und Bauto erkaufte ihren Rückzug mit Gold.

Man bedenke, das damalige Ostungarn war gleichsam hunnisches Land. Es gab dort ebenso Alanen und Goten, mit den Hunnen verbündete Sarmaten und die alteingesessene illyrische Bevölkerung. Aber die Hunnen waren die Herren, und allerlei Banden terrorisierten das Land. Im Sommer 391 wurde die Situation so verzweifelt, dass Theodosius den Zivilisten sogar den Waffengebrauch gegen sie erlaubte. Im Herbst erschien der Kaiser selbst auf dem Schauplatz. Die Feindberührungen zeigten, dass die lokalen Streitkräfte gar nicht ausreichten. Nach einer schweren Schlappe, bei der er fast umgekommen wäre, verlangte Theodosius Verstärkungen von der thrakischen Armee. Im Ergebnis stellten sich riesige Mengen von transdanubischen Kämpen ein, und sie überfluteten die Ebene nördlich des Haemus und brandschatzten. Theodosius aber kehrte 391, deprimiert über das, was er und seine Armee von den Kriegern in den Sümpfen erlitten hatten, nach Konstantinopel zurück und beschloss, keine Kriege und Schlachten mehr zu führen.

Im Sommer 394 schickte Theodosius wieder eine Armee gegen einen Usurpator namens *Eugenius* vor, dessen Söldner auf ihren Standarten das Bild des *Hercules Invictus* trugen, denn es ging ja um die »heidnische Erneuerung Roms«. Dort las ein gewisser *Nicomachus Flavianus* aus den Eingeweiden geopferter Stiere schon den Sieg des Usurpators heraus, während in Konstantinopel Theodosius ängstlich auf die Antwort des Mönchs Johannes von Lykopolis wartete, ob er oder der »gottlose Tyrann« siegen würden, wie es uns der Geschichtsschreiber Rufinus mitteilt.[305] Aber Theodosius errang einen glorreichen Sieg über die »Heiden«. Den westgotischen Verbündeten trug man auf, so viele Truppen wie möglich zu stellen. Selbst wenn sie nicht mehr als zwanzigtausend Kämpen zählten, wie Jordanes in Kapitel 28, 145 versichert, müssen sie ein großes Kontingent gebildet haben. Dass Jordanes nur von den *Goten*, keinesfalls von vorhandenen *Hunnen* spricht, ist nicht weiter erstaunlich.

Einige Jahre später spielte die gotenfeindliche Partei in Konstantinopel tatsächlich mit dem Gedanken, sich mit den Hunnen gegen die Goten zu verbünden. Die Tatsache, dass der oströmische Präfekt *Rufinus* ihnen Land in Thrakien gab, weist auf eine außergewöhnliche, enge Verbindung zwischen ihm und den Hunnen hin. Das war das einzige Mal, dass Hunnen ins Römische Reich gelassen wurden. Die Zahl der Hunnen in Thrakien muss mehrere Tausend erreicht haben, denn es ist kaum wahrscheinlich, dass hunnische Krieger, zu römischen Föderaten gemacht, ohne Frauen und Kinder, Rinder, Schafherden und Wagen kamen. Jedenfalls war um 390 offenbar kein Hunnenfürst stark genug, allen Stämmen seinen Willen aufzuzwingen und sie daran zu hindern, eigene Kriege zu führen. Jene in der ungarischen Tiefebene plünderten Pannonien, die in Rumänien verwüsteten Thrakien.

Im Sommer 395 überquerten hunnische Horden den Don nahe der Mündung, wandten sich nach Südosten und brachen durch den Kaukasus in Persien und in die Römischen Provinzen südlich und südwestlich von Armenien ein. Eine Gruppe verheerte das Land südlich und westlich des Taurusgebirges. Und als sie über den *Euphrat* setzten,

305 Vgl. O. J. Maenchen-Helfen, Die Welt der Hunnen, S. 36.

griffen die Römer sie an und rieben sie auf. Andere flohen unter Zurücklassung der Kriegsgefangenen in die Steppe. Noch andere wüteten in Kleinasien und Syrien.

Im Folgejahr zitterte der Osten davor, dass die Hunnen als Verbündete der Perser wiederkommen könnten. Als 397 einige hunnische Kämpen wieder in das römische Armenien einbrachen, wurden sie zurückgeschlagen. Man sagt, der Grund für die Invasion des Jahres 395 sei eine Hungersnot der Hunnen gewesen. Oft wurde die Rolle der Hunnen fehlinterpretiert. Der Historiker *Philostorgius*, der Arianer war und zwischen 368 bis nach 433 wirkte, beginnt seine detaillierte Beschreibung der hunnischen Invasion Vorderasiens mit einer kurzen Zusammenfassung über diese Stammesgruppe. Er schreibt:

»Zuerst eroberten und verwüsteten sie einen großen Teil Skythiens, dann überquerten sie die zugefrorene Donau, schwärmten über Thrakien aus und verheerten ganz Europa«.[306] Man wollte diese Zeilen auf eine hunnische Invasion in Thrakien im selben Jahr beziehen. In Wirklichkeit drängt Philostorgius hier drei oder mehr Dekaden zusammen. Auch der Dichter Claudian [um 400] soll in seiner Schmähschrift gegen Rufinus einen Einbruch der Hunnen in Europa im Jahre 396 beschrieben haben.

Diese Ergänzungen zu unserem Originaltext der »Origo Gothica« sollten etwas detaillierter darlegen, wie gegen Ende des 4. Jahrhunderts die Machtverhältnisse zwischen Römern, Goten und Hunnen an der langen Donaugrenze verteilt waren.

Widmen wir uns nun im folgenden Kapitel[307] wieder dem Originaltext. Hier erfahren wir mancherlei über Goten in Italien, aber es sind noch nicht die Ostgoten, die noch weitab von diesem Land leben, es sind die Männer um *Alarich*.

306 Philostorgius 11, 8.
307 Kap. 29, §§ 146–151.

Kapitel 29

König Alarich – der »Balthe«

Folgende interessante Angaben liefert uns Jordanes über diesen berühmten Goten, der der Sippe der Balthen angehörte, sowie über die weithin bekannte Kaiserstadt *Ravenna*, in der später der größte Ostgotenheld Theoderich, in der Sage Dietrich von Bern, residierte:

XXIX. »Nachdem aber Theodosius, der den Frieden und das Gotenvolk lieb hatte, aus dem irdischen Leben geschieden war [† 395], begannen seine Söhne[308] durch ihr üppiges Leben beide Reiche zugrunde zu richten, und sie entzogen ihren Hilfsvölkern, das heißt den Goten, die gewohnten Geschenke. Darauf wurden die Goten ihrer überdrüssig, und da sie fürchteten, sie würden ihre Tapferkeit in der langen Friedenszeit einbüßen, so wählten sie Alarich[309] zum König über sich. Sein Adel war nach dem der Amaler der höchste; denn er stammte aus dem Geschlecht der Balthen,[310] das schon längst wegen seiner Kühnheit den Namen *Baltha*, das heißt »kühn«[311] erhalten hatte. Sobald daher der besagte Alarich zum König gewählt worden war, beriet er sich mit den Seinen und schlug ihnen vor, lieber durch eigene Anstrengung fremde Reiche zu erobern, als Fremden in Müßiggang untertan zu sein.

Er übernahm daraufhin das gotische Heer und rückte unter dem Konsulat des *Stilicho* und des *Aurelian* durch Pannonien und Sirmium [Sremska Mitrovica], von der rechten Seite in Italien ein, das sozusagen von Kriegern ganz entblößt war, und näherte sich – ohne viel Widerstand zu finden – der Brücke über den Candidianus [Candiano], die drei Meilensteine von der Kaiserstadt Ravenna[312] entfernt ist.

Diese Stadt zwischen Sümpfen und Meer und den Fluten des Padus [Po] ist nur auf einer Seite zugänglich. In einem Winkel des Römischen Reiches am Ionischen Meer gelegen, wird sie wie eine

308 Oström. Kaiser Arcadius, 395–408; weström. Kaiser Honorius, 395–423.

309 Alarich (I.): König der Westgoten 391/395 bis 410.

310 Balthen: zweites berühmtes Gotengeschlecht neben den Amalern.

311 Vgl. engl. bold.

312 Ravenna: Residenz der weström. Kaiser 402–476; der ostgot. Könige bis 540, der byzantin. Exarchen bis 750.

Insel von der Flut der herzuströmenden Gewässer umschlossen. Im Osten liegt das Meer. Wer auf diese Stadt von *Korzyra* und *Hellas* geradenwegs lossteuert, hat zur rechten Hand bei der Fahrt zuerst Epirus,[313] dann Dalmatien, Liburnien und Histrien und fährt so an Venetien vorbei.

Im Westen sind Sümpfe, durch die ein einziger, sehr enger Eingang, wie ein Tor, eingelassen ist. Im Norden reicht bis dahin ein Arm des Padus, der »Kanal des Askon« genannt wird. Im Süden befindet sich ebenfalls der Padus, den man den König unter den Flüssen Italiens nennt, mit dem Beinamen *Eridanus*. Er wurde vom Kaiser Augustus in einem sehr breiten Graben herabgeleitet und fließt mit einem Siebentel seiner Wassermenge mitten durch die Stadt. Und er hat an seiner Mündung einen sehr schönen Hafen, von dem man, wie Dio berichtet, glaubte, dass er dereinst ein sehr sicherer Ankerplatz für eine Flotte von 250 Schiffen gewesen sei.

Dieser zeigt sich nunmehr nach dem Bericht des *Ablabius* dort, wo einst der Hafen lag, als umfangreicher Garten, reich an Bäumen, an denen aber nicht Segel, sondern Früchte hängen. Die Stadt selbst rühmt sich eines dreifachen Namens und erfreut sich einer dreigeteilten Lage. Zu allererst heißt sie *Ravenna*, am anderen Ende jedoch *Classis* und in der Mitte zwischen Stadt und Meer *Caesarea*, voll mit weichem Sand, der eine bequeme Reitbahn darstellt.«

So lautet der bekannte originale Text dieses Kapitels 29. Nun, immerhin erscheint es angemessen, auch hier etwas mehr über den sagenhaften König Alarich und auch über die Kaiserstadt *Ravenna* zu erfahren. Und es ist erstaunlich, wie schnell Alarich, der eine Menge Bundesgenossen um sich scharen konnte, große Teile Italiens eroberte.

Wir haben im vorstehenden Kapitel erfahren, dass die – wie Jordanes meint – »ungeratenen« Söhne des Theodosius das Römerreich gleichsam verkommen ließen. Es ist bekannt, dass Arcadius, gerade 18 Jahre alt, das Oströmische Reich bekam, und dabei wurde er vor allem von seinem Präfekten *Rufinus* assistiert, während das Westreich an den elfjährigen Honorius fiel. Diesen Reichsteil befehligte Stilicho, der ehemalige *Magister militum* des Theodosius. Stilicho war der Sohn eines

313 Epirus: griech. Region (*Epirus Nova* im Norden, *Epirus vetus* im Süden), Korfu.

römischen Offiziers, aber herkunftsmäßig Germane und hatte *Serena*, die Nichte des Theodosius geehelicht. Der soeben erwähnte Alarich diente zur Zeit der Teilung des Römischen Reiches in Ostroms Heer und war schon für Theodosius gegen den Usurpator *Eugenius* ins Feld gezogen, wie wir in einem vorangegangenen Kapitel erfuhren. Nach der Reichsteilung stand Alarichs Beförderung an, doch Arcadius verweigerte sie ihm. Es kam zum Zerwürfnis, und daraufhin zogen Alarichs *Visigoten* plündernd bis vor Konstantinopel und belagerten die Stadt. Da erschien *Rufinus* in gotischer Tracht im Lager Alarichs und brachte mit ihm einen Waffenstillstand zustande. Zudem gelang es ihm durch Geschenke, Alarich vom Sturm auf Konstantinopel abzulenken und ihn auf Griechenland zu lenken, wo die Visigoten nun nach Herzenslust sengten, plünderten und raubten.

Unterdessen erreichte Stilicho mit dem weströmischen Heer die mösische Stadt *Nikopolis*, wo Alarich schon einen Schutzwall gegen ihn errichtet hatte. Seltsamerweise befahl der leichtsinnige Arcadius, jener Stilicho möge schleunigst umkehren. Rufinus, der den Arcadius gänzlich in der Hand hatte, verspürte offenbar mehr Angst vor Stilicho als vor Alarich. Etwas später landete Stilicho seine Truppen vor *Korinth*, trieb Alarich ins Gebirge und schnitt ihm jegliche Zufuhr von Lebensmitteln ab. Später allerdings ließ Stilicho den Alarich doch entkommen. Vielleicht wollte er, dass Ostrom weiter bedroht würde, damit er unentbehrlich blieb. Nun fiel Alarich über *Epirus* her, sodass der oströmische Kaiser lieber Frieden schloss und Alarich zum oströmischen Befehlshaber in Illyrien ernannte, das damals die Grenze zwischen beiden Römischen Reichen bildete.

Weniges nur berichtet Jordanes. Aber über das Schicksal des Alarich könnte man noch eine Menge Details hinzufügen, etwa darüber, wie es denn zu solcher Machtfülle im Lager der Visigoten gekommen ist. Blicken wir an dieser Stelle noch einmal auf die letzten zwanzig Jahre der Auseinandersetzungen zwischen Rom und den Westgoten zurück! Alles begann mit der Schlacht von Adrianopel, die hier bereits gründlich erörtert wurde. Wie ein Forscher es dargestellt hat, hätte diese Schlacht gar nicht stattfinden müssen, denn *Fritigern*, der Westgoten-Anführer, hatte bereits heimlich Bündnisverhandlungen mit Ostroms Kaiser Valens aufgenommen. Fritigern erklärte damals:

»Ich will mich gern mit Ostrom verbinden, aber ich kann die Wildheit meiner Goten nicht zügeln. Valens muss seine ganze Macht beweisen!«

Und offensichtlich meinte Fritigern es ernst, denn wenn er ein doppeltes Spiel getrieben hätte, gab es wenig zu erhoffen, zumal erhebliche Armeekräfte des Westkaisers Valentinian auf den Balkan losmarschierten. Fritigern kannte sich mit seinen Goten aus.

Aufgrund der üblen Behandlung durch Rom in den vergangenen Jahren waren die Westgoten nicht geneigt, sich für ein Bündnis mit Rom zu entscheiden, auch wenn ihnen dadurch Land versprochen wurde. So war es nicht unlogisch, dass Valens die ausgestreckte Hand Fritigerns ernsthaft ergreifen wollte. Beide dürften für eine Einigung offen gewesen sein. Doch es waren zwei römische Unterführer, die damals die Schlacht von Adrianopel eröffneten, hemmungslos, ohne die Absichten ihrer Vorgesetzten zu begreifen. So war es damals zum Tod des Kaisers und zur Vernichtung der Römer gekommen. Zwei Jahre vorher hatten nämlich die Goten, verbittert durch die römischen Machenschaften, heilige Eide geschworen, nicht eher zu ruhen, bis sie die Herren im Römischen Reich wären.

Zwar hatte, wie die »Origo Gothica« schon erläuterte, nach dem Desaster von Adrianopel der Kaiser Theodosius, weil er die Goten nicht im Gefecht besiegen konnte, angefangen, durch Diplomatie die Gotenführer zu bearbeiten. Und wir wissen es schon: Edle Goten erhielten Geschenke und Ehrungen, und es dauerte nicht lange, bis sich eine proömische Gotengruppe bildete. Ein gewisser Fravittas führte sie an, der eine Römerin geheiratet und den Namen *Flavius* angenommen hatte. Theodosius brachte die gotischen Adligen von ihren »hochedlen Eiden« recht leicht ab, aber die gotischen Krieger sahen nicht, warum sie vor den Römern zu Kreuze kriechen sollten. Durch den Sieg bei Adrianopel hatten sie nur wenig profitiert. Immer noch hockten sie in einer nicht gerade reichen Römerprovinz, bedroht von einer frisch zusammengestellten Römerarmee. Einige gotische Adlige traten seinerzeit in römische Dienste, so auch Modaharius (*Modares*), der bald eine größere Anzahl marodierender Goten unschädlich machte. Rom war überlegen, doch schon im Jahre 380 wies man, wie bereits angedeutet, den Alanen und Hunnen, die teilweise zum Sieg von Adrianopel beigetragen hatten, als Föderaten Siedlungsgebiete in Pannonien an. Zwei Jahre später war ein Großteil der Goten zu einem Bündnis bereit und wurde in Thrakien und Mösien zwischen Donau und Balkangebirge sesshaft gemacht.

Allerdings, ein *Conubium,* d. h. eine Heirat mit Römern, wurde ihnen verwehrt. Und als Gegenleistung für das Siedlungsrecht musste man militärische Dienste übernehmen, aber immerhin unter eigenen Hauptleuten. Nun waren die Goten nicht mehr in einer Grenzenklave, sondern überall verteilt, und sie lebten mit Römern zusammen, ja unter demselben Dach. Für die Römer war dies die beste Lösung. Denn so stabilisierte sich die Grenze an der unteren Donau. Doch im Norden kam es weiterhin zu Grenzverletzungen, aber Großinvasionen waren vorüber, selbst als die Donau im Jahre 384–385 zufror. Die westgotischen Mannschaften gewannen durch ihren Sieg in Adrianopel und dem daraus folgenden Bündnisvertrag wahrscheinlich weit weniger, als sie erwarteten. In Thrakien und Dakien konnten sie erfolgreich zusammengehalten werden, weil ihre Anführer ihren eigenen Reichtum und Einfluss innerhalb der römischen Welt vergrößern und das Oströmische Reich nicht stürzen wollten.

Um 400 erhoben sich, wir haben es weiter oben bereits anklingen lassen, die gotischen Offiziere *Gainas* und *Tribigil,* die in den römischen Streitkräften dienten, gegen die Regierung, weil sie sich persönlich mehr Macht erhofften. Gainas erhielt dann selbst den Befehl, die Revolte niederzuwerfen und war so in der Lage, die Kontrolle über seine gotischen Krieger zu behalten. Schließlich aber besiegte ihn ein anderer Gote, nämlich Fravittas, der eine zusammengestoppelte »römische« Armee kommandierte und vertrieb ihn aus dem Reich. Nichts erklärt besser den Einfluss der gotischen Führer an den höchsten Stellen und die Loyalität der westgotischen Krieger, die ihrem Anführer bedingungslos folgten, gleichgültig, welcher Sache er diente. Während die Karriere des Gainas schnell scheiterte, fanden die Goten einen anderen Herrscher, der ihre Loyalität zu einer mächtigen Waffe gegen Rom ausbauen sollte, eben den hier von der »Origo Gothica« beschriebenen Alarich.

Bereits seit 395 war *Alarich,* der aus *Mösien* kam, der unumstrittene Häuptling des innerhalb der Reichsgrenzen lebenden Goten. Schon

391 führte er eine Gotenmannschaft, die bis südlich des Balkangebirges vorgedrungen war und somit den Vertrag von 382 gebrochen hatte. Alarichs Karriere als Armeeführer war durch seine glücklichen Coups so geprägt, dass man häufig übersieht, dass er eigentlich solange keine größere Schlacht gewinnen konnte, bis in Italien kein römisches Militär mehr vorhanden war. Fünfzehn Jahre behielt er die Macht über sein Volk, stets das Ziel vor Augen, ein Gebiet zu finden, wo sich seine Goten niederlassen konnten.

Jordanes hat in Kapitel 29 schon mitgeteilt, dass sich Alarich aufmachte, durch eigene Anstrengung fremde Reiche zu erwerben. Er richtete Angriffe zuerst auf Griechenland und Illyrien. 397 übergab man ihm *Epirus* und dessen Städte und ernannten ihn – wie erwähnt – sogar zum *Magister militum* in Illyrien. Wäre seine Macht auf dem Balkan ausgebaut worden, hätte er vielleicht Konstantinopel beherrschen können. 401 überließ er aber *Gainas* diese Beute und ging nach Italien.

Der Ostgote Gainas, der den Oberbefehl über das Heer durch Stilicho erhalten hatte, tötete bei einem Empfang oströmischer Truppen durch Arcadius vor Konstantinopel seinen Widersacher *Rufinus* im Handstreich, und ein Jahr später erschien Gainas mit seinen Ostgoten in Konstantinopel, um dort zu revoltieren. Aber die dortige antigermanische Gruppierung wandte sich einhellig und brutal gegen ihn. 7 000 Goten flüchteten in eine Kirche, doch sie wurden vom wütenden Mob verbrannt. Gainas wollte mit dem Rest seiner Leute über den *Hellespont* nach Kleinasien flüchten, aber die gotischen Flöße wurden von einem römischen Flottenbefehlshaber namens Fravitta vernichtet. Der Hunnenkönig *Uldin* aber verweigerte Gainas die Aufnahme in Thrakien, da er weiter an guten Beziehungen zu Ostrom interessiert war. Da war Gainas am Ende, und nach Gefechten mit den Hunnen wurde er umgebracht (um 400), sein Haupt aber als Trophäe an den Kaiser Arcadius gesandt. Nach Gainas' Fall hatte Stilicho, der West- und Ostrom wieder zusammenführen wollte, seinen Einfluss auf Ostrom im Wesentlichen eingebüßt und musste sich auf Westrom orientieren.

Um 401 begann der legendäre Feldzug Alarichs nach Italien, und dies Ereignis spiegelt sich auch in der Walthersage, die neben derjenigen um Ermanarichs Tod mit eintausendsechshundert Jahren wohl die nächstälteste ist. Als Stilicho mit der Abwehr von Fremdvölkern in

Rätien beschäftigt war, ergriff Alarich die günstige Gelegenheit, stieß kurzerhand auf Italien vor und überwand die Alpenpässe, die den Westgoten noch aus ihrem Kampf gegen die Usurpatoren *Maximus* und *Eugenius* bekannt waren. Nachdem Aquileja gefallen war, konnte Italien dem siegreichen Alarich nichts mehr in den Weg stellen, und bald fing man in Rom ängstlich an, den Schutzwall des Kaisers *Aurelian* auszubessern. Da nahte Stilicho als Retter. Er überschritt die Alpen und entsetzte das belagerte Mailand. Darauf zog sich Alarich, von Stilicho verfolgt, ostwärts zurück. Aber zu Ostern 402 trafen die Heere bei *Pollentia* aufeinander.

Lesen wir nun in Kapitel 30 bei Jordanes nach, wie dieser den Ausgang jener Schlacht beschreibt! Wir erinnern uns, dass in Kapitel 29 abschließend von *Ravenna* erzählt wurde, wo der junge Kaiser *Honorius* residierte. Und Alarich war, wie wir schon lasen, bis vor diese Stadt gekommen.

Kapitel 30

Schlacht bei Pollentia, Einnahme Roms, Alarichs Ende

Alarich schreibt jetzt gleichsam Weltgeschichte, denn er besiegt Rom. Wörtlich heißt es dazu in der »Origo Gothica«:

XXX.[314] – »Als nun das Heer der Visigoten in die Nähe der Stadt [Ravenna] gekommen war, schickte man einige Abgesandte zum Kaiser Honorius, der drinnen seine Residenz hatte. Durch diese ließ man anfragen, ob er es wohl gestatte, dass sich die Goten nunmehr friedfertig in Italien niederlassen dürften. In diesem Falle wollten sie in solcher Eintracht mit den Römern leben, dass man sie für ein einheitliches Volk halten könne. Andernfalls solle der Stärkere den Schwächeren vertreiben, und der Sieger dürfe sich in Ruhe die Herrschaft aneignen.

Da bekam es Kaiser Honorius mit großer Angst zu tun über beide Vorschläge und rief daraufhin den Senat zu einer Beratung zusammen, wie man sie vom italischen Boden vertreiben könne. Zuletzt setzte sich die Meinung durch, dass dieser Alarich mit seinem Volk die weit ent-

314 Kap. 30, §§ 152–158.

legenen Provinzen Galliens und Spaniens als sein Eigentum in Besitz nehmen solle, wenn er dazu imstande wäre! Und diese Schenkung wurde durch eine kaiserliche Verordnung bestätigt.

Denn jene Provinzen hatte man ohnehin verloren, da der Vandalenkönig Geiserich[315] in diese Ländereien verwüstende Einfälle unternahm. Dieser Abmachung stimmten die Goten zu und zogen in das ihnen versprochene Gebiet. Nach ihrem Abzug lauerte ihnen, obgleich sie in Italien nichts Schlimmes getan hatten, *Stilicho* auf, der Patricius und zugleich Schwiegervater des Kaisers Honorius war. Der Kaiser hatte nämlich dessen beide Töchter, *Maria* und *Thermantia*, eine nach der anderen, geheiratet: Aber beide wurden unberührt und somit als Jungfrauen zu Gott gerufen. –

Dieser Stilicho also lauerte bei der Stadt Pollentia [Pollenza] in den Cottischen Alpen heimtückisch auf die Goten und überfiel sie [Ostersonntag, 6. April 402], die nichts Arges vermuteten, zum Verderben von Italien und zu seiner eigenen Schande.

Als die Goten ihn plötzlich erblickten, erschraken sie zuerst, fassten bald aber wieder Mut und feuerten sich gegenseitig an, wie es ihre Gewohnheit war. Und sie schlugen fast das ganze Heer des Stilicho in die Flucht und trafen ihn bis zur Vernichtung. Voller Wut gaben sie nunmehr den angetretenen Weg auf und zogen nach Ligurien [nördl. Italien] zurück, wo sie schon durchmarschiert waren. Und dort machten sie reiche Beute, verwüsteten dann noch die Emilia [südl. des Padus] und zogen auf der flaminischen Heerstraße zwischen Picenum und Tuszien bis zur Stadt Rom, und dabei plünderten sie die in der Nähe liegenden Gegenden auf beiden Seiten gründlich aus.

Schließlich rückten sie sogar in Rom ein, aber verwüsteten es auf Befehl Alarichs nicht. Sie legten nicht Feuer, wie es die wilden Völkerscharen gemeinhin tun. Und sie duldeten nicht, dass die heiligen Orte irgendwie geschändet wurden. Dann zogen sie weiter fort durch Kampanien und Lukanien, das sie gleichfalls verheerten, und kamen zu den Bruttiern.[316] Hier saßen sie lange und überlegten, nach Sizilien und von da aus in die afrikanischen Länder überzusetzen. Das Land

315 Geiserich: got. *Gaisa-reik*, *-gaisa-* ›Speer‹, ger. *-reik*, lat. *rex* ›König‹ der Vandalen von 428 bis 477.

316 Bruttier: im heutigen Kalabrien.

der Bruttier liegt nämlich ganz außen am Südostzipfel Italiens – seine Ecke bildet der Anfang des Apenninengebirges – und erstreckt sich weit bis ins Adriatische Meer, das dadurch vom Tyrrhenischen getrennt wird. Sein Name stammt von der ehemaligen Königin Bruttia.

Dorthin also kam Alarich, der König der Visigoten, mit den Schätzen von ganz Italien, die er durch Plünderungen gewonnen hatte, und er beschloss – wie gesagt – von hier über Sizilien nach Afrika hinüberzugehen, das ihm die einzige Ruhestätte bieten sollte. Mehrere seiner Schiffe aber – nichts ist letztlich sein freier Wille, was der Mensch ohne Gottes Zutun beschlossen hat – verschlang jenes furchtbare Meer, und die meisten zerstreute es. Während Alarich durch dieses Unglück noch niedergeschlagen nachdachte, was jetzt zu tun sei, wurde er plötzlich von einem frühen Tod dahingerafft; und so schied er aus dieser Welt.

Ihn betrauerten die Seinen, die ihn sehr lieb gehabt hatten. Sie leiteten den Fluss Busentus [Busento] bei der Stadt Consentia [Cosenza] aus seinem Bett – dieser Fluss strömt nämlich mit Heil bringendem Wasser vom Fuß des Berges an der Stadt vorbei, – und hier, mitten im Flussbett ließen sie durch eine Schar Gefangener ein Grab schaufeln und versenkten in seinen Schoß den König Alarich mit vielen Schätzen. Dann leiteten sie die Wogen wieder in ihr altes Bett zurück. Und damit von niemandem der Ort gefunden würde, brachten sie alle um, die dabei mitgegraben hatten. Die Herrschaft über die Visigoten übertrugen sie dem Athaulf,[317] einem Blutsverwandten von Alarich, von schmucker Gestalt und hohem Geist; denn wenn er auch an Körpergröße nicht so stattlich war, wirkte er doch durch die Schönheit seiner Erscheinung und seines Gesichts sehr ansehnlich.«

Damit endet das dreißigste Kapitel unserer »Gotengeschichte«. Kehren wir noch zu einigen Einzelheiten der Schlacht von Pollentia und den weiteren Ereignissen um Alarich zurück, damit sich das sagenhafte Bild, wie es uns Jordanes hier vorstellt, vervollständigt!

Er marschierte bis 402 auf Mailand los und zwang Kaiser *Honorius* zum Rückzug nach Ravenna. Stilichos Unterstützung durch Waffengewalt wurde nötig. Also griffen 402 die Römer mit Unterstützung der alanischen Kavallerie und unter dem Befehl des Alanen Saul die

317 Athaulf: got. *Aþa-wulf, aþa* ›edel‹, *-wulf* ›Wolf‹, regierte von 410 bis 415 als westgot. König.

Goten außerhalb der Stadt Pollentia während ihres Gottesdienstes an. Obgleich das Gefecht als römischer Sieg gefeiert wurde, war dennoch von einer Schwächung Alarichs wenig zu spüren.

Alarich wurde bei Verona erneut gestellt, jedoch nicht vernichtet. Er zog sich aus Stilichos Reichweite nach Pannonien zurück. Zwischenzeitlich machte *Radagais*, ein ehemaliger Gefährte Alarichs, von sich reden, und er kam mit einer – wie die Quellen sagen – riesigen Gotenmacht daher. Aber die enorme Größe seiner Armee riss ihn ins Verderben. In den Apenninen konnte er sich nicht verpflegen und wurde gleichsam vom Hungertod besiegt. Alarich aber meinte, seine größte Chance würde sich ergeben, wenn er Rom einnähme. Ab September 408 belagerte er die Stadt. Nachdem er Gold, Silber und andere Schätze erpresst hatte, war er bereit, sich zurückzuziehen. Und Kaiser Honorius hielt die Goten lange hin.

Der Senat in Rom ernannte schließlich den Usurpator *Attalus* zum neuen Kaiser, und der machte nun seinerseits Alarich zum *Magister militum* und seinen Verwandten *Athaulf* zum Befehlshaber der Palastkavallerie. Alarich riet, man solle Streitkräfte nach Afrika schicken, um diese Provinz zu erobern, doch Attalus glaubte an Wahrsager und meinte, ihm werde alles kampflos zufallen. Unter der Führung des Generals *Constans* sandte er Krieger nach Afrika und kämpfte dann gegen Honorius in Ravenna. Völlig verängstigt bot dieser dem Attalus eine Reichshälfte an, doch Attalus erwiderte, er werde ihn verbannen und verstümmeln und somit dessen Kaiserwürde zerstören, worauf Attalus wahrhaftig Anstalten machte, nach Konstantinopel zu fliehen.

Da traf die Nachricht ein, in Afrika sei Constans durch den neuen Befehlshaber *Herculian* umgebracht worden. Kein Getreideschiff werde Rom mehr ansteuern. Als in Rom eine Hungersnot ausbrach und Attalus nichts unternahm, setzte Alarich ihn einfach ab. Mit Honorius wollte er sich nun einigen. Zu diesem Zeitpunkt befand sich Galla Placidia, die Schwester des Honorius, als Geisel in Alarichs Händen. Sie ist in der Walthersage das Vorbild für die Gestalt der Hiltgund.

Galla Placidia war die Tochter des Kaisers Theodosius und dessen zweiter Gemahlin Galla, die der Kaiser um 386 geheiratet hatte. Galla Placidia war somit die Halbschwester von Honorius und Arcadius, die von Theodosius erster Frau Placilla abstammten. Wann genau Galla

Placidia die Geisel Alarichs wurde, ist nicht bekannt. Weil Honorius nach der ersten Belagerung Roms sich geweigert hatte, Geiseln zu stellen, und Alarich noch auf eine Übereinkunft mit Honorius hoffte, dürfte aber die Geiselnahme damals wenig wahrscheinlich gewesen sein. Galla Placidia fiel wohl nach der zweiten Belagerung Roms und der Erhebung des Attalus zum Gegenkaiser im Jahre 409 in die Hände Alarichs.

Nach der vorläufigen Beseitigung des Attalus zog Alarich mit seinen Truppen vor Ravenna und wollte hier mit Honorius verhandeln. Da machte der westgotische Heerführer *Sarus*, der auf Honorius Seite stand, mit dreihundert Goten plötzlich einen Ausfall. Sarus hatte einst unter Stilicho gedient, sich nach Stilichos Tod mit seinen Goten zurückgezogen und war neutral geblieben. Wegen eines Streites, dessen Grund man nicht genau kennt, war Athaulf jedoch mit Sarus verfeindet. Als Athaulf vom Aufenthalt des Sarus in Picenum erfuhr, griff er ihn an. Sarus musste flüchten und trat zu Honorius über. Olympiodorus, ein griechischer Historiograph, nannte Sarus sogar einen Teilkönig der Goten. Aber die Gefolgschaft unter Sarus zählte nicht zu Alarichs Leuten.

Zurück zur Schlacht von Pollentia. Die Römer begannen sie mit einem Angriff ihrer gefürchteten, aus Alanen bestehenden Kavallerie. Und zunächst wichen die Goten vor dem Ansturm der Römer zurück, doch konnte Alarich den Angriff bald zum Stehen bringen. Dann fiel der alanische Anführer, und die Gegner öffneten die Flanke. Es entstand Verwirrung. Nach erbittertem Ringen gelang es den Römern, das feindliche Lager mit der Beute zu erobern und die Gefangenen zu befreien. Jordanes schreibt zwar, Alarich habe gesiegt, aber nach Prosper Tiro endete die Schlacht unentschieden.[318] Wenig später verhandelte Stilicho erneut mit Alarich, und 403 kam es erneut zu Kämpfen, und das Blut der Goten soll sogar die *Etsch* und das Ionische Meer rot gefärbt haben. Hunger, Seuchen und Hitze brachten es mit sich, dass größere Kriegerscharen von Alarich abfielen, sodass er keinen Kampf mehr wagen konnte und nach Illyrien zurückging. 405 erschienen die Scharen des Radagais,[319] die Stilicho mit hunnischen und gotischen Hilfstruppen vernichtete.

318 Prosper Tiro, Epitoma Chronicon, 405, S. 464.

319 Radagaisus: ostgot. Heerführer 405–406.

Noch im Jahre 404 oder 405 schlug Stilicho dem Gotenkönig ein Bündnis vor, und man verpflichtete sich zu gegenseitiger Unterstützung und tauschte Geiseln aus.[320] Stilicho machte Alarich sogar zum *Magister militum* mit der Absicht, dadurch oströmische Gebiete für Westrom zu erobern. 407 hatte Alarich schon den diesbezüglichen Feldzug vorbereitet und wartete auf Stilicho, der jedoch nicht mehr kam. In Britannien war nämlich Konstantinus zum Gegenkaiser [Usurpator 407–411] ausgerufen worden. Als nun Alarich Entschädigung für seine Kriegsrüstungen forderte, übersandte ihm der Senat tatsächlich 4 000 Pfund Gold.

Sehr bald nun braute sich Unheil über Stilicho zusammen. Um 408 beschuldigte man Stilicho, er wolle den noch sehr jungen Kaiser Theodosius, den Sohn des unterdessen verstorbenen Arcadius stürzen und seinen eigenen Sohn Eucherius auf den oströmischen Thron setzen. Der Grieche Olympius entfesselte eine Kampagne gegen die Anhänger Stilichos, und zahlreiche seiner Offiziere wurden hingerichtet. Stilicho suchte Hilfe beim weströmischen Kaiser Honorius[321] in Ravenna, doch der befand sich längst in der Gewalt des Olympius. Herculian ließ Stilicho in einer Kirche verhaften, und man verhängte über ihn die Todesstrafe wegen Hochverrats.

Nach Stilichos Tod [† 408] verfolgten die Römer überall mordend die germanischen Verbündeten Stilichos. 30 000 liefen zu Alarich über und forderten einen Krieg gegen Westrom. Aber Alarich schien nach dem Austausch von Geiseln eher bereit, nach Pannonien abzuziehen. Übrigens, Alarich forderte hier *Aëtius* als Geisel, der schon in hunnischer Geiselhaft gewesen war. Hier könnte sich eine Parallele zur Sage des *Waltharius* ergeben, wo Etzel bekanntlich Hagen von Tronje als Geisel verlangte. Der unfähige Honorius verhielt sich jedoch ablehnend. Da fiel Alarich erneut in Italien ein, ohne auf seinen Schwager Athaulf zu warten, der mit gotischen und hunnischen Truppen noch in Pannonien verblieben war. Ravenna war schwer einzunehmen. Dort hielt sich der kaiserliche Hofstaat auf. Deshalb ließ es Alarich beiseite und wandte sich erneut gegen Rom, wo man unterdessen Stilichos Sohn *Eucherius* hingerichtet hatte. Ende 408 begann Alarich mit der

320 Zosimus, Neue Geschichte, 5. Buch, Kap. 26.
321 Honorius regierte von 395–423.

Belagerung Roms, da erdrosselte man auch Stilichos Gattin *Serena*. Die nun folgende Hungersnot in der Stadt rief sogar Kannibalismus und Seuchen hervor. Viele Sklaven liefen zu Alarich über. Und Honorius, immer noch in Ravenna, versprach zwar Hilfe, leistete sie aber nicht.

Als man anbot, man wolle bis zum letzten Mann kämpfen, soll Alarich nach Zosimus geäußert haben: »Dichteres Gras mäht sich leichter als dünneres!«

Aber nach Zahlung von 5 000 Pfund Gold, 30 000 Pfund Silber und 4 000 Seidengewändern hob der Gote die Belagerung auf. Die meisten Sklaven Roms schlossen sich Alarich an, sodass dessen Heer bis auf 40 000 Mann anschwoll.

Nun langte auch Athaulf mit seinen Mannen bei Alarich an, doch unvermittelt griffen Hunnen ihn bei der Belagerung Pisas an und brachten wohl mehr als 1 000 Goten um. Olympius wurde gestürzt und von Constantius getötet, und die Macht am Hofe übernahm ein *Präfekt praetorio* namens *Jovius*. Alarich verlangte nun Venetien, Noricum und Dalmatien als Siedlungsgebiete. Doch Honorius entgegnete hochmütig, Alarich könne zwar Gold und Getreide erhalten, aber ihm nie als Feldherr dienen. Das brachte Alarich in helle Wut. Erneut belagerte er danach Rom und verlangte, die dortigen Bewohner sollten Honorius absetzen.

Alarichs Winkelzüge sind schwer durchschaubar. Jedenfalls steht folgendes fest: Alarich wandte sich wieder gegen Rom. Aber jene spektakuläre und berüchtigte Eroberung der Stadt im Jahre 410 selbst kennen wir nur bruchstückhaft. Man nimmt an, dass im Innern der Stadt das *Salarische Tor* verräterisch geöffnet wurde, wodurch die Goten in die Stadt gelangten. Am 23. August 410 jedenfalls wurde Rom, das jahrhundertelang keine brandschatzenden Gegner mehr in seinen Mauern gesehen hatte, durch die Goten erobert. Mehrere Tage plünderte und verwüstete man die ganze Stadt. Die Verheerungen waren aber nicht so schrecklich, wie man annehmen könnte. Alarich befahl nämlich die Schonung der heiligen Orte. Anekdotenhaft wird erzählt, ein Gotenkämpe habe in einem geistlichen Haus einen Goldschatz gefunden. Die Hausherrin sagte, der Schatz sei dem heiligen Petrus gewidmet. Der Gote alarmierte Alarich, der daraufhin in feierlicher

Prozession alle Gefäße der Christen in die Petrus-Kirche schaffen ließ. Dennoch gerieten den Westgoten beträchtliche Reichtümer in die Hände.[322]

Der legendäre Schatz der Goten, den Alarich aus Rom entwendete, taucht übrigens häufiger in Sagen auf. Die Idee vom Nibelungenschatz geht wohl teilweise darauf zurück. Die Berichte des Orosius über die Plünderungen wirken glaubhaft. Es kam damals nur selten vor, dass irgendwer eine Stadt eroberte und Gebäude, Kirchen und Menschenleben verschonte. Reiche Wohnhäuser waren damals die Ziele, und einige auf dem Aventin, dem Caelius und Quirinal wurden vollständig zerstört. Auf dem Forum stahl man aus der Basilika Teile des Silbers. Dazu ist überliefert, dass Goten über den jüdischen Schatz herfielen, den Titus aus Jerusalem nach Rom verschleppt hatte. Manche Kleinodien wurden vergraben wie der Schatz auf dem Esquilin, worin sich die Hochzeitsschatulle einer Dame mit Namen Projecta befand. Auch ohne Augustinus' Mitteilungen kann man leicht ermessen, wie viele Einwohner trotz Alarichs Schonungsbefehl umkamen oder Schaden erlitten. Aber schon nach wenigen Tagen war alles überstanden. Die Goten zogen mit ihrer Beute und den Gefangenen durch Kampanien nach Kalabrien hinunter. Erneut hatte sich Alarich, wie dies in Jordanes' Kapitel 30 zu lesen steht, in den Kopf gesetzt, nach Afrika zu gehen, und er brauchte eine Flotte, die ihn über Sizilien bringen würde.

Sehr übel war das Wetter, und Alarich wurde krank. Als er plötzlich starb, war damit die gotische Bedrohung zu Ende. Hätte er Afrika erobert und wären ihm die dortigen Getreidemengen in die Hände gefallen, so wäre er Alleinherrscher des Westens und Stilichos Nachfolger geworden. Alarich hatte das Zeug, ein stabiles Königreich für die Westgoten in Italien zu errichten. Schön erzählt Jordanes noch die Busento-Sage, dass seine Anhänger ihn in einem Flussbett bei Cosenza beisetzten. Aber das Gotenvolk hatte das gelobte Land noch immer nicht gefunden. Noch weit sollte der Weg von der Donau bis nach Spanien werden. Noch war man heimatlos.

Wir haben gelesen, dass die Goten die Stadtmauer an der Nordseite, am *Salarischen Tor,* durchbrachen, und zwar in der Nähe des Monte Pincino und der Gärten des Sallust. Nunmehr, in Kapitel 31, lesen wir,

322 Isidor, Geschichte der Gothen, Kap. 18, S. 7f.

wie der Nachfolger *Athaulf* zum König ausgerufen wird. Geschickt führt uns die »Origo Gothica« zurück zu diesem harten Mann, der bald erkannt hatte, dass mehr zu erreichen war, wenn er das Zentrum römischen Macht nicht direkt angriff. Orosius' berühmter Bericht über das Wort des Athaulf gegenüber einem Römer, dass er nunmehr seine Haltung zu Rom geändert habe, war eine deutliche Aussage eines Barbaren, der den Traum ausgeträumt hatte, Rom ausradieren und »Gothia« an dessen Stelle setzen zu können.

Folgender Text des Jordanes im nächsten Kapitel[323] schließt über Athaulf hier an, und der ist nicht sehr freundlich.

Kapitel 31

Athaulf und Placidia

Wir lesen:

XXXI. »Als dieser [d. i. Athaulf] die Herrschaft übernommen hatte, kehrte er wieder nach Rom zurück. Was etwa von der ersten Heimsuchung übrig geblieben war, das fraß er kahl wie die Heuschrecken! Er raubte in Italien nicht allein den einzelnen Besitzern die Reichtümer, sondern er nahm auch die des Staates weg, ohne dass der Kaiser Honorius es irgendwie vermocht hätte, ihm zu widerstehen. Auch dessen Schwester *Placidia*, Kaiser Theodosius' Tochter von seiner zweiten Gemahlin, führte er als Gefangene aus der Stadt mit sich. Mit dieser indessen vermählte er sich bald wegen ihres edlen Geschlechts, ihrer schönen Gestalt und ihrer unbefleckten Keuschheit in einer richtigen Ehe in Forum Julii, einer Stadt der Emilia [414].[324]

Durch diese Verbindung sollten zugleich die fremden Völker, wenn sie die Kunde davon vernähmen, dass das Römische Reich mit den Goten vereinigt worden war, wirksamer abgeschreckt werden. Den Kaiser Honorius verließ er, obschon er von jeglicher Macht entblößt war, doch immerhin als seinen Verwandten in dankbarer Gesinnung

323 31. Kap., §§ 159–163.

324 Hier irrt Jordanes. In Wirklichkeit war es wohl in Gallia Narbonensis, d. h. Narbonne in Frankreich!

und zog nach Gallien weiter. Als er hier [in Frankreich] angekommen war, fingen die Nachbarvölker an, die ehemals Gallien grausam befehdet hatten, also Franken und Burgunder, ganz erschreckt sich in ihren Gebieten zurückzuhalten. Die oben genannten Vandalen und Alanen indessen saßen mit Erlaubnis der römischen Kaiser [noch] in den beiden Provinzen Pannoniens. Aber auch sie marschierten, da sie auch hier ihre Sicherheit aus Angst vor den Goten gefährdet glaubten, falls sie zurückkehren würden, nach Gallien hinein. Später aber flohen sie auch aus diesem Land, das sie kaum erst besetzt hatten, und schlossen sich in Spanien ein, indem sie sich – noch durch die Erzählungen ihrer Ahnen – erinnerten, welchen Schaden einst Gotenkönig *Geberich*[325] ihrem Volk zugefügt und wie er sie durch seine Tapferkeit aus der Heimat vertrieben hatte.

Wegen all dieser Umstände also lag Gallien offen und ungeschützt da vor dem heranziehenden *Athaulf*. Nachdem der Gote allerdings seine Herrschaft in Gallien gefestigt hatte, bekam er Mitleid mit den Spaniern, und er beschloss, sie von den Einfällen der Vandalen zu befreien. Er ließ seine Schätze mit einigen Getreuen und dem nicht kriegsfähigen Volk in *Barcelona* zurück und betrat das Innere Spaniens. Hier kämpfte er häufig mit den Vandalen, fiel aber im dritten Jahr seit der Unterwerfung Galliens und Spaniens durch die Hand eines Mannes namens Everwulf,[326] der ihm sein Schwert in die Eingeweide bohrte, weil jener seine Gestalt stets zu bespötteln pflegte. Nach seinem Tod wurde *Segerich*[327] zum König eingesetzt; aber auch er wurde durch die Tücke der Seinen bald getötet und verlor noch schneller Leben und Herrschaft.«

Soviel zum Text des vorstehenden 31. Originalkapitels. Und auch hier scheint es nötig, einige erläuternde Zusätze zu machen, um zu zeigen, wie Athaulf sich dem Römerreich anpasste. Denn falls man in der Römischen Welt leben wollte, musste man wie ein Römer auftreten, und der Anführer musste wie ein Kaiser herrschen, meinten die Ratgeber. Nun, im Jahr 414 also heiratete Athaulf tatsächlich auf den Rat jenes

325 Geberich: got. *Giba-reik, giba-* ›Gabe‹; besiegte die Vandalen.

326 Everwulf: got. *Ibr-wulf, ibr-* ›Eber‹. Auch *Dubius* genannt; er tötete 415 den Athaulf.

327 Segerich: got. *Sigis-reik, sigis-* ›Sieg-‹. Ein Bruder des *Sarus*, westgot. König 415.

Römers hin in *Narbonne* die römische Prinzessin Galla Placidia, und zwar nach römischem Brauch. Diese Dame war, wie Jordanes erzählt hat, im Jahr 410 (von Alarich) in Rom gefangen genommen und seither als Geisel gehalten worden. Sehr spektakulär ehelichte der gotische König Athaulf, der nun eine Wolltunika eines römischen Bräutigams anzog, die vornehme, in ein Festtagsgewand gekleidete Frau und danach sah man das Paar, wie es einem Hochzeitslied lauschte, das ihnen ein ehemaliger Kaiser vorsang, so jedenfalls die Überlieferung.

Niemanden scherte es, dass viele Geschenke aus Gold und Edelsteinen, mit denen die Braut geehrt wurde, ein paar Jahre zuvor aus Rom geraubt worden waren. Römer und Visigoten kamen durch diese Hochzeit enger zusammen, und das bald geborene Kind erhielt einen kaiserlichen Namen, nämlich *Theodosius*. Doch urplötzlich war ja diese gotisch-römische Liaison zu Ende, als nach nur einem Jahr Athaulf von seinen eigenen Gefolgsleuten umgebracht wurde. Wieder war man in einer schlimmen Situation, und in Südgallien lebte man elendig von römischen Zuschüssen. Doch der römische Befehlshaber *Constantius* schnitt auch diese Hilfe ab und bedrängte die Westgoten vom Meer her. Da flüchteten viele nach Nordspanien und versuchten, nach Afrika überzusetzen. Aber als man Lebensmittel bereitstellte, stimmten die Goten zu, mit den Römern gegen die Vandalen in Spanien zu kämpfen. 418 rief Constantius sie zurück und siedelte sie in der Provinz *Aquitania Secunda* an, und dort zwischen der Garonne und der Loire blieben sie dreißig Jahre lang passiv unter schwachen Gotenhäuptlingen, bis der Hunneneinbruch von 451 sie aufschreckte.

Aber ihr zugewiesenes Land war ja das Beste in Gallien, mit Weinbergen, üppigen Wiesen und reichen Ernten. Die gotischen Könige benutzten nun *Toulouse* als eigentliches Machtzentrum, was beweist, dass dort an der Garonne, wo noch viele römische Villen existierten, ihr eigentliches Einzugsgebiet war. Über die Geschichte des Königreichs, das von gotischen Königen in Toulouse und Bordeaux gesteuert wurde, weiß man wenig. Sicherlich wurde in der langen Regierungszeit des ersten Westgotenkönigs Theoderid[328] (418 bis 451) ein mit Constantius eingegangener Vertrag von den Goten eingehalten.

328 Auch mitunter als Theoderid I. geführt. Sohn oder Schwiegersohn Alarichs I.?

Der Hunneneinfall in Gallien im Jahre 451 stellte Theoderids Treue zum römischen Bündnis kaum auf die Probe. Die Westgoten konnten durch die Anwesenheit der Hunnen in Gallien gar nichts gewinnen. So bildeten sie den Kern einer römisch-westgotischen Armee, die den Vorstoß der Hunnen nach Gallien auf den *Katalaunischen Feldern* beendete. Theoderid I. kam auf dem Schlachtfeld um, aber sein gleichnamiger Sohn hielt am Bündnis mit Rom fest.

Blicken wir nun wieder auf den Text des Jordanes im zweiunddreißigsten Kapitel,[329] in welchem ein anderer Gotenkönig *Valia* bzw. Wallia (415–418) präsentiert wird!

Kapitel 32

Ein Gote namens Wallia

Wir lesen dort:

XXXII. – »Danach wurde – nunmehr schon als der vierte König seit Alarich – ein Gote mit Namen Wallia[330] zum König eingesetzt, ein ziemlich strenger und kluger Mann. Gegen ihn schickte der Kaiser *Honorius*[331] aus Furcht, er könnte das lange vorher mit Athaulf geschlossene Bündnis brechen und nach der Vertreibung der Nachbarvölker wieder gegen das Reich Angriffe im Schilde führen, den *Constantius*[332] los, einen tüchtigen und schlachtenberühmten Kriegsmann, und zwar mit einem Heer. Zugleich hatte er auch den Wunsch, seine Schwester [Galla] Placidia von der Schmach der Unterdrückung zu befreien, und so machte er mit Constantius aus, er solle sie mit Waffengewalt oder auf friedlichem Wege, kurz – auf jede mögliche Weise, wie er es nur könne – in sein Reich zurückführen. Dafür wollte er sie ihm zur Frau geben.

Hierauf marschierte Constantius frohlockend mit einer Menge Bewaffneter und fast schon königlicher Ausrüstung nach Spanien. Der

329 Kap. 32, §§ 164–166.
330 Wallia: got. *Valja* ›Auserwählter‹, westgot. König 415–418.
331 Honorius: weström. Kaiser, herrschte von 395 bis 423.
332 Constantius III: Magister militum; zeitweilig regierte er 421 zusammen mit Honorius.

Gotenkönig Wallia ritt ihm mit einer nicht weniger stattlicher Streitmacht bis zu Ausgängen der Pyrenäen entgegen.

Hier aber erzielte man Einverständnis durch beiderseitige Gesandtschaften, und zwar für einen Vertrag des Inhalts, dass der Gote die Placidia, die Schwester des Kaisers, zurückgeben und in Fällen der Not dem Römischen Reich Hilfe zukommen lassen solle. Es hatte nämlich ein gewisser *Konstantin* damals [407] in Gallien die Herrschaft an sich gerissen und seinen Sohn *Konstans*, der zuvor Mönch gewesen war, zum Kaiser gemacht. Aber nicht lange behaupteten sie das angemaßte Reich, vielmehr wurden sie bald von den verbündeten Goten und Römern getötet [411], und zwar er selbst in Arelatum [Arles], sein Sohn aber in Vienna. Nach ihnen fanden Jovin und Sebastian, die mit gleicher Frechheit das Römische Reich in Besitz nehmen zu können glaubten, ebenso ihren Tod [412].

Im zwölften Jahr der Regierung Wallias, als auch die Hunnen nach nahezu fünfzigjährigem Besitz Pannoniens von Römern und Goten vertrieben wurden, sah der Gotenkönig die Vandalen in seinem Gebiet, das heißt in Spanien, voll kühner Verwegenheit nach ihrem Abzug aus dem inneren *Galicien* hervorkommen, von wo sie schon Athaulf vertrieben hatten, und alles verwüsten, ungefähr in der Zeit, da *Hierius* und *Ardabures* Konsuln geworden waren [427]. Da marschierte er sogleich mit einem Heer gegen sie los.«

Das ist der originale Wortlaut der »Origo Gothica« in diesem 32. Kapitel. Nun, immerhin findet Jordanes in diesem Abschnitt auch Zeit, ein wenig auf die Zeitverhältnisse einzugehen. Er nennt uns die Namen von vier Usurpatoren, die er mit wenigen Worten abstraft. Und er beschäftigt sich mit dem König *Wallia*, der – wie er mitteilt – mehrere Jahre den Westgoten vorstand. Aber zwölf Regierungsjahre oder gar mehr waren dem Wallia – wie wir es fälschlich bei Jordanes lesen – nicht beschieden. Er starb bereits 418. Aber offenbar beherrschte er schon relativ moderne Regierungsmethoden.

Hier sei nochmals auf das nun schon länger zurückliegende Zwischenspiel des Goten *Radagaisus* hingewiesen. Dieser Gote benahm sich noch ganz wie ein archaischer Heerkönig, doch römische oder hunnische Anerkennung blieb ihm versagt. Vielmehr störte er das

Gleichgewicht im römischen wie im hunnischen Herrschaftsgebiet. So wehrten ihn beide Kräfte gemeinsam ab. Der Radagaisus-Angriff zerschellte beim florentinischen Faesulae (Fiesole), wo fast jeder dritte Gotenkrieger fiel, und endete mit der Hinrichtung seines Anführers am 23. August 406. Nach seinem Untergang schien es nötig, weitere gotische Alleingänge zu verhindern. Die gotisch geprägten Völker der Hunnen bewahrten so ein Königtum, das wie das balthische Herrscherhaus im Römerreich konsolidierend wirkte und gleichsam den Vorfahren Theoderichs des Großen nützte. Deutlicher als die Amaler zogen die Alarich-Goten ihren Gewinn aus dem Untergang des Radagaisus, der angeblich Hunderttausende auf die Beine gebracht haben soll. Sind auch die Zahlen übertrieben, da Stilicho seinen Widersacher mit ca. 30 000 Mann besiegte, war es doch eine erhebliche Katastrophe, als große Mengen der gefangenen Radagaisus-Goten in die Sklaverei verkauft wurden. Zwölftausend Mann übernahm Stilicho ins Reichsheer. Aber die damals von Zeitgenossen vertretene Meinung, das »Volk der Goten« sei »auf ewige Zeiten ausgelöscht« war natürlich verkehrt.

Gehen wir noch etwas genauer auf die Westgoten unter Wallia ein! Mitte September 415 wurde *Wallia* gegenüber mehreren Anwärtern zum Gotenkönig gewählt. Ursprünglich sollte er den Krieg gegen die Römer fortführen. Dazu hätte er indessen zuerst den General »Hunger« besiegen müssen. Verspottet, doch sonst von den Vandalen und ihren Verbündeten in Ruhe gelassen, durchzogen seine Goten die Iberische Halbinsel. Ihr Ziel war und blieb Afrika. Für dieses Mal sollte Alarichs Plan, der alle Schwierigkeiten zu überwinden schien, endlich verwirklicht werden. Die Goten waren aber auch im letzten Jahrzehnt keinesfalls seetüchtiger geworden, sodass sogar für sie die bloß zwölftausend Schritte breite Straße von Gibraltar zum entscheidenden Hindernis wurde. Das Unternehmen misslang. Schon damals trennten sich wahrscheinlich vom Hauptstamm einzelne gotischen Gruppen, die später mit den Vandalen tatsächlich nach Afrika gingen.

Im Moment allerdings blieb als einziger Ausweg nur übrig, sich den Römern zu unterwerfen. Im Frühjahr 416 kapitulierte Gotenkönig Wallia vor Constantius und bekam dafür eine Getreidemenge, die ein Jahr lang 15 000 Krieger mit Anhang versorgen konnte. Und dazu gab es den Auftrag, Spanien von allen inneren Feinden zu säubern. Zu dem Zweck mussten, wie wir soeben bei Jordanes lasen, die Goten die Witwe Athaulfs ausliefern und Geiseln stellen. Dass man dabei vorwiegend gegen die verhassten Vandalen und Alanen vorging, versteht sich von selbst. Von den Silingen in Südspanien schloss sich der überlebende Rest den Hasdingen an. Dann marschierte Wallia gegen die Alanen, die sich auch den Hasdingen unterstellten. In Nordwestspanien aber hielten Sueben und Vandalengruppen zusammen. Beide Völkerschaften scheinen von den Goten nicht angegriffen worden zu sein. Wallias Tochter hatte nämlich einen *suebischen* Häuptling geehelicht. Dies war vielleicht die Ursache, dass die Goten sie nicht anfielen. Doch auch die Hasdingen wurden verschont. Die Sueben blieben wohl auch deswegen unbehelligt, weil Wallia den Heereszug auf Befehl des Constantius beenden musste. Zwei Jahre hatte Gotenkönig Wallia den spanischen Krieg »im römischen Namen«[333] geführt. Dann kehrte er mit seinen Leuten nach Gallien zurück. Dem Vertrag von 416 sollte eine nach römischem Brauch vollzogene Ansiedlung folgen. Doch erlebte Wallia dies alles nicht mehr; denn er verstarb noch im Jahre 418. Aber in Spanien hatten die Goten nunmehr gezeigt, wie sie dort zu kämpfen vermochten.

Kehren wir nun wieder zum Originaltext zurück!

Wichtig für die frühe Vandalen-Geschichte ist das nächste Jordanes-Kapitel, worin wir – es ist länger als andere! – eigentlich erstaunlich viel über diesen Stamm erfahren, der ja mit den Goten von Anfang an in einer engen Berührung, jedoch auch Gegnerschaft, stand.

333 *Romani nominis causa* (im römischen Namen): zit. nach Herwig Wolfram, Die Goten, S. 177.

Kapitel 33

König Geiserich und seine Vandalen

Über den Vandalenkönig Geiserich lässt sich nun Jordanes in seinem nächsten Kapitel[334] mit folgendem interessanten Text aus. Wir lesen wörtlich:

XXXIII. »Aber schon war der Vandalenkönig Geiserich [428–477] von Bonifacius[335] nach Afrika eingeladen, der – von Kaiser Valentinian[336] beleidigt – sich nicht anders als dadurch rächen konnte, als dass er das Unglück des Reiches heraufbeschwor. Dieser also lud sie, d. h. die Vandalen, mit mancherlei Bitten zu sich ein. Darauf setzten sie an der schmalsten Stelle über, die die *Gaditanische Meerenge* heißt, durch einen Zwischenraum von kaum 7 000 Schritten Spanien von Afrika trennt und sich als Mündung des *Tyrrhenischen Meeres* in den Ozean ergießt.

Geiserich, der nun durch das Unglück der Römer weltberühmt geworden war, erwies sich als von mittlerer Größe, hinkte infolge eines Sturzes vom Pferd, wälzte stets tiefe Gedanken mit wenig Worten und war ein Verächter jeglicher Üppigkeit, jähzornig, habgierig, sehr darauf bedacht, die Völker gegeneinander zu hetzen: Stets schien er bereit, den Samen der Zwietracht auszustreuen, um unter den Völkern Hass zu erregen.

Dieser Mann also betrat – wie erwähnt – auf die Einladung des Bonifacius Afrika, wo er, wie man sagt, von der Gottheit selbst[337] ein gewaltiges Ansehen erhielt und lange herrschte. Vor seinem Tod berief er die Schar seiner Söhne zu sich und setzte, um jeden Streit um die Erbfolge zu verhüten, genau fest, wie jeder nach seinem Alter und den ihm zukommenden Ansprüchen ihm nachfolgen sollte, sofern er den anderen überlebte, und zwar folgte dem älteren der nächstjüngere und diesem wieder der nächste!

Da sie dies lange Jahre hindurch beachteten, besaßen sie glücklich die Herrschaft und besudelten sich nicht, wie andere Völker es zu oft

334 Kap. 33, §§ 167–175.

335 Bonifatius: weström. *Magister utriusque militiae* (Anführer beider Heeresteile).

336 Valentinian III., weström. Kaiser, regierte von 425 bis 455.

337 Jordanes meint hier sicherlich *Wotan/Odin*, den obersten Germanengott, wenn er auch keinen Namen nennt. Es ist nicht glaubhaft, dass er schon auf christl. Verbindungen anspielt.

zu tun pflegen, durch Bürgerkriege, sondern herrschten, indem sie der Reihe nach, einer vom anderen, die Herrschaft übernahmen, in Frieden über ihre Völkerschaften.

Ihre Reihe und Nachfolge aber war folgende: Der erste war Geiserich, der Vater und Herr, der folgende hieß *Hunerich*,[338] der dritte *Gunthamund*,[339] der vierte *Thrasamund*,[340] der fünfte *Ilderich*.[341] Nachdem diesen Mann zum Unglück seines Volkes, die Vorschriften seines Ahnherrn missachtend, ein gewisser *Gelimer*[342] aus dem Reich vertrieben und getötet hatte, maßte jener sich die Herrschaft an. Aber mitnichten blieb ungestraft, was er getan hatte! Denn bald traf ihn die Rache des Kaisers Justinian,[343] und mit seinem ganzen Geschlecht und allen seinen Schätzen, auf denen er wie ein Räuber lag, wurde er durch den berühmten [General] Belisar nach Konstantinopel gebracht, Belisar – der Heermeister des Ostreichs, der ehemalige Konsul und Patricius! Hier bot er, dieser Gelimer, dem Volk im Zirkus ein großes Schauspiel und bereute seine Taten zu spät, weil er sich vom Gipfel seiner königlichen Macht herabgestoßen sah. Und ins private Leben zurückverwiesen, mit dem er sich nicht hatte begnügen wollen, starb er alsbald.

So wurde Afrika, das bei der Einteilung des Erdkreises als der dritte Weltteil bezeichnet wird, nach ungefähr hundert Jahren vom Joch der Vandalen befreit und in die Freiheit des Römischen Reiches zurückberufen; und wie lange es eine Barbarenschar auch wegen der Feigheit seiner Herren und der Untreue der Feldherrn vom Körper des Römischen Reiches abgerissen hatte – damals jedenfalls wurde es von einem klugen Herrn und treuen Feldherrn zurückberufen und erfreut sich dessen noch heute [d. i. 551, als Jordanes das Vorliegende schrieb].

Zwar musste es auch nach diesem [Zeitpunkt] eine Zeit lang seine Zerrüttung durch Bürgerkriege und durch die Treulosigkeit der Mauren beklagen; aber der Triumph des Kaisers Justinian, der ihm von Gott verliehen wurde, brachte es bis zum völligen Frieden. Doch wozu

338 Hunerich: got. *Huni-reik, huni-* ›Kraft, Stärke‹. Dieser Vandalenkönig regierte von 477 bis 484.

339 Gunthamund: got. *Gunþa-mund, gunþa-* ›Kampf‹, *-mund* ›Schutz‹.

340 Thrasamund: got. *Þrasa-mund, Þrasa-* ›grell, heftig‹; regierte 496–523 bei den Vandalen.

341 Ilderich: got. *Hildi-reik, hildi-* ›Kampf-‹; herrschte von 523 bis 530 als Vandalenkönig.

342 Gelimer: got. *Gaila-mer, gaila-* ›froh‹; letzter Vandalenkönig 530–533.

343 Justinian I.: oström. Kaiser 527–565.

sollen wir hier über etwas berichten, was unser Gegenstand gar nicht erfordert? Kehren wir stattdessen zu unserer Aufgabe zurück!

Wallia, der Gotenkönig, wütete mit den Seinen so sehr gegen die Vandalen, dass er sie sogar in Afrika verfolgen wollte, hätte ihn nicht dasselbe Unglück erreicht, das ehedem auch den Alarich betraf, als der nach Afrika wollte: Weithin berühmt in den spanischen Landen kehrte er, nachdem er einen unblutigen Sieg errungen hatte, nach *Tolosa* zurück. Dem Römischen Reich überließ er nach der Vertreibung der Feinde einige Provinzen, wie er es versprochen hatte, aber er selbst wurde nach langer Zeit[344] von einer Krankheit befallen und schied so aus dem irdischen Leben.

Gerade zu dieser Zeit übersiedelte *Berimu(n)d*, der Sohn Thorismunds, von dem wir oben beim Verzeichnis der Amaler gesprochen haben, mit seinem Sohn *Witirich*[345] von den Ostgoten, die immer noch in *Skythien* unter der Unterdrückung der Hunnen seufzten, in das Reich der Visigoten. Denn er war sich der Vortrefflichkeit und des hohen Adels seines Geschlechts wohl bewusst und glaubte, dass ihm von seinen Verwandten deshalb leichter die Führung übertragen werden würde – ihm, der als der Erbe vieler Könige bekannt war!

Wer sollte denn auch bei einem Amaler Bedenken tragen, ihn zu wählen, selbst wenn er ohne Thron war? Aber, er wollte eben nicht einmal sehr mit dem prahlen, was er war! Und jene hatten ja nach Wallias Tod den *Theoderid* zu dessen Nachfolger gemacht! Zu ihm kam nun Berimund und unterdrückte durch seine edle Seelenstärke mit gefälligem Schweigen die Hoheit seines Stammes. Er wusste schließlich, dass den Herrschern die Abkömmlinge von einem königlichen Stamm immer verdächtig sind! Er duldete es also, dass man ihn nicht kannte, um nicht dasjenige in Verwirrung zu bringen, was jetzt geordnet war. Auch wurde er, Berimund, mit seinem Sohn von König Theoderid außerordentlich ehrenvoll aufgenommen. Ja, dieser zog ihn in den Kreis seiner Berater und sogar an seinen Tisch, jedoch nicht wegen seines Adels und seines Geschlechts, das er ja nicht kannte, sondern mit Rücksicht auf die Entschlossenheit und Geisteskraft, die dieser gar nicht verhehlen konnte!«

344 Das ist historisch *unrichtig* von Jordanes wiedergegeben!

345 Witirich, got. *Wiði-reik, wiði-* ›Wald, Holz‹, vgl. schwed. *ved* ›Holz‹. Westgot. Häuptling um 439.

Damit schließt dieses Kapitel. Das ist alles, was uns Jordanes über die Geschichte der Vandalen hier zu lesen gibt. Nun, da dies noch nicht viel ist, das Thema »Vandalen« aber enorm umfangreich ist, sollte man es nicht dabei bewenden lassen, sondern einiges hinzusetzen und erläutern. Hier ist der Platz, um erneut etwas – natürlich nicht vieles – über die Vandalen einzufügen, deren Schicksale von vielen Gelehrten und Fachleuten bereits oftmals untersucht wurden. Hier kann es ja nur um die frühe Zeit der Vandalen gehen, als diese noch in ihren alten Siedlungsgebieten lebten, beziehungsweise in enger Nachbarschaft mit den Goten auf dem Balkan ansässig waren.

Das stolze Volk oder eigentlich die Ansammlung von Völkern, die als *Vandalen* bekannt sind (lat. *Vandili* oder *Vandilii*), bildete zu Beginn des Römischen Imperiums eine der Hauptgruppen in Ostgermanien. Ihr Gebiet lag in den weiten Ebenen und Hügeln zwischen Oder und Weichsel. Spätestens im vierten Jahrhundert bestanden – wie oben bereits angedeutet – zwei große Untergruppen der Vandalen, die Hasdingen und die Silingen, die jeweils ihr eigenes Herrscherhaus hatten.

Wie wir bei Jordanes schon lasen, wirkten sich Veränderungen in der politischen Geographie der Gebiete nördlich der Donau im vierten Jahrhundert auf die Vandalen deutlich aus. Letztendlich führten sie zu einer Wanderung weit in den Westen und schließlich ganz aus Europa hinaus. Bereits um 330 n. Chr. wurden die *Hasdingen* von terwingischen Goten angegriffen, die aus dem Karpatenraum nach Westen zogen. Die Vandalen verdrängte man und versuchte, sie in den Provinzen Pannoniens anzusiedeln. Doch dies wurde möglicherweise nur einigen Gruppen gewährt, denn die meisten Hasdingen blieben in der Ebene der Theiß und ihre silingischen Verwandten in Schlesien. Andere Völkerscharen bewohnten diese Regionen und schlossen sich später der Westwanderung der Vandalen an. Dazu zählten die Quaden in der Slowakei und auch die Alanen, die von Osten her nach Pannonien gezogen waren, gute Reiter, die sich von der Masse der westasiatischen Steppennomaden getrennt hatten. Die Vandalen lebten also im späten vierten Jahrhundert mitten in einem Schmelztiegel von Völkern und Kulturen. Die Lage wurde nach 370 durch den Zug der Hunnen nach Westen noch angespannter. In den letzten Jahren des vierten Jahrhunderts schloss sich eine große heterogene Gruppe zusammen und suchte im Westen nach einem sicheren Siedlungsplatz. Den Kern dieser zusammengewürfelten Menge bildeten Vandalen und Alanen, aber auch andere folgten ihnen, sogar römische Provinzbewohner aus Pannonien, die nichts zu verlieren hatten, weil sie nichts Schützenswertes besaßen. Viele der Hasdingen und Silingen blieben an der Theiß zurück und lebten ein halbes Jahrhundert später immer noch dort. Doch diese Völker errichteten keine stabilen Königreiche und spielten in der späteren Geschichte keine Rolle.

Die Vandalenwanderung nach Westen begann um 400 n. Chr. Der Zug führte in die Provinz *Rätien*, wo Stilicho ein Heer für den Kampf gegen die gotischen Eindringlinge in Italien rekrutierte. Bei den wichtigen Schlachten im Jahr 402 in Pollentia und Cremona gegen Alarichs gotische Truppen spielten die Alanen eine bedeutende Rolle. Aber die Hauptgruppe setzte ihren Zug zum Rhein fort und war im Spätjahr 406 in der Lage, sich mit den fränkischen Verbündeten Roms anzulegen und sie zu besiegen. Am Tag vor Neujahr 406/407 überquerten Scharen von Vandalen, Alanen und anderen den zugefrorenen Rhein zwischen Mainz und Worms und drangen tief in Gallien ein. In den nächsten zwei Jahren befand sich der Großteil Galliens in ihrer Gewalt, und sie richteten große Zerstörungen an.

Nach der Massenüberschreitung des Rheins Ende 406 drangen die Vandalen immer weiter südwärts durch Gallien vor. Innerhalb von drei Jahren hatte ihre Hauptgruppe die Pyrenäen erreicht. Anfang Herbst 409 stürmten sie mit den Alanen und Sueben über die Gebirgspässe nach Spanien und stießen dort auf Länder, die zum Widerstand nur dürftig gerüstet waren. Nachdem sie zwei Jahre lang den Reichtum dieser Provinzen genossen hatten, siedelten sich die Hasdingen in *Galicien* und die Silingen in der südlichen Provinz *Baetica* an. Auf Veranlassung von Rom überfielen, wie wir bei Jordanes lasen, Wallia und seine Westgoten diese Siedler im Süden und drohten sie völlig auszulöschen. Aber im Jahr 419 oder 420 zogen die Hasdingen nach Süden, um sich ihren Brüdern anzuschließen und daraus entstand eine Art von vereintem Königreich in *Andalusien*.[346] Wir wissen über diese vandalische Ansiedlung in Südspanien recht wenig, und vielleicht gibt es auch nicht viel zu wissen. Wahrscheinlich handelte es sich schlicht

346 Andalusien: darin der germ. Name der Vandalen: *Vandalusien*.

und einfach um ein Heer von Barbaren auf römischem Boden, das größtenteils vom Land und von dem lebte, was man aus den benachbarten Provinzen entwenden konnte.

Damals waren schon verschiedene Häfen vorhanden, die eine günstige Überfahrt erlaubten. Im Gegensatz zu anderen germanischen Eindringlingen ins Römerreich lernten die Vandalen die Seefahrt und die Piraterie recht rasch. Im Jahr 426 waren sie frech genug, Mauretanien und die Balearen anzugreifen. Zwei Jahre später befand sich der Hafen und der Flottenstützpunkt von *Cartagena* in ihren Händen. Als die reichlich vorhandenen Vorräte von Baetica allmählich zur Neige gingen, lockte auf der anderen Seite der Meerenge der Reichtum Afrikas. Weil sie von einer römischen Expedition nach Baetica im Jahr 422 bedroht und von dem *Comes Africae*, Bonifacius, ermuntert wurden, mit seiner Unterstützung geschlossen nach Afrika überzusetzen, brachten die Vandalenführer *Guntherich* und sein unehelicher Bruder Geiserich (Gaiserich, Genserich) eine große Flotte zusammen. Das haben wir ja auch soeben bei Jordanes in seinem diesbezüglichen Kapitel vernommen. Es handelte sich um den größten *Einzelzug* von Germanen übers Meer, von dem etwas bekannt ist. Plötzlich starb Guntherich bei den Vorbereitungen und Geiserich blieb als der alleinige Lenker des waghalsigen Unternehmens zurück. Doch in ihm besaßen die Vandalen einen der fähigsten germanischen Anführer der Völkerwanderungszeit. Auf militärischem Gebiet entfaltete Geiserich äußerstes Geschick, und er war in politischer Hinsicht rigoros und erbarmungslos, dabei aber auch ein kluger Diplomat, sodass er alle übrigen Germanenkönige an Schläue und Energie übertraf, die ihre Völkerscharen im fünften Jahrhundert ebenfalls in neue Gebiete führen wollten. Geiserich war nicht nur ein Kriegsherr von höchster Autorität, sondern nach seinem Tod redete man von ihm als dem klügsten aller Männer, die jemals solchen Kriegszug unternommen hätten.

Nach der Eroberung Nordafrikas passten sich die Vandalen nicht so einfach der Provinzordnung an, wie dies bei den meisten anderen Barbareneinfällen im fünften Jahrhundert der Fall gewesen war. Auf Beute war Geiserich viel versessener als die meisten anderen Germanenherrscher. Und er war überdies auch entschlossener, das gesamte Römische Reich zu besiegen. Als überzeugter Arianer war er von abgrundtiefem

Hass auf die katholische Kirche erfüllt. Während der vandalischen Invasion sollte kein Bischof, Priester und keine Kirche von seinen Angriffen verschont bleiben.

Die Vandalen versammelten sich im Mai 428 an der Meerenge von Gibraltar, und bei ihnen waren ihre alanischen Bundesgenossen, angeblich 80 000 Menschen, von denen etwa nur ein Viertel Waffen trug. Das war keineswegs eine schrecklich große, furchterregende Armee, falls man sie mit den Garnisonen der riesigen afrikanischen Provinz verglich. Aber diese römischen Provinzkrieger waren seit mehreren Jahrhunderten nicht mehr auf einen so gefährlichen Feind von außen getroffen. Und die Grenzen, die man zu bewachen hatte, erstreckten sich auf über 3 000 Kilometer vom Atlantik bis an den Nil. Verstärkungen aus Italien oder Sizilien waren nicht zu erwarten, da die Vandalenflotte bereits einen Großteil des westlichen Mittelmeers in ihre Gewalt gebracht hatte. Diese Schwächen der Römer können den rasanten Erfolg der Vandalen trotzdem nicht vollständig erklären. Die Willenskraft der römischen Führung scheint wie gelähmt gewesen zu sein, als die Vandalen an der Küste bei *Tanger* landeten. Widerstand fegten die Vandalen rasch beiseite. Innerhalb von zwei Jahren gab es nur drei kleinere Städte in der Küstenregion, die den Eindringlingen standhielten: *Carthago, Cirta* und *Hippo Regius*. Es hatte den Vandalen bei ihrem Sturm nach Osten sehr geholfen, dass sie nicht viel Zeit auf die Nahrungssuche verwenden mussten. Die ungeschützten Landgüter und Tausende von Gehöften an der Küste versorgten sie mit allem, was sie brauchten, sodass sie ihre Energie direkt gegen die Städte, Kirchen, Gräberfelder und Villen einsetzen konnten.

Manches mag an den Schilderungen von dem grausamen Wüten der Vandalen, die über das friedliche Land dahinstürmten, übertrieben sein, doch die Massaker und Plünderungen müssen in diesem reichen und friedlichen Land besonders schrecklich gewirkt haben. Aber es bestehen keine Zweifel an dem Schrecken und der Zerstörung, die das Vandalenheer hinterließ. Die Eindringlinge hatten binnen zwei Jahren die weitgehende Kontrolle über die mauretanischen Provinzen und *Numidien* erlangt. Unter diesen Umständen war Roms Angebot über einen Vertrag das Beste, was man tun konnte, aber das genügte Geiserich überhaupt nicht.

Er konzentrierte sich auf die alte und reiche Provinz *Africa Proconsularis* mit ihren üppigen Getreidefeldern und reichen Villen. Dort sah er sein nächstes Ziel, obschon ihm dies der Vertrag von 435 ausdrücklich verbot. 439 fiel Carthago verblüffend leicht in Vandalenhände, wodurch man einen ausgezeichneten Stütz- und Angelpunkt für maritime Einsätze im westlichen Teil des Mittelmeers erreichte. Ein Jahr später landete eine Vandalenschar auf Sizilien und bedrohte Italien. Erneut ließ sich Geiserich gegen hohe Tributzahlungen auf einen Vertrag ein. Indessen, viel lieber wollte er im Mittelmeer weitere Raubzüge von Spanien bis Griechenland vollführen. 455 überfiel man Spanien und Italien, selbst Rom wurde geplündert.

In den nordafrikanischen Provinzen nahmen die Vandalen selbstredend viel römisches Land und andere Güter in Besitz. Allerdings durften römische Eigentümer mitunter ihre Güter behalten. Einige Vandalen fanden den angenehmen Lebensstil auf einem Landgut so verlockend, dass sie fast selbst zu Römern wurden. Zahlreiche Siedler der Vandalen ließen sich nach 439 im Umfeld von Carthago nieder, andere okkupierten die fruchtbare Ebene von *Cherchel* und *Tipasa* und weite Regionen um die große Felsenfestung *Constantine*. Archäologische Funde über das vandalische Afrika sind äußerst spärlich, und wahrscheinlich wird auch die Zukunft in dieser Hinsicht wenig Ergebnisse bringen. Die besten Aussichten, etwas über die vandalische Landnahme zu finden, liegen in etwa darin, Ausgrabungen in Küstenstädten zu unternehmen, denn diese Gemeinden haben die vandalische Besatzung relativ unverändert überstanden. In Carthago baute man im sechsten Jahrhundert weiterhin Häuser, und Tipasa und Hippo Regius waren auch nach 500 bewohnte alte Städte. Allerdings, es bestand überall eine unüberbrückbare Kluft zwischen den germanischen Vandalen und der einheimischen Bevölkerung. Die Germanenherrschaft konnte im Land keine tiefen Wurzeln schlagen, und rasch kam das Ende, als 533 eine byzantinische Armee unter General Belisar Afrika eroberte. In nur wenigen Monaten wurde das Vandalentum beseitigt, das kaum Spuren hinterließ.

Das sei als Hintergrundinformation über die in Kapitel 33 der »Origo Gothica« mitgeteilten Einzelheiten über die Vandalen hinzugefügt. Vom nächsten Kapitel an wendet sich das Thema. Jetzt geht es vornehmlich um die *Amaler* in Osteuropa.

Die Hunnen

Kapitel 34

Was die »Origo Gothica« über Attila berichtet

Von nun an begibt sich die »Origo Gothica« auf hunnische Spuren, und wir lesen gleich, nachdem wir noch etwas über *Theoderid* und den berühmten *Aëtius* vernommen haben, das Entscheidende über den Hunnenkönig, über den Etzel der Nibelungensage. Es heißt dort wortgetreu:

XXXIV.[347] »Was weiter? Nun, nachdem – um zu wiederholen, was wir oben gesagt haben – Wallia gestorben war, der so wenig Glück gegenüber den Galliern gehabt hatte, folgte ihm der Heil bringende und glückliche Theoderid[348] in der Herrschaft nach, ein Mann von sehr großer Mäßigung und ungemeiner Tüchtigkeit des Körpers und des Geistes. Mit ihm brachen unter dem Konsulat des Theodosius und Festus [439] die Römer den Frieden, verbanden sich mit hunnischen Hilfstruppen und rückten in Gallien ein. Es hatte sie nämlich eine Schar untereinander verbündeter Goten ziemlich aufgescheucht, die unter dem Comes *Gainas* Konstantinopel völlig in Panik versetzt hatten.

Damals befehligte die römischen Söldner der Patricius *Aëtius*, der aus dem tapferen Volk der *Mösier* stammte und in der Stadt Durostorum [bulg. Silistra, unt. Donau] als Sohn des *Gaudentius* geboren worden war. Er war abgehärtet gegen die Mühsal des Krieges und für den Römischen Staat ganz besonders dazu vorherbestimmt, den Übermut der Sueben und die Rohheit der Franken durch große, ihnen zugefügte Niederlagen wieder in die Untertänigkeit des Römischen Reiches zu bringen.

Auch hunnische Hilfstruppen unter der Führung des Litorius[349] bot der Römer Aëtius gegen die Goten auf, und nachdem lange Zeit beide

347 Kap. 34, §§ 176–180.
348 Theoderid I.: auch als Theoderich I. bekannt, westgot. König von 418 bis 451.
349 Litorius: ein gallo-roman. Heermeister († 439).

Teile ihre Heere gegeneinander aufgestellt hatten, gaben sie sich, da keiner schwächer und beide tapfer waren, die Hand und kamen wieder in alter Eintracht zusammen. Von beiden Seiten wurde das Bündnis gefestigt und treuer Friede gewährleistet; dann zogen beide Truppenscharen wieder heim.

Nach diesem Frieden galt *Attila* als der Herr der Hunnen und als alleiniger Beherrscher fast aller Völker Skythiens. Ja, weithin berühmt war er bei allen Völkern! Der Geschichtsschreiber Priskos, der [449] mit einer Gesandtschaft von Kaiser Theodosius dem Jüngeren zu ihm geschickt worden war, berichtet unter anderem mit folgendem Wortlaut davon:

›Wir gingen über gewaltige Ströme, Tisia,[350] Tibisia [Temes] und Drikka,[351] und kamen an den Ort, wo vor langer Zeit Widigoia,[352] der Goten Tapferster, der Tücke der Sarmaten unterlegen war. Von hier war es nicht mehr weit bis zu der Ortschaft, in welcher der König Attila seine Wohnung hatte, eine Ortschaft,[353] sage ich, gleich einer sehr großen Stadt, wo wir hölzerne Gemächer aus glänzenden Planken gefertigt fanden, von deren Gefüge man uns vorlog, es sei so fest, dass die Verbindung des Getäfels kaum zu bemerken sei, auch wenn man sehr scharf hinsehe. Da konnte man auch Speisezimmer sehen von sehr großem Umfang und Säulenhallen in schöner Anordnung. Der Hofraum des Gehöftes aber erstreckte sich so weit, dass schon seine Ausdehnung den königlichen [Burg-]Palast kenntlich machte.‹

Dieses nun war der Wohnsitz des Königs *Attila,* der das ganze Barbarenland beherrschte, solche Wohngemächer zog er den eroberten Städten vor.«

Soweit, so gut. Das, aber nicht mehr, sagt uns das berühmte Hunnenkapitel 34.

Damit sind wir schon mitten im Hunnen-Sagenland. Kein Volk hat soviel Aufmerksamkeit erregt, soviel Kritik von Seiten des katholischen Klerus erfahren wie dieses. Und man weiß recht wenig über

350 Tisia: Tisza – Theiß.

351 Drikka: Drekon, Nebenfluss d. Theiß.

352 Widigoia: *Witige,* der Terwingensieger über die Sarmaten. Weiteres über den möglichen Zusammenhang zum Ostgotenkönig *Vitigis* im Anschluss an Kap. 58.

353 Ortschaft: Forscher haben evtl. Szeged, südöstl. Ungarn, angenommen.

Hunnen-Könige. Wer waren die Vorgänger des berüchtigten Attila? Jordanes nennt beiläufig *Balamber*, dann irgendwann folgte *Uldin*, und mit einer Untersuchung über ihn wollen wir zunächst das vorliegende Kapitel 31 ergänzen, um mehr über das Zusammenwirken von Goten und Hunnen in jenen Jahren nach dem »Hunnensturm« zu erfahren.

Um 400 herrschte offenbar *Uldin* mit seinen Hunnen in Muntenien (rumän. Walachei), und als *Gainas*, der rebellische frühere *Magister militum* und seine gotischen Gefolgsleute über die Grenzen flohen, sammelte Uldin seine Leute und griff die Goten an, wobei Gainas getötet und sein Haupt elf Tage später in Konstantinopel zur Schau gestellt wurde. Gainas wollte zu seinen Landsleuten zurück, und daraus folgt, dass in Muntenien bereits Goten unter hunnischer Herrschaft lebten. Wie weit nach Osten Uldins Reich reichte, ist unklar, aber im Westen erstreckte sich sein Einfluss bis zur *Donau* in Ungarn. Das geht aus dem Bündnis hervor, das er 406 mit Stilicho schloss. Goten unter ihrem König *Radagaisus* – von ihm war bereits die Rede – bedrohten bald darauf die Toskana und sogar Rom. Die Römer waren zu schwach, um diesen Angriff einzudämmen. Stilicho wandte sich an den Hunnen Uldin. Bei *Faesulae* schlossen die hunnischen Hilfstruppen Radagaisus ein, er wurde gefangen genommen und hingerichtet (April 406). Die gotische Nation »für alle Zeiten ausgelöscht«, las man daraufhin auf dem Triumphbogen, der 406, vier Jahre vor der Einnahme Roms durch Alarich, errichtet wurde.

Obschon bei Orosius und Zosimus stark übertrieben wird, kann man doch annehmen, dass Radagaisus in der Tat eine große Menschenmenge nach Italien führte. Die gotischen Krieger waren nicht auf einem Raubzug, sie waren Teil eines Volkes auf der Suche nach einer neuen Heimat. Daraus, dass Radagaisus wahrscheinlich Heide war, haben einige Gelehrte geschlossen, dass seine Leute Ostgoten waren, da man um 400 die Westgoten oftmals schon christianisiert hatte. Indessen, Fravittas, oströmischer General und Konsul um 401, war noch Heide, und unter den Westgoten jenseits der Römischen Grenze gab es sicher Tausende davon. Stilichos hunnische Hilfstruppen kamen vielleicht aus der *Dobrudscha*. Hunnen hatten schon seit 378 in Ungarn Fuß gefasst. Stilicho schloss sein Bündnis mit den Hunnen in Ungarn. Zwar war Uldin nicht der Herrscher über alle hunnischen

Mannen, das war nicht einmal Attila im Zenit seiner Macht. Aber Uldin konnte Reiter nach Italien und Thrakien werfen. Im Winter 404/405 brach *Uldin* in die Balkanprovinzen ein. Der Zusammenhalt von Uldins Königreich ist überschätzt worden, aber er sollte auch nicht unterbewertet werden. Uldin war nicht der Anführer bloß eines Teiles, sondern vieler Stämme, die in der Lage waren, von den rumänischen Ebenen bis zur ungarischen Puszta zu operieren. Und doch war seine beginnende königliche Macht, obwohl zunehmend erstarkt, keineswegs stabilisiert. Wie geschwächt sie in Uldins letzten Jahren wurde, wird deutlich, wenn wir auf den Westen blicken.

Kurz bevor die Hunnen Uldins in die Balkanprovinzen einbrachen, begannen die Westgoten ihren langen Treck, der ein Jahrhundert später in Spanien endete. Nach der Schlacht von *Verona* im Sommer 402 führte Alarich sein Heer auf den Balkan zurück. In den folgenden drei Jahren hielt er sich strikt an seinen Vertrag mit Stilicho.

Von dem Gebiet aus, das an Dalmatien und Pannonien grenzt, das ihnen zugeteilt worden war, unternahmen die Goten ab und zu Raubzüge ins östliche Illyrien, waren aber sorgfältig bemüht, keinen Konflikt mit dem Westen zu provozieren, teils weil sie sich von ihren Niederlagen noch nicht erholt hatten, teils in der Hoffnung, mit Stilicho zu einem besseren Abkommen zu gelangen. Tatsächlich schloss dieser im Jahre 405 ein Bündnis mit Alarich, einen Vertrag zur Eroberung des östlichen Illyriens. Dem Gotenkönig wurde, wie weiter oben schon erwähnt, die Stellung eines Magister militum per Illyricum versprochen. Er zog nach Epirus, wo er drei weitere Jahre blieb. Anfang 408 wandte sich Alarich gegen den Westen. Im Mai hatte er Noricum erreicht. Ob er in der Nähe von Virunum (Maria Saal b. Klagenfurt), oder bei Celeia (Colje) lagerte, weiß man nicht genau. Worauf es ankommt: Er zog durch Emona (Ljubljana). Wahr ist, dass Alarich 408 westwärts marschieren konnte, als ob es keine Hunnen gäbe. Man nimmt an, dass sie sich den Goten nicht anschlossen, weil sie mit den Römern verbündet waren. Diese siedelten sie 406 als Föderaten in der Provinz *Valeria* an – da, wo Aëtius wahrscheinlich als Geisel zu den Hunnen kam. Es gab auch Hunnen in der weströmischen Armee unter Stilicho, und auch Ravenna hatte eine hunnische Garnison (!), z. B. nach Stilichos Hinrichtung im August 408. Zudem waren viele

Hunnen zu Hause geblieben, um rebellische Untergebene zur Ruhe zu bringen. Neue Hunnen wurden im Westen erst aktiv, nachdem Uldins Leute in die Wohnsitze jenseits der Donau zurückgegangen waren.

Am 24. August 410 eroberte Alarich bekanntlich Rom. Wir hören nichts über die hunnische Armee dabei. Offensichtlich waren nicht mehr als einige hundert Reiter bei Alarich. Wiederum andere, vielleicht jene, die Uldin noch immer gehorchten, waren in Kämpfe mit den Römern in Pannonien verstrickt. Schon im Sommer oder Herbst 409 übergab Honorius dem *Generidus* das Kommando der Streitkräfte in Dalmatien. Er war bereits General der Truppen in Oberpannonien, Noricum und Rätien bis zu den Alpen.

Generidus hatte keinen genau definierten Titel oder Rang; er war »einer der Kommandanten« der römischen Streitkräfte, die während der Herrschaft des Honorius ernannt wurden, um den Notständen der Zeit zu begegnen. In seinem Eifer als Heide hat Zosimus wahrscheinlich die Leistungen der Glaubensgenossen des Generidus übertrieben, von dem es heißt, er habe seine Truppen gedrillt und darauf gesehen, dass die Soldaten ihre Rationen erhielten. Auf solche Weise war er für die benachbarten Barbaren gefährlich und gab den Provinzen, zu deren Schutz er ernannt war, die nötige Sicherheit. Das Bild in den Quellen ist unscharf. Doch es scheint, dass in den ersten Jahren des 5. Jahrhunderts vier Gruppen von Hunnen existierten. Erstens Uldin und sein Anhang, der auf dem Rückweg von den Feldzügen in Illyrien und Thrakien mit Generidus' Truppen kämpfte; zweitens jene Hunnen, die 408 einen Teil der römischen Armee in Italien bildeten; drittens die Hunnen, die sich diesen Kriegern anschlossen; und viertens eine Hunnenschar, die mit den Visigoten Athaulfs gegen die Römer stritt. Dieses Gesamtbild, aus den wenigen vorhandenen Informationen zusammengestellt, beweist die sich zersetzende Macht des »ersten Königs der Hunnen« namens Uldin. Erst unter Attilas Regiment zentralisierte sich die hunnische Macht.

Dazu erfahren wir etliches Interessantes im nächsten Kapitel.

Kapitel 35

Die Brüder Attila und Bleda

Mit diesem Kapitel[354] der »Origo Gothica« nähern wir uns immer mehr sagengeschichtlichen Überlieferungen, und ganz besonders deutlich wird nun die Verbindung zum Burgunderreich am Rhein, das im Anschluss an diesen Abschnitt dargestellt werden soll. Zunächst aber verfolgen wir den Originaltext.

XXXV. »Dieser Attila war der Sohn Mundzuks, dessen Brüder Octar[355] und Roa vor Attila die Herrschaft bei den Hunnen innegehabt haben sollen, wenn auch nicht über alle, die er beherrschte. Nach ihrem Tod folgte er mit seinem Bruder Bleda in der Herrschaft über die Hunnen nach. Und um vorher zu der Unternehmung, die er beabsichtigte, mächtig genug zu sein, suchte er seine Macht durch einen Brudermord zu verstärken, danach eilte er zum Entscheidungskampf für alle über die Leichen seiner Leute. Aber er erlebte, wenn er auch durch diese abscheuliche Tat an Machtvollkommenheit zunahm, doch durch die Waage der Gerechtigkeit einen schmählichen Ausgang für seine Grausamkeit. Nachdem er nämlich seinen Bruder Bleda heimtückisch ermordet hatte [445], der über einen großen Teil der Hunnen herrschte, vereinigte er das ganze Volk unter seinem Szepter.

Und nachdem er die anderen Völkerstämme, die ihm damals untertan waren, in großer Anzahl versammelt hatte, war es sein erstrebenswertester Wunsch, die wichtigsten Völker der Welt, nämlich Römer und Visigoten, zu unterwerfen. Sein Heerbann soll fünfhunderttausend Mann stark gewesen sein. Er war ein Mann, der dazu geschaffen schien, die Welt zu erschüttern, der Schrecken aller Länder, der auf unerklärliche Weise alles in Furcht setzte durch den schrecklichen Ruf, der sich über ihn verbreitet hatte. Stolz schritt er einher und ließ nach allen Seiten die Augen schweifen, damit sich die Macht, die dieser hochmütige Mensch innehatte, auch in seinen Körperbewegun-

354 Kap. 35, §§ 181–183.

355 Über Octar (in anderen Quellen *Uptarus*) und *Roa* (*Ruga*) weiß man wenig, einige Forscher glauben, sie könnten Uldins Söhne gewesen sein. Nur Jordanes teilt mit, dass sie einige Jahre eine Art »Doppelkönigtum« anführten. Möglicherweise waren sie Verwandte *Charatons*.

gen zeigte. Ein Liebhaber der Kriege war er, jedoch persönlich stets zurückhaltend. Seine Stärke lag vielmehr in seiner klugen Umsicht. Gegenüber Bittenden war er nicht hart, und er erwies sich gnädig gegen diejenigen, die sich ihm einmal unterworfen hatten. Klein von Gestalt war er, breitschultrig, dickköpfig, hatte schmale Augen, spärliches Barthaar, mit Grau untermischt, eine platte Nase, dunkle Hautfarbe und trug so die Kennzeichen seines Ursprungs.

Obschon er bereits von Natur aus eine große Siegeszuversicht an den Tag legte, so erhöhte doch der berühmte Fund des Schwertes von Mars[356] noch sein Selbstvertrauen; denn das hatte immer bei den Königen der Skythen für heilig gegolten. Der Geschichtsschreiber Priskos berichtet, dass es bei folgender Gelegenheit entdeckt worden sei, und zwar folgendermaßen:

»Als ein Hirte ein Kalb unter seiner Herde herumhinken sah, ohne den Grund für eine so schwere Verletzung finden zu können, folgte er ängstlich den Blutspuren und stieß zuletzt auf jene Schwertspitze, in die das Tier beim Abweiden des Grases unvorsichtigerweise hineingesprungen war. Er grub das Schwert aus und trug es sogleich zu Attila. Dieser freute sich über das Geschenk, und kühn – wie er nun einmal war – meinte er, das sei das Zeichen, dass er zum Herrn der Welt bestimmt sei, ja, damit sei ihm die Übermacht im Krieg aus der Sicht des Kriegsgottes Mars verliehen worden.«

Soviel in diesem fünfunddreißigsten Kapitel über Attila. – Dieser Originaltext des Jordanes enthält bereits sehr interessante Details, mit denen sich unser Bild von Attila, dem Etzel der Sage, verbindet. Doch neben der romantischen Geschichte vom »Schwert des Mars«, von Hinweisen auf Aussehen und Charakter des Attila, finden wir hier auch die Namen von *Bleda*, dem *Blödel* der Sage, und den Vorgängern *Rua* (auch *Rugila*) und *Octar* sowie einigen anderen.

Zum Verständnis des Attilazeitalters müssen wir ein wenig zurückblicken in die Geschichte der Hunnen und – man wird es verstehen, wenn man den Text liest – die Zusammenhänge um das Burgunderreich am Rhein behandeln.

356 Das symbolische Schwert galt auch bei *Goten* als Wahrzeichen des Kriegsgottes *Odin/Wotan*.

Nach Uldin scheint ein Hunnenkönig *Charaton* die Hunnen regiert zu haben. Keine Periode in der Hunnenzeit ist dunkler als die Dekaden ab 410 und 420. Dass der Text des *Olympiodorus*, der im zweiten Viertel des 5. Jahrhunderts verfasst wurde, verloren ging, ist für unsere Kenntnis der Nomaden sehr nachteilig. Aber von allen Autoren jener Zeit haben nur er und Priskos[357] das Hunnenland bereist. Alles, was wir für die beiden Dekaden haben, sind einige lose Fakten. Olympiodorus erzählt, er selbst sei (um 413) zu ihnen und zu einem *Donatus* geschickt worden, der ermordet wurde. Charaton, der »erste der dortigen Herrscher«, sei – über den Mord erzürnt – vom Kaiser mit Geschenken besänftigt worden.[358]

Noch 411 hätten, so meinen einige Forscher, Uldin und Charaton miteinander regiert. Nach Letzterem führten offenbar Rua und Octar die Hunnen an, wobei Rua weitaus mehr Macht besaß als sein Bruder Octar. Namentlich bekannt sind zwei weitere Brüder, nämlich Mundzuk und Oebarsius, der noch 448 bei Attila lebte. Nach 410 kam Aëtius, der spätere römische Feldherr, als Geisel an Ruas Hof, wo er sich mit dessen Neffen Bleda und Attila offensichtlich anfreundete, deren Vater Mundzuk schon zuvor gestorben war. Geiseln wurden von Königen häufig wie eigene Kinder aufgezogen. Aëtius hatte es gut am Hofe Ruas und konnte dort wertvolle Erfahrungen sammeln. Später kehrte Aëtius nach Rom zurück und wurde Hofnotar bei Johannes. Als der aber nach dem Tod des Honorius[359] 424 als Usurpator den römischen Thron anstrebte, sandte er Aëtius um Beistand zu den Hunnen. Doch die hunnische Hilfe kam zu spät, denn Johannes war schon getötet worden. Aëtius erhielt auch später immer wieder Hunnenhilfe. Kaiserin Galla Placidia, die Schwester des Honorius, begriff bald, wie wichtig Aëtius für Westrom war und verzieh ihm, obgleich er den aufsässigen Johannes unterstützt hatte.

In einem fünfjährigen Krieg besiegte Aëtius die Westgoten bei Arles, Franken am Rhein und Juthungen in Gallien, die dortige Landstriche verwüsten wollten, ob mit oder ohne Hunnenkrieger, ist nicht gewiss. Seit 429 schien ganz Gallien befriedet, dank Aëtius, der im selben

357 Priskos: byzantin. Gesandter bei Attila 448–449; griech. Historiograph.
358 Olympiodor v. Theben: Griech. Historiograph. *Historiarum librorum XXII. fragm. 18.*
359 Honorius: weström. Kaiser 395–423.

Jahr zum *Magister militum* ernannt wurde. Doch Galla Placidia schob Aëtius beiseite und bevorzugte 432 den Afrika-General Bonifacius, der nunmehr *Magister militum* wurde. Aëtius floh über Dalmatien zu den Hunnen. Nach dem gewaltsamen Tod des Bonifacius setzte Galla Placidia um 434 den Aëtius wieder in seine Ämter ein.

Um 433 bekämpfte Rua offenbar abtrünnige Völkerschaften an der unteren Donau, die lieber mit Ostrom als mit Hunnen leben wollten. Rua schickte einen Botschafter namens Esla nach Konstantinopel, der den Oströmern androhte, er würde das Bündnis mit ihnen kündigen, falls man nicht die hunnischen Abtrünnigen auslieferte. Ob Rua auf einem Feldzug gegen Aufständische umkam oder einer damals grassierenden Seuche zum Opfer fiel, muss offen bleiben.

Die Herrschaft über die Hunnen erhielten Ruas Neffen Bleda und Attila im Jahre 434, und beide kehren als Blödel und Etzel in der Heldensage wieder. Der Grund für die Doppelherrschaft lag wohl in dem sehr ausgedehnten hunnischen Herrschaftsgebiet; der ältere Bleda erhielt das westliche Hunnenreich und Attila das östliche, während der Forscher Maenchen-Helfen von einem umgekehrten Verhältnis ausgeht.[360] Zu Verhandlungen mit Ostrom in Margus[361] an der Donau stellten sich Bleda und Attila ein, aber man vermied es, von den Pferden zu steigen. Ostrom war bereit, einen doppelten Jahresbetrag von 700 Pfund Gold zu zahlen, Lösegeld für römische Gefangene in Höhe von acht Solidi zu übernehmen und alle hunnischen Überläufer herauszugeben. Nach der Vertragsschließung zogen Bleda und Attila aus, um weitere Völkerschaften zu unterwerfen. Offensichtlich leisteten skythische und sarmatische Gruppen immer noch Widerstand.

Hunnen verursachten auch den Untergang der Burgunder am Rhein, der im Nibelungenlied und anderen Sagen dargestellt wird. Wie kam es dazu? Nun, Burgunder marschierten in die Provinz Belgica I ein und fingen an, in der Gegend zu brandschatzen. Aëtius, der gerade aus Hunnenlanden zurückgekehrt war, griff im Auftrage Westroms 435 diese burgundischen Scharen an, und er hatte auch hunnische Hilfstruppen bei sich. Er ging gegen die Burgunder energisch vor, und

360 Otto J. Maenchen-Helfen, Die Welt der Hunnen, S. 68. Hierauf fußen die oben angeführten Fakten.

361 Margus, u. a. rechter Nebenfluss der Donau in Mösien, serb. Morava.

zwar mit Teilen des Römischen Heeres, das durch allerlei Söldnertruppen verstärkt war. Auch der spätere Kaiser Avitus[362] unterstützte ihn offenbar. Bald gerieten die Burgunder in höchste Not. Ihre 50 000 bis 60 000 Krieger wurden durch den römischen Feldzug stark dezimiert. Verzweifelt bat ihr König Gundahar,[363] der Gunther der Sage, den Aëtius um Frieden, und Rom erneuerte ihnen den schon früher geschlossenen Föderatenvertrag, allerdings zu schlechteren Bedingungen, sodass die Burgunder auf Vergeltung sannen.

Im Jahre 436 fielen Hunnen plötzlich über die *Burgunder* am Rhein her und brachten Gundahar mitsamt 20 000 Kämpfern um. Einige Quellen geben an, die Hunnen hätten sie vollends ausgerottet, doch ein erheblicher Teil überlebte und zog nach Süden ab. Jene Ereignisse bilden weitgehend das Thema im Nibelungenlied. Die Hunnen haben 436 wohl nicht mit Billigung des Aëtius den Burgunderuntergang herbeigeführt, denn viel eher war dieser daran interessiert, dass die Burgunder die Römische Grenze gegen unliebsame Eindringlinge schützten. Zwar hatte Aëtius gute Beziehungen zu den Hunnen, aber er konnte wohl nicht verhindern, dass sie am Rhein den Burgundern so übel mitspielten. Wäre Aëtius am Tod des Gundahar beteiligt gewesen, hätten andere Burgunder sicher nicht auf dessen Seite in die Schlacht auf den *Katalaunischen Feldern* eingegriffen. Indessen, Attila hatte wohl keine Ahnung von dem schrecklichen Hunnenangriff auf die Burgunder. Das zeigt, dass bestimmte Hunnenverbände damals immer noch auf eigene Faust handeln konnten. Wahrscheinlich ging es ihnen vornehmlich um Raub und Beute.

Wenig Genaues weiß man über die burgundische Vorgeschichte. Einige Forscher meinen, dass die *Burgunder* schon um 418 zum katholischen Glauben übertraten, und damals war ja noch der von Sokrates erwähnte Uptar (d. h. Octar), der Bruder Ruas, am Ruder. Dahn[364] dagegen meint, Aëtius und Octar kämpften sogar gemeinsam 435 gegen die Burgunder. Nachher kehrte Aëtius nach Rom zurück, doch die Hunnen verblieben am Rhein, wo die Burgunder schließlich Rache übten und in einem günstigen Moment über sie herfielen, wobei sie

362 Avitus: 455–456.
363 Gundahar: burgund. König vor 411 bis ca. 435.
364 Felix Dahn, Die Völkerwanderung, Bd. 2, Kap. 14, S. 468.

auch Octar ums Leben brachten. Für diese Schmach wiederum hätten die Hunnen ein Jahr danach grausame Vergeltung geübt. Dahn findet, Octar habe 433 noch gelebt. Doch es ist unverständlich, wieso nach Ruas Tod seine Neffen die Herrschaft übernahmen, wenn der Bruder und Mitregent noch lebte. Octar wäre doch Alleinherrscher geworden, wenn er nach dem Tod seines Bruders noch am Leben war. Das lässt darauf schließen, dass auch Octar 433 schon umkam.

Eines gilt es außerdem zu überlegen: Von Verwaltung, Landbau und Handwerk hatten die Hunnen damals sehr wenig Ahnung. In langen Wintern litten die Hunnen Hunger, und sie mussten auf Raub ausziehen. Das Nomadenvolk überlebte nur, wenn es andere Völker unterjochte und von den Römern Tribute bekam. Indessen, gotische Potentaten konnten bei den Hunnen in die höchsten Kreise aufsteigen. Aëtius verschaffte nachweislich dem Attila des Öfteren römische Notare, die seinen Schriftverkehr übernahmen.

Den Burgundern am Rhein war es nach ihrem Übertritt zum Katholizismus möglich, mit Hilfe von römischen Verwaltungskräften und Handwerkern die dortige Wirtschaft florieren zu lassen. Ständig aber wurden sie durch hunnische Raubzüge gestört. Städte wehrten sich, aber das flache Land wurde ausgeplündert. Irgendwann schlugen die Burgunder zurück. Vielleicht hatten Hunnenkräfte schon an Aëtius' erstem Gallienkrieg teilgenommen, der 431 zu Ende ging. Danach wurde Aëtius Konsul, nachdem er 429 schon als *Magister militum* fungierte. Alles in allem: Die Kämpfe gegen die Hunnen 430 gingen offensichtlich von den *Burgundern* aus. Möglicherweise nutzte *Gundahar* die Gelegenheit, um den Hunnen eine große Niederlage beizubringen. Allerdings ist es auch denkbar, dass Octar als erster auf das Burgunderreich einschlug. Jedenfalls wussten die Hunnen, die schon 435 mit ihnen im Streit lagen, dass die Burgunder geschwächt waren, und so waren sie eine leichte Beute, und Gundahar konnte dem Hunnenangriff nicht mehr widerstehen.

Mehrfach war hier vom Reich der Burgunder die Rede. Es erscheint zweckmäßig, auf die schon erwähnten sagengeschichtlichen Zusammenhänge des im Nibelungenlied erwähnten Burgunderreichs am Rhein noch näher einzugehen. Wer waren diese Burgunder eigentlich?

Ursprünglich wohl auf der Insel *Bornholm* beheimatet, was allerdings von einigen Forschern bestritten wird, gelangten die Burgunder im dritten Jahrhundert in die Oder-Weichsel-Region. Schon 57 n. Chr. hat sie Plinius der Ältere erwähnt. Um 245 sollen sie, wie uns Jordanes mitteilt, von dem Gepidenkönig *Fastida* beinahe ausgelöscht worden sein (vgl. Kapitel 17). Mitte des Jahrhunderts zogen sie, vielleicht durch Gepiden getrieben, über Thüringen ins Maintal. Aber 278 sind sie zusammen mit Vandalen unter deren Häuptling *Igilo*, von Kaiser Probus am Fluss Ligys (Lech?) zurückgeschlagen und zehn Jahre danach mit Alamannen und Herulern in Gallien erneut von Römern teilweise vernichtet worden.[365] Im Jahre 369 stritt man sich mit Alamannen um Salzquellen. Mit römischer Hilfe wollten die Burgunder die Alamannen zurückdrängen. Schon um 373 beabsichtigten Burgunder und Römer gemeinsam gegen die Alamannen vorzugehen. Da nun offenbar an die 80 000 Burgunder am Rhein standen, schickte ihnen Kaiser Valentinian I.[366] keine Römer mehr zur Unterstützung, denn an übermächtigen burgundischen Kriegern war er wenig interessiert. Darüber empörten sich die Anführer der Burgunder, wüteten gegen Römer und Alamannen gleichermaßen und drängten Letztere nach Süden ab.

Stilicho brauchte 401 römische Legionen eigentlich weniger am Rhein als in Italien, das soeben der Visigote Alarich bedrohte. Es gab nicht mehr genug Römersoldaten, um alle Feinde zu schlagen. Föderaten sollten deshalb die Rheingrenze verteidigen, und dafür erhielten sie römische Gelder. Doch das Bürgerrecht bekamen sie nicht. Selbst Alamannen und Alanen unter ihrem König Goar durften als Föderaten auftreten.

Wie zuvor schon hier angedeutet, kamen im Jahre 406 Vandalen in einem gewaltigen Wanderzug, verstärkt durch andere Alanen unter König *Respendial*, auch Sueben und andere, zum Rhein und wollten ihn westwärts überqueren. Da warfen sich Franken so heftig auf sie, dass der Vandalenkönig *Godigisil* und 20 000 Mann auf der Walstatt umkamen, und nur Respendial rettete sie vor der völligen Vernichtung. Zu Silvester 407 überwanden die vandalischen Hauptkräfte den Rhein bei Worms, plünderten Mainz, Straßburg und Speyer

365 Bruno Krüger, Autorenkollektiv, Die Germanen, S. 372.
366 Kaiser Valentinian I. (Westrom) regierte von 364 bis 375.

und krochen, einem riesigen Lindwurm gleich, in Richtung Gallien. Da nunmehr viele Gegenden des Römischen Reiches bedroht waren, erhoben römische Soldaten in Britannien statt des Honorius einen Krieger namens *Konstantin* zum Gegenkaiser, dem sich viele gallische Städte anschlossen. Konstantin, nunmehr selbst in Gallien, wollte mit Germanenstämmen die Rheingrenze wieder festigen, deshalb bot er auch den Burgundern unter ihrem König *Gundahar* das Recht an, als Föderaten linksrheinische Orte zu besetzen.

Das war der Anfang des sagenhaften Burgunderreiches, wie wir es aus dem Nibelungenlied kennen. Indessen, Hauptstadt war nicht Worms, eher Mainz oder sonst eine Burgstadt in der Nähe. Ausgrabungen brachten u. a. burgundische Gräber zutage. Wenn im Nibelungenlied Worms als Hauptort angegeben ist, kann das daran liegen, dass die historische *Brunichildis* hier weilte. Gundahar, der Gunther der Sage, galt als König und Stammesfürst. In der *Lex Burgundionum* des Königs Gundobad (ca. 473–516) findet man Namen wie Gebecca, Gondomar, Gislahar und Gundahar. Nun, Gebecca – das ist Gibich, der Vater der Königssöhne. Gondomar und Gislahar können die Namensgrundlage für Gutthorm und Giselher sein. Allerdings ist in der nordischen Sage Högni (Hagen) der Bruder der Burgunder, und von Gislahar findet man dort keine Spur mehr. Möglicherweise ist Gutthorm nur der nordischen Sagenwelt zuzuordnen.

Gundahar und der Alanenkönig *Goar* riefen 411 in Mundiacum (Mainz) den Gallier Jovinus zum Gegenkaiser aus. Konstantin war in die Enge getrieben worden, denn als Föderaten ihm zu Hilfe kamen, wurden sie vom Feldherrn Constantius geschlagen. Vielleicht erwarteten die Burgunder durch die Ausrufung eines Gegenkaisers mehr Land und größere Rechte. Etwas unklar bleibt, wie sich die Ereignisse weiterentwickelten. Jedenfalls haben römische und westgotische Krieger Jovinus und seinen Bruder Sebastian 413 besiegt. Und deren Köpfe schickte Westgotenkönig Athaulf nach Rom. Irgendwie konnten sich die Burgunder aus diesem Konflikt heraushalten. Wir lasen bereits, dass Gundahar mit seinen Kriegern 417 katholisch wurde und damit seine Stellung festigen konnte. Einige Forscher meinen jedoch, er sei nur Arianer geworden.[367]

367 Reinhold Kaiser, Die Burgunder, S. 155.

Um 430, schreibt der Kirchenhistoriker Sokrates, habe jedenfalls jenseits des Rheins ein barbarisches Volk namens Burgunder gesiedelt, die ein sorgloses Leben führten, da sie fast alle Baumeister seien und diese Tätigkeit ihnen täglichen Lohn eintrage. Einst seien sie von Hunnen heimgesucht worden, die das Land verwüsteten und viele töteten. In ihrer Not seien die Burgunder zum Christentum übergetreten, da sie vernommen hätten, dass der Christengott seinen Anhängern helfe. Nach der Taufe seien die Burgunder gegen die Hunnen marschiert, und der Führer der Hunnen *Uptar* sei eines Nachts wegen allzu großer Gefräßigkeit geplatzt. Etwa 10 000 Hunnen seien von 3 000 Burgundern besiegt worden. Seither seien die Burgunder glühende Christen geworden.[368] Dieser Hinweis des Sokrates ist übrigens die einzige Nachricht über diese Burgunder zwischen 417 und 435. Neues erfährt man erst, als 435 Gundahar die Provinz Belgica I angriff, und das war der Anfang vom Ende seines Reiches am Rhein, wie oben schon erläutert.

Nach diesem recht langen Exkurs über die sagenhaften *Burgunder* am Rhein und ihren im *Nibelungenlied* völlig anders geschilderten Untergang wollen wir zur »Origo Gothica« zurückkehren, denn was da die Sage über die schrecklichen Untergangskämpfe mit Attilas Leuten in dessen Burg schildert, war in Wirklichkeit weniger spektakulär, denn die Burgunder existierten ja weiter und gründeten sogar ihr neues Reich in Südfrankreich. Im neuen Kapitel[369] wendet sich unser gotischer Gewährsmann Jordanes einem anderen Thema zu, das nicht weniger aufregend in Geschichte und Sage war: Es ist das Schicksal der Vandalen.

Wir lesen über den legendären Vandalenkönig Geiserich interessante Details, die wir dann mit weiteren historischen Fakten vervollständigen wollen. Der Text schließt an das an, was zuvor bereits über den Hunnenherrscher Attila mitgeteilt wurde.

368 Sokrates, Kirchengeschichte, 7. Buch, Kap. 30.
369 Kap. 36, §§ 184–193.

Kapitel 36

Theoderid

Jordanes fährt so fort:

XXXVI. »Als nun Geiserich, der Vandalenkönig, den wir vorhin erwähnt haben, davon erfuhr, dass dieser Mann [d. h. Attila] die Verwüstung des ganzen Erdkreises im Sinn habe, drängte er ihn durch vielerlei Geschenke zum Krieg gegen die *Visigoten*. Er befürchtete nämlich, dass Theoderid [418–451], der König der Visigoten, die Schmach rächen könnte, die er seiner Tochter angetan hatte. Diese Dame war früher mit Hunerich,[370] dem Sohn Geiserichs, vermählt gewesen und hatte sich, in der ersten Zeit wenigstens, über eine solche Vermählung gefreut. Später aber hatte Geiserich sie, zumal er denn selber gegenüber seinen Kindern grausam war, lediglich auf einen Verdacht hin, dass sie versucht hätte, ihn zu vergiften, mit abgeschnittener Nase und verstümmelten Ohren – also ihrer natürlichen Zierde beraubt – ihrem Vater nach Gallien zurückgeschickt, sodass die Beklagenswerte diesem immerfort einen jämmerlichen Anblick bot.

Solche Grausamkeit, durch die sogar Fremde hätten ergriffen werden müssen, konnte den Vater nur zu empfindlicher Rache aufreizen. Attila nun machte sich an die Ausführung des schon lange beschlossenen Krieges, auch infolge der Bestechung durch Geiserich. Er schickte Gesandte nach Italien zu dem Kaiser Valentinian,[371] um Zwietracht zwischen Römer und Goten zu säen. Er wollte gleichsam diejenigen, die er in einer Schlacht zu besiegen nicht erwarten durfte, durch gegenseitigen Hass vernichten. Und er sagte deshalb, er wolle in keinem Punkt sein freundschaftliches Verhältnis zum Römischen Reich verletzen; aber er habe gegen den Westgotenkönig Theoderid einen Kampf auszufechten. Weil er nun gern mit seinem Anerbieten Erfolg zu haben wünschte, hatte er den übrigen Brief mit den herkömmlichen Schmeicheleien der Begrüßung überfüllt und suchte so für seine Lügen Glauben zu erwecken.

370 Hunerich: got. *Huni-reik, huni-* ›Stärke-‹, Sohn Geiserichs, Vandalenkönig von 477 bis 484.
371 Valentinian III.: Weström. Kaiser von 425 bis 455.

Auf gleiche Weise schickte er nun ein Schreiben an den schon genannten Visigotenkönig Theoderid[372] und forderte ihn auf, sich von dem Bündnis mit den Römern loszusagen. Er solle sich wieder der Streitigkeiten erinnern, die kurz zuvor gegen ihn angezettelt worden seien. So kämpfte der trotz aller Rohheit äußerst verschlagene Mensch mit allerlei Ränkespielen, ehe er den eigentlichen Krieg eröffnete.

Da sandte Kaiser Valentinian an die Visigoten und ihren König Theoderid eine Gesandtschaft mit folgendem Auftrag:

»Eure Klugheit, tapferstes der Völker, gebietet es, euch mit uns gegen den Tyrannen der Welt zu vereinigen. Er will eine allgemeine Versklavung der Menschheit. Er sucht nicht erst nach Gründen für den Krieg; was er auch tut – [doch] alles erscheint ihm gerecht. Sein Ehrgeiz ist grenzenlos; seine Frechheit befriedigt seinen Hochmut. Als ein Verächter von Recht und Gesetz erweist er sich auch als Feind der Natur. Er, der sich als gemeinsamer Feind aller Menschen offenbart, verdient auch den Hass aller! Erinnert euch nur – das ist ja noch in aller Gedächtnis –, dass ihr von Seiten der Hunnen nicht durch Krieg überwunden wurdet, wo wenigstens das Gleichgewicht für beide Teile vorhanden ist, sondern, dass ihr – wovor man sich stets viel mehr zu fürchten hat – durch List und Betrug angegriffen wurdet! Ganz zu schweigen von uns – könnt ihr etwa diesen Übermut straflos durchgehen lassen? Ihr, die ihr mächtig seid durch eure Waffen, folgt bitte nun eurer eigenen Empörung und vereinigt euch mit uns zur gemeinsamen Tat! – Kommt auch dem Römischen Reich zu Hilfe, von dem ihr ja selber einen Teil bewohnt! Wie sehr uns das Bündnis mit euch wünschenswert sein muss, danach fragt doch die Feinde selbst!«

Durch diese und ähnliche Worte gewannen die Gesandten Valentinians den König Theoderid für sich. Der gab ihnen die folgende Antwort:

»Ihr habt einen gerechten Wunsch, Römer! Ihr habt den Attila auch uns zum Feind gemacht! Wir werden ihn verfolgen, wohin er uns ruft, und wenn er auch wegen seiner Siege über viele Völker hochmütig geworden ist, so verstehen die Goten es dennoch, auch mit Hochmütigen zu kämpfen! Keinen Krieg möchte ich zu gefährlich nennen, außer denjenigen, bei dem die Sache keine gute ist! Keine Gefahr kann

372 Theoderid: Westgotenkönig 418–451; Tod auf d. Katalaunischen Feldern.

uns hier schrecken, solange die Hoheit des Kaisers uns allen huldvoll zulächelt!«

Die Gefährten des königlichen Anführers bezeigten laut ihren Beifall, und freudig folgte ihnen die Menge. Bei allen zeigte sich Kampfeseifer; jetzt schon wünschte man sich die Hunnen zu Feinden. Deswegen wurde auch vom Visigotenkönig Theoderid eine Unmasse Volk aufgebracht.

Vier von seinen Söhnen, *Friderich, Eurich, Retemer* und *Himnerith,*[373] ließ er zu Hause. Nur die beiden ältesten, Thorismund und Theoderich, wählte er sich zu Mitstreitern in der Schlacht. Glücklich ist das Heeresaufgebot und sicher die Hilfe, wenn man als teure Gefährten den Beistand derer zu haben glaubt, mit denen man sich sogar gern in Gefahr begibt!

Auf Seiten der Römer befand sich der Patricius Aëtius[374] – dieser war damals die Stütze des Weströmischen Reiches. Er besaß solche Umsicht, dass er durchaus, nachdem er seine Truppen von allen Seiten her zusammengezogen hatte, seinem wilden, unzählbaren Feind gewachsen war, gegen den er nun zu Felde ziehen musste. Denn ihm standen folgende Hilfsvölker zur Seite: Franken, Sarmaten, Armoricianer, Liticianer, Burgunder, Sachsen, Riparer, Olibrionen, die ehemals römische Soldaten gewesen waren, damals aber zu den Hilfsvölkern gestellt wurden, und einige andere keltische und germanische Stämme. So kam es auf den *Katalaunischen Feldern,*[375] die auch die *Mauriakischen* heißen, zum Zusammenstoß und diese erstrecken sich hundert Leuga [ca. 2,22 km], wie es die Gallier nennen, in die Länge und siebzig in die Breite. Eine gallische Leuga aber beträgt soviel wie 1 500 Schritte. Dieser Teil der Erde wurde nun der kriegerische Tummelplatz unzähliger Völker. Auf beiden Seiten waren es die tapfersten Heere, die damals aneinander gerieten. Nichts wurde in heimlichen Verträgen ausgemacht, sondern alles wurde in offenem Kampf ausgefochten.

---

373 Friderich, got. *Friþa-reik, friþa* ›Frieden‹, *reik* ›Herrscher‹; Eurich, got. *Aiwa-reik, aiwa* ›Alter‹; Retemer, got. *Riqi-mer, riqi* ›dunkel‹, *mer* ›berühmt‹, und Himnerith, got. *Ibna-reð, ibna* ›eben‹, *reð* ›Rat(geber)‹.

374 Aëtius: Patricius und höchster weström. Oberbefehlshaber († 454).

375 Schlachtort immer noch umstritten, evtl. ca. 145 km südöstlich von Paris, bei *Augustobona,* heute Troyes.

Welche Sache ließe sich finden, die der Aufbietung so vieler Kräfte würdig wäre? Und wie groß musste der Hass sein, dass er in Waffen alle so gegeneinander aufbrachte? Es hat sich da wieder einmal erwiesen, dass das Menschengeschlecht gleichsam für die Könige lebt, denn hier wurden – auf den tollwütigen Einfall eines Einzelnen hin – ganze Völkerschaften niedermetzelt. Ja, hier wurde durch die Willkür eines übermütig gewordenen Königs zerstört, was die Natur in so vielen Jahrhunderten geschaffen hatte!«

Soweit reicht der Wortlaut des bekannten sechsunddreißigsten Kapitels, das uns auch den legendären Kampf auf den *Katalaunischen Feldern* etwas näher bringt.

Hier nähern wir uns mit Riesenschritten bereits den in der Sage vorhandenen Auseinandersetzungen mit Attila. Wir erfahren von Jordanes hier recht nachdrücklich, dass sich Kaiser Valentinian III. tatsächlich um die Unterstützung der Westgoten gegen die Hunnen in Briefform bei Theoderid bemüht hat. Alles scheint schon auf dem Kampf mit Attila, der in Gallien ausgefochten wurde, hinzusteuern.

Umso wichtiger erscheint es nun, den Leser der »Origo Gothica« über den Hunnenherrscher selbst zuvor zu informieren, gleichsam das darzulegen, was heutiger Wissensstand über diesen König ist, ehe wir auf den Originaltext zurückkommen. Das ergibt sich dann erst im folgenden Kapitel.

Die Schlacht auf den *Katalaunischen Feldern* (451) und der Tod Attilas (453) hinterließen ihre Spuren in der Sage. Blicken wir nochmals auf das zurück, was man allgemein über Attila herausfand. Wir wissen bereits, dass er (um 396) als Sohn des Mundzuk (und einer gepidischen Mutter?) geboren wurde und nach dem Tod seines Vaters zusammen mit seinem Bruder Bleda am Hof seines Onkels Ru(gil)a aufwuchs, wo er Aëtius kennenlernte. Als Attila und Bleda Doppelherrscher wurden, verhandelten sie um 434 mit Ostrom und bekämpften Aufständische. Nachdem Aëtius in Gallien Ruhe geschaffen hatte, ritten offenbar auch die hunnischen Krieger wieder in ihre Heimat zurück.

Aber im Jahre 441 griff Attila plötzlich Ostrom an. Vielleicht fand er die Gelegenheit günstig, da Perser und Vandalen den Oströmern erheblich zu schaffen machten. Vielleicht aber war er vom Vandalenkönig Geiserich bestochen worden. Ein Kriegsvorwand war, der Bischof von *Margus* habe hunnische Fürstengräber ausplündern lassen. Daraufhin forderte Attila, man solle ihm den Bischof und die Überläufer ausliefern. Und als sich der Kaiser widersetzte, zog Attila über die Donau und besetzte *Viminatium*. Angstvoll stellte sich der Bischof den Hunnen und versprach, die Stadt Margus zu öffnen, wenn man denn sein Leben verschone. Daraufhin wurde die Stadt verwüstet, der Krieg aber fortgesetzt. Nun bekam der Halbgote *Aspar* (431–471) den Oberbefehl über die oströmischen Truppen, und es kam zum Vergleich. Doch dann wurde – wir haben es an früherer Stelle schon erwähnt – der Magister militium *Johannes* durch eine Intrige des *Arnegisklus* umgebracht, und gegen Ende 441 eroberten die Hunnen erneut Städte wie Naissus, Singidunum (Belgrad) mitsamt weiteren Plätze in Illyrien und Thrakien. Als aber 442 oströmische Krieger aus Sizilien kamen, wo sie gegen Vandalen gestritten hatten, gelang es Ostrom recht bald, nun durch neue Streitkräfte gestärkt, gegen Goldzahlungen die Hunnen zu beruhigen.

Folgendes bekannte Faktum gehört dazu: Attila ließ um 445 – Jordanes berichtet es – seinen älteren Bruder hinterrücks umbringen, wodurch er nunmehr Alleinherrscher über das gewaltige Hunnenreich wurde. Man vermutet, dass ein Schatz mit Münzen aus dem Jahr 443, den man erst in jüngerer Zeit in Ungarn entdeckte, von Bledas Anhängern versteckt worden war, die offenbar Attilas Coup nicht überlebten. Man hat gemutmaßt, dass Bledas Palast irgendwo in *Ungarn*[376] stand und Attila seinen Sitz erst nach Bledas Beseitigung ebenfalls dort einrichtete. In den Sagen ist das Motiv für Bledas Tod nicht mehr sichtbar. Im *Nibelungenlied* erschlägt Dankwart den Blödel (Bleda), in der Thidreks Saga ist es Gernot. Meist sind es in den Sagen Zweikämpfe, durch die die Gegner fallen, aber der mittelalterliche Skalde oder Sagenerzähler kümmerte sich nicht mehr sonderlich um die Motive.

Als die Oströmer 447 keinen Tribut mehr entrichten und auch keine Überläufer mehr ausliefern wollten, griff Attila erneut zu den Waffen. Man belagerte und eroberte *Ratiaria*,[377] und nur mit Mühe gelang

376 Vielleicht bei *Szeged(in)*, wo die Maros in die Theiß mündet.
377 Ratiaria: das jetzige *Ardar*.

es, die durch ein Erdbeben erschütterten Mauern von Konstantinopel zu reparieren, als Hunnen im Anmarsch waren. Nach der Eroberung von Naissus, Philippopolis, Constantia und Serdica[378] stand Attila an den *Thermopylen*. Und nur eine kleine Stadt, nämlich *Asemos*, hat den Hunnensturm überstanden. Am Utus, heute Vit in Bulgarien, einem Nebenfluss der Donau, besiegten die Hunnen trotz starker Einbußen ein oströmisches Heer, wobei dessen Feldherr Arnegisklus umkam. Im folgenden Friedensschluss verpflichtete sich Ostrom zur Zahlung von 2 100 Pfund Gold, und großmütig gab Attila an die Stadt Asemos die Kinder zurück, die durch seine Leute gefangen worden waren. Damit festigte er seinen Ruf der Gutmütigkeit, der in den Sagen fortlebte (got. *Attila* = deutsch: »Väterchen«!).

Nach 447 hatten sich die Römer weitgehend auf die Kampftechnik der Hunnen eingestellt, und diesen gelang es nicht mehr ohne Weiteres, größere Plätze zu erobern. Attila musste jetzt um gute Beziehungen zu den Römern bemüht sein. Er versuchte es nun mit Heiratsdiplomatie, und so bemühte er sich beispielsweise, für seinen Sekretär *Constantius* eine adlige Römerin zu finden. Außerdem bediente sich Attila verstärkt gebildeter Leute aus Rom, um sie in Heer und Verwaltung einzusetzen. Seine gotischen Hilfstruppen ließ er u. a. mit römischen Belagerungswaffen ausrüsten. Als sich 447 die Häuptlinge der *Akatziren*, die unter hunnischer Oberhoheit standen, von den Römern bestechen ließen, schlug Attila gegen sie los und unterwarf sie vollständig. Nur ein gewisser Kuridachos, der auf Attilas Seite geblieben war, konnte weiter Häuptlingsfunktionen bei ihnen ausüben.

Im Folgejahr schickte Attila Gesandte nach Konstantinopel, darunter Orestes und Edeca, die Heerführer waren. Edeca[379] wird an einer Stelle als Vater Odoakers bezeichnet, der als germanischer, d. h. skirischer Heerführer später gegen Theoderich den Großen auftrat und von jenem ermordet wurde. Orestes, eigentlich ein Römer aus Pannonien, machte bei den Hunnen eine große Karriere. Die Gesandten verlangten in Konstantinopel, dass alle Überläufer auszuliefern seien und keinerlei Römer mehr in einer bestimmten Region südlich der

378 Serdica: heute *Sofia*.

379 Edeca: hunn. Ratgeber, auch *Edekon*, *Idikon* oder *Edico*. Eine Identifizierung mit Odoakers Vater wird von verschiedenen Gelehrten bestritten. Odoakers Vater *Edika* starb 469.

Donau siedeln dürften. Zudem wolle er, Attila, nur noch hochgestellte Konsuln in einer Gegengesandtschaft akzeptieren.

Edeca traf sich nunmehr mit dem Oberkämmerer des Ostkaisers, dem Eunuchen *Chrysaphius,* und dieser wollte ihn überreden, auf die Römerseite zu wechseln, was Edeca mit dem Hinweis auf seinen Schwur abwies. Doch bei einem weiteren geheimen Treffen ließ sich Edeca zu einem Mordanschlag auf Attila gegen fünfzig Goldpfund scheinbar überreden. Das Gold wollte Chrysaphius später über *Bigila,* den Dolmetscher, übergeben lassen, der mit anderen Römern die Hunnen in ihre Heimat begleiten sollte. Römischerseits nahmen u. a. Maximinos und Priskos[380] teil, der uns den Bericht über die Reise zu Attila überliefert hat, sowie Bigila. Nach dreizehn Tagen hatte man 350 Meilen zurückgelegt und rastete in *Serdica,* das stark beschädigt war. Während des Mahls stritt man, wer größer sei, Attila oder Kaiser Theodosius. Um die hunnischen Boten Edeca und Orestes zu besänftigen, schenkte ihnen Maximinos Seidengewänder und Perlen.

Dann kam man zu der in Trümmern liegenden Stadt Naissus (serb. Niš), und auf der Walstatt von Margus, wo die Hunnen gesiegt hatten, sah man noch Menschenknochen bleichen. Die Donau überquerte man in von Hunnen ausgehöhlten Stämmen. Attilas Lager lag siebzehn Stadien jenseits der Donau, und – hier angekommen – enthüllte und verriet Edeca sogleich dem Hunnenkönig den römischen Mordplan. Priskos sorgte über einen gewissen *Scotta,* den Bruder von Attilas Minister *Onegesius,* dafür, dass die Römer vorgelassen wurden. Wie Attila wirkte, habe wir im fünfunddreißigsten Kapitel schon gelesen. Schön hat uns der Zeitzeuge *Priskos* die Szenerie beschrieben, die man unbedingt kennen sollte, weshalb dessen Einlassungen hier sinngemäß wiedergegeben werden.

Das ist der ungefähre Wortlaut des Priskos: Vor diesen Attila, der auf einem hohen Thron saß, trat Maximinos, überreichte das kaiserliche Schreiben und übermittelte Grüße. Attila bedankte sich höflich. Wie er jedoch Bigila erblickte, nannte er diesen einen widerwärtigen Schuft und fragte, wieso er es wage, zu ihm zu kommen, da er doch die Übereinkunft kenne, wonach kein Abgesandter erscheinen solle, ehe nicht alle Überläufer übergeben seien! Bigila erwiderte, es gebe keine

380 Priskos: gemeint: byzantin. Gesandter bei Attila 448–449; griech. Historiograph.

weiteren. Da wurde Attila ungemein wütend und schrie, er werde ihn als Rabenfutter ans Kreuz schlagen lassen! Nur das Gastrecht halte ihn zurück. Dann ließ er eine Liste mit Namen der Abtrünnigen verlesen. Übrigens, Bigila ist in manche Sage eingegangen. So spielt er beispielsweise als Berater *Bikki* des Königs Ermanarich eine üble Rolle, weil er ihm die Beseitigung der Verwandten einredet.

Bald schickte man Bigila nach Konstantinopel, angeblich um restliche Überläufer zu holen. In Wahrheit aber sollte Bigila das Gold für die Meuchelmörder bringen. Die übrigen oströmischen Gesandten, die nichts von dem Mordkomplott wussten, vertröstete man, sie müssten auf die Rückkehr des Onegesius warten, der mit *Ellak*, Attilas ältestem Sohn, zu den Akatziren unterwegs sei, um ihn dort als König einzusetzen. – Am Folgetag ritt man nordwärts (!) in die Hunnenhauptstadt. Und Maximinos folgte ihnen mit seinen Leuten auf einem anderen Weg. Unterwegs nahm sich Attila eine neue Gemahlin und fügte sie seinem Harem hinzu. Gastfreundlich waren die Leute unterwegs, denn sie verteilten Hirse, Met und Camus [Kumis, gegorene Stutenmilch], wie Priskos auch mitteilt. In einem Dorf, wo eine von Bledas Witwen regierte, bot man den Reisenden nach hunnischer Art schöne Töchter an. Nach wenigen Tagen langte man in Attilas Residenz zwischen Donau und Theiß an.[381]

Was Priskos weiter beschreibt, ist höchst einmalig und aufschlussreich: Es heißt da, Attilas Palast, der auf einem Hügel stand, umfasste zahlreiche aus Holz errichtete Gebäude. Im Mittelpunkt stand Attilas Haus, von Türmen flankiert und von polierten Planken so wunderbar zusammengefügt, dass man denken konnte, es sei aus einem Stück. Daneben sah man das Haus der Lieblingsfrau *Hrekja*,[382] leicht gebaut, aber in einem anmutigen Stil mit verzierten Steinpfeilern. Möglicherweise war sie Griechin,[383] andere Forscher halten ihren Namen für turksprachig.[384] In der Sage kehrt sie als *Helche* oder als *Erka* in der Thidreks Saga wieder. In nordischen Texten fungiert sie als *Herkia*, Atlis Magd, die nach Gudruns Anschuldigungen ins Moor versenkt

381 Felix Dahn, Die Völkerwanderung, Bd. 2, Kap 15, S. 478.
382 Hrekja: zweimal bei Priskos erwähnt; Ellaks Mutter.
383 Gerhard Wirth, Attila, S. 83.
384 Vgl. Otto J. Maenchen-Helfen, Die Welt der Hunnen, S. 276.

wird (Gottesurteil). Im Epos vom Rosengarten heißt sie »Frau Herche«.

Neben Attilas Wohnung befanden sich Häuser seiner Söhne und Unterkünfte der Leibwache. Onegesius' Haus, ebenfalls von einer hölzernen Balustrade umgeben, schien das einzige steinerne Gebäude. Beim Einzug Attilas gingen Mädchen in Reihen vor seinem Pferd her, hielten weiße Tücher über ihn und sangen hunnische Lieder.[385] Attila begab sich zuerst zur Frau des Ministers Onegesius, die ihm mit ihren Dienern Speisen und Wein anbot. Am nächsten Morgen brachte man die Gesandten zu Hrekja, die – auf einem weichen Lager ruhend – die Besucher königlich empfing. Ringsum war der Raum mit Teppichen ausgekleidet, und auf dem Boden waren Frauen mit bunten Stickereien beschäftigt. Priskos sah sich in der Hunnenstadt um, wo man neben Hunnisch[386] vor allem Gotisch und Latein vernahm.

Dann erlebte Priskos eine Gerichtsverhandlung. Der König trat mit Onegesius aus dem Palast heraus, hörte sich die Streitenden an und fällte seine Urteile. Priskos unterhielt sich danach mit Weströmern, deren Führer ein gewisser Romulus war. So lässt ihn Priskos sprechen: »Glück und Macht haben Attila so aufgebläht, dass keine Vernunft gegen seine Willkür etwas vermag. In der Tat, kein Herrscher Skythiens oder eines anderen Landes vollbrachte so Großes in so kurzer Zeit. Ganz Skythien bis zu den Inseln der Ostsee hat er sich unterworfen und fordert nun auch von den Römern Tribut. Er will Persien angreifen, um sein Reich zu erweitern.«[387]

Schon damals befürchteten die Römer, Attila würde sich nach einem Sieg über Persien gegen das Römerreich wenden. Nachmittags war es einigen römischen Gesandten, u. a. Priskos, gestattet, vor Attila aufzutreten. In einer Art Langhaus befand sich eine Erhöhung, mit Attilas Tisch und Diwan, etwas tiefer das Ruhelager, mit feinem, buntbesticktem Tuch bedeckt. Attila saß bereits, als die Gästen eintraten, und es wurden Becher mit Wein gereicht, aus denen sie dem Hunnenkönig zutranken. Die Fremden verwies man auf Attilas linke Seite, wo auch

385 R. C. Blockley, Priskos, Kap. 11, S. 265.

386 Hunnisch: über diese Sprache ist viel gerätselt worden, aber man weiß wenig. Vgl. Otto J. Maenche-Helfen, Die Welt der Hunnen, S. 255ff.

387 R. C. Blockley, Priskos, Kap. 11 S. 277.

ein Edler namens Berich, wahrscheinlich ein Gote, Platz genommen hatte. Rechts saßen Onegesius und zwei Söhne Attilas.

Sobald sich alle niedergelassen hatten, folgten Trinksprüche und Gänge mit köstlichen Speisen. Attila aß aus einer Holzschüssel, aber alle anderen von Silbertellern. Nach Priskos war auch Attilas Kleidung einfach, wodurch er vielleicht die Verbundenheit mit seinen Vorfahren hervorheben wollte. Am Abend sangen hunnische Skalden Heldenlieder bei Fackelbeleuchtung und priesen Attilas Taten. Es wird berichtet, dass die Jüngeren mit glänzenden, fiebrigen Augen zuhörten, während Ältere Tränen darüber vergossen, dass sie nicht mehr an Kämpfen teilnehmen konnten. Danach erschien der Mohr Zercon, ein Zwerg, der als Beute zu den Hunnen gekommen war. Bleda fand dessen Witze amüsant und nahm ihn stets überall mit. Aber eines Tages entlief er, wurde aber wieder eingefangen. Auf die Frage, warum er geflohen sei, erwiderte Zercon, er habe keine Frau erhalten. Nach Bledas Ermordung übergab Attila den Zwerg seinem alten Freund Aëtius, der ihn schließlich über Umwege an Attila zurückstellte, wo dieser nun in hunnisch-gotischem Kauderwelsch seine Possen machte.

Attila konnte nicht über ihn lachen, erst als sein jüngster Sohn Ernack auftauchte, schien er zu lächeln und zog das Kind an sich. Priskos fragte einen Nachbarn, warum Attila nur zu diesem Kind so freundlich sei und erhielt zur Antwort, Wahrsager hätten prophezeit, alle Kinder würden ohne Nachkommen umkommen, nur in Ernack lebe das Geschlecht weiter. Bemerkenswert ist in diesem Zusammenhang, dass in der bulgarischen Fürstenliste, um 765 aufgezeichnet, ein Irnik, der Sohn des Avitochol (vielleicht der wirkliche Name Attilas) als einer der Stammväter der Bulgaren genannt wird. Die Bulgaren waren ursprünglich ein turksprachiges Volk, das angeblich aus den Resten der Hunnen und anderen Turkvölkern entstand. Bis tief in die Nacht gingen die Feiern weiter, aber am nächsten Morgen verhandelten die Gesandten noch mit Attila über die Freilassung von Sullas Gemahlin, einer edlen Römerin, und erreichten diese auch. Hierauf lud Hrekja ihre Gäste in das Haus ihres Verwalters Adamis ein.

Am Folgetag verlangte Attila während einer königlichen Tafel erneut, Maximinos solle sich beim Kaiser dafür einsetzen, dass Constantius eine vermögende Römerin zur Frau erhalte, da er, Attila, dies dem

Constantius verheißen hätte. Drei Tage danach wurden die römischen Gesandten reich beschenkt nach Konstantinopel zurückgeschickt. Diesmal begleitete Berich die Abordnung des Kaisers. Unterdessen kehrte Bigila an Attilas Hof zurück, wo man ihm das Gold abnahm, ihn gefangen setzte und vor Attila führte. Der fragte ihn, wieso er eine so große Summe bei sich habe. Als Bigila Ausflüchte suchte, befahl Attila, Bigilas Sohn, der seinen Vater begleitet hatte, zu töten, wenn Bigila nicht sofort den Mordplan gestehe.

Da bat dieser den Attila unter Tränen, ihn anstelle seines Sohnes zu töten. Attila ließ Bigila einsperren und verkündete seinem Sohn, er werde Bigila für weitere fünfzig Pfund Gold die Freiheit schenken. Dann befahl er Orestes und Esla, zum oströmischen Kaiser Theodosius zu gehen. Orestes sollte sich dabei den Bigila-Beutel, um den Hals hängen und *Chrysaphius* fragen, ob er das Behältnis wiedererkenne. Esla sollte von Theodosius die Auslieferung des Eunuchen fordern.

Nachdem Orestes und Esla Attilas Befehle befolgt hatten, spürte Chrysaphius, dass er sehr in Gefahr war. Er bemühte sich, Attilas Zorn zu besänftigen. Mit einer großen Goldsumme erschien eine neue Gesandtschaft bei Attila, und der Hunnenkönig selbst kam ihr bis an die Donau entgegen. Als er die Geschenke sah, verzichtete er auf einen Landstrich südlich der Donau und verlangte auch keine Überläufer mehr. Auch Bigilas Sohn löste seinen Vater mit der geforderten Summe aus. Constantius aber ehelichte bald eine reiche Römerin. In der nordischen Sagenversion heißt Jörmunreks übler Ratgeber übrigens nicht Sibech, sondern, wie schon erwähnt *Bikki*, und möglicherweise hat jener Gote Bigila dem Bikki seinen Namen gegeben. In der »Römischen Geschichte« hat Jordanes einen ostgotischen König namens Bigelis aufgeführt, der in der Zeit Leos I. von Ardabur umgebracht wurde.

Nun, an dieser Stelle kann es für den Leser der »Origo Gothica« wahrscheinlich noch interessanter sein, einmal zusammenhängend den gesamten Bericht des Gesandten Priskos zur Kenntnis zu vernehmen, der ja Attila besuchte und in teils launigen Worten darüber einen ausführlichen Bericht gegeben hat.

Wir lesen wörtlich bei Priskos: »Nach dem Abschluss des Friedensvertrages schickte Attila sogleich wieder Gesandte zu den Oströmern, um die Auslieferung der Flüchtlinge zu fordern. Die Römer empfingen die Gesandten, beschenkten sie reich, versicherten ihnen, dass sich keine Überläufer mehr bei ihnen befänden, und entließen sie. Darauf schickte Attila eine zweite Gesandtschaft, die nicht weniger reich bedacht wurde; ihr folgte eine dritte und eine vierte. Attila nutzte die Freigebigkeit der Römer, die diese aus Furcht vor einem Verstoß gegen den (Friedens-)Vertrag übten, weidlich aus. Er ersann immer neue Anlässe und fand immer wieder einen Vorwand, Gesandtschaften zu schicken, mit deren Führung er seine Verwandten und Freunde betraute, denen er wohlwollte. Die [Ost-]Römer gehorchten Attila in allem aufs Wort (!) und nahmen seine Forderungen wie Befehle ihres rechtmäßigen Herrschers hin. Sie vermieden mit peinlicher Sorgfalt jeden Anlass zu einem neuen Krieg gegen ihn, hatten sie doch genug andere Sorgen: Die Parther rüsteten zum Krieg; die Vandalen machten [mit ihren Schiffen] die Küsten unsicher, die Isaurier [südanatol. Bergvolk] unternahmen fortwährend Raubzüge und die Sarazenen verheerten die Ostgebiete des Reiches in immer neuen Einfällen. Obendrein standen auch die äthiopischen Stämme zum Krieg gerüstet. Daher taten die entmutigten Römer alles, um Attila bei guter Laune zu halten. Den übrigen Völkern wollten sie entgegentreten, sobald sie ein [neues] Heer aufgeboten und einen Heerführer [anstelle des gefallenen Arnegisclus] bestellt hätten.«[388]

Soweit ein Ausschnitt aus dem Bericht des Priskos über die Beziehungen zu Attila. Folgendermaßen fährt Priskos in seiner Darstellung fort:

»Mit einer neuen Gesandtschaft kamen Edeca, ein Skythe, der sich im Kriege rühmlichst hervorgetan hatte, und mit ihm Orestes, der von römischer Abkunft war und aus dem Lande Pannonien am Savus Fluvius (Fluss Save) stammte, das der weströmische Feldherr Aëtius[389] dem Barbarenkönig abgetreten hatte. Dieser Edeca überreichte bei seiner Ankunft am Kaiserhof einen Brief, in dem sich Attila wegen der Überläufer beschwerte. Er drohte sogar mit einem neuerlichen Krieg, wenn sie ihm nicht ausgeliefert würden und die Römer nicht aufhören sollten,

388 S. diesen und den folgenden Priskos-Text bei Hermann Schreiber, Attila und die Hunnen, S. 176ff.

389 Vgl. T. Stickler, Aetius, München 2002.

das von ihm eroberte Land zu besiedeln. Dieser Landstreifen war etwa fünf Tagereisen breit und erstreckte sich von Pannonien bis zu der thrakischen Stadt Novae [Svistov]. Außerdem wünschte Attila, der Markt für Illyrien [d. h. die große Jahresmesse aller Kaufleute] sollte nicht wie bisher am Donauufer abgehalten werden, sondern in Zukunft in *Naissus* (Niš) stattfinden, einer Stadt, die Attila erobert und zerstört hatte. Sie lag für einen rüstigen Wanderer fünf Tagereisen südlich der Donau und war in dem jüngsten Vertrag als [neue] Grenzstadt zwischen dem hunnischen und römischen Herrschaftsbereich festgesetzt worden. Überdies forderte Attila, man möge ihm Gesandte zur Erörterung der schwebenden Streitfragen schicken, aber nicht die ersten besten, sondern Männer von konsularischer Würde (!). Wenn Byzanz Bedenken trüge, solche Männer ins Hunnenreich zu entsenden, so sei er bereit, ihnen bis Serdica entgegenzukommen und sie dort zu empfangen.

Nachdem der Kaiser Attilas Brief gelesen hatte, zog sich Edeca mit Bigila zurück. Dieser hatte wörtlich verdolmetscht, was der Hunne als mündliche Ergänzungen und Kommentare zu dem Schreiben seines Herrn vorgebracht hatte. Edeca begab sich danach in einen anderen Teil des Palastes, um dem kaiserlichen Schildträger (Ehrentitel) Chrysaphius, dem mächtigsten Mann am Hofe, seine Aufwartung zu machen. Dabei bestaunte er sehr die Pracht des kaiserlichen Palastes. Als dann der Hunne mit Chrysaphius ins Gespräch kam, übersetzte Bigila diesem die Ausdrücke von Edecas Bewunderung und Staunen über den Bau und seine kostbare Einrichtung. Darauf erwiderte Chrysaphius, auch Edeca selbst könne Herr in einem kostbar ausgestatteten Palast und eines großen Vermögens sein, wenn er die Hunnen verlassen und zu den Römern überwechseln würde. Edeca sagte darauf nur, dass er als Dienstmann seines Königs nur mit dessen Einwilligung nach Byzanz gehen dürfe. Nun erkundigte sich der Eunuche (= Chrysaphius), ob Edeca jederzeit ungehindert Zutritt zu Attila habe und ob er bei den Hunnen überhaupt ein einflussreicher Mann sei. Edeca bestätigte, dass er zu den engsten Vertrauten Attilas gehöre und dass ihm, gemeinsam mit einigen anderen Edlen aus dem Hunnenland, der persönliche Schutz des Königs anvertraut sei. Sie lösten einander tageweise in einer festgelegten Ordnung im bewaffneten Wachdienst vor der jeweiligen Wohnung des Königs ab.

Darauf erwiderte der Eunuche, er habe Edeca einen überaus wichtigen und sehr günstigen Vorschlag zu machen; freilich müsse er ihn vorher durch Eid seines Stillschweigens versichern. Die Sache bedürfe aber der nötigen Zeit und Muße. Die würden sie haben, wenn Edeca zu ihm, Chrysaphius, zum Mahl komme, jedoch ohne den Orestes und die übrigen Mitglieder der Gesandtschaft. Mit Hilfe des Dolmetschers verpflichteten sie sich mit Handschlag zum Schweigen und schworen einander zu: der Eunuche, dass sein Anerbieten an Edeca keineswegs gefährlich (!), sondern im Gegenteil überaus vorteilhaft und einträglich sei; und Edeca, dass er das ihm Anvertraute selbst dann nicht verraten werde, wenn er persönlich nicht bereit sein sollte, darauf einzugehen. Bei jenem Mahl rückte Chrysaphius dann mit seinem Ansinnen heraus: Edeca solle heim ins Skythenland reisen, den Attila ermorden und zu den Römern nach Byzanz zurückkehren. Nach dieser Tat winke ihm hier ein Leben in Reichtum und Fülle. Edeca ging darauf ein, meinte aber, dazu brauche er Geld, zunächst zwar nicht viel, immerhin aber fünfzig Pfund Gold, die er an seine Helfershelfer verteilen müsse. Der Eunuche wollte Edeca die Summe unverzüglich aushändigen. Der Barbar (= Edeca) riet jedoch, ihn zuerst mit einem Bericht über die Gesandtschaft und deren Ergebnisse zu Attila zurückkehren zu lassen. Durch Bigila werde Edeca dann dem Chrysaphius sagen lassen, auf welchem sicheren Weg er das Gold an ihn senden könne. Attila habe nämlich die Gewohnheit, jeden Gesandten gleich nach der Rückkehr genau darüber auszufragen, welche Geschenke und Beträge an Gold oder Geld er von den Römern erhalten habe. Außerdem ließe sich eine solche Menge Goldes während der langen Reise nicht vor den anderen Mitgliedern der Gesandtschaft mit Sicherheit verbergen.

Dieser Einwand des Barbaren leuchtete dem Eunuchen ein, und er erklärte sich einverstanden. Er entließ den Edeca nach dem Mahl und begab sich zum Kaiser, um ihn von dem Anschlag auf Attila und dem entwickelten Plan zu unterrichten. Der Kaiser ließ sogleich den *Magister officiorum* holen und weihte auch ihn als den höchsten Regierungsbeamten in die Abmachungen mit dem Barbaren ein. Nach eingehender Beratung wurde beschlossen, nicht nur Bigila den Edeca begleiten zu lassen, sondern auch Maximinos. Während Bigila unter dem Deckmantel des Dolmetscheramtes dem Edeca für alle geheimen

Erledigungen und zur Ausführung von Weisungen zur Verfügung stehe, werde Maximinos, der von dem Anschlag nichts erfahren dürfe, den Brief des Kaisers an Attila überreichen und als Gesandter fungieren, da er aus vornehmer Familie stamme und aus der unmittelbaren Umgebung des Kaisers komme. Dies teilte man auch Attila schriftlich mit [da er Gesandte von konsularischem Rang verlangt hatte]. Maximinos wiederum bat mich [d. i. Priskos, den Verfasser dieses Berichts], ihn auf dieser Gesandtschaftsreise zu begleiten. So brachen wir mit den Barbaren auf und kamen nach *Serdica*, das ein rüstiger Wanderer von Konstantinopel aus in dreizehn Tagereisen erreicht. Dort hielten wir Rast und luden Edeca mit seinen Barbaren zur Abendmahlzeit ein. Die Einheimischen lieferten uns Schafe und Rinder; wir schlachteten sie und schmausten wacker. Bei Tisch rühmten die Barbaren ihren Attila, wir aber unseren Kaiser. Da warf Bigila ein, man dürfe doch Menschliches nicht mit Göttlichem vergleichen: Attila sei schließlich nur ein Mensch, Theodosius jedoch ein Gott. Da fuhren die Hunnen auf, und es gab eine Verstimmung. Wir lenkten sogleich das Gespräch in andere Bahnen und trachteten, sie durch freundliche Worte zu versöhnen.«

Der Bericht des Priskos geht folgendermaßen weiter:

»Als die Tafel aufgehoben war, überreichte Maximinos sowohl dem Edeca als auch dem Orestes Geschenke: seidene Gewänder und indische Edelsteine. Orestes blieb bei uns, bis Edeca sich entfernt hatte, und rühmte dann Maximinos, weil er nicht denselben Fehler begangen habe wie die Hofleute im kaiserlichen Palast, wo man Edeca zum Mahl bei Chrysaphios geladen habe, ihn jedoch nicht. Diese Worte erschienen uns sonderbar, da wir von alledem nichts wussten; wir fragten darum weiter, doch Orestes ging wortlos hinaus. Tags darauf besprachen wir die Sache mit Bigila, der aber meinte, es sei doch selbstverständlich, dass dem Orestes nicht dieselben Auszeichnungen zuteil werden könnten wie Edeca: Orestes sei zwar der Geheimschreiber Attilas, aber doch bloß ein Bediensteter, Edeca hingegen ein überaus erfolgreicher Feldherr aus hunnischem Adel, der hoch über Orestes stehe. Danach richtete er einige Worte an Edeca, die wir nicht verstehen konnten und von denen Bigila behauptete, sie seien der Bericht des Vorgefallenen gewesen und Edeca habe sich sehr über Orestes geärgert.«[390]

390 Vgl. Hermann Schreiber, Attila und die Hunnen, S. 180ff.

Noch einen weiteren Abschnitt des Berichtes, den Priskos liefert, wollen wir hier einfügen:

»In Naissus angekommen, fanden wir die Stadt verlassen vor, da sie [im letzten Krieg] von den Feinden zerstört worden war. Nur in den von der Kirche erhaltenen Spitälern lagen noch einige Kranke. Ein Stück weiter flussaufwärts hielten wir wieder auf bloßem Grund; am Ufer nämlich lagen die Gebeine der Gefallenen haufenweise umher. Tags darauf trafen wir unweit von Naissus den Befehlshaber der in Illyrien stehenden Streitkräfte. Wir übermittelten ihm den Auftrag des Kaisers und übernahmen von ihm fünf von jenen siebzehn Gefangenen [Attila hatte sie Überläufer genannt], die wir an die Hunnen ausliefern mussten. Der Befehlshaber entließ sie unter Bezeugungen seines Wohlwollens und gab sie uns mit.«

Soweit der sehr instruktive Originaltext des Priskos. Schließlich kommt die Reisegesandtschaft, der Attila also nicht bis Serdica entgegengereist war, zu Attilas Zeltlager. Man hat Schwierigkeiten, zu Attila vorgelassen zu werden, angeblich, weil ein neuer Kriegszug vorbereitet wird, um die Römer des Ostreichs zur Herausgabe aller Überläufer zu zwingen. Bigila, der einzige eingeweihte Byzantiner, befürchtet, unverrichteter Dinge abreisen zu müssen. Folgendermaßen fährt Priskos in seinem Bericht fort:

»Hätte ich, meinte er, mit Attila sprechen können, ich hätte ihn leicht dazu bewogen, vom Krieg gegen die Römer abzulassen, weil ich mit ihm von einer früheren Gesandtschaft unter Anatolius her auf vertrautem Fuß stehe. Darüber hinaus behauptete er, auch Edeca sei ihm wohlgesinnt. In Wahrheit wollte er natürlich nichts anderes, als unter dem Deckmantel der Gesandtschaft und der verschiedenen Besprechungen – wahrer oder nur vorgetäuschter – Mittel und Wege finden, den Anschlag gegen Attila zu fördern und zu erfahren, wie das Gold, das Edeca zu den Bestechungen brauchte, herbeigeschafft und an die Verschwörer verteilt werden könne. Aber Bigila ahnte nicht, dass er längst verraten war. Edeca nämlich hatte gleich nach dem Eintreffen seinem König den ganzen Plan aufgedeckt und ihm auch von dem Gold erzählt, das aus diesem Anlass geschickt werden sollte. Ich vermag bis heute [d. h. zur Zeit der Niederschrift dieser Erinnerungen] nicht zu sagen, ob Edeca schon in Byzanz nur zum Schein auf den Vorschlag des Eunuchen eingegangen war oder ob er diesen Entschluss erst fasste, als der Disput mit Orestes unterwegs ihm zeigte, jener Geheimschreiber Attilas habe die vertraute Unterredung Edecas mit dem Eunuchen sehr wohl bemerkt und könne sie Attila hinterbringen.«

Soweit Priskos. Hier ist also schon klar, dass Edeca nur scheinbar auf den Attentatsplan eingegangen war. Der verwirrende Weg, Bestechungsgelder zu den Hunnen zu bringen, hatte doch wohl nur den Sinn, einen Beweis für den Mordplan zu haben. Das erfährt man auch aus dem, was Attila nun ins Werk setzte:

»Schon standen die Lasttiere bepackt, und wir wollten uns auf die Rückreise machen, als uns einige Boten Attilas Befehl überbrachten, wir sollten wegen der vorgerückten Stunde an diesem Tag nicht mehr abreisen. Andere Hunnen trieben sogar einen Ochsen herbei und brachten Flussfische, die Attila uns zugedacht hatte. So schmausten wir denn und legten uns dann zur Ruhe. Am nächsten Morgen hofften wir dann, Attila werde sich milder zeigen und uns eine geneigte Botschaft senden.«

Der nun folgende Bericht des Priskos ist die einzige authentische und einigermaßen ausführliche Schilderung von Attila als Person, in seinem Wesen und Benehmen, in der gesamten Literatur über den Hunnenkönig. Priskos schreibt:

»Ich eilte zurück zu Maximinos, der mit Bigila in Sorgen und Zweifeln über die nächsten Schritte verharrte, und berichtete von meiner Unterredung mit Skottas. Ich riet ihnen auch, die Geschenke für den Hunnenkönig vorzubereiten und sich ihre Worte vor Attila zurechtzulegen. Die beiden hatten im Gras gelegen und sprangen nun sogleich auf. Sie lobten mein umsichtiges Verhalten und riefen die Tragtierführer zurück, die schon aufbrechen wollten. Dann berieten sie, wie sie Attila anreden und in welcher Reihenfolge sie ihm die Geschenke des Kaisers sowie die eigenen Gaben des Maximinos überreichen sollten. Mitten in diesen Vorbereitungen beschied uns Attila durch Skottas zu sich. Wir begaben uns also zu seinem Zelt, das rings von starken Barbarenwachen umgeben war. Wir traten ein und fanden Attila auf einem hölzernen Thron sitzend. Wir blieben in einiger Entfernung davor stehen, Maximinos trat vor, begrüßte den Hunnenkönig, überreichte ihm das Schreiben des Kaisers und überbrachte dessen Grüße und gute Wünsche. Attila entgegnete, er wünsche den Römern dasselbe wie sie ihm. Dann fuhr er gleich auf Bigila los, schalt ihn ein unverschämtes Biest und herrschte ihn an, wozu er überhaupt gekommen sei, da er doch die zwischen Anatolius und ihm getroffenen Vereinbarungen recht wohl kenne und wisse, dass er, Attila, befohlen habe, Gesandte erst dann vorzulassen, wenn alle Überläufer den Hunnen ausgeliefert worden seien. Bigila erwiderte, bei den Römern befinde sich kein einziger skythischer Überläufer mehr, man habe bereits alle ausgeliefert. Da ergrimmte Attila noch mehr, überhäufte den Bigila mit lauten Schimpfworten und drohte, er würde ihn den Geiern zum Fraß kreuzigen lassen, wenn es nicht die Unverletzlichkeit der Gesandten verböte, ihn für seine ebenso dreisten wie unverschämten Reden zu bestrafen.

Er fuhr fort, es befänden sich noch zahlreiche Überläufer bei den Römern, und ließ auch sogleich ihre Namen von den Schreibern verlesen. Hierauf befahl er dem Bigila, unverzüglich mit Esla abzureisen und von den Römern die sofortige Auslieferung aller skythischen Flüchtlinge zu verlangen, die seit den Zeiten des Carpilio zu den Römern übergegangen seien, denn er wolle nicht dulden, dass seine eigenen Untertanen gegen seine Leute kämpften. »Ihr habt ihnen den Schutz eures Heimatlandes anvertraut, aber sie können euch nicht helfen, denn welche Festung könnten sie erfolgreich verteidigen, deren Eroberung oder Zerstörung ich einmal beschlossen habe?«

Hier sei noch eingefügt: Carpilio war jener Sohn des Aëtius, der ein paar Jahre am Hunnenhof um 440 als Geisel weilte. Dann geht der Bericht weiter:

»Danach wollte Attila die Geschenke sehen. Wir überreichten sie ihm und kehrten dann in unser Zelt zurück, wo wir alles, was wir gehört hatten, besprachen. Bigila zeigte sich sehr betroffen darüber, dass Attila, der ihn bei jener früheren Gesandtschaft freundlich behandelt hatte, diesmal so aufgebracht gewesen war. Wie er mir später sagte, schien er wirklich nicht zu wissen, warum Attila ihn so beschimpft hatte, denn er hielt es für unmöglich, dass der Anschlag auf Attila verraten worden sei: Edeca habe sich nicht nur durch Eid zum Schweigen verpflichtet, er riskiere doch selbst die Todesstrafe, wenn seine Teilnahme an dem Mordplan ruchbar würde! Während wir uns noch so zweifelnd miteinander berieten, kam Edeca und führte den Bigila unter einem Vorwand beiseite. Dabei befahl er ihm, nun das für die Bestechungen ausgesetzte Gold heranschaffen zu lassen, und entfernte sich wieder. Als wir danach den Bigila fragten, was Edeca mit ihm besprochen habe, versuchte er – längst ein betrogener Betrüger – uns durch Ausflüchte hinter das Licht zu führen. Inzwischen aber war ein weiterer Bote gekommen und überbrachte uns Attilas Befehl, weder Bigila noch wir Gesandten dürften einen römischen Gefangenen oder Sklaven oder auch nur Pferde käuflich erwerben. Lediglich Ausgaben für den nötigsten täglichen Bedarf an Lebensmitteln seien uns zugestanden. Als aber Bigila an den Ort kam, wo Attila eben weilte, wurde er von Barbaren, die ihm aufgelauert hatten, umstellt und der Goldschatz, den er für Edeca mitführte, wurde ihm abgenommen. Sie brachten ihn dann vor Attila, der ihn fragte, wozu er soviel Gold mit ins Hunnenreich gebracht habe. Bigila erwiderte, er brauche es für sich und seine Begleiter, damit sie nicht etwa aus Mangel an Lebensmitteln oder an Pferden oder an Tragtieren, die durch die weite Reise ausgefallen seien, in ihren Bemühungen um ihren Auftrag als Gesandte behindert würden. Überdies sei ein Teil dieser Summe als Lösegeld für Kriegsgefangene gedacht, weil viele Römer ihn flehentlich gebeten hätten, Verwandte, die den Hunnen in die Hände gefallen seien, loszukaufen.

Da fuhr Attila auf Bigila los: ›Du unverschämter Hund, du sollst trotz deiner schlauen Ausflüchte der verdienten Strafe nicht entrinnen! Dein Gerede soll dir nichts nützen! Die Summe, die du mitführst, ist um ein Vielfaches höher als alles, was du zu deinem und deiner Leute Unterhalt je brauchen könntest, oder auch zum Ankauf von Pferden oder Lasttieren, ja selbst zum Freikauf von Gefangenen, den ich übrigens ausdrücklich verboten habe.‹

Nach diesen Worten machte Attila Miene, den Sohn des Bigila, der seinen Vater zum ersten Mal ins Barbarenland begleitete von der Leibwache mit Schwertstreichen töten zu lassen, sodass Bigila nun offen eingestand, für welchen Zweck das Gold bestimmt gewesen sei. Als er seinen Sohn in Todesgefahr schweben sah, flehte er Attila unter Tränen an und bat ihn, er möge Gerechtigkeit walten lassen und ihn, Bigila, töten, nicht aber das unschuldige Kind. Er zauderte auch nicht länger, die ganze, von ihm, Edeca und vor allem Chrysaphius ausgeheckte Verschwörung und ihre Billigung durch den Kaiser aufzudecken, und bat kniefällig immer wieder, dass man doch ihn töte, seinen Sohn aber heimkehren lasse.

Attila wusste inzwischen längst von Edeca, dass Bigila diesmal die Wahrheit sprach. Darum ließ er ihn nur in Fesseln legen und gestattete dem Sohn die Rückkehr nach Byzanz mit dem Auftrag, ein Lösegeld von fünfzig Pfund Gold für den Attentäter heranzuschaffen. Zugleich entsandte Attila auch den Orestes und den Unterhändler Esla zu den Römern. Dem Orestes befahl er, den Geldbeutel, worin Bigila das für Edeca bestimmte Gold verwahrt hatte, [leer] um den Hals zu tragen und so vor Chrysaphius und den Kaiser zu treten. Dann solle er den Eunuchen fragen, ob er den Beutel kenne. Esla aber solle folgende Botschaft ausrichten: Kaiser Theodosius, Herrscher des Oströmischen Reiches, sei allerdings der Sohn eines edlen Vaters, aber auch Attila sei vornehmer Abkunft und halte als Nachfolger seines Vaters Mundzuk den Adel hoch in Ehren. Theodosius hingegen habe seinen ererbten Adel verscherzt, indem er ihm, Attila, tributpflichtig und damit sein Vasall geworden sei. Besonders schimpflich aber sei es, wenn ein solcher Vasall seinem Herrn nach dem Leben trachte und dem, den das Schicksal über ihn gesetzt habe, wie ein treuloser Sklave heimlich nachstelle. Attila könne den Mordanschlag erst dann als gesühnt ansehen, wenn ihm der Eunuch Chrysaphius zur Bestrafung ausgeliefert würde. Mit dieser Botschaft kamen die beiden nach Konstantinopel.«

Soweit schildert Priskos hier aufs Genaueste diese hochinteressanten Vorgänge. Überlegen wir nochmals das Gelesene! Priskos gilt als einwandfreier Zeuge, ja, er war fast beteiligt, und sein Bericht ermöglicht es uns, die Zusammenhänge zu begreifen, wie sie damals abliefen. Zudem liefert uns der Vorfall eine Reihe genauer Hinweise über diese oft verächtlich als Barbaren bezeichneten Hunnen. Zum Beispiel widersteht Edeca der Versuchung, sich Wohlstand in Byzanz anzueignen. Ein anderer Hunne, nämlich Esla, wie es scheint ein Mann für heikle Dinge, ist Attila absolut treu. Skottas' Bruder lehnt die byzantinischen Verheißungen auf einen Posten in Konstantinopel ab und sagt, er würde bloß Befehle seines Königs Attila annehmen. Daher wolle er lieber am Hunnenhof verweilen. Erstaunlich ist auch die Aussage eines Griechen, der nach einigen Jahren Gefangenschaft bei den Hunnen nicht ins Römerreich zurück möchte und dieses dem Priskos auf folgende Weise darstellt:

»Ich bin gebürtiger Grieche und war ein wohlhabender Kaufmann in einer Stadt an der Donau. Dort habe ich lange Zeit gelebt und eine reiche Frau geheiratet, aber meinen Besitz bei der Eroberung der Stadt durch die Hunnen verloren. Nach der Sitte der Barbaren konnten sich die Vornehmen ihre Gefangenen aussuchen, und so kam ich mit meiner ganzen Habe an den Onegesius (d. h. den Bruder des Skottas). Später habe ich mich in den Kämpfen gegen die Römer und gegen die Akatziren ausgezeichnet und meinen Beuteanteil meinem Herrn, dem Onegesius, überlassen, wozu ich verpflichtet war, wofür er mir aber die Freiheit schenkte. Nun konnte ich eine einheimische Frau heiraten, die mir Kinder geboren hat. Ich bin ständiger Gast am Tisch des (Ministers) Onegesius, und dieses Leben behagt mir weit mehr als mein früheres. Die Hunnen nämlich führen, wenn sie einen Krieg mit all seinen Beschwerlichkeiten und Gefahren beendet haben, ein vollkommen sorgenfreies und untätiges Leben. Da genießt ein jeder die Früchte seiner Tapferkeit, und kein Mensch stört ihn dabei. Bei den Römern aber (d. h. in diesem Fall den Unterlegenen) kommt man leicht im Krieg um. Die müssen ja ihre Hoffnung stets auf andere setzen, weil sie nicht selbst zu den Waffen zu greifen wagen. Und wenn sie sich tatsächlich irgendwann selbst verteidigen müssen, so schweben sie durch die Feigheit ihrer unerfahrenen Anführer in größter Gefahr. Im Frieden aber liegen (in Ostrom) die Dinge noch viel ärger, und zwar wegen der drückenden Steuern und der dauernden Ränke gewissenloser Schufte, für die Gesetze offenbar nicht gelten. Verstößt ein Reicher und Mächtiger gegen das Gesetz, so braucht er keine Strafe zu zahlen; ein Armer hingegen, der sich nicht zu helfen weiß, muss mit der gesetzlich festgelegten Strafe rechnen, wenn er nicht schon vor der Urteilsverkündung – durch den langwierigen Prozess aufgerieben – freiwillig aus dem Leben scheidet. Der ärgste Missstand ist wohl, dass man im Römischen Reich Recht und Gesetz heute durch Geld erst erkaufen muss. Keinem Geschädigten wird der Schutz der Gesetze zuteil, wenn er nicht vorher Richter und Gerichtsbeamte bestochen hat.«[391]

391 Alle Zitate aus dem zeitgenössischen Bericht des Priskos, wiedergegeben u. a. bei Hermann Schreiber, Attila und die Hunnen.

Nun, das sind erstaunliche Erkenntnisse eines Mannes aus dem 6. Jahrhundert, säuberlich aufgeschrieben von jenem großartigen Berichterstatter Priskos. Deutlicher als lange geschichtliche Darlegungen zeigen diese Worte eines Zeitgenossen, wieso beispielsweise der Ostteil des Römerreiches so schwach und die Hunnen demgegenüber so stark sein konnten.

Kehren wir nun nach all diesen Zusatztexten zu unserer »Origo Gothica« zurück und lesen wir, was uns Jordanes über die Schlacht auf den *Katalaunischen Feldern* zu sagen hat! Im folgenden Kapitel[392] beschäftigt er sich einleitend mit jenem *Sangiban*, ehe er zu Mitteilungen über den Ablauf des Ereignisses kommt.

Kapitel 37

Ein Alanenkönig Sangiban – die Hunnenschlacht

Wir lesen hier den Originaltext der »Origo Gothica«:

XXXVII. »Bevor wir aber über den Hergang der Schlacht selbst berichten, scheint es nötig zu erklären, was sich im Verlauf des Krieges ereignet hat, weil eben diese Schlacht so weitläufig und verwickelt wie berühmt ist. Der Alanenkönig Sangiban [ca. 451] versprach aus Angst vor der Zukunft dem Attila, sich ihm zu ergeben und die Stadt Aureliana[393] in Gallien, wo er damals stand, ihm in die Hände zu spielen.

Sobald Theoderid und andere davon erfuhren, richteten sie vor Attilas Ankunft vor der Stadt große Verschanzungen her, überwachten den verdächtigen Sangiban und stellten ihn mit seinem Volk ins Mitteltreffen unter ihre Hilfsvölker. Durch dieses Ereignis wurde der Hunnenkönig Attila bestürzt und unsicher, traute seiner Macht nicht mehr und scheute sich, den Kampf zu beginnen. Und da er an Flucht dachte, die noch schlimmer wäre als der Tod, beschloss er, durch Wahrsager die Zukunft erforschen zu lassen. Diese Leute beobachteten nach ihrer Sitte bald die Eingeweide von Tieren, bald die Linien auf abgeschabten Knochen und prophezeiten den Hunnen Unglück. Nur einen schwachen Trost ver-

392 Kap. 37, §§ 194–196.
393 Aureliana: Orléans.

kündeten sie im Voraus, dass nämlich der oberste Anführer der Feinde seinen Tod finden und durch seinen Untergang die Freude nach dem Sieg trüben würde. Weil nun Attila den Tod dessen, der seinen Plänen im Wege stand, sogar durch seinen eigenen Untergang herbeiführen zu müssen glaubte, so eröffnete er, durch diese Weissagung ermutigt, zumal er bedeutende Erfahrungen in der Kriegführung besaß, um die neunte Tagesstunde mit großer Besorgnis die Schlacht, um bei einem unglücklichen Ausgang die Nähe der Nacht zur Flucht zu nutzen.«

Allzu knapp ist hier der originale Text. – Damit wissen wir noch nicht sehr viel über die berühmte Schlacht auf den *Katalaunischen Feldern*, sodass es nunmehr zunächst zweckmäßig erscheint, einiges über die Vorgeschichte dieses Vorgangs beizusteuern, wobei wir uns auf neuere Untersuchungen stützen können.

Zunächst blicken wir auf Ostrom! Hier war zur Mitte des Jahres 450 Kaiser Theodosius nach einem Reitunfall gestorben und seine Schwester *Pulcheria* an die Macht gekommen, die sofort den Eunuchen Chrysaphius hinrichten ließ und einen gewissen *Markian* ehelichte. Der verweigerte nunmehr Attila den Jahrestribut. Aber nicht mehr nach Ostrom richtete der Hunne seine Blicke. Seine Truppen besaßen nunmehr genügend Mittel, um ein riesiges Heer unterhalten zu können. Attila fühlte sich stark genug, die gesamte antike Welt beherrschen zu können. Ostroms Wirtschaft und Handel waren aufgeblüht, aber Westrom hingegen war kaum in der Lage, eigene Truppen auszurüsten, sodass mehr und mehr Föderaten, d. h. barbarische Völkerschaften, die Verteidigung übernehmen mussten, vor allem die germanischen Verbündeten in Gallien, also Westgoten, Franken und Burgunder. Aber die Verträge standen oft auf wackeligen Füßen, sodass Attila damit rechnete, weiterhin Germanen und andere auf seine Seite ziehen zu können.

Westroms gefährlicher Feind saß in Afrika. Schon 427 hatten die Vandalen unter Geiserich von Gibraltar aus Afrika erreicht und waren von dort nicht mehr zu vertreiben. Die Römer hatten diese wichtige Provinz, die Kornkammer des Reiches, schließlich verloren. Geiserichs Sohn Hunerich[394] hatte eine Tochter des Westgotenkönigs Theoderid

394 Vandalenkönig v. 477 bis 484.

geehelicht, doch man hatte sie verdächtigt, den Vandalenkönig Geiserich vergiften zu wollen, ihr Nase und Ohren abgeschnitten und sie heimgeschickt, wie wir bei Jordanes im Kapitel 36 schon lesen konnten. Das brachte Römer und Westgoten zusätzlich gegen die Vandalen auf, und Geiserich sandte darauf angeblich kostbare Geschenke an die Hunnen, um sie zu einem Angriff auf Westrom zu ermuntern. Vielleicht bestärkten die Vandalen tatsächlich Attila in seinen Plänen.

Vor dem Kampf bemühte sich Attila noch, Römer und Westgoten auseinanderzubringen. Westgotenkönig Theoderid solle, so ließ er ausrichten, das Bündnis mit den Römern aufkündigen. Der weströmische Kaiser beschwor ihn jedoch, das gute Einvernehmen nicht aufs Spiel zu setzen. Ausdruck der Zusammengehörigkeit war 450 auch eine prunkvolle Bestattung des kleinen *Theodosius*. Das war der Sohn von Galla Placidia und Athaulf, dem Westgotenkönig. Der Kleine war schon 415 gestorben, wurde nun von Barcelona nach Rom überführt und hier erneut mit Pomp beigesetzt. Theoderid wusste, wenn Westrom fiel, richtete sich der Hunnenangriff gegen ihn. Daher hielt er treu (!) am Bündnis mit den Römern fest.

Schnell fand sich dafür eine Gelegenheit: Honoria, die Tochter Galla Placidias und Schwester Valentinians III. hatte ein Verhältnis mit einem gewissen Eugenius. Wie Priskos erzählt, wurde dieser vornehme Römer u. a. deswegen zum Tode verurteilt. Honoria, die damals 31 Jahre alt war, verlor ihre Ämter und Titel. Einige Chronisten führten andere Zusammenhänge an, während Wirth in seinem Attila-Buch darlegt, Honoria sei 443 noch als Kaiserin verehrt worden, wie dies auf Münzen ablesbar sei.[395] Als jedoch Honoria einen Senator namens Herculanus ehelichen sollte, warf man beiden vor, nach dem Thron Westroms zu streben. Daraufhin entsandte sie den Eunuchen *Hyacinthus* mit einem Ring zu Attila und bat ihn um Hilfe. Der legte das als Heiratsersuchen aus, schickte seinerseits einen Boten an Valentinian und verlangte ihre Hand. Zugleich drohte er, er würde angreifen, falls man seine »Braut« antaste. Ostroms Kaiser Theodosius II. (408–450) schlug daraufhin Valentinian vor, man solle Honoria dem Hunnenkönig überantworten. Der Kaiser weigerte sich jedoch, ließ Hyacinthus enthaupten und übergab Honoria ihrer Mutter. Unbekannt ist Hono-

395 Gerhard Wirth, Attila, S. 94.

rias weiteres Schicksal geblieben, doch ließ Valentinian III. dem Attila mitteilen, Honoria habe gar kein Recht auf Westroms Thron, da die Thronfolge nur Männern zustehe. Wie weit wir in Kriemhild ein Abbild Honorias sehen können, sei dahingestellt. Aber im Nibelungenlied wurde ja auch die Heirat eine Ursache für den Nibelungenuntergang.

Zwei Söhne des Frankenkönigs stritten damals um ihr Erbe, und Aëtius adoptierte den jüngeren. Priskos teilt uns mit, er habe diesen später getroffen, und sein hellblondes Haar sei so lang gewesen, dass es sogar über dessen Schultern floss. Sicherlich war es *Childerich*, Chlodwigs Vater, der nun als treuer Bundesgenosse der Römer auftrat und in der Schlacht auf den *Katalaunischen Feldern* mitkämpfte.

Nochmals schickte Attila zu Valentinian Boten, die als Verlobungsgeschenk den Ring vorwiesen, den Honoria übersandt hatte. Zugleich verlangte Attila von Valentinian die eine Hälfte des Weströmischen Reiches, denn diese Hälfte habe *Honoria* geerbt. Die Römer wiesen Attilas Ansinnen entrüstet ab, und der setzte seine Kriegsvorbereitungen fort. Eine Parallele zur Sage könnte hier entdeckt werden. Wie Etzel für Kriemhild gegen die Nibelungen eintrat, die Kriemhild den Schatz stahlen, trat Attila für Honoria ein, der ihr Bruder die eine Reichshälfte gleichsam »entwendet« hatte.

Attilas Riesenheer setzte sich im Frühjahr 451 in Bewegung, wobei wir im Kapitel 35 lesen konnten, dass Jordanes es sogar auf 500 000 Mann bezifferte. Darunter waren auch die Ostgoten unter ihren Königen Valamir, Theodemir und Vidimir und die Gepiden unter Ardarich (vgl. Kap. 38). Auch Skiren, Thüringer, Rugier, Franken, Sarmaten, Slawen und Burgunder marschierten mit. Wie Sidonius Apollinaris,[396] ein Zeitzeuge, in seinen Poemen VII mitteilt, waren offenbar einzelne Burgunderscharen noch nicht in die *Sapaudia* umgesiedelt worden. Westgoten, Sarmaten, der größte Anteil der Burgunder sowie Sachsen und Franken standen auf der Römerseite.

Nach Meinung mancher Forscher gab es zwei Heeressäulen Attilas. Ein Hunnenzug marschierte längs der Donau auf der alten Römerstraße über *Augst* zum Oberrhein. Der andere kam über den Main bis *Mainz*,

396 Sidonius Apollinaris: Bischof von Clermont († nach 480). Er bildete eine der Quellen für Cassiodor und Isidor. Vgl. *Carmina*, hg. Chr. Luetjohann, *Monumenta Germaniae Historica*, AA 8, 1887, 173ff.

überquerte den Rhein und stand bald vor *Metz*. Über Trier durch Belgien bewegte sich der erstgenannte Zug vorwärts, wobei sich Franken anschlossen, die wegen der Erbfolge auf Attilas Seite kämpfen wollten.

Ende März versuchte Attila die Stadt Metz, u. a. mit Belagerungsmaschinen, zu erobern. Sein Heer führte ja nun auch dergleichen Gerätschaften mit. In *Scarpona*, einer nahegelegenen Stadt, erfuhr Attila, dass die Mauern von Metz nicht mehr standgehalten hatten. Viele Einwohner wurden umgebracht oder gingen mit ihrem Bischof in die Gefangenschaft. Das war der blutige »Ostermontag von Metz«. Und auch Reims, wo der Bischof enthauptet wurde, ist niedergebrannt worden. Über Châlons, Troyes und Sens drangen die Hunnen bis nach Orléans vor, und unterwegs wurde alles verwüstet.

Aëtius erwartete offenbar einen Frontalangriff auf Italien und stand in Alpennähe. Als er vom Hunnenvormarsch erfuhr, drehte er um und gelangte von den Alpen nach *Arles*, wo der römische Prätorianerpräfekt residierte. Die Westgoten wollten Attila offenbar in ihrem Siedlungsgebiet in Ostgallien entgegentreten. Aëtius befürchtete, Attila könnte diese gleich besiegen oder gar auf seine Seite ziehen, und schickte als Boten einen gewissen *Avitus* zu den Westgoten. Er sollte Theoderid an seine Treue erinnern und ihn überreden, sich mit seinen Mannen anzuschließen. Redegewandt überzeugte er Theoderid für Aëtius' Plan. Und der Westgotenkönig marschierte mit seinem Heer nach Arles, wo er sich mit den Römern vereinigte. Theoderids Söhne Thorismund und Theoderich nahmen an dem Feldzug teil.

Schon um 440 waren durch Aëtius Scharen von Alanen in der Nähe von Orléans unter ihrem König *Sangiban*, dem Nachfolger *Goars*, angesiedelt worden. Attila aber meinte ihn auf seine Seite ziehen zu können. Dann würde er die Stadt Orléans übergeben. Sangiban ging auf die Einflüsterungen Attilas zunächst ein, zog sich dann aber aufs linke Loireufer zurück, um sich später in Römergewalt zu begeben. Attila fing nun an, Orléans zu belagern, das sich verzweifelt wehrte. Unklar ist, ob die Hunnen die Stadt völlig überrannten. Wie Gregor von Tours mitteilt, kam das Römische Heer noch rechtzeitig, ehe die Stadt den Hunnen in die Hände fiel.[397] Nach Sidonius Apollinaris konnte Attila aber die Stadt erobern. Doch als man zu plündern an-

397 Gregor von Tours, Zehn Bücher fränk. Geschichte, Buch 2, Kap. 7.

fing, seien die Römer aufgetaucht.[398] Attila hob die Belagerung auf und trat einen geordneten Rückzug an.

Der Ort der großen Hunnenschlacht auf den *Katalaunischen Feldern* ist umstritten. Jüngere Forscher treten für den *Campus Mauriacensis* in der Nähe von Troyes ein.[399] Sie fand offenbar Mitte September statt.[400]

Nach all den Vorgeschichten wollen wir uns nun wieder der »Origo Gothica« des Jordanes direkt zuwenden und im folgenden Kapitel[401] nachlesen, wie Jordanes seinerzeit die große Hunnenschlacht beschrieben hat. Auch hierbei erfahren wir noch verschiedene wertvolle Details.

Kapitel 38

Ostgoten stets auf Attilas Seite

Wir lesen hier:

XXXVIII. »Die beiden Heeresteile kamen, wie gesagt, auf den *Katalaunischen Feldern* zusammen. Das Schlachtfeld war eine Ebene, die sich allmählich ansteigend zu einer Anhöhe erhob. Diesen Punkt versuchten nun beide Heere zu erobern, weil seine günstige Lage nicht unbedeutende Vorteile bot. So besetzten die Hunnen mit den Ihrigen den rechten, die Römer und Visigoten mit ihren Hilfstruppen den linken Flügel, und um den noch freien Gipfel des Berges erhob sich der Kampf. Die rechte Schlachtreihe bildete Theoderid mit den Visigoten, die linke mit den Römern; Sangiban, den oben erwähnten Anführer der Alanen, stellten sie ins Mitteltreffen und sorgten so mit militärischer Vorsicht dafür, denjenigen, auf dessen Treue weniger Verlass zu sein schien, zwischen die zuverlässigen Leute zu nehmen. Denn der, dem der Weg zur Flucht versperrt ist, fügt sich leicht in die Notwendigkeit zu kämpfen.

Gegenüber war die Schlachtordnung der Hunnen so aufgestellt, dass Attila mit seinen Tapfersten in der Mitte stand. Bei dieser Aufrei-

398 Vgl. Mario Bauch, Wer waren die Nibelungen wirklich? S. 310.
399 Timo Stickler, Aetius, S. 141.
400 Gerhard Wirth, Attila, S. 102.
401 Kap. 38, §§ 197–201.

hung hatte der König besonders das Ziel im Auge, dass er inmitten der Kerntruppen seines Volkes vor jeder drohenden Gefahr geschützt sein würde. Seine Flügel bildeten viele verschiedenartige Volksstämme, die sich ihm unterworfen hatten.

Darunter waren besonders die Ostgoten hervorzuheben, und zwar unter ihren Anführern, den Brüdern Valamir,[402] Thiudimir[403] und Vidimir,[404] die sogar noch edler waren als der König selbst, dem sie damals dienten, da sie der Ruhm des Geschlechts der Amaler auszeichnete. Auch der hochberühmte Gepidenkönig Ardarich[405] mit unzähligem Volk war da, der wegen seiner unverbrüchlichen Ergebenheit gegenüber Attila an dessen Beratungen teilnehmen durfte. In Abwägung seines Scharfsinns schätzte Attila ihn und den Ostgotenkönig Valamir vor den vielen übrigen Häuptlingen. Denn Valamir war zwar verschwiegen, angenehm im Gespräch und in Listen sehr erfahren, Ardarich aber bewährt in seiner Treue und im Rat, wie wir oben gesagt haben. Ihnen durfte er wohl den Kampf gegen die Stammesverwandten, die Visigoten, anvertrauen.

Die übrige Masse – wenn man so sagen darf – der Könige und der Anführer der verschiedenen Völker harrten wie Leibwachen auf den Wink Attilas, und wenn er mit dem Auge ein Zeichen gab, so trat ein jeder mit Furcht und Zittern ohne Murren hinzu und erledigte zuverlässig, was ihm aufgetragen wurde. Attila allein aber, der König der Könige, der über allen stand, war auch um alle besorgt. Es fand also um den erwähnten Punkt ein Streit statt. Attila schickte die Seinen los, den Berggipfel zu nehmen; aber Thorismund[406] und Aëtius kamen ihnen zuvor, und indem sie sich anstrengten, den Hügel zu erklettern, erreichten sie zuerst die Spitze und verjagten die herankommenden Hunnen vermöge ihrer günstigen Stellung auf dem Berg mit Leichtigkeit.«

Bis hierher lasen wir Jordanes' Originaltext im 38. Kapitel.

402 Valamir, got. *Wala-mer, wala-* ›auserwählt‹, *-mer* ›berühmt‹. Ostgotenkönig vor 451–469.
403 Thiudimir, got. *Þiuði-mer, Þiuði-* ›Volk-‹, *-mer* ›berühmt‹. Ostgotenkönig 468/468–474.
404 Vidimir, got. *Wiði-mer, wiði-* ›Wald-‹ (vgl. engl. *wood*), mer ›bekannt‹. Ostgotenkönig 468–474.
405 Ardarich, got. *Arða-reik, arða-* ›Erde, Heimat‹, *-reik* ›Herrscher‹. Gepidenhäuptling vor 451 bis nach 455.
406 Thorismund, got. *Þaúris-moð* ›Wagemut‹ (vgl. schwed. tör). Westgotenkönig 451–453.

Hier nun kann man noch einige wenige wichtige Details, die Schlacht betreffend, einfügen, um die Darstellung in der »Origo Gothica« abzurunden. Wir können einige Fakten, die Jordanes etwas anders in den nächsten Kapiteln noch darstellt, hier auch schon vorwegnehmen. Allerdings wäre es müßig, noch allzu viel an Berichten einzubringen. Denn es gibt wohl über keine andere Schlacht des ausgehenden Altertums soviel Schriftliches wie gerade über diese legendäre Hunnenschlacht.

Wie wir gerade in Kapitel 37 gelesen haben, soll ja Attila vor der Schlacht der Sage nach seine Wahrsager befragt haben. Nachdem diese lange genug die Eingeweide von Tieren und die Linien auf abgeschabten Knochen beschaut hatten, erklärten sie dem Hunnenkönig unumwunden, ihm drohe Unheil. Aber einen Trost gebe es. Der oberste Führer seiner Feinde werde den Tod finden. Nun, bekanntermaßen entschied sich Attila trotz der ungünstigen Vorhersage für die Schlacht, denn er glaubte daran, dass es um den Tod des Aëtius, der letzten Stütze Roms, ging, womit er natürlich daneben lag, denn es traf ja Theoderid I., den König der Visigoten. Schon in der Nacht vor dem großen Kampf gab es erste Scharmützel. Franken auf römischer Seite verwickelten Gepiden auf hunnischer Seite in ein heftiges Gefecht, wobei 15 000 auf der Walstatt geblieben sein sollen.

Nun, wir rekapitulieren: Die eigentliche Schlacht hob um drei Uhr nachmittags an. Am rechten Flügel des Römischen Heeres stand Theoderid mit den westgotischen Truppen, am linken Flügel Aëtius. In die Mitte hatte man – wie schon dargestellt – Sangiban und die Alanen genommen, weil man dem Alanenkönig nicht traute und ihn so unter Aufsicht halten wollte. Und auf der anderen Seite stand Attila inmitten seines Heeres. An den Flügeln waren die verschiedenen Stämme versammelt, die sich seiner Herrschaft untergeordnet hatten. Eine Art Ebene bildete das Schlachtfeld, das nach und nach zu einer Anhöhe aufstieg. Die Gegner waren, wie es uns Jordanes schon mitgeteilt hat, bemüht, diese Höhe zu erobern, denn sie stellte ja einen bedeutenden Vorteil dar. Die Römer erreichten als Erste den Gipfel. Attila begeisterte die Seinen durch eine flammende Rede und rief sie zum Angriff auf, und diese schaurige Schlachtrede hat uns Jordanes – wie eigentlich konnte er das, ohne dabei zu sein? – in seinem nächsten Kapitel wörtlich (!) überliefert. Nun warfen sich die hunnischen Scharen auf die Römer, und ein furchtbarer Kampf entbrannte. Ein Bach, der an der Seite vorbeifloss, schwoll vom Blut angeblich so an, als sei ein Gewitterregen gefallen. Verwundete, die ihren Durst stillen mussten, krochen zum Rinnsal und tranken die rote Flüssigkeit. Irgendwie ist verständlich, dass sich in den Sagen die gewaltige Schlacht auf den Katalaunischen Feldern widerspiegeln musste. Auch im Nibelungenlied trinken Burgunder wegen der großen Hitze ja das Blut der Toten.[407]

Darüber, wie der Westgotenkönig Theoderid beim Erstürmen des Hügels starb, gibt uns Jordanes zwei Versionen. In der ersten wird er, als er durch sein Heer reitet und zum Kampf aufruft, vom Ross gerissen und von Hufen zertrampelt. Nach der zweiten Version ereilt ihn der tödliche Speer des Ostgoten *Andagis*, wie wir in Kapitel 40 der »Origo Gothica« noch lesen können. Den Tod ihres Königs bemerkten die Visigoten erst gar nicht, denn sie lösten sich von den Alanen und wüteten so sehr, dass sie die Hunnenreihen durchbrachen. Attila, selbst in Todesgefahr, zog sich in seine Wagenburg zurück, wie wir in Kapitel 40 lesen können.

Inzwischen kam die Nacht und verhinderte weitere Kämpfe. Aber Thorismund, Theoderids Sohn, geriet in der Dunkelheit mitten in Attilas Wagenburg. Heiß war hier der Streit, und nur mit Mühe konnte er von den Seinen zurückgeholt werden. Selbst Aëtius fand kaum zurück ins römische Lager und war unschlüssig, ob man die Schlacht gewonnen hatte, wie uns Jordanes wissen lässt. Weil man Attilas Wagenburg wegen der Bogenschützen nur unter großen Verlusten angreifen konnte, wollte man ihn aushungern. Da sich im Lager keine Nahrungsvorräte befanden, beschloss man, Attila zu belagern. Attila ließ Sättel zu einem Scheiterhaufen auftürmen, denn er wollte sich, falls die Feinde durchdrangen, selbst verbrennen. Weitere Details lesen wir in dem kommenden Kapitel 40.

Nehmen wir aber zuvor die Rede Attilas vor der Schlacht zur Kenntnis, wie sie uns Jordanes in seinem 39. Kapitel[408] überliefert hat. Solches ist nicht so selten in alten historischen Texten, wird damit

407 Das Nibelungenlied, Adv. 36. hrsg. v. U. Bierwisch und U. Johnson.
408 Kap. 39, §§ 202–206.

doch das Authentische der Vorgänge unterstrichen. Natürlich kann man fragen, wie Jordanes zu einer solchen wörtlichen Wiedergabe kommen konnte, da er ja nicht dabei gewesen ist. – Insgesamt aber ist der Inhalt schon recht aufschlussreich.

Kapitel 39

Die schöne Schlachtrede Attilas

Jordanes schreibt über diese – wohl eher fiktive – Rede Attilas auf den *Katalaunischen Feldern* sehr gekonnt und eindrucksvoll das Folgende: XXXIX. »Da, als Attila durch den oben erwähnten Anlass sein Heer in Bestürzung geraten sah, hielt er es für angemessen, folgende Ansprache, wie ihm gerade der Augenblick die Worte bot, an seine Leute zu halten:

›Wenn ihr nach den Siegen über so viele Völker, nach der Unterwerfung der Erde, hier steht, so will ich es immerhin für töricht erachten, euch unter solchen Umständen mit Worten anzuspornen, als ob ihr nicht wüsstet, worum es sich handelt! Ein Neuling in der Führung eines Heeres oder ein noch nicht im Kampf erfahrenes Heer, könnte wohl danach Verlangen tragen. ebenso wenig muss ich euch die üblichen anspornenden Redewendungen vorsprechen, als ob ihr solche zu hören brauchtet! Denn, an welches andere könnt ihr schon gewöhnt sein als an Krieg?

Was könnte es Süßeres geben für einen tapferen Mann, als mit eigener Hand Rache zu üben? Es ist wahrhaftig eine große Gabe der Natur, seinen Durst nach Rache stillen zu können! Darum also: Lasst uns frech die Feinde angreifen! Mutiger erscheint immer derjenige, der den Kampf selber eröffnet! Straft diese Vereinigung zweier sonst in Zwietracht lebender Völker mit Verachtung! Mit irgendwelchen Bundesgenossen sich verteidigen, zeigt immer Ängstlichkeit und Furcht! Seht her! Allein vor unserem Angriff werden sie vom Schreck wie gelähmt! Sie suchen Anhöhen zu gewinnen, sie besetzen Berggipfel und verlangen, weil sie es später bereuen, nach einer Deckung auf offenem Feld! Es ist euch bekannt, wie leicht die Waffen der Römer sind. Bereits vom

Staub allein, geschweige denn von der ersten Wunde, werden sie völlig niedergeschlagen sein, während sie noch in Reih und Glied antreten, ihre Schlachtlinien bilden und die Schilde gegeneinander schließen!

Ihr aber, kämpft mit eurer gewohnten Ausdauer! Kümmert euch nicht um ihre Heeresmacht, haut ein auf die Alanen, stürzt euch auf diese Visigoten! Dort nämlich können wir uns einen raschen Sieg holen, wo sich der Kern der feindlichen Streitkräfte befindet! Wenn erst einmal ihre Sehnen abgehauen sind, dann sinken die Gliedmaßen ganz kraftlos nieder, denn ein Körper, dem man das nötige Knochengerüst genommen hat, kann ganz einfach nicht mehr stehen!

Ja, da soll sich euer Mut beweisen, eure stets gewohnte Wut soll da zum Ausbruch kommen! Nun bietet all euren Verstand auf, ihr Hunnen! Nun erhebt eure Waffen! Wer verwundet wird, vergelte das mit dem Tod eines Gegners, und wer noch unversehrt ist, der sättige sich in ihrem Blute!

Den Sieger wird nämlich niemals ein Geschoss treffen; wer aber zum Tod bestimmt ist, den ereilt sein Schicksal auch in Friedenszeiten! Warum sollte das Schlachtenglück den Hunnen Sieg auf Sieg über so viele Völker verliehen haben, wenn es sie nicht auf die Freude eines solchen Kampfes vorbereitet hätte!

Wer hat denn unseren Altvorderen die Wege von der Mäotis [dem Asowschen Meer] bis hierher eröffnet, die so viele Jahrhunderte lang ein gänzlich unerschlossenes Geheimnis waren? Wer brachte vor euch die Bewaffneten, damals – als ihr noch nicht so gut bewaffnet wart – zum Zurückweichen? Den Blick von euch Hunnen konnten auch vereinigte Völkermassen nicht ertragen! Ich täusche mich nicht! Ihr habt Erfolg! Das hier ist das Feld, das uns so viele Siege verheißen hat.

Ich selber, Hunnen, werde als erster mein Geschoss in die Feindesmitte schleudern! Aber wenn einer Ruhe ertragen kann, wenn Attila kämpft, so ist er tot!‹ Hierdurch in große Begeisterung versetzt, stürzten sich nun alle in den Streit!«

Das ist der bei Jordanes verzeichnete Originalwortlaut dieser erstaunlichen Schlachtrede.

So vermeldet uns also Jordanes Attilas schwungvolle Ansprache, und man kann verstehen, wie gut hier der Berichterstatter jenen bis heute oft erwähnten Völkerkrieg da hinten in Frankreich – oder war es Belgien? – darlegen kann, dass das ein wahrer Entscheidungskampf zwischen der rohen Gewalt und dem schon christlich geprägten Abendland war, verkörpert vor allem durch den Römer.

Der Ausgang der Schlacht ist bekannt. Von einer Niederlage der Hunnen kann man wohl nicht sprechen. Eher von einem Unentschieden. Im nächsten Kapitel erfahren wir noch Genaueres über den Schlachthergang und die weitere Entwicklung. Als man den in der Schlacht gefallenen Visigoten-König Theoderid gefunden hatte, wurde noch auf dem Schlachtfeld ein neuer König, nämlich Theoderids Sohn *Thorismund*, zum Nachfolger gewählt.

Danach teilt uns Jordanes mit, dass die Visigoten nach Rücksprache mit Aëtius übereinkamen, dass der frisch gewählte König Thorismund sogleich ins Westgotenreich zurückkehren solle, um seinen Herrschaftsanspruch gegenüber seinen Brüdern zu wahren. Die Westgoten ritten also daraufhin in ihre Heimat zurück. Wie uns Jordanes wissen lässt, habe Aëtius den Westgotenkönig dazu veranlasst, weil er nach der Vernichtung der Hunnen fürchtete, die Visigoten könnten allzu mächtig werden. Die Weströmer vermochten zu der Zeit letztlich keine nennenswerten eigenen Truppen mehr aufzustellen. Ein Kenner der Verhältnisse, Felix Dahn, hat daran erinnert, dass Aëtius wohl deswegen nicht mehr angegriffen hat, um seinen sicheren Sieg gegen den immer noch starken Attila nicht in Frage zu stellen.[409]

Neuere Forscher meinen, es habe eine Auseinandersetzung zwischen Aëtius und Thorismund gegeben, worauf die Westgoten abzogen.[410] In der Tat wurde Thorismund von seinen Brüdern im Jahre 453 umgebracht mit der Begründung, er habe den Föderatenvertrag mit Rom lösen wollte. Auf die von Jordanes erwähnten Verluste bei dieser größten Schlacht der Völkerwanderungszeit (angeblich 165 000 Tote) wollen wir noch zurückkommen und diese Zahl ein wenig relativieren.

Gregor von Tours hat berichtet, Aëtius habe nicht nur die Visigoten, sondern auch die Franken dringend ersucht, in die Heimat abzuziehen. Sie sollten dort ihre Heimat beschützen, falls es den Hunnen einfiele, sie daheim anzugreifen. Gregor sieht das aber schon als eine

409 Felix Dahn, Die Goten, 3. Buch, Kap. 2, S. 337.
410 Gustav Hassebrauk, Westrom zur Zeit des Aetius, 425–454, S. 29.

Kriegslist, damit Aëtius allein über die große Hunnenbeute verfügen könne.[411] Auch Fredegar greift die Sage auf, Aëtius habe eine List angewandt, um den mitstreitenden Völkern die wohlverdiente Beute vorzuenthalten.[412] Er führt aus: Als die Hunnen in Gallien einbrachen, schickte Aëtius Boten zu den Westgoten, um sie um Hilfe zu ersuchen. Er versprach ihnen eine Hälfte Galliens. Gleichzeitig sandte Aëtius Botschafter zu Attila und versprach ihm ebenfalls eine Hälfte, falls er den Römern gegen die Visigoten beistünde. Hunnen und Goten stritten daraufhin gegeneinander. Als auf beiden Seiten viele gefallen waren, schickte Aëtius zu Attila und behauptete, die Goten würden Verstärkung durch Thorismunds Bruder *Theoderich* erhalten. Attila gab Aëtius daraufhin 10 000 Solidi und zog sich nach Pannonien zurück. Da eilte Aëtius zu Thorismund und behauptete, dass ein großes Hunnenheer eingetroffen sei. Weiterhin trachte Theoderich seinem Bruder nach dem Thron. Thorismund übergab daraufhin Aëtius ebenfalls 10 000 Solidi. Eine hübsche Geschichte.

In den Konsularien[413] wird berichtet, dass Aëtius zusammen mit Goten und Franken gegen Attilas Heeresmacht stritt. Die an der Schlacht teilnehmenden Franken hätten danach schon nahe am Rhein gewohnt. Nach der Schlacht habe Aëtius – wie schon oben erwähnt – nicht nur die Goten, sondern auch die Franken zum Abzug aufgefordert, wobei er darauf hinwies, wie schnell sich Attila auf dem Rückweg in ihr Gebiet begeben könne. Das Ende vom Lied sei gewesen, dass nach dem Abmarsch der Goten und Franken und nach Attilas Rückzug dem Aëtius die Gesamtmenge der Beute des Hunnenheeres in die Hände gefallen sei.

Ehe wir weiter auf Einzelheiten eingehen, wollen wir noch den Originaltext der »Origo Gothica« im vierzigsten Kapitel zur Kenntnis nehmen, weil darin mancherlei Details über den Ablauf der Schlacht zu lesen sind. Sehr versiert und geradezu professionell werden wir von Jordanes informiert.

---

411 Gregor von Tours, Zehn Bücher fränk. Geschichte, 2. Buch Kap. 7.

412 Fredegar, Chronik 2. Buch, Kap. 53. zit. b. Mario Bauch, Wer waren die Nibelungen wirklich, S. 312.

413 *Monumenta Germaniae Historica, Consularia Italica. Additamenta ad Porosp. Havn.*, Jahr 451, S. 302. zit. b. Mario Bauch, Wer waren die Nibelungen wirklich? S. 313.

Kapitel 40

Viel Schlachtgetümmel

Wir lesen wortwörtlich:

XL.[414] »Und obschon die Lage wohl selbst furchtbar war, so befreite die Gegenwart des Königs Attila auch die Ängstlichsten von jeglichem Zögern. Bald kam es zum Handgemenge. Ein schreckliches Streiten setzte an, ein gewaltiger, vielgestaltiger Kampf begann, mit äußerster Hartnäckigkeit geführt, desgleichen nirgendwo im Altertum berichtet wurde, wenn solche Taten erzählt werden, sodass derjenige, der diesen Anblick wie ein Wunder genießen musste, nichts Großartigeres in seinem Leben hätte sehen können!

Denn, glaubt man den Erzählungen der Alten, jener kleine Bach, der am niederen Ufer der erwähnten weiten Ebene vorüberfließt, schwoll gewaltig an, und zwar von dem überreichlichen Blut der Wunden, das die Getöteten verloren. Und er wuchs nicht so wie sonst durch Regengüsse üblich, sondern er wurde durch die ungewohnte Blutzufuhr zu einem reißenden Strom. Und diejenigen, die dort wegen einer Verwundung ihren brennenden Durst stillen wollten, schlürften das Nass, das mit Blut vermischt war. So tranken sie, durch ein schlimmes Schicksal hierin verstrickt, dasselbe Blut, das aus ihren Wunden vergossen worden war.

Da wurde auch der König Theoderid, als er, den Seinen Mut zusprechend, durch sein Heer eilte, vom Pferd gerissen: Und von den Füßen der eigenen Leute zertrampelt, endet hier sein Leben in so frühem Alter. Andere dagegen behaupten, er sei vom Geschoss des Andagis[415] auf der Seite der Ostgoten, die damals Attilas Fahnen folgten, gefallen. Das war es im Übrigen, was die Wahrsager zuvor dem Attila verkündet hatten, obwohl jener es auf sich bezogen hatte.

Da trennten sich die Visigoten von den Alanen und drangen auf die Scharen der Hunnen ein; und fast hätten sie Attila getötet, wenn der nicht vorher umsichtig geflohen wäre und sich und die Seinen sogleich

---

414 Kap. 40, §§ 207–213.

415 Andagis: got. *Anda-gis, anda* ›Ende‹, *-gis* ›Ger, Speer‹. Amalerhäuptling, der nach der Sage den westgot. König Theoderid tötete.

in das Wallgehege seines Lagers, das er mit Wagen umgeben hatte, eingeschlossen hätte. Obschon dies nur eine recht zerbrechliche Schutzwehr bildete, so suchten doch dort diejenigen Rettung für ihr Leben, denen kurz zuvor kein Mauerwall hatte widerstehen können.

Thorismund aber, der Sohn des Königs Theoderid, der zuvor den Hügel eingenommen und die Feinde von der Anhöhe herabgejagt hatte, geriet – in dem Glauben, zu seinen Scharen zurückzukommen – in finsterer Nacht ahnungslos mitten in die Wagen der Feinde. Wie er nun noch tapfer kämpfte, zog man ihn, der schon am Schädel verwundet war, vom Pferd herab. Und da ließ er, befreit von der Fürsorge für die Seinen, von diesem anstrengenden Streit ab.

Aëtius, der ähnlich bei dieser Verwirrung während der Nacht vor den Feinden umherschweifte, war ängstlich besorgt, dass den Visigoten ein Unglück zugestoßen sein könnte. Und als er endlich zum Freundeslager kam, verbrachte er den Rest der Nacht unter den schützenden Schilden.

Als man am folgenden Morgen bei Sonnenaufgang die angehäuften Leichen auf den Feldern erblickte und sah, dass die Hunnen keinen Ausfall wagten, hielt man den Sieg für errungen; aber man wusste, dass Attila nur nach einer sehr großen Niederlage fliehen würde. Jedoch tat er das nicht, etwa so, wie jemand, der gänzlich niedergeworfen ist. Nein, unter Waffenlärm ließ er in die Hörner blasen und drohte mit einem Angriff – wie ein Löwe, der den Jagdspeer in der Seite trägt, vor dem Eingang seiner Höhle auf und ab rennt und nicht wagt aufzuspringen, sondern unaufhörlich mit seinem Gebrüll die Nachbarschaft erschreckt.

So ängstigte der kriegerische König [Attila] seine Besieger noch, als er schon eingeschlossen war. Darum kamen die Visigoten und Römer zusammen und berieten nun, was hinsichtlich des überwundenen Attila nunmehr anzufangen sei. Man beschloss, ihm mit einer Belagerung zuzusetzen, zumal er keine Getreidevorräte hatte. Und von den Bogenschützen, die an der Lagerumzäunung aufgestellt waren, wurde [ihnen] der Zutritt durch einen Hagel von Pfeilen verhindert.

Man sagt aber, der [Hunnen-]König, der auch in der verzweifelten Lage seine Seelenstärke bis zuletzt bewahrte, habe aus Pferdesätteln schon einen Scheiterhaufen errichten lassen. Und falls die Feinde eindringen sollten, wollte er sich in die Flammen stürzen, damit niemand die Freude hätte, ihn zu verwunden, geschweige denn, dass er, der Bezwinger so vieler Völkerschaften, in die Hände seiner Feinde fallen könnte!«

Einigermaßen spannend ist dieser Originaltext des 40. Kapitels der »Origo Gothica«. Es bleibt dabei: Sehr präzise und farbig schildert uns Jordanes hier das Ende des Kampfes, den Rückzug der Hunnen in die Wagenburg und die Überlegungen des Hunnenkönigs, sich bei einer absoluten Niederlage selbst umzubringen.

Weitere Einzelheiten, die wir teilweise schon oben erwähnt haben, schließen sich nun im nächsten Kapitel[416] an. Besonders interessant ist der Hinweis auf die Totenlieder, die die Visigoten nun auf den König Theoderid gesungen hätten, und diese Gesänge seien »unharmonisch« gewesen.

Kapitel 41

Visigoten und Hunnen nach der Schlacht

Es heißt im Originaltext:

XLI. »Während dieses Aufenthalts mit der Belagerung vermissten die Visigoten ihren König, die Söhne den Vater, und wunderten sich über seine Abwesenheit, da sie doch von glücklichem Erfolg begleitet gewesen waren. Und da sie nach längerem Suchen ihn mitten in den dichtesten Haufen der Leichen, wie es tapferen Männern geziemt, gefunden hatten, ehrten sie sein Andenken mit Liedern und trugen ihn angesichts der Feinde fort. Da sah man die Scharen der Goten, wie sie noch während der Wut des Kampfes mit ihren unharmonischen Stimmen der Leiche die letzte Ehre erwiesen. Tränen wurden vergossen, aber solche, die tapferen Männern nachgeweint zu werden pflegen. Denn es war zwar ein Tod, doch ein ruhmvoller, wie auch die Hunnen dies bezeugten, sodass man glaubte, der Stolz der Feinde würde sich beugen, wenn sie die Bestattung eines so großen Königs mit allen seinen Ehrenzeichen untätig mit anschauen müssten. Die Goten

416 Kap. 41, §§ 214–218.

indessen erfüllten die Pflicht der Leichenfeier gegen Theoderid und trugen unter Waffengeklirr den hehren König fort. Der Held Thorismund folgte hinter den sterblichen Resten des heiß geliebten, hochberühmten Vaters dem Leichenzug, wie es für den Sohn sich schickt.[417] Nachdem dies beendet war, befragte er, ergriffen von Schmerz über seine Verwaisung und vom Drang der Tapferkeit, die ihn auszeichnete, da er an den übrigen Hunnen seines Vaters Tod zu rächen strebte, den Patricius Aëtius als den älteren und an Erfahrung gereifteren Mann darüber, was unter den jetzigen Umständen zu tun sei. Der aber fürchtete nach einer völligen Vernichtung der Hunnen die Unterdrückung des Römischen Reiches durch eben diese Goten und gab ihm den Rat, er möge in seine Heimat zurückkehren und sich der von seinem Vater hinterlassenen Herrschaft bemächtigen, damit nicht seine Brüder die Schätze des Vaters an sich rissen und das Reich der Visigoten an sich zögen. Denn dann müsste er gegen die Seinen ernstlich, und – was noch schlimmer sei – mit unglücklichem Ausgang kämpfen! Diese Antwort nahm Thorismund nicht so heimtückisch auf, wie sie gegeben war, vielmehr als eine auf sein Bestes abzielende Meinung, und so ließ er ab von den Hunnen und kehrte nach Gallien zurück. So vereitelt die menschliche Unzulänglichkeit, indem sie befürchteten Gefahren begegnen will, häufig die Gelegenheit, große Taten zu vollbringen.

In diesem hochberühmten Kampf der tapfersten Völker, so berichtet man, habe es 165 000 Gefallene auf beiden Seiten gegeben, abgesehen von 15 000 Gepiden und Franken, die vor der eigentlichen Feldschlacht nachts aufeinander stießen und sich gegenseitig vernichteten, wobei die Franken für die Römer, die Gepiden aber für die Hunnen stritten.

Sobald Attila von dem Abzug der [westlichen] Goten erfuhr, hielt er, wie man dies gewöhnlich bei unerwarteten Ereignissen vermutet, das Ganze mehr für eine Kriegslist des Gegners und blieb noch länger in seinem Lager. Als nun aber eine lang andauernde Stille infolge der Abwesenheit seiner Feinde eintrat, da richtete sich sein Geist wieder auf zu neuen Siegeshoffungen. Schon im Vorhinein genoss er diese Freude. Und der Geist des Königs schwebte zurück zu seinem früheren Glück.

417 Auch hier ist nicht uninteressant, dass Jordanes den *Visigoten* »Heldenmut« andichtet und sich so indirekt gegen die Hunnen stellt.

Thorismund jedoch zog bald, nachdem er seinen toten Vater noch auf den Katalaunischen Feldern, wo er selbst ja auch gekämpft hatte, mit königlichen Ehren bestattet hatte, in Tolosa[418] ein. Obgleich er nun seine Freude hatte an einer Schar tapferer Brüder, herrschte er doch zu Anfang eher mit solcher Mäßigung, dass keinerlei Streit um die Erbfolge zustande kam.«

Soweit reicht der Jordanes-Text im Kapitel. – Oft schon hat man in neuerer Zeit nach dem eigentlichen Fundort der Attila-Schlacht geforscht, und es sind die seltsamsten Untersuchungen darüber angestellt worden. Auch *Piemont* ist zeitweise in die nähere Wahl gekommen. Piemont ist indes nicht der einzige Ort, an dem Gefallene gefunden wurden, wenn sie auch hier besonders dicht und in größeren Mengen als anderswo zusammenlagen. Die wichtigste andere Fundstätte ist *La Côte-Robert*, wenige Kilometer östlich von *La Cheppe* entfernt, mit sechsundzwanzig Massengräbern, aus denen allein 76 Schwerter zum Vorschein gekommen sind.

Die archäologische Durcharbeitung der Gegend wäre allerdings kaum so heftig gewesen, hätten sich nicht Napoleon III. und seine Gemahlin Eugenie für den Landstrich zu interessieren begonnen. Der König legte hier ein Übungsgelände und Ausbildungsstätten an, die noch heute benutzt werden. Diese Militärzonen sind jetzt das Haupthindernis für die Besichtigung des Ortes, auf dem Attila knapp einer Niederlage entrann. Das hier liegende Schloss gehörte bis 1920 der Familie Bourgois-Thierry, die es dem Staat überließ. Eine Verwandte der letzten Schlossherren erinnert sich:

»In den Glasschränken des Billardzimmers befand sich die Münzsammlung, die besonders reich an antiken Stücken war. Sie stammten von allen fünf Völkern, die hier gegen Attila gekämpft hatten (Westgoten, Galloromanen, Burgunder, Franken und schließlich Alanen): Dazu kam ein kupferner Helm, den man 1822 ausgegraben hatte. Was noch gut zu erkennen ist: Die etwa hundertfünfzig Meter lange fächer-

418 Tolosa: [Toulouse], Hauptstadt des westgot. Königreichs. Die Stadt an der Garonne war in kelt. Zeit Hauptort der *Volcae Tectosages* und bedeut. Handelsplatz. Seit der röm. Provinz Gallia Narbonensis (125–118 v. Chr.) teilweise abtrünnig (106 v. Chr.), um 250 n. Chr. Bischofsstadt, 419 Hauptsitz der westgot. Könige, 507 fränk.

förmige Wallanlage, die in ihrer Ausführung der Umwallung des Attila-Lagers entspricht und am Nordostrand des heutigen Schlossparks liegt.«[419] Die Erdbefestigungen, zweifellos von Tausenden errichtet, überdauerten also nicht nur die fünfzehnhundert Jahre seit der großen Schlacht, sondern – was vielleicht mehr über ihre Solidität aussagt – sogar zwei Weltkriege. Erst französische Neuanlagen, die das Militärlager des dritten Napoleon für Natozwecke tauglich machen sollten, rückten der hunnischen Festungsarchitektur doch zu nahe und ließen nur einen Teil von ihr bestehen.

Es gibt kaum eine unter den älteren Familien Katalauniens, die nicht irgendeinen Fundgegenstand aus jener fernen Zeit besitzt: Münzen, Waffen, Metall- oder Tongefäße, wie man sie dort geborgen hat. Noch vor sechzig Jahren ging man hier zum Ausgraben, wie man anderswo Rüben erntet. Auch in der mörderischen Schlacht vom September 451 gab es Überlebende. Soweit sie noch marschfähig und kampftüchtig waren, führte Attila die Reste seiner Hunnen, führten Valamir und Edeca und Ardarich ihre Germanen nach Osten über den Rhein zurück. Aber Tausende Hunnen waren zu schwer verwundet, um diesen gefährlichen Marsch zu unternehmen. Wir haben soeben gelesen: Als Attila von dem Abzug der Goten hörte, argwöhnte er zuerst eine List der Feinde, da jedoch die Gegner nicht wiederkehrten und alles still blieb, begannen sich Attilas Siegeshoffnungen wieder zu regen. Was Jordanes uns nicht erzählt, denn wann redete schon die große Historie von kleinen Leuten, das sind die Schicksale der zurückgebliebenen Hunnen, der Verwundeten mit ihrem weiblichen Anhang aus dem Tross. Sie waren sicherlich noch genug Leute, um sich der Einwohner zu erwehren, denn sie waren ja Soldaten, und ringsum lebten meist nur Bauern.

Und möglicherweise trachtete man ihnen gar nicht mehr nach dem Leben, so wie ja auch Schiffbrüchige gerettet werden, egal, woher sie kamen und was sie im Sinn hatten. Diesen letzten Hunnen gelang es also, sich aus dem Lager zu lösen, ein Stück die Römerstraße entlangzuziehen – nicht weit, nur drei Kilometer – und dann nach Süden abzuschwenken, wo die Ebene von dem Flüsschen Vesle durchzogen wird, wo Land und Wasser waren und damals auch noch viel unbebaute Erde.

419 Zit. nach Hermann Schreiber, Attila und die Hunnen. S. 266ff.

Weil sie nicht Kriegsmannen bleiben durften, wurden sie eben Bauern, und weil sie inmitten des Frankenreiches auch nicht als Nomaden leben wollten, bauten sie Häuser. Das Dorf, das so entstand, ist das seltsamste von ganz Frankreich und wohl auch das hässlichste, ganz gewiss aber das längste; denn es zieht sich beinahe acht Kilometer weit zwischen der schönen Kirche von L'Épine und Saint-Julien an der Vesle hin. Seine Ausdehnung ließ den gelehrten Abbé Bökel, Archäologe und Biograph des Bischofs Alpin, vermuten, dass es an die achttausend Hunnen gewesen seien, die sich hier niederließen. Und heute leben hier mehr als zweitausend Bewohner.

Das eigenartige Dorf schreibt sich Courtisols, und einige bestehen darauf, dass die Leute dort einen schaurigen Hunnendialekt gesprochen hätten, den ein braver Franzose nicht verstehen könne. Ein Philologe aus Chouilly hat den Ortsdialekt von Courtisols in einer eigenen Studie untersucht und die fremden Wortwurzeln aufgeschrieben. Auch die Bräuche sind fremdartig, etwa bei der Hochzeit oder der Bestattung. Selbst die Bauweise ist unterschiedlich. Denn in den Dörfern ringsum stehen die Häuser eng zusammen. Die Hunnen aber fürchteten die Ebene nicht, sie bauten ihre ersten Gehöfte sorglos ins Land hinaus, denn die Weite der Ebene kannten sie von den Vorvätern her. Der besondere Dialekt von Courtisols, diese Sondersprache mit ihren mongolischen und Turkworten, ist nun ausgestorben. Inzwischen haben Schulpflicht und Freizügigkeit der Dorfbewohner ihn zum Verschwinden gebracht.

Blicken wir nun auf das weitere Schicksal Attilas und seiner Hunnen nach dem Abzug aus Gallien! Auch hier vermeldet uns die »Origo Gothica« interessante Details, die wir dann noch mit historischen Untersuchungen aus neuerer Zeit ergänzen.

Wie ging es weiter mit den Hunnen und vor allen Dingen mit den Ostgoten? Wir haben ja konstatiert, dass eine völlige Zerschlagung des riesigen Hunnenheeres gar nicht stattfand, dass es eher zu einem »geordneten Rückzug« kam.

Nun vernehmen wir von Jordanes in seinem 42. Kapitel,[420] wie sich der Hunnenkönig, der ja keineswegs richtig geschlagen wurde, anderen Zielen zuwandte. Wir lesen alsbald von dessen Zug nach Italien, so als wolle

420 Kap. 52, §§ 268–271.

er das ganze Weströmische Reich erobern. Dass es dann doch noch ganz anders gekommen ist, erfahren wir gleich. Eine schöne Mär kann uns Jordanes auch über die Einnahme der im frühen Mittelalter bedeutende Stadt Aquileja mitteilen, und ähnliche Stories erzählt ja auch ein halbes Jahrtausend später jener dänische Geschichtsschreiber und Mönch Saxo Grammaticus. Es ist der Trick, wie man eine Stadt einnimmt.

Kapitel 42

In Aquileja und anderswo

Wir lesen im Original:

XLII. »Wie nun aber Attila durch den Abzug der Visigoten und durch die von ihm alsbald bemerkte Trennung der Feinde die Gelegenheit bekommen hatte, die er so oft gewünscht hatte, da wurde er bald wieder siegessicher und machte sich auf, um nun die Römer zu unterwerfen. [452] Beim ersten Eindringen in Italien belagerte er *Aquileja,* die damalige Hauptstadt Venetiens, auf einer Spitze oder Landzunge im Adriatischen Meer gelegen, deren Mauern im Osten der Fluss Natissa [Natisone] bespült, der vom Berg *Piccis* herabkommt. Wie er sie nun lange Zeit belagert hatte, ohne etwas auszurichten – denn drinnen leisteten sehr tapfere Soldaten der Römer harten Widerstand –, und weil auch schon seine Heerscharen murrten und abzuziehen verlangten, da bemerkte Attila beim Umschreiten der Mauern, indem er überlegte, ob er lieber abziehen oder dableiben sollte, allerlei weiße Vögel – Störche –, die auf den Hausgiebeln ihre Nester bauten. Er sah, wie sie ihre Brut aus der Stadt schleppten und ganz gegen ihre Gewohnheit über die Felder trugen.

Weil er nun ein ungemein scharfsinniger Beobachter war, bekam er gleich eine Ahnung davon, wie die Zukunft ausschauen würde, und er redete die Seinen folgendermaßen an: ›Seht, wie diese Vögel, die die Zukunft schon voraussehen, die zum Untergang bestimmte Stadt verlassen und wegen der drohenden Gefahr aus der Burg flüchten, die bald fallen wird! Keiner halte dies Zeichen für bedeutungslos oder bloß für ein unsicheres Merkmal! Nein, die Angst vor dem, was da kommt, verändert hier durch diese Vorahnungen die eigentlichen Gewohnheiten der Völker!‹

Kurz, seine Mannen ließen sich wieder zu neuem Kampfesmut entflammen, dieses Aquileja zu erstürmen. Schanzmaschinen wurden gebaut und Wurfgeschosse aller Art zur Anwendung gebracht! Dann drangen sie unverzüglich in die Stadt ein, raubten, plünderten, sengten und brannten alles nieder, und zwar mit solcher Grausamkeit, dass sie kaum eine Spur von dem einstigen städtischen Dasein übrig ließen.

Danach durchrasten die Hunnen, schon mutiger und noch nicht gesättigt vom Blut der Römer, die weiteren Städte Venetiens. Auch Mediolanum,[421] die Hauptstadt von Ligurien, einst eine Kaiserstadt, verwüsteten sie in gleicher Weise und stürzten auch *Ticinum* [Pavia] in dasselbe Unglück; ebenso verheerten sie auch die Nachbarorte mit ihrer Wut und richteten fast ganz Italien zugrunde.

Wie es nun Attilas Absicht war, auf Rom loszumarschieren, hielten ihn die eigenen Leute davon ab, wie der Geschichtsschreiber Priskos[422] erzählt, nicht jedoch aus Rücksicht auf die Stadt, der sie feindlich gesinnt waren, sondern im Hinblick auf das Schicksal Alarichs,[423] des ehemaligen Königs der Visigoten, aus Besorgnis für das Leben ihres eigenen Königs; denn jener hatte Roms Sturz nicht lange überlebt, sondern war gleich darauf von hinnen geschieden.

Während also sein [Attilas] Geist unschlüssig war in der schwankenden Wahl, ob er gehen oder nicht gehen sollte und im Überlegen noch zögerte, kamen Friedensgesandte aus Rom zu ihm. Der Papst Leo[424] begab sich nämlich persönlich zu ihm auf das ambuleische Gefilde in Venetien, dort, wo sich ein Übergang über den Mincius befindet.

Danach ließ Attila sehr bald von seiner üblichen Wut ab und kehrte dahin zurück, von wo er gekommen war: nämlich von jenseits der Donau, nachdem er Frieden versprochen hatte. Jedoch erklärte er vor

---

421 Mediolanum: *Mailand*. Urspr. kelt., bis 402 fast ununterbrochen kaiserl. Residenz. 452 v. Hunnen verwüstet. 539 von Ostgoten zerstört. 569 langobard., 774 fränk.

422 Priskos: byzantinischer Gesandter bei Attila 448–449; griech. Historiograph. Vgl. *Historiae Byzantinae librorum VIII fragmenta (Fragm. Historicorum Graecorum* 4, 71ff.

423 Alarich I.: der westgot. König (391/95–410) hatte Rom 410 erobert und war kurz danach umgekommen.

424 Leo: Papst 440–461. Ob der Papst den Attila wirklich traf, ist bei einigen Forschern umstritten. Eher könnte eine grassierende Seuche im Heer die Ursache für Attilas Rückzug gewesen sein.

allen Dingen und bekräftigte dies auch mit Drohungen, er werde noch viel größeres Unheil über Italien bringen, wenn man ihm nicht die Honoria,[425] die Schwester des Kaisers Valentinian,[426] die Tochter der Kaiserin Placidia,[427] mit gebührender Mitgift sende, wie dies ihrem königlichen Besitzstand entspreche. – Man sagt, diese Honoria habe, weil sie zur Zierde des Hofes und um ihre Keuschheit zu wahren auf Befehl ihres Bruders eingeschlossen gehalten wurde, heimlich an Attila einen Eunuchen gesandt und den Herrscher eingeladen, sie gegen die Gewalt ihres Bruders in Schutz zu nehmen! Nun, eine große Niedertracht war das, sich so auf Kosten des allgemeinen Wohles allerlei Freiheiten für die eigene Wollust zu verschaffen!«

Soweit der historische Text des Kapitels 42. – Diese ziemlich strenge Meinung äußert hier Jordanes, so als wüsste er nicht, dass doch sowohl bei den Römern als auch bei den Hunnen Bösartigkeiten und Gemeinheiten an der Tagesordnung waren. Will er uns hier weismachen, dass er wirklich ein braver Kirchenmann sei, der eher Arges über die Hunnen als über die Ostgoten darstellen will? Bevor wir weiter fortfahren in unserer Geschichte der Amaler, wollen wir nochmals auf das eben Gelesene zurückkommen. Der Hunnenkönig also füllte die gelichteten Reihen seines Heeres wieder auf und griff bereits 452 erneut das Weströmische Reich an. Aber dieses Mal beschritt Attila den direkten Weg nach Italien und brach über Pannonien brandschatzend in das Land ein. Der weströmische Oberbefehlshaber *Aëtius* besetzte jedoch nicht einmal die Alpenpässe, sondern blieb abwartend im Süden Italiens stehen. Die weiteren Geschehnisse sind nur bruchstückhaft auf uns gekommen.

Wie *Hydatius* mitteilt, hatte der oströmische Kaiser *Markian* Westrom frische Truppen zugesagt, auf die Aëtius noch wartete. Wie soeben gelesen, warf sich Attila als Erstes auf Aquileja, aber die Verteidiger setzten dem Hunnenheer starken Widerstand entgegen, sodass es den hunnischen Befehlshabern trotz mehrwöchiger Belagerung nicht glückte, die Stadt zu erobern.

425 Honoria: *Justa Grata Honoria*, von 417 bis nach 451. Königin seit 425.
426 Valentinian III.: Weström. Kaiser 425–455.
427 Placidia: Galla Placidia, Schwester des Honorius.

Wir hören von der Geschichte, dass das Heer missmutig wurde und Attila abziehen wollte, als er den Trick mit den Störchen ausspielte. Aquileja wurde vollständig ausgeplündert, und die Einwohner flüchteten in die Lagunen an der Küste. *Veni etiam* – »Ich kam bis hierher« – war das geflügelte Wort, woraus sich möglicherweise der Begriff *Venedig* gebildet hat. Aber es ist wahrscheinlicher, dass Venedig mit den slawischen *Venetern* zu tun hat.

Zahlreiche oberitalienische Städte hielten dem Ansturm der Hunnen nicht stand, so wurde Mailand geplündert, doch nicht zerstört. Es geht die Sage, dass der Hunnenkönig ein Gemälde umändern ließ, auf dem zu Füßen des Kaisers getötete Skythen lagen. Späterhin aber war Attila auf dem Thron abgebildet, und der Kaiser legte ihm Gold zu Füßen. Bis Ravenna drang das Hunnenheer vor, überschritt aber nicht die Apenninen. Aëtius beschwor damals den Kaiser, er solle aus Rom fliehen. Doch die Krieger des hunnischen Heeres, das vorwiegend aus Germanen bestand, hatten mit Seuchen und anderen Erkrankungen zu kämpfen. Oströmische Hilfstruppen waren zudem im Anmarsch. Aëtius verwickelte die Hunnen in allerlei Kämpfe. Jordanes, der sich auf Priskos bezieht, erzählt indessen nichts über Scharmützel mit Aëtius. Aufschlussreich ist sicherlich, dass die Westgoten den Aëtius-Römern nicht beistanden. So könnte sich hier die Meinung bestätigen, dass es zwischen Aëtius und Thorismund nach der Schlacht auf den Katalaunischen Feldern zu Auseinandersetzungen kam.

Wir lasen bei Jordanes soeben, dass in Venetien eine Abordnung unter Führung Papst Leos zu Attila kam, um ihn zur Umkehr zu veranlassen. Einen triftigen Grund für diesen Rückzug erwähnt Jordanes nicht. Immerhin, Attila drohte bei seinem Rückzug, er werde, wenn man ihm nicht Honoria mit den »königlichen Schätzen« sende, viel größeres Unheil über Italien bringen. Indessen, dieser Satz des Jordanes und andere Indizien deuten an, dass Attila wegen hoher Verluste durch die Seuchen nicht länger in Italien bleiben konnte und deswegen wutentbrannt abzog. Zwischen Attila und Aëtius kam es wohl nicht mehr zu Kampfhandlungen.

In einem Brief der Jahre 512 oder 513 an Papst Symmachus[428] ist zu lesen, dass Papst Leo anfänglich mit Attila nur über einen Ge-

428 Symmachus: Papst 498–514.

fangenenaustausch verhandelt hat[429] und keineswegs überzeugt war, Attilas Angriffe stoppen zu können. Später drehte es die Kirche so, als sei allein die Person des Papstes ausschlaggebend gewesen, dass Rom gerettet wurde. Hier sei noch an Raffaels Gemälde oder Fresko von 1511 gedacht, auf dem die Verhandlungen zwischen Leo und Attila wunderbar dargestellt sind.

Kehren wir nun zum Originaltext des Jordanes zurück! Wir erfahren im 43. Kapitel,[430] dass Attila nochmals – diesmal aber vergeblich – gegen Westen zog, um die Alanen anzugreifen. Visigoten-König Theoderich aber kam ihm zuvor und drängte ihn in seine Lande zurück. Und das sei sehr schmachvoll für Attila gewesen, schreibt Jordanes. Bald sollte es mit dem Hunnenherrscher zu Ende gehen.

Kapitel 43

Attila kann keine Ruhe finden

Wörtlich lesen wir in diesem Originalkapitel:

XLIII. »Nachdem nunmehr Attila in sein Land zurückgekehrt war, bereute er sozusagen die Ruhe, und da er es unerträglich fand, ohne Krieg sich nur dem Feiern hinzugeben, schickte er Gesandte an Markian,[431] den Kaiser des Ostens, und drohte ihm mit der Verwüstung seiner Länder, weil er den Tribut, den Theodosius[432] ihm, dem Attila, einst versprochen hatte, nicht zahlte und sich weniger höflich zeigte, wie er dies bloß von seinen ärgsten Feinden gewohnt sei! Doch indem er dies alles betrieb, drohte er als verschlagener Mensch der einen Seite mit Worten, der anderen Seite aber direkt mit Waffen! Und er wandte sich nunmehr gegen die Visigoten, die ja allein übrig geblieben waren und Gegenstand seines Unwillens geworden waren. Indessen, hier hatte er keinesfalls denselben Erfolg wie bei den Römern. Er beschloss, auf anderen Straßen als zuvor zurückzukehren und einen Teil

429 Vgl. Otto J. Maenchen-Helfen, Die Welt der Hunnen, S. 105.
430 Kap. 43.§§ 225–228.
431 Markian: oström. Kaiser 450–457. Nachfolger des Theodosius.
432 Theodosius II.: 408–450, oström. Kaiser

der Alanen zu unterwerfen, die jenseits des Ligeris[433] saßen, um dann, nachdem der Krieg durch ihre Niederlage ein anderes Aussehen bekommen hätte, um so furchtbarer dastehen zu können.

So zog denn Attila aus Dakien und Pannonien fort, wo damals die Hunnen mit verschiedenen anderen unterworfenen Stämmen wohnten, und führte seinen Heerbann gegen die Alanen. Aber Thorismund, der Visigotenkönig, der ebenso schlau war wie Attila, durchschaute dessen seine Hinterlist und kam ihm in gewohnter Schnelligkeit bei den Alanen zuvor. Und er trat schlagfertig den Truppen des schon recht nahe herangerückten Attila entgegen. Als es dann zum Kampf kam, der fast den gleichen Verlauf hatte wie derjenige auf den *Katalaunischen Feldern*, vereitelte Thorismund Attilas Siegeshoffnung und verjagte ihn aus seinem Land, ja, er schickte ihn ohne Triumph zurück und zwang ihn zur Flucht in seine Heimat.

So musste der berühmte Attila, der Herr so vieler Siege, als er die Schmach seiner Niederlage von sich wälzen und die Schande zu tilgen suchte, die er von den Visigoten erfuhr, zum zweiten Mal dasselbe ertragen; und so marschierte er ruhmlos davon. Thorismund dagegen begab sich, nachdem er die hunnischen Scharen von den Alanen getrennt hatte, ohne irgendwelche Verluste in seinem Heer nach *Tolosa* zurück. Dort erkrankte er, nachdem er Ruhe und Frieden geschaffen hatte, im dritten Jahr seiner Herrschaft. Und während er zur Ader gelassen wurde, tötete ihn ein feindlich gesinnter Bedienter namens Askalk,[434] der ihm zugleich ankündigte, dass zuvor seine Waffen entfernt worden seien. Aber mit der einen Hand, die er noch frei hatte, rächte Thorismund dennoch sein Blut und schlug mehrere seiner Widersacher mit einem Schemel tot.«

So aufregend ist der Originaltext der »Origo Gothica« im 43. Kapitel. – Das sind also die geringen Informationen, die uns Jordanes über Thorismund in Tolosa, der damaligen Hauptstadt der Visigoten, mitzuteilen hat. Allerdings liegt der Schwerpunkt unserer Darstellung auch nicht hier, sondern bezieht sich auf das gleichzeitige Schicksal

433 Ligeris: Loire.

434 Askalk: got. *At-skalk, at-* ›bei, zur Hand gehend‹, *skalk* ›Knecht‹, vgl. Schalk.

der Ostgoten. Dennoch kann es von Interesse sein, noch einiges über das *Reich von Tolosa* zu erfahren.

Zunächst hatten die Visigoten gezögert, sich ihrem alten Gegner Aëtius anzuschließen. In seiner dritten großen diplomatischen Mission bei Theoderid gelang es jedoch Avitus,[435] die westgotische Föderatenpflicht durchzusetzen. Der König und seine beiden ältesten Söhne Thorismund und Theoderich zogen also, wie wir schon bei Jordanes' Schlachtbeschreibung lasen, mit ihrem Westgotenheer in die Champagne. Auf den Katalaunischen oder, genauer, *Mauriacensischen* Feldern zwischen Troyes und Châlons-sur-Marne fand die erwähnte große Hunnenschlacht statt. Obwohl sie unentschieden ausging oder ihr Ausgang von Aëtius sogar absichtlich in der Schwebe gehalten wurde, nahm diese weltgeschichtliche Auseinandersetzung dem Attila damals den Nimbus der Unbesiegbarkeit. Wie wir schon in der »Origo Gothica« lesen konnten, fiel Theoderid in der Schlacht. Thorismund, der fast in Gefangenschaft geraten wäre, hatte Eile, als neuer Visigoten-König zurück nach Toulouse zu kommen.

Die »außerrömischen« Ostgoten unter Führung der drei königlichen Brüder Valamir, Thiudimir und Vidimir standen seinerzeit als Amaler unmittelbar den Balthen gegenüber. Ja, wir lasen bereits bei Jordanes, dass sogar ein Amaler namens Andagis den Speer geschleudert haben soll, der den Westgotenkönig Theoderid tötete. Mehr als zwanzig Jahre später kam der Sohn des jüngsten Amalerfürsten von 451 zum vierten Sohn des Westgotenkönigs, den sein Vater so heftig bekämpft hatte. Allerdings war Eurich, und dies berichtet die »Origo Gothica« ausdrücklich, noch zu klein, um gegen die Hunnen zu ziehen oder an der Schlacht auf den Katalaunischen Feldern mitzuwirken.

Thorismund – auch das haben wir soeben gelesen – hatte zu viele ehrgeizige Brüder. Aus dem Grund wurden er und sein tolosanisches Königtum nicht alt. In den Jahren seiner Herrschaft von 451 bis 453 führte er Krieg gegen die Orléans-Alanen und marschierte erneut gegen Arles. Ein Prätorianerpräfekt namens Ferreolus ließ die Visigoten nicht in die Stadt, lud aber den König zu Tisch. Da wurde er reichlich bewirtet und erhielt sogar eine schwere, edelsteinverzierte Schüssel, mit der er friedlich heimzog. Andere Gründe für die schnelle

435 Avitus: weström. Kaiser 455 bis 456. Lehrer Theoderichs II.

Rückkehr Thorismunds könnten – wie bereits angedeutet – Nachrichten von der Verschwörung seiner Brüder oder der Wunsch gewesen sein, eine Offensive gegen das römische Gallien in die Wege zu leiten. Nichts ergab sich. Selbst der Sieg über die Alanen von Orléans gelang nicht völlig.

Kehren wir nun zum Original zurück und beschäftigen wir uns mit weiteren Visigoten!

Kapitel 44

Man ist sich nicht grün

In diesem Kapitel[436] lesen wir das Folgende:

XLIV. »Nach seinem [d. h. Thorismunds] Ableben folgte ihm sein Bruder Theoderid [II.][437] als Herrscher der Visigoten nach. Dieser fand bald in Rikiar,[438] dem König der Sueben, der mit ihm verwandt war, einen Feind. Rikiar glaubte nämlich wegen seiner Verwandtschaft mit Theoderid auf den Besitz von nahezu ganz Hispania Ansprüche erheben zu dürfen, und hielt die Zeit, da der König noch nicht fest auf seinem Thron saß, dafür am geeignetsten, ihm dieses zu entreißen.

Vorher hatten die Sueben in Gallien und Lusitania[439] ihre Wohnsitze, die sich auf der rechten Seite Spaniens längs der Küste des Ozeans erstrecken; im Osten hatten sie Austrogonien, im Westen auf einem Vorgebirge das Heiligtum Scipios, eines römischen Heerführers, im Norden den Ozean, im Süden Lusitanien und den Tagus [Tajo] als Grenze, der Goldkörner in seinem Sand birgt und mit seinem ganz einfachen Schlammwasser geradezu Reichtümer fortwälzt. Von da also brach der Suebenkönig Rikiar auf und suchte sich in den Besitz von ganz Spanien zu setzen. Sein Verwandter Theoderid [II.] schickte als ein recht bedächtiger Mann Gesandte zu ihm und sagte ihm im

436 Kap. 44, §§ 277–279.

437 Lat. Theoderidus II., auch Theoderich/Theoderid II. Regierte 453 bis 466.

438 Rikiar: got. *Riqi-harjis*, *riqi-* ›schwarz‹, *harjis* ›Heer(mann)‹. Suebenkönig 448–456.

439 Lusitania: röm. Provinz seit 27 v. Chr. nach *Lusus*, dem sagenhaften Ahnherrn der Portugiesen. Hauptort Augusta Emerita (= Mérida), gehörte bis 712 n. Chr. zum Westgotenreich, danach den Arabern.

Guten, er solle sich aus dem fremden Gebiet entfernen und sich nicht herausnehmen, diese Gegend anzugreifen, denn er würde sich durch solche ehrgeizigen Absichten nur Feindschaft zuziehen. Jener aber erwiderte in seinem Hochmut und in seiner Aufgeblasenheit:

»Wenn du hier schon murrst und dich meinem Vordringen widersetzt, dann werde ich nach Tolosa [Toulouse] kommen, in deine Residenz! Dort widerstehe mir, sofern du kannst!«

Solche Worte erzürnten den Theoderid; er schloss mit den übrigen Völkerschaften Frieden und rückte gegen die Sueben vor [456]; und dabei hatte er die Burgunderkönige Gundiuch[440] und Hilperich[441] zu Bundesgenossen und treuen Gefährten. Es kam zum Kampf beim Fluss Ulbius [Urbicus, Obrego], der zwischen Asturien und Iberien dahinfließt.

Als sich dann das Treffen entwickelte, blieb Theoderid [II.] mit den Visigoten, die für die gerechte Sache kämpften, der Sieger. Und er schlug fast das ganze Volk der Sueben bis zur Vernichtung zu Boden. Ihr König Rikiar flüchtete aus dem bedrängten Gebiet und bestieg ein Schiff, wurde jedoch von widrigen Winden auf dem *Tyrrhenischen Meer* zurückgeschleudert und fiel wieder in die Hände der Visigoten. Der Elende entzog sich nicht länger dem Tod, obgleich er die Elemente vertauscht hatte.

Der siegreiche Theoderid [II.] aber schonte die Unterworfenen und ließ nicht länger seine Kampfwut über sie ergehen. Zum Herrn über die untertänigen Sueben setzte er einen eigenen Vasallen namens Agriwulf[442] ein. Da jedoch dieser infolge der Einflüsterungen der Sueben seine Gesinnung änderte, versäumte er es, die Befehle seines Herrn zu vollziehen; vielmehr glaubte er in hochmütiger Herrschsucht, mit derselben Tapferkeit das Land behaupten zu können, mit der er es mit seinem Herrn zusammen unterworfen hatte. Er war nämlich ein Mann aus dem Stamm der *Warnen*, der weit entfernt war vom Adel des gotischen Blutes und deshalb weder nach Freiheit strebte noch seinem Schutzherrn die Treue hielt.

440 Gundiuch: lat. Gundiwichus, got. *Gundi-weih, gundi-* ›Kampf‹, *-weih* ›Streiter‹. Burgunderkönig um 456.

441 Hilperich: got. *Hilpa-reik, hilpa-* ›Hilfe‹, *-reik* ›Herrscher‹. Burgunderkönig um 456.

442 Agriwulf: got. *Agji-wulf, agji-* ›scharf, Schwert‹, lat. *acer*. Agriwulf war ein *Warne* und starb 457 als westgot. Statthalter im Suebenreich. Der germ. Stamm der Warnen lebte ursprüngl. in Nordwestdeutschland, u. a. in einem Königreich am Unterrhein.

Auf die Kunde hierüber schickte Theoderid [II.] sehr bald ein Heer gegen ihn, um ihn aus der angemaßten Königsherrschaft zu entfernen. Nach seiner Ankunft besiegte diese Heeresmacht den *Warnen* unverzüglich in der ersten Schlacht und vollzog an ihm die Strafe, die seinen Taten zukam. Er wurde nämlich gefangen genommen, und – von den Seinen verlassen – büßte er seinen Kopf ein; und so bekam er, der geglaubt hatte, den gnädigen Herrn verachten zu dürfen, endlich dessen Zorn zu spüren.

Als nun die Sueben den Untergang ihres Herrschers sahen, schickten sie um Gnade flehende Priester zu Theoderid [II.]. Mit der Ehrfurcht, die Priestern gebührt, nahm er sie auf, gewährte ihnen nicht bloß Straflosigkeit für die Sueben, sondern in frommer Stimmung gestattete er ihnen sogar, aus ihrem eigenen Volk sich einen Fürsten zu wählen. Das geschah, und die Sueben erhoben den *Remismund*[443] zu ihrem Häuptling. Nach diesen Taten und nachdem er überall den Frieden gesichert hatte, starb Theoderid [II.] im dreizehnten Jahr seiner Regierung [466].«

Das ist der originale Wortlaut des Kapitels 44. Ergänzen wir auch hier noch einiges! – Theoderid bzw. Theoderich II., der dritte tolosanische König, erneuerte das Vertragswerk zwar nicht wieder, aber er baute den Vertrag mit Rom dennoch aus. Bereits 454 vernichtete sein Bruder und Vizekönig *Friderich* spanische aufständische Bagauden »im römischen Auftrag«. Im Folgejahr spielte Theoderich sogar den Kaisermacher. Der Arverner *Avitus,* seit 418 häufiger Gast in Toulouse, erschien 455 in diplomatischer Mission. Er war soeben römischer Heermeister geworden.

Da drängte Theoderich II. den ehemaligen Erzieher Avitus, selbst den Purpur zu nehmen. Die königlichen Brüder brachten ihn nach Arles, wo Avitus zum weströmischen Kaiser[444] ausgerufen wurde. Endlich waren die Goten friedlich in die gallische Hauptstadt gekommen, die sie so oft vergeblich angegriffen hatten. Die römisch-barbarische Gemeinsamkeit bewährte sich von Neuem. Am Ende der heißen Jah-

443 Remismund: got. *Rimis-mund, rimis-* ›ruhig‹, *-mund* ›Beschützer‹. Sueb. König. ca. 465 bis 468.

444 Avitus: Kaiser von 455 bis 456.

reszeit zog Avitus nach Italien, mit einer gotischen Gruppe unter seinen Truppen. Das weitere Schicksal des letzten »gallischen« Kaisers ist bitter, da die Unterstützung der Goten nicht ausreichte. Falls Theoderich II. eine italische Politik beabsichtigte, dann überstieg sie die Kräfte seines Reiches. Tatsächlich engagierte sich aber der König in einer Weise in Spanien, die an die Zeiten Wallias erinnerte und ihn daran hinderte, seinem Kaiser die 456 dringend benötigte Hilfe zu leisten.

Wichtig schien den Goten bloß »der kaiserliche Auftrag«, südlich der Pyrenäen einzugreifen. Dabei fanden sie die Unterstützung der anderen südgallischen Föderaten, etwa der Burgunder unter dem gotenfreundlichen *Gundiok*.[445] Der böse Schwager aber, der katholische Suebenkönig *Rikiar*, bezahlte seinen Widerstand gegen den Kaiser mit dem Tod. Sein Reich hatten die Goten offenkundig sehr bald erobert, sodass Theoderich II. hier seinen Mann, den stammesfremden Warnen *Agriwulf*, als Statthalter einsetzen konnte. Die Verluste der Sueben waren so groß, dass ihr Regnum gleichsam als »zerstört und beendet« galt. Agriwulf dürfte allerdings schon lange vorher in suebischen Königsdiensten gestanden haben. So tötete er bereits 448 den römischen Comes Censorius, gleich nachdem Rikiar seinem Vorgänger *Rechila* als König nachgefolgt war.

Die Nachricht vom Tod des Kaisers *Avitus* erreichte den Westgotenkönig in Mérida (Emerita), wo er mit dem Heer zu Anfang des Jahres 457 stand. Wohl um die Sicherheit der gallischen Provinz besorgt, kehrte Theoderich II. sofort nach Toulouse zurück und überließ die Führung des spanischen Krieges, der mit großer Grausamkeit gegen Sueben und Provinzialen geführt wurde, seinen Feldherren. Aber Statthalter *Agriwulf* fiel von ihm ab und machte sich selbst zum König, wurde aber schon (s. Originalkapitel 44) im Juni 457 hingerichtet. 461 suchte der suebische Thronprätendent *Rechimund* erfolglos die Hilfe Theoderichs II. Von 458 bis 462 kämpften westgotische Truppen mit und ohne Römer in Spanien. Letztlich ernannte Visigotenkönig Theoderich II. sogar noch einen römischen Heermeister. Auf Avitus war der tüchtige Kaiser Maiorianus[446] gefolgt, der im Winter 458 nach Gallien kam und durchgriff.

445 Gundiok: got. *gundi-* ›Kampf‹; Burgunderkönig ca. 456 bis 470.
446 Maiorianus: weström. Kaiser 457–461.

Der Römer Aegidius,[447] in dessen Nachfolge das gallo-römische Königreich nördlich der Loire entstand, schloss sich jedoch seinem Freund Maiorianus an. Zum Heermeister und Patricius erhoben, übernahm Aegidius zeitweilig die Rolle, die *Aëtius* bis zu seiner Ermordung innehatte. Mit Feuer und Schwert zog Aegidius die Rhône abwärts, brachte 458 Lyon in seine Gewalt und ließ sich im folgenden Jahr in Arles von den Westgoten einschließen. Diese hatten gedacht, vor der gallischen Hauptstadt das sattsam bekannte Föderaten-Spiel aufzuführen, wurden aber durch Maiorianus eines anderen belehrt. Verlustreich zogen sie sich zurück und blieben treu. Damals soll der »heilige Martin« von Tours sein erstes »antigotisches Wunder« vollbracht haben.

Nun wollte der Kaiser die Vandalen angreifen. Geiserich, der schon 457 zwischen Sueben und Goten zu vermitteln suchte, um eine Dreivölker-Allianz gegen das Römerreich zu schmieden, wehrte sich indessen erfolgreich. Maiorianus verlor bei *Cartagena* die Flotte. Im August 461 war er ein toter Mann. Der Halbgote Rikimer war nun der Herr. Sein Staatsstreich führte dazu, dass Gallien dem Reich fast verloren ging. Aegidius rebellierte, und die Goten halfen dem neuen Kaiser von Rikimers Gnaden. Römer kämpften gegen Römer und paktierten mit Barbaren.

Damals rief ein General, den Aegidius in *Narbonne* belagerte, die Visigoten zu Hilfe, und die Visigoten kamen 462 auch in diese Küstenstadt. Friderich war mit der Besetzung und der Einrichtung der eroberten Gebiete beauftragt, musste aber schon 463 die Nordgrenze des Gotenreichs schützen. Im selben Jahr griff Aegidius mit seinen Franken über Orléans an und vernichtete die Visigoten, wobei Friderich umkam. Danach schien Aegidius ernsthaft auch gegen Toulouse vorrücken zu wollen, wobei er Geiserich ansporнte, das Italien Rikimers, des Verursachers allen Unheils, anzugreifen. Doch glücklicherweise verstarb Aegidius 465, sodass Theoderich II. losschlug und römische Gebiete an der Loire in seinen Besitz brachte.

Etwa gleichzeitig erholten sich die in Spanien agierenden *Sueben*, denn ihr neuer König *Remismund* konnte sich als gleichberechtigter Partner der Westgoten darstellen. Er heiratete eine Westgotin und scheint sogar der Waffensohn[448] Theoderichs II. gewesen zu sein. Der

447 Aegidius: Patricius († ca. 465).

448 Waffensohn: Wie mehrfach in unserer »Origo Gothica« erwähnt, war dies eine Art Adoptivsohn.

schickte 466 den Missionar *Ajax* und vereinnahmte so die katholischen Sueben. Theoderichs II. Ende kam 466 überraschend, als ihn nämlich sein eigener Bruder Eurich hinterrücks ermordete. Und diese Untat löste das römisch-gotische Bündnis auf, das etwa 50 Jahre gedauert hatte. In den Kämpfen gegen Bretonen, Bagauden, Alanen und Sueben hatten die Visigotenkönige dafür gesorgt, dass ihre Mannen kräftig Beute machten. Das Niederhalten der bagaudischen Volksbewegung nördlich und südlich der Pyrenäen diente dazu, die bestehende Rechtsordnung zu erhalten. Für die Vertreter der Römischen Reichsregierung war das Gotenheer (*exercitus Gothorum*) oft genug die wichtigste Armee, die in großgallischen Landen den äußeren wie den inneren Frieden zu wahren vermochte.

Im soeben gelesenen Kapitel 44 spielt das Volk der *Sueben* eine wichtige Rolle. Daher ist es nützlich, jetzt noch das wenige, was man eigentlich darüber weiß, etwa über ihr spanisches Reich, anzuführen. Die *Suevi* oder *Sueves* überquerten den zugefrorenen Rhein mit den Vandalen in der letzten Nacht des Jahres 406, verwüsteten danach Gallien und gingen im Spätsommer 409 über die Pyrenäen nach Spanien, das von Einfällen fremder Völker über ein Jahrhundert verschont geblieben war. Nordspanien fiel sogleich in ihre Hände, und zwei Jahre später teilten die Eindringlinge die Provinzen »durch Los« auf, wie *Hydatius* berichtet hat. Die alte Provinz Tarraconensis im Nordosten blieb römisch. Das reichste Gebiet, Baetica, fiel an die Silingen, die Alanen erhielten Lusitania im Westen und das Land um Cartagena in der Mitte. Die Sueben bekamen nur die hügelige und wenig entwickelte Provinz *Gallaecia* im Nordwesten. Die Silingen errafften die meisten römischen Teile Spaniens, dazu Córdoba, Italica und Cádiz sowie die Mineralvorkommen in der Sierra Morena.

Nur selten hören wir von Konflikten zwischen den germanischen Gruppen, die sich auf der Halbinsel niedergelassen hatten. Den größten Aufruhr entfachte die römische Regierung selbst, als sie 416 Visigoten gegen Silingen ausspielte. Nachdem die Hasdingen die Sueben angegriffen hatten, weil sie ganz Galicien erobern wollten, zogen sie südwärts. Aber die Sueben blieben im Besitz von Galicien[449] und behaupteten sich dort, weitgehend unberührt von den Ereignissen im

449 Galicien: Histor. röm. Provinz im Nordwesten Spaniens.

übrigen Spanien. Schenkt man Isidor von Sevilla Glauben, dass in Galicien immer noch die alte Provinzbevölkerung wohnte, versteht man besser, warum die Sueben so lange noch Plünderungszüge unternahmen. Ihre Hauptzentren lagen in den befestigten Städten im Nordwesten: *Braga* (Bracara Augusta), *Astorga* und *Lugo*. In Lugo lebten die Sueben sogar noch 460 friedlich mit Einheimischen zusammen. Außerhalb der Städte sind suebische Siedlungen kaum bekannt. Fundstücke sind rar, und das lässt sich zum Teil dadurch erklären, dass die Sueben keine große Germanengruppe darstellten. Man schätzt sie auf 25 000 Menschen. Eine Volksmenge solcher Größe, die in einem landwirtschaftlich armen Gebiet wohnte, kann archäologisch nur wenig Zeugnisse hinterlassen.

Nach 441 wandten sich die Sueben nach Norden und zogen ins *Ebrotal*, eroberten Lérida und hielten sich bei *Saragossa* auf. Dies wurde weder von Kaiser Avitus noch von den Visigoten in Aquitanien hingenommen, die sich anschickten, in Spanien einzufallen und die Sueben anzugreifen. Im Jahre 456 besiegten die Goten mit Hilfe der Burgunder und Franken die Sueben auf dem *Campus Paramus* bei Astorga, griffen den Hauptort der Sueben, Braga, an und nahmen später ihren König *Rechiarius*[450] gefangen und töteten ihn. Diese Niederlage setzte der suebischen Macht in Spanien außerhalb des Nordwestens ein Ende. Die Sueben raubten und plünderten zwar weiterhin, aber ihre kurze und grausame Herrschaft war vorüber. Einige Sueben lebten noch über ein Jahrhundert lang weiter in ihrer galicischen Festung, spielten aber danach in der spanischen Geschichte keine Rolle mehr. Im Jahr 585 wurde ihr Königreich schließlich mit dem der Westgoten vereint.

Von der Organisation des suebischen Reiches wissen wir so gut wie nichts. An seiner Spitze stand offenbar ein von allen Stammesangehörigen anerkannter König, obwohl auch andere Anführer Raubzüge in die Gebiete ihrer Nachbarn leiteten. Suebische Herrscher wurden als so wichtig eingeschätzt, dass Gesandte aus Toulouse oder gar aus Afrika zu ihnen kamen. Wenn aber Verträge geschlossen wurden, hielten diese nicht lange. Mitunter kam es zu Ehebündnissen zwischen westgotischen und suebischen Potentaten, doch die Kontakte zwischen beiden Völkern verbesserten sich dadurch wenig. Vor ihrer verheeren-

450 Rechiarius: Sueb. König 448- 456.

den Niederlage (456) prägten die Sueben eine Reihe goldener Münzen (ein Drittel eines Solidus), die meisten von ihnen ahmten die Münzen von *Valentinian III.* (425–455) nach. Das zeigt, dass sie vorhatten, sich an der Wirtschaft des germanischen Spanien zu beteiligen. Doch diese Prägungen gingen vermutlich um 460 allmählich zur Neige und wurden später nicht erneuert. Die Niederlage auf dem Campus Paramus zerstörte die Einheit der Sueben. Nach 456 tauchten Kriegsherren auf, die heute kaum mehr als Namen sind: *Framtane, Rechimund, Frumarius* und *Remismund.* Zur Mitte des sechsten Jahrhunderts war die Einheit erneut hergestellt, obwohl der König nur über Teile Galiciens herrschte. Die suebischen Fürsten hatten das Christentum angenommen, aber wir wissen nicht, wer es zu ihnen brachte. Rechiarius war, anders als seine heidnischen Vorgänger, Christ. Er war der erste Katholik unter den im Reich siedelnden germanischen Königen. Gelangte Rechiarius etwa durch persönlichen Kontakt zum Katholizismus, vielleicht durch seine Ehefrau? Wir kennen die Zusammenhänge nicht, aber man meint, es gab keine breite Annahme des Christentums. Hydatius hätte davon erzählt, wäre dies der Fall gewesen. Als die Sueben später wirklich Christen wurden, nahmen sie jedoch den arianischen Glauben an, den ihnen um 465 jener schon erwähnte Bischof Ajax brachte, der Kontakte nach Gallien unterhielt.

Kehren wir nun zum nächsten Kapitel[451] des Jordanes zurück, der sich darin noch weiter mit den Visigoten beschäftigt.

Kapitel 45

Eurich will ganz Gallien besitzen

Jordanes erläutert uns nun die wechselvollen Schicksale des Westgotenkönigs *Eurich,* der durch die Ermordung seines Bruders *Theoderich II.* ans Ruder kam und führt dazu in Kapitel 45 das Folgende aus:

XLV. »Weil sich sein Bruder Eurich[452] mit übergroßer Eile der Herrschaft und Nachfolge versicherte, so fiel ein schrecklicher Verdacht auf

451 Kap. 45, §§ 235–241.

452 Eurich: lat. Eurichus, got. *Aiwa-reik,* westgot. König 466–484.

ihn. Während dieser und weiterer Vorgänge bei den Visigoten wurde der Kaiser Valentinian[453] hinterlistig von Maximus ermordet, und dieser Usurpator riss selbst nach Tyrannenart die Herrschaft an sich. Als dies der Vandalenkönig *Geiserich* vernahm, segelte er mit einer Kriegsflotte von Afrika nach Italien hinüber, rückte in Rom ein und verwüstete dort alles. Maximus aber wurde auf der Flucht von einem römischen Soldaten namens Ursus getötet.

Nach ihm übernahm auf Befehl des Kaisers Markian,[454] des Beherrschers des Ostreichs, ein Mann namens *Maiorian*[455] die Herrschaft des Abendlandes. Aber auch er saß nicht lange auf dem Thron: Als er gegen die Alanen, die Gallien heimsuchten, sein Heer aufgeboten hatte, wurde er zu Dertona [Tortona] am Fluss Hyra umgebracht.

Nun nahm Severus[456] seine Stelle ein, der im dritten Jahr seiner Regierung zu Rom starb. Als das der Kaiser Leo, der im Osten auf Markian in der Regierung gefolgt war, vernahm, sandte er den Patricius Anthemius als Fürsten nach Rom. Sobald der dort angekommen war, schickte er sogleich seinen Schwiegersohn Rikimer[457] gegen die Alanen, einen ausgezeichneten Mann, der damals wohl der bedeutendste Feldherr war. Beim ersten Kampf besiegte dieser eine Menge Alanen mit ihrem König *Beorgus* und schlug sie bis zur Vernichtung [464].

Wie nun der Visigotenkönig *Eurich* diesen häufigen Regierungswechsel in Rom sah, versuchte er, Gallien in seinen unabhängigen Besitz zu bringen. Als dies bekannt wurde, forderte der Kaiser Anthemius[458] sogleich Unterstützung an, und zwar von den Bretonen [470]. Ihr König Riotimus[459] kam mit 12 000 Mann nach der Stadt Biturigas [Bourges], wo er landete und wo er aufgenommen wurde. Gegen diese führte der Visigotenkönig Eurich ein überaus zahlreiches Heer ins Feld und begab sich ebenfalls dorthin.

Sehr lange stritt er mit dem Bretonenkönig *Riotimus*; doch zuletzt schlug er ihn in die Flucht, noch ehe die Römer sich mit ihm vereini-

453 Valentinian III.: weström. Kaiser, 455 ermordet.
454 Markian: oström. Kaiser, 450 bis 457.
455 Maiorian: weström. Kaiser von 457 bis 461.
456 Libius Severus, weström. Kaiser, regierte von 461–465.
457 Rikimer: got. *Riqi-mer*, *riqi-* ›dunkel‹, *-mer* ›berühmt‹. Patricius († 472)
458 Anthemius: weström. Kaiser 467–472.
459 Riotimus oder *Riothamus*, aus kelt. **Rigo-tamos*, das eigentl. Vorbild des Königs *Arthur*.

gen konnten. Nach dem Verlust eines großen Teiles seines Heeres floh jener[460] mit so vielen Leuten, wie er nur konnte; und er kam zu dem benachbarten Volk der Burgunder, die damals mit den Römern verbündet waren. Der Visigotenkönig Eurich aber besetzte die Region Areverna [Auvergne] in Gallien, und da war der Kaiser Anthemius schon gestorben [472]. Als dieser nämlich mit seinem Schwiegervater Rikimer in einem grausamen Bürgerkrieg begriffen war und dabei Rom bedrängt hatte, wurde er von jenem getötet und hinterließ sein Reich dem Olybrius.[461]

In dieser Zeit wurde in Konstantinopel *Aspar* ermordet, der Erste der Patrizier. Der war von vornehmer gotischer Abkunft. Er wurde im Palast von Schwertern der Eunuchen durchbohrt [473], mit ihm seine Söhne *Ardabur* und *Patriziolus*, von denen der Erstere einst Patricius, der Letztere aber Cäsar und Schwiegersohn des Kaisers Leo[462] geworden war.

Als Olybrius schon im achten Monat nach seinem Regierungsantritt starb, gelangte Glycerius zu Ravenna mehr durch Anmaßung als durch Wahl als der neue Kaiser[463] ans Ruder. Ihn stieß noch vor Ablauf des Jahres Nepos [473–475], der Schwestersohn des ehemaligen Patricius Marcellinus, vom Thron und machte ihn in der römischen Hafenstadt zum Bischof.

Als Eurich diese vielen Thronwechsel und Änderungen sah, bemächtigte er sich der Gegend um Areverna, wo damals *Ecdicius* Anführer der Römer war, ein sehr vornehmer Senator und Sohn des früheren Kaisers Avitus, der auf wenige Tage die Herrschaft an sich gerissen hatte. Nun, dieser Avitus, der nur wenige Tage vor Olybrius das Reich besessen hatte, trat nämlich ganz freiwillig in *Placentia* zurück und wurde dort zum Bischof geweiht.

Sein Sohn also, Ecdicius, kämpfte lange mit den Visigoten, und da er ihnen nicht die Spitze bieten konnte, überließ er das Land und besonders die Stadt von Areverna dem Feind und zog sich in sichere Gegenden zurück. Sobald das der Kaiser Nepos[464] hörte, befahl er Ecdicius, Gallien zu verlassen und zu ihm zu kommen. Und er setzte an

460 Vgl. auch: Avallon, nach der Sage über König Arthur.
461 Olybrius: Kaiser Westroms 472.
462 Leo I.: oström. Kaiser, 457–474.
463 Glycerius: Usurpator v. 473–474.
464 Julius Nepos: weström Kaiser 474 bis 475.

seine Stelle den Heermeister *Orestes* ein. Dieser übernahm das Heer, zog gegen die Feinde aus und kam von Rom bis nach Ravenna [475]. Hier machte er halt und erhob seinen Sohn *Augustulus*[465] zum Kaiser. Auf die Kunde davon floh Nepos nach Dalmatien und lebte dort, wo schon Glycerius, der frühere Kaiser, das Bistum von *Salona* innehatte, zurückgezogen von der Regierung.«

So beendet die »Origo Gothica« dieses Originalkapitel 45. – Wieder werden wir mit einer Fülle von Namen bekannt gemacht, die sich aber vorwiegend auf die Römer und Goten im westlichen Teil Europas beziehen, und es ist erstaunlich, mit welcher Präzision Jordanes die vielen Einzelheiten überliefert hat.

Visigotenkönig Eurich (466–484) erscheint uns in diesem Kapitel als ein ungemein umsichtiger und kraftvoller Herrscher, der ein riesiges Territorium unter seine Kontrolle brachte. Was Eurich aber sicher nicht vorhatte, war die Errichtung einer gotischen universalen Monarchie, die Realisierung von Athaulfs Traum. Zwar meint Sidonius Apollinaris, gleichsam die ganze Welt sei da am westgotischen Königshof versammelt gewesen. Und selbst persische Gesandte sprachen bei Eurich vor. Aber das Reich gründete sich doch eher auf römische als auf gotische Grundfesten. Dem Römischen, nicht dem Gotischen gehörte hier die Zukunft. Ein Ziel von Eurichs königlicher Politik war die Bildung eines geschlossenen Vaterlands mit der Loire, Rhône und Durance als Grenzen gegenüber dem übrigen Gallien, mit den Seealpen gegenüber Italien und der offenen Iberischen Halbinsel als gotischem Hinterland. Diesen riesigen Raum, der beinahe die gesamte gallische Verwaltung umfasste, musste man nun von *Toulouse* aus beherrschen.

Nachdem er mit dem Germanen *Odoaker* Frieden geschlossen hatte, beschränkte sich Eurich vorwiegend auf den inneren Ausbau seiner Herrschaft. Die gotische Regierung ergriff Maßnahmen, um den provenzalisch-burgundischen Grenzbereich zu sichern, wo weiterhin Spannungen bestanden. Als Sidonius etwa um 476 am Königshof zu Bordeaux war, begegnete er dem »Burgunder, der seine sieben Fuß hohe Gestalt zum Kniefall zwang und um Frieden bat«. Daneben ent-

465 Romulus Augustulus: der letzte weström. Kaiser 475–478, mit dem die weström. Herrschaft erlosch.

deckte er den »greisen Sygamber«, der sich die Haare wieder wachsen ließ, die er als Zeichen der Niederlage geschoren hatte.[466] Damals entwickelte sich wahrscheinlich ein gotisch-burgundischer Frieden. Der Sygamber war offenbar ein fränkischer Großer, der in gotische Gefangenschaft geraten war. Eurich hatte den niederheinischen Volksgruppen am *Waal* gegen ihre mächtigen Nachbarn geholfen. Salische Franken hatten schon vor 475 die rheinischen Königreiche der *Heruler, Warnen* und *Thüringer* angegriffen, wurden aber von einer Gotenflotte geschlagen. Danach hat Eurich möglicherweise ein Bündnis gewollt. Doch schloss er es wohl nur mit Herulern, Warnen und Thüringern, aber kaum mit den Franken.

Eurich unterstützte die kleineren Völkerschaften im Rücken der Franken, er erkannte ihre Gefährlichkeit und wollte ihre Expansionsbewegungen hemmen. Das Seegefecht zeigte, welche militärischen Mittel die neue gotische Großmacht einsetzen konnte. Eurichs energisches Handeln im Norden Galliens demonstrierte den ersten Gotensieg über die Franken. Eurichs Vorgehensweise hatte römisches Format. Deswegen wirkte Eurich auf Sidonius wie ein »großmächtiger« Monarch, etwa so, wie auch Cassiodor den Amalerkönig Theoderich den Großen sah. Um das gotische Großreich zu festigen, fehlte jedoch noch die passende Kirchenpolitik, die erst Eurichs Nachfolger und Sohn Alarich II. ins Werk setzte. Noch 484 ist Eurich in Arles eines natürlichen Todes gestorben. Sein letzter Aufenthaltsort lässt vermuten, er wollte von dort aus noch Italien erobern. Aber diese Vermutung ist unbewiesen.

Kehren wir nunmehr zum Text der »Origo Gothica« in ihrem 46. Kapitel zurück. Jetzt setzt sich Jordanes auch mit Odoaker, dem großen Widersacher des Ostgotenkönigs Theoderich, auseinander.

466 Sidonius Apollinaris, Epistolae VIII, 3, 3.

Kapitel 46

Der große König Odoaker

Folgendermaßen führt Jordanes seinen Bericht in diesem Kapitel[467] fort:

XLVI. »Wie nun aber Augustulus von seinem Vater Orestes in Ravenna zum Kaiser eingesetzt worden war [476], eroberte nicht lange danach Odoaker,[468] der König der Turkilingen,[469] mit Skiren, Herulern und Hilfsscharen aus verschiedenen anderen Stämmen ganz Italien. Er brachte Orestes um, vertrieb dessen Sohn Augustulus und verurteilte ihn zu einer Strafe, die darin bestand, dass er ihn nach dem Kastell des Lukullus in Kampanien verbannte.

So fand auch nun die langandauernde Herrschaft des Römischen Volkes, die zuerst Octavianus Augustus[470] im 709. Jahr der Stadt – unter all den Kaisern – errungen hatte, mit diesem Augustulus ihren Untergang, und zwar im 522. Jahr der Regierung – gerechnet mit all seinen Vor- und Vorvorgängern, während nun plötzlich Gotenkönige Rom und Italien besaßen.

Unterdessen ließ Odoaker, dieser König der fremden Völker, nach der Unterwerfung von ganz Italien – um den Römern seine Furchtbarkeit im Vorhinein zu zeigen – bald nach Beginn seiner Regierung den Comes *Brachilas* bei Ravenna umbringen [477]. Er verstärkte sein Reich ständig und behauptete es fast dreizehn Jahre lang bis zur Ankunft des Theoderich, von dem wir weiter unten noch sprechen werden.«

Damit schließt das 46. Kapitel. Auch hier kann es nützlich sein, noch Genaueres, soweit die Quellen es hergeben, über Odoaker und seine Zeit darzustellen. Odoaker, geboren etwa 433, floh nach der Vernichtung der Skiren am Fluss Bolia und dem Tod seines Vaters Edeca nach Italien. 472 galt er noch als Anführer von Skiren, die an Rikimers Seite und als Bundesgenossen des Burgunderkönigs Gundobad gegen

467 Kap. 46, §§ 242–243.

468 Odoaker: got. *Auđa-wakr, auđa-* ›glücklich‹, *-wakr*, dt. ›wach‹. König von Italien von 476 bis 493.

469 Turkilingen: ostgerm. Stamm oder ir. Königsgeschlecht.

470 Octavianus Augustus: 27 v. bis 14 n. Chr.

Rikimers Schwiegervater, Kaiser Anthemius, stritten. Als Anthemius durch Gundobad den Tod fand, setzte Rikimer sogleich Olybrius[471] als neuen Kaiser Westroms ein. Kurz darauf waren sowohl Rikimer als auch Olybrius tot, sodass Gundobald den Glycerius als Kaisernachfolger ernannte und etwa 474 in sein Land zurückging.

Ostroms Kaiser Leo I. sah, wie dürftig man regierte und sandte seinen General Nepos los, um Glycerius zu stürzen. Da war Nepos bald der neue Kaiser geworden, aber er konnte sich gegen die Westgoten unter Eurich nicht durchsetzen. Schließlich setzte Nepos den Heerführer Ecdicius ab, der weidlich gegen die Westgoten gestritten hatte, schloss Frieden mit Eurich und überließ ihm fast ganz Gallien, sodass das Römerreich fast nur noch aus Italien bestand. Heerführer wurde der Sohn des Tatulus mit Namen Orestes. Er ist uns schon im Anschluss an Jordanes' Originaltext 36 begegnet. Er wirkte seinerzeit als Attilas Gesandter, der mit Edeca, Odoakers Vater, an den oströmischen Hof geschickt worden war. Orestes, eigentlich aus Pannonien kommend, war bei Attila hoch angesehen und hatte danach die Tochter des Comes Romulus geheiratet, der damals von Aëtius zu Attila entsandt worden war.

Wie uns Jordanes nunmehr mitteilt, schickte Nepos den *Orestes* mit einer Heeresmacht gegen die Westgoten in Gallien. Unklar sind leider selbst nach aktuellsten Forschungen die weiteren Zusammenhänge. Orestes machte sich zwar mit dem Heer von Rom auf, rückte aber auf *Ravenna* vor, eventuell sogar mit Einverständnis des Römischen Senats. Sobald Nepos merkte, dass Orestes gegen ihn losmarschiert war, floh er nach *Dalmatien*, das von da an unter dessen Herrschaft blieb. Orestes aber spielte den Herrn in Italien und ernannte – wie wir schon aus Kapitel 45 wissen – seinen Sohn Romulus Augustulus in Ravenna zum Kaiser.

Während Orestes also noch an der Macht war, verlangten seine nichtrömischen Krieger, den römischen gleichgestellt zu werden. Prokop überliefert uns, die nichtrömischen Soldaten hätten damals ein Drittel des römischen Ackerlandes gefordert.[472] Orestes aber wies die Forderungen brüsk ab, was bald zu großer Unzufriedenheit der nicht-

471 Olybrius: regierte nur 472 als weström. Kaiser.

472 O. V. Prokop, Gotenkriege, 1. Buch, Kap. 1, S. 7.

römischen Kriegsmannen führte. Odoaker als Mitglied der kaiserlichen Leibgarde führte die Aufrührer an und versprach ihnen, sollte er an die Macht kommen, ihre Forderungen zu erfüllen. Wie *Ennodius* andeutet, versteckte sich Orestes in Ticinum (Pavia) und wurde dann 476 bei Piacentia umgebracht.[473] Odoaker setzte Romulus Augustulus ab, verbannte ihn aber nur, und zwar mit 6 000 Solidi Ruhegeld, nach Kampanien, wie Jordanes uns mitteilt. Odoaker ernannte sich aber nicht selbst zum Kaiser. Er war schließlich ein Nichtrömer und hätte Westrom wie Ostrom in Aufruhr gebracht, falls er sich die Kaiserwürde angemaßt hätte. Ein von Ostrom anerkannter Kaiser, nämlich *Nepos*, herrschte ja noch in Dalmatien. Für Ostrom war Romulus Augustulus lediglich ein Usurpator; somit hatte Odoaker nur einen Usurpator beiseite gebracht, aber keinen Kaiser abgesetzt. Odoaker regierte gleichsam nur als »germanischer« König in Italien. An der Verwaltung und den Einrichtungen des Staates änderte sich wenig.

Das Ende des Weströmischen Reiches kam also 476. Es wurde nicht pauschal erobert, sondern löste sich in Einzelstaaten auf, wo fremdländische Heerführer die Macht ausübten. Da zeigte Odoaker, dass er nicht nur ein großer Feldherr, sondern auch ein gerissener Stratege war. Anfangs in schwacher Position, gelang es ihm, seine Macht im Innern und nach außen zu festigen und ein prosperierendes Gemeinwesen aufzurichten.

Bald schickte Odoaker eine Abordnung nach Konstantinopel zu Kaiser *Zenon* und erklärte dem Kaiser, Romulus Augustulus habe verfügt, es genüge ein Kaiser, nämlich Zenon, für beide Reichsteile, d. h. Augustulus verzichte auf seine Herrschaft. Man habe indessen einen Mann mit Erfahrung, Odoaker, gewählt, der alle Reichsdinge erledigen würde. Zenon solle ihn zum *Patricius* machen, sodass er Italien verwalten könne. Vielleicht wurden damals auch die weströmischen Kaiserinsignien dem Zenon überstellt. Mit diesem raffinierten Schachzug übertrug Odoaker dem Zenon offiziell die Oberhoheit über Italien, forderte aber gleichzeitig seine eigene Anerkennung durch Ostrom. Etwa gleichzeitig hatte Nepos aus Dalmatien Boten gesandt, die darum baten, Zenon möge ihm den Weströmischen Thron durch Heeresmacht zurückerobern.

473 Vgl. Mario Bauch, Wer waren die Nibelungen wirklich? S. 526.

»Ihr Weströmer«, meinte Zenon, »habt zwei Kaiser aus dem Osten erhalten, einen – nämlich Nepos – habt ihr verjagt, den anderen – nämlich Anthemius – umgebracht! Jetzt seht zu, was zu tun ist!« Weiter erklärte er, da der rechtmäßige Kaiser Nepos noch lebe, könne nur gelten, ihn wieder zurückkehren zu lassen. Zenon pries Odoakers Handlungsweise, der sich wie ein wahrer Römer verhalte. Er wünsche, Odoaker werde Kaiser Nepos wieder einsetzen, sollte er zurückkehren. In seinem Brief an Odoaker nannte Zenon ihn »Skirenkönig« und Patricius. Zenon hatte damit Odoaker faktisch als den Herrn Italiens akzeptiert.

Dann führte Odoaker Verhandlungen mit den Vandalen und überließ Geiserich gegen Tribut den größten Teil Siziliens. Mit den Westgoten kam es offenbar zu Kämpfen. Die Generäle *Alla* und *Sindila*, die wahrscheinlich Odoaker hörig waren, machten mit. Später besetzte Eurich die Städte Arles und Marseille. Wahrscheinlich bestätigte Odoaker diese westgotischen Eroberungen.

Wir lasen bereits im vorigen Kapitel, dass der Comes *Brachilas* 477 in Ravenna hingerichtet wurde, angeblich, wie Jordanes schreibt, um den Römern Odoakers »Furchtbarkeit« im Voraus zu zeigen. Im Folgejahr ließ er auch den Comes *Adarich* mit Mutter und Bruder umbringen. Offensichtlich musste sich Odoaker gegen die einheimischen Kräfte so brutal wehren, die ihm die Herrschaft missgönnten. Bald danach aber saß Odoaker so fest im Sattel, dass niemand mehr gegen ihn aufbegehrte. Er war nun nicht nur bei den Germanen anerkannt, sondern bald auch bei Römern angesehen. Aus dem Leben des heiligen *Epiphanius* wird mitgeteilt, dass Odoaker dem geplünderten Ticinum sogar fünf Jahre Steuerbefreiung schenkte.[474]

Im Jahre 480 wurde Nepos durch seine Comes *Viator* und *Ovida* in seiner Villa bei Salona[475] hinterrücks umgebracht, und der einstige Kaiser Glycerius, nunmehr Bischof in Salona, soll wohl auch die Hände im Spiel gehabt haben. Odoaker nutzte die Chance und überfiel Dalmatien. Als Ovida mit einem Heer Widerstand leistete, wurde er durch Odoaker besiegt und getötet (481). Danach eroberte Odoaker ganz *Dalmatien* und gliederte es seinem Reich an.

474 Vgl. Mario Bauch, Wer waren die Nibelungen wirklich? S. 528. Ticinum (Pavia) galt als 2. Residenz des ostgot. Italiens.

475 Salona: Königssitz in Dalmatien, nahe Split.

Illus, der oströmische »Magister utriusque militiae«, Heermeister beider Militäreinheiten, der sich gegen Zenon erhoben hatte, bat die Könige von Persien, Armenien und auch Odoaker um Beistand. Doch das lehnte Odoaker ab. 486 entzweiten sich Zenon und Theoderich, wie wir noch lesen werden. Als nämlich Zenon Odoakers Kriegsrüstungen bemerkte, mutmaßte er, jener stark gewordene »Skirenkönig« wolle auf der Seite des Illus gegen ihn vorgehen und überredete die Rugier zum Kampf gegen Odoaker. Diese Rugier hatten nach dem Zusammenbruch des Hunnenstaates in Niederösterreich ihre Residenz aufgerichtet, und zwar auf dem Nordufer der Donau, Favianis (Mautern) gegenüber, wo heute *Krems* liegt. Die Rugier hatten gemeinsam mit Skiren gegen die Ostgoten am Fluss Bolia gekämpft, wo sie geschlagen worden waren.

Nach dem Tod ihres Königs *Flaccitheus* kam dessen Sohn *Feletheus*, Fewa genannt, etwa 475 ans Ruder, der nun eine gotenfreundlichere Politik betrieb. Dieser Skirenkönig Feletheus nahm sogar eine Verwandte Theoderichs namens *Giso* zur Frau, die offenbar eine Amalerin war. Bald versuchte sie, allerlei Katholiken zu ihrem arianischen Glauben zu bekehren, was den heiligen *Severin* sehr aufbrachte. Die Rugier suchten allenthalben Handwerker unter den Römern, die sie dann einfach als Sklaven arbeiten ließen. Severin missbilligte dies und verlangte ihre Freilassung. Giso ließ zudem zwei Goldschmiede gefangen nehmen, die ihr Schmuck anfertigen mussten. Die Schmiede ihrerseits bekamen aber Gisos kleinen Sohn in ihre Gewalt und drohten, sich und ihn umzubringen, wenn man sie nicht freiließe. Da änderte Giso ihre Haltung, schenkte den Römern die Freiheit und bat Severin um Verzeihung. Eugippius schilderte diese Episode,[476] die wir, breit ausgemalt, übrigens auch in der Wielandsage wiederfinden.

Batavis (heute Passau) wurde nach 480 von Alamannen, Thüringern und anderen Gruppen gebrandschatzt, worauf die dort wohnenden Römer nach *Lauriacum* (Lorch) flohen. Als Feletheus davon erfuhr, wollte er die Geflüchteten gewaltsam zurückholen. Severin aber veranlasste, dass sie in Rugierstädten in Eintracht mit Germanen wohnen durften. Feletheus' Bruder namens *Ferderuch* plünderte nach Severins Tod 482 dessen Kloster bei Favianis, wurde aber kurz danach durch seinen Neffen *Fridrich* umgebracht. Odoaker, so erzählt es Eugippius,

476 Eugippius, Das Leben des heiligen Severin, Kap. 8, S. 69.

nahm das 487 zum Anlass, um gegen die Rugier vorzugehen. Möglicherweise war ein Teil der Rugier, die zu *Ferderuch* gehörten, zu Odoaker geflohen, um ihn als Rächer zu gewinnen.

Zenon mutmaßte, dass Odoaker wohl ein Bündnis mit Illus beabsichtigte, und hetzte seinerseits die Rugier gegen ihn auf. Odoaker wollte ebenfalls den Angriffen der Rugier ein Ende zu setzen und zog mit seinem Heer über die Donau. Fewas Rugier unterlagen, er wurde mit seiner Gemahlin gefangen gesetzt und nach Italien geschafft. Odoaker, dem eine große Beute in die Hände fiel, sandte einen Teil davon als Geschenke an Zenon. Der Kaiser äußerte heuchlerisch Freude über Odoakers Sieg, und undeutlich geben die Quellen an, dass danach Feletheus und Giso als Theoderichs Verwandte umkamen. Ihr Sohn Fridrich aber war entkommen und sammelte die Reste der Rugier in der Heimat. Als Odoaker davon erfuhr, schickte er seinen Bruder *Onulf*[477] mit Kriegsmacht gegen ihn, und Fridrich floh nach Novae (Svistov) zu Theoderich. Auf Anordnung Odoakers ließ Onulf 488 Ufernoricum räumen und siedelte dessen einheimische Bewohner in Italien an. Damit hatte er dem Rugierreich endgültig ein Ende bereitet. Vielleicht lag hier der Anfang der neuen Volksgruppe der Bajuwaren, worauf wir am Ende dieses Buches noch zurückkommen.

Wenden wir uns nun dem Entwicklungsgang der Goten im Westen zu, ehe uns die »Origo Gothica« die genaueren Schicksale der *Amaler* im Osten vorführt.

477 Onulf: *Onoulphos*, der Bruder Odoakers, wurde schließlich, nachdem er in Ravenna in eine Kirche geflüchtet war, von Anhängern Theoderichs 493 durch Pfeile getötet.

Kapitel 47

So endete jenes Reich

Im nun folgenden Kapitel[478] behandelt Jordanes ganz kurz und ziemlich pauschal die weitere Entwicklung der Visigoten, ohne jedoch viele Einzelheiten zu bringen. Es geht ihm darum, sehr schnell zur eigentlichen Geschichte der Amaler zu kommen, die er ja eigentlich darstellen will. Wir lesen den Originaltext:

XLVII. »Indessen, wir wollen nun zum Verlauf unserer Erzählung – dort, wo wir sie abgebrochen haben – zurückkehren, wie der Visigotenkönig Eurich, als er den absinkenden Zustand des Römischen Reiches erkannt hatte, Arelatum [Arles] und Massilia [Marseille] in seine Gewalt brachte. *Geiserich* nämlich, der Vandalenkönig, hatte ihn durch Geschenke dazu geködert, um sich selbst vor den Gefahren abzusichern, mit denen ihm Leo und Zenon[479] drohten. Darum unterstützte er es lebhaft, dass die Ostgoten das östliche, die Visigoten hingegen das westliche Reich verwüsten konnten, damit er selbst, während beide Teile des Reiches von den Feinden bekämpft würden, in Afrika in Frieden herrschen konnte. *Eurich* ging mit Freuden darauf ein, denn Spanien und Gallien hatte er ja schon vollständig in seinem Machtbereich; zugleich unterwarf er auch noch die *Burgunder*. Doch in seinem neunzehnten Regierungsjahr fand er während eines Aufenthalts in Arelatum den Tod [484].

Ihm folgte sein ehelicher Sohn Alarich [II.][480] nach, der als der neunte in der Reihe seit Alarich dem Großen die Herrschaft bei den Visigoten gewann. Denn in einem gleichen Verlauf, wie wir es oben bei den Kaisern erwähnt haben, ging es natürlich auch bei Alarich zu, und oft hören mit den Namen die Reiche auf, mit denen sie einst angefangen haben. Dies wollen wir jedoch einstweilen übergehen, und – wie wir versprochen haben – die ganze Herkunft der Goten entwickeln.«

Nun, das lesen wir wörtlich im originalen siebenundvierzigsten Kapitel. – Und wir vergegenwärtigen uns die damalige Situation: Noch am 28.

---

478 Kap. 47, §§ 244–245.
479 Ostroms Kaiser: Leo I. 457–474 und Zenon 474–491.
480 Alarich II.: 484–507.

Dezember 484 trat Alarich II. in Toulouse an die Stelle des Vaters. Jung war der neue König, ungefähr ebenso alt wie sein fränkischer Gegenspieler Chlodwig.[481] Alarichs Regierung wurde von den Quellen oft übergangen, und das wenige, was man weiß, wird von seinem Schlachtentod in *Vouille* und dem Untergang seines *Tolosanischen Reiches* überlagert. Früh galt Alarich als Schwächling, als elender Nachfolger seines Vaters, dessen »eiserne Herrschaft« die gotische Großmacht bewahrt hatte.

Um 487 griff Chlodwig den Römerkönig Syagrius[482] an, eroberte dessen Reich und zwang ihn zur Flucht, Syagrius floh nach Toulouse, wurde ausgeliefert und von Chlodwig umgebracht. Erst Jahre später gelang es den Franken, den Rest dieses gallo-römischen Pufferstaates nördlich der Loire zu erobern. Spätestens seit 490 kämpften die Visigoten an der Seite der Amaler gegen Odoaker. Als er besiegt war, heiratete Theoderich der Große 493 die Schwester des Frankenkönigs Chlodwig. Denn der italische Ostgotenkönig war offensichtlich um gutes Einvernehmen mit den Franken bemüht.

Schon 494 zeigten sich in Spanien die ersten Vorboten einer regelrechten westgotischen Einwanderung. Bislang galt dies große Land als Mischung aus Kronkolonie und Truppenübungsplatz. Nun erschienen die Goten dauerhaft, denn um diese Zeit hatten die Franken bereits die Loire überschritten. 498, nach der zweiten gotischen Siedlungswelle in Spanien, besetzten die Franken sogar *Bordeaux*. Unruhen brachen im *Ebrotal* aus, die 497 niedergeschlagen wurden. Sie flammten später im Raum von *Tortosa* wieder auf und standen sicherlich in bagaudischer Tradition.[483] Vielleicht waren die Aufstände der Versuch der Mittel- und Unterschicht, sich gegen die westgotischen Neuankömmlinge zur Wehr zu setzen. Die Siedler waren ja oft große Herren und paktierten mit den einheimischen Latifundienbesitzern, während die ärmeren Goten in Gallien zurückblieben. Dass aber Alarich II. 496 sowohl in Spanien kämpfen konnte und auch gegen die Franken Erfolge hatte, erklärt die Schlagkraft seiner Armee.

Endlich gingen die Franken zurück, während die Goten offensiv wurden. Als die Franken um 500 die *Burgunder* anfielen, unterstützte

481 Der Frankenkönig Chlodwig regierte 481 bis 511.

482 Syagrius: gall. »Römerkönig« 464–486/493.

483 Bagauden: einheimische Aufständische der Unterschichten in Gallien.

Alarich II. die rechtmäßige Partei. Die Franken wurden besiegt; deren Kriegsgefangene kamen nach *Toulouse*, und der siegreiche Burgunderkönig Gundobad übergab Avignon[484] 501 an die Goten. Noch mangelte es dem Tolosanischen Reich keineswegs an Expansionsfähigkeit. Alarich II. hatte jedoch die Wirtschaftskraft seines Herrschaftsgebietes überfordert, und mit der Ausgabe minderwertiger Münzen suchte er sich neue Einnahmen zu besorgen. Auch bemängelte Theoderich der Große die Kraft des tolosanischen Heeres. Angeblich hatte das Visigotenheer seit Attilas Tagen erheblich an Stärke eingebüßt. Auf einer Loire-Insel bei Amboise trafen Alarich II. und Chlodwig 502 zu einem persönlichen Gespräch zusammen. Da hörten nun ihre Kämpfe auf, die seit der zweiten Hälfte der neunziger Jahre immer aufs Neue zwischen beiden Reichen vorgekommen waren. Soviel zu dieser »westlichen« Seite der Goten.

Damit schließt die »Origo Gothica« den Kreis. Mehr will Jordanes offenbar nicht über die weitverzweigten Verhältnisse bei den Westgoten mitteilen. Es geht ihm im Wesentlichen um die *Amaler*, und denen wendet er sich nun – von Kapitel 48[485] an – zu.

484 Avignon: ursprüngl. eine phönik. Siedlung, geriet die Stadt an der Mündung der Durance in die Rhone als griech. Stadt 49 v. Chr. in röm. Besitz. Seit dem 5. Jh. Bistum, 1309–1376 Papstresidenz.

485 Kap. 48, §§ 246–253.

Eigentliche Ostgoten-Schicksale

Kapitel 48

Skythische Wohnsitze der Ostgoten

Über die Lebensverhältnisse der östlichen Goten gibt uns Jordanes jetzt eine instruktive Übersicht, ja, er nennt das alles die »Berichte der Väter«, ehe er sich mit den eigentlichen *Amalern* näher beschäftigt. Wir lesen hier den Originaltext:

XLVIII. »Da ich, solange beide Völker, Ostgoten und Visigoten, noch vereinigt waren, so gut ich konnte, die ›Berichte der Väter‹ entrollt und über die von den Ostgoten getrennten Visigoten eingehend genug erzählt habe, so müssen wir uns nun zu ihren alten *skythischen* Wohnsitzen zurückbegeben und die Geschlechtertafel und Taten der Ostgoten auf gleiche Weise vorführen. Von ihnen steht fest, dass sie nach dem Tod ihres Königs Ermanarich und ihrer Trennung von den Visigoten in Abhängigkeit von den Hunnen im selben Lande geblieben waren: Jedoch behielt der Amaler *Winithar*[486] die Abzeichen seines königlichen Ranges. Er nahm sich die Tapferkeit seines Großvaters *Wultwulf* zum Vorbild und versuchte – wenn auch mit weniger Glück als Ermanarich –, zumal er darüber ärgerlich war, der hunnischen Herrschaft unterworfen zu sein, sich dieser allmählich zu entziehen: Und so rückte er, um seine Kampfeswut zu zeigen, in das Land der Anten[487] ein. Als er sie jedoch angriff, unterlag er schon im ersten Kampf.

Nun aber handelte er als mutiger Mann: Ihren König mit Namen *Boz*, dessen Söhne und siebzig Vornehme ließ er als abschreckendes Beispiel ans Kreuz schlagen, damit die da oben hängenden Leichen die Angst bei den Unterworfenen verdoppeln sollten. Wie er nun in solcher Unabhängigkeit kaum länger als ein Jahr geherrscht hatte, duldete

486 Winithar: got. *Winiþa-harjis*, *Winiþa-* ›Veneter/Wenden-‹, *-harjis* ›Kämpfer, Sieger‹.
487 Anten: kaukas. Stamm, später wohl im Westen slawisiert, Nachfahren sind heute die Osseten.

es der Hunnenkönig Balamber[488] nicht mehr, sondern verband sich mit Gesimund,[489] Sohn Hunimunds des Großen, der angesichts seines Eides und seiner Treue mit einem großen Teil der Ostgoten noch unter der Herrschaft der Hunnen stand. Er erneuerte das Bündnis mit ihm und zog mit einer Heerschar gegen *Winithar*. In einem langen Streit siegte Winithar beim ersten und zweiten Mal, und keiner vermag zu sagen, wie groß die Verluste waren, die Winithar den Hunnen beibrachte. In der dritten Schlacht jedoch, da beide gegen ihn gezogen waren, schlich sich *Balamber* an den Fluss Erak [Phasis, Rioni, westl. Georgien] heran, verwundete und tötete den König *Winithar* durch einen Pfeilschuss in den Kopf.

Danach nahm er dessen Nichte *Waldamerca* zur Gemahlin und beherrschte nunmehr das gesamte [östliche] Gotenvolk, das jetzt in Frieden und Untertänigkeit lebte, jedoch so, dass man immer unter einem eigenen Oberhaupt stand, wenn dies auch nach der Wahl der Hunnen vonstatten ging. Nachdem Winithar den Tod gefunden hatte, herrschte *Hunimund* [d. J.][490] über sie, der ein Sohn des einst allgewaltigen Königs Ermanarich war, so tapfer im Streit und von blühender Schönheit am ganzen Körper. Später stritt er erfolgreich gegen die Sueben. Nach seinem Tod folgte ihm sein Sohn Thorismund,[491] auch er blühend in seiner Jugendkraft; der kämpfte in seinem zweiten Regierungsjahr gegen die *Gepiden* und soll nach einem großen Sieg über sie durch einen Sturz vom Pferd gestorben sein. Nach seinem Tod betrauerten ihn die Goten so sehr, dass vierzig Jahre lang kein anderer König an seine Stelle trat, damit sein Andenken in ihrem Munde fortleben sollte, bis die Zeit käme, da Valamir zum Mann herangewachsen sei, der ein Sohn seines Geschwisterkindes *Wandalar*[492] war.

Ein Sohn von ihm nämlich, namens *Berimund*,[493] war – wie wir schon oben erzählt haben – aus Verachtung über die Ostgoten, weil

488 Balamber; auch *Balimber*, Hunnenherrscher, um 376.

489 Gesimund: erster ostgot. König unter hunn. Herrschaft, um 376.

490 Dass *Hunimund d. J.* (um 467–468) ein Sohn Ermanarichs war, ist von Forscherseite öfter angezweifelt worden und zeitlich kaum möglich.

491 Thorismu(n)d: got. *Þaúris-moð*, *Þaúri-* ›Wage-‹, *moð* ›Mut‹. Ostgotenkönig.

492 Auch Vandalarius, ostgot. Besieger der Vandalen.

493 Beremu(n)d: zog offenbar zu den Visigoten, und dessen Sohn *Widirich*, erwähnt um 376, gilt als Vater des *Eutharich*, der als westgot. Amaler die *Amalasuintha* geehelicht hatte und um 523 starb.

sie sich den Hunnen unterworfen hätten, den Visigoten ins westliche Europa gefolgt. Von diesem stammte auch Widerich ab. Dieser Widerich hatte einen Sohn namens Eutharich, und der – verehelicht mit Amalasuintha, der Tochter Theoderichs – konnte so den schon getrennten Amaler-Stamm wieder vereinigen.

Er zeugte den Athalarich[494] und die Matasuntha.[495] Weil aber Athalarich in jungen Jahren starb, wurde Matasuntha nach Konstantinopel gebracht und gebar ihrem zweiten Mann, dem Germanus, einem Geschwisterkind des Kaisers Justinian, einen nachgeborenen Sohn, den sie ebenfalls Germanus nannte. –

Nun, wir aber wollen – um mit der begonnenen Erzählung zu Ende zu kommen – zu Wandalars Nachkommenschaft zurückkehren, die sich in drei Zweigen entfaltete. Dieser Wandalar[496] nämlich, der Urgroßneffe Ermanarichs und Vater des oben genannten Thorismund, rühmte sich dreier Kinder im Stamm der Amaler, nämlich Valamir,[497] Thiudimir[498] und Vidimir.[499]

Von ihnen bestieg nach der Erbfolge zunächst Valamir den Thron, während die Goten noch zusammen mit anderen Völkern den Hunnen untertan waren. Damals war es sehr erfreulich, die Taten dieser drei Brüder zu betrachten: wenn der bewundernswerte Thiudimir für das Reich seines Bruders Valamir in den Krieg zog, Valamir aber für den anderen die Ausrüstung beschaffte und Vidimir sich bemühte, seinen zwei Brüdern behilflich zu sein.

Da sie sich so in gegenseitiger Zuneigung ergänzten, hatte jeder seinen Anteil am Reich, das sie beide in Frieden führten. Sie regierten aber – wie schon oft gesagt – so, dass sie auch dem *Attila*, dem Hunnenkönig, noch untergeordnet waren. Sie hätten sich nicht einmal weigern dürfen, gegen ihre Verwandten, die Visigoten, zu kämpfen! Nein, ein zwingender Befehl des Herrn musste, auch wenn er sogar einen Vatermord verlangte, restlos erfüllt werden!

494 Athalarich: got. *Aþala-reik, aþala-* ›edeler‹. Ostgotenkönig, regierte von 526 bis 534.

495 Matheswintha: got. *Maþa-swinþo, maþa-* ›gutherzig‹, *swinþo* ›streng‹. Enkelin Theoderichs des Großen.

496 Vandalar: lat. Vandalarius, got. *Wandala-harjis, -harjis,* eigentl. ›(Vandalen)Streiter‹.

497 Valamir: Ostgotenkönig (vor 451–469).

498 Thiudimir: auch Theodemer, Ostgotenkönig von 468 bis 474, Königserhebung 469. Vater Theoderichs d. Großen.

499 Vidimir: Ostgotenkönig von 468–473/74.

Und auf keine andere Weise hätte irgendein skythischer Stamm aus der Herrschaft der Hunnen herausgerissen werden können. Das ging nur durch ein allen Völkern insgeheim und besonders den Römern erwünschtes Ereignis: nämlich durch den Tod Attilas, der ebenso schmählich war, wie sein Leben bewunderungswürdig blieb.«

Das ist der Originaltext dieses wichtigen Abschnitts. – Wir sehen: Dieses Kapitel 48 bringt nochmals eine Übersicht über die amalischen Ostgoten. Stellen wir auch hier noch einige Überlegungen zum referierten Stammbaum der Ostgoten an! Gleichzeitig beantwortet sich dann die Frage, wie das pannonische *Ostgotenreich* zwischen 456 und 473 regiert wurde.

Als 451 Attila nach Gallien zog, folgten ihm, wie wir schon lasen, auch die Ostgoten, die unter der Führung der eben genannten königlichen Brüder *Valamir, Thiudimir* und *Vidimir* standen. Dazu gehörte auch der Amaler *Andagis*, der mit Alanen versippt war. Trotzdem erlitten die amalischen Goten durch die Visigoten, durch ihr »balthisches« Brudervolk, damals eine Art Niederlage auf den *Katalaunischen Feldern*. Attilas unerwarteter Tod im Jahre 453 brachte für die *amalischen Goten* zudem allerlei Probleme. Nach 453 kämpften Attilas zahlreiche Söhne um den Machterhalt. Für oder gegen die Hunnen musste man nun kämpfen, als es am Fluss *Nedao* 454 oder 455 zum großen Gefecht kam. Jordanes, der allein darüber berichtet, hat wohl damit einen Nebenfluss der Save in der Provinz *Savia* gemeint. Die Nedao-Schlacht besiegelte das Unglück der Attila-Söhne und ihrer Gefolgschaften. Neue Kleinkönigreiche bildeten sich nunmehr: Von kleineren Gruppierungen abgesehen, entstanden das *Rugierreich* am Ostrand des niederösterreichischen Waldviertels und ein *herulisches Königtum* in Südmähren, dazu das pannonische Regnum derjenigen Sueben-Gruppen, die nicht die Heimat verlassen hatten.

Obwohl man es in älteren Forscherkreisen nicht gern zugesteht und einiges der Nachwelt verschleiert hat, war es wohl zweifellos so, dass die *Ostgoten* am Nedao noch auf der falschen Seite mit den Verlierern kämpften. Das hat das »Lied von Frau Helchens Söhnen« treu überliefert. Valamir und die Seinen hielten nibelungenartig den Hunnen die Treue. Andere Goten blieben sogar noch fünfzehn Jahre auf hunnischer Seite. Das Ende des *Großhunnischen Reiches* aber war da, denn die Hunnen hatten ihre Einheit aufgegeben.

Valamirs Bitte um Aufnahme seiner Ostgotenschar ins Römische Imperium fand bald Gehör. Sie bildete einen Sperrriegel an der pannonischen Save zum Schutz Dalmatiens und Obermösiens. Die Andagis-Amaler mit Alanen, Skiren und sarmatischen Sadagaren ließ man in der *Dobrudscha* und in Nordbulgarien siedeln. In dieser Gegend vermutet man auch die Festung des Gotenkönigs *Bigelis,*[500] der von *Ardabur* getötet wurde. Ardabur war ein Sohn des unter den Kaisern Markian und Leo I. zeitweise agierenden Patricius *Aspar,* der alanisch-gotischer Herkunft war und ostgotische Krieger anführte. Goten, die nach der Schlacht am Nedao von Valamir abfielen und Soldaten Konstantinopels geworden waren, standen zunächst unter dem Befehl eines Amalers mit Namen *Triarius.* Er war zweifellos mit der Valamir-Sippe verschwägert und gab seine Schwester dem Aspar, was dessen Position festigte. Als er, etwa in der zweiten Hälfte der Fünfzigerjahre, verstarb, trat sein Sohn *Theoderich Strabo,* »der Schieler«, dessen Nachfolge an. Über sein Wirken wird noch zu berichten sein. Es gab noch einen Verwandten der pannonischen Amaler, der 478 auf seinem Landsitz bei *Durazzo* agierte: *Sidimund* war sein Name, und er zählte nicht zu den Ostgoten von Thiudimir.

Nach der Schlacht am Nedao war bei den Föderaten der Einfluss Konstantinopels insgesamt sehr groß. Im Herbst 455 wollte zwar der weströmische Kaiser *Avitus* auf Pannonien zugreifen, aber der oströmische Kaiser Markian[501] hat Avitus niemals anerkannt, nein, er hat stattdessen den Ostgoten weite Gebiete zugestanden: Man siedelte zwischen *Sirmium* und *Vindomina*[502] (Vindobona). Wahrscheinlich waren die Ostgoten für die Grenzwacht vom mösischen Margus-(Morava)-Tal bis hinauf nach *Ufernoricum* eingesetzt. Rikimer, der Herr Westroms, versuchte indessen, die Goten aus *Noricum* zurückzudrängen, während Konstantinopel mit den Valamir-Leuten paktierte. Ehe wir uns jedoch mit den Schicksalen der nun schon eingeführten

500 Bigelis: Ostgot. König um 466 bis 471; nicht zu verwechseln mit dem hunn. Dolmetscher bei Attila.

501 Markian: oström. Kaiser von 450 bis 457.

502 Vindomina: *Vindobona*, Stadt in d. Provinz Pannonia I (Wien).

Ostgotenkönige näher beschäftigen, müssen wir nochmals auf die Geschehnisse nach der Rückkehr der Hunnen aus Gallien eingehen, um den »Untergang« Attilas, den die »Origo Gothica« im folgenden 49. Kapitel behandelt, noch besser verstehen zu können.

Wir lasen bereits: Die Truppenstärke, die Attila dank seiner guten Stellung vor der Vernichtung bewahren und zurückführen konnte, war noch so bedeutsam, dass keiner es auf dem langen Weg von Gallien über Germanien nach Pannonien wagte, ihn anzufallen. Er ritt seinen Truppen voran, auf dem kürzesten und günstigsten Weg über *Troyes* zur Baseler Pforte und von dort zur *Donau*, zum großen Strom, den die Hunnen so gut kannten, und von da auf dem schnellsten Weg zurück ins eigene Machtgebiet. Und wir haben auch schon erfahren: Viele Tausende blieben auf den *Katalaunischen Feldern* zurück. Sie sahen das Land an der *Theiß* nicht wieder. Die wilde Totenjagd in den Lüften gehört zum germanischen Glauben, und wir bewegen uns im 5. Jahrhundert in der Champagne gleichsam noch auf germanischer Erde, denn das Romanische hatte damals noch nicht so viel Einfluss gewonnen. In der Antike und auch später glaubten viele Völkerschaften, dass Tote stets ihre Arbeit fortführen, Gefallene über den Schlachtfeldern weiter aufeinander einschlagen. Man denke nur an Odins Einherier, die als Waffentote tagsüber stritten, abends aber wohlgemut und unversehrt wieder nach Walhall zurückkehrten. Deshalb gibt es so viele Schlachtfeld-Sagen, entstanden aus der Bereitschaft, an das Besondere solcher Orte zu denken.

Mit der Schlacht auf den *Katalaunischen Feldern* verknüpft sich eine der eindrucksvollsten germanischen Sagen, eine jener Legenden, die von den *Goten* zurück nach Norden in die Germanenheimat wanderte und uns in vielen Varianten begegnet. Eine riesige Völkerschlacht war das, wie man sie bis zur Neuzeit kaum wieder erlebt hat. Und daher ist es verständlich, dass sie noch sehr lange in der Erinnerung weiterlebte und dass ihr Verlauf immer sagenhafter wurde. Das Ausmaß des Kampfes war unerhört, aber zum Stoff der Heldendichtung konnte er so nicht werden. Hinzukommen musste noch das unermesslich Tragische: Nicht bloß eine Völkerschlacht lag da im Blickfeld, sondern ein Bruderkampf der Visigoten gegen die Ostgoten. Das war ihre verhängnisvolle Bedeutung, und ihren Höhepunkt erlebte sie im persönlichen Schicksal derer, die als Fürsten dem Volk vorstanden. Der Visigotenkönig *Theoderid* fiel auf diesem Schlachtfeld, getroffen von einem ostgotischen Geschoss. Aber nicht einer aus einer namenlosen Schar bereitete dem Westgotenkönig den Tod. Es ist vielmehr ein *Ostgote* fürstlichen Blutes: Denn auch Andagis,[503] der Schütze, entstammte dem gotischen Königsgeschlecht der Amaler.

Davon wenig beeindruckt war offenbar Attila. Die Erfahrung, dass er eine große Armee quer durch Europa leiten und offensichtlich noch manches Beutestück mitführen konnte, beflügelte ihn zu weiteren Taten. Sein Kampfwille war ungebrochen. Er kam nur nach Hause, um frische Truppen zu sammeln. Attila aber wäre – das kann als sicher gelten – weder von den West- noch von den Oströmern angefallen worden. Selbst *Markian* hätte den Kampf gegen die Hunnen nicht begonnen, und Aëtius hatte es schon Mühe genug bereitet, ein paar Legionen auf das Schlachtfeld zu führen. Attila aber rüstete auf, um von Neuem anzugreifen. Er war kampflustig und streitgierig wie je, und sein Ziel war diesmal Italien.

»Damals bewies unser Feldherr *Aëtius* nicht die in dem vorangegangenen Krieg geübte kluge Voraussicht«, schreibt der im Dienst des Papstes stehende und damals schon etwa sechzigjährige Chronist *Prosper Tiro*.[504] »Ja, Aëtius nützte nicht einmal die Engpässe der Alpen aus, durch die man den Einfall der Hunnen hätte verhindern können! Er setzte nur noch in eines seine Hoffnung: nämlich mit dem Kaiser aus Italien zu fliehen...«

Wenn man das liest, meint man kaum, dass Aëtius der Sieger und Attila der Besiegte gewesen sei. Und wenn Prosper Tiro glaubte, die flachen Julischen Alpen hätten einen Attila aufgehalten, dann tappt er im Dunkeln. Den Alpenhauptkamm brauchte eine Armee, die an der mittleren Donau stand, ja nicht mehr zu überschreiten, um auf Norditalien loszugehen.

Da eine Flucht aber zutiefst schandbar und auch gefährlich gewesen wäre, unterdrückte Aëtius die Angst; und weil die Zerstörung so

---

503 Andagis: Die amalische Andela-Andagis-Sippe und schließlich die Familie, der Jordanes selbst angehörte, blieben im Osten, als Theoderich d. Gr. später nach Italien aufbrach. Ebenso verhielten sich nach Prokop die beiden waffenerprobten Goten *Godigisklos* und *Bessas*. Prokop, De bello Gothico I. 8, 3.

504 Prosper Tiro, Epitoma Chronicon, 341ff.

vieler blühender Provinzen genugsam die Grausamkeit des Gegner dokumentiert hatte, meinten die Romregierung, der Senat und die Oberen nichts Besseres tun zu können, als durch Friedensboten den schrecklichen Attila um Einhalt zu bitten. Das übrigens musste, zusammen mit dem Konsul *Avienus* und dem Präfekten Trygetius der »hochselige« Papst *Leo* übernehmen. Die ganze Gesandtschaft wurde denn auch würdig empfangen, und der König Attila freute sich angeblich so sehr über die Ankunft des Kirchenfürsten, dass er von weiteren Kriegshandlungen absah und ins Donauland zurückging. In den Augen der katholischen Kirche hat das »mutige« Auftreten des Papstes den Aggressor so sehr eingeschüchtert, dass er heimwärts floh.

Indessen, die Römer waren irgendwie keine Autorität mehr, weil ihnen die militärische Macht fehlte. Aber da gab es ja eine neue Macht, die den wundergläubigen Attila mehr beeindruckte als die Römerlegionen – die Kirche. In hunnischen Augen waren die Männer, die ihnen waffenlos entgegen kamen, Räuchergefäße schwenkten und keine Rüstungen, sondern merkwürdige Gewänder trugen, nichts anderes als Magier, Zauberer und Hexenmeister. Die Autorität dieser Priester hatte Attila kennengelernt. Dass er an ihre geheimen Kräfte glaubte, belegt zumindest der eine gut bezeugte Umstand, dass Attila den Bischof *Lupus* (Saint-Loup) aus Troyes auf seinem Rückzug als Geisel mitschleppte, bis er den Rhein überschritten hatte. Wahrhaftig, dieser Lupus verblieb so lange in den Fängen des Hunnenkönigs, dass die Gläubigen von Troyes ihrem Oberhirten überhaupt nicht mehr trauen mochten, als er wieder auftauchte: Sie befürchteten, dass es schon Hexerei sei, wenn so ein Geistlicher den Hunnen lebend entkam. Deswegen verbannten sie den guten Bischof erst einmal für zwei Jahre.

Das Zusammentreffen *Attila-Papst* hat man später oft gemalt. Da stießen gleichsam zwei Welten aufeinander. Und manche Künstler haben in ihrer Euphorie sogar den Tiber oder die Engelsburg (!) als Hintergrund mit darauf gepinselt, aber das alles war in Wirklichkeit ganz anders. Der gute Leo traf Attila bereits, als der noch in Norditalien brandschatzte und Städte ausplünderte. Am Flüsschen *Mincio* – wie schon kurz erwähnt – hat die Begegnung angeblich stattgefunden, zwischen Gardasee und Po in der Gegend von *Mantua*. Die Stadt Mailand war bereits erobert, der Vormarsch südwärts hätte zwangsläufig

Gegenden berührt, wo Attilas Leute auf diverse Schwierigkeiten gestoßen wären. Zudem hatte Attila zu dem Zeitpunkt vielleicht schon Nachrichten vom Einfall des Markian, also der Oströmer, ins hunnische Kerngebiet erhalten. Die Beschwörungen des Papstes könnten Attilas Sinnesänderung herbeigeführt haben. Aber der Entschluss zur Umkehr hatte doch tiefere Gründe. Wenig genug haben sich doch auch späterhin Monarchen um die Bitten von Päpsten gekümmert.

Attilas norditalienischer Einbruch war nur von kurzer Dauer, und man weiß wenig darüber. Übrigens gehen die Meinungen der Chronisten ziemlich auseinander. Paulus Diakonus spricht von einer Verschonung der südlich des Po gelegenen Städte. Jordanes hingegen berichtet im Anschluss an die Eroberung Aquilejas (s. oben!), dass die Hunnen, durch diesen Erfolg verwegener gemacht, wie Rasende über die übrigen Städte Venetiens herfielen, dass sie auch *Mailand*, die Hauptstadt Liguriens und frühere kaiserliche Residenzstadt, dem Erdboden gleichmachten(!), was nicht ganz stimmt. Dasselbe Schicksal hätte Ticinum (Pavia) getroffen. Bloß weil Jordanes den Irrtum begeht, diesen Feldzug gleich an die Rückkehr der Hunnen aus Gallien anzuschließen, braucht er sich doch in den Details des Feldzugs nicht geirrt zu haben. Was ist schon ein Irrtum in der Saga dieses Volkes, die wir trotz unserer Bemühungen hier doch wohl niemals vollständig kennenlernen werden.

Berücksichtigt man diese sich widersprechenden Angaben, so kann es wohl als ein Glücksumstand bezeichnet werden, dass in *Mignes* berühmtem Sammelwerk *Patrologia Latina* ein anonymer Sermon entdeckt wurde, worin unter anderem erzählt wird, wie die Einwohner der großen Stadt Mailand vor den Hunnen flohen. Es heißt da:

»Gott dem Allmächtigen hat es gefallen, die Stadt und unsere Wohnstätten in die Hand des Feindes zu geben. Was uns stets als unser Besitz erschien, war nun in den Händen von Räubern oder verging in den Flammen, unter dem Schwert... Dabei aber wollen wir nicht vor allem die Häuser beweinen, die zugrunde gingen.«

Man liest dort auch, dass die Sankt-Ambrosius-Basilika bei der Gelegenheit in Brand gesteckt und zahlreiche Geistliche und Mönche umgebracht wurden. Der Sermon erzählt nur von wenigen, die entkommen sind.

»Und wenn sie überlebt haben, so nicht, weil die Hunnen sie verschont hätten, sondern weil die Mailänder Bewohner viel schneller davonrannten, als die Hunnen sie zu verfolgen vermochten, denn die Hunnen hatten bereits eine Menge Beute zu tragen.« Der Forscher Otto J. Maenchen-Helfen hat diesen Bericht ausfindig gemacht.[505]

Die Hunnen wüteten weiter gegen die Städte der Poebene. Aber das schreckliche Exempel der Belagerung und der schließlichen Eroberung einer Stadt bot *Aquileja*. Diese große Handelsstadt, die am nördlichen Rand der Adria lag, hatte als Sitz eines Patriarchen Bedeutung für die Christianisierung von *Friaul, Kärnten* und des Gebietes bis zur Donau. Aquileja war nicht irgendeine Stadt, sie war vielmehr eines der Zentren des Abendlandes. Ganz Italien, ja das westliche wie das östliche Römerreich, erfasste tödlicher Schrecken, als die Hunnen ihre Maschinen heranbrachten, um die Mauern der Stadt zu zerstören.

Wie wir bei Jordanes nachlesen können, war ursprünglich wohl durch Attila geplant worden, bis nach Rom vorzudringen. Davon brachten ihn aber, wie *Priskos* berichtet, seine Ratgeber ab, nicht aus Rücksicht auf diese Stadt, sondern in Erinnerung an das Schicksal jenes sagenhaften *Alarich*, jenes Königs der Westgoten. Sie befürchteten nämlich, abergläubisch wie sie von vornherein waren, es könnte ihrem Herrscher ans Leben gehen. Schließlich hatte ja auch Alarich die Zerstörung Roms nicht überlebt, sondern war kurz darauf ein toter Mann.

Genug. Attila hatte verschiedene Gründe, nicht weiter Krieg zu führen, sondern friedlich in seine Heimat zurückzuziehen. Daher erscheint es jetzt angebracht, zum Originaltext der »Origo Gothica« in ihrem 49. Kapitel[506] zurückzukehren, worin Jordanes das Ende des großen Attila eher lapidar als gründlich beschreibt. Aber schließlich geht es ihm auch nicht vordringlich um den Hunnen, sondern um den weiteren Verlauf der Amaler-Geschichte.

505 Zit. Otto J. Maenchen-Helfen, Die Welt der Hunnen, S. 104
506 Kap. 49, §§ 254–258.

Kapitel 49

Attilas Untergang

Wir lesen hier den trockenen Originalbericht des Jordanes:

XLIX. »Dieser [Attila] hatte sich, wie der Geschichtsschreiber Priskos berichtet, zur Zeit seines baldigen Todes ein Mädchen von sehr großer Schönheit namens Ildico nach unzähligen Frauen, wie es bei jenem Volk Sitte war, zur Gattin gewählt. Als er sich nun bei der Hochzeit einer allzu großen Fröhlichkeit hingegeben und dann, schwer von Wein und Schlaflust, sich rücklings niedergelegt hatte, erstickte ihn ein Blutstrom, der sich ihm häufig aus der Nase ergoss. Da war der gewohnte Ausgang versperrt, und zwar dadurch, dass dieser sich den todbringenden Weg in den Schlund bahnte.

So brachte dem kriegsberühmten König seine Trunkenheit ein schmähliches Ende. Als am folgenden Morgen bereits ein erheblicher Teil verstrichen war, argwöhnten die königlichen Wächter, irgendwie sei da ein trauriges Ereignis eingetreten! Nachdem sie ein lautes Geschrei angestimmt hatten, brachen sie die Tür auf und fanden Attila leblos, aber ohne Wunde infolge des Blutsturzes, das Mädchen aber weinend mit niedergeschlagener Miene und mit verhülltem Haupt.

Da schnitten sie sich, wie es bei jenem Volk Sitte ist, einen Teil ihres Kopfhaars ab und entstellten ihre ohnehin schon scheußlichen Gesichter durch klaffende Wunden, damit der große Kriegsheld nicht durch weibisches Klagen und durch Tränen, sondern durch Männerblut betrauert würde. Hierbei geschah noch etwas Merkwürdiges: Im Traum trat Gott zu Marcianos heran, dem Kaiser des Ostlandes, dem wegen eines so furchtbaren Feindes bange war. Und er zeigte ihm in derselben Nacht den zerbrochenen Bogen Attilas, weil jenes Volk sich ja auf diese Waffe so viel einbildete. Dies behauptet der Geschichtsschreiber Priskos und meint, es mit zuverlässigem Zeugnis erhärten zu können!

So furchtbar erschien Attila den unerhört Reichen, dass sie seinen Tod wie ein Geschenk von oben, von den Herrschern[507] des Himmels

507 Wenn Jordanes hier den Plural wählt, so wird klar, dass er auf weit mehr Götter verschiedener Völkerschaften und nicht nur auf den (katholischen) Gott anspielt.

ansahen. Wie sein Leichnam von seinem Hunnenvolk geehrt wurde, davon wollen wir hier nur einiges von vielem hervorheben: Mitten auf dem Feld unter seidenen Zelten wurden seine sterblichen Überreste aufgebahrt. Dann führte man ein wunderbar feierliches Schauspiel auf, denn die besten Reiter aus dem ganzen Hunnenvolk ritten um den Platz herum, wo er lag, wie bei Zirkusspielen, und verherrlichten seine Taten in Leichengesängen, und die tönten auf folgende Weise:

›Attila, der Hehre, der Beherrscher der Hunnen, der Abkömmling Mundzuks, der König der kampfmutigen Völker, der wie kein anderer vor ihm Skythiens und Germaniens Reiche mit unerhörter Macht allein regierte, der Schrecken beider Römerreiche, der Städte-Eroberer! Und um nicht seinen Reichtum den Plünderungen anheimfallen zu lassen, ließ er sich erbitten, jährlich Tribut anzunehmen! Da er all dieses mit soviel Glück vollbracht hatte, fand er nicht durch eine feindliche Wunde, nicht durch den Trug der Seinen, sondern mitten im freudigsten Glück, im Glanz seines Volkes und ohne alle Empfindung von Schmerzen den Tod! – Wer sollte also das für das Ende des Lebens halten, da doch niemand an Rache denken kann?‹ –

Nachdem sie ihn mit solchen Klageliedern betrauert hatten, veranstalteten sie für ihn auf seinem Grabhügel eine Feier, eine *Strava,* wie sie es nennen, mit einem riesigen Trinkgelage, und indem sie Gegensätze miteinander verbanden, vermischte sich bei ihnen die Todesklage mit Bekundungen der Freude.

Dann übergaben sie in der Stille der Nacht den Leichnam der Erde. Seinen ersten Sarg hatten sie aus Gold, den zweiten aus Silber, den dritten aus Eisen gefertigt; damit zeigten sie, dass all dies dem mächtigen König zustehe: das Eisen, weil er die Völker bezwang, Gold und Silber, weil er die Zierden beider Reiche verkörpert habe. Und dazu legten sie durch den Tod von Feinden erbeutete Waffen hinein, kostbaren Pferdeschmuck, schimmernd mit Edelsteinen aller Art, außerdem mancherlei Ehrenzeichen, mit denen der Glanz des Hofes ausgeschmückt worden war. Und damit jegliche menschliche Neugier von so vielen großen Reichtümern ferngehalten werden sollte, richteten sie nach vollbrachtem Werk all diejenigen hin – ein schrecklicher Lohn! –, die mit der Grabarbeit beauftragt worden waren, sodass die Totengräber ebenso wie den Begrabenen ein plötzlicher Tod überraschte.«

Hier endet das 49. Kapitel. Mit diesen Worten, in die auch eine Art Klagelied eingebettet worden ist, beendet Jordanes seinen kurzen Bericht über das Ableben und die feierliche Bestattung des Attila. Unendlich viele Sagen und Legenden haben sich im Laufe der Zeit über diesen Tod gebildet. Und es erscheint uns hier angemessen, wenigstens einiges über jenen seltsamen Tod in der Hochzeitsnacht anzufügen.

Wir haben schon verstanden: Attilas Stern war, als er 453 starb, im Sinken begriffen. Kaum von seinen römischen Kriegszügen zurückgekehrt, wandte sich Attila erneut drohend gegen Ostrom und forderte neuerliche Zahlungen, was man in Konstantinopel nicht mehr sehr ernst nahm. Sein Tod, von Jordanes hier recht beeindruckend überliefert, erscheint gleichzeitig als das Ende einer grausamen und schrecklichen Epoche. Die Heldensagen, vor allem das Nibelungenlied, führten das Thema weiter. Jordanes weiß nur, dass Attila wieder einmal ein wunderschönes (gotisches?) Mädchen namens Ildico[508] für seinen Harem ausgesucht hatte. Bei der Hochzeitsfeier, meint unser Gewährsmann, habe Attila wohl dem Wein zu sehr zugesprochen und sich dann in allzu betrunkenem Zustand ins Schlafgemach zu Ildico gesellt. Plötzlich bekam er Nasenbluten und erstickte, so stellt es Jordanes dar, am Blutstrom. Attilas Bediente ahnten am nächsten Morgen Schreckliches, erbrachen die Tür und fanden Attila tot auf dem Bett, Ildico mit »verhülltem Haupt« weinend neben ihm. Kein Wort bei Jordanes davon, dass sie, die Verschwörerin (?), ihn etwa umgebracht hätte. Kein Wort auch davon, dass ein gedungener Mörder im Spiel gewesen sei.

Wie wir bei Jordanes weiter lesen, schnitten sich die Hunnen einen Teil ihres Haares ab und zerfurchten ihre Gesichter, damit nicht weibische Zähren den Hunnenkönig betrauern sollten, sondern nur Männerblut als Zeichen der Klage sichtbar würde. Mitten auf einem Feld, das weiß Jordanes, und zwar unter einem seidenen Zelt, bahrte man Attilas Leichnam auf. Dann jagten die besten Reiter der Hunnen um dieses Zelt herum, und verherrlichende Gesänge ertönten, in denen Attilas Taten gepriesen wurden.

Die »Origo Gothica« lässt es sich übrigens nicht nehmen, auch den Inhalt der Totenlieder in kurzen Zügen wiederzugeben. Da wird nun

508 Ildico: auch: *Hildico*, Hilde, Kriemhild, got. *hild-* ›Kampf-‹; vgl. altsächs. *hildiscalk* ›Krieger‹.

Attila, wie auch bei anderen germanisch-barbarischen Völkern üblich, als der Größte und Herrlichste vorgestellt, als der große König »kampfmutiger« Völker. Ähnliches finden wir auch in unserem ältesten germanischen Heldenlied, dem Beowulf, wo sogar spezielle Klageweiber erwähnt werden, die die Trauerarbeit übernahmen.[509] Jordanes stellt in seinem Kapitel besonders heraus, dass Attila – als er all dieses so glücklich vollbracht hatte – nicht durch eine Wunde des Feindes, auch nicht durch den Verrat der Seinen, sondern »mitten im Glanz seines Volkes«, ohne Schmerzen den Tod auf seinem eigenen Lager fand. Da könne, so Jordanes, niemand an Rache denken.

In unserem Originaltext lesen wir auch noch, dass die Totenfeier von den Hunnen »strava« genannt wurde. Einige Forscher[510] meinen, das sei ein slawisches Wort. Die Quelle, die Priskos hatte, ist unbekannt. Vielleicht war dessen Informant ein geflohener Kriegsgefangener oder einer von den Hunnen, die nach 453 in die oströmische Armee eintraten. Priskos hörte vielleicht die Totenklage von einem Goten, für den sie aus dem Hunnischen übersetzt wurde. Das hier bei Jordanes wiedergegebene Klagelied ist mindestens einmal, vielleicht sogar dreimal übersetzt worden, ehe es Cassiodorus oder Jordanes in der vorliegenden Form aufschrieben. Mommsen übrigens pries die Schönheit dieses hunnischen Klageliedes. Es war eine »Oase in der Wüste der Prosa des Jordans«, findet er. Insgesamt darf man wohl die Authentizität des Berichts über die hunnischen Bestattungsriten nicht anzweifeln. Es gibt nichts in diesen hunnischen Riten, wofür man nicht auch Analogien in Germanien oder ganz Eurasien fände. Übrigens, die Vermengung von Trauer und Freude ist sowohl für Germanen wie Nichtgermanen allenthalben bezeugt.

Ohne Erfolg dürfte die von Jordanes berichtete Maßnahme der Tötung der am Begräbnis Beteiligten gewesen sein, damit keiner das reiche Grab des Hunnenkönigs finden könne, um es auszuplündern. Ähnliches erzählt Jordanes auch für Alarichs Grab im Busento. Aber richtig ist: Bis heute wurde das Grab Attilas nicht gefunden, und allerlei angestellte Vermutungen wurden bald wieder verworfen. Pikant ist Jordanes' Bericht, dass Gott dem oströmischen Kaiser Marcianos/

509 Hans-Jürgen Hube, Beowulf, S. 400f.

510 U. a. Otto J. Maenchen-Helfen, Die Welt der Hunnen, S. 201f.

Markian Attilas zerbrochenen Bogen gezeigt habe – als Zeichen dafür, dass jener nun tot sei. So oft wird der Christengott ja von Jordanes nicht bemüht. Er fügt wörtlich an, die Großen der Römischen Reiche hätten Attilas Tod gar als Gottesgeschenk angesehen.

In der Sage wird Hunnenkönig Attila meist ziemlich positiv betrachtet. Er war zwar ein *Despot*, aber ein von Grund auf grausamer Herrscher war er sicherlich nicht. Die katholische Kirche machte ihn zwar zur »Geißel der Menschheit«, aber die Sage entdeckte an ihm freundliche Züge. Ein gutes, gerechtes Verhältnis zu den Untertanen war für einen Großkönig wie Attila und sein Reich von essenzieller Bedeutung. Überdies war das Reich darauf angewiesen, allerlei fremdländische Völkerscharen als gleichberechtigt einzugliedern und Lehren von ihnen anzunehmen. Milde und gutmütig konnte Etzel sein. Und das war wohl auch ein vornehmer Charakterzug des historischen Königs Attila, ganz anders als ihn Felix Dahn in seinem Buch beschrieben hat.[511] Dieser Charakter setzte sich über die Ostgotensage und Bayern in der europäischen Heldensage fort.

Bekanntermaßen ist Etzel die mittelhochdeutsche Form des gotischen »Attila« (Väterchen), und das »E« erklärt sich als Umlaut, bedingt durch das »i« der Folgesilbe. Übrigens, es glauben manche Forscher, dass Attila nur ein »germanisierter« hunnischer Name ist, den wir nicht wirklich kennen. Wenn wir es bei Attilas Vater mit einem gewissen *Mundzuk* zu tun haben, so dürfte auch dies schon eine Art »Gotisierung« von *Munderich* sein, und der wirkliche Name hieß vielleicht *Munjuc* oder *Bunjuc*, Wörter, die im Türkischen vorkommen. *Botelunc* heißt ja Etzels Vater im Nibelungenlied,[512] und möglicherweise gibt es hier Anklänge an altes Namengut.

Zahlreiche Varianten weist die Sage über Attilas Tod auf. Hundert Jahre danach äußerte *Marcellinus Comes*, Attila sei in der Brautnacht von seinem Kebsweib erdolcht worden, wie der Sagenforscher Bauch schreibt. Agnellus von Ravenna erwähnt, der Hunnenkönig sei von einer »nichtswürdigen« Dame mit einem Messer getötet worden.[513] Paulus Diakonus hat den Untergang des Reichs der Burgunder mit

511 Felix Dahn, Attila, Der Eroberer aus der Steppe, u. a. S. 239.
512 Helmut de Boor, Das Nibelungenlied, Av. 22, V. 1372, S. 424.
513 Mario Bauch, Wer waren die Nibelungen wirklich? S. 319.

der Hunnenschlacht auf den Katalaunischen Feldern verknüpft und schreibt, jener *Gundahar* (Gunther) sei vom Hunnenkönig umgebracht worden.[514] Später meinten Nibelungenkenner, jene von Jordanes erwähnte Attila-Geliebte namens Ildico (Hildchen?) habe unter dem Namen *Kriemhild* aus Rache für ihre getöteten, burgundischen Brüder ihren Mann Etzel umgebracht und sei so das Vorbild für unsere Sage geworden.[515] In der nordischen Fassung stimmt diese Meinung, und so hielt man gern diese Ildico-Kriemhild-Parallele für eine recht alte Sagenvariante. Kriemhild aber geht eher auf die historische Gestalt der *Chrothechildis* zurück, wobei das *Ältere Burgunderlied* neben einem alten Siegfried- und Brünhildenstoff natürlich eine andere Rolle gespielt haben kann. Einige jüngere Forscher halten die Quedlinburger Annalen aus dem 10. Jahrhundert deshalb für so wertvoll, weil darin ein relativ früher Stand der Attila-Sage zum Vorschein kommt. Da heißt es:

»Attila, der König der Hunnen und Schrecken für ganz Europa, starb durch eine gewisse junge Frau; diese hatte ihn mit einem Messer durchbohrt, nachdem er den Vater des Mädchens getötet und es selbst mit Gewalt geraubt hatte«.[516] In den Quedlinburger Annalen steht nichts über Rache für die Burgunder oder Rache für den Tod des Bruders, sondern von einer Rache für den Vater. So hat man die Möglichkeit, die Entwicklung der Attila-Sage bis zum Kriemhildlied und zur Geschichte Chrothechildis zu verfolgen, die ebenfalls zur Vaterrache schritt. In der nordischen Sagenversion haben wir es mit Atli (Attila) zu tun, der die Niflungen zu sich lockt und sie töten lässt. Daraufhin rächt Gudrun (so heißt sie hier statt Kriemhild) den Tod ihrer Brüder, indem sie Atli umbringt.

Auch in Nordeuropa gibt es unterschiedliche Varianten über Attilas Ende. Vielleicht war Etzels Ermordung durch Kriemhild bereits eliminiert, als die Sage in den Norden gelangte. Denn in den färöischen Liedern wird *Artala* durch den Sohn *Högnis* getötet, indem er Artala und Gudrun neben dem Goldschatz einschließt und verhungern lässt.[517]

514 Paulus Diakonus, Historia Romana, Buch 14. Kap. 5. S. 112.
515 Manfred Bierwisch und Uwe Johnsson, Das Nibelungenlied. S. 185f.
516 Mario Bauch, Wer waren die Nibelungen wirklich? S. 319.
517 Klaus Fuss, Die färöischen Lieder der Nibelungensage, 3. Bd. S. 85.

Ebenso verhält es sich mit der Thidreks Saga. Dort wird Atli von Hagens Sohn Aldrian im Berg mit dem *Nibelungengold* eingeschlossen und auf diese Weise umgebracht.[518] Noch anders ist der Ausgang in der jüngeren Edda. Dort töten *Gudrun* und Högnis Sohn den König *Atli* gemeinsam.[519]

Übrigens, es war jener Tod im Weinrausch und in der Liebeserschöpfung, den Jordanes rügen zu müssen meinte. Priskos hätte ihn vermutlich neutraler berichtet. Für die Hunnen jedoch war es, wie das von Jordanes hier wiedergegebene Lied zeigt, ein wahrer »Hunnentod«, ein wirklich königlicher Tod, denn wenn sie auch unerschrockene Streiter waren, so besaßen sie doch Lebensklugheit genug, um den glücklich zu preisen, der aus »freudiger Lebensfülle« abberufen wurde. Diese Attitüde, für die Priskos schon in seinem Gesandtschaftsbericht Belege vorlegte, widerspricht in allem dem, was Germanen von ihren Heerführern erwarten, und läge hier tatsächlich ein gotisches Lied vor, so wäre Attila wohl im Kampf gefallen und hätte die Nacht statt mit einer »Ildico« mit einem von Odins Schildmädchen verbracht. Die Hunnen hatten überdies nicht zum ersten Mal einen Häuptling auf solche Art sterben sehen: Schon den *Octar*, Attilas Vaterbruder an der Seite Rugilas, ereilte nach einer Siegesfeier ein plötzlicher Tod.

Wichtig ist wohl auch: Der Schluss des Liedes verdeutlicht, dass die Hunnen der jungen Frau keine Schuld gaben. Tausend Jahre später hätte man Ildico wahrscheinlich solange gefoltert, bis sie eingestanden hätte, Attilas Tod mit bösem Liebeszauber verursacht zu haben. Völlig frei von Angriffen blieb sie indessen nicht, wie schon weiter oben zu lesen steht. Man hockt nicht ungestraft stundenlang neben einem toten König auf einem blutigen Lager, worauf nur ein kleiner Blutfleck von Ildicos aufgegebener Jungfernschaft hätte zeugen dürfen.

Das Verhör, das die Hunnen mit ihr nicht anstellten, holte die Sage nach und nach der Sage die Wissenschaft, findet Hermann Schreiber in seinem Buch.[520] Wenig weiß man von ihr: Eigentlich nur, dass Attila sie genommen hatte, dass sie *Ildico* hieß und denen, die sie sahen, als überaus schön erschien. Man ist sich einig, dass Ildico ein germanischer

518 Hans-Jürgen Hube, Thidreks Saga, S. 360f.
519 Snorri Sturluson, Die jüngere Edda, S. 191.
520 Hermann Schreiber, Attila und die Hunnen, S. 301.

Name ist. Bei den Hunnen war solches schon Usus. Man hatte Goten schließlich seit Jahrzehnten als Nachbarn, und gotische Namen waren offenbar beliebt. Die Schönheit Ildicos fiel den Leuten an Attilas Hof wohl vor allem deshalb ins Auge, weil es eine germanische Schönheit war. Denn stattliche Hunninnen mag es auch in großer Zahl gegeben haben. Darum ist es auch gänzlich abwegig, wenn frühzeitig nach Attilas Tod in Konstantinopel das Gerücht aufkam, eine hunnische Dirne habe ihn umgebracht. Die Verbindung zwischen Attila und Ildico musste zumindest einem engen Kreis um den König so bekannt gewesen sein, dass ein Mordverdacht gar nicht erst erwogen wurde.

Jedoch in der historischen Überlieferung ist die Mordbehauptung sehr bald präsent. Sie spukte vom sechsten Jahrhundert an durch Mönchschroniken, durch Lehrgedichte von Poeten, floss aus den Federn der Geschichtsschreiber und beflügelte die Heldensage schließlich als nordisch-grausige Rachetat. Wenn jemals eine Hochzeitsnacht in der Weltliteratur so nachdrücklich publik gemacht wurde, dann war es diejenige der Ildico und des Attila, meint auch Schreiber. Damals gab es ja keine Bücher und damit keine Verbreitung gesicherter Texte. Man tradierte mündlich weiter, was man exzerpiert hatte oder kommentieren wollte. Überlieferung bedeutete alles, aber jegliche Kritik wurde hintan gestellt. Wir bewegen uns in der Epoche der Sagenbildung, im geistigen Lebensraum germanischer Stämme, aber wir betrachten hier auch das Jahrhundert der großen Symbiose von antiken und christlichen Überlieferungen. Solche spektakulären Vorkommnisse wie der Tod eines berühmten Königs oder Helden müssen in dieser Atmosphäre diverse Varianten und Ausschmückungen hervorbringen. Da lebte beispielsweise mitten in diesem sechsten Jahrhundert ein Mönch namens *Malalas,* der aus Syrien stammte und mit einer Weltchronik hervortrat. Er zog an sich, was er an Schriftlichem erlangen konnte, und offenbar gehörten auch Abschriften des Priskos dazu.

Die bösartige Intrige, worin es um das Attentat ging – wir konnten sie bereits im Gesandtschaftsbericht des Priskos lesen – ist bei Malalas mit Attilas Tod in Verbindung gebracht worden. Nach seiner Darstellung hat ein Leibwächter den Hunnenkönig umgebracht, und die junge Frau, hier natürlich eine Hunnin, hat daran Schuld. Irgendwie ist ja auch hier noch eine Beziehung zum wahren Sachverhalt vorhanden.

Chrysaphios, so lasen wir, fragte ja Edeca, ob er stets Zutritt zu Attila habe, und der erklärte, mitunter komme das schon vor, wenn er nämlich Wachdienst machen müsse. Priskos galt als zuverlässiger Informant, und was der mitteilte, war also wahrheitsgemäß. Aber das, was Malalas für den wahren Priskos-Text angesehen hatte und aus einer zweiten oder gar dritten Bearbeitung darbot, trat nun den Weg durch die Geistesgeschichte in dieser erstaunlichen »byzantinischen« Variante an:

Bulgaren-Zar *Symeon* beispielsweise ließ das Malalas-Klosterdokument abschreiben. Diese Wiedergabe wurde im alten Russland mehrfach kopiert, und als man einen dieser Texte aus dem sechzehnten Jahrhundert – er befindet sich heute in Moskaus Synodalbibliothek – einmal auf Attila hin durchforstete, fand man noch eine andere Variante, die sich durch das mehrfache Umschreiben ergeben hatte.

Dort heißt es u.a.: »Wie anderenorts geschrieben steht, kam aber der bewusste König Attila aus nordischen Ländern und nahm mit riesiger Kriegsgewalt römische Städte ein, und er belagerte Rom. Der Herrscher (von Rom) hatte damals eine wunderfeine Tochter, die sich auf die Festungswälle hinausbegab. Sie zählte dreißig Jahre. Als der König vernahm, dass das Mädchen so wunderschön sei, bat er (die Gegner) und sprach: ›Wenn ihr sie mir nicht gebt, dann zerstöre ich eure Stadt Rom!‹ Nun eilte der ganze Vorstand der Stadt mit den Äbten zu dem Mädchen, und (sie) flehten (sie an) und sprachen: ›Verfüge dich sofort hinaus zu dem König Attila, damit er unsere Stadt Rom nicht vernichtet und damit unsere Stadt nicht eingeäschert wird!‹ Wie nun das Mädchen zu seinen Füßen saß, fing ihm im Liegen die Nase zu bluten an. Und daran starb er. Da nahm sie nun seinen Mantel und tat den Bürgern kund, wie der König Attila gestorben sei. Seine Mannen aber nahmen ihn und trugen seinen Leichnam durch Italien und Deutschland und begruben ihn im Ungarlande.«[521]

Diese Übersetzung aus dem Kirchenslawischen hat – wie Hermann Schreiber mitteilt – ein gewisser Gyula Moravcsik angefertigt und dabei die geschichtlichen Motive festgestellt, die in diese Version eingegangen sind: Nämlich Attilas Zug nach Italien im Jahr 452 und die Bitte des Papstes, die Stadt zu verschonen. Als zweites, jene Prinzessin Honoria, die Schwester (nicht Tochter) des Kaisers, die Attila zur Ehe

521 Zit. nach Hermann Schreiber, Attila und die Hunnen, S. 303ff.

begehrte. Und drittens das Nasenbluten in der Liebesnacht, wozu aus dem Alten Testament noch das Judith-Motiv gestellt werden kann. Die ging ja bekanntlich zu dem bösartigen Feldherrn Holophernes und rettete die Stadt, indem sie ihn mit ihren Reizen betörte und dann tötete.

Wie die kirchenslawische Version hier kundgibt, hat der Chronist durchaus nicht alles frei erfunden. Er hat sogar berücksichtigt, dass Honoria nicht mehr ganz jung gewesen sein dürfte, als Attila um sie freite. Deswegen ist sie zwar sehr schön, aber mit dreißig Jahren für eine Sagenprinzessin doch schon etwas alt. Und weil sie Attila nicht umgebracht hat, nimmt sie nicht sein Haupt mit sich wie jene Jüdin Judith, sondern als abgeschwächtes Symbol den Mantel des Königs. Wenn Attilas Leiche letztendlich nicht ins Hunnenland befördert wird, sondern ins Ungarland, so hängt dies damit zusammen, dass die Ungarn längst die Erben der Hunnen geworden sind, weil sie die Donau-Theiß-Niederung in Besitz genommen haben. Historisch gesehen sind ja die Ungarn mit ihren Raubzügen tatsächlich Jahrhunderte nach den Hunnen die Fortsetzer ihrer Schreckensattacken. Das erklärt die gewisse Gleichsetzung der Ungarn mit den Hunnen, die man oft in der Sage findet.

Doch germanischen Sagen ist trotzdem ein Motiv eigen, das bis dahin in den Erzählungen um Attilas Tod noch nicht auftritt, nämlich die Rache. In hunnischen Liedern wurde gesungen, es sei dies keineswegs ein Tod gewesen, weswegen ein Rächer auftreten müsse. Doch hat nicht jenes Mädchen Ildico eine Rache vollzogen? Wahrhaftig, es gibt kaum eine europäische Nation, die nicht auf irgendeine Weise an dem Attila-Bild in den alten Heldensagen unseres Kontinents mitgewoben hat. Wie Hans Beck es formulierte, lebt der Hunnenkönig sagengeschichtlich weiter in Verbindung mit Walther (Walther und Hildegund), Dietrich von Bern und den Burgundersagen. Überlieferungsgeschichtlich gesehen, griffen die genannten Sagen zum Teil weit über das Germanische hinaus. Ungarische, altfranzösische, altspanische, kymrische und andere Zeugnisse seien zu den germanischen getreten, sodass die »stoffliche Genese« dieser mit Attila in Beziehung stehenden Sagen ein schwer entwirrbares und die Forschung bis heute beschäftigendes Problem darstellte, erläutert an anderer Stelle H. Schreiber in seinem schon zitierten Buch über Attila.

Die Attila-Sage hat ihre spezifischen Helden, und diese verteidigen ihre Ehre, ihr Volk, sie fliehen oder kehren nach einer Odyssee zurück, meint der Sagenforscher. Verglichen mit dem »prächtigen Gobelin« dieser frühen Geschichten, an denen uns unbekannte Dichter verschiedener Völker gewirkt haben, sei aber nach Schreibers Ansicht das Geschichtsbild der Hunnen geradezu düster und monoton. Möglicherweise war es jedoch gerade dieser Widerspruch zwischen dem Protagonisten und der Geschichte, welcher Attila so lange und intensiv in der Sage weiterleben ließ: Kein Leser oder Zuhörer wollte seinen Tod als ein bloßes primitives natürliches Ereignis verstehen, und deswegen wurde ihm soviel Sinnhaftigkeit und Nachhall angedichtet.

Das schöne Bild der weinenden Ildico am Bett des toten Attila, das uns »erschauern lässt«, ist somit keinesfalls mehr ausgelöscht worden. So etwas kann man nicht mehr aus dem Gedächtnis streichen. Damit verwandelte sich Ildico-Hilde in *Kriemhild*, die Klage um Attila wurde eine Klage um die toten Burgunder. Und der Schauplatz des Attila-Todes irgendwo weit in Ungarn kam den Zuhörern logischer vor als die geographische Vernunft: Demzufolge mussten die Nibelungen/Burgunder, um ihren Untergang zu erleben, die Donau hinunter bis ins Hunnen-/Ungarland ziehen.

All das wurde auf vielfältige Weise mit Dichtung und Wahrheit vermengt. Gelehrte waren ebenfalls beteiligt, als man die Angaben des Jordanes und des Priskos auswertete. Auf diese Weise blieben teilweise die richtigen Namen erhalten, und sie wurden – je nach Bedarf – in diesen oder jenen Zusammenhang gebracht. *Walther* und *Hildegund* beispielsweise sind Geiseln am Hof des Hunnenherrschers. Um Gold geht es, und das Faktum, dass bestimmte germanische Fürsten in Attilas Palästen hoch angesehen sind und wichtige Ämter bekleiden, ist uns aus der tatsächlichen Geschichte bekannt. In der Thidreks Saga heißt Attilas Frau Erka, in der Edda Herkia. Diejenige Dame, die wir bei Priskos im Rund ihrer Mädchen vorfinden, wurde demzufolge bis nach Island hinauf bekannt. Auch Attilas Bruder kommt als Sagengestalt als Blödel oder Blödelin vor. Selbst die zwei Könige, die auf Attila folgten, nämlich der Skirenspross *Odoaker* und der Ostgote *Theoderich* agieren in der Sage als Otacher und Dietrich von Bern. Sogar Söhne Attilas wie *Ernak* und *Ellak* findet man in diesen Sagen, und weitere

Söhne Attilas, die uns in der Historie nicht begegnen, werden mit phantastischen Namen wie *Orte, Ortlieb, Eitill* oder *Aldrian* bedacht. Am erstaunlichsten aber ist die Tatsache, dass Attila in diesen Sagen als gütiger Herrscher beschrieben wird. Hoheitsvoll und als Träger großer Herrschertugenden wird er ins Bild gesetzt. Lediglich manchmal wird er ein wenig greisenhaft und weichlich dargestellt. Einmal schreitet König Etzel sogar ins Münster zum Gottesdienst – und das ist ja immerhin mehr als grotesk, wenn man an die hunnischen Verwüstungen der Kathedralen von Metz, Reims oder Trier denkt.

Stark beeindruckt hat die Sagenbearbeiter offenbar auch die Attila-Residenz. In der Zeit des Minnesangs, als fahrende Sänger, auf das Wohlwollen des Fürsten angewiesen, von Hof zu Hof zogen, entstand wohl das verklärte Bild von der hunnischen glanzvollen Hofhaltung, und wie es dort tatsächlich zuging, hat Priskos ja wahrhaftig berichtet. Es sieht so aus, als hätten sich entscheidende Vorformen der Sagen im Umkreis der Ostgoten gebildet, wo man trotz des Erbschaftsstreits gegen Attilas Söhne – oder möglicherweise sogar wegen dieser Kämpfe – dem hunnischen Herrscher ein so günstiges Andenken bewahrte. Doch blieb Attila in der germanischen Heldensage stets ein wenig am Rande, war nie Mittelpunkt der Handlung und zog nie große Episoden auf sich. Dafür aber wurde er für die Ungarn ein nationaler Heros, zum ersten wunderbaren Herrscher ihrer Geschichte. Ja, überlieferte oder erschlossene ungarische Geschichten, Chroniken und Sagen sehen in Attila den eigentlichen Ahnherrn des Hauses *Arpad,* einer erst im neunten Jahrhundert begründeten Dynastie, die später mit Andreas III. 1301 erlosch.

Nicht von der Hand zu weisen ist auch folgende Ausdeutung: Vielleicht wurde durch die Tötung Kriemhilds durch Hildebrand oder Dietrich in der *Thidreks Saga* ursprünglich der Tod Etzels gerächt. Die Ruinen im Stadtteil *Ofen-Buda* in Budapest, der Römersiedlung Aquincum, wurden im Sinne der Hungarisierung Attilas gar zur *Etzelburg.* Wo das Flüsschen *Gran* in die Donau mündet, also westlich des Donauknicks, suchte man eine andere Etzelburg. Und das war nun nicht gerade in der Gegend jenes hunnischen Hoflagers, das Priskos gesehen hat.

Kaum bekannte Autoren ungarischer Attila-Sagen und Hunnenchroniken mengten vom neunten bis zum dreizehnten Jahrhundert unterschiedliche historische Motive aus germanischen Sagen in ihre patriotischen Darstellungen, sodass sich seltsame Auswüchse ergaben. Einerseits haben Attila und Kriemhild einen Sohn miteinander, der christlich erzogen wird, andererseits verüben in der Hunnenhandlung Frauen, die Kriemhild oder auch Gisela heißen, schreckliche Untaten, sodass sich schließlich ein böser Kampf zwischen Deutschen und Ungarn – nicht mehr zwischen Germanen und Hunnen! – ergibt, in dem natürlich alle Christen den Tod finden und das vormalige Heidentum obsiegt. Diese Mythenbildung ist zumindest spektakulär und trifft für keine andere Gestalt der europäischen Geschichte so krass zu. Nicht einmal Geschichtsgrößen wie *Arminius, Marbod* oder *Karl der Große* haben trotz reicher Überlieferungen solche intensive gemeingermanische Mythenbildung hervorgerufen.

Attila kam wahrscheinlich zur rechten Zeit, als die *West-* und *Ostgoten* zu siegen begannen, er prägte sich ihnen ein, als ihr Selbstbewusstsein literarische Gestalt annahm. Wie einige Historiker mit Recht annehmen, hätte er sie schon hundert Jahre später, im Jahrhundert der Aufzeichnung der Germanenrechte und neuer germanischer Staatsgebilde, kaum stärker beeindruckt als Ostgoten wie *Teja* oder *Childerich*. Wie der schon zitierte H. Schreiber betont, gleichen die persönlichen Züge, die uns die spärlichen Zeugnisse über Attila vermitteln, eher einem Holzschnitt als einer feinen Federzeichnung, bei der die Schattierungen fehlen. Aber Attila kann sich in der Reihe weltgeschichtlich bedeutsamer Herrscherpersönlichkeiten sehen lassen, denn ihm kann man nichts vorwerfen, was nicht den Zeitgenossen im Besonderen auch vorgeworfen werden müsste. Unerwähnt sollte hierbei auch nicht das Bild bleiben, wie Gudrun in der nordischen Sage oder auch Kriemhild in der Thidreks Saga am Morgen nach der Ermordung ihres Gemahls erwachen und dieser »Held« neben ihr tot im Bett liegt. In der *Thidreks Saga* brechen die Burgunder, nachdem sie Siegfried im Wald ermordet haben, die Tür zum Schlafgemach Kriemhilds auf und werfen den toten Siegfried in ihre Arme, wovon sie erwacht.[522] Nach Jordanes aber erbrachen die Diener Attilas das Schlafgemach und fanden den Hunnenherrscher leblos auf dem Lager neben der schluchzenden Ildico.

522 Hans-Jürgen Hube, Thidreks Saga, S. 296.

Kehren wir zur »Origo Gothica« zurück! – Betrachten wir nun das weitere Erstarken der *Amaler* auf dem Hintergrund des Berichts über die Auflösung des Hunnenreiches! In diesem Kapitel 50[523] widmet sich die »Origo Gothica« dem weiteren Schicksal der Hunnen, die – man weiß es aus vielen anderen Zusammenhängen – ihr Reich nach Attilas Tod nicht erneuern konnten. Unversehens erfährt der Leser jedoch auch etwas über das Fortbestehen der gotischen Amaler-Gruppierungen.

Kapitel 50

Das große Hunnenreich zerfällt

Wir lesen hier wortgetreu den Text nach Jordanes:

L. »Hiernach erhob sich – üblicherweise stachelt ja Herrschgier die Jugend an – unter den Nachfolgern Attilas ein Streit um das Reich, und da sie alle törichterweise zu herrschen verlangten, verloren sie auch alle gleichermaßen die Herrschaft. Somit ist für Königreiche der Überfluss an Thronfolgern öfter viel verhängnisvoller als der Mangel! Denn die Söhne Attilas, die wegen dessen unbeschränkter Zeugungslust fast ein ganzes Volk darstellten, forderten nunmehr eine ganz gleichmäßige Verteilung der Völkerschaften unter sich, sodass die kriegerischen Könige mit ihren Völkerscharen geradezu wie Leibeigene verlost wurden.

Als dies der Gepidenkönig Ardarich[524] erfuhr, erhob er sich erst einmal, erbost darüber, dass über das Schicksal so vieler Völker wie über das der gemeinsten Sklaven verhandelt würde, gegen Attilas Söhne und schüttelte erfolgreich das schmähliche Joch der Knechtschaft ab. Und nicht nur sein Volk, sondern auch die übrigen, die ebenso unterdrückt worden waren, erlöste er durch seinen Abfall von ihnen. Denn alle greifen oftmals gern bei dem mit an, was zum Wohl aller unternommen wird. Nun rüstete man sich zu einem gegenseitigen Vernichtungskrieg.

In Pannonien an dem Fluss, der Nedao[525] heißt, kam es zum Entscheidungskampf. Hier stießen die verschiedenen Völker aufeinander,

523 Kap. 50, §§ 259–266.

524 Ardarich: got. *Arða-reik, arða-* ›Erde, Land‹. Gepidenkönig, vor 451 bis nach 454.

525 Nedao oder Nedad, Nebenfluss der Save in Ungarn, westl. der Donau; dort Entscheidungskampf gegen die Hunnen.

die Attila in Botmäßigkeit gehalten hatte. Die alten Reiche spalteten sich mit den Völkerschaften, und aus einem Körper wurden verschiedene Glieder, die nicht mehr das Leid mittragen halfen, wenn ein Stamm litt, sondern nach Überwindung des Oberhauptes plötzlich gegeneinander wütend loszogen. Ja, die tapfersten Stämme, die niemals auf einen ebenbürtigen Gegner gestoßen wären, wenn sie sich nunmehr nicht selbst zerfleischt hätten, hatten nun die Absicht, sich selber aufzureiben.

Fürwahr, das muss wohl ein bewunderungswürdiges Schauspiel gewesen sein, als man den mit Spieß und Speer kämpfenden *Ostgoten* sah, als man den mit dem Schwert wütenden *Gepiden* erblickte, der seine Waffe in der Wunde des *Rugiers* zerbrach, den Kriegsmann der *Sueben,* der so geschwind kämpfte, den *Hunnenkrieger,* der sich mit Pfeil und Bogen hervortat. Und man erschaute den *Alanen,* der in schwerer Rüstung stritt, ebenso den *Heruler,* der in leichter Bewaffnung zum Kampfe schritt. Nach langen, schweren Gefechten lächelten aber zuletzt die Gepiden über ihren unverhofften Sieg.

Denn dieser Ardarich mit seinen Mitverschworenen brachte an dreißigtausend Mannen der Hunnen und anderer Völkerscharen um, die an ihnen [den Attila-Leuten] festhielten. In diesem Kampf fiel Attilas ältester Sohn *Ellak,* den sein Vater so sehr vor allen übrigen geliebt haben soll, dass er ihn seinen sämtlichen anderen Söhnen im Reiche vorzog. Aber das Schicksal stimmte nicht mit den Wünschen des Vaters überein. Nachdem er viele Gegner erschlagen hatte, soll er mannhaft kämpfend gefallen sein, sodass sich sein Vater – hätte er noch gelebt – wohl gern einen ebenso ruhmvollen Tod gewünscht hätte! Nach seinem Tod aber wurden seine Brüder an die Küsten des Pontischen Meeres zurückgetrieben, wo – unserer eingangs mitgeteilten Erzählung zufolge – die Goten einst gesessen hatten. So unterlagen also die Hunnen, und vor ihnen hätte – nach allgemeiner Erwartung – die Welt unterliegen sollen!

So verderblich ist die Zwietracht, dass nach der Trennung diejenigen zusammenbrachen, die mit ihren vereinigten Kräften der Schrecken der Übrigen gewesen waren! Dieser Erfolg des Gepidenkönigs Ardarich war Glück bringend für die verschiedenen Völker, die widerwillig unter der Herrschaft der Hunnen gedient hatten. Ihr Lebensmut, der lange Zeit ganz traurig darnieder gelegen hatte, richtete sich nunmehr wieder auf, aus Freude über die ersehnte Freiheit. Viele schickten Gesandte ins Römische Reich, und sie wurden vom damaligen Kaiser Markian [450–457] sehr freundlich aufgenommen, und man teilte ihnen Wohnsitze zur Ansiedlung zu.

Die Gepiden aber nahmen die bisherigen Gebiete der Hunnen mit Gewalt für sich in Anspruch; sie bemächtigten sich als Sieger ganz Dakiens und forderten für sich in einem Freundschaftsvertrag mit den Römern nur Frieden und Jahresgelder als tapfere Männer. Der Kaiser bewilligte ihnen solches gern, und bis heute erhält dieses Volk vom römischen Kaiser das herkömmliche Geldgeschenk. Als nunmehr die [Ost-]Goten sahen, dass die Gepiden die Wohnsitze der Hunnen so siegreich behaupteten, die Hunnen aber ihre eigenen alten Wohnsitze besetzt hatten, zogen sie es vor, das Römische Reich ebenfalls um Land zu bitten, statt unter eigenen Gefahren in fremdes Land einzudringen. Und sie bekamen *Pannonien*, eine weithin sich erstreckende Ebene mit dem oberen Mösien im Osten, mit Dalmatien im Süden, mit Noricum im Westen, mit der Donau im Norden, ja, es war ein Land, das sich mit sehr vielen Städten schmückte, von denen [aus Sicht Konstantinopels] die nächstliegende *Sirmium* [Sremska Mitrovica], die letzte indessen *Vindobona* [Wien] ist.

Die Sauromaten fernerhin, die wir Sarmaten[526] nennen, die *Cemandrer* und Teile der Hunnen bewohnten Landstriche, die sie in Illyrien bei Castra Martis erhalten hatten. Zu ihnen gehörten *Bliwila*, der Comes von Pentapolis,[527] und sein Bruder *Froila* und in unserer Zeit der Patricius *Bessas*. Die Skiren[528] aber, die Sadagaren [Sarmaten] und einige Alanen mit ihrem Anführer *Candac* bekamen Kleinskythien und das untere Mösien. Pharia,[529] der Vater meines Vaters Wihamuthis,[530] das heißt mein Großvater, war der Notar des Alanenführers[531] *Candac*, so lange dieser lebte. Und bei seinem Schwestersohn *Gunthik*,[532] dem

526 Sarmaten: ursprüngl. iran. Reiternomaden, mit den Skythen verwandt, ihre Ostgrenze: der Don.

527 Pentapolis: Cyrene in Nordafrika.

528 Skiren: germ. Stamm, königl. Familie.

529 Pharia: got. *farja* ›Wanderer‹, vgl. dt. *Fahrer*. Großvater des Jordanes.

530 Wihamuthis: got. *Weiha-moð, weiha* ›geweiht‹, Vater des Jordanes.

531 Lat. Alan(orum) d(ucis).

532 Gunthik, got. *Gunþi-gis, gunþi* ›Kampf‹, *-gis* ›Speer, Ger‹.

Magister militum, der auch *Baza*[533] genannt wurde, war ich selbst, Jordanes,[534] tätig. Ich war ein Abkömmling des *Andagis* und dieser wiederum war ein Sohn des *Andela* aus dem Geschlecht der Amaler. Obgleich ich nicht sonderlich gelehrt bin, wirkte ich gleichfalls als Notarius vor meiner Bekehrung.[535]

Die Rugier aber und einige andere Stämme baten um die Erlaubnis, sich in *Bizzis*[536] und Arkadiopolis niederlassen zu dürfen. Auch *Ernak*, ein jüngerer Sohn Attilas, wählte sich als Wohnsitze für die Seinen die äußersten Teile von Kleinskythien [rumän. Dobrudscha]. Seine Vettern *Emnetzur* und *Ultzindur* bemächtigten sich in Uferdakien an der Donau der Städte Utus, Hiskus und Almus; und viele Hunnen strömten von überall herzu und unterwarfen sich, indem sie Wohnsitze im Römischen Reich erhielten; von diesen nennt man die Sakromontisier und Fossatisier noch heute.«

Bis dahin reicht dieser Originalwortlaut. Das alles ist verwirrend, aber wir vernehmen ihn so in Kapitel 50 der »Origo Gothica«. Und dennoch, manches könnte man dem hier beschriebenen Thema hinzufügen. Es ist erstaunlich vielseitig behandelt und berührt nicht nur die Gepiden-Schicksale unter Ardarich, sondern auch die Geschicke der Attila-Söhne. Wir vernehmen aus berufenem Munde, wie die Hunnen und ihre Verbündeten geschlagen wurden. Die Sieger, vor allem die Gepiden, besetzten die Kernlande des einstigen Attila-Reiches. So erweiterten sie ihr Siedlungsgebiet nicht nur nach Süden, sondern auch nach Osten, d. h. sie bekamen auch Teile Dakiens. Weiter westlich gründeten oder vergrößerten die anderen siegreichen Stämme oder Stammesteile ihre Territorien. Von kleineren Gruppierungen und Formationen abgesehen, entstanden am linken Donauufer, das heißt jenseits der Reichsgrenzen, das *Rugierreich* am Ostrand des niederösterreichischen Waldviertels und im Weinviertel. Ein *herulisches* Königtum nordöstlich davon in Südmähren und auf beiden Seiten der *March* mit Ausläufern bis zur Donau und zu den Kleinen Karpaten.

533 Ba(t)za: got. *batja* ›gutwillig‹; Spitzname Gunthiks.

534 Hier erfahren wir aus Jordanes eigener Feder etwas über seine Herkunft, seinen Vater, seinen Beruf etc.; vgl. dazu die Darlegungen im Anfangskapitel dieses Buches!

535 Lat. *ante conversionem*. Offenbar ging Jordanes vom Arianismus zum Katholizismus über.

536 Bizzis: *Bizye* in Thrakien, unweit Konstantinopels. Arkadiopolis: bei Bizye.

Bis 470 bildete sich ein pannonisches Regnum derjenigen Sueben, die nicht mit Vandalen und Alanen die Heimat verlassen hatten.

Was die Skiren betrifft, so glaubt man heute nicht mehr daran, dass sie nördlich des Donauknies siedelten. Das sogenannte Adelsgrab von Bakodpuszta ist wohl mit der skirischen Fürstenfamilie zu verbinden, meinen neuere Forscher. In der Nachbarschaft der Skiren gab es Sarmaten. Beide soeben genannten Formationen hielten sich im Vorfeld der mächtigen Gepiden auf. Genauso, wie Rugier bei *Krems* nördlich der Donau wohnten, jedoch von den Einheimischen südlich des Stroms lebten, so griffen auch die meisten übrigen außerrömischen Donaubarbaren auf das »Reich« über, um sich ihre wirtschaftliche Grundlage zu sichern.

Obschon man nicht gern daran erinnerte und alles tat, um der Nachwelt die Peinlichkeit zu verschweigen, bestehen ja doch wenig Zweifel daran, dass die *Ostgoten* am Nedao auf der falscher Seite, nämlich zusammen mit den Verlierern, kämpften. Wenigstens bis zu dieser Niederlage hielten *Valamir* und die Seinen den Hunnen die Treue. Andere Ostgoten taten dies weit länger.

Betrachten wir nochmals zusammenfassend das pannonische Ostgotenreich, das etwa von 456 bis 473 bestand. Als Attila im Jahre 451 nach Gallien zog, folgten ihm zahlreiche Völkerschaften, darunter die Theiß-Gepiden, die König Ardarich befehligte, und die Ostgoten, die unter der Führung der königlichen Brüder Valamir, Thiudimir und Vidimir standen (s. o.). Damals erlitten die *amalischen* Goten durch das *balthische* Brudervolk der Visigoten eine Fast-Niederlage in Gallien. Zwei Jahre später starb dann Attila. Sein unerwarteter Tod brachte für die amalischen Goten eine Belastungsprobe, die sie nur schwer überstanden, denn sie hatten ja ihr Schicksal mit dem seinen verbunden.

Doch schon bald nach 453 – es wurde an anderer Stelle mehrfach angedeutet – verspielten Attilas zahlreiche Söhne die hunnische »Herrlichkeit«. Die Gepiden Ardarichs stellten sich an die Spitze einer großen antihunnischen Verbindung, die um die Eigenständigkeit kämpfte. Aber die Entscheidung für oder gegen die Hunnen spaltete die Völkerscharen, auch die Ostgoten, als es am Nedao 454 oder 455 zur Schlacht kam. Der Kampfort soll in Pannonien gelegen haben. Jordanes, der allein darüber berichtet, hat möglicherweise einen

Nebenfluss der Save in der gleichnamigen Provinz Savia gemeint. Die am Nedao geschlagene Schlacht besiegelte das Schicksal der bereits ins Hintertreffen geratenen Attila-Söhne und ihrer Anhänger. Die Besiegten suchten nun ängstlich Schutz im Römerreich. Die Hunnen aber gingen entweder in die großsarmatischen Steppen zurück oder hofften auf ein neues Großreich. In gleicher Art trennten sich auch die von ihnen zuvor Unterworfenen. So kamen beispielsweise rugische Stammesteile mit romhörigen Hunnen nach Thrakien. Aber Valamir konnte seine Herrschaft nicht mehr über alle hunnisch beeinflussten Goten behaupten. Doch seine Gotenscharen waren noch stark genug, um für die Römer weiterhin attraktiv zu sein.

Einige Ostgotengruppierungen, die spätestens nach der Schlacht am Nedao dem Valamir die Treue aufgekündigt hatten und Konstantinopels Krieger geworden waren, standen zunächst unter der Führung des oben schon erwähnten *Triarius*, der offenbar mit der Valamir-Sippe verbunden war. Als er – wohl erst in der zweiten Hälfte der Fünfzigerjahre – verstarb, konnte sein Sohn, der schon genannte *Strabo*, sogleich die Nachfolge des Vaters antreten. Er sollte sich sehr bald als der böse Gegenspieler des Ostgotenkönigs Theoderich des Großen erweisen, der ihn schließlich besiegte. Darüber weiter unten noch Genaueres.

Zuvor wurde auch schon auf jenen *Sidimund* verwiesen, der als Verwandter der pannonischen Amaler in römischen Diensten stand und schon nach 459 eine Rolle spielte, als Valamir die Epirus-Region ausplünderte. Er gehörte nicht zu den Ostgoten, die unter Theoderich dem Großen kämpften. Amaler war wohl auch *Aidoingus*,[537] der sich – ebenso wie der Ostgote Gento[538] – bei den Eroberungen Theoderichs zurückhielt.

Ravenna hatte schon zwei Jahrzehnte vor dem Ende Attilas seinen Einfluss auf Pannonien verloren, sodass hier nach 451 bereits *Konstantinopel* das Sagen hatte. Im Herbst 455 war zwar der von den tolosanischen Goten gestützte Westkaiser *Avitus* bemüht, den Einfluss Westroms in den genannten Gebieten zu erneuern, aber es war Ostroms Kaiser Markian [450–457], der Valamir die Ansiedlung in Pannonien gestattet hatte und mit ihm einen Vertrag eingegangen war. Der

537 Aidoingus: *Comes domesticorum* im Osten um 479.
538 Gento: Unterführer; röm. Föderat um 479.

Oströmer hatte ja Avitus nie anerkannt. So kam es zur ostgotischen Inbesitznahme Pannoniens zu Anfang 457, als Markian verstarb.

Wenn wir nun zum Bericht des Jordanes zurückkehren, dann fügt er hier etwas ein, das im folgenden Kapitel[539] unter dem Begriff »Kleingoten« nur kurz behandelt wird. Hier konfrontiert er nämlich Leser oder Zuhörer mit den bereits weitgehend christianisierten Stammesgenossen in der Gegend südlich der unteren Donau.

Kapitel 51

Wer sind die Kleingoten?

Hier lesen wir wörtlich:

LI. »Es gab auch noch andere Goten, die sogenannten Kleingoten, ein zahlenmäßig großes Volk. Ihr Priester und oberster Bischof war *Wulfila*, der für sie auch die Buchstaben erfunden haben soll.

Heutzutage besiedeln sie in Mösien die Gegend von Nikopolis[540] am Fuße des Haemusgebirges, ein an Bewohnern zwar reicher, jedoch armer und unkriegerischer Stamm, der an nichts anderem wohlhabend ist als an Herden aller Art, an Weiden für das Vieh und an Holzvorräten im Wald. Das Land hat wenige Weizenfelder, ist aber reich versehen mit anderen Fruchtarten. Von Weinpflanzungen aber wissen sie nicht einmal, dass es anderswo solche gibt. Und sie kaufen sich den Wein in der Nachbarschaft. Meist aber trinken sie Milch.«

Soviel nur. – Dieses sogenannte »Kleingoten-Kapitel« des Jordanes bietet wenig Konkretes. Ja, viel weiß er hier nicht zu vermelden. Bereits weiter oben haben wir Näheres über ihren Bischof Wulfila (vgl. Kapitel 25) gelesen und auch seine Lebensgeschichte und sein Wirken zur Kenntnis genommen. Mit »heutzutage« meint Jordanes natürlich seine unmittelbare Gegenwart, also die Zeit, als er diese »Origo Gothica« (um 551) verfasste. Er fasst diese Kleingoten als friedfertig und gesittet auf, die bereits – wie er selbst – mit dem Christentum

539 Kap. 51, §§ 257–267
540 Nikopolis: mösische Stadt: *Stari Nikub.*

Bekanntschaft gemacht haben. Es waren indessen vorwiegend *Arianer*, die sich um Wulfila zusammengeschlossen hatten. Die Landschaft Mösien war seit 29 v. Chr. bereits eine römische Provinz, ursprünglich südlich der Donau von der *Drina* und *Save* bis zum Schwarzen Meer, unter Domitian geteilt in *Moesia inferior* und *Moesia superior*; und die Besetzung durch die Goten begann wohl schon im 4. Jahrhundert.

Verwiesen wurde bereits auf die Valamir-Goten, denen Jordanes das folgende Kapitel 52 gewidmet hat. Ostrom hatte der Bitte um Aufnahme ins Imperium ja insofern entsprochen, als die Valamir-Goten einen Sperrriegel an der pannonischen Save zum Schutz Dalmatiens und Obermösiens bilden sollten. Im mittleren Donauraum könnte sich auch die Gotenschar eines sonst unbekannten Häuptlings namens Tuldila[541] niedergelassen haben. Ob die Tuldila-Leute nun mehrheitlich gotisch oder hunnisch waren, sei dahingestellt. Aber sie hatten bereits ihre Führungskräfte eingebüßt, als der weströmische Kaiser Maiorianus, der von 457 bis 461 regierte, sie um 458 angriff und zerstreute.

Blicken wir nunmehr zurück in den Text der »Origo Gothica« in ihrem zweiundfünfzigsten Kapitel, wo Jordanes recht ausführlich die Verhältnisse im ostgotischen Pannonien dargestellt hat. Er widmet sich hier den drei Ostgotenkönigen Valamir, Thiudimir und Vidimir, jenen Brüdern, die dafür sorgten, dass sich das Amaler-Schicksal von nun an immer weiter ins Positive wendete. Ausdrücklich nennt Jordanes sie »Ostgoten«, um den Leser darauf aufmerksam zu machen, dass es sich um die Nachkommen des legendäre *Ostrogotha* handeln muss.

Kapitel 52

Über drei Ostgotenkönige: Valamir, Thiudimir, Vidimir

Der Originaltext des Jordanes lautet hier:

LII. »Um nun auf das Volk, um das es sich eigentlich hier handelt, nämlich die Ostrogoten/Ostgoten zurückzukommen: Die wohnten in Pannonien unter dem König Valamir und seinen Brüdern Thiudimir und Vidimir, wenn auch örtlich getrennt, so doch einig im Sinn. –

541 Tuldila: ein vom Namen her eher hunn. Häuptling, der um 458 an der mittl. Donau agierte.

Es saßen nämlich Valamir zwischen den Flüssen Skarniunga [jetzt: Jarcina] und Aquanigra [jetzt: Karasica], Thiudimir am See Pelsois [Balaton], Vidimir zwischen den beiden anderen –, so geschah es, dass die Söhne Attilas nunmehr nach den Goten wie nach Abtrünnigen fahndeten, ja wie nach flüchtigen Sklaven! Und ohne Wissen der beiden anderen Brüder überfielen sie Valamir allein.

Dieser aber bereitete ihnen einen heißen Empfang, wenn auch nur mit einer kleinen Kämpferschar, und nach langem Kampf schlug er sie so heftig, dass kaum ein kleiner Teil dieser Feinde übrig blieb, die nun nach den Gegenden Skythiens zurückströmten, die die Fluten des Danaper [Dnjepr] bespülen. Die Hunnen nennen ihn in ihrer Sprache *Bar.*

Danach schickte Valamir an seinen Bruder Thiudimir eine Freudenbotschaft; als aber der Überbringer dieser Nachricht zu Thiudimir kam, fand er hier an diesem Tag eine noch viel größere Freude vor. Diesem war nämlich gerade am selbigen Tag ein kleiner Sohn namens Theoderich geboren worden, ein hoffnungsvolles Bürschlein, wenn auch von einer Beischläferin, die sich Erelieva[542] nannte. Nicht lange danach, als die gewohnten Gaben vom [Ost-]Kaiser Markian ausblieben, die sie in der Form von Geschenken bekamen, um den Frieden zu halten, schickten Valamir und seine Brüder Thiudimir und Vidimir an den Kaiser eine Gesandtschaft.

Diese Männer nun sahen, wie Theoderich,[543] der Sohn des *Triarius,* ebenfalls ein Gote, aber nicht aus dem Blute der Amaler, mit den Seinen dort in hohem Ansehen stand, und dass er, in enger Freundschaft mit den Römern, die üblichen Jahrgelder erhielt, während man sie [d. h. die Amaler-Goten] allein vernachlässigte. Da griffen die Goten wütend eilends zu den Waffen und durchzogen plündernd und verheerend fast ganz Illyrien.

Sogleich änderte nun der Kaiser seinen Sinn und kehrte wieder zur alten Freundschaft zurück. Er schickte Gesandte und zahlte die früheren und auch die bevorstehenden Geschenke aus, versprach auch,

542 Erelieva: got. *Airi-liubo, airi-* ›erste‹, *liobo* ›Liebe‹. Diese Konkubine brachte ihren Sohn Theoderich – wie neuere Untersuchungen zeigen – nicht erst 456, sondern wohl schon nach der Schlacht auf den Katalaunischen Feldern 451 zur Welt.

543 Theoderich hat den Beinamen *Strabo*, d. i. der »Schieler« (451–479, † 481); mehr über ihn weiter unten!

diese in Zukunft ohne Weigerung zu entrichten. Aber dafür erhielt er von ihnen den oben erwähnten *Theoderich*, den kleinen Sohn des Thiudimir, als Geisel für den Frieden.

Dieser war schon zu einem Jungen von sieben Jahren herangewachsen und in das achte Jahr getreten. Als der Vater noch zögerte, ihn herauszugeben, flehte ihn der Onkel Valamir an, es zu tun, nur damit der Friede zwischen Römern und Goten ungestört erhalten bliebe! So wurde Theoderich von den [Ost-]Goten als Geisel ausgeliefert, ja, er wurde nunmehr nach der Stadt Konstantinopel zu Kaiser Leo[544] geführt, und da er ein schöner Jüngling war, erfreute er sich der kaiserlichen Gunst.«

Soweit reicht der Originaltext dieses kurzen Kapitels. – Schließen wir auch hier noch einige weitere Überlegungen und Ergänzungen an, um das Wirken der drei Amaler-Könige in Pannonien zu erfassen! – Die drei genannten Amalerbrüder teilten sich drei Kantone (s. o.). *Valamir* war der Oberherr. Damals erstreckte sich das gotische Siedlungsgebiet von der Südwestspitze des Plattensees bis zur Drau, von dort flussabwärts bis westlich von Mursa (Esseg) und endlich bis Sirmium (Sremska Mitrovica). Wie soeben gelesen, besaß Thiudimir das westlichste Teilreich. Aber die schwächste mittlere Gotensiedlung war jene des jüngsten Bruders, während Valamir als kräftigster den bedrohten Ostteil innehatte. Damals hießen die Provinzen noch Pannonia I, Savia und Pannonia II, und Valamir und seine Brüder besaßen damals wohl circa 18 000 Kriegsmannen, von den Frauen, Kindern und Alten einmal ganz abgesehen.

Festzuhalten bleibt fernerhin: Dieses ganze Ostgotenreich hielt sich in Pannonien nur knapp zwanzig Jahre. Zwar gab es darin noch einheimische Bauern, aber es fehlte an der Donau doch wohl die vernünftige römische Verwaltung, sodass ungeplant Raubbau betrieben wurde und von Konstantinopels Zuschüssen gelebt werden musste. Hinzu kam, dass man sich ständig von außen bedroht fühlte. Hunnische Reiter aus dem Osten griffen nämlich Valamir um 456 schockartig an, ohne dass seine Brüder rechtzeitig zu Hilfe eilen konnten. Dennoch verstand er es, die Hunnen bis an den *Dnjepr* zurückzu-

544 Kaiser Leo I. regierte in Ostrom von 457 bis 474.

drängen. Gleichzeitig mussten sich auch die Krimgoten gegen allerlei Hunnenattacken wehren.[545] Und ein entscheidendes Ereignis fällt in diese Zeit: Am Tag nämlich, als Valamirs Sieg über die Hunnenkrieger bei Thiudimir bekannt wurde, soll ihm durch eine *Ereleuva* (Erelieva) sein Sohn Theoderich geboren worden sein. Wie weiter oben schon zu lesen stand, war sie nicht Thiudimirs Ehefrau, sondern seine Konkubine und überdies wohl auch Katholikin, während Thiudimir als *Arianer* galt. Das passte schlecht.

Kam Theoderich tatsächlich erst 456 zur Welt, kann er wohl nicht drei Jahre später als »achtjährige Geisel« nach Konstantinopel geschickt worden sein, wie es im 52. Kapitel steht. Chronologische Schwierigkeiten sind immerhin abwendbar, wenn Theoderich fünf Jahre älter war und bereits 451 geboren wurde. Dann aber hätte sich die Nachricht, die bei seiner Geburt eintraf, auf die Schlacht auf den Katalaunischen Felder bezogen.

Wie auch immer, Leo I., Kaiser des Ostens seit 457, strich jedenfalls den pannonischen Goten die Jahrgelder, weil sie mit ihren »kleinen Feldzügen« das Land unsicher machten. Später spezifizierte die kaiserliche Regierung die »gewohnten Jahrgelder« und zahlte für das Wohlverhalten dreihundert Goldpfund jährlich, worauf die Ostgoten überall friedlich wurden und nach Pannonien zurückmarschierten. Als Gegenleistung aber – so steht es bei Jordanes -schickte Thiudimir gleichzeitig den kleinen Theoderich als Geisel nach Konstantinopel, quasi als sicheres Unterpfand für den Friedenswillen. Der junge Ostgote soll hier von ca. 459 bis gegen 469 geblieben sein, und das heißt ja auch, dass er Kindheit und Jugend etwa vom achten bis zum achtzehnten Lebensjahr in der großen byzantinischen Kaiserstadt verbracht hat.

Will man begreifen, wie sehr der junge Amaler von dieser Großstadt und ihrer Pracht geprägt wurde, möge man einige einfache Überlegungen anstellen. Wie weiland *Arminius,* der vor dem Jahr 9 n. Ch. Geisel bei den Römern war, ehe er ihnen im Teutoburger Wald jene vernichtende Niederlage beibrachte, war auch Theoderich bald bestens vertraut mit römischen Gepflogenheiten. Er holte in einem Jahrzehnt

545 Ludwig Schmidt, Zur Geschichte der Krimgoten, Fs. Karl Schumacher, Mainz 1930. 332ff. Vgl. auch: E. Schwarz, Die Krimgoten. Wege der Forschung 249 (1972) 202ff.

all das auf, wozu seine Ostgoten ohne direkten Römerkontakt mehr als ein Jahrhundert gebraucht hätten. Auch die westgotischen Balthen benötigten Generationen, um so viel vom römischen Wesen kennenzulernen, wie dies Theoderich in wenigen Jugendjahren ermöglicht wurde. Und er soll ja geradezu ein Günstling des Kaisers gewesen sein, wenn man der Mitteilung der »Origo Gothica« im letzten Satz des 52. Kapitels Glauben schenken will. Nun, wahr oder nicht, jedenfalls ist die Tendenz ganz glaubwürdig: Königssohn Theoderich bei den Römern, wohlgelitten und gar verehrt, war sozusagen ein richtig guter Garant für gegenseitiges Vertrauen und Respekt.

So breiteten sich also mehr als ein Jahrzehnt lang zwischen Ostgoten und Oströmern Frieden und Wohlverhalten aus, und es kam wohl nur hin und wieder zu hässlichen Übergriffen, wenn die »Wildheit« der Barbaren sich gegen die pannonische einheimische Bevölkerung wandte. Die üblichen Räubereien in den Nachbargebieten wurden von den Oströmern stillschweigend hingenommen und nicht als Vertragsbruch angesehen. Etwa Mitte 456 sind Ostgoten-Krieger im Osten des *Noricum Ripense* (Ufernoricums) aufgetreten. Von einem Stamm *Ostrogothus* erzählt jedenfalls ein kurzer Kriegsbericht über das weströmische Heer von 458, gerichtet an Kaiser Maiorianus. Und daraus ist zu entnehmen, dass im Heer allerlei ostgotische, rugische, suebische und andere Kriegerscharen aufgenommen worden waren.

Betrachtet man die kurze pannonische Geschichte der Ostgoten, so handelt sie vornehmlich von Fürsten und Kriegen. Und sie stellt wie keine zweite gleichsam die sagenhafte Erinnerung an »tapfere Männer« dar. Nun, sehr begütert konnten Valamir und die Seinen nicht gerade von den »üblichen« Jahrgeldern aus Konstantinopel werden. Ein gewisser Anthemius[546] wurde am 12. April 467 zum Kaiser Westroms ausgerufen. Er war Grieche, und damit hatte er es schwer. Leute seiner Herkunft galten nicht viel im westlichen Rom. Doch hatte er bereits 459 aufständische Valamir-Goten gezügelt, galt als ausgezeichneter Feldherr und hatte die Erfahrung gewonnen, diese Goten seien der größte Reichsfeind, den man in West und Ost ausschalten müsse. Zuvor hatte Anthemius als Heermeister Leos I. eine Attacke des Attila-Sohnes *Hormidac* bei Serdica abgewehrt. Und schon am Beginn

546 Anthemius: weström. Kaiser von 467 bis 472.

der Herrschaft des neuen Kaisers gelang es seinem Heermeister *Rikimer,* der ein Halbgote und königlicher Balthe von der Mutterseite her war, das gesamte *Noricum* gegen die amalisch-pannonischen Goten zu verteidigen. Damals schon könnte eine wilde ostgotische Schar bis zur Hauptstadt Teurnia [Tiburnia] vorgedrungen sein. Aber die Einnahme der Stadt missglückte, und Anfang des Jahres 468 pries man in Rom die glückliche Verteidigung Noricums.

Als Valamir nach 467 sarmatische *Sadagaren* unterwarf, die sich noch in Pannonien aufhielten, wollte der Attila-Sohn *Dengizich* die Stadt Bassianae (zw. Belgrad u. Sremska Mitrovica) erobern. Valamir besiegte diese Hunnen, die nun für alle Zeit von den Goten fernblieben. Das alles erfahren wir aus Jordanes' eigener Feder im folgenden Kapitel,[547] das sich u. a. mit den Widerständen gegen die Ostgoten in Pannonien befasst.

Kapitel 53

Ein Ostgotenreich in Pannonien

Im vorigen Kapitel lasen wir bei Jordanes, wie sehr durch die Stellung der prominenten Geisel Theoderich, der sich lange in Konstantinopel aufhalten musste, der Frieden zwischen Ostgoten und Oströmern gesichert worden war. Dennoch gab es andere kriegerische Auseinandersetzungen. Darüber erfahren wir nun im originalen Wortlaut Folgendes:

LIII. »Da auf diese Weise der Friede der [Ost-]Goten mit den Römern sichergestellt worden war, sahen die Ersteren, dass das, was sie von dem Kaiser erhalten hatten, ihnen nicht ausreichte. Und sie begannen – um zugleich ihre gewohnte Tapferkeit glänzen zu lassen –, die Nachbarvölker ringsum anzugreifen und auszuplündern. Zuerst wandten sie ihre Waffen gegen die Sadagaren [467–468], die das innere Pannonien besetzt hielten. Als dies der Hunnenkönig *Dintzik* [Dengizich], ein Sohn Attilas, erfahren hatte, sammelte er alle, die – wenn es auch nur wenige waren – noch unter seiner Herrschaft standen: die

547 Kap. 53, §§ 272–276.

Ultzinzuren, Angiskiren, Bittuguren und *Bardoren*. Und er rückte vor auf *Bassianae*, eine Stadt in Pannonien, ließ sie mit einem Belagerungswall umgeben und begann zudem, das Gebiet zu brandschatzen.

Daraufhin brachen die [Ost-]Goten den Feldzug, den sie gegen die Sadagaren hatten unternehmen wollen, auf der Stelle ab, zogen gegen die Hunnen los und jagten sie so schmählich aus dem Land hinaus, dass sich von dieser Zeit an bis auf den heutigen Tag die Übriggebliebenen vor den Waffen der Goten fürchteten. Als nun die Hunnen endlich vor den Goten Ruhe hatten, zog der Suebenfürst *Hunimund* aus, um Dalmatien auszuplündern, und er raubte dabei auch die Herden der [Ost-]Goten, die auf den Triften weideten.

Suebien ist nämlich Dalmatien benachbart und auch nicht weit von Pannonien entfernt, besonders von dem Teil, in dem damals die [Ost-] Goten wohnten. Und nun, um alles kurz zu sagen: als Hunimund mit seinen Sueben nach der Verwüstung Dalmatiens heimkehrte, lauerte ihm Thiudimir, der Bruder des Gotenkönigs Valamir, wütend beim Übergang auf. Ihn schmerzte nicht so sehr der Verlust der Herden, als dass er befürchtete, die Sueben könnten sich – wenn man es ihnen ungestraft erlaubte – noch weitere Frechheiten herausnehmen! In einer stürmischen Nacht, als sie – die Sueben – schliefen, griff er sie am Pelsodis [Plattensee] an und brachte sie durch die unerwartete Schlacht in solche Bedrängnis, dass ihr König Hunimund selbst gefangen genommen wurde und sich mit seinem ganzen Heerbann, so weit dieser dem Schwert entronnen war, den Goten unterwarf.

Weil Thiudimir jedoch ein mitleidiges Herz hatte, erwies er ihnen Gnade, und nachdem er sich gerächt hatte, söhnte sich er sich mit den Sueben aus. Er nahm den gefangenen Hunimund an Sohnes Stelle an und schickte ihn schließlich mit den Seinen nach Suebien zurück.

Allerdings, Hunimund vergaß bald die väterlich gemeinten Gunstbezeigungen und förderte nach einiger Zeit seine lange im Herzen gehegte Arglist zutage: Er hetzte nämlich das Volk der *Skiren* auf, die damals an der Donau saßen und mit den Goten in Frieden lebten, sodass sie das Bündnis mit ihnen brachen und gemeinsam mit ihm zu den Waffen griffen und gegen die [Ost-]Goten loszogen.

Da geschah es nun, dass sich für die Goten, die nichts Schlimmes vermuteten, insbesondere weil sie auf beide Nachbarn als Freunde fest vertrauten, unverhofft ein Krieg ergab. Notgedrungen griffen sie wieder zu den Waffen, erledigten den gewohnten Kampf und rächten sich für die ihnen zugefügte Beleidigung. Als in diesem Gefecht aber ihr König Valamir an vorderster Front vorbeiritt, um die Seinen anzufeuern, scheute plötzlich sein Ross; es stürzte hin und warf den Reiter ab, der nun sogleich von den Speeren der Feinde durchbohrt wurde.

Die Goten verlangten nunmehr sowohl für den Tod ihres Königs als auch für die ihnen angetane Schmach hinreichend Sühne von den Empörern und kämpften dermaßen heftig, dass von dem Stamm der *Skiren* fast niemand mehr übrig blieb – bis auf einige, die wenigstens den Namen noch weiterführen konnten, und auch diese taten es nur in Schande; so wurde alles mit Stumpf und Stiel zusammengeschlagen.«

Mit diesen Worten endet – ziemlich lapidar – das dreiundfünfzigste Kapitel der »Origo Gothica«. Es ist sicherlich zweckmäßig, auch hier noch ein paar Worte anzuschließen, um die Verhältnisse im damaligen Pannonien weiter aufzuklären. Während Valamirs Krieger im Osten gebunden waren, da sie sich gegen Sarmaten zur Wehr setzten, zogen nordpannonische Sueben durch das gotische Save-Gebiet nach Dalmatien. Seelenruhig konnten sie das Gebiet Thiudimirs durchqueren, die Herden der Ostgoten wegtreiben und sich, schwer mit Beute beladen, wieder auf den Rückweg machen. Aber sie wurden dann, wie Jordanes ziemlich leidenschaftslos berichtet, von Thiudimir in der Nähe des Plattensees attackiert und samt ihrem Anführer Hunimund gefangen genommen. Nun folgt etwas Verblüffendes, das eigentlich schwer zu erklären ist: Damit er wieder freikam, ließ sich der Suebenkönig Hunimund adoptieren, d. h. zum »Waffensohn« Thiudimirs erklären, angeblich, weil Thiudimir – wie Jordanes schreibt – ein so »mitleidiges Herz« hatte. Aber der so »erbeutete« Suebe hielt nicht viel von der Ehre, die ihm Thiudimirs Leute erwiesen. Er wollte wohl nicht in eine totale Abhängigkeit von den Goten geraten. Daher suchte er sich sogleich Bundesgenossen, um wieder gegen die Ostgoten vorzugehen. Ende 468 oder erst 469 überrumpelten jedenfalls die Theiß-Skiren den Valamir, der auch diesmal seine Brüder nicht zu Hilfe holen konnte. Das überraschend brutale Scharmützel brachte ihm den Tod, dem Hunimund aber den Sieg. Nun folgte Thiudimir dem Bruder als König aller pannonischen Goten und übernahm auch dessen Reichsteil, bis Theoderich aus Konstantinopel zurückgekehrt war.

Das alles vergalt *Hunimund* trotz der Nachsicht Valamirs den Ostgoten schlecht. Er wollte offenbar verhindern, dass das ostgotische Volkselement in der Region zu übermächtig wurde. Er hatte sich, wie Jordanes schreibt, an die Skiren gewandt, die im Südwesten und Süden des Gebietes zwischen Donau und Theiß hausten, und wiegelte sie gegen die Ostgoten auf. Wie uns Jordanes wissen lässt, waren die skirischen Anführer damals die königlichen Brüder *Edeca* und *Hunwulf*. Edeca ist ja schon als ehemaliger enger Vertrauter Attilas mehrfach von Jordanes erwähnt worden. Gemeinsam griffen Sueben und Skiren Valamirs Ostgoten heftig an, und es entbrannte ein Kampf, ohne dass der Ostgotenkönig seine Brüder zu Hilfe holen konnte. Jordanes bringt tatsächlich ein Detail, das das Ende Valamirs einigermaßen plausibel erklärt. Vor der Front, heißt es da, ritt Valamir auf und ab, um sein Heervolk anzufeuern. Da scheute sein Pferd und warf den Ostgotenkönig ab. Hilflos daliegend, wurde er angeblich von Speeren der Feinde durchbohrt.

Nun ja. Dennoch wenig glaubwürdig. Aber die Ostgoten, so liest man es aus Jordanes' Mitteilung heraus, scheinen auch stark zur Ader gelassen worden zu sein, denn Jordanes führt ja an, dass nun diese Ostgoten nach Valamirs Ende bei Thiudimir ihr Heil suchten. Zudem erwähnt Priskos, dass sich die Kampfhähne nach der Schlacht weiträumig aus dem Wege gingen,[548] und das deutet wohl eher auf einen unentschiedenen Schlachtausgang hin.

Bald danach gingen Sueben und Skiren ein Bündnis mit allerlei weiteren Kleinstämmen an der Donau ein, um die Vorherrschaft der Ostgoten zu beseitigen. Bei Jordanes erscheint, wie wir im folgenden Kapitel sogleich lesen können, noch ein zweiter König der Donausueben mit einem berühmten Namen: Alarich. Gegen die Ostgoten schlossen sich auch die Sarmaten und Rugier zusammen. Bei Jordanes werden die Ostgoten meist als arme Opfer behandelt, die sich gegen die anderen mit ihren Waffen zur Wehr setzen mussten. Aus Andeutungen in der zeitgenössischen Literatur[549] aber ist ersichtlich, dass die Ostgoten ihre Nachbarn ebenfalls heftig bedrohten, sie überfielen und

548 Zit. bei Mario Bauch, Wer waren die Nibelungen wirklich? S. 498.
549 Eugippius, Leben des heiligen Severin, Kap. 5, 1. S. 65.

beraubten. Als der Rugierkönig *Flaccitheus* von den Amaler-Brüdern die Erlaubnis zum Durchmarsch nach Italien erbat, verweigerten sie es ihm strikt, und so befürchtete der Rugier, dass die Ostgoten auch sein Reich angreifen und ihn umbringen würden.

In dem vorliegenden Kapitel erfährt man zudem ein wenig über den germanischen Stamm der *Skiren*, die in der historischen Literatur stets etwas stiefmütterlich behandelt wurden, da man über sie nicht allzu viel weiß. Die Skiren lebten ursprünglich in der Region Masuren bis zur Grenze nach *Litauen*. Von dort zog ein Großteil von ihnen im Verbund mit Bastarnen nach Süden, sodass sie schließlich östlich von ihnen am Schwarzen Meer anzutreffen waren. Im 4. Jahrhundert sind die Skiren geographisch und politisch in Kontakt mit Ostgoten. Nach dem Untergang des Ostgotenreichs schlossen sie sich den Hunnen an. Um 442 erlaubte Attila ihnen, wahrscheinlich um sie an sich zu binden, böse Plünderungen im Donaudelta. Nach Attilas Ende (453) verblieb ein Teil von ihnen zusammen mit Goten, Rugiern und Sarmaten auf der Seite der Hunnen. Durch den Sieg der Gepiden und ihrer Verbündeten am Nedao (454) entstand im mittleren Donaugebiet und Karpatenbecken eine neue Siedlungsvariante. Links der Donau findet man nun, von West nach Ost gesehen, Rugier, Donausueben und Heruler. Skiren, Alanen und Sarmaten wurden Föderaten des Römischen Reiches.

Neben Sueben und Rugiern waren die Skiren 469 an einem Bündnis gegen die Goten beteiligt, unterlagen diesen aber am Fluss *Bolia*. Unter Odoaker, dem Sohn einer Skirin, der 473 bis 476 Italien eroberte und 476 den letzten römischen Kaiser Romulus Augustulus absetzte, kam es zur Blütezeit der Skiren. Odoaker leitete eine aus unterschiedlichen Stämmen zusammengesetzte Skirenschar, von der er nach der Einnahme Ticinums (Pavias) zum König ausgerufen wurde. Als faktisch anerkannter Herrscher über Italien erreichte Odoaker 476, dass die Vandalen Sizilien abtraten. Mit der Ermordung Odoakers (493) und der Eroberung Italiens durch die Ostgoten (496) verliert sich jedoch die Spur der Skiren in Italien. Im Ostreich ist die einflussreiche Skirenfamilie des Heermeisters *Basiliscus* bezeugt, der sich 475 in Konstantinopel zum Kaiser krönen ließ, allerdings nach zwei Jahren abgesetzt und ermordet wurde.[550]

550 A. Kiss (1983), Die Skiren im Karpatenbecken, ihre Wohnsitze und ihre Hinterlassenschaft, Acta Archaeologia Hungaria 35, 95ff.

An dieser Stelle wenden wir uns dem nächsten Kapitel[551] der »Origo Gothica« zu, das sich nunmehr mit dem weiteren Schicksal des zweiten Amaler-Bruders *Thiudimir* beschäftigt, der als der Vater Theoderichs des Großen gilt. Auch hier bleibt Jordanes sehr lapidar, nennt aber doch einige Zusammenhänge, vor allem schließt er an das vorige Kapitel an, worin es um das Ende der Skiren-Herrschaft ging. Es war ja zuletzt die Rede davon, dass die Ostgoten die Skiren, immerhin ein germanisches Brudervolk, fast »mit Stumpf und Stiel« vernichtet hätten.

Kapitel 54

Bekannter Mann: Thiudimir

Es heißt hier wörtlich:

LIV. »Ihr Untergang erweckte Furcht in den Gemütern der Suebenkönige Hunimund und Alarich. Sie schlugen nun gleichfalls gegen die Goten los, im Vertrauen auf die Unterstützung der Sarmaten, die ihnen mit ihren Königen Beuka und *Babai* zu Hilfe gekommen waren. Auch die Überreste der Skiren mit ihren Fürsten *Edeca*[552] und *Hunwulf*[553] riefen sie herbei, die – wie sie hofften – um sich zu rächen, mit großer Erbitterung kämpfen würden. Zudem hatten sie auch noch Gepiden bei sich sowie nicht geringe Verstärkungen von Rugiern und noch anderen, die sie aus allen Regionen zusammensuchten, und so brachten sie eine gewaltige Menge Kriegsvolk auf. Am Fluss Bolia [Donauzufluss] in Pannonien schlugen sie ihr Lager auf [469].

Die [Ost-]Goten hatten nach Valamirs Tod zu dessen Bruder Thiudimir ihre Zuflucht genommen. Obwohl dieser schon lange neben seinen Brüdern König gewesen war, übernahm er doch jetzt erst die Zeichen einer höheren Machtstellung.

Seinen jüngeren Bruder Vidimir rief er schleunigst herzu, und nachdem er mit diesem die Sorgen für den Krieg geteilt hatte, griff man

551 Kap. 54, §§ 277–279.

552 Edeca: got. *Aiþika, aiþi-* ›Eid-‹, skir. Häuptling. Vater Odoakers? († 469)

553 Hunwulf: got. *Huniwulf, huni-* ›stark-‹, zweiter Skirenkönig.

notgedrungen[554] zu den Waffen. Als sich der Kampf fortsetzte, behielten die Goten die Oberhand, sodass der Acker vom Blut der getöteten Feinde geradezu wie ein rotes Meer glänzte. Ja, Waffen und Leichen, bergartig aufgetürmt, bedeckten die Gefilde auf mehr als 10 000 Schritte. Als die Goten nun ihren Sieg erkannten, brachen sie in gewaltigen Jubel aus, vor allem deswegen, weil sie das Blut ihres Königs Valamir und das an ihm von den Feinden begangene Unrecht mit einer so großartigen Niederlage der Gegner gerächt hatten. Wer von der zahllosen, bunten Masse der Feinde zu entrinnen imstande war, kam mit Mühe und Not ruhmlos durch die Flucht wieder nach Hause.«

Ende des Wortlauts dieses vierundfünfzigsten Kapitels. – Ergänzend kann man noch folgende Überlegungen anschließen: Interessant ist bei Jordanes die Erwähnung der Sarmatenkönige *Beuka*[555] und *Babai* sowie die Nennung von Häuptlingen der noch nicht vernichteten Skiren, vor allem von Edeca und Hunwulf. Dass Rugier Feinde der Ostgoten waren, versteht sich, ebenso dass Gepiden gegen sie zogen. Beide Kriegsgruppierungen schickten Hilfeersuchen an den oströmischen Konsul *Aspar*, der selbst Halbgote und Heermeister von 431 bis 471 war. Er beschwor aber seinen Kaiser Leo, keine der Parteien zu fördern. Doch Leo hatte anderes im Sinn und beschloss, den Skiren zu helfen. Er übersandte Briefe mit diesbezüglichen Befehlen an seine Untergebenen in Illyrien. Priskos deutet an, dass vorzugsweise Ostgoten und Skiren gegeneinander fochten. Andere Völkergruppen werden bei ihm nicht erwähnt.

Wie wir in diesem Kapitel ebenfalls lasen, ernannten die Ostgoten nach Valamirs Ende den Thiudimir zu ihren Großkönig, der sich mit seinem Bruder Vidimir verband und ebenso einen riesigen Heerbann zusammenbrachte. Die Gegner hatten laut Jordanes ihr Lager am Fluss Bolia in Pannonien aufgeschlagen, wo es nun im Jahre 469 zum Kampf kam. Auf skirischer Seite stritt außer ihren Königen Edeca und Hunwulf auch der Sohn des Ersteren, der sich gleichfalls Edeca nannte, und mit ihm kämpfte wahrscheinlich auch Edecas zweiter Sohn

554 Hier suggeriert Jordanes erneut, die Ostgoten hätten sich als »arme Opfer« nur verteidigt. Seine Sympathie gilt nach wie vor diesem Stamm.

555 Sarmatenhäuptling, 471 getötet.

mit Namen *Hunwulf*. Übrigens sei hier bereits erwähnt, dass besagter Sohn *Edeca* später – allerdings in anderer Schreibart – nämlich als *Odoaker* – als Sagenheld und Gegenspieler Theoderichs weltweite Bedeutung erlangen sollte.

Wie bewertet nun Jordanes jene Schicksalsschlacht am Donauzufluss Bolia? Jedenfalls artete der skirische Zusammenstoß mit den gut gerüsteten Ostgoten zu einem fürchterlichen Blutbad aus. Gleich von Anfang an, weiß Jordanes, hätten die Ostgoten das Übergewicht gehabt, und die Walstatt habe, vom Blut der getöteten Gegner gefärbt, gleichsam wie ein rotes Meer ausgesehen. Und die Waffen und Leichen seien »berghoch« aufgetürmt gewesen, heißt es übertreibend. Die Skirenhäuptlinge Edeca und Hunwulf könnten wohl, so wie Jordanes es darstellt, kaum überlebt haben. Ihr Reich zerfiel allmählich, die Skiren-Herrlichkeit war vorbei. Aber immer noch gab es genug von ihnen, die mit Edeca d. J. (anders: *Odoaker*) nach Italien aufbrachen.

Bekannt ist übrigens, dass *Odoaker* nach den Kämpfen mit den Ostgoten ins *Rugierreich* flüchtete, und dort soll er sich zum heiligen Severin als unscheinbarer Skirenkrieger begeben haben. Aber der Heilige erkannte ihn und meinte zu Odoaker: »Geh nach Italien, geh! Zwar bist du jetzt in lumpige Felle gekleidet, aber bald wirst du viele reich beschenken!«

Tatsächlich finden wir Odoaker um 472 mit seiner Skirenschar an der Seite *Rikimers* und des Burgunderkönigs *Gundobad*, als diese beiden gegen Rikimers Schwiegervater, den weströmischen Kaiser Anthemius,[556] einen Feldzug unternahmen. Anthemius wurde durch Gundobad damals getötet.

Nun erscheint es angemessen, wieder zur »Origo Gothica« zurückzukehren, die wir verließen, als Jordanes uns mitgeteilt hatte, dass die Ostgoten in großen Jubel ausbrachen, als ihnen klar wurde, wie sehr sie über das antigotische Bündnis am Donauzufluss Bolia gesiegt hatten. Nahtlos schließt hier Jordanes' Bericht im nächsten Kapitel[557] an.

556 Anthemius regierte 467–472.

557 Kap. 55, §§ 280–282.

Kapitel 55

Ostgoten überqueren die zugefrorene Donau

Wir lesen den Originaltext:

LV. »Einige Zeit später, als schon die Winterkälte gekommen und die Donau, wie gewöhnlich, fest zugefroren war – denn dieser Fluss gefriert so fest, dass er hart wie Stein ein ganzes Heer trägt, dazu noch Wagen und Schlitten und alle möglichen Fuhrwerke, sodass man keinerlei Kähne braucht –, da führte der Ostgotenkönig Thiudimir, als er das Wasser so zugeeist sah, seine Heeresmacht zu Fuß darüber hin und erschien ganz unerwartet im Rücken der Sueben.

Jenes Land der *Sueben* hat nämlich Folgende zu Nachbarn: im Osten die Baiwaren,[558] im Westen die Franken, im Süden die Burgunder, im Norden die Thüringer. Mit diesen Sueben waren damals auch die Alamannen verbunden, die bis ganz hinauf auf die Gipfel der Alpen siedelten, von wo einige Flüsse – sich mit vielem Getöse herabstürzend – der Donau zuströmen. Hierher, an einen hochgelegenen, geschützten Ort führte der König Thiudimir zur Winterszeit das Heer der [Ost-] Goten und besiegte Sueben und Alamannen, die ja miteinander verbündet waren. Er verheerte ihre Ländereien und unterwarf sie nahezu. Von dort aus kehrte er siegreich in seine Heimat nach Pannonien zurück und empfing mit großer Freude seinen Sohn Theoderich, den er als Geisel nach Konstantinopel geschickt hatte und der nun, reich beschenkt von dem Kaiser Leo,[559] zurückgesandt worden war.

Dieser Theoderich, der schon das Jungenalter beendet hatte und in das des jugendlichen Mannes eingetreten war – er zählte damals achtzehn Jahre –, nahm einige zuverlässige Gefährten seines Vaters, Anhänger aus dem Gotenvolk und Gefolgschaftsmannen zu sich, gegen 6 000 Krieger, mit denen er ohne Wissen des Vaters über die Donau setzte. Hier fiel er sogleich über *Babai* her, den König der Sarmaten,

---

558 Baiwaren: got. *Baja-warjas*, *Baja*: evtl. kelt. zu ›Land‹. Bajuwaren im späteren Bayern: Hier wird bei Jordanes erstmalig (551) auf diesen Stamm hingewiesen. Die interessante Vorgeschichte Bayerns ist es wert, noch näher untersucht zu werden. Siehe weiter unter dem Kap. Ostgotische Nachfahren in Bayern!

559 Zur richtigen histor. Einordnung sei nochmals erwähnt: Leo I. regierte in Ostrom zwischen 457 und 474.

der damals über *Camundus*, den Anführer der Römer, einen Sieg davongetragen hatte und – gebläht von Hochmut – in seinem Land regierte. Und er brachte ihn bei dem Überfall um, brandschatzte seine Familie, entwendete seine Schätze und kehrte siegreich zu seinem Vater zurück.

Darauf nahm er die Stadt Singidunum [Belgrad] in Besitz, die die Sarmaten besetzt hatten, gab sie aber nicht den Römern zurück, sondern fügte sie seinem Reich hinzu.«

Soweit der originale Text dieses fünfundfünfzigsten Kapitels. – Wiederum ist der Bericht sehr kurz, jedoch instruktiv. Wir konstatieren: Einige Zeit nach der Schlacht am Fluss Bolia, wohl im Jahre 470, soll Thiudimir mit seinem Heer über die zugefrorene Donau gelangt und plötzlich im Rücken der überraschten Donausueben aufgetaucht sein. Obwohl diese Krieger erhebliche Unterstützung durch die Alamannen erhalten hatten, wurde das suebische Heer in die Flucht geschlagen. Danach verheerte Thiudimir das Sueben-Land und kehrte siegreich nach Pannonien zurück. Dass die Alamannen damals mit den Donausueben verbündet waren, ist leicht zu erklären, da die Alamannen ja selbst einst aus suebischen Kleinstämmen entstanden waren.

Jener Suebenhäuptling *Hunimund*, den Jordanes schon zu Beginn des Kapitels 54 erwähnt, hatte offenbar den Rachefeldzug des Thiudimir überlebt, denn in einer zeitgenössischen Darstellung wird berichtet, dass ein Germane namens *Hunumund* kurze Zeit danach mit Kriegsknechten die Stadt *Batavis* (Passau) überfallen habe, wobei man nicht einmal vor der Taufkapelle Ehrfurcht zeigte, sondern sie mit Blut befleckte.[560] Keineswegs waren also die Sueben völlig geschlagen. Die Ostgoten attackierten damals wohl auch die Provinzhauptstadt des inneren Noricums *Tiburnia*. Schließlich zahlte die Stadt allerlei Tribute, darunter Kleidung, bis die Ostgoten wieder abzogen.

Hier könnte man ergänzend nochmals auf jene ominöse Schlacht am Fluss Bolia zurückkommen. Der oströmische Kaiser Leo I. hatte ein Heer im Rücken der von den anderen Stämmen angegriffenen Ostgoten aufmarschieren lassen. Er setzte sich damit in einen Gegen-

560 Eugippius, Das Leben des heiligen Severin, Kap. 17, S. 89.

satz zu seinem *Magister militum* Aspar, der ja eine Vernichtung der pannonischen Goten völlig ablehnte. Ganz genau lässt sich der Fluss Bolia noch immer nicht lokalisieren. Forscher schlugen vor, die Bolia mit dem slowakisch-ungarischen Grenzfluss Ipoly (Eipel) gleichzusetzen, dann aber wäre die »Origo Gothica« zu korrigieren, die den Fluss rechts der Donau in Pannonien platziert. Vielleicht kann man den Schlachtort an der Eipel-Mündung suchen. Das Ganze stellt sich dar wie eine Wiederholung der Schlacht am Nedao. Aber dieses Mal siegten die Ostgoten. Darauf machte das schon im Anmarsch befindliche oströmische Heer kehrt. Leo I. ließ sich umstimmen und schickte den jungen Theoderich mit großartigen Geschenken heimwärts. Vielleicht wollte der Kaiser die pannonischen Amaler als Gegenkraft zu Aspar und den geschickten Gegenspieler der Amaler, *Theoderich Strabo*, einsetzen, auf den wir noch zurückkommen.

Halten wir nochmals fest: Theoderich (d. Gr.) blieb etwa zehn Jahre als Geisel am byzantinischen Hof in Konstantinopel. Hier unterrichteten ihn die besten Lehrer Ostroms. Er scheint daher sowohl Latein als auch Griechisch gelernt haben. Man zählte wohl das Jahr 470, als Theoderich, dessen Vater Thiudimir zehn Jahre treu Frieden und Eintracht mit Ostrom gepflegt hatte, heimgesandt wurde. Verblüffend erscheint die Mitteilung des Jordanes, dass Theoderich, kurz nach seiner Rückkehr ohne Wissen des alten Königs einfach 6 000 Mannen nehmen, über die Donau setzen und die Sarmaten angreifen durfte. Bei der Gelegenheit kidnappte und überwältigte Theoderich einfach eine so große Stadt wie Singidunum,[561] so steht es bei Jordanes zu lesen, was einigermaßen unwahrscheinlich ist.

Hinzufügen kann man hier, dass es damals ja eine Art Palastrevolution in Konstantinopel gab. 471 ließ nämlich Leo I. seinen Kriegsminister *Aspar* und dessen Sohn *Ardabur* einfach beseitigen. Lange hatten beide die Macht im Oströmischen Reich innegehabt. Leo I. war eigentlich auf Aspars Vorschlag hin zum Kaiser ernannt worden. Später musste er sogar Aspars Sohn zum Caesar ausrufen lassen und ihn mit seiner Tochter *Leontia* verheiraten. Aber Leo wandte einen Trick an, um sich aus Aspars Umklammerung zu lösen. Er paktierte mit dem Isauren-Herrscher *Tarasicodissa*, dem Sohn des *Rusumbladeotus*,

561 Hierbei handelt es sich um die spätere serb. Hauptstadt *Belgrad* in Moesia I.

den man später *Zenon* nannte. Er gab ihm seine Tochter *Ariadne* und schützte Zenon durch neue Leibwachen.

Zwar war Aspar bemüht gewesen, Zenon aus dem Weg zu räumen, was jedoch scheiterte. Endlich wurden Aspar und Ardabur im kaiserlichen Palast auf Leos Betreiben durch Eunuchen ermordet (s. Kapitel 45). Die Kriegsmannen Aspars unter ihrem Anführer *Ostrys* versuchten zwar, den Palast zu stürmen. Aber die Leibwachen des Kaisers konnten den Angriff zurückschlagen. Ostrys floh daraufhin zu Theoderich Strabo nach Thrakien. Als Strabo von der Beseitigung seiner skirischen Landsleute gehört hatte, brachte er seinen Heerbann in die Nähe Konstantinopels, um die Hauptstadt anzufallen. Leos Verbündete, der *Magister militum* in Thrakien *Basiliscus,* gleichzeitig Leos Schwager, und Zenon selbst eilten indes mit ihren Mannschaften herbei und schlugen Theoderich Strabo in die Flucht. Kaiser Leo I. schickte wenig später eine Abordnung zu Strabo und schlug Friedensverhandlungen vor. Aber Strabo war hartnäckig und forderte das Erbe Aspars, Siedlungsland in Thrakien und den Oberbefehl über jene Mannen, die zu Aspars Schar gehört hatten. Als Leo das ablehnte, belagerte Strabo *Arkadiopolis* und verheerte die Stadt nach ihrem Fall. Da bequemte sich Leo dazu, *Strabo* jährlich 2 000 Pfund Gold zu senden und ihn als Alleinherrscher aller Goten anzuerkennen. Strabo schien sich also auf ganzer Linie durchgesetzt zu haben.

Hierzu ist zu sagen, dass es einigermaßen verwundert, mit welcher Frechheit der eigentlich besiegte *Theoderich Strabo* einen so hohen Anteil am Oströmischen Reich einforderte. Was hatte er schon dagegenzusetzen? Möglicherweise lag hier auch der Grund, weshalb der Kaiser die ersten Forderungen ablehnte. Aber Theoderich Strabo kam sich noch immer sehr stark vor und sandte einen Teil seines Gotenheeres nach *Philippi* und belagerte dann auch noch das mächtige *Arkadiopolis*. Lange wehrten sich die Bewohner tapfer, während die Goten des Theoderich Strabo durch ganz Thrakien streiften und viel Schaden anrichteten.

So erscheint es uns Heutigen sogar verständlich, dass dann doch ein Friedensvertrag zwischen Leo I. und Theoderich Strabo geschlossen wurde. Aber es war zu viel des Guten, könnte man meinen, wenn ihn

Ostrom gar noch als Alleinherrscher aller Ostgoten anerkannte. Strabo aber erbot sich, gegen jeden zu kämpfen, den der Kaiser Leo ihm nennen würde, mit Ausnahme der Vandalen.

Nach diesem Exkurs wollen wir die Gotengeschichte, besser: die Amalergeschichte des Jordanes weiterhin zur Kenntnis nehmen. Im nun folgenden Kapitel[562] setzt sich der Bericht mit einem Überblick über das Schicksal des jüngsten der drei Amaler-Brüder fort.

Kapitel 56

Über Vidimir d. J. und Thiudimirs Ende

Hier lautet der Originaltext folgendermaßen:

LVI. »Später, als da und dort bei den Nachbarvölkern die Ausbeute der Raubzüge spärlicher ausfiel, fehlte es auch den [Ost-]Goten allmählich an Nahrung und Kleidung. Ja, es wurde ihnen, diesen Menschen, denen schon lange der Krieg die einzige Erwerbsquelle gewesen war, der Frieden ganz unbequem. Sie zogen alle gemeinsam mit lautem Getöse vor den König Thiudimir hin und baten ihn, er möge doch in kriegerischer Absicht irgendwohin ausziehen, wohin er nur wolle!

Dieser rief sehr bald seinen Bruder [Vidimir d. Ä.] herbei, und nach einer Los-Entscheidung forderte er ihn auf, hinüber nach Italien zu ziehen, wo damals der Kaiser Glycerius[563] herrschte. Er selbst als der Stärkere wählte sich ein kräftigeres Reich aus, nämlich das Oströmische. Und so geschah es nun. Kaum aber war Vidimir in Italien eingetroffen, da entrichtete er schon dem Tod seine Schuldigkeit, ja, er schied von hinnen aus diesem Leben! Als Nachfolger in der Königsherrschaft hinterließ er seinen gleichnamigen Sohn Vidimir [d. J.]. Diesem übersandte der Kaiser Geschenke und wusste ihn so von Italien immer weiter nach Gallien abzulenken, das damals von verschiedenen Völkerscharen ringsum bedrängt wurde.

›Dort‹, setzte er [der Kaiser] hinzu, ›wohnen ja doch auch die Visigoten, eure Stammesverwandten!‹

562 Kap. 56, §§ 283–288.

563 Regierungszeit des Glycerius: 473–474.

Kurz gesagt, Vidimir [d. J.] nahm die Geschenke und den Auftrag des Kaisers Glycerius bald an und zog nach Gallien hinein. Hier vereinigte er sich tatsächlich mit seinen Stammesgenossen, den Visigoten, und dann verschmolzen die Seinen mit ihnen zu einem Volk, wie sie es ja früher gewesen waren, und so besiedelten sie Gallien und Spanien und behaupteten es so ausdauernd, dass dort kein anderer die Obermacht mehr über sie errang. Thiudimir aber, der ältere Bruder, zog mit den Seinen über den Fluss *Save* und bedrohte die Sarmaten und die römische Besatzung mit einem Kriegszug, falls sie ihm etwa im Wege stünden! Aus Furcht davor verhielten sie sich ganz ruhig, denn sie vermochten gar nichts gegenüber einer so riesigen Menge.

Als Thiudimir sah, dass ihm alles recht gut von der Hand ging, griff er Naissus [Niš] an, die erste Stadt Illyriens, gab seinem Sohn Theoderich die Comes *Astat* und *Invilia*[564] mit und schickte sie dann durch Castrum Herculis [Kurvingrad] und Ulpiana [Lipljan].

Als sie dorthin kamen, ergaben sich diese selbst, wie auch die Stadt Stobi [nahe Gradsko] und sie machten sich mehrere Gegenden von Illyrien, die sie vorher nicht hatten betreten können, nun erst zugänglich. Zuerst suchten sie *Heraklea* [Bitola] und *Larissa*, zwei Städte in Thessalien, durch einen Raubzug heim: Dann bemächtigten sie sich nach Kriegsrecht auch dieser Städte selbst. Wie nun der König Thiudimir seinen eigenen Erfolg und den seines Sohnes sah, war er damit noch gar nicht zufrieden. Er zog aus Naissus fort, ließ nur wenige Leute zur Bewachung zurück und griff Thessaloniki an, wo sich der Patricius *Hilarianus* aufhielt, der mit einem Heer vom Kaiser dorthin geschickt worden war.

Sobald dieser sah, dass Thessaloniki[565] mit einem (Belagerungs-) Wall umgeben werden sollte und er der Angriffslust [der Ostgoten] nicht widerstehen könnte, schickte er eine Gesandtschaft zu Thiudimir, bot ihm Geschenke an und brachte ihn dadurch davon ab, die Stadt anzugreifen und zu zerstören. Dann schloss der Anführer der Römer einen Vertrag mit den Goten und übergab ihnen freiwillig ei-

564 Invilia: got. *In-wilja*, hier: ›fest‹, *wilja* ›Wille‹; oder falsche Interpretation des lat. Begriffs, demzufolge keineswegs ein Eigenname vorhanden ist, desgleichen auch wohl nicht bei *Astat*!

565 Thessaloniki wurde schon 146 v. Chr. röm. Hauptstadt der Provinz *Macedonia*, dort der Triumphbogen des Kaisers Galerius, gebaut um 297.

nige Orte zur Ansiedlung, nämlich *Kyrrhos, Pellas, Europa, Mediana, Petina, Veroia* und einen anderen Ort, der *Sium* genannt wird.[566]

Dort legten die Goten mit ihrem König die Waffen nieder und lebten in Frieden. Nicht lange darauf wurde auch König Thiudimir in der Hauptstadt Kyrrhos von einer tödlichen Krankheit erfasst. Er berief deshalb eine Versammlung der Goten ein und benannte seinen Sohn Theoderich als seinen Erben; kurz darauf verstarb er.«

Soweit das sechsundfünfzigste Kapitel der »Origo Gothica«. – Jordanes stellt es hier eigentlich so dar, als sei um 472 unter den amalischen Ostgoten großer Mangel an Nahrungsmitteln der Grund gewesen, weshalb man auswandern wollte. Das Los hätte entschieden, dass Thiudimirs Bruder *Vidimir* nach Italien hätte ziehen müsse. Nach dessen Tod sei sein Sohn gleichen Namens aber von Glycerius, dem weströmischen Kaiser, gleichsam durch Geschenke bestochen worden, aus Italien abzuziehen und nach Gallien zu gehen. Hier hätten sich Vidimirs Scharen mit den Visigoten vereinigt. So vereinfacht kann man es auch sehen.

Ob Vidimir d. J. dann nach 475 wirklich an den Kriegen der Visigoten gegen die Sueben teilnahm, ist ungewiss. Wahrscheinlicher ist, dass sich seine Krieger an Kriegshandlungen in Spanien beteiligten. Thiudimir hingegen fiel ja in oströmisches Gebiet ein, zog über die *Save*, ohne dass sich ihm jemand entgegenstellte. Da der Kaiser noch mit Theoderich Strabo stritt, konnte Thiudimir fröhlich weiterplündern und sogar Naissus einnehmen. Ob Astat und Invilia tatsächlich Namen von »Comes« waren oder ob Jordanes hier Cassiodor bloß falsch interpretiert hat und nur die Begriffe Kraft und fester Wille gemeint waren, ist schwer zu entscheiden, wie einige Forscher zu bedenken geben.

Das Befriedungswerk ging laut Jordanes eher von den Oströmern, genau genommen von *Hilarianus* aus, der befürchtete, dass er Thessaloniki nicht würde halten können. Er machte Thiudimir also allerlei Geschenke und begann angeblich Friedensverhandlungen mit den Ostgoten. Zwischen Ostrom und Thiudimir wurde schließlich ein regelrechter Friedensvertrag vereinbart, wodurch den Ostgoten die oben

566 Alle diese Orte nördl. und westl. des Golfs von Saloniki.

genannten sieben Städte in Makedonien in der Nähe Konstantinopels zufielen, vor allem Kyrrhos (Cerrus), wo sich der König Thiudimir nun niederließ und schließlich 474 eines natürlichen Todes starb. Vielleicht hatte er schon zuvor seinen Sohn Theoderich zum Mitregenten ernannt.

Nachdem wir nunmehr noch Details und einige weitere Fakten gelesen haben, wollen wir zum eigentlichen großen Abschnitt der »Origo Gothica« zurückkehren, worin es um den wichtigsten amalischen Ostgoten geht, um Theoderich, den Sagenhelden Dietrich von Bern! Dieses neue, groß angelegte Kapitel[567] enthält erstaunlich viel Material und stellt uns weitere Geschehnisse der Ostgotengeschichte in klarerem Lichte dar. Es schließt an die Aussage des Jordanes am Ende des soeben vorgestellten Kapitels an, dass nämlich nach dem Tod Thiudimirs dessen Sohn *Theoderich* auf den Thron gekommen sei. Hier wollen wir einen größeren Abstand durch eine entsprechende Überschrift betonen.

567 Kap. 57, §§ 289–296.

Sagenheld Theoderich (Dietrich)

Kapitel 57

Theoderich der Große kommt auf den Thron

Wir lesen den Originaltext:

LVII. »Die Kunde von der Erhebung Theoderichs zum König bei seinem Volk nahm der Kaiser Zenon[568] freudig auf; und er sandte einen Einladungsbrief an ihn, worin er ihn aufforderte, zu ihm nach Konstantinopel zu kommen. Dort empfing er ihn mit gebührenden Ehren und gesellte ihn zu den Großwürdenträgern des Palastes. Nach einiger Zeit nahm er ihn, um seine Ehren noch zu erhöhen, als seinen »Waffensohn« an [um 484] und widmete ihm aus seinen eigenen Geldmitteln einen Triumphzug in der Stadt. Er wurde zum ordentlichen Konsul erhoben, eine Auszeichnung, die als höchste Zierde in der Welt gilt. Jedoch nicht genug damit – er ließ auch zur Anerkennung eines so großen Mannes sein Reiterstandbild vor dem kaiserlichen Palast aufstellen.

Während Theoderich so in enger Verbindung mit Zenons Römerreich in Konstantinopel alles Gute genoss und zu hören bekam – wie wir dies weiter oben erwähnt haben –, lebte sein in Illyrien siedelndes Volk nicht gerade in Wohlstand und Überfluss; da zog er [d. i. Theoderich] es vor, nach der Sitte seines Stammes sein Leben lieber tatenreich zu gestalten, statt in träger Ruhe die Güter des Römischen Reiches zu genießen, da doch sein Volk ein dürftiges Dasein fristete.

In dieser Absicht sprach er zum Kaiser: »Obschon es mir, weil ich deiner Herrschaft diene, an gar nichts gebricht, so möge doch deine Gnade, falls sie es denn für gut erachtet, meinen Herzenswunsch gütig vernehmen!«

Sobald ihm nun – wie gewöhnlich – freundlich die Erlaubnis dazu erteilt worden war, äußerte er das Folgende:

568 Zenon: bedeutender oström. Kaiser, regierte von 474 bis 491.

»Warum schwanken Hesperien [Italien], das lange unter der Herrschaft eurer Vorgänger und Vorvorgänger lebte, und vor allem jene Stadt, die das Haupt und die Herrin der Welt ist, nunmehr unter der Willkür des Königs der Turkilingen[569] und Rugier so haltlos hin und her? Schicke mich dorthin mit meinem Volk, wenn du es willst, damit du hier die schwere Last der Kosten nicht mehr tragen musst und damit dort, wenn ich mit Hilfe Gottes siege, der Ruhm deiner edlen Gesinnung aufstrahlen möge! – Denn es ist von Vorteil für dich, wenn ich, dein Knecht und Sohn, nach dem Sieg jenes Reich aus deiner Hand als Besitz erhalte! Nicht aber, dass jener, den ihr nicht kennt, mit dem Joch seiner Willkürherrschaft euren Senat und einen Teil des Reiches in sklavischer Gefangenschaft niederdrückt! Denn wenn ich siege, werde ich das alles durch deine Gnade und als dein Geschenk besitzen! Falls ich jedoch unterliege, wird deine Großherzigkeit gar nichts verlieren – im Gegenteil, du wirst dann sogar noch für uns Kosten sparen!«

Dem stimmte der Kaiser zu, weil er ihn nicht kränken wollte, obwohl er über seinen [d. h. Theoderichs] Weggang sehr betrübt war. Er bewilligte ihm sein Verlangen und entließ ihn reich beschenkt, indem er ihm den Senat und das Römische Reich anbefahl.

So verließ Theoderich die Kaiserstadt [Konstantinopel] und kehrte zu den Seinen zurück. [489] Hier nahm er das ganze Volk der Goten, jedoch nur so viele davon, die ihm ihre Zustimmung gaben, mit sich und brach auf nach Hesperien.

Geradenwegs zog er durch *Sirmium*, durch das benachbarte *Pannonien* und betrat dann das venetische Gebiet. Bei der sogenannten Isonzo-Brücke[570] schlug er sein Lager auf, doch sobald er hier – zur Erholung von Menschen und Vieh – ein wenig innegehalten hatte, schickte ihm *Odoaker* ein Heer auf den Hals.

Ihm zog sogleich Theoderich entgegen und vernichtete es in der Ebene von *Verona* in einer großen Schlacht.[571] Hiernach löste er sein Lager auf und rückte mit größerer Zuversicht immer weiter nach Italien hinein. Nachdem er den Padus [Po] überschritten hatte, schlug er bei der Kaiserstadt Ravenna sein Lager auf, ungefähr drei Meilen

569 Gemeint: Odoaker. Turkilingen: ostgerm. Stamm und skir. Königssippe.
570 Der Fluss Aesontius (Isonzo) trennt Slowenien von Italien.
571 Meistens wird der 28. August 489 als Zeitpunkt der Schlacht angegeben.

davon entfernt an einem Ort, der *Pineta* heißt. Als dies Odoaker gesehen hatte, zog er sich in die feste Stadt zurück. Nur heimlich bei Nacht brachte er öfter die Seinen heraus, um das Heerlager der Goten zu beunruhigen, und nicht ein- oder zweimal tat er das, sondern sehr häufig, und so trieb er es fast volle drei Jahre lang. Aber er unternahm doch vergebliche Anstrengungen; denn schon nannte ganz Italien Theoderich seinen Herrn, und nach dessen Willen handelte man im ganzen Land.

Aber Odoaker, allein mit dem wenigen Gefolge und mit den Römern, die noch bei ihm geblieben waren, hatte täglich unter Hunger und Kriegsnöten innerhalb Ravennas zu leiden. Schließlich, als er nichts mehr ausrichten konnte, schickte er [am 25. Febr. 493] eine Gesandtschaft hinaus und bat um Gnade. Zuerst versprach Theoderich sie ihm auch; doch später nahm er ihm das Leben.

Im dritten Jahr nach seinem Einzug in Italien gab er auf den Rat des Kaisers Zenon die Tracht eines Untertanen und die [gotische] Kleidung seines Volkes auf. Nun nahm er die Zeichen königlichen Schmucks an und trat als König der Goten und Römer auf. Er schickte eine Gesandtschaft an den Frankenkönig Lodowic[572] und bat ihn, seine Tochter Audefleda[573] zur Ehe empfangen zu dürfen. Gern und bereitwillig übergab dieser sie dem König, zumal er nun glaubte, dass seine Söhne Celdebert[574] und Thiudebert[575] durch diese Verbindung in freundschaftliche Beziehungen zum Gotenvolk kämen. Aber dieses Verhältnis trug wenig zur Wahrung des Friedens bei, weil sie oft wegen gallischer Landstriche schwere Kämpfe miteinander ausfochten. Nie [aber] wich der Gote vor dem Franken zurück, solange Theoderich lebte.«

Soweit der Wortlaut dieses berühmten, inhaltsschweren 57. Kapitels. – Dieser Abschnitt der »Origo Gothica« enthält wichtige Teile des komplizierten Lebenslaufs des großen Amalerkönigs. Es genügt wohl nicht, nur einige Eckpunkte und nur das durchweg wohlwollend be-

572 Chlodwig: dieser Frankenkönig regierte von 481 bis 511.

573 Audefleda war nicht die Tochter, sondern die Schwester Chlodwigs.

574 Celdebert: lat. Cheldebertus: Childebert I. (um 497–558).

575 Thiudebert, lat. Thiudebertus: Theudebert I., geb. 495 – 500, gest. Ende 547 oder Anfang 548; er herrschte von 533 bis zu seinem Tod in dem Reichsteil, der später als Austrasien bezeichnet wurde, und residierte in Reims.

schriebene Verhältnis zu Kaiser Zenon zu behandeln, das Jordanes – sicherlich um Einfachheit und Kürze bemüht – hier so darstellt. Es gab im Verhältnis zu Ostrom ein ständiges Auf und Ab. Dasselbe Spiel fand auch in Theoderichs Umgang mit seinem ostgotischen Gegenspieler Strabo statt, der – darüber rätselt man noch in der Forschung – vielleicht auch ein Amaler war.

Blicken wir nun noch auf die verworrenen Verhältnisse am oströmischen Hof 20 Jahre zurück! Als Kaiser Leo I. 474 verstarb, machte man dessen sechsjährigen Enkel, den Sohn Zenons und Ariadnes, als Leo II. zum neuen Kaiser, der aber bald das Zeitliche segnete, worauf Zenon I. auf den Thron kam. Aber Krieg brach aus zwischen Zenon und dem Amalerfürsten Theoderich, der Zenons unfähigen Heermeister gefangen genommen, gegen hohes Lösegeld aber wieder freigegeben hatte. Theoderich plünderte 474 bis 475 nach Herzenslust oströmische Gebiete aus. Er hielt sich offenbar bei Marcianopel [Varna] auf. Schon 475 musste Zenon fliehen, da ihn seine Schwiegermutter *Verina* und ihr Bruder *Basiliscus* stürzen wollten. Sie, Verina, wollte nämlich einen gewissen Patricius zum Kaiser machen und auch heiraten, aber die Hofbeamten wählten ihren Bruder. Der Gote Strabo sah nun gleich seine Chance und erlangte von Basiliscus die Generalswürde und schönes Siedlungsland. Basiliscus aber ließ Verinas Favoriten kaltblütig umbringen; und aus Wut darüber unterstütze sie nun heimlich Zenon. Doch auch die Senatoren waren bald mit Basiliscus unzufrieden.

Die Waffenmeister *Illus*[576] und *Trokoundos* liefen zu Zenon über, der nun seinerseits Gotenkönig Theoderich um Hilfe bat. Da ließ Basiliscus seine Streitmacht gegen Zenon aufmarschieren. Ein gewisser Armatus, der gegen die Goten kämpfen sollte, trat aber zum Gotenheer über. Mit Theoderichs Hilfe wurde *Basiliscus* geschlagen, und als Zenon Konstantinopel belagerte, flüchtete der besiegte Basiliscus in eine Kirche, wurde herausgelockt und später in Kappadokien umgebracht. Zenon I. war wieder der oströmische Kaiser.[577]

576 Illus: oström. Magister utriusque militiae – Heerführer beider Heeresteile († 488).

577 Bei der Darstellung dieses und der folgenden Zusammenhänge wird vorwiegend auf H. Wolframs richtungweisendes Werk *Die Goten*, S. 268ff., vgl. das Kap. »Die Ostgoten auf dem Balkan (473–488)«, Bezug genommen.

Nun überhäufte Zenon den jungen siegreichen Theoderich mit Ämtern. Zenon nannte ihn seinen »guten Freund« und Sohn, wobei Jordanes sogar angibt, dass Zenon ihn als seinen »Waffensohn« bezeichnete. Jordanes berichtet im selben Kapitel 57, dass Zenon aus seinen eigenen Mitteln Theoderich sogar einen Triumphzug ausrichtete und ein Reiterstandbild von ihm vorm kaiserlichen Palast aufstellen ließ. Ab 476 wieder fest im Sattel, veranstaltete Zenon auch ein Wagenrennen und ehrte dabei Armatus. Aber bald schien der Überläufer Armatus für Zenon gefährlich zu werden. Er wolle offenbar selbst Kaiser werden, meinte Zenon. Er musste aus dem Weg geräumt werden. *Onulf*, Odoakers Bruder, übernahm die Ausführung. Zwar war dieser Armatus Onulfs Freund gewesen und hatte ihm geholfen, als er mittellos nach der Schlacht an der Bolia ins Oströmische Reich kam. Aber trotzdem ermordete er ihn auf der Palasttreppe zum Hippodrom, wie Theophanes mitgeteilt hat.

Bald, um 477, bat Strabo, der nach Basiliscus' Sturz all seine Ämter eingebüßt hatte, bei Zenon kleinmütig um Frieden und eine gleichberechtigte Position. Er meinte, Theoderich habe auch Ostrom geschadet und sei trotzdem Freund des Kaisers geworden. Könne er, Strabo, nicht auch Ostroms Favorit bleiben? Zenon befragte daraufhin den Senat, der indessen nicht soviel Geld aufwenden wollte, um beide Gotengruppen zu unterstützen. So gingen die Subsidien nur an Theoderich, während Strabo zum Staatsfeind erklärt wurde, der daraufhin wutentbrannt zum Krieg gegen Zenon rüstete. »Stelle mir deinen Sohn als Geisel, und du kannst bei mir friedlich als Privatmann leben!«, ließ Zenon ihm ausrichten. Doch das lehnte Strabo entrüstet ab.

Da sammelte Zenon seine Krieger zum Kampf gegen Strabo, gab seinem General Martinianus den Oberbefehl und befahl, Theoderich solle ebenfalls gegen Strabo kämpfen. Er schwor, nie mehr mit Strabo einen Vertrag zu schließen und ließ wissen, wenn Theoderich das Haemusgebirge erreicht habe, werde der Befehlshaber von Thrakien mit 2 000 Reitern und 10 000 Fußsoldaten zu ihm stoßen. Theoderich könne sogar noch mehr Leute aus Heraclea bekommen und von Zahlmeister Claudius sogleich die Föderatengelder erhalten. Da machte sich Theoderich mit seinen Streitkräften bei *Marcianopel* auf, kam über

Seitenpfade in die Nähe von Strabos Scharen, traf allerdings keine der von Zenon versprochenen Hilfskräfte und auch keinen Zahlmeister an. Bei Sondis hatte Strabo Gebirgszugänge besetzt, und es kam dazu, dass sich die gegnerischen Goten allerlei Viehherden gegenseitig stahlen. Strabo ritt nun in Hörweite an Theoderichs Stellung vorbei und beschimpfte ihn als Verräter seines Volkes. Die Römer wollten doch nur, dass sich die Goten gegenseitig umbrächten. Stets würden die Goten die Verlierer bleiben. Zugesagte Hilfstruppen seien nicht gekommen, weil man Theoderichs Untergang anstrebe. Und wirklich: Strabo sprach manchen von Theoderichs Leuten aus dem Herzen.

»Keine Kämpfe mehr gegen Leute, die dem eigenen Volk angehören!«, schrien nun viele. Am Folgetag hetzte Strabo weiter. Da ließ Theoderichs Gefolgschaft ihren eigenen König folgendermaßen wählen:

»Entweder du schließt mit Strabo Frieden, oder wir alle verlassen dich!«

Da sandte Theoderich gezwungenermaßen Boten zu Strabo, und beide Ostgotenkönige vereinbarten, jeweils am anderen Ufer eines Flusses stehend, nicht mehr gegeneinander zu streiten. Auch Theoderich bezichtigte nun Zenon des Verrats und forderte unverzüglich Getreide und die versprochenen Zahlungen. Daraufhin versprach Zenon dem Drohenden u. a. 1000 Pfund Gold, wenn er endlich gegen Strabo anträte. Doch selbst als Zenons Abgesandte auftauchten, konnten sie den schmollenden Theoderich nicht umstimmen. Da sah sich Zenon seinerseits gezwungen, mit Strabo Frieden zu machen. Theoderichs Leute plünderten unterdessen Thrakien aus, denn irgendwie musste sich das große Ostgotenheer ja ernähren. Zenon schwenkte erneut um. Er sicherte nun plötzlich dem Strabo vertraglich Bezahlung und Nahrung für seine 13 000 Krieger zu, gab ihm seinen Besitz zurück und ernannte ihn sogar zum *Magister militum*.

Der Amaler Theoderich hingegen verlor alle seine Ämter und erlitt erhebliche Verluste durch die Oströmer. Wütend brannte Theoderich daraufhin alles nieder, was er erreichte. Nach der makedonischen Stadt *Stobi* nahm er sich *Thessaloniki* vor, wo die Bewohner schon gegen Zenon revoltierten. Daraufhin entschloss sich der Kaiser wieder zu Verhandlungen mit Theoderich und entsandte Boten zu Theoderich:

Der Kaiser sei bereit, ihm zu vergeben. Da zog nun Theoderich nach Heraclea in Makedonien und verhielt sich zunächst ruhig, auch weil die Einwohner und der Bischof ihm Geschenke überbrachten.

In Konstantinopel aber wurde rasch klar, dass Theoderich sein großes ausgehungertes Ostgotenheer gar nicht länger von Angriffen zurückhalten konnte, die sich natürlich gegen Ostrom richten würden. Zenon schickte zur Verstärkung seinen Minister *Adamantius,*[578] der dem Gotenfürsten Land in *Pautalia* in Illyrien unweit von Thrakien anbieten sollte. Damit aber wäre Theoderich zwischen den Streitkräften in Illyrien und den thrakischen Kampfscharen Strabos in eine Zange geraten.

Nun, ehe Theoderich nach Italien aufbrechen konnte, wie dies Jordanes im vorliegenden 57. Kapitel beschreibt, musste er versuchen, wieder in ein gutes Verhältnis zu Ostrom zu kommen. Noch fürchtete sich Kaiser Zenon vor ihm und sah in ihm einen Rivalen, den es irgendwie auszuschalten galt. Wie wir schon wissen, hatten Zenons Botschafter den Ostgotenkönig nicht bewegen können, Land in Pautalia in Illyrien zu besiedeln. Theoderich bat unterdessen den Goten *Sidimund,* der auf seinen Gütern in Epirus saß, ihm behilflich zu sein, schnell *Epidamnus* in seine Gewalt zu bekommen, um wenigstens eine größere Festung zu haben. Sidimund forderte tatsächlich die Bewohner von Epidamnus auf, ihre Stadt zu räumen, weil Ostgoten im Anmarsch seien. Theoderichs Heer litt furchtbaren Mangel. Noch in *Heraclea* verlangte Theoderich verzweifelt von der Stadt Getreide und Wein. Und als sich die Bewohner davor drückten, ließ er brutal den größeren Teil der Stadt abbrennen und zog gegen Epidamnus. Im langen Zug der Ostgoten ritt auch Theoderichs jüngerer Bruder *Thiudimund,* den die Sage wahrscheinlich als Diether, den Bruder Dietrichs von Bern, verewigt hat. Er befehligte den Tross. Da die Stadt Lychnidus[579] nicht genommen werden konnte, gelangte das Gotenheer über Scampa/Scampis, deren Einwohner geflohen waren, nach Epidamnus.

Adamantius kam mit zweihundert Römern über einen Bergpfad bis vor Epidamnus geschlichen. Da geschah etwas Denkwürdiges: Über eine Schlucht hinweg redete er mit Theoderich. Als er ihm Vorwür-

578 Adamantius war um 479 Patricius in Ostrom.

579 Lychnidus: Ochrid am gleichnamigen See.

fe machte, beklagte sich Theoderich, dass die Oströmer ihn in einen Krieg gezerrt, Hilfe versprochen und in Stich gelassen hätten.

»Nie«, meinte Adamantius, »wirst du uns Römer bezwingen können! Geh nach *Dardania,* verlasse diese Städte hier! Da findet dein Heer genügend Nahrung!«

»Mein Heer«, erwiderte Theoderich, »ist aber durch Missgeschicke so erschöpft, dass es einen so langen Marsch nicht auf sich nehmen kann! Ich muss hier überwintern! Im Frühling kann dann ein von den Römern gesandter Führer uns Goten nach Dardania bringen! Ich stelle meine Mutter und Schwester als Geiseln! Außerdem gehe ich mit 6 000 meiner besten Krieger nach Thrakien, um mit den illyrischen Truppen des Kaisers jenen schlimmen Theoderich Strabo zu vernichten, vorausgesetzt, ich bekomme wieder die Generalsstelle, die nun Strabo innehat, und darf römischer Bürger werden!«

Weiterhin erbot er sich, wenn es der Kaiser befehle, sogar nach Dalmatien zu gehen, um Nepos wieder zum weströmischen Kaisertum zu verhelfen.

Adamantius erwiderte ausweichend, er besitze keine Befugnisse, um über diese Dinge zu richten. Während Adamantius noch mit Theoderich verhandelte, hatten sich um Lychnidus viele römische Kriegerscharen eingefunden. Bei Tagesanbruch griffen sie Theoderichs schwerfälligen Tross an, bei dem sich auch Thiudimund und seine Mutter befanden. Beide konnten fliehen, aber es fielen den Römern 2 000 Wagen der Ostgoten in die Hände, und man machte 5 000 Gefangene. Als Zenon von diesem Sieg hörte, befahl er frohlockend, weiter gegen Theoderich Krieg zu führen.

Gegen Ende des Jahres 479 musste sich Zenon eines weiteren Aufstands erwehren, geführt von *Markian, Procopius* und *Romulus,* den Söhnen des einstigen Kaisers Anthemius. Den Markian hatte Leontia, eine Tochter Leos I. und Verinas, angestiftet, aber schließlich gelang es Illus, Markians Leute zu bestechen, und Markian musste fliehen. Strabo aber sah nach diesem Aufstandsversuch wieder eine günstige Gelegenheit, endlich Zenon anzugreifen, und zog erneut vor Konstantinopel. Er sei nur gekommen, um Zenon zu helfen, ließ er scheinheilig verlauten. Der durchschaute ihn und ließ wissen, das sei nun nicht mehr vonnöten, er möge abziehen. Als er sich nicht rührte, musste er ihn durch Geld bestechen. »Liefere mir *Procopius* und die anderen Verschwörer aus!«, wurde ausgerichtet.

Doch Strabo dachte nicht daran. Zenon wurde nun hart bedrängt. Sogar bulgarische Mannen ließ der Kaiser gegen Strabo antreten, aber nichts half. Schon stand Strabo wieder dicht vor Konstantinopel. Da das ausgeplünderte Thrakien seiner Kriegerschar, die auf etwa 30 000 Mann angewachsen war, kaum noch Nahrung lieferte, wollte Strabo nach Kleinasien übersetzen, wurde aber südwärts abgedrängt. Schließlich kam er 481 bei der Station Stabula Diomedis auf recht lächerliche Weise, nämlich durch einen Sturz vom Pferd, ums Leben. Andere Quellen behaupten, sein Sohn *Rekitach* habe ihn umbringen lassen. *Sighild*, Strabos Gattin, ließ ihn nachts heimlich bestatten. Rekitach hat dann bald Strabos Brüder beseitigt und zog plündernd nach Thrakien.

Der Tod Strabos führte dazu, dass dessen Gefolgsleute, vor allem Ostgoten, in Scharen zu Theoderich überliefen. Zenons Heermeister *Johannes Scytha* und *Moschios* vermochten auch nichts gegen den Ostgotenkönig auszurichten. Da dessen Macht gefährlich anschwoll, lenkte Zenon ein und versöhnte sich, was uns Jordanes im vorliegenden Kapitel nur pauschal vermittelt. Zu aller Verblüffung bekam Theoderich wieder die alte Stellung als Heeresbefehlshaber und wurde 484 erneut Konsul. Zudem übergab ihm Zenon Uferdakien und Teile Mösiens. Theoderichs neue Wertschätzung durch den Kaiser brachte es mit sich, dass sich nun das Verhältnis Zenons zu Rekitach rapide verschlechterte, der schließlich im Vorort *Bonifatiana* von Theoderich gestellt und eigenhändig getötet wurde. Diese spektakuläre Bluttat, nicht die einzige im Leben Theoderichs, war möglicherweise dessen Blutrache für den Tod der Strabo-Brüder.

Übrigens ist in der Thidreks Saga symbolisch der Kampf der beiden »Dietriche«, d. h. Theoderich Strabos und Theoderichs, ziemlich breit dargestellt, und dort besiegt der verwundete Thidrek (Dietrich) den dort *Tydrek* genannten Strabo nach langem Hin und Her im Zweikampf.[580]

In Novae[581] an der Donau befand sich damals Theoderichs Hauptort, und Forscher vermuten, dass Theoderich noch 487 verärgert er-

580 Vgl. Hans-Jürgen Hube, Thidreks Saga, S. 257ff.

581 Novae: bulgar. Svistov.

neut gegen Konstantinopel vorging. Bei *Melanthias*, sechs Meilen vor der Stadt, kappte er wohl die Wasserleitung. Schon wollte der verzweifelte Zenon zu Kreuze kriechen. Da begab sich Theoderichs Schwester Amalafrida, die damals wohl zum Hofstaat der Kaiserin gehörte, mit Geschenken zu ihm und erreichte seinen Abzug.[582] Da hatte wohl Zenon dem frechen Ostgoten endgültig ganz Italien versprochen, wie es in Kapitel 57 zu lesen steht. Doch zuvor musste der ja, wie Jordanes im vorliegenden Kapitel mitteilt, mit einem weiteren Gegner fertig werden, nämlich mit *Odoaker*. Dieser ist in den deutschen Sagen wenig präsent und kommt eigentlich nur im Hildebrandslied vor.

Wenig lesen wir bei Jordanes im vorliegenden Kapitel über Odoaker, sodass es nötig scheint, hier noch einen kleinen diesbezüglichen Exkurs anzuschließen. Vieles enthält ja bereits das Odoaker gewidmete Jordanes-Kapitel 46, weshalb wir hier nur noch eine Zusammenfassung geben. Kaiser Zenon fürchtete noch immer die Nähe und Stärke der Ostgoten und suchte nach einem passenden Anlass, sich ihrer zu entledigen. Diese Gelegenheit bot sich ihm in der Person *Odoakers*, der – wie wir schon wissen – ein *Skire*, 433 geboren, und wahrscheinlich ein Sohn des Fürsten *Edeca* war.

Wir erinnern uns: Die Skiren, einst Wandergenossen der *Bastarnen*, lebten zuerst östlich der Goten an der unteren *Weichsel*. Sie gehörten Attilas Reich an, und nach dessen Auflösung siedelten sie an der mittleren *Donau*. Odoaker, der schon früh den Drang nach einer hohen Stellung in sich trug, zog wohl schon um 469 mit einer skirisch-gotischen Kriegerschar nach Italien, um dort kaiserliche Dienste zu leisten. Wir lasen bereits weiter oben von seinem Besuch beim heiligen *Severin*, der im Dorf *Favianis* (Mautern) ein kleines Kloster erbaut hatte, und von dessen Verheißung. Wegen seiner vornehmen Abkunft und seiner »hohen, schönen Gestalt« fand Odoaker Aufnahme in der kaiserlicher Leibgarde. Damals herrschte *Romulus Augustus*, den man nicht aus Spott, sondern weil er erst fünfzehnjährig war, *Augustulus* titulierte. Die Regentschaft für ihn führte sein Vater, Attilas ehemalige Sekretär, der Pannonier *Orestes*, damals Heermeister und Patricius.

Nochmals sei der Hauptgrund für Odoakers kometenhaften Aufstieg erwähnt: Damals musste – seit der Gesetzgebung des *Honorius*

582 Wilhelm Ensslin, Theoderich der Große, S. 55ff.

und *Arkadios* – der römische Besitzer dem bei ihm einquartierten fremden Krieger ein Drittel des Hausstandes zur Benutzung überlassen. Jedoch das genügte vielfach gar nicht. Viele gotische Krieger hatten Weib und Kind. Sie wollten nicht bloß eine Wohnung, sondern eine Heimat. Deshalb forderten sie von dem Patricius Orestes, er möge ihnen auch den entsprechenden Teil der Ländereien ihrer römischen Quartiergeber abtreten. Sie fanden in Odoaker einen Führer, der durchaus imstande war, ihre Forderungen durchzusetzen. Orestes konnte sich gegen Odoaker nicht durchsetzen, der von den Truppen, vor allem von *Herulern*, am 23. August 476 zum König gewählt wurde. Dieser Tag war von schwerwiegender Bedeutung: Denn das Weströmische Reich war damit quasi untergegangen, denn nun bestieg ein »Germane« den Thron. Orestes floh, wurde ergriffen und enthauptet. Sein schwacher Sohn *Romulus Augustus* oder *Augustulus*, das Kaiserlein, erhielt eine Villa bei Neapel und eine Rente.

In der einzigen Urkunde, die von Odoaker erhalten ist (489), nennt der turkilingische Skire Odoaker sich *Rex*. Aber sein Glück währte nicht lange, denn schon bald ersetzte ihn ein Mächtigerer auf dem Thron. Odoaker war zwar früh ins Heer eingetreten, doch brachte es der des Schreibens unkundige Mann zu keiner wirklich leitenden Position. Jetzt jedoch, als er König geworden war, erhielten die Kriegsknechte, die ihm zur Macht verholfen hatten, was sie verlangten: Das römische Ackerland wurde geteilt, und die Germanenkrieger wurden in ganz Italien angesiedelt. Das Wichtigste war natürlich, wie man die Stellung des neuen Herrschers zu regeln hatte. Auf seine Veranlassung hin schickten der abgesetzte Romulus und der Senat eine Gesandtschaft an *Zenon*, übergaben ihm die kaiserlichen Insignien und baten darum, Odoaker die Leitung Westroms zu übertragen. Sie bedürften keines besonderen Kaisers mehr, ein gemeinsamer Herrscher genüge für beide Reichsteile. Zur selben Zeit trafen auch Gesandte des *Nepos* in Konstantinopel ein, durch die dieser Truppen verlangte, um sich wieder in den Besitz des weströmischen Thrones setzen zu können. Nun, die Wünsche beider Parteien widersprachen einander.

Zenons Lage war einigermaßen verzwickt. Er drückte sich also um eine bindende Antwort und äußerte allgemeines Wohlwollen für beide Gruppen. Das hatte zur Folge, dass sich der Skire Odoaker einfach auf eigene Füße stellte, den kaiserlichen Geschlechtsnamen »Flavius« annahm und wie ein Herrscher agierte. Odoakers Reich reichte damit von *Sizilien,* das Ende 476 die Vandalen abgetreten hatten, über das italienische Festland bis zum Alpenkamm und nach *Dalmatien* hinein, mit den dazugehörigen Inseln.

Das Erlöschen des Weströmischen Reiches empfand man damals nicht als Umsturz. Der *Römische Staat* war dadurch nicht untergegangen. Odoakers Schachzug brach nicht mit der Tradition, sondern war bloß ein weiterer Schritt auf einem seit geraumer Zeit beschrittenen Weg. Odoaker überwand das abendländische Kaisertum, zuletzt nur ein Schatten seiner selbst, dachte indessen keineswegs daran, sich aus dem Reich zu entfernen oder von dem oströmischen Kaiser abzuspalten, an den quasi nunmehr das Westreich überging. Odoaker konnte sich trotz seiner unsicheren Rechtslage und geringen Militärmacht nur deswegen dreizehn Jahre lang halten, weil er eine besonnenere und gerechtere Politik einführte, die der tatsächlichen Situation besser Rechnung trug. Zwar schaffte er es nicht, die alteingesessene Bevölkerung an seine Herrschaft zu gewöhnen, aber es gelang ihm durch milde Unparteilichkeit, dass sie sich nicht gegen ihn erhoben. Byzanz sah in ihm nie einen legitimen Herrscher, sondern einen Usurpator. In oströmischen Augen lenkte der Kaiser Zenon, *dominus noster* – unser Herr –, das Römische Reich. Aber in Italien konnte Odoaker schon als »Teilkönig« und Vertreter des Ostkaisers gelten.

Seit Odoaker festeren Fuß fasste, betonte er seine Selbstständigkeit und prägte später sogar Münzen mit seinem Monogramm »Flavius«. Er beabsichtigte nicht, die alte Ordnung zu zerstören, er sah seine Herrschaft vielmehr als Fortsetzung der Kaiserzeit, weswegen Beamtenschaft und Verwaltung unverändert blieben. Außer der ersten, hier nun mehrfach erwähnten Landteilung gab es für Römer keine staats- oder privatrechtlichen Einschränkungen. Odoakers Schwachpunkt war: Er konnte sich nicht auf einen Volksstamm stützen wie andere Häuptlinge, sondern nur auf zahlreiche lose Söldnergruppen. Als König war er einsam, neben ihm gab es keine persönliche Macht. Als Arianer fand er bei der katholischen Kirche kaum Rückhalt. Außenpolitisch sah er die römischen Westprovinzen als verloren an, doch im Osten und Nordosten kämpfte er um Verlorenes. Deswegen unterwarf er sich auch *Dalmatien*, das immer zum Westreich gehört hatte, ohne dass Zenon Einspruch erhob. Aber in eine gefährliche Lage geriet er, als er den Streit zwischen *Zenon* und *Theoderich* für sich ausnutzen und einen Einfall ins *Ostreich* unternehmen wollte. Der Kaiser antwortete bekanntlich damit, dass er die *Rugier* antrieb, nach Italien einzudringen. Odoaker aber kam den Angreifern zuvor und vernichtete das *Rugierreich* 487 und 488 in zwei Feldzügen.

Von gewaltiger Tragweite war sein unseliger Befehl, die römischen Besatzungen und Provinzialen (d. h. die alte einheimische Bevölkerung) aus Rätien[583] und Noricum[584] abzuziehen und in *Oberitalien* anzusiedeln. Damals wurden übrigens auch die Gebeine des heiligen *Severin* in ein Kloster bei *Neapel* gebracht. So wurden diese Donaugebiete quasi ganz den Germanen preisgegeben. In die ziemlich leer gezogene Provinz drangen zunächst *Heruler* und dann *Langobarden* ein. Wichtig für den Abzug aus Ufernoricum war wohl Odoakers Erkenntnis, dass er einen weiteren Angriff durch Zenon erwarten müsse. Und in der Tat fand der Kaiser in Theoderich dem Großen den erwünschten Helfer. Im Frühjahr 489 erschien dieser Ostgote nunmehr an der Nordostgrenze Italiens, um das Land für sich und seine Mannen zu besetzen. Dieser Amaler kam nun, wie wir in Kapitel 57 lasen, als Vertreter des legitimen Herrschers, obgleich sich Odoaker bis dato unangefochten einesteils als Nachfolger des letzten Kaisers Westroms und zum anderen als Stellvertreter des oströmischen Herrschers benommen hatte. Hauptkraft des Heerbanns Theoderichs waren die kampferprobten *Ostgoten*. Ihnen schlossen sich solche Germanen an, die in Italien Beute erhofften. Doch blieb auch ein beträchtlicher Teil der Ostgoten an der Donau zurück. Rugier bevölkerten ebenfalls in größerer Zahl das Gotenheer.

583 Rätien: zwei röm. Provinzen Raetia I und II. Das Gebiet wurde einst von nicht indogerm. sprechenden »Rätern« bewohnt, davon existieren mehr als 60 Inschriften. Vom Alpennordrand bis zu den oberital. Seen u. vom St. Gotthard bis zum Brenner. Seit 15 v. Chr. röm. Provinz, später bis zur Donau ausgedehnt. Im 5. Jh. von Alamannen u. Bajuwaren unter Zurückdrängung der rätoroman. christianisierten Bevölkerung besiedelt.

584 Noricum: im Jahre 15 v. Chr. unter Kaiser Augustus Teil des Röm. Reiches. Zunächst behielt es eine eingeschränkte Autonomie als tributpflichtiges Fürstentum, doch unter Kaiser Claudius (41–54 n. Chr.) wurde es endgültig röm. Provinz. Es umfasste die heutigen österreich. Bundesländer Kärnten, Salzburg, Oberösterreich, Niederösterreich und Steiermark sowie Südostoberbayern mit dem Chiemgau. Weiteres über Rätien und Noricum: s. das Kapitel *Ostgoten in Bayern*.

Im Herbst des Jahres 488 begann die allgemeine Auswanderung. Ein gewaltiger Wagentross war für die Reise nötig, um Weib und Kind und Sachen befördern zu können. Theoderichs Plan erwies sich insofern als neu, als eine sehr große Wegstrecke zurückzulegen war. Die Straßen waren gefahrvoll. Der Zug folgte von *Novae* der Donau nach *Singidunum* (Belgrad), weiter führte er nach *Sirmium, Emona* (Laibach) und *Aquileja*.

Wie in Kapitel 57 zu lesen steht, hatten sich bei Sirmium *Gepiden* in den Weg gestellt, die bald überwunden wurden. Jordanes erläutert uns im selben Kapitel, dass Odoaker sein wohlgerüstetes Heer am *Isonzo* zur Abwehr zusammengezogen hatte. Aber die Schlacht am Isonzo, dem Zufluss zum Adriatischen Meer, endete mit einer furchtbaren Niederlage Odoakers. Er ging bis Verona zurück, aber auch hier waren die Goten siegreich, und zwar war der Erfolg von solcher Bedeutung, dass Verona nunmehr als *Bern* und Theoderich als *Dietrich* in die Heldensage eingegangen sind. Odoaker flüchtete nach *Ravenna*, während Theoderich Richtung *Mailand* zog, und dort wurde er von den Stadtoberen kampflos akzeptiert. Aber bald kam es zu einem ernsten Rückschlag, denn den Ostgotenkönig lockte Odoaker in *Pavia* in eine Falle, er schloss ihn ein. Jedoch die Ankunft eines westgotischen Ersatzheeres zwang Odoaker zur Aufgabe der Belagerung. An der *Adda* siegte Theoderich zum dritten Mal. Odoaker entkam mit Mühe nach Ravenna, aber die Goten folgten ihm und umschlossen die Stadt, die durch unwegsame Sümpfe so gut gedeckt war. Drei Jahre lang belagerte Theoderich die Stadt in eiserner Umklammerung. Immer wieder versuchte Odoaker heldenmütig einen Ausfall.

Erst als der Ostgote die Stadt auch von der Seeseite her durch Schnellsegler absperren konnte, musste Odoaker am 25. Februar 493 kapitulieren, nachdem er vorher seinen Sohn *Thela* als Geisel gestellt hatte und ihm von Theoderich Sicherheit seiner Person versprochen worden war. Am 5. März zog der Sieger feierlich in die eroberte Stadt ein. Der als »Rabenschlacht« in die Sage eingegangene Kampf hatte sein Ende gefunden. Ein besonderer Kontrakt wurde zwischen den Gegnern geschlossen: Die beiden Könige sollten von nun an gemeinsam regieren.

Wie dieser Kontrakt in Wirklichkeit durchzusetzen wäre, dürfte indes beiden Kontrahenten nicht recht deutlich gewesen sein. Sehr pauschal erwähnt Jordanes im vorliegenden siebenundfünfzigsten Kapitel den Vorgang. Zuerst versprach Theoderich dem Widersacher Gnade, so lesen wir dort, dann »nahm er ihm das Leben«. Welch einen Hass muss Odoaker empfunden haben bei dem Gedanken, dass der in sein Reich eingefallene Gegner ihm, der keinerlei Anlass dazu gegeben hatte, der sich frei von Schuld fühlte, die Machtposition aus den Händen gerissen hatte. Doch auch Theoderich mag der Gedanke gekommen sein, dass der Skire nicht über sein Geschick hinwegkommen, sondern jede Gelegenheit ergreifen würde, das Verlorene zurückzugewinnen. Und so reifte in dem Ostgotenkönig der böse Entschluss, den Feind aus dem Weg zu räumen, um die eigene Herrschaft in Italien ohne Angst und Sorge antreten zu können.

Er lud Odoaker zu mehreren Gastmählern ein, und auf einem stieß er ihm unter Verletzung des Vertrages und des Rechtes der Gastfreundschaft einen Dolch in die Brust. Diese verräterische Tat hat ihn, den *Arianer*, bei der katholischen Kirche jegliches Ansehen gekostet. Selbst die nordische *Thidreks Saga* lässt ihn auf einem schwarzen Ross in die Hölle fahren.[585]

Der König rächte sich dann auch noch an Odoakers Getreuen und Kriegsmannen, die ihm in den Tod folgen mussten. Theoderich veranlasste bösartig, dass sie alle in ganz Italien umgebracht würden. Vielleicht ergriff ihn später Reue, aber das vermochte nicht mehr den Schandfleck zu tilgen, der nunmehr auf dem ruhmbedeckten Ostgotenkönig haftete. Ein Forscher schrieb, dass die unselige Bluttat einen dunklen Schatten auf den Beginn der ostgotischen Herrschaft und auf die Person des Königs selbst warf, der doch in der Sage als Dietrich von Bern neben die Lichtgestalt Siegfrieds tritt.[586]

Nach dem Tod Odoakers herrschte der König der Ostgoten allein und unangefochten. Aber erst jetzt, da an die Stelle des Römischen Imperiums in Italien ein tatsächliches germanisches Reich getreten war, schien das Ende Westroms endgültig besiegelt. Der Kaiser in Konstantinopel hatte zu den Vorgängen in Italien noch gar nicht Stellung

585 Vgl. Hans-Jürgen Hube, Thidreks Saga, S. 377.
586 Emil Nack, Germanien, S. 185.

bezogen, da traf Theoderichs Heerbann schon seine Entscheidung: Er erhob nämlich den *Amaler*, der allerdings für seine Leute schon lange Heerkönig war, zum Herrscher Italiens.

In *Konstantinopel* war Zenon schon 491 gestorben, aber sein Nachfolger Anastasius I.[587] schien erheblich viel Zeit zu haben, denn erst 498 konnte man in Italien die Zustimmung Ostroms entgegennehmen, dass der Ostgote nun »König von Italien« sei. Zu dem Zweck überbrachten Gesandte als hohe Auszeichnung nach byzantinischem Brauch das Krönungsornat.

Immerhin, der fast zehnjährige Aufenthalt Theoderichs als Geisel in Konstantinopel hatte bei ihm eines bewirkt: Seine Macht musste sich auch in Prunk und Glanz ausdrücken, und deswegen kleidete er sich von nun an bei Hofzeremonien absichtlich in Purpur. Wenig hielt sich Theoderich nun in Rom auf, denn seine Lieblingsaufenthalte waren für ihn Ravenna und Verona, das die Ostgoten Bern nannten. Diese Stadt lag dem Herrscher wohl ganz besonders am Herzen, hatte er hier doch seinen überwältigenden Sieg über seinen Widersacher Odoaker erstritten.

Nach dieser zusätzlichen Darstellung über einige Inhalte im vorliegenden Kapitel der »Origo Gothica« und nach der Zusammenfassung einiger Fakten, die belegen, wie Theoderich in Italien an die Macht gelangte, wollen wir wieder zum Originaltext zurückkehren. Im folgenden Kapitel[588] über Einzelheiten in der Regierungszeit des Ostgotenkönigs und seine dynastischen Verbindungen vernehmen wir auch etwas über die Beziehungen zu anderen germanischen Fürsten, über Theoderichs Töchter sowie über andere Amaler. Jordanes bringt hier wieder interessante Nachrichten über damalige Personen, über die im Übrigen wenig Konkretes in anderen Quellen überliefert ist.

587 Anastasius I.: oström. Kaiser 491–518.

588 Kap. 58, §§ 297–303.

Kapitel 58

Wie Theoderich regiert

Hier lesen wir den Originaltext:

LVIII. »Bevor Theoderich mit *Audefleda*[589] eine Nachkommenschaft gewann, bekam er von einer Beischläferin zwei natürliche Töchter,[590] die er noch in Mösien gezeugt hatte, eine mit dem Namen Thiudigota, die andere Ostrogotha. Diese verheiratete er, als er nach Italien gekommen war, an benachbarte Könige, die eine an Alarich [II.],[591] den König der Visigoten, die andere an Sigismund,[592] den König der Burgunder.

Alarichs [II.] Sohn war *Amalarich.*[593] Als sein Großvater Theoderich diesen, der schon als Junge beide Eltern verlor, mit großer Sorgfalt aufzog, erfuhr er, dass sich der junge *Eutharich,*[594] ein Sohn des Weterich, in Spanien aufhalte, ein Enkel des Berimund und ein Urenkel des Thorismund aus dem Geschlecht der Amaler. Er befinde sich in einem jugendlichen Alter, sei großartig an Weisheit, Tapferkeit und von untadeliger Gestalt. Theoderich ließ ihn deswegen zu sich kommen und gab ihm seine Tochter *Amalasuintha*[595] in die Ehe. Und um sein Amaler-Geschlecht noch mehr auszudehnen, schickte er seine Schwester *Amalafrida,* die Mutter des nachmaligen Königs Theodahad, nach Afrika als Gemahlin für den Vandalenkönig *Thrasamund.*[596] Ihre Tochter jedoch, seine Nichte *Amalaberga,* verband er mit dem Thüringerkönig Herminafrid.[597] Seinen Comes Pitzia,[598] den er unter die Ersten in seiner Umgebung hatte aufrücken lassen, sandte er los, um sich der

589 Audefleda: Schwester Chlodwigs. Jordanes nennt sie weiter oben Tochter.

590 Töchter Theoderichs: Thiudigota: got. *Þiuði-guto, thiuði-* ›Volk-‹, *-guto* ›Gotin‹. Ostrogotha: got. *Austra-guto, austra* ›glänzend‹, *-guto* ›Gotin‹› auch: *Aria(d)ne,* Tochter Theoderichs und Gemahlin Alarichs II.

591 Alarich II.: Westgotenkönig, regierte von 484 bis 507.

592 Sigismund: Burgunder-König von 516 bis 523/524.

593 Amalarich: westgot. König 526 bis 531.

594 Eutharich: got. *Iuþa-reik,* aus dem Geschlecht der Amaler. († 522/23)

595 Amalasuintha: got. *Amala-swinþo.* Tochter Theoderichs, † 535.

596 Thrasamund: got. *Þrasa-mund, Þrasa-* ›berühmt‹, *mund* ›Beschützer‹, regierte von 496 bis 523.

597 Herminafrid: got. *Aírmina-friþ, aírmina-* ›mächtig‹, *-friþ* ›Friede‹; thüring. König vor 510 bis 534.

598 Pitzia: ostgot. Heerführer, † 514.

Stadt Sirmium [Sremska Mitrovica] zu bemächtigen. Pitzia vertrieb den dortigen [Gepiden-]König *Thrasarich*,[599] einen Sohn des Thraustilas,[600] und besetzte die Stadt, wobei er dessen Mutter bei sich festhielt.

Hiernach kam er dem *Mundo*[601] zu Hilfe gegen Sabinianus, den Heermeister in Illyrien, der damals mit Mundo im Streit lag, und das war bei der Stadt *Margoplanum*, die zwischen der Donau und dem Margus [Morava] liegt, und er hatte 2 000 Mann zu Fuß und 500 Mann zu Pferd, und damit schlug er das illyrische Heer. Dieser Mundo nämlich, der aus Attilas Stamm herrührte, war vor den Gepiden geflohen und streifte jenseits der Donau in unbebauten und unbewohnten Regionen umher. Unter Zuhilfenahme von verschiedenen, allenthalben zusammengerafften Strauchdieben, Räubern und Mördern hatte er ein Kastell besetzt, das *Herta* genannt wurde, es stand am Donaustrand, und er hatte sich hier, wo er ein rohes Leben durch Räubereien in der Umgegend führte, zum Anführer über seine Vagabunden gemacht.

Diesem [Mundo] also, der schon in einer verzweifelten Lage steckte und daran dachte, sich zu ergeben, kam Pitzia zu Hilfe, rettete ihn aus den Händen des Sabinianus und brachte ihn sogar dazu, dass er sich zum Dank dafür dem König Theoderich unterwarf.

Keinen geringeren Ruhm als Sieger erwarb sich Theoderich, indem er die *Franken* besiegte, und zwar durch seinen Comes *Ibba*[602] in Gallien, wobei mehr als 30 000 Franken im Streit erschlagen worden sein sollen. Auch setzte er seinen Waffenträger *Thiudis* nach dem Tod seines Schwiegersohnes Alarich als Beschützer seines Enkels *Amalarich* im Spanischen Reich ein. Aber dieser Amalarich verlor schon als junger Mann, von der Hinterlist der Franken zu Fall gebracht, Reich und Leben.

Nach ihm ergriff sein Vormund Thiudis [Theudis][603] die Zügel des Reiches, wusch von Spanien die ihm hinterlistig von den Franken zugefügte Schmach ab und herrschte über die Visigoten, solange er lebte. *Theudegisel*,[604] der nach ihm das Reich bekam, fand nach nicht gerade

599 Thrasarich: got. *Þrasa-reik*. König der Gepiden (488–504/505)

600 Thraustilas: got. *Þrafstila*. Gepidenkönig. († 488 oder 504).

601 Mundo: hunn.-gepid. Häuptling mit got. Namen, vor 504–536.

602 Ibba: ostgot. Heerführer unter Theoderich in Gallien, ca. um 508–513.

603 Thiudis: westgot. König 531–548.

604 Theudegisel: got. *Þiuði-gisl*, *Þiuði-* ›Volk‹, *gisl* ›edler Spross‹, westgot. König um 548–449.

langer Herrschaft, von den eigenen Leuten ermordet, sein Ende. Ihm folgte *Agil* [549], der bis jetzt das Reich innehat. Gegen ihn erhob sich *Athanagild* und bringt bis jetzt die Machtmittel des Römischen Reiches [550] gegen ihn in Bewegung. Denn es wurde der Patricius Liberius mit einem Heer gegen ihn ausgeschickt.

Im ganzen Abendland [aber] gab es kein Volk, das nicht dem Theoderich, solange er lebte, in Freundschaft oder in Untertänigkeit gedient hätte.«

Soweit bringt uns das Kapitel 58 den historischen Originaltext. – Auch hier schließen wir noch im Anschluss einige Details über die Regierungsweise Theoderichs an. Es kann zur Abrundung der Persönlichkeit des Theoderich zweckmäßig sein, etwas über die inneren Verhältnisse in seinem italienischen Ostgotenreich zu ergänzen. Ganz verschieden waren hier die Völker, über die jetzt der Amaler zu bestimmen hatte. Ostgoten allein konnten nicht viel ausrichten. Vielmehr verlangte das Staatswesen von ihm Klugheit, Augenmaß und kühle Überlegung. Das alles vermittelt uns das soeben gelesene Kapitel in Kurzform.

Was die kürzlich geschaffenen Mittelmeerreiche unter germanischer Führung angeht, so muss man hervorheben, dass sich der Gegensatz der Nationalitäten und Bekenntnisse kaum verwischte. Das germanische Volkselement stand der römischen Bevölkerung gewissermaßen als bloß sesshaft gemachtes Volksheer gegenüber. Zwar versuchte man nicht, gar einen Bruch mit den vorgefundenen Institutionen herbeizuführen, aber dennoch entstand – wie von selbst – aus dem Volkscharakter der jeweiligen Herrschaftsgebiete eine Art neues Staatswesen. An die Stelle urbaner Kultur und Geldwirtschaft rückte bei den Germanen wieder die Naturalwirtschaft. Die »Germanenreiche« waren durch ihren *Arianismus* von der römisch-katholischen Kirche relativ unabhängig. Aber das katholische Element hielt nun gewissermaßen allein das Bewusstsein des einstigen, damals ja zusammenhängenden römischen Staatsgebildes aufrecht. Einzelne Germanenfürsten verhielten sich feindlich zur römischen Kirche, sodass diese quasi ganz von selbst als Vertreterin der Interessen des römischen Bevölkerungsteils gegenüber den Einwanderern fungierte. In den germanisch regierten Reichen gab es noch keine Unterbrechung im geistig-literarischen Leben; alles war auf die römisch-katholischen Einwohner bezogen. Die Goten waren schnell überall dem alten Kultureinfluss ausgesetzt, denn sie konnten ja in der Regel nichts anderes dagegensetzen. Somit kann man, u. a. über die Regierungszeit Theoderichs in Italien, konstatieren: An die gewaltsame Germanisierung des Römerreichs im 4. Jahrhundert schloss seit Mitte des 5. Jahrhunderts eine erstaunlich rasche Romanisierung an.

Andererseits gelangten auch mancherlei gotisch-germanische Kultureinflüsse in die Anschauungen der römischen Bewohner, vor allem auf dem Gebiet des Familien- und Ehewesens und in der Rechtsprechung. Unter Theoderich waren die Verbindungen des Westens zum Osten wenig durchschaubar. Insbesondere streitet man in der Forschung bis heute darüber, ob das ostgotisch regierte Italien immer weiter als Bestandteil des Römischen Imperiums gelten könnte, denn stellt man die Frage nach der Nachhaltigkeit der Amalerherrschaft, muss man wohl den engen Zusammenhang zum Römerreich bejahen. Zumindest der oströmische Kaiser *Justinian I.* (527–565) begriff das ostgotische Königtum in Italien als eine Art Reichsverweserschaft, und er bestritt auch später nicht die Maßnahmen der gotischen Könige bis *Totila* in ihrer Rechtmäßigkeit. Fasst man alles zusammen, muss man dennoch sagen, dass Theoderich und seine Amaler höchstens formell die Oberhoheit des Kaisers anerkannt haben. Aus größerer Perspektive betrachtet, waren unter Theoderich die Kontakte zu Konstantinopel eher freundlich und rücksichtsvoll.

Selbst im byzantinischen Verständnis fungierte Theoderich als eine Art Reichsverweser, und er selbst wich ja von dieser Auffassung keinesfalls ab. Seine Urkunden datierte er beispielsweise nicht nach seinen Herrschaftsjahren, sondern zählte sie – wie bei den Römern – nach den Konsuln. Seine Goldmünzen ließ er nur mit dem Bild des Kaisers *Justinian* prägen, setzte in der Regel jedoch sein Monogramm hinzu. Goldprägungen wurden stets als kaiserliches Reservat angesehen. Rom, Mailand, Bologna und Ravenna waren beispielsweise Münzorte. Lediglich eine Gedenk- oder Gelegenheitsmünze, nämlich ein dreifacher *Solidus*, bei Senigallia gefunden, weist auf der einen Seite das römisch stilisierte Bild des Amalers in gänzlich hoher, wilder

Haartracht auf, und auf der anderen Seite erkennen wir sein Konterfei mit einem Helm. Auch die Inschriften geben nur den Namen des Königs an, dazu den Titel *pius princeps* beziehungsweise *victor gentium.*

Theoderich überschritt also nirgendwo die Position eines vornehmen kaiserlichen Beamten. Allerdings war er nicht bereit, Eingriffe in seine Machtsphäre zuzulassen. Er hatte z. B. keinerlei Bedenken, von 504 bis 508 seine Ostgrenzen sogar gegen Konstantinopel mit Waffengewalt zu verteidigen. Sein Herrscheramt enthielt zwar die meisten Rechte eines *Augustus,* indessen fehlte ihm ein wesentliches Vorrecht, die Gesetzgebung. Als wichtigster »Beamter« konnte Theoderich zwar Verordnungen erlassen und bestehende Gesetze erläutern, er durfte jedoch keine neuen Instanzen ins Leben rufen. Jede seiner Maßnahmen galt nur als Verordnung (*edictum*), jedoch nicht als Gesetz (*lex*). Das gilt auch für den wichtigsten Erlass, für das *Edictum Theoderici,* 511 und 515 verfasst, wodurch kein neues Recht installiert, sondern nur häufiger vorkommende Fälle auf dem Boden römischen Rechts behandelt wurden. Obschon Theoderich staatsrechtliche Vorschriften beachtete, gestaltete sich doch alles als eine Art Gesetzgebung, die erforderlich war, um der durch Einwanderer entstandenen Unsicherheit vorzubeugen. Weil die Ostgoten eben nicht automatisch römische Bürger geworden waren, konnte man auf sie nicht ohne Weiteres das römische Recht übertragen. Erst Theoderichs Rechtsauslegung und die seiner Nachfolger begründeten ein einheitliches Recht für Römer und Goten. Und falls die Verordnungen nicht eindeutig waren, bestand für Ostgoten das gotische Recht eben weiter. Zudem wurde dadurch eine gewisse Einheitlichkeit erreicht, sodass für beide Nationalitäten das Urteil des Königs als höchste Instanz weiter bestand.

Von Wichtigkeit für die Stellung der Ostgoten war ein weiteres Phänomen: Theoderich besaß auch nicht ein weiteres kaiserliches Vorrecht. Er konnte niemandem das römische Bürgerrecht verleihen. Das hieß: Die Goten waren von der Zivilverwaltung gleichsam ausgeschlossen. Somit bestand weiterhin eine nationale Trennwand. Ostgoten fungierten gleichsam als kaiserliche Soldaten, und sie bekamen – wie jene – von dort Ausrüstung und Verpflegung. Staatsrechtlich waren sie quasi weiterhin Ausländer, die man keiner Provinz oder städtischen Gemeinde zurechnen konnte. Dazu gehörte Theoderichs

Verordnung, dass römische Einwohner allesamt von Kriegsdiensten befreit, ja geradezu ausgeschlossen waren. Im Übrigen aber war Theoderich auf bestem Wege, die Regierungsgewalt, die er über die Römer ausübte, auch auf die Ostgoten zu überführen.

Allerdings setzte unter ihm bereits eine Phase ein, die eine ganz andere Richtung darstellte, nämlich die Bildung einer sozial ganz und gar aufgefächerten Aristokratie. Die Ungleichheiten im Besitzstand nahmen rasch zu. Die ostgotischen Adligen und Mitglieder des amalischen Herrscherhauses dehnten ihre Besitztümer rigoros aus, indem sie einfach die kleinen Landbesitzer überrumpelten oder ihre Äcker aufkauften und somit einen neuen Besitzadel begründeten. Aber der alte amalische Geburtsadel ging stark zurück und konnte oftmals das Ohr des Ostgotenkönigs gar nicht mehr erreichen. Überall drängten ausländische Minister und Bedienstete nach vorn.

Man beachte: Im vorliegenden Kapitel 58 widmet sich die »Origo Gothica« vor allem auch Theoderichs Außenpolitik, die damals nur eine vorwiegend dynastische Politik sein konnte. Der Amaler nahm den Titel *Rex*, also den eines Königs, an. Damals war es allgemeine Gewohnheit, dass solche Fürsten, die unter byzantinischer Oberhoheit agierten, diese Bezeichnung führten durften. Theoderichs Absicht war es natürlich, seinen neuen Besitz in Italien gegen alle Angriffe von Nachbarn abzusichern, denn es fehlte ja durchaus nicht an feindlichen Vorstößen. Wie in jenem Jahrhundert üblich, versuchte man, durch allerlei verwandtschaftliche Bindungen Kontakte mit anderen germanischen Staatenbildungen aufzunehmen. Statt einer Mehrheit von nebeneinander bestehenden kleineren Staaten schwebte Theoderich wahrscheinlich ein Netz von germanischen Mittelmeerstaaten vor.

Wir lesen daher in unserem Kapitel 58, dass der König mit *Audefleda*, der Schwester des Frankenkönigs *Chlodwig I.* die Ehe einging. Diese – weniger von persönlichen als von machtpolitischen Aspekten inspirierte – Heirat lässt deutlich werden, wie früh er sich schon der übergroßen Bedeutung jenes Franken bewusst war. Weiter entnehmen wir dem Originaltext des vorliegenden Kapitels, dass Theoderich seine beiden Töchter aus erster Verbindung, *Thiudigotho* und *Ostrogotho*, Letztere nach der oströmischen Kaiserin auch *Ariadne* genannt, mit den Herrschern der Visigoten und Burgunder *Alarich II.* und *Sigis-*

mund verheiratete. Außerdem gab er seine Schwester Amalafrida († 525) dem Vandalenkönig *Thrasamund* zur Frau, und seine Nichte *Amalaberga* wurde die Gemahlin des thüringischen Herrschers *Herminafrid*.

Theoderichs Einfluss war es zu danken, dass das Reich der Ostgoten damals die Macht hatte, nicht nur einen Zwist zwischen Visigoten und Vandalen zu verhüten, sondern auch Thüringer und Alamannen zu beschirmen. Allerdings bestand seit alters eine Schwäche solcher Staatsgebilde, wenn sie nicht – wie beim späteren fränkischen Staat – auf fest gegründeten Einrichtungen, sondern auf Personen aufgebaut waren, zumal alles auf der Genialität ihrer Anführer und dem guten Willen der Verbündeten beruhte. Bereits zu Theoderichs Lebzeiten bekam der Ostgotenstaat Risse. Kaum war er gestorben, da übernahmen die Franken das Thüringerreich. Indessen, solange Theoderich noch am Leben war, konnte man ihn als Wächter des Friedens und als Segen für seine Zeitgenossen ansehen, wie dies viele Forscher sehen. Sein Verdienst war es, dass er das so zufällig Entstandene in eine feste Form gegossen hat. Somit wurde er als erster Germane zu einem respektierten Herrscher von wirklich politischer Größe, der in seinen Zielen viel weiter ging, der viel mehr als nur das Augenblickliche begriff. Seine Machtstellung hat Theoderich auch bewusst eingesetzt. Als ein in den Heldenliedern verehrter Spross aus altberühmtem Amalergeschlecht fühlte er sich nicht nur als Herr des damals angesehenen Germanenreiches, er war gleichzeitig auch der bedeutendste und einzigartige Repräsentant des oströmischen Kaisers im Westen. Maßvoll und ausgewogen war seine Königsherrschaft im Innern, und auf diese Weise garantierte er dem Land lange Jahre der Ruhe und des Wohlstandes.

Weil nach den zahllosen Streitigkeiten in Italien viel herrenloses Land zustande gekommen war, konnten die kaiserlichen Landzuweisungen, von denen die Ostgoten profitierten, durch den überaus umsichtigen Prätorianerpräfekten *Liberius* ohne größere Auseinandersetzungen fortgesetzt werden, wie dies schon unter Odoaker begonnen worden war. Die gotischen Siedler erhielten nunmehr ein Drittel von jeder römischen Latifundie mit der entsprechenden Zahl von Tagelöhnern bzw. Sklaven als ihr Eigentum zugeteilt. An den administrativen Voraussetzungen wurde seitens des Königs nichts geändert. Die alten erprobten Beamten konnten einfach weiterarbeiten. Gab es Streitobjekte unter Römern, entschieden römische Gerichte, aber bei Zwistigkeiten unter den Goten hatten die neu eingesetzten Gaugrafen zu urteilen.

Italien, das zuvor manchen Sturm erlebt hatte, von Hunnenscharen über Germanenkrieger bis zu anderen fremdländischen Söldnern, gedieh unter Theoderichs dreißigjähriger Regierung in ganz erstaunlicher Weise und fand zurück zu einer selten gekannten Friedenszeit. Straßen wurden ausgebessert und neue angelegt; man machte Ödland urbar, legte Sümpfe trocken und grub wichtige Kanäle quer durchs Land. Neu angelegte Bauerngüter ergänzten nun die alten lateinischen Latifundien, und erstmals nach fast einem Jahrhundert wurde in Italien wieder ein Getreideüberschuss erzielt. Die Steuern der niederen Volksschichten wurden nur maßvoll erhöht, und es kam zu einem gedeihlichen Aufbau der Geldwirtschaft.

In dem Maße, wie es zu einer ersten wirtschaftlichen Blüte kam, entwickelte sich auch ein Aufschwung des geistigen Lebens. Theoderich zog bedeutende Geistesgrößen und Vertreter der Wissenschaft an seinen Hof. Auf den bedeutenden Historiker *Magnus Aurelius Cassiodorus Senator*, dem wir im Wesentlichen diese »Gotengeschichte« zu verdanken haben, wurde schon einleitend hingewiesen. Er hat von 480 an die maßgeblichen Erlasse und amtlichen Schreiben des Königs verfasst und stilistisch bearbeitet. Wie eingangs betont, gibt es von seiner »Gotengeschichte« nur einen Auszug durch den hier ständig zitierten *Jordanes* (551), einen sehr fähigen Ostgoten, der als Notar zu den Amalern in enger Beziehung stand. Zu Beginn wurde schon erwähnt, dass sich Cassiodorus in das von ihm gegründete Kloster *Vivarium* im Bruttierland zurückzog. Sein großes Verdienst war die höhere Bildung der Mönche. Er lehrte sie, antike Bücher zu kopieren, und richtete einen eigenen Raum, ein spezielles *Scriptorium*, für diese Zwecke ein. Viele Klöster, vor allem das Stammkloster der Benediktiner auf dem Berg *Monte Cassino*, wurden Pflegestätten der klassischen Literatur und Wissenschaft. In seinem Lehrbuch »Institutiones divinarum et humanarum lectionum« (Lehrgang geistlicher und weltlicher Studien), übernahm Cassiodorus auch die von Martianus Capella stammende Einteilung des Studiums. Er teilte es ein in das *trivium*, in die Unterstufe mit Grammatik, Dialektik und Rhetorik, und in das *quadrivium*, in die Oberstufe mit Arithmetik, Geometrie, Musik und Astronomie. Cassiodorus hat seinem König in bester Weise gedient. Die Würdigung des gelehrten Mannes spiegelt sich in den Worten Athalarich, des Enkels Theoderichs, wider.

Nicht nur damit habe sich Cassiodorus begnügt, so meint er, die »lebenden Herren« zu loben, nein, »auch in das Altertum unseres Geschlechtes ist er hinaufgestiegen und hat durch sein Lesen erkundet, was kaum noch im Gedächtnis unserer Väter haftete. Er hat die Könige der Goten, die lange Zeit Vergessenheit barg, aus den Schlupfwinkeln der Urzeit hervorgezogen. Er hat die *Amaler* mit dem vollen Ruhm ihrer Herkunft wieder ans Licht gestellt, indem er klar nachwies, dass wir bis in die siebzehnte Generation von königlichem Stamme sind. Er hat die Herkunft der Goten zu einer römischen Geschichte gemacht und die Blütenkeime, die bis dahin auf den Gefilden der Bücher hier und dort zerstreut waren, in einem einzigen Kranz gesammelt. Bedenkt, welche Liebe zu euch er durch unser Lob bewiesen hat, da er nachwies, dass der Stamm eures Herrschers vom Uranfang her wunderbar gewesen ist, sodass nun auch ein altes Königshaus über euch die Herrschaft führt, über euch, die ihr von euern Vorfahren her immer als von edler Art gegolten habt.«[605]

Nun, interessanterweise hat sich Cassiodor in der »Origo Gothica« gar nicht genannt, anders als Jordanes, der sich ja in dieser »Gotengeschichte« selbst vorstellte. An Theoderichs Hof lebte auch *Anicius Manlius Severinus Boethius* (480–524), der ebenfalls aus einer reichen römischen Familie stammte und dem Ostgotenkönig als Staatsmann diente. Er war bemüht, Brücken zwischen Heidentum und Christentum zu bauen. Hochgebildet verbrachte er achtzehn Jahre an Schulen in Athen. Zurückgekehrt beschäftigte er sich mit Übertragungen der Werke des Aristoteles ins Lateinische sowie mit philosophischen Studien. Er stieg zu den höchsten Ämtern auf und wurde gerühmt wegen seiner Beredsamkeit. Seine enge Vertrautheit mit katholischen Kreisen im römischen Umfeld rief indessen bald das Missfallen der gotischen Höflinge hervor, und diese Leute hetzten den König gegen Boethius

605 Zit. nach Emil Nack, Germanien, S. 190.

auf. Den Einflüsterungen falscher Ratgeber schenkte Theoderich um so leichter Gehör, da er schon des Längeren argwöhnte, dass Adel und Klerus gegen ihn als Arianer ablehnend auftraten. Schließlich befahl er, den Philosophen ins Gefängnis zu werfen. Dort im Kerker schrieb Boethius zu eigenem Trost seine berühmte Arbeit »De consolatione philosophiae« (Über den Trost der Philosophie), worin er sich als Verfechter der stoischen Philosophie erwies, der sich mit heldenmütiger Ruhe in sein Schicksal ergab. Zwar verfasste Boethius dieses Werk als katholischer Christ, doch darin spürte man noch den Geist der antiken Philosophie, sodass man sagen kann, diese Arbeit verkörpert als eines der letzten Werke die Thesen der vorchristlichen Philosophie. Boethius galt später für das christliche Mittelalter durch seine Schriften als der Hauptvermittler antiker Wissenschaft.

Obgleich die letzten Regierungsjahre Theoderichs im Wesentlichen friedlich abliefen, brachten ihm Nachrichten aus Afrika erheblichen Kummer, denn dort war sein Schwager Thrasamund gestorben und *Hilderich*[606] an die Spitze der Vandalen gekommen. Dieser König betrieb sogleich eine römerfreundliche, aber antigotische Politik und zerstörte auf diese Weise die für alle Germanen geltenden Sicherungsregeln Theoderichs. Das ostgotische Gefolge *Amalafridas*[607] ließ er kurzerhand umbringen und sie selbst ins Gefängnis schaffen, wo sie nach längerer Zeit starb.

Um sich gegen diese Untat zu wehren, ließ Theoderich seine Flotte gegen Hilderich ausrüsten. Es ging ja auch darum, den wachsenden Einfluss Konstantinopels in Afrika zu bekämpfen. Zudem waren die Attacken des vor Kurzem auf den Thron gekommen oströmischen Kaisers Justinus *I.* (518–527) gegen die *Arianer* dazu angetan, in Italien religiöse Streitigkeiten aufs Neue zu entfachen. Theoderich, der sich als Beschützer der Arianer stets stark gemacht hatte, musste nun gegen die Angriffe der Katholiken seine ganze Macht einsetzen. 523 kam es in Ostrom zu ausgedehnten Arianer-Verfolgungen. Darauf entsandte Theoderich den Papst Johannes I. (523-526) mit fünf Bischöfen und vier römischen Senatoren nach *Konstantinopel.* Sie sollten von dem

606 Hilderich: Vandalenkönig 523–530.

607 Amalafrida: Gemahlin des Vandalenkönigs Thrasamund, Schwester Theoderichs d. Gr. († 525).

neuen Kaiser verlangen, dass all jene, die von den Katholiken gezwungen worden seien, ihrem angestammten Glauben abzuschwören, ihre arianische Lehre weiterhin frei ausleben dürften. Johannes hatte den Auftrag, alles ins Werk zu setzen, damit das Edikt gegen die Arianer zurückgenommen und das ihnen gehörende Kircheneigentum zurückerstattet würde. Indessen, es kam nicht dazu. Misstrauisch geworden, witterte Theoderich, nunmehr siebzigjährig, überall üblen Verrat.

Argwöhnisch sah der Herrscher einen Zusammenhang zwischen diesem Misserfolg und einem anderen Vorkommnis: Ein vornehmer Römer, *Albinus,* hatte sich bedeutenden Einfluss in Ravenna verschafft. Ein gewisser *Cyprian,* der möglicherweise nach dem Besitztum des Albinus strebte, schwärzte Albinus beim Kaiser an und bezichtigte ihn des Hochverrats. Es kam schließlich dazu, dass die arianisch orientierte Höflingspartei den Papst einsperren ließ. Hinzu kam, dass auch Boethius als beredter Verteidiger des Albinus sowie dessen Schwiegervater *Symmachus d. J.* in den Hochverratsprozess hineingezogen wurden. Papst *Johannes I.* beendete am 18. Mai 526 sein Leben im Kerker. Theoderich, der weder Boethius noch Symmachus persönlich angriff, hatte schon vorher beide dem Senat zur Aburteilung übergeben. Da der Senat, wie man annimmt, zu einem objektiven Urteil nicht fähig war, sondern das tat, was in den Augen der Theoderich-Anhänger wünschenswert war, wurde ein Urteil gefällt, das beiden Angeklagten den Tod brachte. Allerdings scheint Theoderich noch längere Zeit gezögert zu haben, ehe er solch ein Urteil umsetzen ließ. Aus einigen zeitgenössischen Quellen geht hervor, Boethius und Symmachus seien schon begnadigt gewesen, als der Herrscher, von plötzlicher Strenge erfasst, beide zur Hinrichtung führen ließ: Am 24. Oktober 524 endete das Leben des Boethius, und ein Jahr später starb Symmachus.

Wenn wir abschließend das Leben des Theoderich Revue passieren lassen, so ist zu konstatieren, dass am Beginn seiner Herrschaft jener unselige Wortbruch und Mord an Odoaker steht, an seinem Lebensende die blutige Hinrichtung zweier integrer Männer. Am 30. August 526, nur ein halbes Jahr nach dem Tod des Papstes Johannes, ist Theoderich an der Ruhr verstorben.

Durch die Okkupation Italiens war Theoderich in ein Land gelangt, das trotz des Verfalls noch weiterhin aus seiner heroischen Geschichte wichtige Impulse für die Verwaltung und das Kulturleben entnehmen konnte. Aber den einheimischen Kräften gegenüber konnten er und seine Ostgoten nur als Fremde agieren. Abgetrennt waren sie von ihren Wurzeln, ihrer Vergangenheit, ihren Bräuchen, Überlieferungen und religiösen Vorstellungen. Losgelöst von all diesen Dingen, mussten sie, die eine Minderheit darstellten, unter anderen Völkerschaften mit anderer Sprache, mit anderen Sitten und mit einer anderen Religion zurechtkommen. Theoderich wollte in diesem Milieu seine Hochachtung und Verehrung für das Altertum mit der Liebe zu seinem Ostgotenvolk verbinden, Fremde und Römer in freundschaftlicher Nachbarschaft aufgehen lassen, seinen Goten eine neue Existenz und Heimat schaffen. Alle seine Bemühungen, seine erstaunliche Bautätigkeit und sein mitunter rigoroses Auftreten konnten jedoch nicht die Tatsache verschleiern, dass er schließlich nicht zu einer endgültigen Lösung vordrang. Tendenzen des Verrats, der Hinterhältigkeit und Misswirtschaft überschatteten die letzten Jahre seines Wirkens. Und es gab keine wirklich positiven Zukunftsaussichten. Theoderich konnte sein Reich keinem männlichen Erben übergeben. Nur eine agile Tochter war vorhanden, die die Regierung nun für ihren unmündigen Sohn zu übernehmen hatte. Aber sie wurde in ihren Entscheidungen bedrängt durch eine egoistische Adelspartei einerseits und durch kaiserliche Bevormundung aus Konstantinopel.

Darin bestand die Tragik dieses »Heldenkönigs« Theoderich, der als Amaler so gern auf eine glorreiche Vergangenheit zurückblicken wollte. Seine Schwierigkeiten begannen schon mit dem Tag, als er italienischen Boden betrat, und er konnte nicht anders, als all seine übergroßen Probleme seinen Nachkommen zu übertragen. Damals, als der Herrscher seinem Volk unentbehrlicher denn je erscheinen musste, als die Zwistigkeiten mit den Vandalen und anderen Völkerschaften keineswegs beendet waren, als die religiösen Auseinandersetzungen einem neuen Höhepunkt zustrebten, mussten die Ostgoten ihren König zu Grabe tragen. Und nicht nur positiv wurde sein Bild in den Sagen gezeichnet, denn die Staatskirche in Konstantinopel – ebenso wie noch Jahrhunderte später die katholische Kirche in Rom – hatte ein Interesse daran, ihn als abtrünnigen Arianer zu zeichnen.

Soviel als Ergänzung zum Kapitel 58 des Jordanes. – Wenden wir uns nun den weiteren Schicksalen der Amaler nach dem Tod Theoderichs zu!

Und hierfür steht uns jetzt ein weiterer Abschnitt, nämlich das nächste Kapitel[608] der originalen »Origo Gothica«, zur Verfügung, wie ihn einstmals Cassiodorus – und durch ihn Jordanes – niedergeschrieben hat.

Kapitel 59

Das Regierungsende – sein letzter Wille

Hier lesen wir wörtlich über Theoderich:

LIX. »Als er aber im Greisenalter stand und sah, dass er bald von hinnen scheiden würde, rief er die *Comes* und Vornehmen seines Volkes zusammen und setzte *Athalarich*, ein kaum zehnjähriges Kind, als den neuen König ein. Und der war der Sohn seiner Tochter Amalasuintha, ein Sohn, der seinen Vater Eutharich[609] schon verloren hatte. Er [Theoderich] kündigte ihnen als seinen letzten Willen an, sie sollten ihren König ehren, den Senat und das Römische Volk lieben und sich den Kaiser des Ostreichs allzeit nächst Gott als gnädigen Freund bewahren.

Diesem Befehl gehorchten sie, solange der [unmündige] König Athalarich[610] und seine Mutter lebten, in allen Stücken, und sie lebten fast acht Jahre lang in Frieden, zumal jener den Franken dasjenige, was sein Vater und Großvater von Gallien erobert hatten, zurückgab. Ja, sie erwarteten von dem jungen König nicht gerade viel, verachteten ihn vielmehr tief und trugen sich mit der Absicht, Krieg gegen ihn zu führen. Indessen, der übrige Besitz wurde in Ruhe und Frieden gewahrt.

Als Athalarich dem jugendlichen Alter etwas näher gerückt war, vertraute er sich – wie auch seine verwitwete Mutter – dem Herrn des Oströmischen Reiches an. Doch bald schied der Unglückliche, von einem frühen Tod fortgerissen, aus dem irdischen Leben [534].

Da holte seine Mutter – nachdem sie es sich so überlegt hatte – ihren Vetter Theodahad[611] herbei, um nicht wegen der Schwäche ihres Ge-

608 Kap. 59, §§ 304–306.

609 Eutharich: Dieser westgot. Amaler starb 522 oder 523.

610 Athalarich: Dieser Ostgotenkönig, geb. 518, regierte (über seine Mutter als Vormund) von 526 bis 534.

611 Theodahad: got. *Þiuða-haþ*, *Þiuða* Volks-, *haþ* – *(haþeins?)* ›Lob‹. Ostgotenkönig, er regierte v. 534 bis 536.

schlechts von den [Ost-]Goten verachtet zu werden. Der Verwandtschaft wegen brachte sie ihn aus Tuszien/Toskana, wo er für sich am eigenen Herd lebte, heran an den Hof [534] und erhob ihn auf den Königstuhl.

Er jedoch verachtete die Blutsbande, die ihn an sie knüpften, und er ließ sie nach einiger Zeit aus dem Palast von Ravenna verschleppen. Und er schickte sie auf eine Insel im Bulsinischen See [See Bolsena in Südtuszien] in die Verbannung. Noch einige wenige Tage fristete sie hier ihr Dasein in Betrübnis, bis sie von den Schergen Theodahads im Bad erwürgt wurde.«

Soweit dieses neunundfünfzigste Kapitel. Ehe wir noch einige Details zu dem hier zuletzt Gesagten hinzufügen, ist es sicher angebracht, auf die großartigen Leistungen in der Baukunst und Kultur hinzuweisen, die wir Theoderich verdanken. Wer heute durch die Straßen Ravennas schreitet, findet noch verschiedene Erinnerungen an den größten König der Völkerwanderungszeit. Es sind dies Baudenkmäler im byzantinischen Stil jener Zeit, Reste der reichen Bautätigkeit, die Kirchen, Paläste, Theater, Bäder und Wasserleitungen hervorbrachte.

Der Einfluss byzantinischer Kunst war in Ravenna zu stark, als dass sich dort eine eigene Stilrichtung etablieren konnte. Schon die Grabkapelle der Galla Placidia zeigt uns diese Kunstform. Das Mausoleum als ein schlichter Ziegelbau mit Arkaden enthält farbenprächtige Mosaike, ähnlich wie im Baptisterium der Katholiken. Theoderich ließ zu Beginn des 6. Jahrhunderts die Kirche *St. Apollinare Nuovo* für seine *Arianer* errichten. Das Innere wird durch 24 Säulen in drei Schiffe gegliedert. Eine kostbare Form eines Zentralbaus findet man in der Kirche *San Vitale,* wo eine achtseitige Umfassungsmauer einen gleichfalls achtseitigen Zentralkörper umschließt. Kostbare Kapitelle stützen die Bogen, und Mosaiken aus Blau und Gold als tonangebende Farben flimmern von den Wänden. Hier erblicken wir – wie in St. Apollinare Nuovo – erstarrte Figuren, fließende Falten, möglichst jede Rundung vermeidend. Die kühle Ruhe wird eindrucksvoll unterstützt durch die maskenhaft großen Augen. Alles erinnert an orientalische Motive. Obwohl diese genannten Bauwerke und Ausschmückungen sicherlich nichtgermanische Künstler schufen und sie in Anlehnung an südliche Kunst entstanden sind, sodass sie nicht mehr als »germanisch« angesehen werden können, so erinnert das Grabmal Theoderichs in seiner Einfachheit und mit seinem gewaltigen Deckstein an die primitive Bauart der Wandervölker. Theoderich ließ es einstmals in der Nähe des Meeres aus Quadersteinen erbauen. Der Grundriss des doppelgeschossigen Baus ist zehneckig. Um das Obergeschoss führt ein Umgang, der von den zehn tiefen Rundbogennischen des Unterbaues getragen wird. Die Brüstung bestand wahrscheinlich aus jenem berühmten Bronzegitter, das jetzt im Aachener Dom zu sehen ist. Das Gebäude deckt ein Monolith mit henkelförmigen Ansätzen, die zum Hochziehen der Steinplatte dienten. Der riesige Block erinnert an Hünengräber im alten Germanien. Das Grabmal enthält längst nicht mehr die königliche Leiche. Erst im 19. Jahrhundert entdeckten Arbeiter unweit des Grabes neben einem Skelett einen Goldharnisch, der als der des Königs gilt. Wahrscheinlich haben Getreue des Königs den Leichnam dort verscharrt, um ihn dadurch vor der Schändung durch seine Feinde zu schützen.

Blicken wir nun auf die Schicksale der in diesem 59. Kapitel erwähnten Nachfolger Athalarich und Amalasuintha! Nach Theoderichs Ende wurden ja beide gotischen Reiche getrennt. Theoderichs Enkel *Amalarich* herrschte über die Visigoten, während nach Theoderichs Wunsch der zehnjährige Athalarich der neue Ostgotenkönig wurde. Um guter Beziehungen willen gaben die Ostgoten den Königsschatz, der seinerzeit aus *Carcassonne* gerettet wurde, an Amalarich zurück.

Ein Umstand verdient übrigens bezüglich der soldatischen Struktur bei West- und Ostgoten besondere Beachtung: Krieger, die eine Frau aus einem anderen gotischen Reichsteil hatten, konnten wählen, wo sie wohnen wollten. Weil aber mehr Ostgoten im Westgotenreich stationiert waren, wurde das ostgotische Heer bald reichlich ausgedünnt, weil viele bei ihren Frauen im Westteil bleiben wollten. Kleiner wurde das Heer auch, weil einige Unterführer sich selbstständig machten. Jener ominöse *Mundo*, der wohl hunnischen Ursprungs war und den seinerzeit Theoderich gerettet hatte, setzte sich mit seinen Mannen ab und wurde in Illyrien oströmischer *Magister militum*.

Wie in Kapitel 59 zu lesen steht, regierte zunächst Theoderichs Tochter *Amalasuintha* für ihren unmündigen Sohn und versuchte lange, ausgleichend zu wirken. Die Nachkommen des Symmachus und des Boethius bekamen durch sie ihre konfiszierten Güter zurück. In einem Brief an den Kaiser Justinus bat Athalarich zusätzlich in ihrem Namen um Frieden. Er entschuldigte sich für das, was sein Großvater Theoderich zuletzt Ostrom angetan habe und erinnerte daran, dass er gleichsam sein Verwandter sei, da ja der oströmische Kaiser einst seinen Vater Eutharich zum Waffensohn ernannt habe.

Zum ostgotischen *Patricius praesentalis*, zum obersten Heerführer, machte man damals einen gewissen Tuluin,[612] der sich in mehreren Kämpfen bewährt hatte. Der König selbst hatte zuvor diese Stellung inne gehabt. Nun wollte man das Vandalenreich nicht mehr angreifen. Amalasuintha sandte zwar an Hilderich einen Drohbrief; aber es folgten keine kriegerischen Taten mehr. Jordanes erwähnt, dass – als im August 527 Kaiser Justinus starb –, sein Neffe *Justinian I.*[613] auf den Thron kam. Er hatte sich als Offizier im Heeresdienst bewährt, erlangte nun mit 45 Jahren die Herrschaft und trug sich mit dem Gedanken, die römische Reichseinheit auf Kosten der Gotenstaaten wiederherzustellen. Amalasuintha aber bemühte sich noch mehr als ihr Vater, die Gegensätze zwischen Goten und Römern zu beseitigen, wurde aber noch weniger als er dieser Schwierigkeiten Herr. Entgegenkommend stand sie Justinians Feldherrn *Belisar*[614] im Krieg gegen die *Vandalen* bei, indem sie ihm Stützpunkte auf Sizilien überließ. Dadurch half sie unwillkürlich mit, Justinian I. von der Vandalengefahr zu befreien.

Teils aus persönlichen, teils aus sachlichen Gründen zeigte sich schon unmittelbar nach dem Tod Theoderichs der Widerstand der auf Besitz gegründeten neuen ostgotischen Aristokratie. Amalasuintha strebte jedoch danach, den Einfluss, den schon unter Theoderich der ostgotische Staatsrat erlangt hatte, zu erweitern und die römerfreundliche Politik fortzusetzen. Amalasuintha tat das, was auch Theoderich getan hätte. Es gilt nicht zu übersehen, dass noch immer *Cassiodor* der leitende Staatsmann war. Sie gab also, wie erwähnt, den Erben von *Boethius* und *Symmachus* das eingezogene Vermögen zurück, sie ge-

612 Tuluin, vielleicht in der Sage verewigt in der Gestalt Dietleibs (Detlefs), obwohl auch die dänisch-nord. Einflüsse unverkennbar sind. Vgl. Hans-Jürgen Hube, Thidreks Saga, S. 86f.

613 Justinian I. – langjähriger oström. Kaiser v. 527–565.

614 Belisar: oström. Oberbefehlshaber, Patricius, ca. v. 527 bis 565.

währte ihnen Steuernachlässe und verlieh ihnen Ehren und Würden. Der Gotenadel aber war darüber empört, er warf der Regentin vor, sie lege bloß Wert auf gute Beziehungen zu *Konstantinopel*. Was hätte sie tun sollen? Nach dem Tod ihres Vaters stand sie allein da, außer Cassiodors Hilfe besaß sie nichts als ihre gute Erziehung. Es war Selbsterhaltungstrieb, wenn sich Amalasuintha auf das stützte, was ihr im Notfall helfen konnte, auf Konstantinopel. Zu beachten ist auch, dass später die byzantinischen Heerscharen, die nach ihrem Tod in Italien eindrangen, dies unter dem Vorwand taten, die Amalerin und Tochter Theoderichs, die so schmählich im Bad erwürgt worden war, rächen zu wollen.

Der Adel hatte geschickt einen geringfügigen Anlass ausgenutzt, um die Macht zu erobern. Überliefert ist dazu Folgendes: Als die Regentin einmal ihren römisch erzogenen Sohn Athalarich in Gegenwart des Hofes maßregelte, schrien die Adligen, dies sei eines Germanenkönigs unwürdig, und zwangen Amalasuintha, von nun an den jungen Fürsten in »gotischer Umgebung« zu erziehen. Weil ihr 518 geborener Sohn *Athalarich* trotz seiner Unmündigkeit staatsrechtlich der eigentliche Herrscher war, verstand es sich von selbst, dass die Regentin nun an die zweite Stelle gedrängt wurde. Aber Theoderichs Tochter war keinesfalls gewillt, auf die Herrschaft zu verzichten. Es gelang ihr, drei oppositionelle Führer der Gotenaristokratie in Grenzgebiete abzuschieben, und als sie auch dort gegen sie vorgingen, trug sie keine Bedenken, sie beseitigen zu lassen. Zugleich hatte sie mit *Justinian I.* Verhandlungen begonnen, um sich für den Notfall einen Rückhalt zu sichern.

Jordanes beschreibt in Kapitel 58 Amalasuinthas vergeblichen Versuch, ihre Macht zu festigen. Sie wollte nämlich schon zuvor ihre Beziehung zu dem Sohn ihrer Schwester Amalafrida († 525), also zu ihrem Cousin, normalisieren. Er hieß, wie man bei Jordanes lesen kann, *Theodahad* und galt als habgierig und hinterlistig, hatte in *Tuszien* Ländereien gekauft und war dort zum größten Magnaten geworden. Obwohl Theodahad Möglichkeiten sah, nach Theoderichs Tod auf den ostgotischen Thron zu kommen, hatte sich der König stets dieser Thronfolge widersetzt. Amalasuintha wollte auch hier die Eintracht wiederherstellen und stellte in Aussicht, Theodahad werde das eingezogene Vermögen Amalalfridas zurückerhalten. Doch Theodahad intrigierte sofort gegen Amalasuintha und hetzte ebenfalls unterschiedliche Gotengruppen gegen sie auf. Ein Umstand schwächte zudem die Regentin: Als 531 die fränkischen Fürsten *Chlothachar, Theuderich* und *Theudebert* das Thüringerreich angriffen, kamen die Ostgoten ihren Verbündeten nicht mehr zu Hilfe. Thüringens König Herminafrid musste mit seiner Familie fliehen.

Im selben Jahr (531) griff Frankenkönig Childebert auch die Visigoten an. König Amalarich hatte Childeberts Schwester *Chrothechildis* geheiratet, verbot ihr allerdings, ihren katholischen Glauben auszuüben. Als sie nicht davon abließ, ging Amalarich hart gegen seine Frau vor und züchtigte sie. Da hat sie ihren Bruder zu Hilfe gerufen, der die günstige Gelegenheit sogleich ausnutzte und ins Visigotenland einbrach. Bei *Narbonne* wurde Amalarich geschlagen und kurz darauf sogar auf dem Marktplatz umgebracht, wobei als treibende Kraft des Attentats *Theudis* genannt wird, der nach dessen Tod den westgotischen Thron bestieg. 532 fielen die Frankenkönige Chlothachar und Childebert auch ins Burgunderreich ein. Der Burgunderkönig *Godomar,* der mit einem Heer auftauchte, wurde geschlagen und musste sich zurückziehen. Zur gleichen Zeit griffen die Franken unter *Theudebert,* Theuderichs Sohn, und *Guntchramn,* Chlothachars Sohn, wieder das Visigotenreich an. Während Guntchramn den Feldzug plötzlich abbrach, marschierte Theudebert immer weiter vor und eroberte einige Städte, u. a. auch das ostgotische *Arles*. Wegen des Angriffs der Franken ließ Amalasuintha sofort ihr Heer sammeln. Doch noch ehe es zum Zusammenstoß mit den Franken kam, zog sich Theudebert plötzlich vom gotischen Territorium zurück.

Schon im Jahre 530 war Vandalenherrscher *Hilderich,* der ja eng mit Justinian I. verbunden war, durch seinen Widersacher *Gelimer*[615] abgesetzt worden. Als Justinian durch Boten verlangte, Hilderich und seine Getreuen freizulassen, erhielt er von Gelimer eine brüske Abfuhr. Da rüstete sich Justinian gegen das Vandalenreich. Belisar führte im Juni 533 die byzantinische Flotte mit 500 Schiffen nach *Sizilien*. In der Zwischenzeit waren Tripolis und Sardinien vom Vandalenreich abgefallen.

615 Gelimer: got. *Geli-mer, geli- galeiks?* ›-ähnlich‹, *-mer/mar* ›berühmt‹; letzter König der Vandalen, v. 530 bis 533.

Von hier aus fuhr Belisar nach Afrika, und wegen Gelimers Unfähigkeit erlitten die Vandalen vor Carthago eine Niederlage, während *Tzazon*, der Bruder Gelimers, Sardinien zurückgewann. Nach mancherlei Kämpfen gerieten die Vandalen vollends in die Defensive. Gelimer verschanzte sich schließlich auf dem Berg *Papua* und ergab sich nach dreimonatiger Belagerung. Belisar aber riss den *Vandalenschatz* an sich und kehrte mit dem gefangenen Gelimer im Frühjahr 534 unter Triumph nach Konstantinopel heim. Das Vandalenreich existierte nicht mehr.

Blicken wir nochmals auf die inneren Spannungen bei den Ostgoten! Es wird von Forschern vermutet, dass einer der von Amalasuintha ermordeten Adligen jener Tuluin gewesen ist.[616] Als Amalasuintha an *Godomar* die von den Ostgoten im Krieg von 523 besetzten Gebiete wieder zurückgab, um diesen im Kampf gegen die Franken zu stärken, erkannte Godomar dafür die ostgotische Oberhoheit über *Burgund* an. Aber die meisten der zurückgegebenen Gebiete hatten offenbar *Tuluin* gehört, der sich wahrscheinlich zu Amalasuinthas Widersachern gesellt hatte. Die Burgunder konnten ihren Kampf noch ein Jahr fortsetzen, dann erlagen sie den Franken.

Amalasuinthas Verhältnis zu Justinian I. war auch nicht mehr das Beste. Er warf ihr drohend vor, das ostgotische Heer habe oströmisches Gebiet und die Stadt *Gratiana* in Mösien angegriffen. Hier erkennt man, dass Justinian einen Vorwand suchte, um gegen das Ostgotenreich vorzugehen. Amalasuintha bemühte sich, alle Wogen zu glätten. Prokop[617] berichtet, Theodahad habe Justinian heimlich die Herrschaft über Tuszien angeboten, um selbst vollends an die Macht zu gelangen. Als am 2. Oktober 534 der Schwächling *Athalarich* starb, war für *Amalasuintha* die Lage äußerst prekär. Nun besaß sie keinerlei Ansprüche mehr auf den Thron. Sie bestimmte, wie Jordanes erwähnt, ihren Vetter Theodahad zum Mitregenten. Der aber nutzte die Lage rasch aus. Er verbündete sich mit den Angehörigen der von Amalasuintha getöteten Adligen und führte dann einen Staatsstreich durch. Er ließ Amalasuinthas Anhänger umbringen und sie selbst, wie es bei Jordanes heißt, auf einer Insel in Tuszien »im Bad erwürgen«. Der Mord ereignete sich offenbar in der ersten Hälfte des Jahres 535.

616 Herwig Wolfram, Die Goten. S. 336.
617 Prokop, Gotenkriege 1. Buch, Kap. 3, S. 25f.

Zeitgenossen schrieben, Kaiserin Theodora, Justinians I. Gattin und eine ehemalige Zirkustänzerin, hätte dafür gesorgt, dass Amalasuintha beseitigt wurde, weil sie eifersüchtig war und befürchtete, Justinian könne die Ostgotenkönigin Amalasuintha heiraten.[618] Vielleicht aber wurde Theodahad von Justinian und Theodora nur hinters Licht geführt, die ihm vorspielten, sie wollten Amalasuinthas Tod, denn danach nutzte Justinian ja ihre Ermordung als Vorwand aus, um die Ostgoten anzugreifen, was sich ja auch in Jordanes' nächstem Kapitel nachlesen lässt.

Amalasuinthas Tod wird von *Gregor von Tours* eher sagenhaft erzählt. Danach liebte Amalasuintha einen Unfreien namens *Traguila* und floh mit ihm. Ihre Mutter habe den Liebhaber töten lassen und sie selbst zurückgeholt. Sodann habe Amalasuintha aus Rache ihre Mutter vergiftet, wonach man aus Ärger darüber Theodahad zum König machte, der Amalasuintha mit ihrer Dienerin in ein glühend heißes Bad sperrte, wo beide umkamen.[619] Nun, vieles an Gregors Bericht ist phantastisch. Amalasuinthas Mutter Audefleda war längst verstorben. Aber die Tötung Amalasuinthas im Bad berichtet ja auch Jordanes. Wenn Gregor erwähnt, Theodahads habe an Frankenkönige Geld gezahlt, so hängt das sicher damit zusammen, dass er sie als Verbündete gegen die Oströmer gewinnen wollte.

Kehren wir nunmehr wieder zum Originaltext der »Origo Gothica« zurück, der uns die Begebenheiten nach dem Tod der Theoderich-Erbin *Amalasuintha* in aller Kürze schildert. Wir erfahren nun auch, dass die Beseitigung der intelligenten Tochter des Theoderich ihrem Mörder wenig Glück brachte. Die Ereignisse am ostgotischen Königshof spitzten sich nämlich durch das Vordringen des oströmischen Feldherrn *Belisar* weiter zu. Folgendermaßen stellt es Jordanes im ersten Teil seines sechzigsten Kapitels[620] dar:

618 Prokop, Geheimgeschichte, Kap. 16, S. 137.
619 Gregor von Tours, Zehn Bücher fränk. Geschichte, 3. Buch, Kap. 31.
620 Kap. 60, §§ 533-536 (1. Teil).

Kapitel 60 – 1. Teil

Nach Amalasuinthas Ermordung

Wir lesen:

LX. »Als dies [d. h. die Ermordung im Bad] der oströmische Kaiser Justinian [I.] vernommen hatte, wurde er davon so heftig ergriffen, als habe ihn der Tod seiner Schutzbefohlenen selbst getroffen. Deswegen entsandte er, da er in derselben Zeit in Afrika [534] über die Vandalen durch seinen getreuen Patricius Belisar einen glänzenden Sieg errungen hatte, unverzüglich seine Heermannen gegen die Goten, zumal deren Waffen noch troffen vom Blut der Vandalen. Nun, in seiner überaus weisen Voraussicht glaubte Belisar nämlich, dass er das Volk der Goten nur dann unterwerfen könne, wenn er zuvor ihre Nährmutter, die Insel Sizilien, In Besitz genommen hätte. So geschah es auch.

Wie er nunmehr die Insel *Trinakria* betreten hatte, begriffen die [dortigen] Goten bald, die sich seinerzeit im Besitz von Syrakus[621] befanden, dass sie ihm nicht widerstehen würden, und sie ergaben sich mit ihrem Anführer Sinderith[622] freiwillig dem Belisar.

Da Belisar sich demzufolge Siziliens bemächtigt hatte, sandte Theodahad auf diese Nachricht hin seinen Schwiegersohn *Ewermud* gegen sie, um sie zu beobachten, und zwar mit einer Heerschar an die Meerenge zwischen Kampanien und Sizilien, wo sich aus dem weiten Busen des Tyrrhenischen Meeres das brandende Adriatische Meer abzweigt.

Gleich nach seiner Ankunft richtete Ewermud bei der Stadt Rhegium [Reggio di Calabria] sein Lager ein.

Nicht lange danach aber, als jener sah, dass sich die Lage der Seinen sehr schlimm anließ, begab er sich mit wenigen treuen Dienern, die davon wussten, zum Sieger. Freiwillig warf er sich dem Belisar zu Füßen und erbat von ihm, er möge dem Kaiser des Römischen Reiches seine Dienste antragen. Wie nun aber der Heerbann der Goten dies erfahren hatte, schrie man, Theodahad sei unzuverlässig, und man müsse

621 Syrakus: Das schon 733 v. Chr. gegründete S. war die bedeutendste griech. Kolonie Siziliens, in der Antike schon mit demokrat. Verfassung; 212 v. Chr. von Rom erobert; als *Syracusae* Provinzhauptstadt.

622 Sinderith: got. *Sinþa-reþ sinþa-* Reise-, *-reþ* Rat. Unterführer der Ostgoten.

ihn vom Thron stoßen und statt seiner seinen Feldherrn Vitigis,[623] der sein Waffenträger gewesen war, zum König erheben. Das geschah.«

So lautet der Originaltext in diesem sechzigsten Kapitel. – Wir erkennen, dass die Ermordung Amalasuinthas dem Kaiser Justinian I. den willkommenen Anlass zum Krieg gegen ihre Gegner bot, zumal Justinian ja darauf hoffen durfte, dass ein Großteil der Bevölkerung Italiens ihn unterstützen würde, weil Amalasuintha sowohl bei den Römern als auch bei einem Teil der Ostgoten sehr beliebt gewesen war. Justinian ließ daraufhin Theodahad durch Boten ausrichten, nunmehr sei der Krieg unvermeidbar. Theodahad beteuerte indessen seine Unschuld. Er habe mit der Ermordung Amalasuinthas überhaupt nichts zu schaffen. Allerdings ist dazu zu sagen: Es wurden ja die Meuchelmörder der Königin von ihm gar nicht zur Verantwortung gezogen.[624]

In Ravenna hatte sich zu dieser Zeit Theodahads Schwester *Amalaberga* mit ihrem Sohn *Amalafrid* und ihrer Tochter aufgehalten. Sie hatte Unruhe an den Hof gebracht, denn sie forderte Vergeltung, weil ihr Gemahl Herminafrid von *Theuderich* ermordet worden war. Theodahad bemühte sich, die beginnende Unruhe durch seine ostgotischen Truppen zu unterdrücken. Gleichzeitig verheiratete er eine seiner Verwandten mit einem gewissen *Maximus,* der Mitglied der Leibwache war und aus einer angesehenen römischen Familie stammte. Mit allen Mitteln versuchte Theodahad, den Angriffsplan des Kaisers zu torpedieren.

Aber im Jahre 555 sandte Justinian I. dennoch zu Lande und zu Wasser seine Heerscharen los. Mundo, der illyrische *Magister militum,* der zuvor unter Theoderich gedient hatte, rückte ebenfalls mit einem oströmischen Heer gegen Dalmatien vor und bald in dessen Hauptort Salona[625] ein. Belisar seinerseits eroberte schnell mit der Flotte und 7 500 Mann ganz Sizilien. Der General *Bessas* und der gotische Unterführer *Godidisklos,* die schon gegen Perser gekämpft hatten, standen ebenfalls auf Seiten Ostroms. Justinian sandte außerdem Briefe und Geschenke an die Franken, um sie zu einem Angriff gegen die Ostgoten zu ermuntern.

623 Vitigis: got. *Weiti-gais, waiti-* strafen-, *-gais* Ger. Ostgotenkönig von 536 bis 540.
624 Prokop, Gotenkriege, 1. Buch, Kap. 4. S. 35.
625 Salona: Stadt in der Nähe von Split, Kroatien.

Da stand es bald recht schlecht um das Ostgotenreich, und nun ließ sich Theodahad auch noch auf Geheimverhandlungen ein. Schließlich soll er dem Kaiser sogar ganz Italien angeboten haben, wenn er dafür in Ostrom eine hohe Stellung erhielte. Der Kaiser meinte, Theodahad könne ja nach seiner Abdankung kaiserliche Besitzungen erwerben, sobald Belisar Italien für den Kaiser besetzt hätte. Unterdessen aber war ein Ostgotenheer unter *Asinarius* und *Gripas* nach Dalmatien geeilt und vernichtete eine oströmische Kriegerschar unter Mundos Sohn *Maurikios,* der schließlich umkam. Da griff Mundo mit seiner Römerschar zornentbrannt die Goten an, tötete viele, wurde aber selbst tödlich verwundet.

Als nun die Geheimverhandlungen mit Theodahad stagnierten, kam es in Dalmatien zu neuen Kämpfen. Der kaiserliche Heerführer *Konstantianus* besetzte schließlich erneut Salona, und die Ostgoten zogen sich nach Ravenna zurück und überließen ganz Dalmatien und Liburnien den Oströmern. Theodahad wollte mit aller Kraft verhindern, dass die Franken auf Seiten der Oströmer kämpften. Er bat sie sogar um Truppenunterstützung. »Ich verspreche«, ließ er sie verzweifelt wissen, »euch Franken alle ostgotischen Teile Galliens und weitere Gebiete, dazu zwanzig Kentenarien Gold, wenn ihr mir eure Hilfe zusagt!«

Doch es kam noch schlimmer. Belisar marschierte in Italien ein und traf auf keinen nennenswerten Widerstand. Theodahads Schwiegersohn *Ewermud,* auch *Ebrimud*[626] genannt, verehelicht mit dessen Tochter *Theudenanthe,* war zuvor schon mit seinen Leuten zu Belisar übergelaufen, der nun kampflos bis *Neapel* vordrang. Aber starke ostgotische Kräfte in Neapel weigerten sich zu kapitulieren. Da drangen 400 Soldaten des byzantinischen Heeres durch die unterirdische Wasserleitung in die Stadt ein. Nicht zuletzt die Juden verteidigten die Stadt erbittert. Zuletzt fiel der Widerstand in sich zusammen. Nach zwanzig Tagen war die Stadt in den Händen der Oströmer, und 800 Ostgoten marschierten im Herbst 536 in die Kriegsgefangenschaft.

Da endlich bequemte sich Theodahad zum Widerstand und zog dem Belisar entgegen. In Regata, 280 Stadien vor Rom,[627] schlug

626 Ebrimud: got. *Ibri-* ›Eber-‹, *mu(n)d* ›Schutz‹, Schwiegersohn Theodahads, Überläufer.
627 Regata: die sog. »Barbarischen Gefilden« südl. von Rom.

man das Lager auf. Hier prangerten die Gotenkrieger Theodahads Unfähigkeit offen an und bezichtigten ihn des Verrats, zumal das der Schwiegersohn Ebrimud bereits getan hatte. Solches steht ja wörtlich in Kapitel 60 der »Origo Gothica« zu lesen. Es kam zum Eklat.

Die Goten wählten also, wie oben schon gelesen, einen gewissen *Vitigis* zu ihrem neuen König. Theodahad versuchte flüchtend nach Ravenna zu entkommen. Vitigis schickte Theodahad einen Getreuen namens *Optaris* mit dem Befehl hinterher, Theodahad tot oder lebendig zu ihm zu bringen. Dieser Optaris hatte einst um eine reiche Erbin geworben, aber Theodahad wurde von einem anderen Bewerber bestochen und verweigerte sie ihm. Das brachte es mit sich, dass Optaris den verschlagenen Theodahad überaus hasste. Er verfolgte den nunmehr Flüchtigen, bis er seiner habhaft wurde, wie der Zeitgenosse Prokop vermeldet, und ihn erstach.[628]

Das lesen wir sogleich im folgenden Originaltext. Damit war die zumindest offizielle »königliche« Amalerherrschaft von Ostroms Gnaden über die Ostgoten beendet. Aber das hieß nicht, das nicht noch weiter gekämpft wurde.

Im zweiten Teil des Kapitels 60 teilt Jordanes nunmehr das weitere Schicksal der Ostgoten unter ihrem neuen König *Vitigis* mit, und er verbindet damit gleichzeitig die Geschehnisse um den Vormarsch der oströmischen Armee in Italien. Die behutsame und positive Behandlung des *Vitigis* drückt bereits aus, dass sich Jordanes nunmehr immer weiter auf die politischen Positionen der Oströmer einließ und sie abschließend sogar über den grünen Klee lobte.

628 Prokop, Gotenkriege 1. Buch, Kap. 11, S. 89.

Kapitel 60 – 2. Teil

Ein Nachfolger namens Vitigis

Im weiteren Verlauf[629] des sechzigsten Kapitels steht wörtlich zu lesen:

LX. »Nun wurde Vitigis[630] auf den sogenannten ›Barbarischen Gefilden‹[631] zum König erhoben, und er brach in Rom ein und schickte zuverlässige Männer nach Ravenna voraus mit dem Auftrag, den *Theodahad* umzubringen. Bald kamen sie dort an und erfüllten den Auftrag; und nach Ermordung des Königs Theodahad kündigte ein Bote des Vitigis, der sich noch auf den ›Barbarischen Gefilden‹ befand, dem Volk dessen Erhebung zum König an.

Unterdessen war das römische Heer über die Meerenge gesetzt worden und zog in Richtung *Kampanien,* wonach Neapel zerstört wurde: Danach rückte es in Rom ein. Von dort war wenige Tage zuvor *Vitigis* nach Ravenna fortgezogen und hatte sich mit *Matasuntha* vermählt, der Tochter der Amalasuintha und Enkelin des früheren Königs Theoderich. Während jener sich noch den Freuden der neuen Ehe hingab und in Ravenna prächtig Hof hielt, verließ das kaiserliche Heer Rom und griff die festen Plätze in beiden Provinzen Tusziens an.

Als dies Vitigis durch einen Boten erfahren hatte, entsandte er unter der Führung eines Mannes namens *Hunila*[632] eine gut bewaffnete Gotenschar nach Perugia. Während sie nun hier den oströmischen Comes *Magnus,* der mit einer kleinen Heeresmacht drinnen in der Burg war, durch eine lange Belagerung bezwingen wollten, wurden sie selbst von einem herbeimarschierenden römischen Heer bezwungen und gänzlich vernichtet. Auf diese Nachricht hin scharte Vitigis, wütend wie ein Löwe, die gesamte Heeresmacht um sich, verließ Ravenna und bedrängte die römischen festen Städte mit langwieriger Belagerung. Aber all seine kühne Entschlossenheit blieb vergebens, denn nach vierzehn Monaten [538] ließ er von der Belagerung ab und rüstete sich zu einem

629 Kap. 60, §§ 311–316.

630 Vitigis: der Ostgotenkönig, der von 536 bis 540 regierte, fungiert, wie noch zu zeigen ist, in der Sage als der Held *Witige,* auch als *Vidigoia.*

631 Wahrscheinlich die Ebene zwischen Rom und Terracina.

632 Hunila: got *Hunila, huni-* ›stark, kraftvoll‹, -la Deminutivsilbe, vgl. ›-lein‹. Er war ostgot. Unterführer unter Vitigis.

Angriff auf Ariminum [Rimini]. Indessen, auch dies wurde verhindert; und so musste er fliehen und ging in das feste Ravenna zurück [540].

Aber dort ebenfalls in die Enge gedrängt und belagert, ergab er sich schließlich ohne Zögern freiwillig dem Sieger, und zwar mit seiner Ehegattin *Matasuntha* und der königlichen Schatzkammer. So also überwand der Kaiser Justinian, der Bezwinger so mancher Völker, durch seinen getreuen Konsul Belisar das berühmte [Ostgoten-]Reich, jenes tapferste Volk, das so lange geherrscht hatte, nachdem es fast 2030 Jahre[633] überdauert hatte.

Aber den Vitigis, der nach Konstantinopel geführt wurde, belohnte und beschenkte er mit der Würde eines Patricius. Hier verblieb der Ostgote höchstpersönlich noch über zwei Jahre und freute sich über die kaiserliche Gunst, ehe er danach aus dieser Welt schied. Seine Witwe Matasuntha aber vermählte der Kaiser mit dem Patricius *Germanus*, dem Sohn seines Bruders. Ihnen beiden wurde nach dem plötzlichen Tod des Germanus ein Sohn geboren, der gleichfalls Germanus hieß [550]. In diesem verband sich gleichsam das Geschlecht der Anizier[634] mit dem Stamm der Amaler, und es berechtigt noch zu großen Hoffnungen für beide Geschlechter, wenn der Herr es will.«

Mit diesen Worten beendet Jordanes vorerst dieses sechzigste Originalkapitel. Ehe wir noch auf die abschließenden Texte der »Origo Gothica« eingehen, ist es erforderlich, die Lebensumstände dieses *Vitigis* und die Gründe für seine – von vielen heutigen Forschern als schmählich angesehene – Kapitulation darzustellen.

Dieser Vitigis gehörte wie sein Onkel *Ulitheus* und sein Neffe *Uraias* dem ostgotischen Kriegeradel an.[635] Alle waren schon zuvor als Heerführer bekannt. Vitigis hatte sich beispielsweise 505 bei den Kämpfen um *Sirmium* hervorgetan, und er wurde später sogar Athalarichs Waffenträger und verhandelte mit ausländischen Gesandten.[636] In Konstantinopel begegnete Vitigis auch dem künftigen Kaiser *Justinian*. Im

633 Über diese »jahrhundertealte«, illusionäre und weit hergeholte angebliche Goten-Geschichte wurde hier bereits an anderen Stellen ausführlich berichtet.

634 Anizier: lat. *Anicii* = altes röm. Senatorengeschlecht, zu dem wahrscheinlich Germanicus' Mutter zählte.

635 Prokop, Gotenkriege, 2. Buch, Kap 10, S. 287.

636 Wilhelm Ensslin, Theoderich der Große, S. 174f.

vorliegenden Kapitel bezeichnet Jordanes Vitigis im Übrigen als Theodahads Waffenträger (*spatharius*). Der Letztgenannte hatte Vitigis auch den Oberbefehl über die Ostgotenkrieger angetragen. Ende 536 wurde Vitigis auf Beschluss seiner Krieger zum neuen König gewählt.

Blicken wir zunächst noch kurz zurück! Der Widerstand, den Belisar auf ostgotischer Seite fand, war ja mehr als schlaff und unzureichend. Daher hatte er bald die Insel Sizilien in seine Gewalt gebracht, war nach *Rhegium* übergesetzt und nahm nach 21-tägiger Belagerung sogar *Neapel* ein, indem er einige Krieger durch den Aquädukt in die Stadt kriechen ließ.

Zum gelesenen Text dieses Kapitels sei hinzugefügt: Der kurz danach als unfähig abgesetzte Theodahad hatte der ostgotischen Besatzung von Neapel keinerlei Hilfe gewährt. Ja, es hatte den Anschein, als werde der Krieg ohne ernsthafte Gegenwehr seitens der Ostgoten geführt, weil König und Volk von der Aussichtslosigkeit solchen Tuns überzeugt waren, etwa so wie beim Untergang des Vandalenreiches. Doch dann erwies es sich ja bald, dass die Ostgoten auf einer anderen Stufe standen. Sie erkannten die Unfähigkeit des Königs und begriffen, dass nach altgermanischem Staatsrecht dem Heer gleiche Befugnisse wie der Volksversammlung zustanden. So setzten sie *Vitigis* auf den Thron. Der war zwar nicht von hochadeliger Herkunft, hatte sich aber durch »Heldenmut« ausgezeichnet. Jedoch war er weder politisch noch militärisch seinen Aufgaben gewachsen und beging gleich zu Beginn den nicht wieder gutzumachenden Fehler, Rom preiszugeben, das noch immer Mittelpunkt des geistigen und politischen Lebens war, ohne eine Entscheidungsschlacht oder auch nur energisch die Stadtverteidigung zu wagen. Dadurch war von vornherein ein aussichtsreicher Widerstand nur auf Norditalien beschränkt. Im Süden und in der Mitte der Halbinsel ging es nicht mehr darum, den Volksbesitz gegen einen Einfall zu behaupten. Das Land war bald wieder gänzlich römisches Eigentum, das man nun seitens der Ostgoten von Neuem erobern musste.

Bezeichnend war übrigens, dass der neue König seine Erhebung durch das Heer nicht als hinreichend betrachtete, sondern sich durch eine eheliche Verbindung mit dem Haus der Amaler eine Art Beglaubigung seiner Rechtmäßigkeit verschaffen wollte. Dies war gewissermaßen der Hauptgrund dafür, dass er Rom in Stich ließ und mit der Hauptmacht der Ostgoten nach *Ravenna* weiterzog, um sich mit Theoderichs Enkelin *Matasuntha* zu vermählen und dadurch ein »gesichertes« Anrecht auf den Königsthron zu erhalten. Die Frau aber hasste ihn und trat mit den Oströmern in verräterische Beziehungen. Zu spät erkannte Vitigis, was er versäumt hatte.

Unterdessen hatte Belisar Rom eingeschlossen, das im Dezember 536 mit dem Papst *Liberius* an der Spitze die Tore öffnete. Nun rückte *Vitigis* mit angeblich 150 000 Mann wieder gegen Rom vor und fasste den wahnwitzigen Entschluss, gegen diese an Wasser und Lebensmitteln Not leidende Stadt einen Sturmangriff zu machen. Wegen der Überlegenheit der römischen Verteidigungsmaschinerie erlitt Vitigis aber eine so schwerwiegende Einbuße, dass er zu keinem weiteren Vorstoß mehr fähig war. Ein Jahr lang belagerte das mitgenommene Ostgotenheer Rom, das Belisar geschickt verteidigte. Sodann musste Vitigis unverrichteter Dinge wieder abziehen. Jetzt aber bewegte sich Vitigis ganz auf den Spuren Theodahads: Nicht auf militärischem, sondern auf diplomatischem Wege – mit Hilfe von Bündnissen – suchte er Rettung. Bereits zu Beginn seiner Regierung hatte er sich bemüht, mit den *Franken* eine Verständigung zu erreichen, indem ihnen die ostgotischen Besitzungen in *Gallien*, nämlich die *Provence*, abtrat, wofür man ihm militärische Hilfe versprach. Zwar erschienen 539 Franken in Oberitalien unter *Theudebert I.*, aber sie nützten den Ostgoten wenig, denn sie beabsichtigten letztlich nicht, den Stammesgenossen gegen die Oströmer beizustehen. Theudebert, der vielmehr selbst Oberitalien in seine Hand bringen wollte, wurde schließlich durch Seuchen zum Rückzug gezwungen.

Ein anderer Schachzug schien dem Vitigis besser zu gelingen: Er bewog den Perserkönig *Chosroes* zum Krieg an den Grenzen des Byzantinischen Reiches. Und das machte Justinian I. so besorgt, dass er den Friedensvorschlägen der Ostgoten entgegenkam. Vitigis bot nun – auch darin steckten Gedanken Theodahads – die Abtretung Italiens südlich der Poebene an. Was man in *Konstantinopel* schon gänzlich akzeptiert hatte, verwarf jedoch Belisar auf eigene Faust, zumal er den Gotenkönig Vitigis in seiner Residenz Ravenna belagern konnte. Da setzte abermals bei den Ostgoten eine Bewegung ein, die jedoch nicht vom Volk, sondern vom Adel ausging. Man wollte sich des »unfähigen« Königs entledigen und bot Belisar gar die Krone an. Die Adligen meinten, so auf Kosten des ostgotischen Volkes ihre Stellung noch sichern zu können. Belisar sollte nicht nur ein beliebiger »gotischer König« auf dem Amalerthron werden, sondern offenbar beabsichtigte man sogar, ein von Konstantinopel unabhängiges Nebenkaisertum zu gründen, in das die ostgotische Aristokratie als vollberechtigte Gruppierung eintreten wollte. Dies beweist einmal mehr, wie sehr hier Volk und Adel auseinanderfielen. Bezüglich des ausersehenen Königs, d. i. Belisars, waren diese Überlegungen gar nicht so überraschend, denn nicht das erste Mal wäre da ein kaiserlicher Feldherr von seinem Oberherrn abtrünnig geworden.

Dass aber der Plan nicht aufging, lag einzig und allein daran, dass Belisar gewissermaßen eine Art »Ausnahme« darstellte: Nur zum Schein ging er auf die Sache ein. Und die Goten öffneten bereitwillig die Stadttore. Als Ravenna in seiner Gewalt war, setzte er jedoch Vitigis einfach gefangen und verkündete Ostroms Kaiserherrschaft. Indessen, er hatte durch dieses falsche Spiel dennoch Justinians Misstrauen erregt, sodass der ihn in den Osten zu den Perserkriegen abberief. Ungerührt schiffte sich der General ein und nahm Vitigis und Matasuntha samt weiterer Edler 541 als Gefangene mit nach Konstantinopel. Nun fiel auch der Schatz des Theoderich in Feindeshand. Vitigis trat zum Katholizismus über und erhielt neben reichen Einkünften den Rang eines *Patricius*. Italien aber galt wieder als römische Provinz.

Vitigis hat seinen Namen offenbar einer bekannten Sagengestalt gegeben: Es ist der zwiespältige *Witige*, der beispielsweise in der Thidreks Saga als *Widga* in einer Gegenspielerrolle zu Thidrek auftritt. Sagenforscher haben gern den Ostgotenkönig Vitigis als Vorlage für diesen »Helden« gesehen. Nach anderen Überlegungen ist auch der sagenhafte Gote *Widigoia* als Leitbild für den Sagenhelden Witige in Betracht gezogen worden. Widigoia ist bei Jordanes an zwei Stellen erwähnt. Einmal heißt es, die Goten hätten Widigoia in ihren Liedern verherrlicht.[637] An einer zweiten Stelle nennt Jordanes den Widigoia dort, wo er auf Priskos zu sprechen kommt. In Kapitel 34 hat er dargestellt, wie Priskos 448 als Gesandter zu Attilas Palast gereist war, der irgendwo zwischen Donau und Theiß lokalisiert wird. Es heißt dort, man sei an den Ort gekommen, wo vor langer Zeit *Widigoia*, »der Go-

637 Vgl. dazu die Nennung in Kap. 5 der »Origo Gothica«!

ten Tapferster«, der Tücke der Sarmaten unterlag. Mehr ist von diesem Widigoia eigentlich nicht bekannt. Was Priskos erwähnt, rechtfertigt kaum die Annahme, dass sich in der Sagengestalt des Witige auch die historische Gestalt jenes Widigoia widerspiegeln könnte.

Eher ist doch ausschließlich der Ostgotenherrscher Vitigis die Vorlage für den Sagenhelden Witige (Widga) gewesen. Mehrere Forscher sehen tatsächlich in dieser Sagengestalt die sehr zwiespältig wiedergegebene Figur des Vitigis. Allerdings sind wohl, wie oft bei in mehreren Sagen erwähnten Witige-Helden, diverse historische Persönlichkeiten und Ereignisse vermengt. Aber deutlich ist die Namensgleichheit, wenn auch Abwandlungen wie *Widga* etc. vorkommen. Zum Gegner Theoderichs (Dietrichs) mag Witige in den Augen der frühen Sänger und Sagenerzähler avanciert sein, weil Vitigis ja den letzten Amaler vom Thron stieß und umbringen ließ. Vielleicht brachten einige frühe Sagenerzähler auch den Tod Theodahads, der mitunter als Diether, Theoderichs Bruder, auftritt, mit Witige in Verbindung. Bald galt Witige als eine negative, nicht gerade integre Sagenfigur. Sieht man die historischen Ereignisse, war es wohl auch verständlich, weshalb Vitigis als Verräter gebrandmarkt wurde. Nicht umsonst bringt Dietrich ihn in der schwedischen Fassung der Thidreks Saga am Ende eigenhändig um.[638] Weiß man, wie großspurig Vitigis sein Königtum begann und wie jämmerlich er sich endlich dem Oströmer Belisar ergab, so kann man die Enttäuschung der Ostgoten über den anfangs mutigen Helden und späteren Versager verstehen. Witige, zunächst Dietrichs Kämpe und Freund, trägt in der Sage große Schuld an Dietrichs Vertreibung. Die Niederlage der Ostgoten, an der Vitigis seinen schlimmen Anteil hat, ging also als immerwährendes Trauma dieses Volkes in die Sage ein. Der schuldbeladene Widga kann übrigens in der Thidreks Saga vor Thidreks Zorn fliehen, indem er sich ins Wasser stürzt, wo ihn die Meerfrau *Waghild*, Widgas Urgroßmutter, nach *Dänemark* mitnimmt. Nur in der schwedischen Fassung der Thidreks Saga findet er dort in seiner Behausung im Zweikampf durch Thidrek seinen gerechten Tod. Soviel zur Sagengestalt des Vitigis.

Ehe wir noch auf einzelne Originaltexte aus der »Römischen Geschichte« des Jordanes und auf weitere Details über die »Gotenge-

638 Vgl. Hans-Jürgen Hube, Thidreks Saga, S. 379f.

schichte« eingehen, seien hier die abschließenden Worte aus der »Origo Gothica« angeführt. Sie zeigen, dass der Ostgote Jordanes schon ganz auf die Position der Oströmer in Konstantinopel einschwenkt und den »Triumphator«, nämlich Kaiser Justinian, über alles lobt.[639] Er will aber auch sagen, dass er es für angemessen hält, dem berühmten »Volk der Amaler« eine große Würdigung zuteil werden zu lassen. Denn, so sagt er, er selbst leite seinen »Ursprung« aus diesem Volk ab.

Kapitel 60 – Ende

Bedenkenswerte Schluss-Sentenzen

Hier lesen wir also als Fortsetzung und Abschluss im sechzigsten Kapitel[640] noch wörtlich das Folgende, gewissermaßen als Resümee:

XL. »So hat sich also bis auf unsere Zeit der Ursprung der Goten abgezeichnet, jenes adligen Geschlechts der Amaler! Das alles sind die Taten dieser tapferen Männer gewesen! Nun, dieses ruhmvolle Geschlecht wich zurück vor einem noch ruhmvolleren Herrscher und ergab sich einem noch weit tapfereren Feldherrn, dessen Ruhm in allen Jahrhunderten, in allen Zeiten, nicht erlöschen wird! Nein, immerdar wird man den siegreichen Triumphator Justinian und seinen Konsul Belisar als die Vandalen-Überwinder, als die Sieger über die Afrikaner[641] und als die Bezwinger der Goten nennen! –

Du aber, der du dies alles liest, wisse, dass ich den Schriften früherer [Geschichtsschreiber] gefolgt bin, dass ich [aber] auf ihren weiten Wiesen [nur] wenige Blumen gepflückt habe, um daraus dennoch dem Forschenden nach dem Maß meiner Kräfte einen Kranz zu flechten. Und keinesfalls soll jemand glauben, dass ich zugunsten des erwähnten Volkes, weil ich von ihm selbst meinen Ursprung ableite, etwas hinzufügte, außer demjenigen, was ich gelesen oder erfahren habe! Doch

639 Wegen dieser überaus positiven Beurteilung des oström. Reiches könnte geschlussfolgert werden – wie dies einige Forscher tun –, dass Jordanes als *treuer Anhänger* des (katholischen) Kaisers diese »Gotengeschichte« nach 551 in Konstantinopel quasi nunmehr mit »anderen Vorzeichen« tatsächlich erst vollendet hat.

640 Kap. 60, §§ 314–316.

641 Afrikaner: Hier bezieht sich Jordanes natürlich auf die in Afrika besiegten Vandalen.

auch so nahm ich nicht alles auf, was darüber geschrieben oder erzählt worden ist, denn meine Absicht ist es nicht so sehr, dieses [d. h. das Volk der Amaler] zu preisen, als vielmehr den zur rühmen,[642] der es besiegt hat.«

– Ende –

Damit schließt die berühmte »Gotengeschichte«, die im Wesentlichen von Cassiodorus stammt und die der Ostgote Jordanes etwa im Jahre 551 unter anderem nach dessen heute verlorenen Schriften niedergeschrieben hat. Noch ist mit diesen »Schluss-Sentenzen« allerdings dieser erstaunliche Bericht über den Versuch, in Italien ein »Ostgotisches Reich« auf Dauer zu schaffen, nicht zu Ende. Denn noch längere Zeit danach übernahmen es ostgotische Heerführer, ihr Reich zu verteidigen oder wiederherzustellen. Die »Ostgoten-Saga« fand noch eine Fortsetzung.

Wir können uns in diesem Zusammenhang wiederum auf einige Originaltexte des Jordanes beziehen, die aus seinem um 551 gleichzeitig geschriebenen, aber doch etwas später fertiggestelltem Buch über die »Römische Geschichte« stammen. Zuletzt wollen wir noch andere Originaltexte aus jener Zeit anführen, die uns schließlich den Schluss der »Ostgoten Saga« anzeigen.

642 Hier könnte Jordanes einesteils den Kaiser Justinian I. (527–565) oder doch vielleicht den General Belisar (500- ca. 565) gemeint haben.

Bis zum bitteren Ende

Aus Jordanes' Buch »Römische Geschichte«

Auszug 367–375

Nur weniges bezieht sich ausdrücklich auf die Ostgoten in diesem allgemeinen römischen Geschichtsbuch des Jordanes. Dennoch findet man hier noch weitere Aufschlüsse über die Schicksale der Ostrogoten nach dem Tod des Theoderich. Eigentlich handelt es sich in den Auszügen 367–375 um Zusammenfassungen dessen, was wir bereits in der »Origo Gothica« zur Kenntnis genommen haben, allerdings teilweise mit einer anderen Akzentuierung. Wir lesen den Originaltext:

[367] – »Nachdem aber in Italien der König Theoderich gestorben war, folgte ihm gemäß seiner Anordnung sein Enkel Athalarich in der Regierung, der freilich erst ein Knabe von acht Jahren war; daher führte seine Mutter Amalasuintha für ihn die Regierung. Damals wurden auch die lange behaupteten gallischen Besitzungen den *Franken* auf ihr Verlangen zurückgegeben.«

[368] – »Nach dem Tod Athalarichs machte seine Mutter ihren Cousin Theodahad zum Mitregenten, wurde aber nicht lange danach auf dessen Betreiben hin getötet. Und weil sie sich schon vor längerer Zeit mit ihrem Sohn dem Schutz des Kaisers Justinian unterstellt hatte, schmerzte es diesen, als er von ihrem Tode hörte, und er ließ es nicht straflos hingehen, sondern schickte den gleichen Heerführer, der die Punier[643] niedergeworfen und über die Vandalen triumphiert hatte und noch die Abzeichen seiner Würde trug, an der Spitze verschiedener Völker nach Hesperien [Italien].«

643 Punier: Hier nennt Jordanes die afrikanischen Vandalen in Anlehnung an Roms Geschichte einfach die »Punier«, wohl wissend, dass die Karthager (Punier) in drei Kriegen von den Römern besiegt wurden, aber der »Dritte Punische Krieg« bereits 149 v. Chr. durch Scipio Africanus d. J. ausgelöst wurde.

[369] – »Beim ersten Angriff bemächtigte sich dieser Siziliens, wo der [ost]gotische Feldherr *Sinderith* besiegt wurde.«

[370] – »Von Carthago, wohin er sich zur Beschwichtigung eines Aufstandes begeben hatte, kehrte Belisar nach Sizilien zurück. Hier ergab sich ihm alsbald *Ewermud*, der Schwiegersohn des Gotenkönigs Theodahad, der ihm mit einem Heer entgegengezogen war, als er das Glück des siegreichen Konsuls sah, aus freien Stücken und forderte ihn auf, Italien zu Hilfe zu kommen, das nach ihm dürste und seiner Ankunft mit Sehnsucht entgegensehe.

Belisar rückte also an der Spitze eines Heeres mit Flotte und Reiterscharen heran, schloss Neapel[644] ein, drang nach einer Belagerung von wenigen Tagen nachts durch eine Wasserleitung in die Stadt, machte die Goten wie auch die aufständischen Römer darin nieder und plünderte sie dann gründlich aus.«

[371] – »Als Theodahad dies erfuhr, stellte er den *Vitigis*, einen seiner Heerführer, an die Spitze des Heeres und schickte ihn gegen Belisar.«

[372] – »Kaum war der in Kampanien bis zu den ›Barbarischen Gefilden‹ gekommen, so wandte sich ihm die Gunst des Heeres zu, weil es gegen Theodahad Verdacht [auf Verrat] hegte, und er sprach:

›Was wollt ihr?‹

Worauf jene erwiderten:

›Dass der beseitigt werde, der mit dem Untergang und dem Blut der Goten seine Verbrechen entschuldigen will.‹

Sie stürmten auf ihn ein und riefen ihn einstimmig zum König aus. Auf den Thron erhoben, wie er es selbst gewünscht hatte, schickte er [Vitigis] in Übereinstimmung mit den Forderungen des Volkes sogleich einige von seinen Gefährten ab und ließ den Theodahad während der Rückkehr nach Ravenna beseitigen.«

[373] – »Bald darauf festigte er seine Herrschaft, brach den Feldzug ab, verstieß seine eigene Frau, die aus dem Volk stammte, und vermählte sich mehr mit Gewalt als aus Liebe mit der Prinzessin Matasuntha, einer Enkelin Theoderichs. Während er nun seine neue Hochzeit in Ravenna beging, rückte der Konsul Belisar am 9. Dezember in die

644 Neapel: Die antike Stadt wurde in der Kaiserzeit Kolonie und war Zentrum der griech. Kultur in Italien; seit 553 byzantinisch.

Stadt Rom ein und wurde von jenem ehemals römischen Volk und Senat, deren Name fast zugleich mit ihrer Tugend zu Grabe getragen worden war, aufgenommen. Nun besetzte er die festen Punkte der benachbarten Städte und Plätze.«

[574] – »Beim ersten Zusammenstoß mit den Goten, welche von *Hunila* geführt wurden, schlug er sie bei der Stadt Perusia, tötete mehr als 7 000 und jagte den Rest bis nach Ravenna vor sich her. Beim zweiten traf er auf Vitigis selbst, während er die römischen Festungen mit Verschanzungen einschloss, zerstörte die Maschinen und Belagerungstürme, mit denen dieser die Stadt anzugreifen versuchte, mit Feuer und hielt ihn ein Jahr lang hin, wenngleich von Hungersnot bedrängt.«

[375] – »Danach verfolgte er ihn [Vitigis] bis nach *Ariminum*, verjagte ihn auch von dort, schloss ihn in Ravenna ein und nötigte ihn zur Übergabe; und dieser eine Konsul [d. i. Belisar] triumphierte, während er gegen die Goten kämpfte, fast mit demselben Erfolg über die Franken, welche – mehr als 200 000 Mann stark – mit ihrem König Theudebert nach Italien gekommen waren. Aber weil Belisar – hier schon in Anspruch genommen – nicht auch noch mit den Franken anbinden wollte, gab er ihnen Frieden und vertrieb sie aus Italien, ohne einen Verlust zu haben. Den König aber und die Königin und die Schätze ihres Palastes nahm er mit und brachte sie zu dem Kaiser zurück, der ihn geschickt hatte. So unterwarf Justinian in einem kurzen Zeitraum durch seinen getreuen Konsul zwei Könige und zwei Reiche seiner Herrschaft.«

Soweit dieser knappe Textauszug aus Jordanes' »Römischer Geschichte«. Kaum kann man hier Nennenswertes hinzufügen. Denn bereits im Kapitel 60 der »Origo Gothica« hatte uns Jordanes ja über das Ende des Vitigis informiert. Neu ist allenfalls der Auszug Nr. 375, in dem Jordanes von dem – angeblich – 200 000 Mann starken Frankenheer unter *Theudebert* berichtet, das angeblich »vertrieben« wurde, und zwar – wie es in jenem Text heißt – »ohne einen Verlust zu haben.«

Nun schien zwar mit der Gefangennahme des Ostgotenkönigs Vitigis der Krieg beendet und dem Ostgotenreich ein klägliches Ende beschert, aber noch war die Kraft der Ostgoten nicht gebrochen, wie uns ein weiterer Auszug aus der »Römischen Geschichte« lehrt. Bitter enttäuscht durch Belisars falsches Spiel, erhoben, wie Jordanes im nächsten Textabschnitt mitteilt, die noch überall vorhandenen ostgotischen Krieger zunächst einen Verwandten des Westgotenkönigs auf den Schild. Auf diese Weise hofften sie, die erlittene Schlappe wenigstens in Ansätzen wettzumachen. Die alteingesessenen Römer, die zuerst die Befreiung durch Belisar stürmisch begrüßt hatten, fühlten sich unter der neuen Herrschaft auch sehr enttäuscht. Die Lasten für die byzantinischen Besatzungstruppen lagen schwer auf ihnen, die alte korrupte Staatsverwaltung setzte wieder ein, und das römische Volk seufzte unter hohen Steuern. Unter den Gotenkönigen jedoch war die Verwaltung im Wesentlichen einwandfrei und die Steuerlast niedrig gewesen. Daher fanden die Ostgoten, die sich in einigen festen Plätzen gehalten hatten, bei der römischen Bevölkerung rege Unterstützung und einen hilfsbereiten Rückhalt. Dieser Beistand war einer Wiedererhebung der Ostgoten sehr förderlich, besonders weil die örtliche Bevölkerung durch Kriegsverluste, Lebensmittelnot und Seuchen ganz erheblich zurückgegangen war.

So kam es bald dazu, dass aus der Führungsriege der Goten ein neuer Anführer gefunden wurde. Auch das erwähnt Jordanes in seinem römischen Geschichtsbuch und nennt als ersten einen gewissen *Ildebad*, danach einen Anführer namens *Erarich*.

Ildebad – Erarich

Aus Jordanes' »Römischer Geschichte«. Auszug 378

Hier lesen wir wörtlich:

[378] – »Als der Konsul Belisar aus Italien abzog und den König und die Königin mitsamt den Schätzen des Palastes zu seinem Kaiser zurückbrachte, da fassten die Goten, die jenseits des Padus in Ligurien standen, neuen Mut zum Krieg, erhoben einen aus ihrer Mitte, nämlich *Ildebad*, zu ihrem König und traten feindlich auf.

Obgleich nicht [nur] ein, sondern mehrere Heere gegen sie aufgeboten wurden, erwiesen sich die Goten als die Stärkeren und blieben fest im Kampf. Kaum nach Jahresfrist aber wurde Ildebad getötet und Erarius [Erarich][645] trat an seine Stelle.«

645 Erarich: Dieser aus rugischem Geschlecht stammende Ostgotenkönig regierte 541.

Mit diesem knappen Text geht Jordanes in seiner »Römischen Geschichte« auf zwei direkte Nachfolger des Königs Vitigis ein, deren Herrschaft allerdings nur von überaus kurzer Dauer war. Es ist angebracht, noch einige weitere Bemerkungen hierzu zu machen. Wie schon angedeutet, entwickelte sich die oströmische Politik in den eroberten Gebieten katastrophal. Die römischen Kriegsherren waren sich nicht einig und fingen an, die Bewohner zu drangsalieren. Der aus Konstantinopel geschickte Befehlshaber *Alexander* erhöhte die Steuern – ja, er richtete es so ein, dass sogar rückwirkend Steuern bis zur Zeit von Theoderichs Regierungsende erhoben wurden. Zudem kürzte er allenthalben den Sold, sodass viele seiner Krieger aufbegehrten oder gar flüchteten.

Dem neuen Ostgotenführer *Ildebad* konnte das nur recht sein. Herrschte er anfangs nur über Ticinum und etwa tausend Mannen, so kamen ihm bald ganz Ligurien und auch Venetien zu Hilfe. Ostroms Situation verschlimmerte sich zusehends, und die oströmischen Krieger schienen nicht mehr imstande, ernsthaft Ildebad zu bekämpfen. Einzig ein Unterführer namens *Vitalius*, dem auch eine Schar *Heruler* zu Seite stand, riskierte es, gegen Ildebad vorzugehen, erlitt aber bei Tarvisium eine schwere Niederlage. Während sich Vitalius und Theudimund, ein Enkel des Mundo, retteten, fand der Anführer der Heruler den Tod.

Sagenhaft wird Ildebads Ende von Prokop erzählt: Die schöne Gattin eines gewissen *Uraias* rauschte einmal mit ihrem glänzenden Gefolge ins Bad, wo schon Ildebads Frau in einem schlichten Gewand saß, und erwies ihr keinerlei Ehrerbietung. Da forderte die gekränkte Königin Rache für diese Schmach, und Ildebad ließ Uraias heimlich umbringen. Aber ein Parteigänger des Uraias, den Ildebad dadurch gedemütigt hatte, dass er dessen Geliebte einem anderen versprach, meinte nun, das Maß der Untaten sei voll, und schlug bei einem Festmahl dem Ostgotenkönig das Haupt ab. So elendig starb angeblich dieser Gote Ildebad im Jahre 541. Sage oder nicht – Machtkämpfe führten jedenfalls zum Tod des Uraias und des Ildebad.[646] Einzelne Forscher sahen hier übrigens eine Basis für die *Siegfriedsage*. In der Tat, besonders in der nordischen Version, als Gudrun und Brynhild

646 Vgl. Herwig Wolfram, Die Goten, S. 351.

beim Baden im Fluss über die Kompetenz ihrer Männer streiten, wird dies noch deutlich.[647] Auch im *Nibelungenlied* ist ja die Rivalität zweier Frauen, Kriemhilds und Brünhilds, die Zwistursache, die darüber streiten, wer zuerst das Münster betreten darf. Dennoch ist diese Herleitung andererseits nicht sehr plausibel und ein wenig zu »sagenhaft«.

Nun wurde der Rugier *Erarich* zum König gewählt, der allerdings nicht in der Lage schien, weitere Vorstöße gegen die Oströmer zu vollenden. Bald breitete sich Unmut bei einzelnen Gotengruppen aus, und man wollte *Badwila*, den Neffen Ildebads, der auch *Totila* genannt wurde, auf den Schild heben. Der war damals Führer der ostgotischen Besatzung in Tarvisium. Schon schien er sich dem Konstantianus in Ravenna ergeben zu wollen, als er durch Boten erfuhr, er solle der neue König werden. Da gab er zu verstehen, wenn Erarich noch vor der Übergabe Tarvisiums beseitigt sei, wolle er als neuer Ostgotenkönig zur Verfügung stehen. Das lesen wir bei Prokop.

Unterdessen plädierte Erarich dafür, die Ostgoten sollten den Friedensvertrag annehmen, den Justinian einst dem Vitigis vorgeschlagen hatte und der ihnen die Regionen nördlich des Padus zusicherte. Als die Krieger dies vernahmen, stimmten sie notgedrungen zu, und Erarich entsandte schon Unterhändler zu Justinian. Aber die Vertrauten des Erarich sollten wohl laut Auftrag ganz Italien übergeben, wenn Erarich nur dafür genügend Geld erhielte und zum *Patricius* ernannt würde.[648] Aber das alles wurde ruchbar, und die verstörten ostgotischen Adligen nahmen das zum Anlass, um Erarich 541 kurzerhand aus dem Weg zu räumen und Totila[649] zum neuen König zu küren.

Der folgende Auszug aus der »Römischen Geschichte« schließt hier direkt an, und Jordanes – schon ganz parteiisch für die Oströmer –, beklagt sich, dass nun Badwila beziehungsweise Totila ans Ruder kam, der dem Land Unglück gebracht habe.

647 Heiko Uecker, Germanische Heldensage, S. 38.
648 Prokop, Gotenkriege, 3. Buch, Kap. 2, S. 455.
649 Totila: ostgot. König, nicht von Ostrom anerkannt, 541–552.

Totila und Belisar

Aus Jordanes' »Römischer Geschichte« (379–381)

Im vorangegangenen Abschnitt hatte Jordanes zuletzt *Erarich* erwähnt. Auf diesen bezieht er sich nunmehr im folgenden Abschnitt. Da heißt es wörtlich:

[379] – »Auch dieser [Erarich] wurde vor Ablauf eines Jahres ermordet, und es wurde zum Unglück Italiens der junge Badwila, ein Neffe Ildebads, auf den Thron erhoben. Dieser lieferte unverzüglich bei der Stadt *Faventia* in der Provinz Emilia eine Schlacht und besiegte das römische Heer; nicht lange danach erfocht er durch seine Unterführer bei *Mucelli*, einem Ort im annonarischen Tuszien, einen glücklichen Erfolg, verjagte die Beamten, gewann das Heer teils durch Geschenke, teils durch Schmeichelreden für sich, durchzog ganz Italien mitsamt Rom, riss Befestigungen aller Städte nieder und verbannte nach der Zerstörung Roms die Senatoren samt und sonders, nachdem er ihnen alles genommen hatte, nach Kampanien.«

[380] – »Gegen ihn wurde mit wenigen Truppen Belisar aus dem Orient [erneut] losgeschickt, der [zunächst] glaubte, er würde noch das ganze Heer, das er hinterlassen hatte, vollständig wiederfinden. Daher kehrte er, als er nach seinem Einzug in Ravenna kaum einige wenige Leute fand, mit denen er jenem hätte entgegentreten können, über das Adriatische Meer nach *Epirus* zurück. Hier stießen zu ihm *Johannes* und *Valerianus*. Aber während sich diese in Hader und Zank herumstritten, vollendete Totila, der auch Badwila heißt, in Italien sein feindliches Werk. Belisar, der diese Grausamkeiten nicht mit ansehen konnte, lichtete mit einer Flotte von Sizilien aus die Anker, fuhr über das Tyrrhenische Meer in den Hafen von Rom ein, stieg hier aus und zog nach der Stadt. Da er diese zerstört und [ihre Mauern] verödet fand, schmerzte es ihn und er mahnte seine Mitstreiter, Schritte zur Wiederherstellung der großen Stadt zu tun.«

[381] – »Als der Wall um die Stadt noch nicht ganz fertig war, erfuhr er, dass *Totila* heranziehe; aber unerschrocken und siegesgewohnt, wie er war, zog er mit wenigen Truppen heraus gegen ihn und schlug ihn derart in die Flucht, dass mehr Leute fliehend im Tiber ertranken, als

durch das Schwert fielen. Nachdem er sodann sein Heer zur Ordnung gerufen hatte, kehrte er nach Sizilien zurück, um zugleich die Stadt mit Getreide zu versorgen. Und er wollte in der Nähe der Meerenge zu bleiben, um von hier aus den Totila zu beunruhigen, der in Kampanien weilte. Aber wie es so geht, die Lage der Dinge und der Wille der Herrscher sind wandelbar. Da die Kaiserin Augusta *Theodora* im Herrn entschlief, wurde Belisar von Sizilien nach Konstantinopel abberufen.«

Soweit Jordanes. Das ist der Originaltext der Abschnitte 379–381, an die wir nunmehr noch einige Erläuterungen anschließen.

Als Totila schon König war, soll er nach Monte Cassino zum heiligen Benedikt gegangen sein, der als Seher bekannt war. Totila wollte ihn auf die Probe stellen und ließ einen Bedienten vor den Heiligen hintreten. Doch der erkannte, dass er nicht der Gotenkönig war. Dem richtigen Mann prophezeite Benedikt das Folgende: Er werde Rom erobern, übers Meer ziehen, neun Jahre regieren und dann sterben. Dieses hat uns jedenfalls Gregor der Große so mitgeteilt.[650]

Kaum hatte Justinian I. erfahren, dass Erarich tot sei, schickte er seine Heerführer *Johannes, Bessas* und *Vitalius* zu Konstantianus nach Ravenna, von wo aus sich nunmehr 12 000 Mann nach *Verona* aufmachten. Wegen der Streitereien unter den Befehlshabern konnte man die Stadt nicht einnehmen, und so zogen sie nach *Faventia* weiter, wo Totila sie mit 5 000 Mannen erwartete. Nach einem tödlichen Zweikampf vor beiden Heeren, etwa so, wie es im Hildebrandslied erzählt wird, vernichteten die Ostgoten das Römerheer. Nun belagerte Totila *Florenz* mit seinen Unterführern, und der Geschichtsschreiber Marcellinus Comes nennt sie *Bleda, Ruderit* und *Viliarid*.[651] Trotz der oströmischen Überlegenheit gelang dem Totila ein großer Erfolg. Denn als sich das Gerücht verbreitete, der römische Unterfeldherr Johannes sei umgekommen, zogen sich die Soldaten Konstantinopels an feste Plätze zurück, sodass Totila nunmehr weiter vordrang und Neapel angriff, wo der Oströmer *Konon* mit 1 000 Mann in Wartestellung lag. Durch Totilas Großmut und geschicktes Taktieren gewann man etliche Provinzen zurück, wie *Bruttium, Lukanien, Apulien* und *Kalabrien*.

650 Joseph Funk, Gregor des Großen vier Bücher Dialoge. II. Kap. 14, S. 74f.
651 Marcellini V. C., Comitis Chronicon, Jahr 542, S. 107.

Neapel wurde ausgehungert und ergab sich im Jahre 543. Totila erwies sich auch hier den Verlierern gegenüber als großmütig und gewann dadurch weiter Sympathien bei den Einheimischen.

Fassen wir zusammen: Dadurch, dass sich die Bevölkerung von ihren römischen Befreiern abwandte, ergab es sich, dass von den Resten des ostgotischen Widerstandes zuletzt die Neueroberung des Landes ausgehen konnte. In Totila (Badwila) hatte man endlich einen Mann gefunden, der sich der überaus bedenklichen Lage gewachsen zeigte. Ihn, den jungen Menschen, der mit scharfem Verstand und großer Tatkraft begabt war, den klugen Diplomaten und kühnen Feldherrn, stellten die Ostgoten an die Spitze, und mit ihm trat eine Wende des Kriegsglücks ein. Die Münzen nennen ihn Badwila; er hat übrigens nicht nur Kupferstücke mit seinem Bildnis hinterlassen wie Theodahad, sondern auch Silbermünzen. Die einheimische Aristokratie verhielt sich, genau wie einst unter Theoderich, sehr reserviert ihm gegenüber. Ein milder, wohlwollender Totila, der allerdings weiter gotisch bleiben wollte, konnte sie nicht gewinnen. In die ostgotische Kriegführung kam mit Totila neuer Elan. Er verzichtete darauf, sich auf zweifelhafte ausländische Bündnisse zu stützen und behauptete sich aus eigener Kraft mit Hilfe des Heeres. Keinesfalls schien es ihm genug, den vorgefundenen Besitzstand zu schützen, sondern er war darauf erpicht, das durch das Unvermögen seiner Vorgänger verlorene Mittel- und Süditalien wiederzulangen. Aber augenscheinlich hatte er begriffen, dass die Kräfte der Ostgoten doch zu schwach waren, um auf die Dauer dem Kaiserreich standzuhalten. Sein Ziel war – wie schon dasjenige des Theodahad und des Vitigis –, einen Ausgleich mit Konstantinopel zu finden. Wieder und wieder machte er Friedensangebote, und er war bereit, große Opfer zu bringen und sich im Notfall nur mit Oberitalien zu begnügen. Stets aber wurde er von Justinian I. kompromisslos zurückgewiesen, der ihn nicht als rechtmäßigen König anerkennen wollte. Damit wurde Totila beinahe wider Willen zu einer rigoroseren Kriegführung und zur Hervorhebung seiner Souveränität gezwungen, was auch in seinen Münzprägungen sichtbar wurde, die zunächst das Bild Justinians zeigen, zuletzt aber sein eigenes. Totilas militärische Erfolge waren zu Beginn überraschend, was allerdings zum Teil auf die Rechnung der unfähigen byzantinischen Unterfeldherren zurückgeht, die Belisar abgelöst hatten. Von *Verona* aus drang der Ostgote, wie erwähnt, nach Süden vor, siegte 542 bei *Faenza* und eroberte im folgenden Jahr *Neapel* zurück.

Nun schien es für Ostrom brenzlig zu werden. Da rief Justinian seinen General Belisar aus dem Persischen Krieg ab (543) und gab ihm wieder den Oberbefehl in Italien. Da viele oströmische Kriegerscharen noch in Persien kämpften, warb Belisar Freiwillige an und entsetzte zuerst *Hydrus* und marschierte nach Ravenna. Belisar entsandte 1 000 Mann unter *Thurimuth* und andere Unterführer nach Auximum, zog seine Truppen aber bald wieder ab, und dabei gerieten die Oströmer in einen Hinterhalt. Bald merkte Belisar, dass er mit seinen wenigen Leuten den Ostgoten nicht ernsthaft entgegentreten konnte. Städte wie *Asculum, Spoletium* und *Firmum* öffneten Totila die Tore. Damals gab Totila auch Sklaven die Freiheit, wenn sie ins Ostgotenheer eintraten. Italien war fast schon wieder in ostgotischer Hand, woran auch Belisars Rückkehr nichts ändern konnte.

Totila begann nun mit der Belagerung Roms, wo der schlitzohrige *Bessas* die Verteidigung übernommen hatte. Da die Goten eine Flotte besaßen, konnten sie die Versorgung Roms auch vom Meer her kappen, sodass in der Stadt bald eine Hungersnot ausbrach. Belisar seinerseits verließ Ravenna und begab sich nach *Dalmatien*, wo ein weiteres kaiserliches Heer unter *Johannes* und *Isaak* zu ihm stieß.

Justinian I. entsandte etwa gleichzeitig seinen General *Narses* zu den Herulern nach Thrakien, um hier weitere Truppen ausheben zu lassen. Ihr Anführer *Philimuth* erklärte sich bereit, mit seinen Herulern gegen die Ostgoten zu kämpfen. Belisar beorderte nun zwei seiner Untergebenen, *Valentinus* und *Phokas*, in den Hafen von Rom, von wo aus sie die belagernden Ostgoten angreifen sollten. Der Plan wurde jedoch verraten und Valentinus und Phokas kamen ums Leben. Während wegen der Belagerung viele Einwohner Roms in unerträglicher Not verhungerten, bereicherte sich Bessas schamlos, indem er Nahrungsmittel zu Wucherpreisen verkaufen ließ. Belisar versuchte nun, mittels zweihundert Booten den Städtern Getreide zu bringen, beseitigte die Kette, die den Tiber absperrte und verbrannte den gotischen Wachturm, wobei der tapfere Ostgote *Osdas* den Tod fand.[652] Der ruhmsüchtige *Isaak*

652 Prokop, Gotenkriege, 3. Buch, Kap. 19, S. 565,

dagegen griff entgegen dem Befehl Belisars mit nur einhundert Reitern die ostgotischen Verschanzungen an, wurde geschlagen und geriet in Gefangenschaft. Belisar glaubte, ganz Portus, der römische Hafen, wo sich seine Frau aufhielt, sei in gotischen Händen und blies zum Rückzug, wurde aber von Fieber ergriffen und aufs Krankenlager geworfen.

Nun fiel Rom in ostgotische Hände. In der Tat, als einige *Isaurier* die Stadt verrieten, konnte Totila schließlich in die Stadt gelangen. Gegen Ende des Jahres 546 befand sich die Ewige Stadt wieder im Besitz der Ostgoten. In den Behausungen der Patrizier, u. a. im Quartier des Bessas, der geflohen war, erbeutete man beträchtliche Geldmengen, aber Totila ließ Milde gegen die Stadtbewohner walten. Höhepunkt von Totilas Erfolgen war wohl, dass er somit nach längerer Belagerung das feste *Rom* in seine Hand gebracht hatte. Hier beging Totila allerdings, der bis dahin so ausgezeichnete Feldherr, einen schweren Fehler. Statt sich in Rom, dessen Bedeutung doch die Kämpfe des Vitigis hinreichend gezeigt hatten, festzusetzen, begnügte er sich damit, einige Befestigungen zu zerstören. Damals schickte Totila einen Abgesandten zu Justinian I. und schlug ihm einen Friedensvertrag vor. Als man dies mit dem Hinweis ablehnte, darüber befinde nur Belisar, drohte Totila damit, ganz Rom niederzureißen, nahm aber bald auf ein Bittschreiben Belisars hin davon Abstand. Totila ließ daraufhin den Großteil des Heeres bei *Algedum* zurück, um Belisar in Schach zu halten und zog dann gegen *Johannes* und die Lukaner, die sich nach *Hydrus* zurückgezogen hatten. Durch Verrat gelangte *Spoletium* in die Gewalt der Römer zurück. Ein erster Vorstoß Belisars auf Rom aber wurde durch die Goten unter hohen Verlusten zurückgeschlagen. Totila brach indessen nach Ravenna auf.

Damals griffen die Franken unter Theudebert I. wieder Italien an und besetzten Ligurien, die Kottischen Alpen und Venetien. Danach schlossen Ost- und Westgoten einen Waffenstillstand und kamen überein, den Status quo zu belassen und keine Kriegshandlungen mehr zu unternehmen, solange der Krieg gegen Ostrom noch andauere. Beide Seiten verpflichteten sich, dem anderen die derzeitigen Besitzungen fürs Erste zuzugestehen. Nach einem Sieg der Ostgoten wolle man dann genauere Abkommen über die Gebiete treffen und einen Friedensvertrag abschließen.

Der Westgotenkönig Theudis,[653] der ja ein Verwandter Ildebads und Totilas war, griff in der Zwischenzeit Afrika an und nahm *Septe* (Ceuta) ein. Den Oströmern gelang es aber, die Stadt zurückzuerobern. Theudis entsandte daher abermals ein Heer nach Afrika. Als dieses jedoch am Sonntag die Waffen niedergelegt hatte und keinen Angriff erwartete, griffen die Oströmer plötzlich an, schlossen das Heer zu Land und zu Wasser ein und machten es bis auf den letzten Mann nieder.[654] Kurze Zeit später wurde Theudis im Jahre 548, wie Isidor mitteilt, von einem Menschen erstochen, der angeblich wahnsinnig war.

Danach fiel Rom ein zweites Mal in die Hände der Oströmer, denn Belisar hatte nun sein gesamtes Heer gesammelt. Als Totila davon hörte, kehrte er sofort mit seinen Scharen um und versuchte Rom zu erstürmen. Obwohl Belisar nicht alle Verteidigungsanlagen wieder instand setzen konnte, wurden dennoch alle gotischen Angriffe zurückgeschlagen. Nach hohen Verlusten gaben die Ostgoten die Belagerung Roms auf und zogen sich nach *Tibur* bei Rom zurück. Justinian, der endgültig vorhatte, alle ostgotischen Truppen zu vernichten, entsandte weitere Verbände nach Italien.

Totila belagerte nun das hungernde *Ruscianum,* und die Belagerten, die gewillt waren aufzugeben, beschworen den oströmischen Stadtkommandanten *Chalazar,* es doch endlich zu tun. In Verhandlungen mit Totila trat er tatsächlich auf die Seite der Ostgoten. Belisar jedoch, zu dem inzwischen auch Johannes gestoßen war, rückte an, um Ruscianum zu entsetzen. Die Ostgoten verhinderten aber eine Landung der Oströmer, sodass diese unverrichteter Dinge wieder nach Kroton zurücksegelten. Nachdem Ruscianum übergeben war, schnitten die Goten dem Chalazar für seinen Vertragsbruch die Hände ab und brachten ihn danach um, wie uns Prokop erzählt. Belisar aber erbat von Justinian I. seine Abberufung, und im Herbst kehrte er erfolglos mit Schande bedeckt aus Italien nach Konstantinopel heim. Unterdessen eroberten die Ostgoten Perusia, und *Indulf,*[655] ein Leibwächter Belisars, ging zu Totila über, der ihn gleich mit seiner Flotte nach

653 Theudis: westgot. König, regierte von 531 bis 546.
654 Isidor, Geschichte der Goten, Kap. 42.
655 Indulf: got. *Ind(Gund)-ulf, Gund-* ›Kampf‹, ulf ›Wolf‹.

Dalmatien lossandte, wo schon Ostgoten plünderten. Oströmische Schiffe, die Schlimmeres verhindern sollten, landeten zwar in Dalmatien, wurden jedoch vernichtet. Beutebeladen kehrte Indulf zu Totila zurück.

Totila, im Hochgefühl seiner Erfolge, schickte nun Boten zum Frankenkönig, die für ihn um die Hand seiner Tochter baten. Der neue König *Theudebald,* Theudeberts I. Sohn, aber ließ antworten, wenn Totila nicht einmal Rom halten könne, sei er wohl nicht Italiens König und habe daher auf eine solche Heirat keinen Anspruch.

Der letzte Originalauszug aus der »Römischen Geschichte« Nr. 581, den wir soeben lasen, bezog sich auf die Tatsache, dass der General Belisar durch den oströmischen Kaiser vom italienischen Kriegsschauplatz abberufen worden war. Das hatte Totila erneut Auftrieb gegeben. Er setzte nun alles daran, die Stadt Rom wieder in seinen Besitz zu bekommen. Sehr lapidar beschreibt dies Jordanes:

Rom nochmals erobert

Jordanes' »Römische Geschichte« – Auszug 582

Wir lesen hier:

[582] – »Nach seiner [d. h. Belisars] Abberufung griff Totila ungestört mit neuer Wut Rom an, welches ihm die Isaurier [wiederum] überlieferten. Von allen Seiten zog er dann seine Kräfte zusammen und verstärkte sie durch Hilfstruppen, fiel in Sizilien ein und eroberte es.«

Soweit der sehr kurze Originaltext. Wir ergänzen: Totila belagerte die Stadt, wo 3 000 oströmische Soldaten unter Iogenes lagen. Er besetzte die Hafenstadt Portus wieder und nahm das Angebot einiger Isaurier an, ihm Rom in die Hände zu spielen. Er ließ zwei Boote mit Hornbläsern an die Stadtmauer fahren, die mit Macht trompeteten. Die Römer rannten dorthin, und die Isaurier konnten das *Tor des Apostels Paulus* öffnen. Totila rückte ein und ließ viele Gegner niedermachen. Um 550 war Rom erneut in ostgotischer Hand.

Kaum hatte er Rom fest in seinem Besitz, da ließ Totila die Verteidigungsanlagen wieder reparieren und vergnügte sich mit einem Wagenrennen. Erneut gingen Boten an Justinian I. mit dem dringenden Wunsch: Er – Totila – wolle nun endlich Frieden schließen. Doch Justinian lehnte auch diesmal ab. Daraufhin belagerte Totila *Rhegium* in Kalabrien und setzte nach der Eroberung dieser Stadt nach Sizilien über, wo nunmehr gründlich geplündert wurde. Weil der unerschrockene Totila bis nach Sizilien vorgedrungen war, musste aus Konstantinopel natürlich eine geharnischte Gegenwehr kommen. Ein letztes Mal unterrichtet uns hier Jordanes darüber in einem kurzen Auszug aus der »Römischen Geschichte«, worin er über das Ende des *Germanus* berichtet.

Germanus

Aus Jordanes' »Römischer Geschichte« – Auszug 583

Hier heißt es wörtlich:

[383] – »Gegen ihn [d. h. Totila] rüstete sich der Patricius *Germanus,* dem der Kaiser die Enkelin des Theoderich und Witwe des Vitigis, Matasuntha, in die Ehe gegeben hatte, um gegen ihn einen Heereszug zu unternehmen; aber er starb in der Stadt Sardika und hinterließ seine Frau schwanger; diese gebar nach dem Tod des Germanus einen Sohn und nannte ihn [ebenfalls] *Germanus.* Als Totila von diesem Glücksfall hörte, verwüstete er, frohlockend über die Römer, fast ganz Italien.«

Soviel oder so wenig noch einmal im Originaltext. Im Weiteren sind wir nunmehr auf Hinweise aus anderen Quellen angewiesen. Bleiben wir zunächst noch bei dem, was uns Jordanes soeben mitteilte. Wir konstatieren, dass Justinian I. seinen Neffen *Germanus* zum neuen Befehlshaber seiner Truppen ernannt hatte. Da die vormalige Gattin des Germanus, *Pessara,* bereits vor längerer Zeit verstorben war, berichtet Jordanes ganz richtig, dass sich Germanus mit Matasuntha, der Enkelin Theoderichs, vermählte, deren Ehemann Vitigis ja ebenfalls nicht mehr am Leben war. Germanus hoffte dadurch offenbar, sich den Ostgoten gegenüber in eine bessere Ausgangslage manövrieren zu können. Und dieser Germanus zog sogleich ein erstaunlich großes Heer zusammen. Kurz vor der Abreise erkrankte er jedoch, wie Prokop mitteilt, und verstarb ganz plötzlich.[656] Unterdessen segelten die Ostgoten, die ganz Sizilien ausgeplündert hatten, mit reicher Beute nach Italien zurück.

Narses und Totila

Aus Prokops »Gotenkriegen« 3. – 4. Buch

Wie bereits erwähnt, wurde Belisar, als ihn das Schlachtenglück in Unteritalien in Stich ließ, von seinem ungnädigen Kaiser schon 549 abermals abberufen und musste nach Konstantinopel zurückkehren. Totila konnte im selben Jahr Rom zum zweiten Mal erobern und überdies seine Waffen gegen *Sizilien* richten. Das alles gilt es zu bedenken, wenn wir jetzt die weiteren Schicksale der Ostgoten unter *Totila* nach dem Jahre 550 an Hand der »Gotenkriege« des Prokop betrachten.

Prokop(ios) von Caesarea (um 500 – um 562) war ein spätantiker Historiker und einer der bedeutendsten der Antike. Auf seine Persönlichkeit wurde schon in der Einleitung dieses Buches verwiesen. Prokop stammte aus einer privilegierten hellenisierten Familie in Palästina und genoss eine rhetorische Ausbildung. Von 527 bis 540 oder 542 war er *consiliarius* und damit Rechtsbeistand des Heermeisters Belisar. Durch seine Hände ging die gesamte Feldpost. Daher war er über alle militärischen Vorgänge hervorragend informiert. Mitunter zeigt sich bei ihm indes ein Hang zur Anekdote, und seine Angaben über andere Völkerschaften sind nicht selten zweifelhaft. Er verfasste um 550 auf Griechisch eine achtteilige Kriegsgeschichte Justinians I., die sogenannten *Bella*, die bis ins Jahr 550 für den Osten, beziehungsweise bis 553 für Westrom galten. Die Bücher V bis VII behandeln u. a. die Ostgoten in Italien. Buch VIII entstand später als die ersten und bietet eine Zusammenfassung der militärischen Auseinandersetzungen bis zum Jahr 553.

656 Prokop, Gotenkriege, 3. Buch, Kap. 40, S. 705.

Blicken wir nun auf Ereignisse nach dem Jahr 550. Damals wurde Bessas von Justinian I. zum neuen Befehlshaber in Armenien im Perserkrieg ernannt. Hier leitete er u. a. die Belagerung und Eroberung von *Petra* im südlichen Jordanien als Siebzigjähriger und kletterte selbst noch auf die Sturmleitern. Petra, einst Hauptstadt der Nabatäer, wurde im 4. Jahrhundert römischer Bischofssitz und mehrfach hart umkämpft.

551 aber machte Justinian I. den Eunuchen Narses zum neuen Oberbefehlshaber. Totila schickte inzwischen etwa 300 kleinere Kriegsschiffe zu Plünderungen nach Griechenland und beauftragte verschiedene Ostgotenführer, u. a. *Skipuar* und *Indulf* (Gundulf), auch *Ancona* einzunehmen. Doch zwei Anführer Ostroms, Johannes und Valerianus, kamen mit fünfzig weit größeren Schiffen und bereiteten den im Seekrieg Unerfahrenen eine Niederlage. Etwa zu der Zeit erschien Justinians Botschafter Leontius beim Franken Theudebald, verlangte die Herausgabe der besetzten italienischen Gebiete und dazu auch noch den fränkischen Kriegseintritt auf Seiten Ostroms, was Theudebald brüsk ablehnte. Totila aber eroberte nunmehr *Sardinien* und *Korsika*.

Allmählich wurde die Lage der Ostgoten jedoch prekärer, weil Justinian I. ständig neue Kriegerscharen nachschicken konnte, die Ostgoten aber keine weiteren Ressourcen zu mobilisieren imstande waren. Zwei ostgotische Unterführer, Ragnaris und Moras, verhandelten nun mit Ostrom und wollten die Festungen *Tarent* und *Acherontia* aufgeben, wenn sie nicht mehr angegriffen würden. Im April 552 zog Narses mit einem Riesenheer aus Salona fort, ihm zur Seite 3 000 Heruler unter Philimuth und 5 500 Langobarden, dazu Scharen von Hunnen und Persern. Ein Unterführer namens Asbad befehligte zudem noch 400 Gepiden. An der Grenze Venetiens versperrten ihnen Franken den Weitermarsch. Und ein Ostgotenführer namens *Teja*, der in Verona einen Trupp befehligte, verwehrte ihnen durch hastig aufgeworfene Gräben den weiteren Durchzug. Der gewitzte Narses aber schwenkte unvermutet zum Meeresstrand ab und kam so fast unbehelligt bis nach Ravenna.

Narses zog weiter in Richtung Rom, und vor Ariminum[657] wurde der Gotenbefehlshaber Usdrilas getötet, dessen Haupt man dem Nar-

657 Ariminum: alte Bischofsstadt an der Adria in der Emilia, jetzt Rimini.

ses zeigte.[658] Die Ostgoten von Ariminum riskierten danach keinen Angriff mehr. Vor Rom verband sich Totila nun mit Tejas Scharen und stand dann bei dem Dorf Taginae in den Apenninen. Erneut machte er Narses ein Friedensangebot, das abgelehnt wurde. Totila griff am nächsten Tag an, doch Narses' Lager lag so günstig, dass fünfzig Oströmer bereits ausreichten, um die Ostgoten abzuwehren.

Vor der Entscheidungsschlacht stellte Narses an den Flanken 8 000 Bogenschützen auf. Totila, in goldfarbener Rüstung, erwartete noch 2 000 Ostgotenkämpfer und wollte daher den Kampfbeginn hinauszögern. Gelassen nahm er noch sein Mahl ein, bevor man ungestüm angriff. Totila hoffte auf seine Reiterei, aber die oströmischen Bogenschützen schossen alles nieder. Gegen Abend ging das ostgotische Heer in wilde Flucht über, wobei nach Prokop 6 000 Ostgoten den Tod fanden. Zwei Überlieferungen gibt es vom Ende Totilas. Von einem Pfeil getroffen, ritt er noch bis Caprae, Caprara, wo er kurz darauf verstarb und begraben wurde.[659] Nach der zweiten Überlieferung floh Totila mit fünf Begleitern. Ein Speer des Asbad traf ihn in den Rücken. Skipuar verwundete den Asbad noch, und dann setzte man die Flucht fort. Bei Caprae, während der Rast, verschied Totila. Eine Gotin zeigte den Oströmern das Grab. Aber Narses meinte, nach dieser Schlacht im Juni oder Juli 552 auf der Hochebene von Busta Gallorum habe er nunmehr das *Ostgotenreich* in Italien endgültig ausgelöscht.

Soviel noch als Ergänzung zu Prokops' Text. Bei der nun folgenden Darstellung können wir uns auf den antiken Historiker *Agathias* stützen, der in Alexandria studierte, seinen Beruf aber später in Konstantinopel ausübte. Erhalten sind Gedichte – die ersten entstanden noch vor 565 – und ein Geschichtswerk, das unter dem Titel »Historien« bekannt ist. Es behandelt die Regierungszeit des Kaisers Justinian I. für die Jahre 552 bis 559 in fünf Büchern, schließt an das weitaus bedeutendere Werk des Prokop an und rechnet zu den letzten Werken der spätantiken Geschichtsschreibung. Agathias ging auch auf die Ereignisse im Westen ein, wo langsam die frühmittelalterliche Welt Konturen annahm. Obwohl er seinem Vorbild Prokop weit unterlegen war,

658 Prokop, Gotenkriege, 4. Buch, Kap. 28, S. 939.
659 Prokop, Gotenkriege, 4. Buch, Kap. 32, S. 965.

ist Agathias doch ein zuverlässiger Berichterstatter für diese Phase der ausgehenden Spätantike. Auch sein Bericht über das Merowingerreich und andere ethnographische Exkurse sind bedeutsam. Da Agathias noch den Tod des Perserkönigs Chosrau I. (579) erwähnt, zugleich aber noch nichts von der Kaisererhebung des Maurikios (582) zu wissen scheint, dürfte das Werk um 580 entstanden sein.

Teja und sein Ende

Aus: Agathias' »Historien«

Dennoch war das Ende der Ostgoten-Saga noch nicht ganz gekommen. Verona war noch in ostgotischer Hand. Valerianus bezog dort Stellung, um die Stadt zu belagern. Schon wollten die Ostgoten die Stadt übergeben, als die Franken den Oströmern zu verstehen gaben, sie betrachteten diese ganze Region als die ihrige. Daraufhin zog sich Valerianus zurück. Diejenigen Ostgoten aber, die aus der Schlacht entkommen waren, wählten nun in *Ticinum* (Pavia) nach dem Bericht des Agathias einen gewissen *Teja* zu ihrem neuen König.[660] Mit dem Schatz des Totila, der in Ticinum gelagert wurde, hoffte Teja die Franken zu einem Bündnis bewegen zu können. Weil die Ostgoten wegen ihrer geringen Zahl nicht imstande waren, Roms Verteidigung zu sichern, gelangten die Krieger des Narses bald in die Stadt und öffneten die Tore, worauf Tejas Leute flohen. Die Goten töteten aus Rache alle Oströmer, die sie irgendwie erreichen konnten, und der Ostgote Ragnaris[661] in Tarent weigerte sich nun standhaft, die Stadt zu übergeben.

Teja bat unterdessen Theudebald um fränkische Waffenhilfe. Narses wiederum schickte seine Leute nach der Stadt Cumae in Süditalien, wo ebenfalls Teile des Ostgotenschatzes lagen und von Tejas jüngstem Bruder *Aligern* bewacht wurden. Als Teja sich Cumae näherte, um es zu entsetzen, zog Narses mit seinem gesamten Heer Teja entgegen. In

660 Agathias, Historien, 1. Buch, Kap. 20. Vgl. H. Roisl, Teja u. die versuchte Durchbruchsschlacht in der Ebene des Sarno im Okt. 552. Jb. öst. Byz. 40, Wien 1990.

661 Ragnaris: got. *Ragina-res, ragin-* ›Rat-‹ († 552).

Kampanien am Fuß des Vesuv, am Fluss *Drakon* (Sarno), lagen sich die Heere gegenüber. Und zwei Monate lang gab es kaum Scharmützel. Da kaperte Narses die Proviantschiffe der Ostgoten, deren Situation nun immer bedenklicher wurde. Das Heer retirierte auf den Milch-Berg (Mons Lactarius), wo bald eine Hungersnot herrschte. Da wollte man lieber sterben als verhungern. Im Morgengrauen begann der Kampf. Die Oströmer versuchten ständig, den neuen Ostgotenkönig zu töten, doch der fing alle Speere und Pfeile mit seinem Schild auf. War dieser voll, reichte ihm sein Waffenträger einen neuen. Schon war ein dritter Teil des Tages vergangen, da traf Teja ein tödlicher Speer in der Brust, als er gerade den Schild wechselte. Auf einer Lanze zeigte man nun beiden Heeren sein Haupt. Aber die Ostgoten kämpften weiter und zwar die ganze Nacht und den nächsten Tag hindurch. Zuletzt baten sie um freien Abzug; und Narses ging darauf ein, weil er die verzweifelten Ostgoten noch immer fürchtete.[662] An die tausend Ostgoten unter *Indulf* flüchteten nach Ticinum und in die Gebiete jenseits des Padus. Alle anderen sagten unter Eid, nie wieder wollten sie gegen Ostrom Krieg führen, wie Prokop mitteilt.[663] Agathias, der die Vorgänge nicht aus eigenem Erleben schilderte, meint indessen, die meisten Ostgoten seien in Italien geblieben und Untertanen des Kaisers geworden.[664] Niemals mehr hätten sie einen König gewählt.

Die letzten Kämpfe der Ostgoten

Aus: Agathias' »Historien«

Jene Ostgoten nördlich des Padus riefen erneut *Theudebald* um Hilfe an, und der entsandte – auch aus Eigennutz – zwei den Franken dienende Brüder, nämlich die Alemannenherzöge *Leutharis* und *Butilin* mit 75 000 Kriegern, denen sich viele Ostgoten anschlossen. Narses belagerte noch die Stadt *Cumae*, die Aligern, Tejas Bruder, verteidigte. Aber die Festung lag so günstig, dass die Oströmer sie nicht erstürmen

662 Der Zeitpunkt der Schlacht ist unklar, meist wird Ende Oktober 552 angegeben.
663 Prokop, Gotenkriege, 4. Buch, Kap. 35, S. 995.
664 Agathias, Historien, 1. Buch, Kap. 1.

konnten, jedoch vor gotischen Attacken nicht sicher waren. Agathias schreibt über die gefürchteten Pfeile des Gotenanführers:

»Aligerns Geschosse waren für die Römer deutlich zu erkennen, denn mit lautem Zischen und ungeheurer Geschwindigkeit kamen sie aus seiner Hand herangeflogen, sodass sie, selbst wenn sie auf einen Stein oder einen kaum zerbrechlichen Gegenstand trafen, diesen durch die Wucht des Aufpralls zerschmetterten.«[665] Als ein kecker römischer Anführer namens Palladius die Burg erstürmen wollte, wurde er von Aligern umgebracht. »Und so weit«, schreibt Agathias, »waren seine körperlichen Kräfte den anderen überlegen und so stark waren seine Hände beim Spannen des Bogens, dass er den Krieger mitsamt Panzer und Schild einfach durchbohrte.«

Als Narses hörte, ein *Alemannenheer* sei eingefallen, zog er wieder nordwärts, ließ aber die Stadt Cumae weiter belagern. *Fulkaris,* ein Heruler auf römischer Seite, rückte zusammen mit dem Römerführer Johannes zum Padus vor, um dort die Alamannen aufzuhalten, während Narses selbst u. a. *Pisa, Florenz, Centumcellae* und *Luna* besetzte. Beim Angriff auf Parma geriet Fulkaris in einen fränkischen Hinterhalt, und weil er die Flucht für schimpflich hielt, wurde er schließlich dort, verzweifelt kämpfend, umgebracht. Einen gewissen *Sindual* wählten die Heruler nun zu ihrem neuen Hauptmann. Narses belagerte *Luca* und eroberte die Stadt nach drei Monaten, worauf er sich nach Ravenna ins Winterquartier zurückzog.

Aligern hielt nun den Kampf der Ostgoten für verloren, zumal er nicht annahm, dass die Franken ihre eroberten ostgotischen Gebiete wieder räumen würden. In Classis bei Ravenna traf er sich mit Narses und übergab ihm die Schlüssel von Cumae. Da fiel nun auch der Gotenschatz von Cumae mit allen Reichsinsignien dem Narses in die Hände, während Aligern zum Dank in der kaiserlichen Armee dienen durfte. Aber in Cumae musste er sich von vorüberziehenden Franken als Verräter beschimpfen lassen.

Unterdessen plünderten die Alamannen seit 554 weiter in Italien nach Herzenslust. Ihr Herzog *Butilin* kam bis vor Sizilien. Sein Bruder Leutharis hingegen trennte sich von ihm und brandschatzte in Apulien und Kalabrien, um sich dann im Herbst in Richtung Heimat

665 Agathias, Historien, 1. Buch, Kap. 9.

aufzumachen. Butilin aber wollte noch bleiben, da die Ostgoten ihm in Aussicht gestellt hatten, eventuell ihr König werden zu dürfen. Auf dem Rückweg wurde Leutharis von oströmisch-hunnischen Kriegern unter *Artabanes* überfallen und verlor den größten Teil der Beute. Als man in Venetien ankam, fielen viele Alamannen einer furchtbaren Seuche zum Opfer, wodurch auch Leutharis umkam.

Butilin, auch von Krankheit geschwächt, beschloss, einen entscheidenden Schlag gegen die Oströmer zu führen, um dann endlich heimzukehren. Er hatte dazu noch eine reelle Chance mit seinen 30 000 Mann, da Narses nur 18 000 Söldner aufbrachte. Bei Capua legte Butilin sein Lager an, und hier wollte er die Entscheidung. Narses aber brach mit seinem gesamten Heer von Rom her auf und stellte sich ihm. Indessen, seine Heruler weigerten sich zu kämpfen, weil er einen ihrer Unterführer hatte maßregeln lassen.

In der üblichen germanischen Eberkopfformation stieß nun Butilin durch die oströmischen Reihen, aber dann konnte Narses seine Bogenschützen in den Rücken der Alamannen und Franken schicken. Furchtbar haben sie unter ihnen gewütet. Nun endlich entschieden sich die Heruler, Narses zu helfen, und Sindual nahm seinen Platz in der Schlachtreihe ein. Da wurden nun Butilins Scharen reihenweise in den Tod geschickt. Butilin überlebte den Kampf nicht. Nur fünf alamannische Krieger kamen – nach Agathias – davon. Damit hatte Narses 554 auf ganzer Linie gesiegt.

In der Feste Campsae (Salerno) hielten sich neben einigen Alamannen und Franken noch etwa 7 000 Ostgoten, geführt von *Ragnaris*. Nachdem dieser vergeblich wegen eines Friedensschlusses verhandelt hatte, schoss er beim Weggehen wutentbrannt mit einem Pfeil auf Narses, verfehlte ihn allerdings und wurde sogleich von Oströmern getötet. Daraufhin ergab sich die Stadt, und die letzten Ostgoten wurden gefangen nach Konstantinopel gebracht.[666] In Norditalien wehrten sich weiterhin versprengte Goten gegen Narses zusammen mit Alamannen und Franken. Nach längeren Kämpfen verloren die Franken im Jahre 556 ihre italienischen Ländereien an Narses, wie aus einer Chronik auf das Jahr 556 hervorgeht.[667]

666 Hier bricht der Bericht des Agathias ab, weitere Einzelheiten sind nur schwer auszumachen.
667 Marii Episcopi Aventicensis Chronica, Jahr 556, S. 237.

Ein weiterer Ostgote namens *Widin*, der vielleicht mit dem bei Gregor dem Großen erwähnten *Blidin* identisch ist, kämpfte weiterhin gegen Ostrom, wobei er von Herzog *Aming* aus Franken unterstützt wurde. Doch Aming wurde schließlich von Narses umgebracht, wie Paulus Diakonus mitteilt.[668] Bis 562 gerieten sämtliche von den Ostgoten noch besetzten Städte in Narses' Hand. Wir erwähnten schon, dass auch die Franken schließlich vollständig aus ihren italienischen Besitzungen vertrieben wurden, wie aus dem Bischofsbuch des *Agnellus* hervorgeht.[669] Und wie Paulus Diakonus vermeldet, habe der tüchtige römische General *Dagistheus* einen großen Anteil daran gehabt.

Neue Gesichtspunkte ergaben sich noch einmal im Jahre 565, als Kaiser Justinian I. das Zeitliche segnete und sein Neffe *Justinus I.* neuer Kaiser Ostroms wurde, unterstützt von seiner tatkräftigen Gemahlin *Sophia*. Da hielt der schon erwähnte Herulerführer *Sindual* die Zeit für gekommen, ein eigenes Königreich in der Nähe des Brenners zu begründen. Zahlreiche übrig gebliebene Ostgoten halfen ihm offensichtlich dabei. Unerbittlich aber bekämpfte ihn Narses. Er konnte ihn schließlich nach verlorenen Scharmützeln gefangen nehmen und als Abschreckung 566 an einem Galgen aufhängen lassen, wie bei Paulus Diakonus zu lesen steht. Die »Harlungensage« erinnert offenbar an diesen Herulerführer.

Auch mit Narses ging es nicht gut weiter. Zunächst noch in Ehren Statthalter Italiens, fiel er beim neuen Kaiser Justinus I. wegen seines pompösen Lebensstils in Ungnade, gerade als in Italien die Pest wütete. 567 setzte man ihn kurzerhand ab und beorderte ihn zurück. Als *Longinus* neuer Statthalter wurde, ging Narses – wie Paulus Diakonus erzählt – jedoch nach Neapel und dachte nicht daran zurückzukehren.

Neue Schrecken ergaben sich in Italien, als 568 die *Langobarden* unter Alboin einfielen und kein Oströmer sie vertreiben konnte. Paulus Diakonus äußerte die Vermutung, aus Rache habe Narses sie ins Land geholt.[670] Als Narses ganz unbehelligt und vereinsamt in seinem Palast in Rom im 95. Lebensjahr verstarb, ging die Ostgoten Saga schließlich doch zu Ende, denn nun war derjenige nicht mehr am Leben, der

668 Paulus Diakonus, Langobardengeschichte, 2. Buch, Kap. 3.
669 Bischofsbuch des Agnellus von Ravenna, Liber pontificalis, S. 351.
670 Paulus Diakonus, Langobardengeschichte, 2. Buch, Kap. 5.

mehr als der Feldherr *Belisar* dazu beigetragen hatte, den grandiosen Versuch zunichte zu machen, ein dauerhaftes *Ostgotisches Reich* auf der Apenninenhalbinsel zu begründen.

Wenden wir uns abschließend noch einmal der Berichterstattung des Jordanes zu, der zumindest in einem Auszug (Nr. 586) in seiner »Römischen Geschichte« etwas zu dem neuen germanischen Volk sagt, das den ostgotischen Versuch, ein Reich zu gründen, ablöste – zu den Langobarden. Allerdings bezieht sich Jordanes hier auf eine Zeit, als der Untergang der Ostgoten noch nicht so deutlich feststand. Er findet vielmehr, dass es gute dynastische Verbindungen zwischen Langobarden und Ostgoten gegeben habe. Er spricht hier von den Auseinandersetzungen zwischen Gepiden und Langobarden, auf die gleich weiter unten noch eingegangen wird.

Langobarden

Aus Jordanes' »Römischer Geschichte« – Auszug 586

Hier lesen wir wörtlich:

[586] – »Das Volk der Langobarden, das mit den Oberen der Römer verbündet war, da der Kaiser ihrem König eine Tochter von Theodahads Schwester zur Frau gegeben hatte, lieferte den römerfeindlichen *Gepiden* an einem Tag eine Schlacht und eroberte dabei deren ganzes Lager. Es fielen auf beiden Seiten mehr als 60 000 Krieger. Und man hat seit den Tagen Attilas von keiner ähnlichen Schlacht zu unserer Zeit in jenen Gegenden gehört, ausgenommen von denjenigen, die von dem Heermeister *Kalluk* gegen die Gepiden oder von *Mundo* gegen die Goten ausgefochten wurden. In beiden aber fanden die Urheber des Krieges in gleicher Weise den Tod.«

Soweit der Text des Jordanes. Schauen wir abschließend noch einmal auf die Fülle der Ereignisse und Namen zurück, die als unverrückbar am Ende der von uns hier darstellten Ostgoten Saga stehen! Erinnern wir uns: Als *Germanus* plötzlich starb, wurde 551 der Eunuch *Narses*, ein Männlein von schwächlicher Gestalt, aber von gewandtem Geist, zum Oberbefehlshaber ernannt. Vom Kaiser mit reichlichen Geldmitteln und mit einem starken Heer versehen, das fast ausschließlich aus germanischen Söldnern bestand, zog er wieder los, und er befehligte vor allem *Langobarden, Gepiden* und *Heruler.* Das Heer wälzte sich auf dem Landweg heran und drang von *Salona* aus durch Venetien nach Italien vor. Narses wollte eine rasche Entscheidung, denn ein Söldnerheer war sehr kostspielig und konnte sich bei längerer Untätigkeit zerstreuen.

Am Fuß des *Apennin,* bei dem Dorf *Tadinae* (Gualdo Tadino) stellte er sich zunächst dem Gotenkönig Totila. Weiter oben lasen wir schon bei Jordanes, dass die ostgotischen Streitkräfte durch die Kämpfe unter Theodahad und Vitigis so geschwächt waren, dass *Totila* im Anfang seiner Herrschaft nur über 5 000 Mann verfügte, doch erwartete er vor dem Kampf noch 2 000 Kämpfer zur Verstärkung. Seinen Kriegern verbot er – verhängnisvollerweise – Pfeile zu benutzen. Die Truppen des Kaisers, die alle Waffen je nach Bedarf einsetzten, waren dadurch im Vorteil.

Der Kampf währte bis zum Abend, bis die Niederlage der Ostgoten überdeutlich war. Das Heer zerstreute sich, Totila jagte mit wenigen Begleitern in die Nacht hinaus, die seine Todesnacht werden sollte, denn bei der Verfolgung traf ihn ein Speer. Wir lasen auch, dass er noch eine weite Strecke durch die Finsternis ritt, bis er, als man ihn verbinden wollte, tot zu Boden sank. Mit dieser Niederlage Totilas war der große Kampf um das Ostgotenreich faktisch beendet. Die Ostgoten waren völlig erschöpft. Was folgte, hatte nur noch geringe Bedeutung.

Die Reste des Ostgotenvolkes wählten – wir wiederholen es hier – in *Ticinum* (Pavia) einen neuen König namens *Teja* oder *Theia.* Doch Aussichten auf erfolgreichen Widerstand hatte er bei seinen schwachen Mitteln von vornherein nicht. Er fasste daher auch seine Stellung lediglich als die eines Heerführers auf, nicht mehr als die eines Herrschers, indem er, statt einen Versuch zur Behauptung der Gebiete nördlich des Po zu machen, was vielleicht Erfolg versprechend gewesen wäre, sich in einem politisch aussichtslosen Umgehungszug nach *Kampanien* wandte.

Fassen wir zusammen, was die Originalquellen schon kurz behandelt haben. Zahlreiche Darstellungen haben immer wieder, vorwiegend in älterer Zeit, diese »heroischen« Ostgoten-Kämpfe verbalisiert und nicht selten allzu nationalistisch hochstilisiert. Auch wir wollen es nochmals kurz erwähnen, dabei aber den nötigen Abstand, etwa zu Felix Dahn,[671] suchen.

An den zum Sarnustal abfallenden Hängen des Milchberges, des *Mons Lactarius,* gegenüber dem Vesuv, kam es schon im Oktober 552 oder Anfang 553 zum bitteren Endkampf. Die Ostgoten wurden von allen Seiten umstellt. Beim Durchbruchsversuch fiel der König nach einem auch von den Gegnern bewunderten achtstündigen Kampf, von einem Wurfspeer getroffen, in dem Augenblick, in dem er seinen von zwölf Lanzen beschwerten Schild gegen einen neuen eintauschen wollte. Seinen »Heldentod« und den seiner Getreuen könnte man, wie frühere Berichterstatter es nicht selten taten, mit dem des Spartaners *Leonidas* im Kampf gegen die Perser an den Thermopylen vergleichen. Es wird berichtet, noch zwei Tage leisteten die Goten nach dem Ende ihres Anführers verzweifelte Gegenwehr. Die meisten fielen. Von Hunger und Durst bezwungen, unterhandelten sie mit dem Feind. Und Narses gewährte ihnen in Anerkennung ihres tapferen Widerstandes bekanntlich freien Abzug.

Eine Ostgotenschar von vielleicht 1 000 Kriegern zog mit ihren Waffen und ihrer Habe nordwärts, überschritt den Po und durchquerte die Ostalpen. Dort verliert sich die Spur ihrer Wanderung im Dunkel der Geschichte. Auf das mögliche Wiederauftauchen von Ostgoten im späteren Bayern wird weiter unten noch eingegangen.

Dass Ostrom fast zwei Jahrzehnte benötigte, um das Ostgotenreich zu besiegen, beweist jedenfalls, wie widerstandsfähig dieses Reich dennoch war. Trotzdem waren die Ostgoten zahlenmäßig nur eine kleine Minderheit gegenüber den »Einheimischen« in Italien. R. Günther schätzte das Volk der Ostgoten in Italien auf etwa 100 000 Menschen, wovon weniger als ein Viertel wirkliche Krieger waren.[672] Zu den Glanzzeiten des Reichs verfügte man sicher nur über wenig mehr als 20 000 ostgotische Kämpfer, und das gegenüber einer Einwohnerzahl

671 Felix Dahn: In Königsberg verfasste er 1876 seinen Roman »Ein Kampf um Rom«. Generationen von Jungen haben diesen Roman geradezu verschlungen und sich vom »Heldenkampf« der Gotenkönige Totila und Teja gefangen nehmen lassen. »Ein Kampf um Rom« gehörte einst zu den meistgelesenen Büchern.

672 Rigobert Günther, Vom Untergang Westroms zum Reich der Merowinger, S. 136.

von gut fünf bis sieben Millionen in Italien. Die ostgotischen Siedlungen befanden sich vorwiegend in Norditalien in der Gegend von Pavia und Mailand. Und die Siedler hatten – wie seinerzeit Odoakers Germanen – gut ein Drittel des Bodens zur Bewirtschaftung erhalten. Weil so viele Ostgoten in Norditalien lebten, konnten sich auch die Langobarden mit ihren germanischen »Verwandten«, deren Sprache trotz der Unterschiede mit der ihren große Ähnlichkeit aufwies, besser verstehen, denn mit dem Romanischen waren die Neuankömmlinge noch weniger vertraut.

Der Krieg mit den Ostgoten war nun gänzlich beendet. Italien war jetzt wieder eine oströmische Provinz, alle Einrichtungen der früheren Verwaltung wurden wiederhergestellt. Gewiss fanden bei Weitem nicht alle Volksangehörigen in den Kämpfen ihren Untergang. Manche sind als Bauern in die neuen Verhältnisse übergetreten, andere wurden Söldner des Kaisers. Noch lange traf man in Konstantinopel und anderen Städten des Ostens ostgotische Scharen, die man mit Rücksicht behandelte und denen man sogar arianische Gottesdienste gestattete. Sicher sind auch viele Ostgoten rechtzeitig nach dem Norden abgezogen und haben bei stammverwandten Völkern Zuflucht und eine neue Heimat gefunden.

Das trifft beispielsweise auf eine größere Gotenschar zu, die sich zu den von Jordanes erstmalig erwähnten *Bajuwaren* gesellten. Ihre Spuren haben manche Forscher in *Bayern* wiedererkennen wollen. Das aber ist gewiss, dass sich viele Angehörigen des ostgotischen Stammes frühzeitig in der neuen Umgebung, gleichviel, ob sie germanisch oder romanisch war, verloren und binnen weniger Geschlechter darin aufgingen. So ist von den Ostgoten in Italien nur wenig geblieben, obschon die ostgotische Episode in Kultur, Verfassung und Recht für die Umbildung des römischen Imperiums zum mittelalterlichen Italien so wesentlich war.

Die Nachfolger

Wie die Langobarden Italien okkupierten

Langobardenstämme hatten bei den Germaneninvasionen in das Römische Reich vor dem Jahre 400 nur eine ganz geringe Rolle gespielt. Während die ursprünglichen drei germanischen Mittelmeerstaaten der Ost- und Westgoten und der Vandalen ein gewaltsames Ende fanden, war von eben jenen Gebieten, aus denen diese drei Reichsgründungen ihren Anfang genommen hatten, nämlich aus den Donaulanden, abermals ein germanischer Mittelmeerstaat hervorgegangen. Die *Heruler* und die *Gepiden* brachten es nicht zu einer Reichsgründung, aber dies gelang den Langobarden.

Die *Langobarden* wohnten schon früh westlich der Unterelbe bis hin zur Mittelelbe. Ihre von der Sage behauptete Abstammung[673] aus *Skandinavien* wird heute zwar von mehreren Forschern abgelehnt, scheint aber doch erwiesen zu sein. Sie dürften ihren Ausgang von der schwedischen Insel Gotland genommen haben. Darüber, ob sie den West- oder Ostgermanen zuzurechnen sind, herrscht noch immer keine Einigkeit, denn die älteste langobardische Geschichte ist derart von Sagen überwuchert, dass sich hier nur wenig Konkretes und Sicheres herauslesen lässt. Es ist wahrscheinlich so, dass diese ursprünglichen Ostgermanen durch ihre Niederlassungen an der unteren Elbe allmählich – auch sprachlich gesehen – eher zu Westgermanen geworden sind. Ein Teil des Stammes verblieb nämlich lange in den alten Wohnsitzen. Der Bardengau und Bardowiek in der Nähe von Lüneburg scheinen besonders an sie zu erinnern. Zuletzt waren sie noch Nachbarn der Sachsen, von denen auch der Name »Langbärte« stammen könnte, da die Sachsen eher ganz kurze Bärte trugen. Ein Teil der Langobarden ging wohl damals in ihnen auf. »Barden« von den Waffen abzuleiten ist

673 Vgl. Paulus Diakonus u. die übrigen Geschichtsschreiber der Langobarden, Übers. O. Abel.

nicht richtig, denn die eigentliche langobardische Waffe war der Ger, nicht »die lange Barte«, das heißt die Streitaxt.

Ein anderer Teil der Langobarden wanderte aus, möglicherweise aus Hungersnot. Vielleicht zogen sie ab, weil sie von den Sachsen verdrängt wurden. Sie erscheinen später in der *Donauregion*. Auf welchem Weg sie dorthin gekommen sind, darüber gehen die Vorstellungen auch heute weit auseinander. Langobardenscharen rückten ins Land der *Rugier* ein, nachdem Odoaker hier Säuberungen durchgeführt hatte, und sie kämpften an der Donau mit den Herulern, die sie teilweise vertrieben. Die ruhmvollste Zeit aus dieser Periode der Langobarden war die Regierung des Königs *Wacho*, der bis 539 herrschte. Manches spricht für die These, dass er als erster bei den Langobarden ein festes Königtum schuf, stets im Bunde mit dem Kaiser. Darum lehnte er 539 offenbar ein Hilfegesuch des ostgotischen Königs *Vitigis* ab. Die Legende berichtet zwar von einer ununterbrochenen Königsreihe, indessen, das feste Königtum ist wohl erst in späten Wanderungszeiten entstanden. Vom Land der Rugier aus drangen die Langobarden unter ihrem König *Audoin* die Donau abwärts nach *Pannonien* vor, vermutlich darum, weil die Gegenden an der mittleren Donau durch lange Plünderungen verschiedener Stämme inzwischen wirtschaftlich ausgeblutet waren. Audoin, ein Verwandter Wachos, schloss mit dem oströmischen Kaiser ein Bündnis, wodurch man nicht nur ansehnliche Jahresgelder vom Römischen Reich bekam, sondern um 546 auch mit dauerhaften Wohnsitzen in Pannonien versehen wurde.

Aber in der *Donau-Theiß-Niederung* stritten die Langobarden seit 510 mit *Gepiden*, die in jene Gebiete nach dem Gotenabzug eingedrungen waren. Konstantinopel hatte Interesse daran, dass sich beide Stämme gegenseitig aufrieben, und tat alles, um ihre Gegnerschaft anzuheizen. Als 565 die Gepiden bei den Byzantinern einen starken Schutz bekamen, schloss Langobardenkönig *Alboin* [568–572], der Sohn Audoins, mit den *Awaren*, diesem asiatischen Steppenvolk, ein Bündnis. In der Mitte des 5. Jahrhunderts waren sie in den Ebenen des Kaspischen Meeres erschienen und hatten von dort aus die *Südukraine* besetzt.

Die Awaren ließen sich ihre Hilfe teuer bezahlen, beanspruchten den zehnten Teil des Viehs der Langobarden, die halbe Kriegsbeute und das Gepidenland. Alboin schlug 567 die Gepiden so vernichtend, dass sie bald aus der Geschichte verschwanden. Seinen Gegner, König *Kunimund*, tötete er im Handgemenge und heiratete darauf dessen schöne Tochter Rosamunde. Die Awaren nahmen an diesem Kampf nicht teil, setzten sich aber in der Donau-Theiß-Ebene fest und kamen dadurch den Langobarden bedrohlich näher.

Jetzt wurde der sogenannte »Langobardenzug«, nämlich das, was zuvor auch die Ostgoten getan hatten, entscheidend:

Endlich, im Jahre 568, führte Alboin die Langobarden auf Beschluss seines Volkes nach *Italien*. Es lockte dieses Land, dessen Schönheit und Fruchtbarkeit bereits viele kannten, als sie im Gefolge oströmischer Generäle gegen Ostgoten gezogen waren. Günstig waren die Umstände: Byzanz lag mit Awaren und Persern im Streit, und Westrom war von all den Kriegen so schwach geworden, dass es nicht mehr die nötigen Mittel zu neuen Auseinandersetzungen aufbrachte. Wenn man annimmt, dass *Narses*, der bisherige oströmische Statthalter Italiens, voll Zorn über seine Absetzung durch Kaiser *Justinus II.* und die Kaiserin *Sophia* die Feinde ins Land gerufen habe, so ist dies falsch. Narses starb nämlich im Vollbesitz der kaiserlichen Gnade, der Kaiser selbst war unter den Trägern des Sarges.

Den Langobarden schlossen sich nach *Gregor von Tours* etwa 26 000 Sachsen an. Auch Sueben, Thüringer und eine Anzahl Gepiden folgten dem *Langobardenzug* nach dem Süden, dessen Zahl man auf 130 000 Personen mit Frauen und Kindern im Tross geschätzt hat. Sie zogen über den *Predilpass* durch *Friaul* nach *Aquileja*, wo sie nur geringen Widerstand antrafen. Sie gaben der *Poebene* den Namen *Lombardei*. Rom und die Küstenplätze verblieben in der Hand der Oströmer. Drei Jahre lang konnte man *Ticinum* (Pavia) nicht erobern. Aber nach dem Fall der Feste (572) erhob Alboin sie zu seiner Hauptstadt.[674] Seit der Zeit entwickelte sich hier das letzte germanische Königreich auf dem Boden des Römerreichs, eine arianische Herrschaft von römerfeindlichem Charakter. Damit endete die große Wanderbewegung, die zweihundert Jahre lang diese Völkerschaften aus der Enge der Heimat in die gefährliche Fremde geführt hatte.

674 Das römische Municipium *Ticinum* war seit Alboin als *Papia* die Hauptstadt der Langobarden. Aus dem keltischen Namen der Stadt entwickelte sich später die Benennung *Pavia*.

Lange konnte sich König Alboin seiner Erfolge nicht erfreuen. Wir wissen bereits, dass er Gepidenkönig Kunimund getötet und dessen Tochter Rosamunde zur Frau genommen hatte. Aus dem Kopf des Erschlagenen ließ er, wie Paulus Diakonus überliefert, nach skythischer Sitte eine Trinkschale herstellen. Beim Gelage reichte er sie seiner Gemahlin und forderte sie auf, frohgemut »mit ihrem Vater« zu zechen. Empört und getrieben von Blutrache, bat sie den Waffenträger Helmichis, ihren Geliebten, den König meuchlings umzubringen (572). Nach der Tat flüchteten beide nach *Ravenna* zu den Oströmern. Hier gab Rosamunde dem Antrag des *Longinus* nach, der als Nachfolger des Narses fungierte, und wollte Helmichis durch Gift beiseite schaffen. Aber dabei zwang man sie, den Rest des Giftbechers zu leeren. Da die Tat von Königin Rosamunde, einer gepidischen Prinzessin, geplant wurde, könnte man vermuten, es habe sich bei Alboins Ermordung um einen Rachefeldzug gepidischer Edler gehandelt hat. Mit Alboin endete das erst kurz zuvor gegründete langobardische Erbkönigtum.

Nun übernahmen Herzöge die Verwaltung, z. B. in Pavia, Bergamo und Brescia. Diese Herzöge, die Grenzmarken besaßen, hatten mehr Macht als die übrigen Großen. Sie mussten das Land auch gegen äußere Angriffe schützen, wie z. B. der Markherzog von *Friaul* gegen *Awaren* und Oströmer. Daher wählte das Volk aus dem Kreis der Herzöge einen namens *Klef* zum Nachfolger, der aber schon nach achtzehn Monaten durch die Hand eines Dieners umkam. Von nun an regierten 36 Herzöge zehn Jahre ohne König. Um diese Vorgänge zu verstehen, muss man das Verhältnis der Eindringlinge zu den einheimischen Römern beachten. Ebenso wie zuvor bei den Vandalen geschah die Langobardem-Invasion – im Gegensatz zur ostgotischen Eroberung – im offenen Kampf gegen das Römerreich. Doch immerhin wollte der König mit den Römern friedlich auskommen, um die Landesverwaltung aufrecht zu erhalten. In der Abschaffung des Königtums durch die Herzöge sah man deswegen eine Art Gegenströmung gegen die römerfreundliche Politik. Und in der Tat wurden die Einheimischen in der königslosen Zeit schlechter behandelt: Man fiel Gewalttaten zum Opfer; wurde leibeigen oder verlor sogar das Leben. Erst als die Langobarden wieder einen König wählten, kamen Ordnung und Milderung zurück. Übrigens schienen die Langobarden oft nicht bereit, das Land, das sie erobert hatten, selber zu bebauen. Vielfach lebten die langobardischen Herren in Städten und überließen das Wirtschaften den früheren Eigentümern, die ein Drittel des Ertrages abliefern mussten. Es ergab sich, dass die Langobarden weit härter und ungesitteter agierten als die Ostgoten. Nur ein Langobarde genoss Rechte. Der einheimische Römer bekam keinen Zutritt zu Heer oder Beamtentum. Aber nachdem der Willkür der Herzöge geregeltere Zustände folgten, traten die nationalen Konflikte zurück.

Die Langobarden verfeindeten sich übrigens auch mit den Sachsen. Ähnlich wie bei der Einwanderung der Ostgoten hatte man sich nämlich sippenweise angesiedelt, vor allem betraf dies die 26 000 aus Sachsenlanden Zugezogenen. Von ihnen forderten die Langobarden, sie sollten ihr eigenes Recht aufgeben und nach demjenigen der Langobarden leben. Da zogen es nicht wenige Sachsen vor, ihre Wohnsitze wieder zu verlassen und in ihre einstige Heimat zurückzugehen. Als sie wieder daheim waren, ergaben sich Verwicklungen, denn ihre Siedlungsgebiete hatten sich natürlich andere Stämme angeeignet. Die Langobarden verloren dadurch wertvolle Kriegerscharen, die sie wegen ihrer schwachen eigenen Kräfte inmitten von Römern gut hätten gebrauchen können.

Kaum hatten sich die Langobarden einigermaßen in Italien festgesetzt, da begingen sie einen verhängnisvollen Fehler. Statt alle Kraft auf die Bewahrung des Erreichten und auf die Abwehr Ostroms zu verwenden, legten sie sich in ihrem maßlosen Ausdehnungsdrang mit den *Franken* an. Bereits unter Alboin hatten ziel- und zwecklose langobardischen Einfälle ins Frankenreich angefangen. Das betrieb man verstärkt in der Herzogszeit. Aber angesichts des Missverhältnisses zwischen der Langobardenmacht und der fränkischen Kampfkraft war es schlechterdings unmöglich, dass solche Raubzüge Erfolg haben konnten. Es war wenig überraschend, dass sich das Geschehen umkehrte und dass stattdessen Franken in *Norditalien* einfielen. Bereits 581 drangen sie bis *Trient* vor. Die Franken sandten auch Botschaften an Ostroms Kaiser *Maurikios*, der seinerseits *Childebert I.* und dessen Mutter *Brunhilde* seit 583 finanziell unterstützte, sodass das Weiterbestehen der Langobardenstaatlichkeit fast in Frage gestellt wurde.

Bei solch einer verfehlten Außenpolitik war die erneute Einführung des Königtums mehr als notwendig, die nun endlich 584 stattfand.

Durch Volkswahl erhob man *Authari,* den Sohn des verstorbenen Herzogs von Bergamo, *Klef,* zum König. Das war eine Art Gegenschlag des langobardischen Volkes gegen die herzogliche Gewaltpolitik. Die Herzöge mussten die Hälfte ihres Eigentums nun dem König abtreten. Da zogen es einige vor, etwa wie der Herzog *Droktulf,* sich den Oströmern anzuschließen. *Authari* versuchte, mit Franken wie mit Römern Friedensverträge zu schließen. Er ordnete auch die Kontakte zur einheimischen Bevölkerung. Mit klarem Blick unterstützte er sein Reich, indem er enge Verbindungen mit dem entstehenden *Bayern* vorantrieb, die sich auch später als nützlich erwiesen und bis zum Ende des Reiches fruchtbar blieben. Wie so oft unterstrich eine Heirat den politischen Aspekt. Authari warb um die schöne Tochter *Theodelinde* des Bayernherzogs Garibald. Unerkannt als langobardischer Botschafter reiste er nach Bayern, um seine Braut zu sehen. Kurz darauf überfiel der Franke *Childebert II.* das bayerische Herzogtum. Theodelinde floh mit ihrem Bruder nach dem langobardischen Italien zu ihrem Verlobten, und Authari empfing sie mit Pomp und feierte Hochzeit in *Verona.*

Indessen, die Langobarden wurden weiter durch die byzantinisch-fränkische Allianz bedroht. 590 wurden *Mailand* und *Pavia* angegriffen, einzelne Herzöge liefen über, da gelang es Authari, der ein guter Diplomat war, die Franken zum Waffenstillstand zu bewegen. Aber bald danach vergifteten ihn offenbar seine eigenen Höflinge, die kein geordnetes Staatswesen erstrebten. Doch die äußere Lage ließ die Herzöge zur Einsicht kommen, dass die Wahl eines Nachfolgers und Gemahls der Königinwitwe notwendig sei. Theodelinde gab darauf Hand und Krone dem Herzog *Agilulf von Turin* (590-615), der alle Feindseligkeiten zwischen den beiden Völkern eindämmte, sodass die Langobarden bald in der Lage waren, ihre Grenzen weiter vorzuschieben, was schon Authari gewollt hatte, der im Süden, Osten und Westen das Meer als Grenze seines Reiches ansah und somit ganz Italien einforderte.

Da aber trat ihm eine Macht in den Weg, die sich erstmals als »dritte Kraft« bekannte, nämlich als eine nach der Herrschaft über Italien greifende Partei: Das Papsttum. Schon war der Repräsentant Roms nicht mehr der kaiserliche *Patricius,* sondern der *Pontifex maximus.*

Rechtlich war Rom zwar eine Provinzialstadt, aber in Wahrheit glich es schon mehr einem päpstlichen Territorium. Zum Repräsentanten des römischen Italien wurde der Papst schließlich, als er sich selber zum Anführer des nationalen Widerstandes gegen die Langobarden-Herrschaft machte, denn die oströmischen Herrscher vermochten gegen ihn wenig auszurichten, teils aus Unfähigkeit, teils aus Mangel an Mitteln.

Papst *Gregor der Große* (590-604) konnte alle langobardischen Angriffe gegen Rom abwehren, denn er besaß nicht allein größte Fähigkeiten zur Führung seines Amtes, sondern auch römische Bildung und hatte einst in seiner früheren Laufbahn sogar das praktische Regieren gelernt. Als die Langobarden Rom belagerten, schaffte er Lebensmittel für die Stadtbewohner herbei und leitete von der Lateran-Terrasse aus die Stadtverteidigung. Noch bevor ein Sturmangriff unternommen wurde, konnte er durch diplomatisches Auftreten mit dem König Frieden herstellen und den Abzug der langobardischen Kämpen durch eine Tributzahlung von 500 Pfund Gold durchsetzen. So absolvierte er Staatspflichten gegenüber Rom viel energischer als der oströmische Kaiser, der sie eigentlich hätte durchsetzen müssen. Da war offenbar geworden, dass der Papst als der Herr Roms betrachtet wurde, auch wenn dies vom rechtlichen Standpunkt aus nicht stimmte. So löste sich Rom quasi aus dem Herrschaftsbereich Konstantinopels, indem der Papst als das neue Oberhaupt auftrat und neben den religiösen Obliegenheiten auch die weltlichen übernahm. Mit einer solchen Aufwertung des Papsttums legte Gregor der Große die Basis für den nun langsam wachsenden Kirchenstaat. Der langobardische Friede hatte auch deswegen Bestand, weil Langobarden und Oströmer durch allerlei weitere Gegner stark gebunden wurden: Ostrom durch *Perser*, die Langobarden durch *Awaren* und *Slawen*.

Spätere langobardische Regierungen, vor allem die des *Rotharis* (636-652) und des *Grimoalds* (662-671), unternahmen wichtige Schritte, um nunmehr eine schlagkräftige Monarchie zu begründen. Dennoch, trotz einzelner Siege gegen Ostrom, vor allem unter Rothari, gelangte man nicht zu durchgreifenden Erfolgen. Meistens trugen einzelne Herzöge die Kriegslasten, so die von *Spoleto* und *Benevent*, weniger die Könige. Mehr Glück hatte man mit der Verteidigung gegen *Franken, Awaren* und *Slawen*. Bei den Kämpfen im Osten traten bald immer mehr die Herzöge von *Friaul* hervor. Und wegen der dauernden Streitigkeiten schien es nun umso wichtiger, dass sich die Volksmassen immer mehr geistig-moralisch zu einer Einheit zusammenfanden, und zwar dadurch, dass religiöse Gegensätze überwunden wurden. Die Langobarden hatten, wie schon betont, im Donaugebiet das Christentum in seiner arianischen Form kennengelernt. Doch nicht alle waren bekehrt. Bei der Eroberung Italiens drang der Christenglaube nur sehr zäh gegenüber dem jahrhundertealten Heidentum durch. Indessen, die Langobarden waren weit weniger fanatisch als Vandalen und Westgoten. Katholiken ließen sie gewähren, auch wenn anfangs harte Maßregeln gegen den römisch-katholischen Klerus noch Geltung hatten. Aber bald erfreute sich die katholische Kirche großer Nachsicht. Es gab keinen Zweifel, dass auf dem Boden der uralten Kultur und so reicher Vergangenheit der Katholizismus überlegen schien. Arianische Bischöfe verloren immer mehr ihren Einfluss auf die Bevölkerung und die germanischen Großen. Bereits Königin *Theodelinde* wurde katholisch, während ihr Gemahl Agilulf am Arianismus festhielt. Dennoch ließ er es zu, dass sein Sohn *Adaloald* katholisch aufwuchs. Deutlich favorisierte er als König den Katholizismus. In den meisten Städten wirkten damals zwei Bischöfe, ein arianischer und ein katholischer. Bereits eine Generation danach waren die Gegensätze fast verschwunden. Das germanische Fußvolk kümmerte sich weniger um Glaubensfragen. Als der Zwiespalt der Konfessionen die Langobarden und Römer nicht mehr deutlich voneinander schied, war das größte Hindernis bei der Verschmelzung beider Völker gefallen. Allmählich versiegte die staatsrechtliche Benachteiligung der Römer, die nun auch heerespflichtig wurden und Ämter und Würden erreichen konnten wie die Germanen. Bald galt derjenige als »frei«, der langobardischer oder römischer Abstammung war.

Das Reich erlebte seine größte Blüte unter dem König *Liutprand* (714-744), dem Sohn *Ansprands*. Zwei Ziele stellte sich dieser König: Die Unterwerfung der Herzöge und die Ausdehnung der Reichsgrenzen auf Kosten der Oströmer und des Papstes. 738 kam es zum offenen Konflikt zwischen dem König und den Herzögen von Spoleto und Benevent. *Thrasamund* von Spoleto und *Gottschalk* von Benevent verloren ihre Positionen. Noch auf andere Art schränkte der König die Macht der Herzöge ein, indem er das bisher immer schwankende Verhältnis von Herzögen und *Gastalden* regelte. Die Gastalden waren das Gegengewicht des Königs gegenüber den Herzögen. Ursprünglich nur die Verwalter königlicher Güter, wurden sie schließlich öffentliche Beamte, die auch nichtköniglichen Besitz unter ihren Einfluss brachten.

Mit dieser sporadischen Darstellung über die weitere Entwicklung in Italiens bis ins 7. und 8. Jahrhundert, an der die Langobarden erheblichen Anteil hatten, dürfte die eine Richtung, die die germanischen Einzelstämme in Italien nahmen – nämlich die in Ober- und Mittelitalien – zunächst erläutert sein. Es gibt aber noch eine Richtung, die die Reste von Ostgoten[675] und anderen zersplitterten Germanenstämmen nach dem Ende des Ostgotenreiches in Italien einschlugen. Und diese Überlegungen sind im Zusammenhang mit der »ostrogotischen Linie« vielleicht für Deutsche besonders interessant. Es handelt sich hierbei um die Fortsetzung von ostgotischer Sitte, Sprache, Kultur und Brauchtum in einem nicht italienisch- oder spanischsprachigen Land, sondern im deutschsprachigen Raum. Viel näher sind manche heutige Bewohner im südöstlichen deutschen Sprachraum an die ostgotische Überlieferung angelehnt, als sie dies vielleicht selber wahrhaben wollen. Zitieren wir hierzu nochmals einen Passus aus der »Origo Gothica« des Jordanes!

Ostgotische Nachfahren in Bayern

Aus: Kapitel 55 des Jordanes

Die erste Erwähnung der Bayern finden wir, wie schon erwähnt, bei Jordanes. Im Jahre 551 schrieb er Folgendes: »Jenes Land der Sueben hat nämlich folgende zu Nachbarn: im Osten die *Baiwaren*, im Westen die *Franken*, im Süden die *Burgunder*, im Norden die *Thüringer*.«[676]

Und um 565 verfasste Venantius Fortunatus folgenden aufschlussreichen Text: »Ich kam über die Drave in Noricum, über den Inn im Lan-

675 Vgl. Ludwig Schmidt, Die letzten Ostgoten. Wege der Forschung 249. 1972. 92ff.
676 Jordanes, *Monumenta Germaniae Historica*, Iordanis, *Romana et Getica*, Kap. 55.

de der Breonen,[677] den Lech nach den *Baiern* überschreitend,[678] über die Donau nach Alamannien [und] über den Rhein aus Germanien.«

An einer anderen Stelle heißt es bei Venantius Fortunatus in der *Vita St. Martini*: »Du gehst nach Augsburg, Wertach und Lech umspülen es – dann, wenn dir der Weg frei bleibt und nicht der Baier (Baioarius) sich auf demselben dir entgegenwirft, geh über die Alpen, dort wo die Ortschaften der Breonen liegen!«

Die *Bajuwaren* wurden somit erst 551 ausdrücklich genannt, und Venantius Fortunatus, Bischof von Poitiers, lokalisierte sie östlich des Lechs und somit östlich der Alamannen in der ehemaligen Römischen Provinz Rätien.[679] Keine frühe Quelle vermittelt uns Einzelheiten über die Bajuwaren-Herkunft oder ihre Ansiedlung zwischen Donau und Alpen.[680] Diese Lücke wurde im Mittelalter durch vielerlei Spekulationen gefüllt. Noch im 18. Jahrhundert stritt man lebhaft über den bajuwarischen Ursprung. Waren die Bajuwaren etwa Kelten oder doch Germanen? Ein möglicher Kontakt zwischen keltischen Boiern (in Böhmen) und Bajuwaren wurde langwierig diskutiert. Klassische Texte älterer Herkunft verwiesen, wie man glaubte, auf *Kelten*, während man die *Bajuwaren* später doch eher als Germanen ansah, was zweifellos richtig war. Die 1795 gegründete bayerische Wissenschaftsakademie schien zunächst eine keltische Abkunft zu favorisieren, doch dann setzte sich das Nationalgefühl als »Germanen« durch. In der Zeit der Romantik wollte man die bayerische Herkunft eher mit der europäischen Wirklichkeit in der Völkerwanderungszeit erklären. Doch dann dauerte es noch ein Jahrhundert, bevor man ganz unvoreingenommen das »Rätsel der Bajuwaren« zu lösen begann.

677 Breonen: am Alpenübergang des *Brenner* siedelnde germanisch sprechende Einwohner.

678 Vgl. lat. *Liccam Boioarie transies.*

679 Rätien: das von den Rätern ursprüngl. bewohnte Gebiet. Die Räter sprachen offenbar keine indogerm. Sprache, die aber durch ca. 60 Inschriften bezeugt ist. Rätien erstreckte sich vom Alpennordland bis zu den oberitalienischen Seen und vom St. Gotthard im Westen bis zum Brenner im Osten. Schon 15 v. Chr. wurde *Raetia* durch Einbeziehung der kelt. *Vindeliker* bis zur Donau ausgedehnt. Der alte röm. Militärbezirk *Raetia et Vindelicia* wurde von Augusta Vindelicorum (= Augsburg) aus regiert. Die Grenzverschiebung in das nördl. Donauvorland führte 83 n. Chr. zum Bau des rät. Limes. Unter Diokletian wurde die Provinz in *Raetia I* und *II* geteilt. Und im 5. Jahrhundert waren vor allem Alamannen im Westen vorherrschend, im Osten dagegen Bajuwaren; und zwar unter Zurückdrängung der christl. rätoroman. Bevölkerung in die Alpentäler.

680 Vgl. Ludwig Schmidt, Die Westgermanen. Die Baiern, S. 194–206.

Die ganz alte Überlieferung von einer Wanderung nach dem Süden aus dem Elbebecken wurde nun ventiliert. In der Tat, germanische Gruppen waren schon im vierten Jahrhundert mit römischer Einwilligung an der mittleren Donau sesshaft geworden. Im fünften Jahrhundert muss man beiderseits der mittleren Donau verschiedene Völkerschaften annehmen, zu denen Quaden, Sueben und Ostgoten zählten, sowie eine Restbevölkerung von romanisch sprechenden Siedlern, die nach dem Abzug der römischen Truppen zurückblieben. Diese Vermischung weist u. a. das Gräberfeld von *Klettham* bei Erding auf. Hier wurden etwa 2 300 Bestattungen aus dem fünften bis zum siebenten Jahrhundert gezählt, und hier zeigten sich neben alamannischen und thüringischen Einflüssen auch Spuren der *Ostgoten* und wohl gar der *Hunnen*. Meist waren die Toten in Ost-West-Richtung gelegt worden.

Fränkisches Einwirken trug offensichtlich dazu bei, dass sich die zunächst sehr heterogenen Gruppen zu einer Einheit verdichteten. Von 530 bis 550 entstanden offenbar neue Gräberfelder im bajuwarischen Kernland um Regensburg und Straubing an der Donau und in der Münchener Gegend, und man vermutet heute neue Ansiedlungen, wo frühere Bewohner weggezogen waren und so Neuankömmlingen einen Einstieg ermöglicht hatten. Diese Siedlungsetappe haben möglicherweise ostgotische oder ostfränkische Anführer sehr gefördert, die die Region nach so langer Unruhezeit festigen wollten. Mindestens drei Siedlungsräume dieser Phase im sechsten Jahrhundert könnte man hervorheben. Der früheste wird gern um München und nördlich im *Isartal* lokalisiert. Wenig später entwickelten sich an der Donau neue Siedlungsareale zwischen der Isarmündung und dem römischen Kastell von Regensburg, wo dann bajuwarische Grafen vom sechsten bis zum achten Jahrhundert in einer befestigten Burg residierten. Ein drittes Areal befand sich zwischen Inn und Salzach an ihren Mündungen.

Vorherrschend ist wohl der Eindruck, dass es sich bei den frühen Bajuwaren um eine »östliche Grenzgemeinschaft« handelte mit Zugang nach Italien. Wie weiter oben schon erwähnt, haben die Franken seit 531 die Thüringer unerbittlich bekriegt und bald besiegt, d. h. einverleibt. Und nach 534 gelangte der bajuwarische Adel anscheinend in den Machtbereich des fränkischen Königs. *Agilolfinger* herrschten nun in Regensburg im Schutz seiner Stadtmauern. Mit der fränkischen Oberhoheit kamen auch verstärkt katholische Einflüsse. Die ältesten Kirchen wurden als Holzbauten bei Gräberfeldern in Aubing bei München entdeckt. Mit dem Langobardeneinfall in Italien 568 erhöhte sich die Bedeutung der Bajuwaren, und das lag an ihrer Grenzlage zwischen fest etablierten und noch nicht ganz sesshaften Völkerschaften, vornehmlich aus Osteuropa. Asiatische Awaren siedelten ja damals als Nachbarn in der ungarischen Tiefebene. Relativ früh verlor der bajuwarische Stammesverband seine Selbstständigkeit an die Franken.

Der volle Name der Bayern lautete ursprünglich **baio-warioz*. Überliefert ist dieser als *Baiwaren, Baioaren, Bajoras,* lat. *Bavarii, Baioarii.* Man nimmt an, es handelt sich dabei um eine Art Selbstbezeichnung (Endonym). In **baio* steckt der Name der keltischen Boier, der auch im Landschaftsnamen Böhmen (**boio-hemum* = Heim der Boier) vorliegt. Historisch zeitgleich mit dem »Einsickern« der ostgotischen Stämme, u. a. der Skiren, die sich nach Angaben Aventins seit 493 in Pannonien im Donaugebiet niederließen, fand eine typische Lautveränderung (o > a) statt. Von da an änderte sich der Name »Boier« lautgesetzlich zu »Bayern«. Vielleicht steckt darin die Wortwurzel *bay* (pl. *bayar* »Dörfer«). So wurde die keltische Selbstbezeichnung der »Boier« eventuell mit einer »Strukturbezeichnung« verbunden, die unter dem Namen *Bayern* eine Ansammlung von »Dörfern« meinte. Das Zweitglied *-warioz,* heute nur in Ausdrücken wie *Werwolf, Wergeld* erhalten, bedeutete »Männer« (vgl. lat. viri). Der Bayernname kann daher als »Männer aus Böhmen« gedeutet werden. Doch es wird heute weitgehend bestritten, dass »Baiern« aus Böhmen kamen.

Blicken wir nun zuerst auf einige sagenhafte Überlieferungen. Manche Forscher meinen, die *Langobarden* hätten die ostgotischen Sagen weitergegeben, so sagt es Heiko Uecker.[681] Blickt man aber auf die langobardische Geschichte, so hat diese zwar zahlreiche Siege aufzuweisen, die sich indessen in langobardischen Sagen kaum widerspiegeln, mit Ausnahme der Ortnit- und König-Rother-Sage. Wieso aber fehlt bei diesen Langobarden das ganze ostgotische Sagengeflecht? Nun,

681 Heiko Uecker, Germanische Heldensage, S. 62.

es waren offenbar andere Sagenstränge, viel stärker auf ein »gotisch-deutsches« als ein »romanisches« Überlieferungsvolumen bezogen – Traditionslinien, die ja wirklich vom Reich Ermanarichs bis zu den letzten ostgotischen Aufrührern gegen Narses reichen. Ostgotische Überlieferung beschränkt sich nicht nur auf eine Sage, etwa so wie auf den westgotischen Waltharius, sondern auf viele verschiedene Legenden. Weshalb wurde eine so reiche ostgotische Sagenwelt überhaupt überliefert? Nun, Burgunder und Westgoten bildeten bald Teile des Frankenreiches, fühlten sich bald im Romanischen heimisch. Seit der Mitte des 6. Jahrhundert erst siedelten Langobarden in Italien. Aber auch sie verloren bald ihre germanische Sprache nach wenigen Generationen und somit den engen Kontakt zu germanischen Vorvätern und »Helden«. Indessen, die weiter existierenden germanisch-ostgotischen Volksreste hielten die Erinnerungen an ihre Vergangenheit, vor allem an ihr Reich in Italien, wach. Da blieben ihre Überlieferungen nämlich »gotischsprachig« oder zumindest »germanischsprachig«, wurden nicht romanisiert. Mehr als zwei Jahrhunderte lang konnte man sich so in den Sagen seit dem Untergang des Ostgotenreichs immer wieder über die glorreiche Vergangenheit »gotischer Helden« auslassen, und zwar in den »deutsche« Dialekte sprechenden Gebieten am Fuß der Alpen. Karl der Große eroberte erst 774 die damals schon weitgehend romanisierten Langobardengebiete.

Aber noch immer ist es ziemlich unklar und strittig, wie genau die Weitergabe der ostgotischen Sagen verlief, welche Rolle das entstehende Bayern dabei spielte. Wenig zur Klärung des Sachverhalts haben vielerlei Namendeutungen beigetragen. Beim ersten Glied des bei Jordanes zu lesenden Wortes *Bai-waren* meinten Fachleute, da sei eben Böhmen gemeint.[682] Das Zweitglied beachtete man weniger, es sei ohnehin nicht selten bei geographischen Namen anzutreffen.[683] Felix Dahn ging noch davon aus, alle Bayern seien aus Böhmen eingewandert, seien wohl einst Kelten gewesen![684] Aber dieser Ansicht kann man angesichts der rein germanischen bayerischen Sprache nicht zustimmen. Die Idee, die Bayern seien insgesamt aus Böhmen

682 Hans F. Nöhbauer, Die Bajuwaren, S. 164.
683 Bruno Krüger, Autorenkollektiv, Die Germanen, 2. Band, S. 549.
684 Felix Dahn, Die Germanen. 3. Buch, Kap. 4. S. 603.

gekommen, ist nunmehr überholt, weil sie weder archäologisch noch quellenmäßig gestützt wird. Wolfgang Hartung meinte, hier seien geographisch einfach nur die an der »Grenze zu Böhmen« Wohnenden bezeichnet worden.[685] Die ältere Forschung ging von Markomannen als jenen »Männern aus Böhmen« aus, die zum namengebenden Teil der Bayern geworden seien. In der aktuellen Diskussion aber werden sie eher mit elbgermanischen Gruppen identifiziert.

Schon 15 v. Chr. eroberten Römer das Alpenvorland bis zur Donau. Flur- und Ortsnamen beweisen, dass noch Kelten im Lande siedelten. Das Oppidum Manching bei Ingolstadt zeigt, dass Germanen noch nicht heimisch waren. Der archäologische Befund weist in weiten Teilen Bayerns hin auf »fast menschenleeres Ödland«. Lediglich in den unzugänglicheren Hügel- und Bergregionen gab es offenbar eine vorkeltische, alteuropäische Bevölkerung. Strabon nennt östlich des Bodensees die keltischen *Vindeliker* als Bewohner von Berghalden, während Räter und Noriker die eigentliche Alpenregion besiedelten. Während der mehrhundertjährigen Römerherrschaft ergab sich durch Zuzug ein starkes Bevölkerungswachstum, wobei schon Kaiser *Caracalla* 212 allen freien Bewohnern das Bürgerrecht zuerkannte, auch in Rätien und Noricum. Aus römischer Zeit stammen zwei Zeugnisse, die auf Boier im Land verweisen: Ein Militärdiplom, das 107 an einen Soldaten in Rätien verliehen wurde, dessen Vater Comatullus ein *Boio* (Kelte) war, und eine Keramikscherbe, in die *Boio* eingeritzt wurde. Strabon erwähnt die verlassene Einöde der Boier am Bodensee sowie »Bujaemum« im Herzynischen Wald,[686] woraus bei Tacitus dann *Boii* und *Boihaemum* werden. Bei der Wiederentdeckung des Tacitus am Hof Karls des Großen wurden diese Begriffe dann zum Vorbild für das Land *Beheim* und dessen slawische Bewohner.

Es wurde schon erwähnt: König Odoaker wollte in Rätien und Noricum, also im späteren Bayern, offenbar lieber »Germanen« haben. So mussten viele provinzialrömische Bewohner im Jahre 488 auf seinen Befehl hin die nördlich der Alpen liegenden Provinzen räumen. Im östlichen Rätien und in Noricum kam der Abzug der Romanen fast einer Entvölkerung des Landes gleich, denn mit den »römischen Her-

685 Wolfgang Hartung, Süddeutschland in der frühen Merowingerzeit, S. 172.
686 Strabon, Geographica, VII, 1.

ren« zogen auch deren Sklaven oder Kolonen in die neue Heimat nach Italien. Andere Teile der Herrschaftsschicht blieben aber im Lande und vermischten sich mit der neuen Bevölkerung. Anhand der *-ing*-Namen kann man das ursprüngliche Siedlungsgebiet der Bayern auf das Alpenvorland und den Donauraum zwischen den Flüssen Lech und Krems begrenzen. Danach expandierten sie entlang des Inntals nach Süden und entlang der Donau nach Osten, wovon die Verbreitung dieser -ing-Namen zeugt. Dort siedelten sie in der Nachbarschaft von rätoromanischer oder slawischer Bevölkerung.

Fassen wir zusammen: Als bayrisches Stammland schält sich ein Gebiet heraus, das etwa die Provinz *Raetia II* umfasste und eine Art Fünfeck darstellte, im Süden begrenzt durch Salzach und Inn und den Alpenteil von Berchtesgaden bis Füssen, im Westen durch den Lech, im Norden durch die Donau zwischen Lechmündung und Regensburg. Die fünfte Seite stellte der Böhmerwald dar zwischen Waldmünchen und Freyung.

Altbayern war zeitweise ostgotisch. Wie schon eben angedeutet, verlangte Odoaker 488, wie Eugippius mitteilt, dass alle Romanen Ufernoricum verlassen und nach Italien gehen sollten.[687] Da kaum noch Rugier dort lebten, war *Altbayern* wenig bevölkert. Als aber Theoderich der Große Italien zu regieren begann, kam Raetia II sogleich unter gotischen Einfluss, d. h. *Altbayern* war tatsächlich nach 494 Teil des Ostgotenreiches. Prokop teilt mit, um 508 seien Heruler, besiegt durch die Langobarden, ins alte Rugierland gezogen, aber wegen der Hungersnot im menschenleeren Gebiet weiter zu den Gepiden gekommen.[688] 536 trat Vitigis das sogenannte *Altbayern* an Theudebert I. ab, um die Franken damit zum Kampf gegen Ostrom zu motivieren.[689] Die Bayern behielten aber ein gewisses Selbstbestimmungsrecht. 589 verheiratete der erste Bayernherzog Garibald, wie oben bereits erwähnt, seine Tochter Theodelinde an den Langobarden *Authari*. Wie er zur Herzogswürde gelangte, ist nicht bekannt, aber sicher geschah das schon um 550 mit Zustimmung der Franken. Garibalds Geschlecht der Agilolfinger hat man aus Mangel an Wissen

687 Eugippius, Das Leben des heiligen Severin, Kap. 44, S. 113.
688 Prokop, Gotenkriege, 2. Buch, Kap. 14. S. 317.
689 Agathias, Historien, 1. Buch, Kap. 4.

abwechselnd Burgundern, Franken, Thüringern, Langobarden oder Bayern selbst zugerechnet. Eine Tochter Garibalds, deren Name nicht bekannt ist, heiratete nach Paulus Diakonus den langobardischen Herzog Evin von Trient.[690] Der Nachfolger Garibalds hieß Tassilo und dessen Sohn ebenfalls Garibald. Tassilo fungierte um 592 bereits als Baiernkönig oder -herzog. Unter dem Schutz Theodelindes missionierten Prediger wie Eustasius und Agilius aus dem Kloster Luxeuil.[691] Im Buch »Recht der Bayern« (Lex Baiuvariorum, 8. Jh.) steht zu lesen, dass bereits Theuderich befahl, die Rechte der Franken, Alamannen und Baiern aufzuzeichnen. Damals gab es, wie daraus hervorgeht, neben dem Geschlecht der Agilolfinger weitere fünf große Adelsfamilien. Eberl verweist darauf, dass sich in der *Lex* interessanterweise auch Abschnitte des Westgotenrechts finden.[692]

Archäologisch gesehen existierte ein buntes Bild der Bevölkerung. Ostgotische Gräber überwogen wohl neben thüringischen, romanischen, alamannischen, langobardischen und später auch fränkischen. Sicherlich gab es Übersiedlungen aus Böhmen, doch das waren wohl keineswegs Slawen, sondern Thüringer,[693] denn Böhmen gehörte ja bis 531 zu deren Herrschaftsbereich. Bei den frühen Bayern existierte vereinzelt noch die Sitte der künstlich deformierten Schädel, also das Schönheitsideal des Turmschädels. Hunnen hatten dies auf die unter ihrer Herrschaft stehenden Völker, d. h. auch auf Ostgoten, übertragen. In Alteglofsheim fand man ein Frauenskelett mit Turmschädel (Anfang 6. Jh.), dem eine ostgotische Fibel beigefügt war.[694] Frauengräber der bajuwarischen Oberschicht könnten wegen ihres reichen Trachteninventars als Ostgotinnen-Gräber aus dem Donauraum gelten.[695] Der Georgskult, wie er in Regensburg wohl gepflegt wurde, deutet auf östliches, arianisches Christentum hin. Heilige und Feiertage waren eher oströmisch geprägt. Vier Fünftel der bayrischen Kirchen im Mittelalter verehrten Heilige, die in Ostrom etwas galten. »Maria Himmelfahrt« und weitere Feste sind wahrscheinlich über Ostgoten

690 Paulus Diakonus, Langobardengeschichte, 3. Buch, Kap. 10
691 Wilhelm Störmer, Die Bajuwaren, S. 76.
692 Bartholomäus Eberl, Die Bajuwaren, S. 142
693 Autorenkollektiv unter Leitung v. B. Krüger, Die Germanen, 2. Band, S. 554
694 Wolfgang Hartung, Süddeutschland in der frühen Merowingerzeit, S. 145
695 Wilhelm Störmer, Die Baiuwaren, S. 23

und Ostrom vermittelt. Bayerns Entstehung war so vielgestaltig, und da waren viele Zugewanderte, aber auch solche, die auf altbairischem Boden länger ansässig waren.

Im Verlauf des 5. Jahrhunderts überschritten Germanen zunehmend die nördlichen Grenzen des Römischen Reiches. Das betraf auch den transalpinen Teil der *Raetia II* (Alpenvorland). Verschiedene Entwicklungen, zu denen die Quellen schweigen, können nur mit Hilfe der Archäologie geklärt werden. Die Grenzkastelle an der Donau wurden schon um die Mitte des 5. Jahrhunderts nach und nach aufgegeben, weniger wegen germanischer Angriffe, eher weil der von germanischen Föderaten versehene Militärdienst zum Erliegen kam, etwa wegen versiegenden Solds. Nach der *Vita St. Severini* räumte man schon gegen 470 die noch römisch geprägten Militärlager *Quintanis* (Künzing) und *Castra Batava* (Passau).[696] Seit etwa 500 setzte eine verstärkte Besiedlung durch Alamannen ein, wobei aber zumindest Teile der romanisierten Zivilbevölkerung im Land geblieben sein dürften, da sich entsprechende Orts- und Flussnamen erhalten haben. Die Alamannen, die schon 496 durch Chlodwig I. besiegt wurden, kamen als Flüchtlinge, nicht als Eroberer nach Rätien, das ja zu jener Zeit noch den Ostgoten unterstand. Theoderich nahm sie im Jahre 506 in sein Reich auf, weil er sich von ihnen eine bessere Grenzsicherung gegen die vorrückenden Franken erhoffte. Das Siedlungsgebiet der Alamannen dehnte sich spätestens jetzt von der Iller bis über den Lech aus. Östlich des Lechs, davon gehen heute die meisten Historiker aus, entstand aus den verbliebenen keltischen Vindelikern, der römischen Zivilbevölkerung, den eingewanderten Alamannen sowie Gruppen elbgermanischer Stämme, wie zum Beispiel den Markomannen, ein neuer Stamm, die Bajuwaren, bald untersetzt mit zahlreichen ostgotischen Neusiedlern.

Im Gegensatz zu älteren Auffassungen gibt es offenbar keine Anzeichen für eine Einwanderung eines schon zuvor vorhandenen einheitlichen bajuwarischen Stamms aus Böhmen, da eine deutliche Kontinuität der Einwohner hier im Alpenvorland auch nach Ende des Römerreiches gegeben war. Diese Entwicklung betraf auch Gebiete jenseits des Inn, auch die Provinzen Noricums. Ziemlich bedeutsam ist

696 Heuberger, R., Rätien im Altertum und Frühmittelalter, Band I, Innsbruck 1932.

folgende Überlegung: Die Kontakte der transalpinen *Raetia* südwärts waren spätestens seit Zerschlagung des Ostgotenreichs nach 540 nicht mehr politisch maßgebend, und so verlor Latein als »Beamtensprache« nach und nach seinen Einfluss gegenüber dem Germanischen, aber keltische und römische Begriffe sowie Ortsnamen hielten sich im Wortschatz der Mischbevölkerung. Im südlichen alpinen Raum der früheren *Raetia Prima* waren jedoch kulturelle Verbindungen zu Italien noch länger vorhanden. Der Name *Raetia* wurde später nur noch für das Areal der *Raetia prima* verwendet (Churrätien).

Das Einverleiben von Raetia II und das Heranholen von Germanen aus Böhmen dürfte schon um 540 abgeschlossen gewesen sein, zumal damals schon Binnennoricum von Franken okkupiert wurde. Wenn Bajuwaren auf diese Weise zusammenkamen, war das wohl vornehmlich ein administrativer Prozess, und zwar Ende des 5. Jahrhunderts von ostgotischer Seite initiiert. Man fasste einheimische Siedler sowie aus dem Südosten neu angesiedelte Gruppen, die vorwiegend wohl ostgotischer Herkunft waren, in der alten Provinz *Raetia Secunda* zusammen. Ein zusätzlicher Impuls war nach 531 das erwähnte Hinzukommen von Elbgermanen aus Böhmen. Da erst entstand wohl auch der Stammesname *Bajuwaren* (!). Die schon im Lande befindlichen Einwohner, Neuankömmlinge, ostgotische Scharen sowie versprengte Germanen in den Alpentälern wuchsen so bald zu einer neuen Einheit zusammen. Die Bezeichnung Bajuwaren – Bayern war bereits vor der vollständigen Ausbildung des Stammesverbandes existent.

Wie schon eingangs betont, haben wir die erste Erwähnung der Bajuwaren durch Jordanes Mitte des 6. Jahrhunderts. Und sie werden grob gesehen östlich der Alamannen und südlich der Thüringer lokalisiert. Als wenige Jahre später Venantius Fortunatus von Italien über Augsburg reiste, hatte er vorher, wie berichtet, die Grenze zwischen ihnen und den Alamannen passiert. Diese muss danach östlich des Lechs gelegen haben. Nach den archäologischen Fundplätzen umfasste also das Stammes- und Siedlungsgebiet das fruchtbare Flachland in breiten Streifen entlang der großen Voralpenflüsse und ihrer Nebenflüsse. Es war also kein geschlossenes Siedlungsgebiet. Erst im Verlauf des späten 6. Jahrhunderts und vor allem während des 7. Jahrhunderts wurden die Siedlungen bis in den Nordgau, d. h. bis kurz vor Nürnberg und in die Alpentäler ausgedehnt. Gleichzeitig verstärkte sich die Binnenkolonisation.

Auf den Reihengräberfeldern von Aschheim, Landkreis München, und Straubing, Kreis Kehlheim, wurden christliche Kirchen als einschiffige Pfostenbauten aufgefunden. Die erstere gehört in die Zeit um 600, die von Straubing wohl in das weitere 7. Jahrhundert. Der Verschmelzungsprozess geriet durch die Zugehörigkeit des Stammesgebietes zum fränkischen Herrschaftsbereich auch kulturell in dessen Einfluss sowie in den der benachbarten Alamannen, von denen Teile im fränkischen Staat zu militärischem Schutz eingesetzt worden waren. Wenn sich trotzdem gegen die herrschenden politischen und kulturellen Kräfte eine eigene Kultur deutlich entwickelte, ist das ein Beweis für die Vitalität der zu einer neuen Einheit zusammenwachsenden Bevölkerung verschiedener Herkunft. Die Frauen trugen, wie auch sonst im Reihengräberkreis üblich, vergoldete Silberfibeln, Perlenketten, Gürtelschnallen, Wadenbinden mit Schnallen, Gürtelgehänge, Schlüssel, Armringe, Fingerringe, seltener Ohrringe. Die Männertracht mit Gürtelschnalle im 6. Jahrhundert und die mehrteilige Gürtelgarnitur aus Eisen mit Silbereinlagen ähneln sehr stark den alamannischen Gürtelgarnituren und scheinen einen eigenen Werkstattkreis zu belegen.

Ostgotisch und vermutetes Bairisch im 6. Jahrhundert

Textmaterial aus dieser Zeit liegt leider kaum vor. Die Schreibweisen mit *y* gehen auf Ludwig I. zurück. In der Sprachwissenschaft wird streng unterschieden zwischen bairischer Sprache beziehungsweise Bevölkerung, welches mit *i* geschrieben wird, und dem bayerischen Territorium mit *y*. Wie zuvor schon erwähnt, gehören die bairischen Dialekte zusammen mit den alamannischen und ostfränkischen zum Oberdeutschen. Das bekannteste Merkmal, das das Oberdeutsche von anderen Dialekten unterscheidet, ist bekanntermaßen die althochdeutsche Lautverschiebung, die allerdings erst langsam im 6. Jahrhundert einsetzte. Im spezifischen Bairischen finden sich umfangreiche ostgotische Einflüsse, so bedeutet *Ertag* = Dienstag, eigentlich griechisch

»Tag des Arios«. *Pfinztag* = Donnerstag, d. i. »fünfter Tag« der Woche von Sonntag aus gezählt. Auf Weiteres wird später näher eingegangen.

Vergleicht man das Bairische mit dem Gotischen, so würden nach älteren sprachgeographischen Einteilungen Bairisch und Gotisch verschiedenen germanischen Sprachzweigen angehören.[697] Betrachtet man die Einteilungen jedoch genauer, ergeben sich interessante Verbindungen. Dass Burgunder, Vandalen, Gepiden und Goten eine Spracheinheit bildeten, meinte schon Prokop, der angibt, dass diese Völker eine Sprache, nämlich das Gotische, sprächen.[698] Allerdings kennen wir das Gotische durch Wulfila aus dem 4. Jahrhundert, andere germanische Sprachen, beispielsweise das Angelsächsische und Althochdeutsche, aber erst aus dem 7. und 8. Jahrhundert. Das Oberdeutsche entwickelte sich, als sich die Zweite oder Hochdeutsche Lautverschiebung von Süden nach Norden vorschob und allmählich durchsetzte, vorwiegend im südlichen Elb- und Ostgermanischen. Es gibt unbestritten mehr Gemeinsamkeiten des Oberdeutschen mit dem Nordischen und Gotischen als mit dem Westgermanischen.[699]

Untersucht man das Bairische hinsichtlich seiner Ähnlichkeiten mit dem Gotischen, so wird man zugeben, dass sehr viele alte gotische Wörter auch im Oberdeutschen weiter existieren, zudem stellt man fest, dass viele eindeutig gotische Begriffe Eingang ins Bairische gefunden haben, die oftmals mit dem arianischen Christentum zusammenhingen. Auf zwei Wochentage, auf Dienstag und Donnerstag, wurde schon weiter oben verwiesen. Auch der Freitag, bairisch *Pferintag*, geht auf das Gotische und Griechische zurück. Sonnabend, bairisch *Samstag* (Tag des Sabbat), lautet gotisch-griechisch *sambaton* und verbreitete sich in ganz Süddeutschland. Mehrere religiöse Begriffe im Bairischen sind aus dem Gotischen entlehnt. Das Wort »Pfingsten« entwickelte sich aus dem griechischen *Pentekoste* über das gotische *Paintekuste*. »Pfaffe«, eigentlich von griechisch *papas*, drang wohl über das gotische *papa* ein. Das bairische *pfaid* kann dem gotischen *paida* (Hemd, Hirtenkleid) zugerechnet werden. Das in der Sippe vererbte Land nannte man im

697 Ernst Schwarz, Goten, Nordgermanen, Angelsachsen. Studien zur Ausgliederung der germ. Sprachen, Bibliotheca Germanica 2, 1951.

698 Prokop, Vandalenkriege, I. Buch, Kap. 2, S. 13

699 Ferdinand Wrede, Über die Sprache der Ostgoten in Italien (Quellen u. Forschungen zur Sprach- und Culturgesch. der germ. Völker) 68, 1891.

Gotischen *haimothli*, und im Bairischen spricht man noch heute beim Bauernhof vom *hoamatl*. Das Wort *Teufel*, griechisch *diabolos*, ist wohl über das Griechische und Gotische ins Bairische und somit ins Deutsche gekommen. Gotisch *armahairts* (barmherzig) entspricht dem althochdeutschen *armherzi*; das bairische *dult* entstammt dem gotischen *dulths* (Fest); das bairische *maut* (Steuer) leitet sich vom gotischen *mota* ab und fand auch ins Gesamtdeutsche Eingang. Das christliche *taufen*, althochdeutsch *touffen*, kann man auf das ältere gotische *duapjan* zurückführen. Gotisch *weihs* (heilig) kehrt wieder in althochdeutsch *wih*; im Deutschen wurde durch Diphthongierung daraus *weih*, z. B. in »Weihnachten«. Althochdeutsches *ginist* geht zurück auf gotisch *ganists* (Rettung, Heil). Vom Gotischen *nasjands* (Heiland) ergibt sich germanisch *neriand*. Man könnte erhebliche Mengen an Beispielen anführen. Aus den überlieferten Wörtern ist zu ersehen, dass die alten Baiern wohl häufig noch *Arianer* waren, und dies wird auf einstige gotische Missionen zurückgeführt. Einflüsse auf gotisch-christliche Bevölkerungsteile, so meinen einzelne Forscher, seien in der Tat bei dem um 500 plötzlich auftauchenden »Mischvolk« der Baiern anzutreffen.

Viele gotische Wörter ähneln natürlich denen in anderen germanischen Sprachen noch sehr stark, sodass oftmals der Entwicklungsweg dieser Begriffe nicht deutlich nachvollziehbar ist, wenn beispielsweise Bairisch und Gotisch die gleichen Wurzeln und Wortstämme aufweisen. Das ist beinahe beim größeren Teil des gotischen Wortschatzes der Fall.[700] Viele Wortbeispiele entstammen dem alltäglichen Leben. Auch Schmidt hat schon betont, dass das Bairische einen starken ostgermanischen Einschlag aufweist. Er verweist darauf, dass zum Beispiel ostgotische Personennamen wie *Amalung* und *Amalfrit* in bairischen Urkunden auftauchen.[701] Das frühe Bairische als Teil des Althochdeutschen hatte offenbar noch starke Verbindungen mit dem Gotischen, wozu im Weiteren noch nähere Ausführungen gemacht werden.

Aber ähnliche Verbindungen könnte man auch auf dem Gebiet der bairischen Sagen und Legenden feststellen. Einige Überlieferungen, so das »Annolied« aus dem 11. Jahrhundert, gehen, wenn auch

700 Vgl. dazu das *Kleine deutsch-got. Wörterverzeichnis* mit Wortstamm-Ähnlichkeiten unter Einbeziehung des Schwedischen hier im Anhang!

701 Ludwig Schmidt, Die Westgermanen, S. 198.

sehr unhistorisch, auf Kämpfe mit Bajuwaren ein.[702] So wird an einer Stelle hervorgehoben, dass die Römer, es sei Caesar (!) gewesen, bei der Eroberung der Feste Regensburg schließlich Erfolg gehabt hätten. Obwohl diese Passage gar nicht glaubhaft ist, zeigt das »Annolied« dennoch, dass sich im Bewusstsein von kirchlichen Historikern jener Zeit Erinnerungen an Auseinandersetzungen zwischen Römern und bairisch-ostgotischen Kriegern gehalten haben.

Auch in der »Regensburger Kaiserchronik« (um 1150) wird unter zahlreichen legendenhaften Darlegungen auf einen bairischen Herzog *Adelger* Bezug genommen. So berichtet die Kaiserchronik über ostgotisches Sagengut etwa, dass Dietrich von Berns Großvater, der alte Dietrich, sich dem Hunnenkönig *Ezzel* nicht unterwerfen wollte. Herzog Adelger kämpft beispielsweise gegen die Hunnen, die eine Niederlage erleiden. Weiter liest man, dass in Brixen (!) eine Schlacht gegen die Römer stattfand, in der am Ende die Baiern siegten. Die Chronik spielt auf die Ersteroberung Bayerns an, wenn Adelger stolz äußert: »Dieses Land habe ich gewonnen, den Baiern zur Ehre; und diese Mark diene ihnen immerdar.«[703] Hier schwingt im Bewusstsein des anonymen Schreibers der Kaiserchronik die Vorstellung mit, dass diese »Mark« im Kampf gegen äußere Feinde, also beispielsweise gegen Römer, einst eingenommen wurde. In einer *Vita* des heiligen *Quirin*, die ein Mönch namens Heinrich in Tegernsee um 1160/1170 verfasste, wird diese Geschichte nicht über Adelger, sondern über einen Herzog namens *Theodo* berichtet. Die Einwohner Noricums seien durch Goten vertrieben worden, später seien Baiern unter Theodo zurückgekehrt, die nun dem Kaiser Zins zahlen sollten, es aber ablehnten und schließlich die Römer bei Öttingen zweimal besiegten.[704] Anderswo, nämlich in den »Salzburger Annalen«, seien Baiern, wie Nöhbauer[705] schreibt, um 508 in ihre alte Heimat zurückgekommen und hätten die Römer bei Rosenheim besiegt.

Jüngeren Datums ist die »Bayerische Chronik« (Ende 15. Jh.) des Johannes Turmair, genannt *Aventinus*, worin der historisch so gut be-

702 Wilhelm Störmer, Die Bajuwaren, S. 14.
703 Brüder Grimm, Deutsche Sagen, S. 491f.
704 Ernst Friedrich Ohly, Sage und Legende in der Kaiserchronik, S. 149.
705 Hans F. Nöhbauer, Die Bajuwaren, S. 152.

legte Odoaker auftaucht und für das Jahr 508 die Einnahme *Regensburgs* durch Baiern genannt wird. Ahistorisch und abenteuerlich ist natürlich, wenn im gleichen Atemzug *Dietrich von Bern* vorkommt, aber im Grundsätzlichen wird die Entstehungsgeschichte Bayerns dennoch richtig dargestellt, wobei mehrfach Namen im Spiel sind, die durchaus als historisch gelten. Es ist von einem Herzog *Dieth* die Rede, der Bayern 537 an seine Söhne vermacht habe, auch ein gewisser *Thessel* (Tassilo) ist erwähnt, der Bayern aufteilte. Obwohl vieles sehr ungenau und sagenhaft erzählt ist, erkennt man doch, wie sich wahrscheinlich das Bajuwarenland aus ansässigem und ostgotischem Menschenreservoir gebildet haben könnte. Spürt man den bayerischen Herkunftssagen nach, findet man, dass eben ostgotische Quellen in erheblichem Maße vorhanden sind. Die Adelger-Geschichte der Kaiserchronik weist übrigens viele Übereinstimmungen mit Fredegars Sage über Theoderich auf.

Fredegar (*Fredegarius Scholasticus*) ist der überlieferte Name des Verfassers einer frühmittelalterlichen lateinischen Chronik. Sie berichtet auch über die Beziehungen des Frankenreichs zu den Ländern Mittel- und Osteuropas. Es ist unklar, wie viele Personen sich hinter diesem Namen verbergen. Möglicherweise haben bis zu drei Schreiber an dem Werk mitgewirkt, auch wenn die neuere Forschung wieder davon ausgeht, dass es sich nur um einen Autor gehandelt hat, der das Werk um 659 verfasste. Es wird davon ausgegangen, dass der Autor oder die Autoren aus adligen Kreisen stammten, eventuell aus der Verwaltung, da die Texte ein eindeutiges Interesse für diese Bereiche erkennen lassen. Die Chronik endet 642 abrupt, einzelne Angaben reichen jedoch bis um 658. Das Interesse des Autors galt vor allem den Herrschern, deren Schwächen er pointiert herausstellte. Das in mangelhaftem Latein abgefasste Werk ist in 38 Handschriften überliefert.

Fredegar befasst sich lang und breit mit dem Ostgotenkönig Theoderich, der bei ihm aus dem Volk der versklavten *Mazedonier* stammt. Ravenna kommt vor, und dort vernichtet Theoderich seinen Widersacher Odoaker. Dann aber weicht Fredegar erheblich von der geläufigen Dietrichsage ab. Römische Senatoren wollen Dietrich töten lassen, als er mit 12 000 Goten in Konstantinopel zu Gast ist. Doch sein Freund, der hier *Ptolemaeus* heißt, rät dem Kaiser, ihn unbehelligt nach Rom zurückkehren zu lassen. Einen Gefolgsmann findet Dietrich in einem Awaren, und nach weiteren komplizierten Verwicklungen kann Dietrich in Rom 32 Jahre lang regieren und muss dem Kaiser jährlich nur einen Scheffel Erde (!) abliefern. Praktisch ist Dietrich von Bern die Vorlage für Theodo oder Dieth von Bayern. Passend hierzu ist auch der Sagenteil, wie Theodo (alias Dietrich) vertrieben wurde, die Gegner besiegte und zurückkehrte. Die Bayernsage ist quasi eine Kopie der ostgotischen Stammessage. Fredegars Theoderich-Geschichte scheint eine gelehrte Abwandlung der immer noch volkstümlichen *Dietrichsage* zu sein. Fredegar weicht von der früheren einfachen Überlieferung ab, weil er auch Geschichtswissen einmischt und lateinisches Namensgut einflicht. Möglicherweise haben auch Schreiber ältere Textvarianten willkürlich verändert. Wilhelm Grimm erklärt, dass in manchen Texten statt Ptolemaeus auch *Wigand* oder Wighart vorkommen.[706] Offenbar konnte Fredegar auf eine ältere lateinische Quelle der Dietrichsage zurückgreifen, wie Ingeborg Vogel vermutet.[707]

Insgesamt kann man wohl in der bairischen und ostgotischen Volksüberlieferung von einer gemeinsamen Linie sprechen.

Neben den sprachlichen Ähnlichkeiten sprechen auch die christlichen Befunde in Altbayern für eine Übernahme aus den ostgotischen Religionsriten. Im Bayernland kam christliches Gedankengut nach Ausweis von Bodenfunden und schriftlichen Zeugnissen[708] schon früh zum Ausdruck. Die ansässige romanische und germanischen Bevölkerung, die durchweg schon christlich organisiert gewesen sein dürfte, taucht im neuen Stammesverband der Baiern auf, und von ihr gingen bald das Christentum fördernde Impulse aus. *Venantius Fortunatus* sprach am Ende des 6. Jahrhunderts in seinen vier Büchern über Sankt Martin davon. Weiterhin ist im ostgotisch verwalteten Rätien unter den hinzugekommenen Germanen ohnehin eine ostgotische Missionierung zu erwarten. Die Bajuwaren wandten sich seit der zweiten Hälfte des 6. Jahrhunderts stark den *Langobarden* in Oberitalien zu. Es gab auch von dort starke Impulse, die am Ende des nächsten

706 Wilhelm Grimm, Die deutsche Heldensage, S. 14.

707 Ingeborg Vogel, Gesta Theoderici, eine frühe Quelle der Dietrichsage, S. 11.

708 Auch in der *Lex Baiuvariorum* (8. Jh.) erblickt man christliches Gedankengut, das gleichwohl auf das 6.-7. Jahrhundert zurückgeht.

Jahrhunderts sogar zu kirchlichen Autarkie-Bestrebungen gegenüber dem Frankenreich führten. Archäologische Belege für ein Vorhandensein von Christen im Stammesverband der Bajuwaren beginnen, wie erwähnt, im 6. Jahrhundert. Allerdings stellen diese frühen Funde mit christlichen Zeichen oftmals Importstücke dar, die als Schmuck (Goldbrakteaten, Goldblattkreuze) auch von Nichtchristen getragen worden sein können. Seit dem 7. Jahrhundert liegen auch Fundgegenstände mit christlichen Zeichen bayerischer Provenienz vor. Ist die Deutung eines Pfostenbaus am Rande des Reihengräberfeldes von Aubing bei München aus dem 6. Jahrhundert als Kirche richtig, hätten wir hier den ältesten Sakralbau der Baiern. Aber schon zu Beginn des 7. Jahrhunderts kommen neue christliche Anregungen nach Bayern (Agilus, Eustasius) und mehr noch am Ende des 7. Jahrhunderts. Dies führte zu frühen Klostergründungen[709] sowohl durch das Herzogshaus als auch durch den bairischen Adel (Benediktbeuern, Tegernsee). Die Kirchenorganisation wurde ebenso wie in Thüringen durch *Bonifatius* vollendet, der 739 die Bistümer Regensburg, Passau, Salzburg und Freising einrichtete. Am Ende stand 798 die Errichtung des Erzbistums Salzburg zur Zeit Karls des Großen.

Interessant ist das Auftauchen einer bairischen Herzogslinie, der Agilolfinger.[710] Wie bereits betont, waren die fränkischen Könige 531 bis 534 durch die Okkupation des Thüringerreichs in den Besitz des großen Landstreifens nördlich der Donau gekommen. 536 trat Ostgotenkönig Vitigis auch das westliche Rätien (Raetia I) an die Franken ab. Das östliche (Raetia II) könnte schon eher zum Frankenreich gekommen sein, etwa als Abtretung zwischen 526 und 536. Offenkundig gab es zunächst keine Gegensätze zwischen Bajuwaren und Franken. Bajuwaren zahlten beispielsweise keinen Tribut, was im Falle einer feindlichen Eroberung sicherlich der Fall gewesen wäre. Das Herrschaftsgebiet des Herzogs lag vor allem im Ostteil Bayerns, sein Sitz war Regensburg. Im Westteil gab es starke Adelsvertretungen. Nach der *Lex Baiuvariorum*, deren Inhalt auf Theudebert I. zurückgeht, war die bairische Herzogswürde in der Familie der Agilolfinger erblich.

709 Chammünster, Innichen, Kremsmünster, Mondsee, Niederalteich.

710 Reindel, K., Das Zeitalter der Agilolfinger. Handbuch der bayer. Geschichte 1, München 1981. 101ff. Paulus Diakonus 1, 21. Origo Langobardorum 5.

Der bajuwarische Herzog, in fränkischen Quellen meist dux genannt, war die oberste Instanz der Landeskirche, oberster Richter und Heerführer. Es zeigte sich früh eine enge Verbindung zum Frankenkönig. Herzog Garibald I. heiratete zwischen 555 und 561 *Waldrada*, Theudebalds geschiedene Frau. Im Prolog zur *Lex Baiuvariorum* wird Frankenkönig Theuderich (511-534) als erster Gesetzgeber der Baiern genannt, möglicherweise bezog sich das aber auf Theudebert I. Bei einer kleineren Ansiedlung neuer Bevölkerungsteile aus dem Süden während der zweiten Hälfte des 6. Jahrhunderts, kenntlich an Beutelgefäßen, könnte es sich um Gepiden und Langobarden gehandelt haben. Umstritten ist die Herkunft der Agilolfinger. Man vermutet einheimische Adlige einerseits, eine burgundische Abkunft andererseits und drittens eine aus mindestens drei unterschiedlichen Vorfahren gebildete Adelssippe. Danach soll Garibald von *Fara*, einem herulischen Unterführer Belisars, abstammen, während der zweite Herzog Tassilo I. (592-598), ein Sohn von Garibalds Bruder Sinduald gewesen sein soll. Andere meinen, der von Frankenkönig Childebert II. (575-595) nach Garibalds Tod eingesetzte Tassilo I. stamme von burgundischen Agilolfingern ab. Der bairische Adel pflegte jedenfalls engere Beziehungen nach Süden, zu den Langobarden. Frankenkönig Childebert wird im Prolog der Lex Baiuvariorum als Erneuer dieses Gesetzes genannt. Das Herzogshaus der Bajuwaren stand offenbar stets im Spannungsfeld zwischen Franken und Langobarden. Um die Mitte des 6. Jahrhunderts, als Franken und Langobarden ihre Interessengebiete abgesteckt hatten, sorgte der fränkische König selbst durch die Heirat Garibalds I. für dessen Bindung ans Frankenreich.

Als die Langobarden aus Pannonien 568 nach Oberitalien kamen, führte das zu fränkisch-langobardischen Zwistigkeiten, wobei der bajuwarische Herzog offenbar Partei für die Langobarden ergriff. Zudem vermählte er seine Tochter *Theodelinde* mit Langobardenkönig *Authari*. Nach dessen Tod heiratete sie den Langobarden *Agilulf*. Hier ist also eine starke Orientierung auf die Langobarden zu spüren, die wahrscheinlich größere Selbstständigkeit bringen sollte. Verständigten sich jedoch Franken und Langobarden, ging das zu Lasten der Baiern. Garibalds Sohn wurde durch *Childebert II.* im Herzogamt übergangen, weil sich sein Vater offenbar zu sehr für die Langobarden eingesetzt hatte. Nicht er, sondern der Spross der burgundischen, den Franken treu ergebenen Seitenlinie der Agilolfinger wurde 592 als Tassilo I. ins Herzogsamt eingesetzt.

Schon seit 568 behaupteten die Baiern die Südostflanke des fränkischen Staates, sodass Awaren und Slowenen nicht die Alpengipfel, die Enns und das Donaugebiet bei Linz überschreiten konnten. Später rief die zunehmende Selbstständigkeit der Herzöge das Frankenreich auf den Plan, als es durch die Hausmeier, beginnend mit Karl Martell, wieder erstarkte. Erst Karl der Große zwang auch die selbstständigen Baiern in seinen Staat. Nachdem er Sachsen und Langobarden unterworfen hatte, musste sich Tassilo III. im Jahre 781 Karl unterwerfen. Und die erneute Missachtung von Weisungen Karls durch Tassilo führte 788 sogar zu dessen Absetzung. Nach dem Sturz der *Agilolfinger* wurde Bayern seitdem vollständig in den fränkischen Staat integriert.

Nach diesem Exkurs in die bairische Geschichte kehren wir nochmals zu den sagenhaften Anfängen zurück. Es ist ziemlich wahrscheinlich, wie oben schon angedeutet, dass die Baiern die ostgotische Heldensage weitergeführt haben, und nicht unmöglich ist es zudem, dass diese sogar zum erheblichen Teil erst damals im Bajuwarenland voll ausgeprägt wurde. Wie aus unterschiedlichen Quellen hervorgeht, waren die vielen *Dietrichsagen*, d. h. Geschichten über den bewunderten Ostgotenkönig Theoderich, beim Volk sehr populär.

Zusammenfassend könnte man sagen: Archäologische Forschungen haben zur Frage, ob die Baiern geradenwegs Nachkommen von Ostgoten sind, bislang keine überzeugenden endgültigen Antworten gegeben. Mehr Aufschluss darf man aber von sprachwissenschaftlichen Untersuchungen und den frühen – allerdings sehr dürftigen – bairischen Überlieferungen erhoffen, die ziemlich eindeutig auf die *Ostgoten* hinweisen. Den Ostgoten zugeschriebenen Wörter im Bairischen sind dem Volksleben zuzuordnen,[711] und aus den bairischen Sagen geht hervor, dass hier deutlich Überlieferungen der Ostgoten und Rugier zu erkennen sind. Weiterhin bestehen Verweise zu Herulern und Thüringern. Sicherlich haben diese vier Völkerschaften bei der Ausbildung der Baiern ihren Anteil. *Theodo* aus der Stammessage ist stets mit Dietrich von Bern in Verbindung gebracht worden.

711 Ferdinand Wrede, Über die Sprache der Ostgoten in Italien, S. 101

Einige Forscher meinen, der Begriff »Bayern« hänge sogar mit dem Wort *Pannonien* zusammen, denn der hier mehrfach zitierte Priskos spricht nach Otto J. Maenchen-Helfen vom »Lande der Paionier«(der Baiern?),[712] aber das war ja das alte Heimatland der Ostgoten. Danach könnten verschiedene bairische »Volkselemente« schon in Pannonien ausgebildet worden sein.

Wie und wo das Gotische weiterlebte

Beinahe den größeren Teil des gotischen Wortschatzes aus dem 4. Jahrhundert trifft man in den alten oberdeutschen Mundarten an, u.a. im Bairischen. Ein erheblicher Prozentsatz dieser Wörter ist auch im heutigen Deutsch noch vorhanden, wenn man die lautlichen und grammatischen Veränderungen, die sogenannten »Neuerungen« seit gotischer Zeit berücksichtigt. Bestimmte Konsonanten wandelten sich, im Vokalismus änderten sich verschiedene Lautwerte, es gab Diphthongierungen, den *i*-Umlaut, den das Gotische noch nicht kennt (z. B got. *satjan* > nhd. setzen) und weitere lautliche Gesetzmäßigkeiten, die wir weiter unten noch etwas ausführlicher andeuten wollen.

Zu Beginn des 6. Jahrhunderts saßen im heutigen Deutschland, in den Niederlanden und einem Teil der Schweiz bekanntermaßen germanische Stämme: U.a. Alamannen, Thüringer, Baiern, Franken, Sachsen und Friesen. Diese Stämme waren zunächst keine sprachlich einheitlichen Gruppen. Innerhalb der großen Verbände, die durch den Zusammenschluss kleinerer Stammesgebilde entstanden waren, begann jedoch im Laufe der Zeit ein sprachlicher Austausch. Die Stämme waren miteinander in mannigfache Beziehungen getreten, sodass sich mit der Zeit ein kultureller Austausch und in gewissen Grenzen eine größere Einheitlichkeit ergab, die auch in der Sprache deutlich wurde. Üblicherweise gliedert man unsere Sprachgeschichte in die vorliterarische Zeit (5.- 8. Jh.), althochdeutsche Zeit (8.-11. Jh.), mittelhochdeutsche Zeit (11.-14. Jh.), frühneuhochdeutsche Zeit (14. Jh. -Beginn des 17. Jh.) und neuhochdeutsche Zeit. Die Verwendung der gebräuchlichen Bezeichnungen ahd. (= *althochdeutsch*), mhd. (=

712 Otto J. Maenchen-Helfen, Die Welt der Hunnen, S. 66.

mittelhochdeutsch) und nhd. (= *neuhochdeutsch*). Das darf nicht so verstanden werden, als sei das *Niederdeutsche* ohne Einfluss auf unserer Nationalsprache gewesen. Die Periodisierung besagt nicht, dass es zwischen den Epochen klar erkennbare Einschnitte gäbe. In der Entwicklung der Sprache gibt es keine Sprünge, sondern nur ganz allmähliche Übergänge. Außerdem ist immer zu beachten, dass sich Sprache nicht überall gleichmäßig und gleichartig entwickelt.

Sehr wichtig für die Veränderungen des Gotischen – wie schon kurz erwähnt – war die *Zweite oder Hochdeutsche Lautverschiebung*. Seit 450–500 ging sie vom Süden, wahrscheinlich vom Alamannischen, aus. Sie durchdrang den deutschen Sprachraum nicht vollständig. Sie betraf u.a. die stimmlosen Verschlusslaute *p, t, k* und die stimmhaften Reibelaute *b, d, g*. Auf einige Einzelheiten wird weiter unten noch eingegangen. Da wir aus der Zeit der Wirksamkeit der Zweiten Lautverschiebung – sie ist bis auf den Kölner Raum um 800 abgeschlossen – für das Deutsche (Westgermanische) keine literarischen Zeugnisse besitzen, müssen wir zur Verdeutlichung ihrer Ergebnisse stets vom Gotischen, Schwedischen, Altsächsischen oder Englischen ausgehen, deren Lautbestand durch diese Lautverschiebung nicht verändert wurde. Das Vordringen der Verschiebung war von mannigfachen politischen und kulturellen Gegebenheiten abhängig. Fächerförmig breitete sie sich über den Süden und die Mitte des Sprachareals aus. Ergebnis war eine quer durch das deutsche Sprachgebiet von West nach Ost verlaufende Furche, die heute von Aachen über Düsseldorf, Kassel, Aschersleben, Magdeburg nach Frankfurt an der Oder verläuft. Nördlich von ihr wurde *niederdeutsch*, südlich von ihr *hochdeutsch* gesprochen.

Voll wirksam wurde diese genannte Verschiebung aber nur im *Süden*, etwa im *Bairischen*. Je weiter sie nach Norden vorstieß, desto geringer war ihre Kraft, umso häufiger zeigen sich Ausnahmen. Gebiete, die von ihr nur teilweise berührt wurden, grenzen wir als *mitteldeutsche* Sprachräume ab. Wegen der unterschiedlichen Wirksamkeit der Lautverschiebung vertieften sich die schon vorher existierenden Sprachbesonderheiten der Landschaften und traten als *Mundarten* deutlicher hervor. Zum Hochdeutschen bzw. *Oberdeutschen* rechnen wir u. a. Bairisch, Alamannisch, Ostfränkisch und Südfränkisch; zum

Mitteldeutschen zählen Rheinfränkisch, Mittelfränkisch und Thüringisch. Im Niederdeutschen beispielsweise finden wir Niedersächsisch, Niederfränkisch und Friesisch. Als Bezeichnung der Sprachstufe wählen wir hier die üblichen Abkürzungen, ahd. = althochdeutsch, nhd. = neuhochdeutsch u. a., abair. = altbairisch, das wir zusätzlich mit einem * Stern versehen, da es sich um eine erschlossene Wortform handelt.

Für die Datierung sind wir auf indirekte Schlüsse angewiesen, da wir aus jener Zeit keine schriftlichen Aufzeichnungen haben. Einen Anhaltspunkt bildet u. a. der Name des Hunnenkönigs *Attila*. Der muss schon vor der Zweiten Lautverschiebung gebraucht worden sein, denn er ist ihr unterworfen worden. Die mittelhochdeutsche Form lautet bekanntlich *Etzel*. Da Attila im Jahre 453 starb, dürfen wir also die Verschiebung *tt* > *tz* kaum vor der Mitte des 5. Jahrhunderts ansetzen. Einen weiteren Anhaltspunkt bietet das Wort für den niederen Geistlichen, das über das Gotische ins Deutsche kommt: got. *papás* > ahd. *pfaffo* > Pfaffe. Vor der Mitte des 5. Jahrhunderts geht von der gotischen Kirche aber kaum größerer Einfluss auf andere Sprachgruppierungen aus. Deshalb können wir die Verschiebung des stimmlosen Verschlusslautes *p* > *pf*, *ff* kaum vor der Mitte des 5. Jahrhunderts ansetzen. Mit einiger Sicherheit kann man sagen, die *Zweite Lautverschiebung* im alamannisch-bairischen Raum begann gegen Ende des 5. und zu Anfang des 6. Jahrhunderts. Im selben Jahrhundert wurde sie im weiteren oberdeutschen Gebiet wirksam. In einzelnen Gegenden vollzog sie sich auf Grund besonderer politischer Gegebenheiten noch später. *Gotisch* wurde mit Lautverschiebung recht umfänglich im Oberdeutschen (Bairischen) bis hin zum Neuhochdeutschen gleichsam indirekt weitergeführt.

Seit Langem beschäftigten sich Forscher mit der Gliederung des Germanischen. E. Schwarz ging seinerzeit davon aus, dass es schon 200 v. Chr. zwei große Gruppen gab: Süd- und Nordgermanen, zu denen er auch die Ostgermanen, darunter die Goten, zählte. Zum Nordgermanischen rechnete er zunächst das spätere Nordseegermanische, das sich aus dem Nordgermanischen ausgegliedert habe. Innerhalb des Südgermanischen fasste er Weser-Rhein-Germanisch und Elbgermanisch zum Binnengermanischen zusammen.[713] H. Mo-

713 E. Schwarz, Deutsche und germ. Philologie, Heidelberg 1951, S. 42.

ser indessen meinte, nicht nur die Binnengermanen, sondern auch bedeutende Gruppen der Nordseegermanen hätten zur Entwicklung des Deutschen beigetragen, u. a. der Großteil der Sachsen und ebenso die Friesen.[714] Zahlreich sind die Übereinstimmungen zwischen dem Nordgermanischen und dem Ostgermanischen. Das führte dazu, dass man beide sprachlichen Gruppen mitunter als *Nordostgermanisch* oder *Gotonordisch* zusammenfasste. Altisländisch und Gotisch beispielsweise entwickeln *-ggw* aus altem **ww* (vgl. altisländisch *tryggve* > got. *triggwa* > schwed. *trygg* gegenüber ahd. *triuwo* > treu). Zudem bildete sich bei den schwachen Verben eine 4. Klasse auf *-nan* aus, die im Deutschen gänzlich fehlt (vgl. aisl. *vakna,* got. *gawaknan* > schwed. *vakna* > erwachen). Diese und viele andere Gemeinsamkeiten zwischen dem Nord- und Ostgermanischen müssen noch vor dem Ende des 2. Jahrhunderts ausgebildet gewesen sein, ehe die Goten ihre Sitze an der unteren Weichsel verließen.

Die westgermanische Sprach- und Stammeseinheit ist heute stark umstritten. Der Terminus »westgermanisch« kann hier nur noch als eine Zusammenfassung für Gruppen des Elbgermanischen, Weser-Rhein-Germanischen und Nordseegermanischen gebraucht werden. Daran hatte das Ostgermanische (Gotische) keinen Anteil. So hat das Gotische beispielsweise nicht den Wandel von e > a (z. B. in got. *letan,* schwed. *låta* > nhd. *lassen*). Im Gotischen wurde langes ē stets zu i in der Stammsilbe (z. B. got. *itan* gegenüber schwed. *äta* und deutsch *essen*). Im Gotischen wurde *pl* nicht zu *fl* (z. B. got. *pliuhan* > deutsch *fliehen*). Auch finden wir dort nicht den Übergang von stimmhaftem *s* zu *r* (z. B. got. *auso* > schwed. *öra* > deutsch Ohr). Das Gotische bewahrt auch noch die alten Reduplikationssilben (Verdopplungssilben) bei Verben der 7. Ablautklasse, die später gänzlich aufgegeben wurden (also got. *hai-hait,* schwed. *het* > nhd. *hieß*). Das Gotische hatte keine Gemination (Konsonantendoppelung) vor *j* und *r* sowie teilweise vor *m, n* oder *w* (z. B. got. *satjan* > gegenüber schwed. *sätta,* nhd. > *setzen.*) Gotisch heißt es beispielsweise *akrs,* althochdeutsch aber *ackar* oder *acchar* > *Acker.* Das Gotische hat meistens noch den alten dentalen Reibelaut *þ* (th), der später in fast allen germanischen Dialekten in *d*

714 H. Moser, Deutsche Sprachgesch. der älteren Zeit, überarb. Aufl. Berlin, Sp. 667f., Bielefeld 1957.

übergegangen ist: got. *broþar* > schwed. *broder*, ahd. > bruodar, nhd. > Bruder. Auch auslautendes stimmhaftes s im Gotischen, das im Altnordischen noch als *r* erscheint, ist geschwunden (vgl. got. *fisks* > anord. *fiskr* > nhd. > *Fisch*). Das Gotische kennt auch keine Abstraktionssuffixe auf *-heit, -schaft, -tum*.

Von großer Bedeutung und viel diskutiert sind die vielfältigen gotisch-hochdeutschen Übereinstimmungen gegenüber den angelsächsisch-friesisch-niedersächsischen, den sogenannten »ingwäonischen« Gemeinsamkeiten. Sie zeigen an, dass sich hier das Gotische am deutlichsten fortgesetzt hat. Im Gotischen und Althochdeutschen ist *n* vor stl. Reibelaut (*f, þ, s*) erhalten, im Anglofriesischen, Altsächsischen und Englischen dagegen geschwunden (vgl. got. *anþar* > ahd. *ander*, aber engl. *other* > nhd. dagegen *ander(er)*; gotisch und althochdeutsch heißt es *uns* – angelsächsisch und altsächsisch aber *us* > nhd. *uns*, um nur einige Beispiele zu nennen. Das Gotische und Deutsche haben im Nominativ Singular des Adjektivs pronominale Formen, das Anglofriesische und das Altsächsische weisen endungslose Formen auf (vgl. got. Neutr. *blindata* > ahd. *blinter, blintiu, blintaz* > deutsch *blinder*, – angelsächs., altsächs. und engl. nur *blind*).

Das Bild der hier angeführten Übereinstimmungen und Abweichungen erklärt sich aus den ursprünglichen Nachbarschaftsbeziehungen und den im Zusammenhang mit der Völkerwanderung stehenden Veränderungen ihrer territorialen Verteilung: U. a. der Abwanderung der Goten und dem Vordringen der Elbgermanen nach dem Süden. Ferdinand Wrede[715] suchte nachzuweisen, dass das sogenannte »Westgermanische« und das Anglofriesische, das er »Ingwäonisch« nannte, ursprünglich ein und dasselbe gewesen seien. Das Ingwäonische sei das Kerngebiet gewesen. Nach Wrede habe sich das Deutsche dadurch gebildet, dass das *Ingwäonische*, das nach dem Zusammenbruch des Römerreiches auch weite Gebiete Mittel- und Süddeutschlands beherrschte, durch im Südosten, u. a. in Bayern, noch lebendige starke gotische Sprachkräfte beeinflusst worden sei. Allerdings haben spätere Forschungen gezeigt, dass die von Wrede als ingwäonische Reste angesehenen sprachlichen Erscheinungen im Südwesten Deutschlands als Ergebnisse jüngerer bodenständiger Entwicklungen gelten müssen.

715 Ferdinand Wrede, Ingväonisch und Westgermanisch, Zeitschr. f. Dt. Mundarten, S. 270ff.

Außerdem gebe es für die Ausstrahlung des Gotischen von Bayern zum Rhein kaum historische Anhaltspunkte. Wenn einerseits die alte Auffassung von einer »westgermanischen« sprachlichen Einheit somit zweifelhaft ist, so sind andererseits Übereinstimmungen zwischen den drei Gruppen des Elbgermanischen, Weser-Rhein-Germanischen und Nordseegermanischen nicht bestreitbar. Dabei fehlt es nicht an zahlreichen Erscheinungen, die die festländischen »westgermanischen« Sprachen etwa vom Angelsächsischen abheben. Doch dürften diese Gemeinsamkeiten nicht Zeichen einer »ursprünglichen Einheit«, sondern Ergebnis eines sprachlichen Ausgleichs sein. Seit dem Beginn des 3. Jahrhunderts n. Chr. traten an die Stelle früherer Stammesgebilde neue Kriegsbündnisse und Gemeinschaften, die mehrere Stämme umfassten und wesentlich größere Festigkeit aufwiesen, was auch unsere Darstellung über die Ostgoten erwiesen hat. Es waren somit vorwiegend militärische und wirtschaftliche Gründe, die diesen Integrationsprozess herbeiführten. Als sich Großstämme und Stammesverbände bildeten, setzten auch verstärkt Tausch- und Handelsbeziehungen über die bisherigen Stammesgrenzen hinaus ein und brachten den kulturellen und sprachlichen Austausch mit sich.

Blicken wir nun kurz auf das dem Gotischen noch nahe verwandte *Althochdeutsche*! Das Deutsch des Frühmittelalters im *oberdeutschen* Raum, vor allem in den von Goten und ähnlichen Stammesgruppen besiedelten alten römischen Provinzen Rätien I-II und Noricum I-II bildete sich nach der Völkerwanderungszeit seit dem 5. Jahrhundert allmählich heraus. Über den Beginn dieser Sprachperiode herrschen bis heute unterschiedliche Auffassungen. Gewiss dagegen ist: Die althochdeutsche Sprachperiode endete gegen Ausgang des 11. Jh., als sich ein wesentliches Merkmal – die abgeschwächten Endsilbenvokale – durchgesetzt hatte (z. B. got. *blôma* > ahd. *bluomo* > nhd. Blume). Meist ergab sich für den Endsilbenvokal das *e*, oder es fiel ganz.

Fassen wir zusammen: Die Grenzen des hochdeutschen Sprachgebietes sind bestimmt durch die Zweite oder Althochdeutsche Lautverschiebung, die mit dem 5. Jahrhundert einsetzte und sich von Süden nach Norden ausbreitete. Die Gebiete, in denen sich diese Lautverschiebung ganz oder teilweise durchsetzte, werden als *hochdeutscher* Sprachraum bezeichnet. Das Langobardische gehört ebenfalls dazu.

Die verschiedenen Dialekte sind zwar auf der Grundlage der alten Stammes- bzw. Völkerschaftsprachen entstanden, nach denen sie auch benannt sind, aber die Grenzen der einzelnen Sprachlandschaften decken sich nicht mit den alten Stammesgrenzen. Die entstandenen Grenzlinien wurden verändert durch historische und naturbedingte Verkehrsgrenzen. Manche Forscher rechnen nur das Alamannische, Bairische und Langobardische zum Oberdeutschen. Nach Wrede zählt auch das Ostfränkische zum *Oberdeutschen.*

Bereits das Gotische legte, wie alle anderen germanischen Dialekte, den freien Akzent des Indogermanischen auf die Stammsilbe (meist erste Silbe) fest. Diese Regelung ist bis heute beibehalten worden, so dass die meisten der heutigen Wörter – wie schon im Gotischen – die Anfangsbetonung haben, einzelne auch die Betonung der zweiten (Stamm-) Silbe, und zwar dann, wenn unbetonte Vorsilben wie *be-, ent-, ge-* u. a. vorausgehen. Die starke Betonung des Wortanfangs hat bei Veränderungen der Vokalqualitäten mitgewirkt. Baesecke meinte, dass einerseits die Vokale von starktonigen (oder Stamm-)Silben teilweise Elemente der folgenden Silbe vorwegnehmen (Assimilation) oder auch besonders viel Energie erhalten (Diphthongierung), dass andererseits die Vokale von schwachtonigen (oder Neben-)Silben ihren Charakter verlieren, sich angleichen oder sogar ganz verloren gehen.[716] Die Konsonanten werden durch die Anfangsbetonung nicht wesentlich beeinflusst, jedoch finden sich bei ihnen noch Nachwirkungen des ursprünglich freien Akzents.

Große Übereinstimmung zwischen Gotisch und Deutsch haben wir auch beim Ablaut, und das ist ein Begriff, der von Jacob Grimm geprägt wurde. Er bezeichnet den regelmäßigen Wechsel bestimmter Vokale in etymologisch zusammengehörigen Wörtern oder Wortformen. Der Ablaut ist uralt und stammt bereits aus indogermanischer Zeit. Auf der Basis eines quantitativen und qualitativen Lautwechsels entstanden Ablautreihen, die bei der Beugung der starken Verben eine entscheidende Rolle spielen, aber auch für die Wortbildung von Bedeutung sind (vgl. *trinken, Trank, Trunk* usw.) Da diese Ablautreihen, die hier aus Platzgründen nicht erörtert werden, immer noch eine große Ähnlichkeit im Vergleich zum Gotischen aufweisen, kann man

716 G. Baesecke, Einführung in das Althochdeutsche, 10, § 6,8 § 32.

davon sprechen, dass es bezüglich dieser Erscheinung seit früher Zeit – insbesondere im Oberdeutschen – erhebliche Gemeinsamkeiten gibt. Der Ablaut ist in den germanischen Sprachen gut erhalten und teilweise noch ausgebaut worden. Im Gotischen und Althochdeutschen (Altbairischen) sind im Wesentlichen sechs Ablautreihen zu unterscheiden. Die Ablautverhältnisse der gotischen und althochdeutschen starken Verben beruhen bei den Reihen 1 bis 5 auf dem ererbten e/o-Wechsel, der im Germanische zu einem e/a-Wechsel geworden ist. Sehr ähnlich verlief der Übergang des Ablauts vom Gotischen zum Althochdeutschen (Bairischen). In der 3. Ablautreihe heißt es beispielsweise got. *bindan, band, bundum*. Im Althochdeutschen ganz entsprechend: *bintan (bintu), bant, buntum (gibuntan)* = wir *binden*, ich *band*, wir *banden, gebunden*. Ob die Lautveränderungen im Gotischen mit denen im West- und Nordgermanischen direkt in Zusammenhang zu bringen sind, lasse sich nicht mit Bestimmtheit sagen, heißt es allerdings in einem Lehrbuch zur Sprachgeschichte.[717] Eine so vorsichtige Herangehensweise ist aber wohl nicht gerechtfertigt, liegen doch die Ähnlichkeiten zwischen Gotisch und Oberdeutsch klar auf der Hand.

Neben dem Ablaut sind auch Lautveränderungen, die wir unter dem Begriff der *Vokalharmonie* zusammenfassen, dem Gotischen und dem frühen Hochdeutschen gemeinsam. So war vorgermanisches *e* vor *n* zu *i* »gehoben« worden (z. B. got. *winds* > ahd. *wint* > Wind gegenüber lat. *ventus*). Standen in der Folgesilbe a, e oder o, wurde ein í zu e »gesenkt«: got. *waîr* > ahd. *wer* > gegenüber lat. *vir* Mann. Auch ein *u* wurde oft zu *o* gesenkt (z. B. got. *gulþ* > fränk. *gult* > abair. **golt* > Gold. Altes vorgermanisches *eu*, das im Gotischen schon *iu* geworden war, entwickelte sich zu *io* > *ie*: vorgerm. *beugana* > got. *biugan* > abair. **piugan* > ahd. *biogan* > biegen. Hier könnte man noch zahlreiche weitere Lautübergänge anführen. Man muss aber bedenken, dass das Gotische (4. Jahrhundert) noch keinen i-Umlaut kennt, der im Hochdeutschen erst um 750 einsetzte. Der Sekundärumlaut (nach Umlauthinderungen) ist sogar erst im 12. Jahrhundert eingetreten.

Wie haben nun – pauschal betrachtet – *gotische* Laute auf das Oberdeutsche oder Bairische ausgestrahlt? Betrachten wir zuerst einige Konsonanten! Sonore Laute (*w* und *j*) verschoben sich kaum.

717 Wilhelm Schmidt, Geschichte der deutschen Sprache, S. 168.

Gotisches _w_ als Halbvokal war im Anlaut häufig und blieb auch im Hochdeutschen erhalten. In gotischen Wörtern hat _w_ ursprünglich die lautliche Geltung des konsonantischen _u_ (engl. _w_) gehabt. Doch scheint zur Zeit des Wulfila schon ein spirantisches Element mit dem u-Laut verbunden gewesen zu sein; (z. B. got. _witan_ > ahd. _wizzan_ > wissen; _wiljan_ > wollen; _wair_ > ahd. wër > Wer(-Mann, vgl. Werwolf), _warmjan_ > (Umlaut) wärmen. Im Allgemeinen blieb das w in dieser Stellung relativ unverändert im späteren Hochdeutschen. Stand es anlautend vor _l_ und _r_, schwand es häufig: got. _wlits_ > Antlitz, _wrikan_ > rächen. Aber es fiel nicht aus nach _t, d, p, s_ (z. B. got. _twai_ > zwei; _swistar_ > Schwester usw.). Flüchtig war es im Inlaut vor Vokalen (z. B. got. _saiwala_ > Seele; _siggwan_ > singen). Stand _w_ nach langen Vokalen, Diphthongen und nach Konsonanten, schien es im Gotischen sehr fest und unverändert zu sein, verschwand aber im Oberdeutschen, (z. B. got. _snaiws_ > Schnee; _triggws_ > treu; _skadwjan_ > beschatten (zu _skadus_ Schatten). Dagegen wird in allen drei Stellungen _w_ zu _u_, wenn ein kurzer Vokal vorangeht (z. B. got. _triu_, Gen. _triwis_ > schwed. _trä_, engl. _tree_ > Baum, _kniu_ (Gen. _kniwis_) > Knie, aber got. _gâwi_ > Gau; got. _hâwi_ > Heu).

Das gotische _j_ steht auch in hochdeutschen Wörtern im Anlaut und verbleibt meistens sehr fest: got. _juk_ > abair. _*joh_ > Joch; _jēr_ > abair. _*jār_ > Jahr; _jus_ > ihr. Weniger fest ist es im Inlaut nach Vokalen und Konsonanten. Hier finden wir es stets vor Vokalen, aber nie vor Konsonanten, z. B. got. _midjis_ > _mittlere(r)_; got. _niujis_ > neu. Mit i-Umlaut in der Verbindung -jan (deutsch: nur -en): got. _lagjan_ > legen; oder in den sogenannten ja-Stämmen: got. _arbja_ > Erbe. _sôkjan_ > abair. _*suohhen_ > _suchen_. Im Auslaut steht _j_ nie; es wird dann immer zu _i_, z. B. got. _harjis_, _Akk. hari_ > abair. _*heri_ n. > Heer; _tawi_, Gen. _tojis_ > (er) tat.

Bei den _Fließlauten_ (_l_ u. _r_) ergeben sich große Gemeinsamkeiten: Liquides _l_ ist im Gotischen sowohl anlautend als auch in- und auslautend häufig. Es bewahrte seinen Lautwert meist im Deutschen, z. B. got. _laggs_ > lang; _galaubjan_ > glauben; _wiljan_ > wollen; _blôma_ > abair. _*pluomo_ > Blume; – verdoppelt in got. _fill_ n. > Fell; _fulls_ > voll; _wulla_ > abair. *wolla > Wolle. – Das _r_ kommt in gotischen Wörtern häufig vor, und zwar in allen Stellungen. Anlautend wird z. B. got. _raihts_ > recht; _raubôn_ > abair. *roubôn > rauben; _bairan_ > abair. _*peran_ > tragen (vgl.

gebären), *fidwôr* > abair. *fior > vier. – Verdoppelung des *r* ist selten: got. *fairra* > abair. *fërro > fern. Mitunter tritt das r Silben bildend auf: got. *akrs* > Acker; *figgrs* > Finger; *huggrjan* > hungern. Hier hat das Oberdeutsche ausgleichend gewirkt. Insgesamt bewahrte r seit dem Gotischen meist seinen Lautwert.

Hinsichtlich der *Nasale* (*m* und *n*) ist die Parallelität geradezu übergroß. Gotisches *m* findet sich weiterhin in allen Stellen des hochdeutschen Wortes, z. B. got. *mizdo* f. > Miete, Lohn; mena m. > Mond; *guma* m. > abair. **como* > ahd. *gomo* > Mann (vgl. lat. *homo*); auslautend z. B. got. *nam* > ich nahm (mit Vokaldehnung heute), in Endungen Dat. Pl. got. *dagam* > abair. **tagum* > (den) Tagen usw. Im Auslaut ersetzte *n* hier das alte *m*. Was das Gotische *n* betrifft, so hat es sich im Anlaut weitgehend auch im Hochdeutschen so fortgesetzt, z. B. got. *nahts* > abair. **naht* f. > schwed. *natt* > Nacht; *niujis* > neu; dasselbe gilt für den Inlaut got. *ains* > eins und auslautend: z. B. got. *laun* n. > Lohn; *niun* > neun. Meist blieb *n* in der Flexion erhalten: Infinitive wie got. *niman* > abair. **nëman* > nehmen behalten das *n* im Auslaut, sodass wir hier seit dem Gotischen eine deutliche Übereinstimmung haben. Verschiedene Dialekte oder Einzelsprachen warfen das auslautende *n* bekanntermaßen ab, so auch das Schwedische, z. B. *förnimma* > vernehmen. Auch in der 3. P. Plural Präteritum haben wir *n* bis ins Neuhochdeutsche, got. Prät. Pl. *nêmun* > abair. **nâmun* > nahmen, usw. Auch doppeltes *n* ist meist weitergeführt, z. B. im Inlaut got. *brinnan* > brennen; *spinnan* > spinnen; *rinnan* > rennen. Ähnlich bei Substantiven: got. *brunna* > abair. **prunno* m. > Brunnen. Insgesamt haben wir vom Gotischen bis zum Neuhochdeutschen dank der Übernahme im alten Oberdeutschen (Bairischen) beim n-Laut eine sehr große Kontinuität.

Große Veränderungen ergeben sich durch die Lautverschiebung bei *labialen* Konsonanten wie *p*, *f*, *b*. In- und auslautend ist *p* in echt gotischen Wörtern vorhanden. Es wird im Hochdeutschen durch das Wirken der Zweiten Lautverschiebung zu f – ff – pf. – Vgl. got. *slepan* > abair. **slâffan* > schlafen; *greipan* > abair. **grîffan* > greifen; *skapjan* > abair. **skephen* > schaffen; *hlaupan* > abair. **loufan* > laufen; *diups* > tief; *wairpan* > werfen; *hilpan* > abair. **hëlfan* > helfen; *skip* > Schiff, *iup* > auf(wärts). – Die anlautende Verbindung *sp* bleibt indessen erhalten: got. *speiwan* > speien; *sparwa* > schwed. sparv > Sperling; *spinnan* > spinnen. Anlautende gotische Wörter mit p sind selten und oft Lehnwörter. Hier entwickelte das Hochdeutsche die Affrikata *pf*, z. B. got. *pund* > Pfund; den Hang zu Affrikaten findet man auch in ahd. *hëlphan* > abair. **hëlpan* > helfen oder durchgesetzt in ahd. *apful* > Apfel. –

Das gotische *f* ist im Hochdeutschen meist sehr stabil geblieben. Im Anlaut ist *f* häufig, z. B. got. *fôtus* > abair. **fuaz*, ahd. *fuoz* > Fuß; *fadar* > Vater; *flodus* > Flut; *faihu* > Vieh, Geld; *fûls* > faul; *fidwôr* > vier. Im Inlaut und Auslaut ist nur eine geringe Anzahl von Wörtern mit *f* vorhanden, und hier herrscht das alte b vor, z. B. *hafjan* > heben; *ufar* > über. Vor Konsonanten steht auch heute noch *f*, z. B. *luftus* > Luft; *tweifls* > abair. **zwîfal n.* > Zweifel; *wulfs* > Wolf. Auslautend finden wir meist weiterhin *f*, z. B. *þarf* > (ich) bedarf; *fimf* > fünf. –

Das gotische *b* bleibt im Anlaut meistens bis heute bestehen, obwohl es im Oberdeutschen, speziell im Bairischen, eine Tendenz gab, das *b* stimmlos wie *p* zu sprechen (sog. Medienverschiebung), z. B. got. *bidjan* > abair. **pittan*, ahd. *bittan* > bitten; *giban* > abair. **këpan* > ahd. *gëban* > geben. Dieses Muster ist im Neuhochdeutschen jedoch durch die übliche Schreibung verwischt. Daher got. *brikan* > brechen; *brûkjan* > brauchen; *blesan* > blasen; *biudan* > bieten; *blôma* > Blume; *brôþar* > Bruder. Im Inlaut: *liuba* (Adj.) > lieb; *galaubjan* > glauben; *arbi* > Erbe; *kalbô* > *Kalb*. Mitunter setzte sich sogar *b* > *p* bei einzelnen Wörtern durch, z. B. *haubiþ* > Haupt; *sibja* > *Sippe*. Dagegen bleibt got. *sibun* > sieben; *haban* > haben; *skaban* > schaben; *bileiban* > bleiben; *liban* > leben; *biraubôn* > berauben; *salbôn* > salben; – *hlaibis* (Gen. zu *hlaifs*) > Laib (Brot). Im Auslaut zeigte das gotische *b* die Tendenz, zu *f* zu werden. So heißt das Präteritum got. gaf > ich gab. Dieser Wechsel ist hochdeutsch aufgegeben. Das *b*, das nur nach Konsonanten (*l*, *m*, r) noch stand, wurde im Hochdeutschen eliminiert, z. B. got. *lamb* > abair. **lamp*, ahd. *lamb* > Lamm.

Hinsichtlich der *gutturalen* Konsonanten (*k*, *q*, *h*, *g*) blieb anlautendes *k* auch im Hochdeutschen meist bestehen, hatte aber die Tendenz, zu *ch* zu werden (Tenuesverschiebung). So hieß got. *kaúrn* im frühen Oberdeutschen *chorn* > Korn. Heute drückt sich dieses Merkmal der 2. Lautverschiebung kaum anlautend aus: got. *kniu* > ahd. kneo, chneo

(Gen. kniwes) > Knie; *kalds* > kalt; *kiusan* > kiesen, prüfen; *kalbô* f. > Kalb. Gotisches *sk* blieb bestehen und wurde später zu > *sch*: z. B. *skeinan* > scheinen; *skaidan* > scheiden. Inlautend und auslautend erscheint gotisches *k* als *ch* (2. Lautverschiebung), z. B. *brikan* > abair. **brechan*, ahd. *brehhan* > brechen; *reiks* > abair. **rihhi*, ahd. richi > reich, mächtig; *mikils* > ahd. > *mihhil* > michel groß; auslautend: got. *ik* > ich; *mik* > mich; *juk* > ahd. *juh* > Joch. War im Gotischen doppeltes k vorhanden, fand später keine Lautverschiebung statt, z. B. *sakkus* > Sack. – Das gotische *q* wird im Hochdeutschen kaum weitergeführt. Es entspricht in lateinischen Wörtern dem *qu* (z. B. *quartus* vierte). Es erscheint meist als *k*, im Oberdeutschen zuweilen auch als *qu*. Beispiele für got. *q*: *qinö* > ahd. *quena, cwena* > schwed. *kvinna* Frau (vgl. engl. *queen*); *qius*, Plur. *qiwai* quick; *qairnus* > schwed. *kvarn* Mühle, *qiman* > kommen; *naqaþs* > nackend; *sigqan* > sinken, Prät. *sagq* > *sank*. –

Das gotische h war im Anlaut ein bloßer Hauchlaut. Im In- und Auslaut entsprach es vielleicht dem hochdeutschen -ach-Laut. Auch im Anlaut vor den Konsonanten *hl, hn, hr, hw* dürfte es noch stärker artikuliert worden sein. Im Hochdeutschen ist es zumindest im Anlaut weitergeführt worden und klingt ähnlich, z. B. got. *haúrn* n., abair. **hurn* > Horn; *hana* > abair. **hano* > Hahn; *hairtô* > abair. **herza* n. > Herz; *hawi* > Heu; *hails* > Heil; *hund* > hundert; *haftjan* > heften. In anlautenden Verbindungen mit l oder r ist es heute weitestgehend geschwunden: got. *hlaifs* > Laib (Brot); *hlutrs* > lauter; *hlahjan* > lachen; *hrains* > rein; *hrôpjan* > abair. **hruoffen* > rufen. Inlautend hielt sich das h als ch-Laut in den meisten Fällen bis heute: *faihu* > abair. **fihu* > *fëho* > Vieh, Geld; *taihun* > zehn; *tiuhan* > abair. *ziohan > ziehen; *saihs* > sechs; *nahts* > Nacht. Das *hw* ist eine Verbindung von *h* mit stimmlosem *w*. Es erscheint im Gotischen als ein eigener Buchstabe, der meistens als *hw* oder *hv* in anderen Dialekten wiedergegeben wird. Got. *hweits* > weiß erscheint im Althochdeutschen als *hwîz*, altnordisch als *hvitr*. Beispiele im Gotischen sind anlautend: *hwas* > ahd. *hvēr* > wer; *hwairnei* f. > Hirn; *hweila* > Weile; *hweiteis* > Weizen. Inlautend haben wir: *saihwan* > sehen; *leihwan* > leihen; *nêhwa* > nahe u. a. –

Das *g war* im Gotischen stimmhafter Verschlusslaut. Aber im In- und Auslaut war auch spirantische Aussprache möglich. Das *g* war der Zweiten Lautverschiebung (Medienverschiebung *g* > *k*) unterworfen, wurde aber wenig konsequent durchgeführt. Das *g* steht in gotischen Wörtern recht häufig, sowohl im Anlaut wie auch im Inlaut. In beiden Fällen hat es sich im Hochdeutschen so gehalten, obwohl stets die Tendenz im Oberdeutschen da war, das weiche *g* als hartes *k* zu sprechen. In der Schreibung hat es sich nur wenig durchgesetzt. Beispiele: got. *gasts* > Gast; *gulþ* > Gold; goþs > gut; *giutan* > gießen; *greipan* > greifen; *graban* > graben. Auch im Inlaut: *wigs* > Weg; *gawigan* > bewegen; *steigan* > steigen; *ligan* > liegen; *augô* > Auge; *aigan* > eignen, haben; im Suffix -eigs: *mahteigs* > mächtig – nach Konsonanten *balgs* > Balg; *bairgan* > bergen; *azgô* > Asche. Auslautendes *g* wurde meist als *k* (*c*) gesprochen: z. B. got. *dag* > abair. **tac* > Tag; *mag* > abair. **mac* > (ich) mag, kann usw.

Unter den *dentalen* Konsonanten (*t, þ, d, s, z*) wird gotisches *t* steht anlautend und inlautend wegen der Tenuesverschiebung meist verändert. Anlautend erscheint *t* > *z*: got. *tunþus* > Zahn; *tuggo* > Zunge; *taihun* > zehn; *twai* > zwei; *tawjan* > zähmen; *trauan* > trauen; allerdings bleibt *st* erhalten: *steigan* > steigen. Inlautend zwischen Vokalen ergibt sich im Hochdeutschen *ss, tz* oder *ß*: got. *watô* > Wasser; *itan* > essen; *giutan* > gießen; *sitan* > sitzen, *witan* > wissen. Steht *t* nach einem Konsonanten, ergibt sich im Hochdeutschen *z* (*tz*): got. *hairtô* > Herz. Kaum verschoben wird t allerdings *vor* einem Konsonanten: *baitrs* > bitter. Im gotischen Auslaut bleibt *t* unverändert, im Hochdeutschen erscheint *ss* oder *z*; z. B. got. *wait* > ahd. (ich) weiß, got. *at* > zu. Verdoppeltes *t* steht in *atta:* > Vater; *skatts* > Schatz.

Der gotische thorn-Laut *þ* (engl. th) ist sehr zahlreich. Im Hochdeutschen ergibt *þ* wie auch in anderen germanischen Dialekten stets *d*. Beispiele: im Anlaut: *þulan* > dulden; *þanjan* > dehnen; *þaúrsus* > dürr; *þaúrstei* > Durst; *þata*, (Pron.) > das; *þu* > du; *þreis* > drei. Im Inlaut: *brôþar* > ahd. *bruoder* > Bruder; *anþar* > anderer; *wairþan* > werden. Auch auslautend bleibt *þ* unverändert, z. B. *aiþs* > Eid, Akk. *aiþ*.

Das gotische *d* entspricht in der Regel einem hochdeutschen *t*. Dieses d ist schon in voralthochdeutscher Zeit wohl im Zuge der *Medienverschiebung* verändert worden, insbesondere im Bairischen, Alamannischen und Ostfränkischen. Im Rhein- und Mittelfränkischen blieb das *d* jedoch meist erhalten. Beispiele für das *d* anlautend: got *daur* n. > Tor, Tür; *daúhtar* > Tochter; *dal* > Tal; *ga-daúrsan* > schwed. *törs* wagen. Inlautend kann mitunter *tt* stehen: got. *sidus* > Sitte; *wadi* n. > Wette; *midjis* > Mitte; *þridja* > *dritte*; *widuwô* > *Witwe*; *biudan* > bieten; *bindan* > *bintan* > binden; *waldan* > *walten*; *fadar* > Vater; *and* > ent-; *kalds* > kalt. Im Auslaut, wozu auch die Stellung vor dem Nominativ-s gehört, bleibt das gotische d nur nach Konsonanten, z. B. got. *hund* > hundert; *gards* > Garten, Hof. Wenn aber *d* nach Vokal in den Auslaut tritt, wird es in *þ umgewandelt*: Beispiele: got. *staþs, stadis* > *Stadt*, Ort (aber **staþs, staþis* > Gestade); *haubiþ, haubidis* > Haupt; *liuhaþ, liuhadis* > Licht; *gôþs, godis* > gut. Das d des schwachen gotischen Präteritums, das meist nach Vokal steht, bleibt nach *l* und *n* erhalten, ist aber in weiteren Fällen auch schon im Gotischen zu t geworden: z. B. got. *þâhta* > *dachte*; *brâhta* > *brachte*. Im Oberdeutschen (Bairischen) wurde das fortgesetzt und hat sich im Hochdeutschen überall erhalten, sodass man sagen kann, außer in wenigen Fällen wurde das gotische *d* durch die hochdeutsche Medienverschiebung überall zu deutschem t.

Das gotische *s* ist ein harter, stimmloser dentaler Spirant und erscheint in gotischen Wörtern ungemein häufig, besonders im Anlaut. Es hat sich so im Oberdeutschen und später im gesamten Hochdeutschen erhalten. Beispiele: anlautend: got. *sunus* > *Sohn*; *sitan* > sitzen. Das *sk, sp* und *st* blieben erhalten: got. *skadus* > Schatten; *speiwan* > speien Maximianus Herkulius *straujan* > streuen. Es erweiterte sich zu *sch* vor liquiden Konsonanten: got. *slepan* > schlafen; *smals* > schmal; *swaihra* > Schwieger(vater). Auch inlautend fand es im Hochdeutschen seine Fortsetzung: got. *kiusan* > kiesen, wählen; *wisan* > ahd. *wesan* > sein; *þûsundi* > tausend; *gasts* > Gast. Vor *k* wurde es oft zu *sch*: got. *fisks* > Fisch.

Das *z* findet sich im Gotischen nicht im Anlaut, ist dagegen im Inlaut recht häufig. Auslautendes *z* wurde schon in gotischer Zeit meist in *s* > *r* umgewandelt. Got. *dius* (Dat. Pl. *diuzam*) > Tier (Dat. Pl. Tieren). Gotisches *z* zwischen Vokalen konnte, bedingt durch den Rhotazismus, in *r* übergehen, z. B. got. *maiza* > ahd. *mêro* > mehr. Die meisten auslautenden gotischen s sind eigentlich Vertreter des *z* und haben sich oft zu *r* weiterentwickelt (Rhotazismus). Wir finden das bei den hochdeutschen Pronomen, z. B. got. *hwas* > wer; *is* > er; *weis* > wir

u. a. Wir erkennen den Übergang *z* > *r* auch in got. Wörtern wie *huzd* > Hort. – Andere Beispiele für die Weiterentwicklung des got. *z* sind: got. *hatis*, Gen. *hatizis* > Hass; mizdo > Miete, Lohn; *eis* (Pl. Nom.) > ihr; *izos* (fem. Gen. Sing.) > ihrer. Der gotischen Vorsilbe *dis-* entspricht lautgesetzlich deutsches *zer-*, z. B: got. *disdailjan* > zerteilen.

Gotische Vokale: Blicken wir abschließend auf die Vokalentwicklung vom Gotischen über das Bairisch-Althochdeutsche zum Ober- bzw. Hochdeutschen, wo es wiederum zahlreiche Übereinstimmungen gibt! Das kurze *a* in der Stammsilbe hat sich seit dem Gotischen nicht verändert und findet sich im Hochdeutschen noch genauso: z. B. got. *gasts* > Gast. In Mittelsilben schwächte es sich lautgesetzlich zu *e* ab: got. *unsara* > unsere, und auslautend ergab sich ebenfalls *a* > *e*, got. Dativ Singular *daga* > (dem) Tage, es kann auch ganz ausfallen, got. *ana* > an. – Gotisches *e* ist immer lang und entspricht in Stammsilben oft dem deutschen *a*: z. B. got. *jêr* > Jahr; got *slêpan* > schlafen. Aber in einigen althochdeutschen Worten wurde auch ea, ia, ie daraus, z. B hêr > ahd. hear > hier; Krêks > Grieche. –

Das *i* im Gotischen, das aus dem germanischen *e* entstand, erscheint im Hochdeutschen in der Regel als *e*, z. B. got. *itan* > essen. Gotisches *i*, das auch im Germanischen schon *i* war, ist bis heute *i* geblieben, z. B. got. *fisks* > Fisch, *lists* > List usw. Das auslautende *i* fiel im späteren Deutschen oft weg: got. *bandi* > Band. – Ein gotisches *o* ist stets lang. Es wird im Althochdeutschen (Bairischen) zu *uo* und im Hochdeutschen zu langem *u*. Beispiel: got. *brôþar* > *bruoder* > Bruder; got. *fôtus* > *fuoz* > Fuß; got. *blôma* > abair. **pluoma* > Blume. Im Schwedischen bleibt der Lautstand des got. ô erhalten: z. B. fot Fuß. In Endungen fällt ô häufig aus: z. B. got *hairto* > Herz, während es im Schwedischen meist zu a wurde: *hjärta*. Es wurde aber in einsilbigen Adverbien auch oft zu *a*: got. *þô* > da. – Ein *u* kann im Gotischen lang und kurz sein. Das kurze *u* wurde oft im Hochdeutschen lang gesprochen und bekam dann den Laut *o* (Vokaldehnung): got. *juk* > Joch; got. *sunus* > Sohn; got. *wulfs* > Wolf, *gulþ* > Gold. Im Schwedischen blieb das gotische *u* oft erhalten: schwed. *sun*: Sohn, *ulv*: Wolf usw. – Das lange *u* in der Stammsilbe wurde im Deutschen stets zum Diphthong *au*. Beispiele: got. *út* > aus; *dúbo* > Taube; *hús* > Haus; *fúls* > faul; *brúkjan* > brauchen usw. Nach einem n-Ausfall vor gg bleibt jedoch u erhalten: got. *huggrjan* > hungern, *juggs* > jung usw.

Diphthonge: Bei den gotischen *Diphthongen* sind auf dem Wege zum Althochdeutschen (Bairischen) ebenfalls erhebliche Gemeinsamkeiten sichtbar. Hierbei stellen wir fest, dass got. *ei* (z. B. in Stammsilben starker Verben) nicht verändert ist: got. *beitan* > abair. **pîtan* > nhd. beißen; *bileiban* > bleiben; *leihwan* > leihen; *hweila* > ahd. > *hwîla* > Weile, Zeit usw. In Bildungs- und Flexionssilben schwächte sich *-ei* jedoch zu *i* oder *e* ab: z. B. got. *mahteigs* > mächtig; *hairdeis* > Hirte. – Gotisches *iu* ist ein normaler Präsensvokal und erscheint im Althochdeutschen als *io*, im Hochdeutschen dann als *ie*, z. B. got. *biugan* > altbair. **piogan* > biegen; *tiuhan* > *ziohan* > ziehen; *dius* > *tior* > Tier usw. Im Schwedischen ist bei Verben der 1. Klasse stets langes *i* im Infinitiv vorhanden: z. B. schwed. *stiga* > steigen. In Flexionssilben kommt gotisches *iu* nicht vor.

Kurzes gotisches *ai* erscheint im Hochdeutschen oft als *e* oder *i*: z. B. got. *airþa* > ahd. ërda, abair. **erta* > Erde; *wairpan* > werfen; *faihu* > Vieh; *maistus* > Mist. Wenn *ai* lang und als Diphthong gemeint wird, haben wir im Althochdeutschen dafür *ei* oder *ē*. Die Goten zur Zeit Wulfilas scheinen dieses *ai* noch getrennt gesprochen zu haben: *a+i*. Beispiele: got. *stains* > abair. **stein* m. > Stein; *staiga* > Steig; *laisjan* > abair. **lēran* > lehren; *skaidan* > scheiden; *dails* > Teil. Einsilbig ist *wai* > wehe.

Blicken wir abschließend noch kurz auf den Diphthong *au*! Gotisches *au* steht für unterschiedliche Laute. Das kurze *aú* vor *h* und *r* ist aus dem offenen u-Laut hervorgegangen und erscheint im Hochdeutschen meist als *u* oder *o*, z. B. got. *waúrms* > ahd. wurm > Wurm; baúrgs > abair. **purc* > Burg; *waúrd* > Wort; *dauhtar* > Tochter; *auhsus* > abair. **ohso* > Ochse. Manchmal ist *au* vor *h* auch ein alter Diphthong, z. B. got. *háuhs*, abair. **hôh* > hoch. Ist *au* diphthongisch, entsteht im Althochdeutschen (Bairischen) daraus meist *ou* oder *ô*, im Neuhochdeutschen bleibt *au* entweder *au* oder es wird daraus ein langes *o*, z. B. got. *galaubjan* > abair. *galauppen > ahd. gilouban > glauben; *daupjan* > taufen; *augo* > Auge; *rauþs* > rot; *dauþus* > Tod. Wenn *au* vor einem Vokal steht, kann es althochdeutsch als u auftreten, z. B. got. *bauan* > ahd. *buan* > bauen, wohnen. Aber dieses *u* ist im heutigen Deutsch wieder zu *au* geworden.

Bajuwarenland als Rückzugsgebiet von Ostgoten

Alles in allem lässt sich sagen: Die Entstehung des bairischen Stammesverbands war sicherlich das Ergebnis einer beinahe geplanten Umsiedlung und Verschmelzung der Einwanderer mit schon vorher ansässig gewesenen Germanen und Romanen. Den Umsiedlungszeitpunkt kann man relativ genau ausmachen. Im frühen 6. Jahrhundert war das Land nördlich der Donau zwar Interessengebiet der Thüringer, aber *Rätien* gehörte zum Herrschaftsbereich der Ostgoten. Der frühestmögliche Termin einer fränkischen Inbesitznahme dieses Gebietes war das Jahr 531, als das *Thüringerreich* durch die fränkische Eroberung beendet wurde. Das westliche *Rätien* (Raetia I) wurde dann von König *Vitigis* um 536 an die Franken abgetreten. Die Umsiedlung germanischsprachiger Bevölkerungsteile aus Böhmen dorthin dürfte schon ab 531 erfolgt sein. Die in Böhmen lebenden Germanen gehörten zwar nicht direkt zu den Thüringern oder Langobarden, standen aber unter deren Einfluss. Wie bereits weiter oben erläutert, zogen die Langobarden erst 568 als eine Art Auswandererzug aus Pannonien und Niederösterreich nach Italien.[718] Der fränkische König, nachdem er 531 Thüringen erobert hatte, konnte leicht auch über Böhmen Einfluss ausüben. Wegen dieser Machtverhältnisse und der unter den Ostgoten herrschenden Machtkämpfe nach Theoderichs Tod ließ Frankenkönig *Theudebert I.* wohl ab 534 auch Leute aus Böhmen ins östliche Rätien einwandern.

Nochmals sei hervorgehoben: Seinen Heerführern befahl *Odoaker* damals im Jahre 488, die romanischen Einwohner aus Ufernoricum nach Italien auszusiedeln. Damit wurde dieser Teil des späteren Bayern ziemlich entvölkert. Nach dem Sieg über Odoaker (493) erhob Theoderich Ansprüche auf dieses spätere bayerische Gebiet. Als der Franke Chlodwig um 506 die Alamannen bezwungen hatte, wurden zahlreiche auf ostgotisches Gebiet geflohene Alamannen in den rätischen Grenzregionen angesiedelt. Etwa zeitgleich unterwarfen die Langobarden das Herulerreich. Theoderich ließ daraufhin Heruler ins Gebiet von Ufernoricum kommen, doch da es ziemlich wenig be-

718 Die mitunter von Forschern vermutete germanische Abwanderung aus Böhmen im Jahre 568 ist nach der Feindatierung des böhmischen Fundmaterials wohl zu spät angesetzt.

völkert war, zogen sich viele wieder von dort zurück.[719] Wegen des ostgotisch-oströmischen Krieges und der Bedrohung durch die Franken bekam *Noricum* eine Art Brückenfunktion, verband die Ostgoten mit ihren thüringischen Verbündeten. Zudem hatte Theoderich hier die Möglichkeit, von Noricum her eine Art Front gegen die Franken aufzumachen. So verlegte er offenbar ostgotische Krieger mit ihren Familien in die Grenzstädte Noricums. Neben Ostgoten konnten hier auch andere Germanen siedeln, so die verbündeten *Rugier*, die ja schon früher dort zum Teil ansässig gewesen waren. Dieser Zuzug von Germanengruppen dürfte bis etwa 510 gedauert haben. Dann kam es anders. 531 erlitten die Thüringer, wie soeben schon erwähnt, ihre furchtbare Niederlage durch die Franken. Nach der Ermordung *Herminafrids* um 533 flohen offenbar einzelne thüringische Familien zu den Ostgoten nach Noricum. Als dieses Gebiet um 536 von *Vitigis* abgetreten wurde und unter Theudeberts I. Herrschaft kam, trat Beruhigung ein, denn ganz bedeutsam war, dass das Gebiet friedlich zu den Franken überging. Theudebert konnte seine Herrschaft hier schnell stabilisieren, denn auch er hatte großes Interesse daran, die fränkische Grenze bis zu den Alpen hin abzusichern.

Noricums Krieger und die übrigen Einwohner waren gleichfalls interessiert, ein gutes Verhältnis zu den Franken zu entwickeln. Jüngst Angekommene wollten sich etwas aufbauen, schon länger dort lebende Germanen hatten sich bereits zurechtgefunden, hatten »Frieden« erreicht. Schließlich war die Lage südlich der Alpen im Ostgotenreich viel komplizierter, wo ständig Kriegerscharen mit Oströmern ums Überleben stritten. Würde das italienische Germanenreich weiter bestehen? So lautete hier die Frage. Anders lagen die Dinge nördlich der Alpen. Hier konnte ein Frankenkönig wie *Theudebert I.* den Bewohnern Noricums vorschlagen, mit den Franken gemeinsam das Gebiet gegen alle fremden Angriffe zu schützen. Dafür erließ er ihnen jegliche Tributzahlungen und fand es nicht anstößig, wenn die Bewohner des späteren Bayern nach ihren Sitten, Bräuchen und Rechten fast ein wenig »ostgermanischsprachig« weiterlebten, waren doch auch Alamannen, Thüringer und andere in ihren Dialekten selbstredend auch »germanischsprachig« und keineswegs »romanischsprachig«

719 Prokop, Gotenkriege, 2. Buch, Kap. 14, S. 317.

und hatten noch erhebliche Kontakte zu ihren Stammesangehörigen südlich der Alpen, die um 540 weiterhin in Kämpfe gegen die Römer verwickelt waren. Wir erwähnten schon, dass 539 auch Frankenkrieger mit Theudebert I. an der Spitze plötzlich in Oberitalien einfielen, herbeigerufen durch die verzweifelt kämpfenden Ostgoten. Allerdings waren diese, wüst plündernd, auch über Einheimische (und selbst Goten!) hergefallen, hatten ihre eigentlichen Gegner, die Oströmer, zwar angegriffen, aber am Po beispielsweise sogar Gotinnen dem Flussgott »geopfert«, wie Löhlein mit Bezug auf Prokop mitteilt.[720] Bald brachen Epidemien aus, und nun lief sich der fränkische Vorstoß tot. Theudebert ließ zum Rückzug blasen. Aber die Ostgoten hatten von solch einer fränkischen Unterstützung mehr als genug. Lieber wollte sich König Vitigis dem Kaiser Ostroms unterwerfen als solchen fränkischen »Aasgeiern« in die Hände fallen. Anders dachten die bajuwarischen, aber nicht weniger ostgotisch geprägten Männer im transalpinen »frühen Bayern«, die sich zwar an den Kämpfen in Italien gegen die Oströmer auch beteiligten, doch ihre Sippengenossen verblieben hoch und trocken im entstehenden, sicheren fruchtbaren Bayernland. Bald fanden sie sich gänzlich auf Seiten der Franken wieder, mit denen zusammen man nun gegen die Oströmer marschieren konnte, die schönen Wohnsitze auf der Alpennordseite als sichere Bank. Das entstehende Bayern erschien den verbliebenen Ostgoten überhaupt als das einzige unangefochtene Rückzugsgebiet, wo ihre Stammesangehörigen längst Quartier gemacht hatten und laufend Flüchtlinge aufgenommen wurden. Nicht untypisch scheint hier eine Mitteilung Prokops zu sein, wonach beispielsweise die überlebenden Ostgoten nach der Schlacht am *Mons Lactarius* (552) Italien verlassen wollten, um zusammen mit Stammesgenossen anderswo zu leben.[721] Sie forderten nach hartem Kampf »freien Abzug«, der ihnen auch gewährt wurde. Und die Ostgotenreste drängten offenbar nach Norden über die Alpen, wo sich angeblich ihre Spur verliert.

Aber allzu weit nordwärts sind auch sie sicherlich nicht gekommen. Dort winkte das »neue Bayernland«. In der Überlieferung mehr als auf-

720 Georg Löhlein, Die Alpen- und Italienpolitik der Merowinger im VI. Jh., nach Prokop, De bello Gallico II, 25, 9f.

721 Prokop, Gotenkriege 4. Buch, Kap. 35, S. 993.

fällig wirkt es übrigens, dass die Baiern später als die Widersacher der Romanen dargestellt werden, dass offenbar in ihrem Alltag eine Art Römerfeindlichkeit vorherrschte. So liest man in einem Gesprächsbüchlein aus dem Kloster Fulda noch das Folgende: »Dummdreist sind die Welschen (d. h. die Romanen), klug die Baiern; klein nur ist die Klugheit unter den Welschen, sie haben mehr Einfalt als Klugheit.«[722] Diese Antipathie gegenüber den »Welschen« hängt offenbar mit Erfahrungen zusammen, die »gotisch- und germanischsprachige« Bewohner – vor allem nördlich der Alpen – nach dem Untergang des Ostgotenreiches gemacht hatten. Berücksichtigt man, dass die dort ansässigen Völkerschaften durchaus nicht einheitlich waren, dass stetig Wanderbewegungen erfolgten und zahlreiche Faktoren in relativ kurzen Zeiträumen zur Wirkung kamen, könnte man schlussfolgern, dass gewisse Gruppierungen der Baiern tatsächlich Nachfahren der Ostgoten sind. Aus den Trümmern des Ostgotenreiches wanderten unzweifelhaft gotische Scharen nach Norden in andere »germanischsprachige« Gegenden. Ostgotische Bevölkerungsteile wirkten offenbar bei der Entstehung Bayerns mit. Wie sonst ist es zu erklären, dass sich in ehemals vorwiegend »romanischsprachigen« Gebieten Rätiens und Noricums so bald das »germanischsprachige Element« durchsetzen konnte?

Sind nun die Baiern vorwiegend ehemalige Ostgoten? So genau weiß man das leider doch nicht.[723] Man hat die Bajuwaren einmal als »Findelkinder der Völkerwanderung« bezeichnet. Sie erschienen so unvermittelt um die Mitte des 6. Jahrhunderts unter den damals bereits bekannten germanischen Völkern. Konnte es passieren, dass eine so große Region Europas in zentraler Lage plötzlich, ohne dass dafür schriftliche Quellen vorliegen, mehrheitlich »germanischsprachig« okkupiert wurde? Um diese Frage zu beantworten, haben wir uns nunmehr die historische Entwicklung dieser Region, des Landes zwischen Lech und Inn, betrachtet. Und wir haben auch »Noricum Ripense« im Osten ins Auge gefasst.

Wir wissen nun: Die römischen Donauprovinzen litten einstmals sehr unter Einfällen fremder Stämme, sodass am Limes Festungsbau-

722 Wilhelm Störmer, Die Bajuwaren, S. 120.
723 Fischer, Th./Geisler, H., Herkunft und Stammesbildung der Baiern aus archäol. Sicht, Katalog der Bajuwarenausstellung, München-Salzburg 1988, 61ff.

ten und Kastelle entstanden. Aus der »Vita des heiligen Severin« war zu entnehmen, dass nach und nach das Land aufgegeben wurde. Die romanische Bevölkerung suchte Schutz im engen Sicherheitsbereich um die Kastelle. Als der letzte Kaiser *Romulus Augustulus* 476 von Odoaker abgesetzt worden war, hörten die Soldzahlungen auf, sodass selbst die Sicherheit der Kastelle nicht mehr da war. Die Römerherrschaft in den Provinzen *Raetia II* und *Ufernoricum* endete 488 mit dem Aufruf Odoakers an die Romanen, sich nach Italien zurückzuziehen. Nun stand das Land offen für germanischsprachige Siedler und Machthaber. In weiteren Jahren stritten sich Ostgoten und Franken um diese Provinzen, bis schließlich um 536 *Raetia* und spätestens um 545 *Noricum* unter fränkische Herrschaft gerieten.

Man sieht also, beide Provinzen standen unter ständiger Beobachtung mehrerer Mächte. Niemals hätte sich da so einfach ein ganz neues Volk niederlassen können. *Baiovarii* waren schon in reichlicher Menge da, und diejenigen, die man am häufigsten dort finden konnte, waren wohl doch Ostgoten. Mit der Entdeckung eines Grabes für ein vornehmes Paar in Straßkirchen war der Beweis erbracht, dass sich unter den neuen Ansiedlern des Donauraums bei Regensburg auch begüterte Personen von hohem Rang befanden. Man kann davon ausgehen, dass diese Menschen die Gegenden aufgrund politischer Voraussetzungen gezielt als neue Heimat auswählten. Ihren Reichtum führten sie wahrscheinlich mit sich. Man kann also vermuten, dass die Ansiedlung planmäßig von den Oberherren der Provinzen – Franken oder Ostgoten – betrieben wurde. In einem Gräberfeld, etwa dreißig Kilometer nordöstlich von München, lässt sich Ähnliches verfolgen: Zunächst sind Gräber alamannischer Prägung sowie einer romanischen Restbevölkerung vorhanden. Es folgen Bestattungen langobardischer und thüringischer Gruppen und schließlich sind ostgotische Einflüsse sichtbar. Aber wie vordem Ostgoten sorgten nun Franken dafür, dass neue Gefolgsleute aus ihren Reihen die politische Macht repräsentierten. Bereits in der zweiten Hälfte des sechsten Jahrhunderts, als der Bajuwarenstamm endgültig in die Geschichtsschreibung einging, stechen unter Grabfunden fränkische Einflüsse deutlicher hervor, und es bildeten sich bajuwarische Eigenheiten heraus, wie etwa die Eberhauer am Helm eines Mannes in einem Grab von Peigen.

Etwa dreißig Jahre später, nachdem die Franken *Raetia II* von den Ostgoten übernommen hatten, erwähnt Gregor von Tours in seiner »Frankengeschichte« den bajuwarischen Herzog *Garibald*, von dem weiter oben die Rede war. Übrigens, der Niedergang des merowingischen Königshauses und der Aufstieg eines neuen Adelsgeschlechts, der späteren Karolinger,[724] führten dazu, dass Agilolfinger zeitweise erheblichen Einfluss gewannen. Hier sei erwähnt, dass es erst Karl dem Großen gelang, Bayerherzog *Tassilo III*. abzusetzen und die Agilolfinger ihrer angestammten Herzogswürde zu berauben.

Wie aber steht es nun mit dem behaupteten Rückzugsgebiet im Bajuwarenland für die Ostgoten? Nun, vieles spricht eben doch dafür, dass zumindest Teile des bairischen Stammes geradenwegs Nachfahren bestimmter ostgotischer Gruppen waren, was aus unseren bisherigen Darlegungen möglicherweise hervorgeht.

Aber es ist ohnehin ein wenig Geschichtsrätsel dabei. Die umfangreiche hier an Hand der »Origo Gothica« erzählte *Ostgoten Saga* – sollte sie tatsächlich im Bayernlande zu Ende gegangen sein? Viele andere Spuren der einst so mächtigen Ostgoten, die ihr Reich in Italien aufbauen konnten, sind im Laufe der Jahrhunderte verloren gegangen, wie ja auch die Sprache – das Gotische – keine moderne Fortsetzung fand! Nun – Ironie der Geschichte.

In der Zeit, als der letzte Ostgotenkönig umkam, tauchte der Name der Baiern in den Historienbüchern auf. Ja, Garibald tritt uns als Herzog der Baiern, eingesetzt durch den Frankenkönig, leibhaftig entgegen. 562 eroberten die Römer die letzten noch von Ostgoten gehaltenen Städte *Verona* und *Brescia*. 566 konnte Ostroms General Narses auch die Erhebung des Herulers *Sindual* niederschlagen. Vielleicht flüchteten zu dieser Zeit und in den wenigen Jahrzehnten davor noch kampftüchtige Ostgoten, wahrscheinlich ganze Sippenverbände, über den Brenner und andere Alpenpässe vorzugsweise in Regionen des heutigen Bayern, um dort einen neuen, verheißungsvollen Anfang zu machen.

724 Rudolf Schieffer, Die Karolinger, Stuttgart 1992.

Nachwort zur Ostgoten Saga

Wie bereits einleitend betont, ist die wichtigste Quelle zu Jordanes' »Getica« oder »Origo Gothica« heute die Edition des berühmten deutschen Althistorikers Theodor Mommsen, die auf dem damals besterhaltenen Heidelberger Manuskript basiert, das wahrscheinlich aus dem frühen 8. Jahrhundert stammt. Dieses Manuskript wurde jedoch bei einem Feuer in Mommsens Haus am 7. Juli 1880 zerstört, und nur die Bearbeitung von Mommsen selbst ist heute erhalten. Dieser Umstand trug dazu bei, dass man mitunter die gegenwärtig verfügbare Version des Jordanes als verlässliche Quelle anzweifelte, obwohl Mommsen allgemein als sorgfältiger Editor gilt. Das Manuskript mit dem nächstgrößten historischen Wert ist der *Vaticanus Palatinus* aus dem 10. Jahrhundert sowie das Valenciennes-Manuskript aus dem 9. Jahrhundert.

Obwohl uns Jordanes wissen lässt, dass er gotischer Abstammung sei, ist sein Name, wie schon anfangs erwähnt, wohl kaum germanisch. Er erklärt gegen Ende des 49. Kapitels, dass sein Großvater *Farja* und sein Vater *Wihamod* hießen, und das sind gotische Namen. Er erzählt auch, dass sein Großvater Sekretär beim Alanenfürsten *Candac* und er selbst Notarius bei dem ostgotischen Heermeister *Gunthiges* gewesen sei. Der Name eines »Jordanes Crotonensis«, Bischof von Crotona (jetzt Crotone) in Süditalien, findet sich zusammen mit anderen Namen von Bischöfen auf einem Dokument, das mitunter *Damnatio Theodori* genannt wird und von Papst *Vigilius* im August 551 in Konstantinopel herausgegeben wurde.

Jordanes' *Gotengeschichte*, stellt – wie schon einleitend betont – eine Summierung der zwölfbändigen gotischen Geschichte des Cassiodorus dar, worüber unser vorliegendes Buch eingangs schon ausführlich berichtet hat. – Selbst wenn Jordanes nicht mit dem genannten Bischof identisch sein sollte, so war er doch jedenfalls ein Mönch oder Geistlicher, der sein Werk um 551 in Konstantinopel unter Kaiser Justinian verfasst hat. Und während dieser Zeit weilte Papst *Vigilius* selbst auf Anordnung des Kaisers in der genannten Stadt. Wie wir ebenfalls schon wissen, widmete Jordanes seine Arbeit einem Geistlichen, einem ansonsten unbekannten »Bruder Castalius« (oder Castulus). Ausgehend von der extrem negativen Haltung zum arianischen Christentum, die wir bei Jordanes finden, ist es sehr wahrscheinlich, dass unser Verfasser, der als Mönch selbst Arianer war wie die meisten Goten, später zum Katholizismus konvertierte. Die »Getica« wurde nach dem Beginn und vor der Beendigung eines anderen Werkes geschrieben, genannt *Romana,* und diese Schrift wurde ebenfalls einem sehr edlen Bruder namens *Vigilius* dediziert. Es sei dahingestellt, ob er mit dem Papst identisch war. Wie wir wissen, wurde das Ostgotische Königreich nach 551 zerstört, und sehr schnell löste sich zuvor das westliche Römische Reich auf. Eines der wichtigsten Ziele beider genannter Werke war wohl zu zeigen, wie sehr auch die größten Gebilde des menschlichen Geistes auf Erden – seien es gotische oder römische Staaten, vergänglich und zerbrechlich sind, und dass man immerwährenden Frieden nur in Gott allein finden kann.

In unserem vorliegenden Buch sind auch einige Abschnitte aus Jordanes' »Romana« und anderen zeitgenössischen Arbeiten eingeschlossen, die sich mit dem Krieg des Kaisers Justinian gegen die Ostgoten in Italien beschäftigen, und es sind Passagen, die nochmals das Material, welches wir in der »Origo Gothica« finden, ergänzen.

Wie wir ebenfalls schon wissen, vernichtete Senator *Cassiodor* sehr wahrscheinlich seine eigene zwölfbändige Arbeit, weil sie während der Regierungszeit Theoderichs geschrieben wurde. Darin hatte er die Ostgoten sehr vorteilhaft behandelt. Aber schon kurz nach dem Tode des Theoderich veränderte sich das politische Klima. Cassiodor, vorher dessen wichtigster Minister, fand sich nun in Konstantinopel wieder, dem Zentrum der antigotischen Kräfte. Um zu vermeiden, dass er als Feind des byzantinischen Kaisertums angesehen wurde, eliminierte Cassiodor wahrscheinlich alle früheren Darstellungen überaus gründlich. Jordanes selbst war tatsächlich nur imstande, das Werk durch einen Gunstbeweis eines Untergebenen von Cassiodor zur Kenntnis zu nehmen. Der tiefere Grund für diesen Umstand lag wohl darin, dass Cassiodor zu dieser Zeit nicht mehr geneigt war, mit einem »Gotenprojekt« zu kooperieren. Man darf daher annehmen, dass es ohne sein Wissen ausgeführt wurde.

Die »Origo Gothica« in der Version des Jordanes könnte als eine Art Nachruf auf die gotischen Volksstämme gesehen werden. Aber sie enthält auch eine Anzahl von Elementen, die durchaus überraschend und interessant für moderne Leser sein können. Neben dem sehr instruktiven Porträt Attilas und der Beschreibung der Schlacht auf den Katalaunischen Feldern enthält das Buch eine der frühesten Beschreibungen des »König Artus« (XLV, Nr. 237–238), bekannt hier als »Riotimus«, später literarisch mit dem lateinischen Namen *Artorius* in Beziehung gesetzt. Ebenso sind hier viele Ereignisse und dramatische Personen beschrieben, über die beispielsweise in den epischen Werken und Sagen des germanischen Nordens gesungen wurde, aber hier bei Jordanes wohl so, wie sie sich wahrscheinlich ursprünglich zutrugen. Alles in allem, die endlosen Kämpfe und Schlachten, das vielfache Blutvergießen, das hier behandelt wird, geben uns einen Eindruck von dem, was die Auflösung der Römischen Zivilisation mit sich brachte. Die Wanderungen und Abenteuer der Goten und anderer Völkerschaften kann man heute durch exzellente geographische Arbeiten, etwa durch den »Atlas der Griechischen und Romanischen Welt« besser nachvollziehen, um Genaueres über Orte und Landschaften in den Jahren der Römischen Kaiserzeit zu erfahren. Einen besseren Zugang zu dem vorliegenden Werk und den dazugehörenden Erläuterungen findet man in der Tat, wenn man sich eingehend mit der Topographie Europas zur Zeit der Gotenwanderungen beschäftigt.

Unsere vorliegende *Gotengeschichte* wird von Fachleuten gern in vier große Abteilungen gegliedert. Zunächst finden wir eine geographische *Introduktion*, danach folgt der zweite Teil über die *vereinigten Goten*. Der dritte Teil beschäftigt sich mit den *Visigoten*; der vierte Part und für das Thema dieses Buches am instruktivsten ist derjenige über die *Ostgoten*. Diese vier Abschnitte sind mit zahlreichen Abschweifungen der verschiedensten Art untersetzt. Neben den Originaltexten wurden, wie schon einleitend angedeutet, zahlreiche weitere Zusätze und Erläuterungen zu fast jedem Kapitel vom Verfasser hinzugefügt.

Der große historische Wert der um 551 angefertigten »Gotengeschichte«, und dies ist im Verlauf der Darstellung schon mehrfach betont worden, besteht in der authentischen Darstellung zahlreicher Fakten. So ist unser Buch eine der wichtigsten Quellen für unsere eigentlich sehr dürftigen Kenntnisse über die Geschichte der Völkerwanderung. Unschätzbar ist es als zeitgenössische Wiedergabe und deutliche Zusammenfassung der bekanntesten Geschichtsschreibungen.

Unentbehrlich ist die hier vorliegende »Origo Gothica« für weitere Forschungen zu unserer Frühgeschichte. Stets ist in Hand- und Lehrbüchern zu diesen Themen das ostgotische Element ein wenig zu kurz gekommen, denn es ist nicht von der Hand zu weisen, dass gerade über die frühen Zusammenhänge in südosteuropäischen Regionen, im weiten Raum jenseits der Donau bis hin zum Schwarzen Meer und zum Don am wenigsten Wissen vorhanden ist. Auch über das Verhältnis der Ostgoten zu den Hunnen und ihre Verbindungen mit anderen germanischen und nichtgermanischen Völkerschaften wird meistens wenig berichtet. Hier sind die Einlassungen des Jordanes als eines aufmerksamen Zeitgenossen ebenfalls von erheblicher Bedeutung.

Am deutlichsten gewinnen zudem Gestalten wie Ermanarich, Alarich, Thiudimir, Theoderich der Große, seine Nachfolger Amalasuintha, Athalarich oder Theodahad und Vitigis an Kontur. Sie treten uns trotz der Knappheit und Kürze der Jordanes-Texte überaus plastisch entgegen und können durch weitere erläuternde Zusätze und durch ihre Einbettung in unsere germanischen Sagen noch anschaulicher gemacht werden. Die Beschreibung des Hunnenkönigs Attila und seines Umfeldes bildet ohne Zweifel einen Höhepunkt in der Darstellung des Jordanes. Aber ganz besonders ausführlich und aufschlussreich sind auch die Angaben über Theoderich, den Dietrich von Bern in unseren Sagen.

Hier sind zumindest zahlreiche Details über Theoderichs Wirken bekannt und im Laufe der Jahrhunderte sehr widersprüchlich kommentiert worden. Wie eingangs schon erwähnt, sah die katholische Kirche in ihm einen *Ketzer*. Bald nach Ende der Gotenkriege wurden aus den arianischen Gotteshäusern schließlich katholische Kirchen. So wurde z. B. Theoderichs Palastkirche in Ravenna dem heiligen Martin geweiht, ihre Mosaiken, die an ihn erinnern sollten, erhielten die Züge des Kaisers Justinian. Aus dem Mausoleum entfernte man die Gebeine des Theoderich. Aber in Ravenna erinnern an ihn noch sein Palast und ein vergoldetes Reiterstandbild, das ihn als Krieger darstellte. Karl der

Große, zwischen 787 und 801 mehrfach in Ravenna, nahm die Palastkirche als architektonisches Vorbild für seine Pfalzkapelle in Aachen. Nach seiner Kaiserkrönung ließ er Theoderichs Standbild ebenfalls nach Aachen bringen, wo es auf einer hohen Säule vor der Königshalle aufgestellt wurde. Offensichtlich sah Karl, der auch einen seiner Söhne nach Theoderich benannte, in ihm einen direkten Vorgänger.

Allerdings fand Karl der Große bei Kirchenleuten wenig Anklang. Walafrid Strabo an seinem Hof bezeichnete 829 in einem Gedicht über das Standbild den Ostgoten Theoderich als einen habgierigen Tyrannen, der als Gotteslästerer seine gerechte Strafe in der Hölle empfing. Das zeigt deutlich, wie umstritten Theoderich im Mittelalter war. In der gelehrten lateinischen Historiographie taucht sein Name recht oft auf. In der theologisch gefärbten Geschichtsschreibung wird das böse Schicksal des Ostgoten zu einem Lehrbeispiel dafür, wie Gott in die Geschichte eingreift. Am Portal der Kirche San Zenon in Verona fand sich seit 1140 ein Relief, das zeigte, wie der törichte Theoderich einem Hirsch nachjagt und dabei schnurstracks durchs Höllentor reitet.

Sehr bald vermengte man in den Berichten über Theoderich sagenhafte Erzählungen und historische Tatsachen. Ein Exempel hierfür ist die um 650 entstandene Chronik des sogenannten Fredegar. In ihr wird Theoderich zu einem Makedonier, der von Sklaven abstammte und dann von einem oströmischen Patricius adoptiert wurde. Ein Kaiser Leo befiehlt Theoderich, sich als Kriegsmann zu betätigen und schickt ihn nach Italien, wo er Odoaker und die Heruler besiegt. Aus Rache für die Ermordung von Papst Johannes I. und Symmachus bringt ihn angeblich sein Bruder (!) Geiserich um. In dieser Geschichte wird vieles verwechselt und falsch angegeben, aber das sollte sich in der Dietrich-Sage des Mittelalters noch viel mehr ausdehnen.

Die volkssprachlichen Chroniken des hohen und späten Mittelalters zeichneten bald ein überwiegend positives Bild Theoderichs. Bald war er die beliebteste Heldengestalt in Deutschland, England und Skandinavien. Wie und wann Theoderich als legendärer Dietrich von Bern so sehr verklärt wurde, ist schwer nachzuvollziehen. Vielleicht kam es bereits in karolingischer Zeit dazu, als Karl der Große Lieder über Heldentaten alter Könige aufschreiben ließ. Vieles spricht dafür, dass das Ganze schon nach der langobardischen Landnahme anfing. Da waren die in Oberitalien noch verbliebenen Gruppierungen der Goten sehr dafür, denn es ist nicht von der Hand zu weisen, dass sich die Langobarden als Nachfolger der Ostgoten fühlten; schließlich hatte ihr König Audoin die Tochter des Thüringerkönigs Herminafrid, eine Großnichte Theoderich sogar geehelicht. Im Vergleich mit den historischen Ereignissen zeichnet die ostgotische Dietrichsage das meiste sehr eigenwillig und ungenau auf.[725] Wenn darin Dietrich nur über Oberitalien herrscht, kann man das noch mit dem ostgotischen Siedlungsschwerpunkt erklären. Auch dass er in Verona (Bern) und nicht in Ravenna residiert, kann man auf die Machtverhältnisse im späten sechsten und siebenten Jahrhundert beziehen. Schließlich besaßen die Langobarden Verona, jedoch nicht Ravenna, das oströmisch blieb.

Zahlreich sind die Anachronismen der Sage, die schon im 12. Jahrhundert dem Bamberger Mönch Frutolf von Michelsberg und auch dem Freisinger Bischof Otto ins Auge fielen. Ermanarich, der – wie uns Jordanes mitteilt – um 370 im Hunnenkampf begriffen war, Attila und Theoderich sind beispielsweise keineswegs Zeitgenossen, wie die Sage es will. Hunnen spielten zur Zeit des Theoderich kaum noch eine Rolle. Forscher spekulierten darüber, ob die Dietrichsage auf den Untergang des Gotenreiches anspielt oder eher Ereignisse auf dem Balkan vor Theoderichs Ausmarsch nach Italien zum Thema hat. Aber sicher ist, dass die Sagenerzähler an Hand historischer Begebenheiten lieber das persönliche Schicksal als abstrakte Historie in den Vordergrund stellten. Damit spiegelt die Dietrichsage das Fühlen und Denken der in Italien verbliebenen Ostgoten und der ihnen nachfolgenden Langobarden wieder. Zwangläufig sah man die sagenhaften Erzählungen als Geschichte an. Die Vermischung von Dietrichsage und Nibelungenlied führte im 13. Jahrhundert zur Literarisierung des gotischen Sagenkomplexes. Vom 16. Jahrhundert an ergab sich, u. a. in zahlreichen Buchdrucken, eine vielschichtige Literatur über den Amaler Dietrich von Bern, dessen Wirken als mächtiger und ritterlicher König weithin gepriesen wurde. Das erstaunliche Interesse an

725 Vgl. E. Marold, Wandel und Konstanz in der Darstellung der Figur des Dietrich von Bern. Heldensage und Heldendichtung im Germanischen. Hrsg. H. Beck, Realencyclopädie der class. Altertumswiss. Erg. 2, Berlin 1988.

den Ostgoten und speziell an der Person Theoderichs wurde seit dem Zeitalter des Humanismus durch die Idealisierung der Germanen noch gefördert. Als ein Ergebnis dieser Idealisierung betrachtete beispielsweise der Habsburger Maximilian I. den Ostgotenkönig Theoderich gar als einen seiner Ahnen. Ein Bronzebild des Gotenkönigs schmückt das Grabmal des Kaisers und »letzten Ritters« in der Innsbrucker Hofkirche.

Zum Ende des 17. Jahrhunderts erschien auf Latein eine erste Theoderich-Biographie.[726] In Skandinavien fand sie großen Anklang vor allem wegen der dort herrschenden Goten-Ideologie. Der schwedische Gotizismus ging davon aus, dass diesem Gotenvolk die Herrschaft über ganz Europa gehöre. 1808 entstand durch den späteren österreichischen Hofhistoriograph Hurter eine umfangreiche Theoderich-Biographie in deutscher Sprache, worin die Goten als Idealvolk und Theoderich als ein idealer Herrscher hochstilisiert wurden.[727] Der Autor Gregorovius sah um 1860 im Amaler Theoderich und seinem Ostgotenvolk Vorboten einer neuen Zeit, die die »noch flutende Völkerwanderung zum Stillstande« brachten und versuchten, »jene neue Weltordnung einzurichten, welche sich allmählich aus der Verbindung der nordischen Barbaren mit der römischen Kultur … ergeben« würde. Theoderich und seine Ostgoten seien letztlich gescheitert, weil ihnen »als Arianern die Unterstützung der katholischen Kirche fehlte«.[728]

Bei der Einschätzung der historischen Bedeutung des Ostgotenreichs und des Ostgotenkönigs Theoderich sollte man stets die europäische Dimension im Auge behalten. Die Ostgoten waren ein wichtiger Baustein in der Entwicklung Europas, aber doch nur ein Baustein, ein Zwischenspiel. Ihr König Theoderich war ein Herrscher eines germanischen Stammes unter vielen, der durch seine engen Beziehungen zu Ostroms Kaiser Zenon Furore machte. Er besaß erhebliche militärische Fähigkeiten. Doch darin unterschied er sich kaum

726 Verfasser war der katholische Theologe J. Cochläus. Vita Theoderici, regis Ostrogothorum et Italiae, hrsg. J. Peringsköld, Stockh. 1699.

727 F. Hurter, Geschichte des ostgothischen Koenigs Theoderich und seiner Regierung, 2 Bde. Vgl. auch: E. Lönnroth, Die Goten in der modernen krit. Geschichtsauffassung. Studia Gotica, Stockholm 1972, 57ff.

728 F. Gregorovius, Geschichte der Stadt Rom, neu herausgegeben von W. Kampf, Darmstadt 1963.

von anderen germanischen Heermeistern der Völkerwanderungszeit. Auch der Aufstieg der Ostgoten am Schwarzen Meer, auf dem Balkan und in Italien, den unsere Saga nachzeichnet, war in jenen Jahrhunderten nichts Ungewöhnliches. Erstaunlicher ist schon, welche überdimensionale Rolle einzelne »Helden« der Ostgoten in der europäischen Sagengeschichte bis auf den heutigen Tag gespielt haben. Ein Gesichtspunkt sei zudem angeführt: Die Kirchenspaltung zwischen Ost und West ergab für die arianischen Ostgoten zunächst Vorteile. Sie stärkte auch die Position Theoderichs und brachte eine Schwächung der katholischen Opposition. Auch sein Konzept, dass sich die Ostgoten in den Dienst des Römischen Reiches zu stellen hätten, um es zu erneuern und zu erweitern, war schon seit Odoaker praktiziert worden. Man ging von der Erkenntnis aus, dass eine ostgotische Minderheit angesichts einer zahlenmäßig so großen römischen Mehrheit nur dann überleben könne, wenn man im Einvernehmen mit den Senatoren und Beamten Italiens handelte.

Die führenden Ostgoten konnten sich auf die italienische Senatsaristokratie zwar stützen, aber ihre Stärke bezogen sie letztendlich doch durch das gotische Militär. Das aber war auf die Dauer zu wenig. Auch wenn es unter Theoderich zur längsten Friedensperiode in Italien in jenem Jahrhundert kam, so war der Untergang doch irgendwie vorprogrammiert. Die geringe Zahl der Ostgoten und ihr Anpassungsvermögen reichten schließlich nicht aus, um einen auf die Dauer lebensfähigen Ostgotenstaat zu schaffen. Zuletzt konnte sich keines der neuen Germanenreiche in den alten Römischen Grenzen sicher halten. Auch der Expansionsdrang des Frankenkönigs Chlodwig und seiner Nachfolger vermochte – auch aus Mangel an Volksmenge – die Romanisierung der meisten Gebiete des alten Römischen Reiches nicht zu verhindern. Zwar hat das Fränkische Reich die gotischen Reiche bei Weitem überdauert.

Der frühe Untergang des Ostgotenreiches brachte es mit sich, dass sich die in Italien und in weiteren Mittelmeerregionen weiterlebenden Germanen ganz neu orientieren mussten. Als kleine Minderheit in Italien mussten sich die Ostgoten an ihre romanische Umgebung anpassen oder Gegenden aufsuchen, wo sie ihre eigene Sprache weiter verwenden konnten. Das war fast nur nördlich der Alpen möglich.

Ansonsten wären sie nach wenigen Generationen im romanischen Sprachgebiet gänzlich assimiliert worden. Ihren Arianismus mussten schließlich alle Ostgoten aufgeben und sich dem römisch-katholischen Mehrheitsglauben anschließen, wie dies auch die Franken, Westgoten und Langobarden taten.

Anhang

Kleine Zeittafel zur Geschichte der Goten

7 v. – 17 n. Chr	*Gutonen* Pommerns erscheinen erstmals im Gesichtskreis antiker Ethnographie.
9	Schlacht im Teutoburger Wald.
21	Arminius von Sippengenossen ermordet.
83	Beginn der Limesbauten unter Domitian.
um 150	Guten auf der Insel Scandia, Gutonen östlich der Weichsel bezeugt. Danach gutonische Abwanderung in die Südukraine.
166–181	Markomannenkriege.
233	Einfall der Alamannen.
238–269	Gotische Scharen an der unteren Donau und auf dem Balkan.
242	Goten im Heer Gordians III. auf dem Perserfeldzug.
251	Sieg *Cniwas* über ein römisches Heer bei Abrittus, Tod des Kaisers Decius.
seit 253	Raubzüge der Goten und verbündeter Völker bis nach Griechenland und Kleinasien, teilweise übers Schwarze Meer.
268	Gotischer Vorstoß in die Ägäis.
269	Sieg des Kaisers Claudius II. (genannt Gothicus) bei Naissus über die Goten.
271	Großer Erfolg über die Goten durch Kaiser Aurelian.
Anf. 291	Die Terwingen (Visigoten) erstmals bezeugt.
291	Endgültige *Spaltung* des großen Stammes der Goten.
325	Konzil von Nicäa. Das arianische Christentum der Goten abgelehnt.
332	Vertrag mir Westgoten (foedus) unter Konstantin dem Großen.
341	Wulfila zum Bischof geweiht.
357	Kaiser Julian schlägt die Alamannen bei Straßburg.
365–381	Das Reich Athanarichs
365	Westgoten unterstützen den Usurpator Procopius
367–369	Goten führen Krieg mit Kaiser Valens
369	Erstmalige Nennung der *Greutungen* (Ostgotenstamm)
375	Einfall der Hunnen in Osteuropa.
375	Tod des Königs Ermanarich, weitere Spaltung der Ostgoten.
375–376	Große Teile der Ostgoten durch die Hunnen unterworfen.
376	Donauübergang unter den Gotenführern Alaviv und Fritigern.
378	(9.8.) Schlacht bei Adrianopel. Greutungen (Ostgoten) und Alanen gegen Römer.
378	Tod des oström. Kaisers Valens, der ein Arianer war.
380	Kaiser Gratian weist den greutungisch-alanisch-hunn. Scharen Pannonien an.
382	Bischof Wulfila gestorben.

382	(3. 8.) Vertrag mit Kaiser Theodosius: Ansiedlung im Norden Thrakiens.
391–401	Die Visigoten Alarichs I. agieren auf dem Balkan.
394	Schwere Verluste der gotischen Föderaten in der Theodosius-Armee beim Sieg des Kaisers über den Usurpator Eugenius.
395	Tod des Theodosius I.; spätester Zeitpunkt für die Königserhebung Alarichs.
400	Katastrophe bei Gotenaufruhr in Konstantinopel, Tod des Gainas.
401	Einfall Alarichs I. in Italien.
402	Sieg Stilichos über Alarich I. bei *Pollentia* und *Verona*.
405–406	Der Gote Radagaisus fällt in Italien ein.
408	Erneuter Einmarsch Alarichs I. nach Italien. Hinrichtung Stilichos.
409	Vandalen, Sueben und Alanen dringen in Spanien ein.
410 (24. 8.)	Eroberung Roms durch Alarich I.
410	Alarich I. im Busento begraben.
410–415	König Wallia gründet das westgot. Reich in Südgallien.
410–415	Athaulfs Regierungszeit.
412	Zug nach Südgallien.
414 (1.)	Heirat Athaulfs mit der Römerin Galla Placidia.
414/15	Zug nach Spanien.
418	Ansiedlung von Westgoten in Gallien.
418–451	Regierungszeit des Visigoten Theoderich I. (Theoderid).
429	Überfahrt der Vandalen unter *Geiserich* nach Afrika.
436–437	Burgunder-Reich am Rhein durch hunn. Kämpfer vernichtet.
439	Carthago durch Vandalen erobert.
443	Reste der Burgunder als röm. Föderaten in der *Sapaudia* angesiedelt.
451	Tod Theoderichs I. auf den Katalaunischen Feldern im Kampf gegen Attila.
451	Die Amaler unter Valamir und seinen Brüdern an Attilas Seite auf den Kata- launischen Feldern.
453	Attila stirbt durch Blutsturz.
454–455	Schlacht am Fluss Nedao: Ostgoten z. T. auf Seiten der hunn. Attilasöhne.
455	Vandalenkönig Geiserich erobert Rom.
456/57	Pannonien durch Ostrom an die Valamir-Goten zur Ansiedlung vergeben.
466–484	Herrschaft des Westgotenkönigs Eurich.
459–469	Theoderich d. Gr. als junge Geisel in Konstantinopel.
468–469	Beginn des westgot. Krieges in Spanien und Gallien.
473	Königserhebung Theoderich Strabos († 481) in Thrakien.
473	Abmarsch der Ostgoten aus Pannonien in Richtung Balkan.
474	Königserhebung Theoderichs des Großen in Makedonien.
475	Friedensschluss mit Westgoten unter Anerkennung der Eroberung Eurichs.
476	Letzter Kaiser *Romulus Augustulus* durch Odoaker abgesetzt.

476–493	Odoaker – Skiren- oder Goten-König von Italien.
484	507 Regierung des westgot. Königs Alarich II.
484	Theoderich der Große wird Konsul in Ostrom.
488	Theoderichs Aufbruch und Abmarsch der Ostgoten nach Italien.
493	(3.) Einnahme Ravennas durch Theoderich den Großen.
493	Ermordung Odoakers durch Theoderich.
496	Frankenkönig Chlodwig nimmt das *katholische Christentum* an.
497	Kaiserliche Anerkennung Theoderichs als »König von Italien«.
507	Schlacht bei Vouille: Sieg der Franken, Tod Alarichs II.
511	Theoderich der Große auch König der Westgoten.
526–531	Regierung des Westgotenkönigs Amalarich.
527–565	Justinian I. oström. Kaiser.
531	Thüringerreich durch Franken erobert.
531	Vernichtung des Vandalenreiches in Afrika.
531–548	Regierung des Theudis, des früheren Schwertträgers Theoderichs d. Gr.
524–525	Ermordung des Boethius und des Symmachus.
526 (30. 8.)	Tod Theoderichs des Großen.
526–534	Regierung des unmündigen Athalarich mi Hilfe von Amalasuintha.
526–531	Amalarich.
534–536	Ostgotenkönig Theodahad.
535	Ermordung Amalasuinthas, der Tochter Theoderichs des Großen.
535	Beginn des Krieges der Ostgoten gegen Konstantinopel.
536–540	Vitigis, der neue König der Ostgoten.
536/37	Vertrag zwischen Ostgoten und Franken.
539	Einfall der Franken in Oberitalien.
541–552	König Totila (Badwila) erneuert das Ostgotenreich.
546	(12.) Erste Einnahme Roms durch die Ostgoten.
550	(1.) Zweite Eroberung Roms durch Ostgotenkönig Totila.
552	(6.) Oström. General Narses zieht in *Ravenna* ein.
552	(6.-7.) Totila stirbt in der Schlacht bei den *Busta Gallorum.* (Tadinae- Schlacht).
552	Teja wird neuer Ostgotenkönig.
552	(8.-9.) Schlacht am *Mons Lactarius*, Tod Tejas, des letzten Ostgotenkönigs.
555	Kapitulation der letzten Ostgoten in Italien.
568	König Alboin gründet das *Langobardenreich* in Oberitalien.
568–569	Wiedererstarken des westgot. Königreichs.
572	Langobarden erobern Pavia.
589	Das Westgotenreich unter *Rekkared* wird katholisch.
590–604	Papst Gregor I. der Große.

Regierungszeiten römischer Kaiser

Augustus	31 (27) v. Chr.–14 n. Chr.
Tiberius	14–37
Caligula	37–41
Claudius	41–54
Nero	54–68
Galba	68–69
Otho, Vitellius	69
Vespasian	69–79
Titus	79–81
Domitian	81–96
Nerva	96–98
Trajan	98–117
Hadrian	117–138
Antoninus Pius	138–161
Marcus Aurelius	161–180 (161–169 Doppelprinzipat mit Lucius Verus)
Commodus	180–192
Septimius Severus	193–211
Caracalla	211–217
Opellius Macrinus	217–218
Elagabalus	218–222
Severis Alexander	222–235
Gordian III.	238–244
Philippus Arabs	244–249
Decius	249–251
(Usurpator Priskus)	(250)
Trebonianus Gallus	251–253
Aemilianus	253
Valerian	253–260
Gallienus	253/260–268
Claudius II. Gothicus	268–270
Aurelian	270–275
Tacitus	275–276
Probus	276–282
Diokletian	284–305
Galeriu	293–311
Konstantin der Große	306/324–337
Licinius	308–324
Konstantin II.	337–340
Konstans	337–350
Konstantius II.	337/350–361
Julian Apostata	361–363 (als Alleinherr scher)
Jovian	363–364
Valentinian I.	364–375
Valens	364–378 Ostrom
Ursupator Prokopius	365–366 Ostrom
Ursupator Marcellus	366 Ostrom
Gratian	367/375–383
Valentinian II.	375–392
Theodosius I.	379–395 (Alleinherrscher 392–395) Ostrom

Usurpator Maximus	383–388
Flavius Eugenius	392–394
Honorius	395–423
Arcadius	395–408 Ostrom
Theodosius II.	408–450 Ostrom
Usurpator Konstantin	407–411
Usurpator Iovinus	411–413
Usurpator Attalus	409–410/416
Konstantius III.	421 Mitregent
Usurpator Johannes	423–425
Valentinian III.	425–455
Markian	450–457 Ostrom
Petronius Maximus	455
Avitus	455–456
Maiorianus	457–461
Leo I.	457–474 Ostrom
Libius Severus	461–465
Anthemius	467–472
Olybrius	472
Glycerius	473–474
Julius Nepos	474–475
Zenon	474–491 Ostrom
Romulus Augustulus	475–476
Anastasius I.	491–518 Ostrom
Justinus I.	518–527 Ostrom
Justinian I.	527–565 Ostrom

Stammtafeln der Amaler

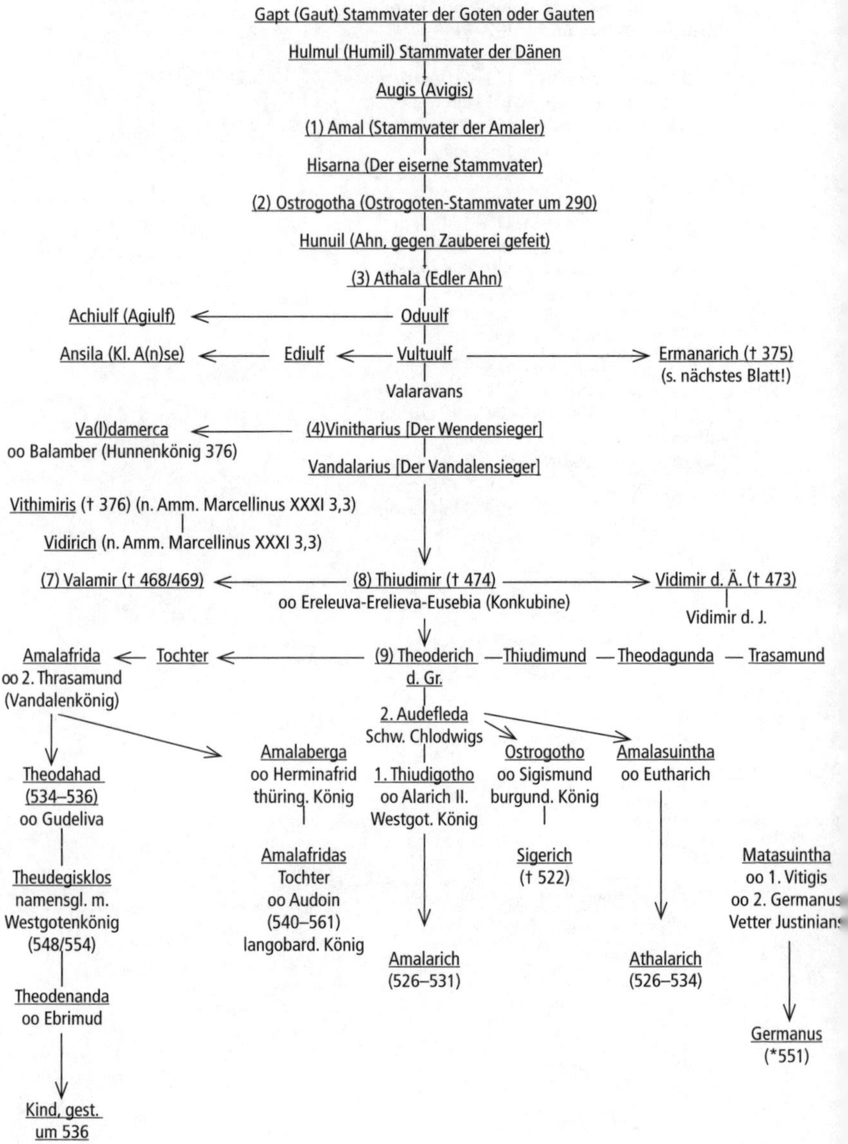

Weitere Abkömmlinge Ermanarichs

Ermanarich († 375)
|
(5) Hunimu(n)d d. J. (nach Jordanes, Getica 250, Sohn Ermanarichs)
|
(6) Thorismu(n)d – 40-jähriges Interregnum
|
Berimu(n)d
|
Vidirich (Vetericus nach Prosper)
|
Eutharich († 522/523)
oo Amalasuintha

Andere Blutsverwandte Theoderichs d. Gr.

Rekitach
»Blutsverwandter« Theoderichs d. Gr.
|
Aidoingus (Onkel von)
comes domesticorum
|
Sidimund

Andela
|
Andagis
oo Schwester
d. Alanen Candac
|
Gunthigis Baza

Giso
oo
Feletheus
Rugierkönig († 487)
|
Friderich

Von Theoderich dem Großem »verworfene« Amaler

|
Triarius
|
2 Brüder ——— Theoderich Strabo »Der Schieler«
|
unbekannte Verwandte Strabos
oo Aspar
|
Ermanarik

Von Theoderich d. Gr. ausdrücklich als Sippengenossen anerkannte Amaler

|
Hunimund d. Ä.
|
Gesimund
(amalischer Waffensohn)
|
Hunimund
donausueb. König
(amalischer Waffensohn)

Kleines deutsch-gotisches Wörterverzeichnis ähnlicher Wortstämme

Um zu zeigen, dass sich das Gotische nach Ende des Gotenreiches in Italien (nach 555) sehr leicht in die gesprochene Sprache des Oberdeutschen (Alamannisch, Bairisch, Ostfränkisch) in vorliterarischer Zeit einfügte, ist hier ein kleines Wörterverzeichnis als Beweis zusammengestellt worden. Bewusst rücken wir das ähnliche *deutsche* Wort an die erste Stelle, um von dort – gelegentlich unter Einbeziehung des schwedischen – auf das entsprechende *gotische* Wort zurückzukommen. Hierbei wird sichtbar, wie ähnlich das Hochdeutsche und selbst das heutige Schwedische noch dem alten Gotischen sind, sodass man mit Recht von der gotodeutschen und gotonordischen *Gemeinsamkeit* gesprochen hat.

a

Aar: got. ara
ab, ›ent-‹: got. af, and-
abdecken, ›enthüllen‹: got. andhuljan
Abendessen, ›Nachtmahl‹: got. nahtamats
aber, ›auch‹, schwed. ok : got. auk
Abfall: got. afstass
abfallen, ›abstehen‹: got. afstandan
Abgabe, ›Geld‹: got. gild
abgöttisch: got. afguþs
Abgrund: got. afgrundiþa
abgründig: got. afgrundus
abhauen, abschlagen: got. afslahan
ablegen: got. aflagjan
abnehmen: got. afniman
abscheiden: got. afskaidan
abschieben: got. afskiuban
abschlagen: got. afslahan
absetzen: got. afsatjan
Absetzung: got. afsateins
absondern, abgesondert: got. sundro
abstehen: got. afstandan
abstreifen: got. afstraupjan
abteilen: schwed. avdela, got. afdailjan
abtrennen, abscheiden: got. afskaidan
abwärts, talwärts: got. dalaþ
abwaschen: got. afþwahan
Abwaschung, Taufen: got. daupeins
abwenden: got. afwandjan Abwendung: got. uswandí
ab-, auswerfen: got. uswaírpan
abziehen: got. aftiuhan
ach: got. o
Achse: got. ahsa
Achsel: got. ahsa
acht: got. ahtau (a. krimgot.)
achttägig: got. ahtaudogs
achtzehn: got. ahtautaihun
achtzig: got. ahtautehund
Acker: got. akrs
Adel: schwed. odal, got. aþal
Adler, Aar: got. ara
Ahle: got. ela
Ahne: got. ana
ähnlich, ›gleich‹: got. galeiks
Ähnlichkeit: got. galeikí
Ähre : schwed. ax, got. ahs
Alb: got. albs
all: schwed. all, got. ala, alls
alldarbend: got. alaþarba
allein, ein(es): got. ains (a. krimgot.)
allmächtig, -waltend: got. allwaldands
Allmächtiger,-waltender: got. allwaldands
alt: got. alda
altern: got. alþan, usalþan
Alter (m.): got. alþiza
Alter (n.): got. aldr; im Alter vorgeschritten: got. framaldrs
altersschwach, ›ausalternd‹: got. usalþans
Ameise, schw. myra: got. muirjo
amen: got. amen
Amt: schwed. ämbete, got. andbahti
an: got. ana
anbrennen: got. inbrannjan
aneignen: got. aiginon
anempfehlen: got. anafilhan
anfangen, beginnen: got. duginnan
anfüllen: got. fulljan, gafulljan
angenehm: got. andanems »Angerufener«, Gott: got. guþ
Angesicht, Antlitz: got. andawliti
ängstigen: got. afagjan
ängstlich, angst: got. ags

Ängstlichkeit, ›Enge‹: got. agei
anhängen, ›anheften‹ : got. haftjan
anhäufen, ›bereichern‹: got. rikan
anheften: got. haftjan (sik)
anhören, ›hören‹: got. hausjan
Ankunft: got. qums
anlegen (Geld): got. atlagjan
annageln: got. ganagljan
Annahme: got. andanem
annehmen: got. andniman
anordnen, ansetzen: gasatjan
anrechnen: got. rahnjan
anregen: got. gawagjan
ansehen: got. andsahw
anseilen: got. insailjan
anspeien, ›bespeien‹: got. bispeiwan
anstarren: got. andstaùrran
Anteil, Teil: schwed. del: got. dails
Antlitz: schwed. anlete: got. andawliti
antreiben: schwed. driva: got. draibjan
antrinken: schwed.: dricka: got. anadrigkan
Antwort: got. andawaúrdí
antworten: got. andwaùrdjan
anvertrauen, glauben: got. galaubjan
anwenden, schwed: bruka: got. brukjan
Anzeichen: schwed. tecken: got. taikn
anzünden: schwed.: tända: got. intandjan
Apfel: schwed.: äpple got. apls (krimgot.)
Apostel: got. apaùstaùlus
Apostolat: got. apaùstaùleí
Ära : got. era
Arabien: got. Arabia
Arbeit: got. arbaiþs
arbeiten: got. arbaidjan
Arche: got. arka
arm: schwed. arm: got. arms
Arm: schwed.: arm: got. arms
Armut, ›Darben‹: got. þarba
Arzt: schwed. läkare: got. lekeis
Asche: schwed. aska, got. azgó
Äsche: got. aska
Ase: got. ansus; kleiner Ase: got. ansula
Asien: got. Asia
Ast: got. asts
atmen: got. anan
Au(e): got. awi
auch: schwed ok(sa), got. auk
Auerochs: got. urs
auf, ›an‹: got. ana
aufbauen, ›zimmern‹: got. anatimrjan
aufblähen, ›aufblasen‹: got. ufblesan
aufblasen: got. ufblesan
aufblicken, ›einsehen‹: got. insahwan
aufblitzen, ›aufscheinen‹: got. skeinan
Aufforderung, ›Bitte‹: got. bida
aufgeben, ›ablassen‹: got. afletan
Aufgeblasenheit: got. ufswalleins
aufgraben: schwed. gräva, got. ufgraban
aufheben: aufhaban
aufhören ›enden‹: got. gaandjan
aufladen ›ziehen‹: got. dragan
auflegen: got. analagjan
auflösen, ›entbinden‹: got. andbindan
aufmachen, ›auslaufen‹: got. ushlaupan
aufnehmen ›annehmen‹: got. andniman
aufrecken: got. ufrakjan
aufschreien, ›ausrufen‹: got. ufhropjan
aufschwellen: got. ufswalljan
aufstehen: schwed. resa:, got. urreisan
aufsuchen: got. gasokjan
aufwärts: schwed. upp: got. iup
aufwecken: got. uswakjan
aufziehen: schwed. föda: got. fodjan
aufzimmern: got. anatimrjan
Auge: schwed. öga: got. augo (a. krimgot.)
ausbreiten: got. usbraidjan
Ausdauer: got. usdaudeí
ausdehnen: got. ufþanjan
auseinander ›dis‹: got. dis
außen: schwed. ute: got. utana von außen: got. utana, utaþro
auserwählen: got. gawaljan
ausgehen: schwed. utga: got. utgaggan
ausgraben: got. usgraban
aushöhlen: got. ushulon
auslachen ›belachen‹: got. bihlahjan
Ausländer, ›Barbar‹: got. barbarus
ausländisch, ›welsch‹: got. walhs
ausrotten, ›ausmerzen‹: got. usmaitan
ausrufen: got. ufhropjan
aussehen: got. ussahwan
aussenden: got. ussandjan
außerhalb: schwed. ute, got. uta
ausstrecken ›aufrecken‹: got. ufrakjan
austreiben: got. usdreiban
auswählen: schwed. utvälja, got. gawaljan
auszeichnen: schwed. utteckna, got. ustaiknjan

b

Balg: schwed. bälg, got. balgs
Balsam: got. balsan
Band: schwed. band, got. bandi
bändigen, ›zähmen‹: schwed. tamja, got. gatamjan
Bank: schwed. bänk, got. bagks
Bär: got. baira,
Barbar: got. barbarus
barmherzig: got. armahaírts
Barsch: got. barsiks
Bart: got. barþds
Bau: got. bawiþa
Bauch: schwed. buk, got. buks
bauen, ›zimmern‹: schwed. timra, got. ga timrjan
Bauholz. ›Zimmerholz‹: got. timr
Baum: got. bagms
Becher: schwed. kopp, got. kop (krimgot.)
bedacht: got. faùrweis
Bedacht, ›Gedanke‹: schwed. tanke, got. gaþagkí
bedenken: schwed. betänka, got. biþagkjan
Bedürfnis, ›(Not)durft‹: got. þaùrfts
bedürftig, ›darbend‹: got. þarbs
Beere: schwed. bär, got. basí
befehlen, ›heißen‹, schw. heta, got. haitan
befreien, ›(los)lösen‹: schwed. lösa, got. galausjan
begegnen: schwed. möta, got. gamotjan
Begierde, ›Lust‹: schwed. lust, got. lustus
beginnen: got. ginnan
behutsam: schwed. war(sam), got. wars
bei: got. bi
beide: got. bai
Beilager: got. galigrí
beißen: schwed. bita, got. beitan
bekannt, ›kund‹: got. kunþs
belehren: schwed. lära, got. uslaisjan
Belohnung, ›Lohn‹: schwed. lön, got. laun
belügen: schwed. ljuga, got. liugan
benennen: schwed. nämna, got. ganamnjan
benetzen: got. ganatjan
Beratung, ›Rune‹: got. runi
berauben: schwed. röva, got. biraubon
bereiten, (Felle) ›gerben‹: got. garwon
Berge (f.): schwed. berg, got. bairgo
bergen: got. baírgan
bergig: got. baírgahs
bersten: schwed. brista, got. bristan
berufen ›(ein)laden‹: got. atlaþon
berühmt: got. hluþ, mereis
besalben: got. gasalbon
Beschämung, ›Scham‹: schwed. skam, got. skama
beschatten: got. gaskadwjan, skadwjan
beschmieren: schwed. smita, got. bismeitan
beschuht: got. gaskohs
beschwören: schwed. svärja, got. biswaran
besiegeln: schwed. besegla, got. gasigljan
besonders: got. sundro
besorgt: schwed. kär (lieb), got. karja
bespeien: got. bispeiwan
besprechen: got. gaqiþan
besser: schwed. bättre, got. batis, batiza
bessern: schwed. böta, got. botjan
bestätigen, ›besiegeln‹: got. gasigljan
beste: schwed. bästa, got. batista, batists
Betäubung: schwed. dvala, got. dwalms
beten: schwed. bedja, got. bidjan
betrachten, ›besehen‹: got. bisahwan
betrinken: schwed. dricka, got. anadrigkan
Bett: schwed. bädd, got. badí
beugen: schwed. buga, got. biugan
Beule: got. bauljo
beurteilen: schwed. döma, got. domjan
Beute, ›Raub‹: got. rauba
Beutel: schwed. pung, got. puggs
bevorzugen, ›aussuchen‹: got. ussokjan
bewahren, ›bergen‹: got. baírgan
bewegen: got. gawagjan, gawigan
bewirken: got. gawaùrkjan
Bewusstsein: schwed. medvete, got. miþ wissei
bezähmen: schwed. tämja, got. gatamjan
bezeichnen, ›anmerken‹, ›auszeichnen‹: got. markon, ustaiknjan
Bezirk, ›Gau‹: got. gawí
bieten: schwed. bjuda, got. biudan
Bilsenkraut: got. bilisa
Binde: got. binda
binden: schwed. binda, got. bindan
Birke: schwed. björk, got. baírka
Bischof: got. aípiskaùpus
Bischofsamt: got. aípiskaùpeí
Bissen, ›Laib Brot‹: got. hlaifs
Bitte: got. bida

bitten: schwed. bedja, got. bidjan, gabidjan
bitter: schwed. bitter, got. baitrs
Bitterkeit: got. baitrei
blasen: schwed. blåsa, got. blesan
Blatt, ›Laub‹: schwed. löv, got. laufs
bleiben: schwed. bliva, got. bileiban
blenden: schwed. blända, got. blindjan
blind: got. blinds
blond: got. blunds
bloß: schwed. blott, got. blauts
Blume: schwed. blomma, got. bloma
Blut: schwed. blod, got. bloþ (a. krimgot.)
Böcklein, ›Geiß‹: schwed. get, got. gaitein
Bockshorn: schwed. horn, got. haùrn
Bogen: schwed. båge, got. boga (krimgot.)
Bord: schwed. bord, got. baùrd
borgen: got. leihwan (sis)
Born, ›Brunnen‹: got. brunna (a. krimgot.)
Böse (das): got. bausei
Bote. ›Engel‹: got. aggilus
Brand: schwed. brand, got. branda
brandmarken ›anzünden‹: schwed. tända, got. gatandjan
braten: got. brason
brauchbar: schwed. bruk(bar), got. bruks
brauchen: schwed. bruka, got. brukjan
braun: schwed. brun, got. bruns
Braut: schwed. brud, got. bruþ
Bräutigam: schwed. brudgom, got. bruþ faþs
brechen: got. brikan
breit: schwed. bred, got. braiþs
Breite: got. braidei
breiten: schwed. breda, got. braidjan
brennen: schwed. brinna, got. brinnan
Brennen, ›Feuersbrunst‹: got. brunsts
Brett: got. briþ
Brief, ›Epistel‹: got. aípistaùle
Brocken: got. gabruka
Brot, ›Laib‹: schwed. bröd, got. broe (krimgot.), hlaifs ungesäuertes Brot: got. azwmus
Brotlaib: got. hlaifs
Bruder: schwed. broder, got. broþar (a. krimgot.)
Bruderliebe: got. broþrulubó
brühen: got. brojan
Brünne: schwed. brynja, got. brunjó
Brunnen: got. brunna (a. krimgot.)
Brust: schwed. brust, got. brusts
Brustharnisch: got. brunjó
Buch: schwed. bok, got. bokos
Buchstabe: got. boka
Bulgar: got. Bulgar
Bündnis ›Treue‹: got. triggwa
Bürde: got. baùrþei
Burg: got. baùrgs

d

da: schwed. da, got. þan
Dach, ›Laube‹: got. laubjo
Dachs: got. þahsus
Damm: schwed. damm, got. damms
dämmen: schwed. dämma, got. dammjan
Dämon ›Alb(e)‹: got. albs
danach: got. afar þata, ibai hwan
Däne: schwed. dansk, got. Dans, lat.-got. Danus
Dank: got. þagks
dann: got. þan
daraufwerfen: got. uswaírpan
darben: got. þarban
darniederliegen: got. ligan
dar(über): got. ufaro
davorwälzen: got. faùrwalwjan
decken: schwed. täcka, got. þakjan ?
dehnen: got. þanjan
dein: schwed. din, got. þeins
derselbe: schwed. samma, got. sama
Diakon: got. diakaùnus
Dieb: schwed. tjuv, got. þiufs
diebisch: got. þiubjis
Diele: got. þiljo
Diener, ›Schalk‹: got. skalks
Dienst, ›Amt‹: got. andbahti
Donar: schwed. Tor, got. þunara
Donnerer: got. þunara
Donnerstag, ›Fünftag‹: got. paíntedags
Dorf, ›Heim‹: got. haims
Dorn: schwed. törne, got. þaùrnus
dort, ›da‹: got. þar
Drachme: got. drakma
drängen: got. praggan
draußen: schwed. ute, got. uta
drei: schwed. tre, got. þreis (a. krimgot.)

dreschen: schwed. tröska, got. þriskan
dritte: schwed. tredje, got. þridja
drohen: schwed. hota, got. hwotjan
Druck: got. þruks
du: schwed. du, got. þu (a. krimgot.)
dulden: schwed. tála, got. þulan
dünken: schwed. tycka, got. þugkjan
Dunst: schwed. dunst, got. dauns
dürr: schwed. torr, got. þaùrsus
Durst: schwed. törst, got. þaùrsteí
dürsten: schwed. schwed. törsta, got. þaùrsjan

e

eben: schwed. jämn, got. ibns
Eber: got. ibrs
ebnen: got. gaibnjan
Ecke: got. agi
edel: got. aþals
ehe: got. faùrþizei
Ehebrecher, ›Hurer‹: got. hors
Ehefrau: schwed. kvinna, got. qens
eher: got. airis
Ehre: schwed. ära, got. aiza
Eiche: schwed. ek, got. aiks
Eid: schwed. ed, got. aiþs
eigen: schwed. egen, got. aigins
Eigentum: got. aigin
ein: en, got. ains
einfach, ›einfältig‹: got. ainfalþs
Einfalt: got. ainfalþeí
einfältig: got. ainfalþs
einladen: got. laþon
Einladung: got. laþons
einrichten: got. atgaraíhtjan
einschenken: schw. skänka, got. skagkjan
einschlafen: got. anaslepan
einsetzen: schwed. insätta, got. gasatjan
eintragen (Steuerliste) ›anmelden‹: got. anameljan
einweichen, einsuppen: got. suppon
Eis: schwed. is, got. eis ?, iiz
Eisen: got. eisarn
Eisenband: got. eisarnabandí
eisern: got. eisarneins
Elender, der ›Arge‹: got. arga
elf: schwed. elva, got. ainlif
Empfehlung: got. anafilh
Empfehlungsbrief: got. anafilhis bokos
Ende: schwed. ända, got. anda
enden: schwed. ända, got. andjan,
endlos: schwed. ändlös, got. andilaus
Enge: got. agga, aggwei
Engel: schwed. ängel, got. aggilus
ent: got. und, and
entbieten: got. anabiudan
entbinden: got. andbindan
entblößen, ›hüllen‹: got. andhuljan
entfliehen: got. gaþliuhan
entfremden: got. framaþjan
enthüllen: got. andhuljan
enthüllt: got. andhuliþs
Enthüllung: got. andhuleins
entledigen, ›auslösen‹: got. uslausjan
entscheiden: schwed. döma, got. gadomjan
entschlafen: got. anaslepan
entsenden: got. gasandjan
er: got. his, is (a. krimgot.)
er-: got. faír
erbauen, ›zimmern‹: schwed. timra, got. gatimrjan
Erb(nehmer) (m.): got. arbinumja, arbja
Erbe (n.): got. arbi
Erbin: got. arbjo
erbitten: got. usbidan
erblicken, ›sehen‹: got. gasahwan
erblinden: got. blindnan«Erbnehmer«: got. arbinumja
Erbsitz, ›Odal‹: schwed. odal, got. oþal
Erde: schwed. jord, got. aírþa
Erdkreis: schwed. (myth.) midgard, got. midjungards
erdulden: schwed. tåla, got. gaþulan
ereifern: got. briggan in aljana
ereignen sich ereignen: got. daban, gadaban, waírþan (a. krimgot.)
ereilen: got. gasniwan
erfahren, ›weise‹: schwed. vis, got. wis
erforschen ›heraussuchen‹: schwed. söka, got. ussokjan
erfüllen: schwed. fylla, got. gafulljan
Erfüllung ›Fülle‹: got. fulleins
ergreifen: schwed. gripa, got.: greipan
ergrimmen: got. grimman
erhalten, ›annehmen‹: got. andniman
erhandeln, ›erwirken‹: got. gawaùrkjan

erhängen sich erhängen: got. ushahan (sik)
erhöhen: got. hauhjan
Erhöhung: got. hauheins
erhören: schwed. höra, got. andhausjan
erkennen: schwed. känna, got. gakunnan, ufkunnan
Erkenntnis, ›Kunde‹: got. ufkunþí
erlassen (Schuld): got. afletan
erlauben: got. laubjan
Erle: got. aliso, aliza
erleuchten: got. galiuhtjan
erlösen: schwed. lösa, got. galausjan
Erlösung: got. uslauseins
ermessen: schwed. mäta, got. miton
ernähren: schwed. föda, got. fodjan
erneuern: schwed. förnya, got. niujan
ernten (Korn) ›schneiden‹: got. sneiþan
Erntezeit: got. asans
Eröffnung: got. usluk
erörtern: got. ussakan
erpressen: got. anamahtjan
erproben, ›erküren‹: got. uskiusan
erretten, eigtl. ›ernähren‹: got. ganasjan
erringen: got. garinnan
erröten: got. riudan
erschaffen: schwed. skapa, got. gaskapjan
erschlagen: schwed. slå, got. afslahan
erstatten, ›vergelten‹: got. fragildan
ertauben: got. afdaubnan
ertragen: schwed. bära, got. baíran
erwachen: schwed. vakna, got. gawaknan
erwachsen (v.): schwed. växa, got. uswahsjan
erwählen: schwed. välja, got. gawaljan
erwarten: schwed. bida, got. beidan
erwirken: got. gawaùrkjan
Erz: got. aiz
Erzengel: got. arkaggilus
erzielen: got. gatilon
Erzschmied: got. aizasmiþa
Esche: got. asks
Esel: schwed. åsna, got. asilus
Eselin: got. asilus
Eselsmühle: schwed. kvarn, got. asiluqaírnus
Espe: got. aspa
essen: got. itan
Essen (n.): got. et
Esser: got. eta, etja
Essig: schwed. ättika, got. aket
etwas: got. hwas
Evangelist: got. aíwaggelista
Evangelium: got. aíwaggeljo
ewig: got. aiweins

f

fahl: got. falws
fahren: schwed. fara, got. faran
Fahrt: schwed. färd, got. farþa
falb: got. falws
Falke: schwed. falk, got. falka
Falte: got. falda
falten: got. falþan
Familiengut ›Heimatgut‹: got. haimoþlí
Fang: schwed. fång, got. fah
fangen: schwed. fånga, got. fahan
Farbe: schwed. färg, got. farwa
fasten: got. fastan
Fasten: got. fasta
faul: got. fuls
fegen: schwed. svepa, got. sweipan
feige, ›arg‹: got. args
Feigling, der ›Arge‹: got. arga
Feind: schwed. fiende, got. fijands
Feld: schwed. fält, got. fulþ
Fell: schwed. fäll, got. fill
Fels, ›Stein‹: schwed. sten, got. stains
Fenster, ›Augentor‹: got. augadaùró
fern: schwed. färran, got. faírra
Ferse: got. faírzna
fertig, ›geschafft‹: got. skafts
Fessel, ›(Eisen)Band‹: got. bandi, eisarnabandí
fest: schwed. fast, got. fasts,
Feuerbrand: schwed. brand, got. branda
Fieber, ›Hitze‹: schwed. hetta, got. heito
Filz: schwed. filt, got. filtur
Finger: schwed. finger, got. figgrs
»Fingergold«(Ring): got. figgragulþ
Fingerring: got. figgragulþ
Finnahaithi (Bewohner der Finnheide): got. Finnhaiþas
Fisch: schwed. fisk, got. fisks (a. krimgot.)
fischen: schwed. fiska, got. fiskon
Fischer: got. fiskja
flach, ›eben‹: got. ibns

Flasche: schwed. flaska, got. flasko
Flechte: got. flahta
flechten: schwed. fläta, got. flaíhtan
fliehen: schwed. fly, got. afþliuhan
Fluss: schwed. å, got. ahwa
Flut: schwed. flod, got. flodus
Fohlen, ›Füllen‹: got. fula
fördern: schwed. främja, got. frumjan
formen, ›gediegen machen‹: got. digan
Fortschritt: schwed. framgång, got. framgahts
fragen: schwed. fråga, got. fragan, fraíhnan
Franke: got. Fragka
Frau: schwed. kvinna, got. qens, qino
Frau (jung), ›Braut‹: schwed. brud, got. bruþs
frei: schwed. fri, got. freihals, freis
Freigelassener: got. fralets
Freiheit: got. frijei
freilassen: got. fraletan
Freitag: got. pareinsdags
freiwillig ›selber willends‹: got. silba wiljands
fremd: schwed. främmande, got. framaþeis
Fremdling: got. gasts
fressen ›abessen‹: got. afitan
Fresser: got. afetja
Freund: schwed. vän, got. frijonds, wins
Freundin: got. frijondí
Friede: got. friþus
frieren: schwed. frysa, got. friusan
frisch: schwed. frisk, got. frisks
fromm, ›milde‹: schwed. blid, got. bleiþs
Frömmigkeit, ›Güte‹: got. gudei
früher, ›eher‹: got. airis
Fülle: got. fullei, fullja, fullo
füllen: schwed. fylla, got. fulljan
fünf: schwed. fem, got. fimf (a. krimgot.)
fünfte: schwed. femte, got. fimfta
fünfzehn: schwed. femton, got. fimftaíhun
fünfzig: got. fimf tigjus,
Funke: got. falwiska
für: schwed. för, got. faùr
Fürbitte: got. liteins
Furche: got. faurhs
Furcht: got. faùrhteí
fürchten: got. faùrhtjan
furchtsam: got. faùrhts
Furt, ›Waten‹: schwed. vad(ställe), got. wad
Fuß: schwed. fot, got. fotus
Fußbank: got. fotubaurd
Fußfessel: got. fotubandí

g

g: got. g
Gabe: schwed. gåva, got. giba
gähnen: got. gainon, ganon
Gang: got. gagg gaggi
Gans: schwed. gås, got. gans
Garbe: got. garba
Garten (Kräuter): got. aùrtigards
Gasse: schwed. gata, got. gatwó
Gast: schwed. gäst, got. gasts
Gastfreund, ›Wirt‹: schwed. värd, got. waírdus 1
Gau: got. gawí
Gaubewohner: got. gauja
Gaumen: schwed. gom, got. goma
ge: got. ga
gebären: got. gabaíran
geboren: got. baùrans
Gebäude, ›Zimmer‹: got. timrjo
geben: schwed. giva (ge), got. giban
Geber, Gebender: got. gibands
gebieten: got. gabaidjan
gebirgig: got. baírgahs
Geborener: got. baùr
gebrauchen: schwed. bruka, got. brukjan
Gebundener: got. bandja
Geburt: got. gabaùrþs
Gedächtnis: schwed. minne, got. gaminþi
gedeihen: got. þeihan
gedenken: got. andþagkjan
Geduld: got. þulds
geeignet, schön: schwed. fager, got. fagrs
Gefährte (im Gesinde): got. gasinþa gasinþja
Gefängnis, ›Kerker‹: got. karkara
Gegend, ›Gau‹: got. gawí
Geheimnis, ›Rune‹: got. runa
Geheiß: got. haití
gehen: schwed. gå, got. gaggan, gaggjan
Gehör: got. gahauseins
gehorchen: got. andhausjan

gehorsam: got. ufhausjands
Geisel: got. geisls
geißeln, ›verwunden‹: got. wundon
Geist: got. ahma, andi ?, anþs ?
Geistlicher: got. papa
gelangen, gelangen zu: got. gasniwan
gelblich, falbe: got. falws
Geld, ›Vieh‹, ›Schatz‹: got. faíhu, skatts
geldgierig: got. faíhufriks
Geldkasten, ›Arche‹: got. arka
gelehrt: got. laisiþs, uslaisiþs
gelten: got. gildan
gelüsten: got. luston
gemein (allgemein): got. gamains
gemeinsam: got. gamains, mains
Gemüt, ›Brust‹: got. brusts
Genosse, ›Geselle‹: gasalja
genug: got. ganohs, nohs
genügen: got. ganaùhan, nohjan, nohnan
Ger: got. gais
gerade, ›rechts‹: got. raíhts
geräumig: got. rums
gerecht: got. garaíhts, raíhts
Gerechtigkeit: got. garaíhtei
gering, ›schmal‹: got. smals
Gesang: got. saggws
geschaffen: got. skafts
Geschäft, ›Gewerk(e)‹: got. gawaùrki
Geschenk, ›Gabe‹: got. giba
Geschlechtsregister, ›Geburtenwort‹: got. gabaùrþiwaùrd
Geschöpf: got. gaskafts
Geschrei, ›Ruf‹: got. hrops
Geschwätz, ›Vielwort‹: got. filuwaùrdeí
Gesetz: schwed. lag, got. bilageins
Gesicht, ›Antlitz‹: got. andawliti
Gespann, eigtl. ›Gejoch‹: got. gajuk
Gespräch, ›Wort‹: got. gawaùrdí
Gestade: got. staþa
gestatten, ›zulassen‹: got. fraletan
Gestell, ›Rahmen‹: got. hrama
gesund, ›heil‹: got. hails (a. krimgot.)
Getreide, ›Korn‹: got. kaùrn (a. krimgot.)
gewahr: got. wars
Gewässer: schwed. å, got. ahwa
geweiht, ›geheiligt‹: got. hailags, weihs
gewillt: got. gawiljis
gewiss: schwed. viss, got. wiss
Gewissen: got. miþwissei
Gewürz, Aroma: got. aromata
geziemen: got. gatiman
geziemend: got. gatems
Giebel: got. gibla
Gier: got. geiro
gierig: got. geirs
Gießbach, ›Rinnsal‹: got. rinnó
gießen: schwed. gjuta, got. giutan
Gift: got. ingif, lubi
glänzen, ›aufscheinen‹: got. skeinan
glänzend, ›blank‹: got. blagks
glatt: schwed. slätt ›Ebene‹, got. slaíhts
Glaube: got. galaubeins
glauben: got. galaubjan
gläubig: got. galaubeins
gleich: got. galeiko, galeiks
gleichen: schwed. lika, got. galeikon (intrans.)
Gleichheit: got. leikei
gleichlautend: got. samaleiks
gleichmachen ›ebnen‹: schwed. jämna, got. gaibnjan
Glied: schwed. led got. liþus
Glocke, ›Schelle‹: got. skilla
Glück: got. auja
Gnade: got. ansts
gnädig, ›huldvoll‹: got. ansteigs, hulþs
Gold: schwed. guld, got. gulþ (a. krimgot.)
golden: got. gulþeins
Gote: got. Gauts, Guta
Goten: lat.-got. Gauti, lat.-got. Goti, Gutan
Gotenende (a. d. Weichsel ?): got. Goþiscandza
Gotenvolk: got. Gutþiuda
Gotin: got. Guto
gotisch: got. gutisks
Gott, ›Ase‹: got. guþ, ansus
gottesfürchtig: got. gudafaùrhts
Gotteshaus: got. aíkklesjo, gudhus
Gottesverehrer: got. gudblostreis
Gottesverehrung: schwed. blota, got. blotinassus
göttlich: got. gudisks
gottlos: got. gudalaus
Gottlosigkeit: got. afgudeí
Götze, ›Lügengott‹: got. galiugaguþ
Götzenbild, ›Gelüge‹: got. galiug
Götzentempel, ›Lügenstatt‹: got. galiuge staþs

graben: schwed. gräva, got. graban
Graben (m.): got. graba
Gram: got. grama
Gras: got. gras
grau: schwed. grå, got. grews
greifen: schwed. gripa, got. greipan
Grenze, ›Mark‹: schwed. mark, got. marka
grenzen an, ›gemarken‹: got. gamarkon
Grenznachbarin: got. gamarkó
Greutungen: got. Grautungos
Grieche: schwed. Grek, got. Kreks
Grieß: got. greut
Grimm: got. grimmiþa
grimmig: got. grimms
groß, ›michel‹: got. mikils
Größe: got. mikilduþs, mikileí
Großmutter: got. awó
Großvater: got. awa
Grube: got. groba
Grund: got. grundus
Grundmauer, ›wand‹: got. grunduwaddjus
Grütze: got. gruts
Gunst: got. ansts
günstig: got. ansteigs
Gurt, Gürtel: got. gaírda
gürten: got. gairdan
Güte: got. godeí

h

h: got. h
Habe, ›Eigen(tum)‹: got. aihts
haben, ›zu eigen haben‹: schwed. ha(va), äga, got. gahaban, haban, aigan
Hagel: schwed. Hagel, got. hagl
Hahn: got. hana
halb: got. halbs
Hälfte: got. halba
Hals: got. hals
Hand: got. handa (krimgot.), handus
Handel, ›Kauf‹: got. kaup
Handel treiben, ›kaufen‹: got. kaupon
Hang: got. hah
hangen: got. hahan
hängen: got. hahan
Harfe: schwed. harpa, got. harpa
hart: schwed. hård, got. hardus
Hass: schwed. hat, got. hatis
haspeln: got. haspan
hassen: schwed. hata, got. hatan, hatjan
hauen, ›schlagen‹: got. slahan
Haupt: schwed. huvud, got. haubiþ (a. krimgot.)
Haus: schwed. hus, got. gards, hus (krimgot.)
haushalten, ›walten‹: got. waldan
Hausherr: got. gardawaldands
Hauswirt: schwed. värd, got. waírdus
heben: schwed. häva, got. hafjan
Heer: schwed. här, got. harjis
Heerführer, ›Herzog‹: got. harjatuga ?
Heerring: got. harihriggs
heften: got. gahaftjan
heften (sich): got. haftjan (sik)
Heide (f.): got. haiþí
Heidin: got. haiþno
heidnisch: got. haiþns, þiudisko
heil: got. hailisks (krimgot.), hails
Heil: got. haili
heilen: got. gahailjan, hailnan
heilig: got. hailags
heiligen, ›weihen‹: got. gaweihan, weihan
Heiligtum, ›Weihe‹: got. weih
Heiligung: got. weihiþa
helfen: schwed. hjälpa, got. gahilpan, hilpan
Helm: schwed. hjälm, got. hilms
herab, ›talwärts‹: got. dalaþ
herablassen: got. fraletan
herabsteigen: got. gasteigan
heraus: schwed. ut, got. ut
herausnehmen: got. usniman
herbeiziehen: got. attiuhan
Herberge: got. haribaírgo
Herde: got. haírda
Hering: got. hariggs
hernach: got. afar
hernehmen: got. inniman
Herr: schwed. (myth.) Fro, got. frauja
Herrschaft, ›Reich‹: schwed. rike, got. reikí
Herrscher, ›Waltender‹: got. waldands
herumsitzen, ›beisitzen‹: got. bisitan
herumstehen: got. bistandan
hervorkeimen: got. uskeinan
hervorspritzen: schwed. spryta, got. spriutan

Herz: schwed. hjärta, got. haírto
Heu: schwed. hö, got. hawi
heute, ›dieser Tag‹: got. himma daga
bis heute: got. und hina daga
Hexe,‹Alraune‹: got. haljoruna
hier: got. her
hinab, ›talab‹: got. dalaþ
hinabhängen: got. athahan
hinabsteigen: got. atsteigan
hinauf: schwed. upp, got. iup, iupa
hinaufziehen, ›aufrecken‹: got. ufrakjan
hinaus: schwed. ut, got. ut
hinausgehen: got. usgaggan
hinaustragen: schwed. utbära, got. usbaíran
hinauswerfen: got. uswaírpan
hindurchgehen: got. þaírhgaggan
hindurchtragen: got. þaírhbaíran
hinein: schwed. in, got. inn
hineinbringen: schwed. in åt bära, got. innatbaíran
hineingehen: schwed. in åt gå, got. innatgaggan
hineinschlüpfen: got. innufsliupan
hineinsteigen: got. gasteigan
hineintragen: got. innatbaíran
hineinwerfen: got. innwaírpan
hineinziehen: got. innattiuhan
hingeben: schwed. giva (ge) åt, got. atgiban
hinkommen: got. gaqiman
hinlegen: got. galagjan
hinsehen: got. insahwan
hinsenden: got. insandjan
hinsetzen: got. gasatjan
hinten: schwed. after, got. aftaro
hinüberfahren: schwed. (över) leda, got. ufarleiþan
hinunter, ›talwärts‹ : got. dalaþ
hinwälzen: got. atwalwjan
hinwerfen: got. atwaírpan
hinzueilen: got. atsniwan, duatsniwan
hinzufügen: schwed. öka, got. biaukan
hinzukommen: got. anaqiman,
hinzulaufen: schwed. ränna (åt), got. atrinnan
hinzutragen: schwed. bära (åt), got. atbaíran
hinzuwälzen: schwed. vältra, got. atwalwjan
Hirte: schwed. herde, got. haírdeis
Hitze: got. heito
hoch: schwed. hög, got. hauhs
Höchster: got. hauhista
Hof: schwed. gård, got. gards
hoffen auf, ›wähnen‹: got. wenjan
Hoffnung, ›Wahn‹: got. wens
Höhe: got. hauhei
hohl: got. huls
Höhle: got. hulundi
höhlen: got. hulon
hold: got. hulþs
Holde: got. hulþo
Hölle: schwed. helvete, got. halja
Holz: schwed. ved, widus
hören: got. gahausjan
Horn: schwed. horn, got. haùrn
Horn blasen: got. haùrnjan
Hornbläser: got. haùrnja
Hose: got. husa
Hüfte: got. hups
hüllen: got. huljan
Hund: schwed. hund, got. hunds
hungern: got. huggrjan
huren: got. horinon
Hurer: got. hors
Hüterin, ›Wärterin‹: got. wardo

i

i: got. i
ich: schwed. schwed. jag, got. ik (a. krimgot.)
ig: got. eigs
Igel: got. igils ?
ihr (2. Pers. Pl.): got. jus
innehaben: got. anahaban
innen: got. inna, innana
Insel, ›Holm‹: schwed. holm, got. hulms
irdisch: got. aírþeins
irgendwann: got. hwan
irre: got. aírzeis
isch: schwed. isk, got. isks
Israel: got. Israel

j

j: got. j
ja: got. ja
Jahr: schwed. år, got. jer
jener: got. jains
jetzt, ›nun‹: got. nu
Joch: schwed. ok, got. juk
jüdisch: got. iudaiwisks
jugendlich, ›jung‹: got. juggs
Julfest: schwed. Jul, got. Jiula
jung: got. juggs
Jünger sein: got. siponjan
Jungfrau ›Magd‹: got. magaþs

k

k: got. k
Kaiser: got. kaisar
Kaisergeld: got. kaisaragild
Kaisersteuer: got. kaisaragild
Kalb: got. kalb
kalt: got. kalds
Kampf, ›Hild‹: got. haþus, hildi, hilds, wigs
kämpfen, ›weihen‹: weihan
kämpfen für, ›arbeiten‹: got. arbaidjan
Karpfen: schwed. karp, got. karpa
Kasten, ›Arche‹: got. arka
Kauf: schwed. köp, got. kaup
keimen: got. keinan
Kelch, slaw. ›Stiklo‹: got. stikls
kennen: got. kunnan, nicht kennend: got. unkunnands
kennenlernen: got. gakunnan
Kenntnis, ›Kunde‹: got. kunþi
Kerker: got. karkara
Kessel: schwed. kittel, got. katils
Kette, ›Eisenband‹: got. eisarnabandí
Ketzerei. Häresie‹: got. ? hairaíseis
keusch: schwed. kusk, got. kuskeis
Kind: schwed. barn, got. barn (a. krimgot.), kinds
Kinder haben, ›gebären‹: got. barn bairan
Kinder gebären ›Geburt‹: got. barne gabaurþs
Kirche, ›Ecclesia‹: got. aíkklesjo
klagen, weinen: schwed. gråta, got. gretan
klar, ›schier‹: got. skeirs
Kleid, ›Weste‹: got. wastí
kleiden: got. gafetjan, garwon, gawasjan
kleiden (sich): got. gawasjan, wasjan
Kleie, Kleiengrütze: schwed. krusk, got. kruska
klein, (mundartl. ›lütt‹): got. leitils
kleinste, schmalste: got. smalista
kleingläubig, glaubend: got. leitil galaubjands
Kleinvieh, ›Lamm‹: schwed. lamm, got. lamb
Kloben, Keule: schwed. klubba, got. kluba
klug, ›weise‹: schwed. vis, weis, wis.
Kluppe: schwed. klubba, got. kluba
Kohle, glühende: schwed. brasa, got. brasa
Kohorte, ›Hansa‹: got. hansa
kommen: schwed. komma, got. gaqiman, qiman
Kommen: schwed. komst, got. qumþs
Königshof: schwed. gård, got. þiudangardi
können, ›mögen‹: schwed. må, got. magan
Kopf, ›Haupt‹: got. haubiþ (a. krimgot.)
Korn: schwed. korn, got. kaùrn (a. krimgot.)
Körper, vgl. ›Leichnam‹: got. leik
Kraft, ›Macht‹: schwed. makt, got. mahts
krank, ›siech‹: schwed. sjuk, got. siuks
Kranke, ›ein Übel habender‹: got. ubil habands
Krankheit, ›Siech(tum)‹: got. siukei
kratzen: got. kratton
Kraut, ›Gras‹: got. gras
Kreis, ›Ring‹: schwed. krets, got. kreitus, hriggs (krimgot.)
kreischen: got. kreitan
Kreuz, ›Galgen‹: got. galga
Kriegsgott, myth. ›Tyr‹: got. tyz ?
Kriegsvolk, ›Gau‹, ›Schar‹: schwed. fylke, got. fulk
Krippe: schwed. krubba, got. kripja
Krücke: schwed. krycka, got. krukkja
Krug, ›Kruke‹: got. kruka
Kuchen: schwed. kaka, got. koka
Kuh, junge, ›Kalb‹: got. kalbó
Kummer, ›Sorge‹: got. saùrga
kund: got. kunþs
Kunde (f.): got. kunþi
künden: got. kunþjan

l

lachen: got. hlahjan (a. krimgot.)
laden: schwed. låda, got. hlaþan
lahm: schwed. lam, got. lameis, halts,
lallen, lallend: schwed. stamma(nde): got. stamms
Lamm: schwed. lamm, got. lamb
Land, ›Erde‹: schwed. jord, land, got. aírþa, land
lang (nur von der Zeit): got. laggs
Länge: got. laggei
langmütig: got. laggamoþs
längs: schwed. före, got. faùra
Lappen, ›Fahne‹: got. fana
lassen: schwed. låta, got. letan
lässig: schwed. lat, got. lats
Lässigkeit: schwed. lat(het), got. latei
Last, ›Bürde‹: got. baùrþeí
Laub: schwed. löv, got. laufs
Laubhütte: got. laubja
laufen: schwed. löpa, got. hlaupan
lauter: got. hlutrs
Lauterkeit: got. hlutreí
leben: schwed. leva, got. liban
Leben: schwed. liv, lifs ?
lebendig, quick werden: schwed. kvickna, got. gaqiunan
lecken: schwed. läcka, got. laigon
legen: schwed. lägga, got. lagjan
Lehre: schwed. lära, got. laiseins, laiso
lehren: schwed. lära, got. galaisjan, laisjan
Lehrer: got. laisareis
Leichnam, ›Leiche‹: got. leik
leicht: schwed. lätt, got. leihts
leichtsinnig: got. leihts
leid: schwed. led, got. laiþs
leiden, ›dulden‹: schwed. tåla, got. þulan
Leiden: got. þulains
leihen: got. leihwan
Leinwand: got. lein
leise: got. ? lis
Leiste: got. leista
leisten: got. laiston
leiten: schwed. leda, got. laidjan
Lende: got. landjo ?
Leseabschnitt. ›Lektion‹: got. laíktjo
lesen: schwed. läsa, got. lisan
leuchten: schwed. lysa, got. liuhtjan
leugnen: got. laugnjan
Leute: lat.-got. leodes, leuda
licht: got. liuhts
lieb: got. liufs
lieber: schwed. heller, got. haldis
Liebe: got. leuba, lubo
lieben, ›freien‹: got. frijon
lieblos, ›unmild‹: got. unmilds
Lied: got. liuþ
liegen: schwed. ligga, got. ligan
Liegen am Tisch, ›Kubitus‹: got. kubitus
lind: schwed. lind, got. lind
Linde: schwed. lind, got. linda
Lindenschild: got. linda
Linnen, ›Leinen‹: got. lein
List: schwed. list, got. lists
listig: schwed. listig, got. listeigs
Loch: got. luk
Lockspeise: got. loþr
Löffel: got. lapins
Lohn: schwed. lön, got. laun
los: schwed. lös, got. laus
Los: schwed. lott, got. hlauts
losen: got. hliutan
lösen: got. liusan
loslassen: schwed. lösa, got. galausjan
Löwe: got. liwa ?
Luder: got. loþr
Luft: schwed. luft, got. luftus
Lüge: schwed. lögn, got. liug, liugn
lügen: schwed, ljuga, got. liugan
nicht lügend: got. unliugands
Lügenapostel: got. galiugaapaùstaùlus
Lügenprophet: got. liugnapraufetus
Lügner: ljuga lögnare, got. liugnja
Lust: ljuga lust, got. lustus

m

m: got. m
machen. ›tun‹: got. gataujan, taujan (a. krimgot.)
Macht: schwed. makt, got. mahts
mächtig: schwed. mäktig, got. mahteigs
Made: got. maþa
Magd: got. magaþs
Mahl: schwed. mat, got. mats

mahlen: schwed. mala, got. malan
Mal: got. mel
malmen: got. malwjan
Mammon: got. mammona
manch: schwed. mången, got. manags
Mangel, ›das Darben‹: got. þarba
Mangel leiden, ›darben‹: got. þaùrban
Mann, ›Wer‹(wolf), lat. homo: got. waír, guma
Mann, edler: schwed. man, karl, got. manna, erls
mannigfaltig: got. managfalþs
männlich, ›manngleich‹: waíraleiks
Marder: got. marþus
Mark (f.): got. marka
Märtyrer: got. martwr
Maß: schwed. mått, got. met
Mast (m.): schwed. mast, got. masts
Mauer, ›Wand‹: got. ? waddjus
Maul: schwed. mule, got. mula
Maulwurf: got. mulus
Maus: schwed. mus, got. mus
Maut: got. mota
Mautstätte: got. motastaþs
Meer: got. mar, marei
Meerestiefe: schwed. djup, got. diupiþa
Meersee: got. marisaiws
mehr: got. mais, maizo
mehren: schwed. öka, got. aukan
mein: schwed. min, got. meins
meinen, ›wähnen‹: schwed. mena, got. gawenjan
meiste: schwed. mest, got. maists
Mensch, Mann: got. man, manna
Menschenalter: got. alds
Menschensaat: got. manaseþs
menschlich: got. mannisks
messen: schwed. mäta, got. mitan
Messer, ›Schere‹: schwed. sax, got. sahs
Met: got. midus
Milch: schwed. mjölk, got. miluks
mild: schwed. mild, got. mildeis
Milde: got. mildiþa
Milz: got. milti
minder: schwed. mindre, got. mins
mindern: got. minznan
mischen: schwed. blanda, got. blandan
miss: got. missa
Missetat: got. missadeþs
missetun: got. missataujan
Mist: got. maíhstus
mit: schwed. med, got. miþ
mit, ›ge‹: got. ga
mitarbeiten: schwed. medarbeta, got. miþarbaidjan
Mitbürger: got. gabaùrgja
mitentsenden: got. miþinsandjan
miterbauen, ›zimmern‹: got. miþgatimrjan
Miterbe: got. gaarbja
mitgehen: got. miþgaggan
Mitknecht. ›schalk‹: got. gaskalki
mitkommen: got. miþqiman
mitleben: got. miþliban
mitleidig, ›sanft‹: schwed. blid, got. bleiþs
mitsenden: got. gamiþsandjan
mitteilen: schwed. meddela, got. dailjan
mittlere: got. midjis
Mitwissen: got. miþwissei
Moder: got. mudw
möglich: got. mahteigs
Mohren: got. maur
Monat: schwed. månad, got. menoþs
Mond: schwed. måne, got. mena (a. krimgot.)
Mord: got. maùrþr
morden: got. maùrþrjan
Mörder: got. maùrþrja
Morgen: schwed. morgon, got. maùrgins
Mühle: schwed. kvarn, got. qaírnus
Mund: schwed. munn, got. munþs
Musik, ›Sangweise‹: got. saggweis
müssen, ›sollen‹: schwed. skolan, got. skulan
Mut: schwed. mod, got. moþs
mütig: got. moþs

n

n: got. n
Nachbar: schwed. granne, got. garazna
Nachbarin: schwed. granne, got. garaznó
Nachgiebigkeit: mjuk mod, got. mukamodeí
nachgraben: got. ufgraban
nachsprechen, jammern: schwed. kvida, got. miþqiþan
Nacht: schwed. natt, got. nahts
Nachtmahl: got. nahtamats

nackt: schwed. naken, got. naqaþs
Nadel: schwed. nål, got. neþla
Nagel: got. nagls
nageln: got. nagljan
Nähe: got. nehwundi
nähen: schwed. sy, got. siujan
nähren: schwed. föda, got. usfodjan
Name: schwed. namn, got. namo
nass: got. nats
Natter: got. nadrs
nehmen: got. franiman, niman
Neid: got. neiþ
neigen, sich: got. hneiwan
nein: schwed. nej, got. ne
nennen: schwed. nämna, got. namnjan, genannt werden: got. haitan
Nestel: got. nastilo
Netz: schwed. nät, got. natí
netzen: got. natjan
neu: schwed. ny, got. niujis
Neugier, ›Vorwitz‹: got. faírweit
neugierig: got. faírweitjands
Neuheit: schwed. nyhet, got. niujiþa
neun: schwed. niu, niun (a. krimgot.)
neunte: got. niunda
Neuvermählte, ›Braut‹: got. bruþs
nicht: got. ne, nei, ni, nih, niu
Nichtgrieche, ›Barbar‹: got. barbarus
nichts: got. ni waiht, ni waihts
nie: got. niu aiw
nieder, ›talwärts‹: got. dalaþ
niedersetzen sich niedersetzen: got. gasitan
niedertreten: schwed. träda, got. gatrudan
niederwerfen: got. gawaírpan
niemals: got. ni aiw
niemand: got. ni manna
noch: got. naùh, naùhþan
noch nicht: got. ni naùh
nördlich: schwed. nordlig, got. naùrþs
Not: schwed. nöd, got. nauþs
nötig, bedürftig: got. þarbs, þaùrfts
nötig haben: got. þaùrban
nötig sein: got. binaùhan
nötigen: got. ananauþjan, nauþjan
notwendig: got. þaùrfts
November: got. naubaimbair
nun: got. an, ju , nu
nütze: got. nuts
nützen, ›bessern‹: schwed. nyttja, got. botjan
nützlich: got. nuts

O

oben: schwed. uppe, got. iupa
obere: schwed. övre, got. ufara
Oberpriester, ›Gode‹: got. ufargudja
Obrigkeit, ›Rex: got. reikí, reiks
Ochse: schwed. oxe, got. aùhsa
öde: schwed. öde, got. auþeis
oder: got. aíþþau
offenbaren, ›enthüllen‹: got. andhuljan
Öffnung: got. luk, usluk
oft: schwed. ofta, got. ufta
oh: got. o
Ohnmacht: got. unmahts
ohnmächtig: got. unmahteigs
Ohr: schwed. öra, got. auso
Ohrring: schwed. örring, got. ausahriggs
öl: schwed. olja, got. alewja
Ölbaum: got. alewabagms
opfern, schwed. blota: got. andsaljan, blotan
ordnen geordnet: schwed. (be)red, got. raiþs
Ort: got. staþs, an jenem Ort: got. jainar, nach demselben Ort hin: got. samaþ
O-Rune: got. oþal
Osten: schwed. östra, got. austra
Osterfest, bair. ›Dulds‹: got. dulþs
Ostern, ›Pascha‹: schwed. påsk, got. paska
Ostgoten: lat.-got. Austrogoti, Grautungos, Grutungi

P

Paar, ›Joch‹: got. gajuk, juk
Palast, ›Königshof‹: schwed. kungagård, got. þiudangardi
Palmbaum: got. peikabagms
Palmzweig, ›Ast‹: got. asts
Pergament, ›Membrane‹: got. maímbrana
Pfahl, ›Galgen‹: schwed. galge, got. galga
Pferd, ›Mähre‹: schwed. märr, got. marhs
Pferdeknecht: got. marhskalks
Pfingsten: schwed. pingsten, got. paínte kuste

pflanzen, ›setzen‹: schwed. sätta, got. satjan
Pfleger, ›Diakon‹, Heger‹: got. diakaùnus, hagja
Pforte, ›Tür‹: schwed. dörr, got. daùr (a. krimgot.), daùró
Pförtnerin: got. daùrawarda
Pfote: got. pauta
pfui: got. o
Pfund: schwed. pund, got. pund
Pharao: got. Faraó
Planke, ›Diele‹: got. þiljo
Platz, ›Raum‹,‹Stadt‹: got. rum, staþs
preisen: got. gamikiljan, hauhjan
Priester, ›Gode‹: got. gudja
Probe,‹Kosten‹ : got. gakusts
profan, ›nicht geweiht‹: got. usweihs
  Prophet: got. praùfetes
prophezeien: got. praùfetjan
Prophezeiung: got. praùfetja
Proviant: schwed. mat, got. mats
prüfen: got. kausjan, kiusan
Prüfung: got. gakusts
Psalm: got. psalmo
Pünktchen: got. jota
Purpur: got. paùrpura

q

Quelle, ›Brunnen‹: schwed. källa, got. brunna (a. krimgot.),
kaldiggs quer: schwed. tvärs, got. þwaírhs

r

Rabe: got. hrabns
rächen: got. gawrikan
raffen: got. rapon
Rand: got. randa
Ranke: got. hranka
ranken: got. hrankjan
Ranzen, ›Essenbalg‹ : got. matibalgs
Rat: schwed: råd, got. reþs
raten: got. garedan, redan
Raub: got. rahna , rauba ,
rauben: got. rapon, raubon.
Räuber, ›Dieb‹: schwed. tjuv, got. þiufs
Raufbold, ›Schlaghals‹: got. slahals ô
raufen: got. raupjan
Raum: schwed. rum, got. rum
Rebe, ›Gartenrebe‹: got. gart (krimgot.)
  Rechen: got. raka
Rechenschaft, ›Rede‹: got. raþjo
rechnen: got. rahnjan
recht: schwed. rätt, got. raíhts
Recht: lat.-got. belagines
rechtfertigen: schwed. döma, got. domjan
  gerechtfertigt: got. garaíhtoza
recken: got. rakjan
Rede, ›Wort‹: got. gawaùrdí
Reden: got. rodeins
Regen: got. rign (a. krimgot.)
regnen: got. rignjan (intrans.)
Reich: got. reikí
rein: schwed. ren, got. hrains
Reinheit: schwed. renhet, got. hrainei
reinherzig: got. hrainjahaírts
reinigen: schwed. got. hrainjan
Reinigung: got. hrainei
Reise, ›Fahrt‹: schwed. resa, färd, got. farþa
Reisegefährte: got. gasinþa, gasinþja
reisen, ›gehen‹: got. gaggjan, sinþan
reißen, ›scheren‹: got. skarjan,
reiten: got. reidan
rennen: got. rinnan
retten, ›nähren‹: got. nasjan
Retter, ›Ernährender‹: got. nasjands
richtig, ›rechtens‹: got. raíhtaba
Riemen, ›Rep‹: got. raip
Riese, ›Thurse‹: got. þaùr, þaùris
Riff: got. ribja
Rind; ›Ochse‹: got. aùhsa
Ring: got. hriggs (krimgot.)
Ringkampf: schwed. bråk, got. brakja
Rippe: got. ribja
ritzen: engl. write, got. wreitan
Rock, Paid: got. paida
Rocken: got. rukka
Roggen: got. rugi
rösten: got. raustjan
rot: schwed. röd, got. rauþs
Röte: got. riudei
R-Rune: got. raida
Ruf: got. hrops
rufen, ›gellen‹: got. hropjan, galan

Rugier, Holmrugier: got. Hulmarugeis
Ruhm: got. hroms
runzeln: got. hrunkjan
Rüstung: ahd. saro, got. sarwa

S

Saal: got. sals
Saat: got. seþs
Sabbat: got. sabbato
Sache, ›Wicht‹: got. waíhts
Sack: got. sakkus
Sage, ›Spiel‹: got. spill
sagen: ahd. quedan, got. qiþan
Salbe: got. salba
salben: got. salbon
Salz: got. salt (a. krimgot.)
salzen: got. saltan
sam: engl. same, got. sama
Samariter: got. Samareites
Same: schwed. frö, got. fraiw
Sand, ›Gries‹: got. greut
Sandale, ›Sohle‹: got. sulja
sanft: schwed. mjuk, got. muks
sanftmütig: got. mukamoþs
satt: got. saþs
sättigen: got. soþjan
Sau, ›Schwein‹: got. sus, sweins
saufen: schwed. supa, got. supan
Säufer Weintrinker: got. weindrugkja
Säule: got. sauls
Saum: got. skauts
schaben: got. skaban
Schädel, ›Hirn‹: got. hwaírno
schaden: schwed. skada, got. skaþjan
Schaf, ›Lamm‹: got. lamb
schaffen: schwed. skapa, got. skapjan
Schaft: got. skafts
Scham: got. skama
schämen, sich: got. gaskaman sik
Schande: got. skanda
Schar, ›Hanse‹: got. hansa
scharf: schwed. vass, got. hwassaba, hwats
Scharführer: got. skarja
Scharte: got. skarda
Schatten: got. skadus
Schatz, ›Hort‹: got. huzd
Schauer : got. skura
Schaum: schwed. skum, got. skums
Scheide, ›Futteral‹: got. fodr
scheiden: got. skaidan
scheinen: got. skeinan
scheißen: schwed. skita, got. skeitan
Scheiterhaufen,‹Strava‹: got. strava
Schelle: got. skilla
Schenk(diener): got. skagkja
schenken: got. skagkjan
schieben: got. skiuban
schief, ›windschief‹: got. winds
schießen: schwed. skjuta, got. skiutan
Schiff: schwed. skepp, got. skip
schiffen, ›fahren‹: got. farjan
Schild: got. skildus
Schildrand: got. randus
Schilling: got. skilliggs
schirmen: got. skaírmjan
schlachten, ›aufschneiden‹: got. ufsneiþan
Schlachtfeld, ›Walstatt‹: got. wala
Schlachtung: got. slaùhts
Schlaf: got. sleps
schlafen: got. slepan (a. krimgot.)
Schlag: schwed. slag, got. slahs
schlagen: schwed. slå, got. slahan
Schlamm, ›Mulm‹: got. mulma
Schlange, ›Wurm‹: got. waùrms
schleifen: schwed. slipa, got. sleipjan
schlicht: got. slaíhts
Schlucht, ›Tal‹: got. dals
schlüpfen: got. slipjan, sliupan
Schmerz, ›Wunde‹: schwed. sår, got. sair
Schmied: schwed. smed, got. smiþs
schmieden: got. ga-smiþon
schmiegen: got. smiugan
Schminke: got. smikwa
schmutzig machen, sielen: got. sauljan
Schnee: schwed. snö, got. snaiws
Schneide: got. agi
schneiden: got. sneiþan
schneien: scgwed, snöa, got. sneiwan
schnell, lieb: schwed. snäll, got. snills
Schnepfe: got. snippa
Schnur: schwed. snöre, got. snors
schon, ja schon: schwed. ju, got. ju
schön, ›gut‹: schwed. god, got. goþs
Schoß, ›Wampe‹: got. wamba
schrecklich, ›grimm‹: got. ingrimjis
Schreiber, ›Büchermacher‹: got. bokareis

schreien, ›rufen‹: got. hropjan
Schrift, ›Buch‹: got. bokos
Schuh: schwed. sko, got. skohs
Schuhe, Schuhwerk: got. gaskohí
Schuld: schwed. skuld, got. skuld, skuldo
schulden, schuldig sein: got. skulan
Schuldiger, Schuldner: got. skula
Schutz, ›Vormund‹: got. munda, munds
Schwaben: got. Swebos
schwach, ›siech‹: schwed. sjuk, got. siuks
Schwäher: got. swaíhra
Schwamm: got. swamms
Schwan: schwed. svan, got. swans
schwanger:schwed. havande, got. habandei
schwanken machen: got. swaggwjan
schwarz: schwed. svart, got. swarts
schwärzen: got. swartjan
Schwätzer loser Wörter: got. lausawaùrds
Schweden: schwed. svear, got. Sweos
Schwefel: got. swibls
Schwein: got. swein
schwellen: got. swalljan
Schwellung: got. swalleins
Schwert, ›Sax‹: got. sahs
Schwester: got. swistar (a. krimgot.)
Schwiegersohn: ahd. mág, got. megs
Schwiegervater, ›Schwäher‹: got. swaíhra
schwimmen: got. swimman
schwören: schwed. svärja, got. swaran
sechs: schwed. sex, got. saíhs (a. krimgot.)
sechste: got. saíhsta
sechzig: got. saihs tigjus
See: schwed. sjö, got. saiws
Seele: got. saiwala
sehen: got. sahwan
Seher: schwed. siare, got. siuneis
sehr, ›viel‹: got. filu
Seil: got. sail
seilen: got. sailjan
sein (Poss. Pron.): got. seins
sein (Verb): ahd. wesan, got. wisan
sei es dass: got. jaþþe
Sein: got. wesei
seit, ›ab‹: got. af
selbst, ›selber‹: got. silba
selten: schwed. sällan, got. silda
senden: schwed. sända, got. sandjan
Seneschall: got. siniskalks
Senf: schwed. senap, got. sinaps
senken: schwed. sänka, got. saggqjan
setzen: schwed. sätta, got. satjan
Seuche: got. siukei
sieben: got. sibun (a. krimgot.)
siebte: got. sibunda
siebzig: got. sibunte hund
siech: schwed. sjuk, got. siuks
siechen: got. siukan
Siechtum, ›Seuche‹: got. siukei
sieden: got. siudan
Sieg: schwed. seger, got. sigis, sigus
Siegel: got. sigljo
siegeln: got. sigljan
Siegesgott, germ. ›Tyr‹: got. Tyz
Siegeslohn: got. sigislaun
siehe (Interj.): got. sai
Silber: got. silubr (a. krimgot.)
silbern: got. silubreins
singen: got. siggwan (a. krimgot.)
sinken: schwed. sjunka, got. sigqan
Sippe: got. sibja
Sitte: schwed. sed, got. sidus
Sitz: got. seti
sitzen: got. sitan
Skorpion: got. skaùrpjó
Skythe: got. Skuþus
so: got. swa, swau
Sohle: got. sulja
Sohn: schwed. son, got. sunus
sollen: got. skulan
Sonne: got. sunno (a. krimgot.)
Sorge: got. saùrga
sorgen: got. saùrgan
sorgen für: vara kär, got. gakaron
spähen: got. spaíhon
Späher: got. spaíha, spaíkulatur
Sparren: got. sparra
spät (Adj.): got. speþs
spätere: got. spediza
späteste: got. spedists
Speer, ›Ger‹: got. gais
speien: got. speiwan
Speise: schwed. mat, got. mats
Sperber: got. sparwareis
Sperling: schwed. sparv, got. sparwa
Spiegel: schwed. skugga, got. skuggwa
Spieß: schwed. spjut, got. speuts, spiuts
spinnen: got. spinnan
Spinnrocken: got. rukka

Spion, ›Späer‹: got. spaíha
Sporn: got. spaùra
sprechen: ahd. quedan, got. qiþan
sprießen: got. spriutan
springen, ›laufen‹: got. hlaupan
Spule: got. spola
Stab: schwed. stav, got. stafs
Stachel: got. stikils
Stadt, ›Burg‹: got. baùrgs
Stall: got. stalla
Stamm, ›Geschlecht‹: got. slahta
stammelnd: got. stamms
Stammgut, Odal: schwed. odal, got. oþal
Stampfe: got. stampa
stampfen: got. stampon
Ständer: got. staþa
Stange: got. stagga
Stängel: schwed. stängel, got. stiggils
stark, ›mächtig‹: got. mahteigs, starks,
starr sein: got. staùrran
Stätte: got. staþs
Staub: got. stubjus
stechen: schwed. sticka, got. stikan
stecken: got. stakjan
Stecken: got. staka, stika
Steig: schwed. steg, got. staiga
Steige, ›Stiege‹: got. stiga
steigen: schwed. stiga, got. steigan
Stein: schwed. sten, got. stains
steinern: got. staineins
steinig: got. stainahs
steinigen: got. stainjan
stellen, ›legen‹: got. lagjan
Steppe, ›Heide‹: schwed. hed, got. haiþí
sterben ›tot werden‹: schw. dö, got. dauþnan
Stern: got. staírnó (a. krimgot.)
stet: got. stoþs
Steuer; ›Kaiserentgelt‹: got. kaisaragild
Steuerung: schwed. styr(ning), got. stiurei
Stich: got. stiks
Stierkalb: got. stiur
Stimme: got. stibna
stinkend, ›faul‹: got. fuls
Stoß: got. stuggs
stoßen: got. stagqjan, stuggjan
straffen: got. strappon
strahlen: got. braihwan strahlend: got. liuhts
Straße, ›Gang‹: got. gagg
strecken, ›dehnen‹: schw. tänja, got. þanjan
streichen: got. streikan
streifen: got. slaupjan
Streitfrage, ›Sache‹: schwed. sak, got. sokns
streng, ›hart‹: schwed. hård, got. hardus
streuen: schwed. strö, got. straujan
Strich: got. striks
Strick, ›Schnur‹: got. snors
Stroh: schwed. strå, got. strau
Strom, ›Fluss‹: schwed. flod, got. flodus
Stuhl: got. stols (a. krimgot.)
Stunde, ›Weile‹: got. hweila
Sturm: schwed. storm, got. staùrms
stürmen: schwed. storma, got. staùrmjan
Sturz: got. walteins
stürzen, ›wälzen‹: got. waltjan
Stütze: got. stutja
suchen: schwed. söka, got. sokjan
Sucher: schwed. sökare, got. sokareis
Sucht: got. saùhts
Sühne: schwed. son(ing), got. sona
Sünde: schwed. synd, sundi
Sweben: got. Swebos
Synagoge: got. swnagoge
Syrer: got. Saùr

t

Tag: schwed. dag, got. dags (a. krimgot.)
tägig: got. dogs
täglich: schwed. daglig, got. dagis hwizuh, tags: got. dagis
tagtäglich: got. daga jah daga
Tal: got. dals zu Tal: schwed. åt dalen, got. dalaþ
Tanz, ›Leich‹: got. laiks
tapfer, ›Amal‹: got. amals
Tasche, ›Balg‹: got. balgs
Tat: schwed. dåd, got. deþs
Täter: got. dedja
tätig: got. amals
taub: schwed. döv, got. daufs
taub werden: got. afdaubnan
Taube: schwed. duva, got. dubo
Taubheit: schwed. döv (het), got. daubei tauchen: got. daupjan

Taufe: schwed. dop, got. daupeins
taufen: schwed. döpa, got. daupjan
Täufer, ›Taufender‹: got. daupjands
taugen: schwed. duga, got. dugan
tauglich, ›wert‹: got. waírþs
tausend: got. þusundi
Teig: schwed. deg, got. daigs
Teil: schwed. del, got. dails
teilen: schwed. dela, got. dailjan
Tempel, ›Gotteshaus‹: got. gudhus
Tenne, ›Dresch-‹: got. gaþrask
Teufel: schwed. djävul, got. diabaùlus
teuflischer Unhold: got. unhulþa
Thron, ›Stuhl‹: got. stols (a. krimgot.)
tief: schwed. djup, got. diups
Tiefe: got. diupei
Tier: schwed. djur, got. dius
Tinte, ›Schwärze‹: got. swartis
Tisch, Waschtisch: schwed. disk, got. disks
Tischgesellschaft, Kubitus: got. kubitus
Tochter: schwed. dotter, got. daùhtar
Tod: got. dauþus
Tod bringen, ›töten‹: got. gadauþjan
Tongefäß, ›Krug‹: schwed. kar, got. kasa
Töpfer: got. kasja
Tor (n.): schwed. dörr, got. daùri
Törichter, ›Unwissender‹: got. unwita
Torwart, -wächter: got. daùrawards
tot: schwed. död, got. dauþs
töten: got. dauþjan
getragen: got. baùrþs nicht tragend: got. unbaírands
Trägheit: schwed. lat(het), got. latei
Träne: schwed. tår, got. tagr
Trank, Trunk: got. dragk, drugks
tränken: schwed. indränka, got. dragkjan
trauen, ›glauben‹: schwed. tro, got. trauan
traut: got. druþs
treiben: schwed. driva, got. draibjan
trennen, ›abscheiden‹: got. afskaidan
trennen, sich: got. gaskaidan sik
treten: schwed. träda, got. trudan
treu: schwed. trygg, got. triggws
trinken: schwed. dricka, got. drigkan
Trinker: schwed. drickare, got. drugkja
trippeln: got. trippon
Trompete, -horn‹: got. þuthaùrn
Trost: got. þrafsts
Trost bringen: got. gaþrafstjan
trüb: got. drobjis
trüben: got. drobjan
trunken: got. drugkans
Trunkenbold: got. afdrugkja
Tuch. ›Fahne‹: got. fana
tüchtig, ›gut‹: got. goþs
Tüchtigkeit, ›Güte‹: got. godeí
Tugend, ›Güte‹: got. godeí
tun: got. taujan
tuend: got. tojis
Tür: got. daùr (a. krimgot.), daùró
Türhüter, ›-wart‹: got. daùrawards
Türhüterin: got. daùrawarda
Turm, Burg‹: got. baùrgs

u

übel: got. ubils
der sich übel Befindende: got. ubil habands
übel berufen: got. wajamereis
Übel: got. ubil, þata ubil
übeltäterisch: got. ubiltojis
über: schwed. över, got. ana, ufar
überdecken, ›-legen‹: got. ufarlagjan
übereinkommen: got. gaqiþan
Überfluss, ›fülle‹: got. ufarfulleí
überfüllen: got. ufarfulljan
übergießen: got. ufargiutan
überhaupt, ›in allem‹: got. allis
überheben: got. ufarhafjan
überhören: got. ufarhausjan
über-, ablassen: got. afletan
überlegen, ›-denken‹: got. andþagkjan (sik)
Übermacht: got. anamahts
Überrest, ›-bleibsel‹: got. bilaif
überschatten: got. ufarskadwjan
übersetzen, ›-leiten‹: got. ufarleiþan
Übersetzer: got. skeirja
übervoll: got. ufarfulls
übrig (bleiben) lassen: got. bilaibjan
Ufer, ›Gestade‹: got. staþa (a. krimgot.)
um, bei, in: got. bi, in
umbinden: got. bibindan
umdrängen: got. bihwaírban, birinnan
umdrehen, ›-wirbeln‹: got. gahwaírban
Umgegend, ›Gau‹: got. gawí
umgürten: got. bigaírdan

umhergehen: got. gaggan
umherlaufen, ›rennen‹: got. birinnan
umherziehen: got. bitiuhan
umkehren, ›wenden‹: got. gawandjan
umsehen: got. bisahwan
umstürzen,‹-wälzen‹: got. uswaltjan
Umwälzung: got. uswalteins
umwickeln, ›binden‹: got. bibindan
umwinden: got. biwindan
Umwohner, ›Umsitzender‹: got. bisitands
un: got. un
unbekannt: got. unkunþs
unbestreitbar, ›-ansuchend‹: got. unandsoks
unbeweglich: got. ungawagiþs
unbeweibt: got. unqeniþs
unbrauchbar: got. unbruks
und: got. auk jah, uh
ungeboren: got. unbaùrans
ungelehrt: got. unuslaisiþs
ungeliebt: got. unliufs
ungeordnet: got. ungatass, ungatewiþs
ungesalzen: got. unsaltans
ungesehen: got. ungasahwans
ungesetzlich, ›nach d. Sippe: got. unsibjis
ungewiss: got. unwiss
Unglaube: got. ungalaubeins
ungläubig, ›end‹: got. ungalaubjands
unheilig, -‹geweiht‹: got. usweihs
Unhold: got. unhulþa
Unholdin: got. unhulþo
Unkunde: got. unkunþí
unlieb: got. unliufs
Unlust: got. unlustus
unmöglich: got. unmahteigs
unnütz: got. unnuts
unrein: got. unhrains
Unreinheit: got. unhrainei
unser: got. unsar
unser beider: got. ugkar
unsichtbar: got. ungasahwans
unten, ›im Tal‹: got. dalaþa
unter: got. undar, undaro
unterlassen: got. fraletan
unterliegen: got. ufligan
unterscheiden: schwed. döma, got. domjan
Unterschied: got. gaskaideins
unterste: got. undarists
Untersuchung: got. sokeins
unterwühlen, ›aufgraben‹: got. ufgraban
untreu: got. untriggws
unverheiratet, ›unliiert‹: got. unliugaiþs
unverhüllt: got. andhuliþs
Unverstand, ›Unwissen‹: got. unwiti
Unverständiger: got. unwita
Unvolk: vgl. ahd. -diot, got. unþiuda
unwiderleglich: got. unandsoks
unwiderruflich: got. inu idreiga
unwissend: got. unwitands
Unwissender: got. unwita
Unwissenheit: got. unwiti
unwürdig, ›-wert‹: got. unwaírþs
Unze: got. Landmaß
unzugänglich: got. unatgahts
üppig, ›geil‹: got. gails
Urkunde, ›Buch‹: got. bokos
Urteil: schwed. dom, got. domeins
urteilen: schwed. döma, got. domjan

V

Vater: got. abba, atta (›Attila‹), fadar
väterlich: got. fadreins (2)
ver-: got. dis-, faír-
verbergen, ›verhüllen‹: gahuljan
verbessern, schwed. böta, got. gabotjan
verbessern, ›Geld entrichten‹: schw. böta
verbieten: got. faùrbiudan
verbinden: got. gawidan
verblenden: got. gablindjan
Verborgenheit, ›Leugnen‹: got. laugns
verbreiten ein Gerede: got. usqiþan
verbrennen: got. brannjan, ufbrinnan
verdammen: got. wargjan
verdammen: ahd. warg ›Verbrecher‹
verdämmen: got. faùrdammjan
Verdammnis: got. gawargeins
Verdammter: ahd. warg, got. wargs
verdauen: schwed. smälta, got. smaltjan
verderben, ›zerstören‹: got. distaíran
verdorben werden: got. riureis waírþan
verdorren, ›dörren‹: got. gaþaírsan
verdrehen, ›umwenden‹: got. inwandjan
verdursten: schw. törsta, got. afþaùrsjan
verehren (Gott): schwed. blota, got. blotan
Verehrer: got. blostreis
vereidet: got. ufaiþeis

Vereinigung, ›-kunft‹: got. gaqumþs
verfälschen, ›Lüge tun‹: got. galiug taujan
verfluchen: schw. fördöma, got. afdomjan
verfolgen, ›rächen‹: got. wrakjan, wrikan
verfolgt: got. wreks
Verfolger, ›Rächer‹: got. wraks
Verfolgung, ›Rache‹: got. wrakja
vergeben, Huld erweisen: got. hulþs wisan
Vergebung, ›Ablass‹: got. aflet
ver- hintergehen: got. hindarleiþan
vergelten: got. fragildan
vergewaltigen: got. gawaldan
vergleichen: schwed. förlika, galeikon
verhärten: got. gahardjan
verheiratet: got. liugom hafts, liugaiþs,
verheißen: got. faírhaitan
Verheißung: got. gahait
verherrlichen, ›erhöhen‹: got. hauhjan
verhören, ›heraussuchen‹: got. ussokjan
verhüllen: got. gahuljan, m. verhülltem Kopf: got. gahulidamma haubida
verkaufen: got. frabugjan
Verkaufsurkunde: got. frabaùhtaboka
verkehrt: got. inwinds
verkünden, bekannt machen: got. gakannjan
verkünden Christ: ahd. marjan, got. merjan
Verkündigung: got. mereins, waílamereins
verlachen: got. bihlahjan
verlangen, ›gieren‹: got. gairnjan
Verlangen, ›Gier‹: got. gaírneí
verlassen (V.): got. afletan
verleihen, ›weggeben‹: got. fragiban
verlieren: schwed. förlora, got. fraliusan
verloren gehen: got. fralusnan
Verlust: schwed. förlust, got. fralusts
vermehren, sich: schwed. öka, got. aukan
vermeiden, ›abwenden‹: got. afwandjan
vermischen: schwed. blanda, got. blandan
vermischen, sich: got. blanda sik
vermitteln: got. midumon
vermögen: got. gamagan magan
Vermögen, ›Eigen‹-tum: got. aigin
vernachlässigen, ›ablassen‹: got. afletan
vernehmen, ›hören‹: got. gahausjan
vernichten, ›(zer)brechen‹: got. brikan
verreisen: got. afleiþan, usleiþan
Verrichtung: got. waùrstweí
Versammlung, ›-kunft‹: got. gaqumþs
Versammlungsort: schw. möte, got. maþl
verschieden, ›anders‹: got. anþar-leiks
Verschiedenheit: got. anþarleikeí
verschließen: schwed. lock, got. galukan
verschlucken, verschlingen: ahd. firslintan, got. fraslindan
versehen, sich: ahd. warnôn, got. warnjan
versenken: got. ufsaggqjan
versetzen: got. miþsatjan
versiegeln: got. gasigljan
versinken: got. gasiggqan
versöhnen, ›befrieden‹: got. gafriþon
Versöhnung: got. gafriþons
versorgen, ›bereiten‹: got. garedan
versperren, ›dämmen‹: got. faùrdammjan
verspotten, verlachen: got. bihlahjan
Versprechen, ›Geheiß‹: got. gahait
Verstand, ›Witz‹: got. hugs, wits
verständig, ›bedacht‹: got. andaþahts
Verstellung, Falle, ›Leite‹: got. lita
verstocken, taub: got. daubjan
verstockt, taub: got. daufs
verstümmelt: ahd. hamal-, got. hamfs
verteilen: got. disdailjan, fradailjan
vertiefen: got. diupjan
vertrauen: got. gatrauan
Vertrauen: got. trauains
vertreiben: got. usdreiban
vertrocknen: schwed. torka, got. gastaùrknan
vertrocknet: schwed. torr, got. þaùrsus
verurteilen: schwed. döma, got. afdomjan
verwalten: schwed. råka, got. raginon
verwandt: got. samakuns
Verwandtschaft, ›Sippe‹: got. sibja
verweilen: got. gahweilan
Verweilen: got. gahweilains
verwerfen: got. frawaírpan
Verwerfung, ›Auswurf‹: got. uswaùrpa
verwunden: got. gawundon
verzehren, ›wegessen‹: got. fra-itan
verzögern: schwed. vara lat, got. latjan
Vieh: got. faíhu
Viehhof, ›-gart‹: got. garda
viel, ›Mannigfaches‹: got. filu, manags
viel mehr: got. mais
vier: got. fidwor (a. krimgot.)
vierfältig: got. fidurfalþs
viertägig: got. fidurdogs

viertausend: got. fidwor þusundjos
vierzehn: got. fidwor taíhun
vierzig: got. fidwor tigjus
Vision: schwed. syn, got. siuns
Vogel: schwed. fågel, got. fugls
Volk: ahd. folch, lat.-got. fulcus,
Volk, Teut-: ahd. diot, diet, got. þiuda
voll: schwed. full, got. fulls
vollbringen, ›-tuen‹: got. ga-taujan
vollenden, ›ausfüllen‹: got. usfulljan
völlig, ›all‹: got. ala, allandjis
vollständig, ›in allem‹: got. allandjo
von: schwed. av, got. af, fram
von ... weg: got. af
vor: got. faùr (zeitl. und räuml.), faùra
vorangehen: got. faùragaggan
voraussenden: got. faùragasandjan
vorbeigehen: got. faùrgaggan
vorbringen: schwed. -bära, got. usbaíran
Vorfahre, ›Ahn‹: got. ana, atta
Vorfahren, Vorväter: got. fadrein
Vorgänger: got. faùragagga
vorgehen, ›-kommen‹: got. faùraqiman
Vorhalle, ›Laube‹: got. laubjo
vorhanden sein, ›vorliegen‹: got. atligan
Vorhang: got. faùrhah
vorhängen: got. faùrahahan
vorher, ›vor‹: schwed. före, got. faùra
vorhergehen, ›-rennen‹: got. faùrrinnan
vorhersagen: ahd. -quedan, got. faùraqiþan
vorlegen: schwed. -lägga, got. faùrlagjan
Vorlegung: got. faùrlageins
vorliegen: schwed. -lägga, got. atligan
vormalen: ahd. -malen, got. faùrameljan
vorne: got. faùra
vorschreiten, ›-leiten‹: got. framis galeiþan
vorsehen, sich: got. bisahwan
vorsetzen, ›-legen‹: got. faùrlagjan
vorsetzen: schwed. -sätta, got. faùragasatjan
vorsichtig: schwed. var(sam), got. wars
vorsorgen: schwed. -reda, got. garedan
vorstehen got. faùrastandan
vorstehen, ›walten‹: got. waldan
Vorsteher, ›-stehender‹: got. faùrastandands
vorstellen, ›-setzen‹: got. faùragasatjan
Vorteil: schwed. bot, got. bata
vortragen: ›Gerichtssache‹: got. insakan
vorübergehen: got. faùrgaggan
Vorurteil: schw. fördom, got. faùrdomeins
vorwälzen: got. faùrwalwjan
vorwärts: schwed. fram-åt, got. frumaþ
vorwitzig, ›-wissend‹: got. faírweitjands
Vorwürfe (i. d. Sache) machen: got. sakan
vorzeichnen, -‹malen‹: got. faùrameljan

W

wach: schwed. vaken, got. wakrs
wach werden: schwed. vakna, got. waknan
Wache: got. wahtwó
wachen: (be)vaka, got. wakan
wachsen: got. wahsjan
überaus wachsen: got. ufarwahsjan
Wächter, ›Wart‹: got. wardja, wards
wacker: schwed. vacker, got. wakrs
Waffe: schwed. vapen, got. wepn
wagen: schwed. tör, got. daùrsan
Wagen: got. waghen (krimgot.)
Wahl: got. waleins
wählen: schwed. välja, got. waljan
wahr: schwed. sant, got. sanþs
wahren: schwed. (be)vara, got. werjan
wahrhaftig: schwed. sant, got. sanþs
Wald: schwed. ved, got. waldus, widus
Waldleute: got. Taírwiggos, lat. Tervingí
wallen: schwed. svalla, got. wulan
walten: got. waldan
Waltender, ›Herr‹: got. walds, waldands
wälzen: schwed. välta, got. wiltan
wälzen, sich: got. waltjan
Wälzung: got. walteins
Wand: schwed. vägg, got. waddjus
Wandale: got. Wandals
wandern, ›fahren‹: schwed. fara, got. faran
Wange, ›Kinn‹: got. kinnus
Wange: got. waggo
wann: got. hwan
warm: schwed. varm, got. warms
wärmen: schwed. värma, got. warmjan
warten: schwed. bida, got. beidan
-wärts: got. waírþis
warum, ›was‹: got. hwa, hwa þatei
waschen: schwed. vaska, got. af-þwahan
Waschung, ›Taufe‹: got. daupeins
Wasser: schwed. vatten, got. wad, wató

weben: got. waibjan
Wechsler (e.s Schatzes): got. skattja
wecken: schwed. väcka, got. wakjan
weg: got. wigis
weg von, ›fern‹: got. faírra
Weg: got. wigs
wegbegeben, sich: got. afgiban sik
wegfliehen: got. afþliuhan
wegführen, ›-ziehen‹: got. tiuhan
weggehen von: got. afgaggan
wegnehmen: got. afniman, usniman
wegwälzen: schw. -vältra, got. afwalwjan
wegwenden sich: got. uswandjan
wegwerfen: got. uswaírpan, afwaírpan
wegziehen: got. aftiuhan
wehe: got. wai
wehen: schwed. vaja, got. waian
wehren: schwed. värja, got. warjan sich
wehrend: got. wars
Weib: got. weif
weiblich: schwed. kvinna, got. qinakunds
weich: schwed. mjuk, got. muks
Weide : got. waida,
Weihe: got. weihiþa
weihen: got. weihan, wihjan
Weile: schwed. vila, got. hweila
Wein: schwed. vin, got. wein
Weinbeere: got. weinabasí
Weinberg: got. weinagards
weinen: schwed. gråta, got. gretan
weinen: got. wainjan, wainon
Weinen: schwed. gråt, got. grets
Weingarten: got. weinagards
Weinstock: schwed. -trä, got. weinatriu
Weintrinker: got. weindrugkja
weiß: schwed. vit, got. hweits
weise: schwed. vis, got. weis, wis
Weise: got. weisa
weisen: got. weisjan
Weisheit: got. weisei
weissagen, prophezeien: got. praùfetjan
Weissagung: got. praùfetja
weißen: got. hweitjan
weit: schwed. vid, got. wids
Weite: got. wida
Weizen: schwed. vete, got. hwaiteis
welsch: got. walhs
Wende (m.), ›Veneter‹: got. Winiþs
wenden: schwed. vända, got. wandjan
Wendung, ›Wende‹: got. wandi
wenig: schwed. få, got. faus
wer: got. hwarjis, hwas
werden: got. waírþan (a. krimgot.)
Werden: got. wardeins
werfen: got. waírpan
Werk: schwed. verk, got. waùrk
wert: schwed. värd, got. waírþs
Wert: schwed. värde, got. waírþi
Wesen: schwed. väsen, got. wists
Westen: schwed. väster, got. wist, wistr
Westgoten: lat. Tervingí, got. Wisigotí
westlich: got. wistra
Widder: got. wiþrus
wider: got. wiþra
widerlegen (in d. Sache): got. gasakan
widersprechen, Antwort‹: got. andwaùrdjan
widerstehen: got. andstandan
wie: got. hwaiwa, swe
Wiederkunft, schwed. -komst: got. qums
Wiese, ›Wange‹: got. waggs
wieviel: got. hwan filu
wild: schwed. vild, got. wilþeis
Wildgans: got. ganta
Wille: schwed. vilja, got. wilja
Willigkeit: got. wiljei
Wind: schwed. vind, got. winds
Winde, ›Haspel‹: got. haspa
Windeln, in ..wickeln: got. biwindan
winden: schwed. vinda, got. windan
windig: got. windags, winþeis
Winter: schwed. vinter, got. wintrus
Winzer: got. aùrtja , waùrstwja
wir: schwed. vi, got. weis
wir beide: got. wit
wirken, ›tun‹: got. taujan, waùrkjan
Wirken; ›Wirke‹: got. waùrki
wirksam: got. waùrstweigs
Wirt: schwed. värd, got. waírdus
wischen: got. swaírban
Wisent: got. wisands
wissen: schwed. veta, got. witan
wissend: schwed. vetande, got. witands
Wissen: got. wissei, witi
Witwe: got. widuwo
wo: schwed. var, got. hwar
Woche: schwed. vecka, got. wikó
Woge: schwed. våg, got. wegs

woher: got. hwaþro
wohl, ›heil‹: got. hails
wohlan: engl. well, got. waíla
Wohltat: got. waíla deþs
wohltun: got. waíla taujan
wohnen, ›bauen‹: schwed. bo, got. bauan
Wohnstätte, ›-sitz‹: got. sitls
Wohnung, ›Bau‹: got. bauains
Wohnung aufschlagen: got. gabauan
wölben: got. hwilban
Wolf: schwed. ulv, got. wulfs
Wolle: schwed. ull, got. wulla
wollen: schwed. vilja, got. wiljan
Wort: schwed. ord, got. waùrd, waùrdi
Wuchs, ›Wachsen‹: got. wahstus
wund: schwed. ond, got. wunds wund machen, ›verwunden‹: got. wundon
Wunde: got. wundufní
Wunder,‹Zeichen‹: schw. tecken, got. taikns
Wunsch: got. wunsk
würdig, ›wert‹: got. waírþs
würdigen, ›werten‹: got. waírþon
Wurfnetz: schwed. nät, got. natí
Wurm, ›Made‹: got. waùrms, maþa
Wurzel: got. waùrts
wütend, ›Wut, Wodan‹: got. woþs

Z

zäh: schwed. seg, got. tahus
zahm: schwed. tam, got. tams
zähmen: schwed. tämja, got. tamjan
Zahn: schwed. tand, got. tunþus
Zähre: schwed. tår, got. tagr
Zapfen: schwed. tapp, got. tappa
Zauberweib, ›Alraune‹: got. haljoruna
Zaun: got. tun
zehn: got. taíhun (a. krimgot.)
zehnreihig: got. taíhunteweis
zehnte: got. taíhunda
Zehnzahl: got. tigjus
Zeichen: schwed. tecken, got. taikns
Zeichen geben: got. gataiknjan
Zeichnung: got. taikneins
zeigen: got. gataiknjan, teihan
Zeit, ›Jahr‹: schwed. år, got. aiws, jer
Zeit, ›Weile‹: schwed. vila, got. hweila
Zeit, ›Stunde‹: schwed. stund, got. stunda
Zeitabschnitt, Ära: got. era
Zeitraum, ›Stunde‹: got. stunda
Zelt: schwed. tält, got. tuld
Zensus, ›Kaiserentgelt‹: got. kaisaragild
zer-: got. tuz, dis
zerbrechen: got. brikan
zerfließen, -schmelzen: got. smaltjan
zerknirschen: got. gamalwjan
zerreißen: schwed. slita, got. slitjan
zerschneiden: got. gamaitan
zerstören, ›-brechen‹: got. brikan
zerstreuen, -werfen: got. frawaírpan
zerteilen: got. disdailjan, gadailjan
zertreten: got. gatrudan
Zeug, ›Fahnentuch‹: got. fana
Zicklein, ›Geiß‹: schwed. get, got. gaitein
Ziege: schwed. get, got. gaits
ziehen: schwed. dra(ga), got. dragan, tiuhan
zielen: got. tilon
zielstrebig: got. tils
ziemen, sich: got. timan
ziemend: got. tems
zig: got. tigjus
Zimmermann: got. timrja
zimmern: schwed. timra, got. timrjan
Zins, ›Entgelt‹: got. gild
Ziu (germ. Gott): schwed. Tyr, got. Tyz
Zoll, ›Maut‹: got. mota
Zollhaus, ›-stätte‹: got. motastaþs
Zorn, ›Hass‹: schwed. hat, got. hatis
zornig, ›gram‹: got. grams, grimms
zu: schwed. till, got. du, te
zuerkennen: schw. erkänna, got. atkunnan
zufriedenstellen: got. fullafahjan
Zug: schwed. tåg, got. tiuhi
Zugang: schwed. åtgang, got. atgagg
zugänglich: got. atgahts
zügellos: got. usstiurs
Zügellosigkeit: schw. ostyrd, got. usstiurei
zügeln gezügelt: got. stiurs
zuhause: schwed. hemma, got. anahaimeis
zuhören: schwed. höra, got. hausjan
zukünftig, ›-wärts‹: got. framwaírþs
zulassen: got. fraletan
zuletzt bis zuletzt ›ans Ende‹: got. und andi

zumessen: schwed. mäta, got. gamitan
zunehmen: schwed. öka, got. gaaukan
Zunge: schwed. tunga, got. tuggo
zürnen, ›ergrimmen‹: got. grimman
zurück: schwed. tillbaka, got. ibuks
zurückfordern, ›lösen‹: got. lausjan
zurückgeben: got. gawandjan
zurückkehren, ›-wenden‹: got. atwandjan
zurücklassen: got. afletan
zurückwenden: got. gawandjan
zusammen: schwed, samman, got. samana
zusammenfassen, ›ausfüllen: got. usfulljan
zusammenheften: häfta, got. gagahaftjan
Zusammenjochung: got. gajuko
zusammenkommen: got. gaqiman
Zusammenkunft: got. gaqumþs
zusammenlaufen, ›-rennen‹: got. garinnan
zusammenlegen, ›falten‹: got. falþan
zusammenlesen: got. galisan
zusammenrollen, ›falten‹: got. falþan
zusammenrufen, ›geheißen‹: got. gahaitan
zusammensetzen: got. ussatjan
zusammensetzen, sich: got. miþgasatjan
zusammenstehen mit: got. miþstandan
zusammentragen: got. gadragan, gabaíran
zusenden: got. insandjan
zuteilen, ›-messen: got. gadailjan, gamitan
Zutrauen haben: got. trauan
zuverlässig, ›treu‹: got. triggws
zuwenden: got. atwandjan
Zwang, ›Not‹: schwed. nöd, got. nauþs
zwanzig: got. twaitigjus
zwei: schwed. två, got. twai (a. krimgot.)
Zweifel: schwed. tvivel, got. tweifls
zweifelhaft: got. tweifls
zweifeln: got. tweifljan
Zweig, ›Ast‹: got. asts
zweihundert: got. twa hunda
zweitausend: got. twos þusundjos
zweite, ›andere‹: schw. andra, got. anþar
Zwiespalt, ›Zwist‹: got. twisstass
zwingen: got. ananauþjan, anatjan,
Zwischenwand: got. midgardiwaddjus
zwölf: got. twalif
zwölfjährig, ›-wintrig‹: got. twalibwintrus

Literaturverzeichnis

Sagen und historische Originalquellen

1. Sagen

Amelung, A./Jänicke, O. Deutsches Heldenbuch. 3. Teil. Hrsg., Berlin 1871.
Bartsch, K., Das Nibelungenlied, Hrsg., Leipzig 1886.
Bennewitz, I., König Rother, Hrsg., Stuttgart 2000.
Bierwisch, M./Johnson, U., Das Nibelungenlied, Prosaübers., Leipzig 1983.
de Boor, H., Das Nibelungenlied, Hrsg., Leipzig 1959.
Brevart, F. B.: Das Eckenlied, Übers., Stuttgart 1986.
Chambers, R., Widsith, New York 1965.
Ebel, U., Völsunga Saga, Hrsg., Frankfurt a. M. 1983.
Genzmer, F., Die Edda, Übertr., München 1997.
Gering, H., Beowulf nebst dem Finnsburg-Bruchstück, Heidelberg 1929
Grimm, Gebr., Deutsche Sagen, 1816, 1818.
Grosse, S., Das Nibelungenlied, Übers. und komm., Stuttgart 1999.
Herrmann, P., Erläuterungen zu den ersten neun Büchern der dän. Geschichte des Saxo Grammaticus, 1. Teil Übersetzung, Leipzig 1901.
Holzapfel, O., Die dänischen Nibelungenballaden, Göppingen 1974.
Hube, H.-J., Altnordische Götter- und Heldensagen, Leipzig 1996
-, Saxo Grammaticus, übers., nacherzählt u. kommentiert. Wiesbaden 2004.
-, Beowulf, Übers. u. kommentiert, Wiesbaden 2005.
-, Thidreks Saga. Wiesbaden 2009.
Jänicke, O., Deutsches Heldenbuch 1. Teil, Hrsg., Berlin 1963.
Jiriczek, O., Luitpold, Kudrun und Dietrichepen, Hrsg., Berlin 1920.
Lachmann, K., Der Nibelunge Not und die Klage, Hrsg., Berlin 1881.
Langosch, K., König Artus und seine Tafelrunde, Hrsg., Stuttgart 1982.
Lehnert, M., Beowulf, Hrsg., Leipzig 1986.
Lienert, E., Die Nibelungenklage, Übers., Paderborn 2000.
Martin, E., Deutsches Heldenbuch 2. Teil, Hrsg., Berlin 1866.
Niedner, F., Edda. 1. Band – Heldendichtung, Hrsg., Jena 1912.
Reifegerste, E. M., Die Hervarar Saga, Leverkusen 1989.
Ritter-Schaumburg, H., Die Didriks-Chronik oder die Svava, Übers. St. Goar 1989.
Schnyder, A., Biterolf und Dietleib, Hrsg., Bem 1980.
Schröder, E., Monumenta Gerrnaniae Historica, Die Kaiserchronik eines Regensburger Geistlichen, Hrsg., München 1984.
Simrock, K., Die Edda, Essen 1987.
Snorri Sturluson, Die jüngere Edda, Hrsg. Felix Niedner, Jena 1925.
Sowinski, B., Kudrun, Übers., Stuttgart 1995.

2. *Historische Originalquellen*

Agnellus v. Ravenna, Liber Pontificalis. Bischofsbuch, Übers. C. Nauerth, Freiburg 1996.
Ammianus Marcellinus, Römische Geschichte, Berlin 1971.
Beda Venerabilis, Kirchengeschichte des engl. Volkes, Übers. G. Spitzbart, Darmstadt 1997.
Blockley, R. Ch., Eunapius, Olympiodorus, Priscus, Malchus, Hrsg., Liverpool 1981.
Cassiodorus, Cassiodori Senatoris variae, Hrsg. Th. Mommsen, München 1981.
-, Magni Aurelii Cassodori Senatoris Variarum libri XII, Hrsg. Th. Mommsen, Berlin 1973.
Ennodius, Der Theoderich-Panegyricus d. Ennodius, Übers. Ch. Rohr, Hannover 1995.
Eugippius, Das Leben des heiligen Severin, Berlin 1963. Neudr. 1981.
Fredegar, Die Chronik Fredegars und der Frankenkönige, Hrsg. A. Heine, Stuttgart 1985
Gregor der Große, Des heiligen Papstes und Kirchenlehrers Gregors des Großen vier Bücher Dialoge, Übers. J. Funk, München 1933.
Gregorius v. Tours, Zehn Bücher Fränkischer Geschichte. Übers. W. von Giesebrecht, Berlin 1851.
Heather, Peter/Matthews, John, The Goths in the fourth century (Translated texts for historians 11) Liverpool 1991.
Isidors Geschichte der Gothen, Vandalen, Sueben nebst Auszügen aus der Kirchengeschichte des Beda Venerabilis, Übers. D. Coste, Leipzig 1887.
Johannes Turmair, gen. Aventinus: Bayerische Chronik, München 1996.
Jordanes, Monumenta Germaniae Historica, Iordanis, Romana et Getica, Hrsg. Th. Mommsen, Berlin 1882.
-, Gotengeschichte nebst Auszügen aus seiner Römischen Geschichte. Übers. v. W. Martens. – Leipzig: 1884.- 1913. – Essen/Stuttg. 1985–86.
Küstering, A., Quellen zur Geschichte des 7. und 8. Jh., Übertr. Darmstadt 1982.
Merobaudes, Flavius Merobaudes, Übers, u. komment. F. M. Clover, Philadelphia 1971.
Paulus Diakonus u. die übrig. Geschichtsschreiber d. Langobarden, Übers. O. Abel, Berlin 1849.
-, Pauli historia Romana, Hrsg. H. Droysen, München 1978.
Paulus Orosius, Die antike Weltgeschichte in christlicher Sicht, Zürich 1986.
Philostorgius, Historia Ecclesiastica. Berlin. 2. Aufl. 1972.
Prokop, Gothenkrieg nebst Auszügen aus Agathias, sowie Fragmenten des Anonymus Valesi anus und des Johannes v. Antiochia, Übers. D. Coste, Leipzig 1903.
-, Der Vandalenkrieg, Übers. D. Coste, Leipzig 1913.
-, Gotenkriege, Hrsg. Otto Veh, München 1966.
-, Vandalenkriege, Hrsg. Otto Veh, München 1971.
-, Perserkriege, Hrsg. Otto Veh, München 1970.
Prosper Tiro, Epitoma Chronicon, Hrsg. Th. Mommsen, Monumenta Germaniae Historica AA 9, 1892.
Rohr, C., Der Theoderich-Panegyricus des Ennodius, Hannover 1995.
Rehdantz, C., Die Jahrbucher von Fulda und Xanten, Übers., Leipzig 1889.
Salvianus von Massilia, Bibliothek der Kirchenväter, Des Presbyters Salvianus von Massilia erhaltene Schriften, Übers. Anton Mayer, München 1935.
Saxo Grammaticus. Hrsg. und kommentiert v. H. J. Hube, Wiesbaden 2004
Sidonius Appolinaris, Poems and Letters, übers. W. B. Anderson. London 1961.
Snorri Sturluson, Heimskringla. Hrsg. und kommentiert v. H. J. Hube, Wiesbaden 2006
-, Königsbuch (Heimskringla). Bde. 1–3, hrsg. F. Niedner, Düsseldorf 1965.

Sokrates, Kirchengeschichte, Hrsg. G. Ch. Hansen, Berlin 1995.
Strabon, Geographica. Übers. u. Anm. A. Forbiger. 1855–1898. Neu: Marixverlag, Wiesbaden 2005.
Streitberg, W., Die gotische Bibel, 2 Bde. Darmstadt 1971.
Suchsland, P., Deutsche Volksbücher 1. Band, Reihe BDK, Ausgew, und eingel., Berlin 1982. Tacitus, Die Germania des Tacitus. R. Much. Heidelberg 31967.
Themistios, Bibliothek der griechischen Literatur, Staatsreden, Stuttgart 1998.
Theodericiana – Aus der Zeit Theoderichs des Großen. Einleitung, Text, Übers. u. Kommentar einer anonymen Quelle, I., König, Darmstadt 1997.
Venantius Fortunatus, Venantius Fortunatus: Personal and Political Poems, Übers. Judith George, Liverpool 1995.
-, Die Gelesuintha – Elegie des Venantius Fortunatus, Text, Übersetzung, Interpretationen, Vorgel. Kurt Steinmann, Zürich 1975.
-, Monumenta Germaniae Historica, Venanti Fortunati Opera Poetica, Berlin 1965.
Widukind von Corvey, Die Sachsengeschichte, Stuttgart 1981.
Vogt-Spira, G., Waltharius nebst Waldere, Übers., Stuttgart 1994.
Zosimus, Historia Nova, hrsg. L. Mendelssohn, 1887. Neu: S. Rebenich, Stuttgart 1990.

Sekundärliteratur

Altheim, F. (Hrsg.), Geschichte der Hunnen. 5 Bde. Berlin 21959–62.
Ausbüttel, F. M., Die Verwaltung der Städte und Provinzen im spätantiken Italien. Europäische Hochschulschriften III/343, Frankfurt a. M. 1988.
-, Theoderich der Große. Der Germane auf dem Kaiserthron. Darmstadt 2003.
Bäckström, G., En Saga om Dan. Ny nordisk forntid. Vänersborg 1989.
Baesecke, G., Einführung in das Althochdeutsche, München 1918.
Bauch, M., Wer waren die Nibelungen wirklich? Die histor. Hintergründe der germanischen Heldensagen, Berlin 2006.
Beck, H.-G., Die frühbyzantinische Kirche. Handbuch d. Kirchengesch. 2. Freiburg / Basel/Wien 1975) 1ff.
Beisel, F., Studien zu den fränkisch-römischen Beziehungen. Von ihren Anfängen bis zum Ausgang des 6. Jahrhunderts. Geschichtswiss. Beiträge 105, Idstein 1987.
Bierbrauer, V., Alamannische Funde der frühen Ostgotenzeit aus Oberitalien. Fs. Joachim Werner 2 . München 1974. 559ff.
-, Die ostgotischen Grab- und Schatzfunde in Italien, Spoleto 1975.
Böna, I., Der Anbruch des Mittelalters. Gepiden und Langobarden im Karpatenbecken Budapest 1976.
Brockmeier, B., Der Große Friede 332 n. Chr. Zur Außenpolitik Konstantins des Großen. Bonner Jahrbücher 187. 1987. 79ff.
Burns, T. S., A history of the Ostrogoths, Bloomington Ind. 1984.
Cameron, A., Procopius and the sixth Century. Berkeley 1985.
Christensen, A. S., Cassiodorus, Jordanes and the History of the Goths. Studies in a Migration Myth. Kopenhagen 2002.
Chrysos, E., Die Amaler-Herrschaft in Italien und das Imperium Romanum: Der Vertragsentwurf des Jahres 535. Byzantion 51. 1981. 430ff.
Claude, D., Zur Königserhebung Theoderichs des Großen. Fs. Heinz Löwe. Köln 1978. 1ff.

Cochläus, J. Vita Theoderici, regis Ostrogothorum et Italiae, hrsg. J. Peringskiöld, Stockholm1699.
Deichmann, F., Ravenna. Hauptstadt des spätantiken Abendlandes, Wiesbaden 1969–1976.
Dahn, F., Jordanis, in: Allgemeine Deutsche Biographie 14 – Leipzig 1881, S. 522–26.
-, Ein Kampf um Rom, Roman, 1876
-, Die Germanen, Essen, n. d. Ausg. von 1899.
-, Die Könige der Germanen. 3–5, Nachdruck Leipzig 1883.
-, Die Goten, Essen, n. d. Ausg. v. 1899.
-, Die Völkerwanderung, Berlin 1977.
Diesner, H.-J., Die Auswirkungen der Religionspolitik Thrasamunds und Hilderichs auf Ostgoten und Byzantiner. Sächs. AW 113, 3, Leipzig 1967.
-, Kirche und Staat im spätröm. Reich, Berlin ;1964.
Eberl, Die Bajuwaren, Augsburg 1966.
Ellegard, A., The Ancient Goths and the Concepts of Tribe and Migration. Vetenskap och Omvärdering. Göteborg 1986. 32ff.
-, Who were the Eruli? Skandia 53. Stockholm 1987. 5ff.
Ensslin, W., Des Symmachus Historia Romana als Quelle für Jordanes (Sitzungsber. der Bayer. Akad. d. Wiss., Philolog.-histor. Klasse, 1948, Bd. 3 München 1949.
-, Theoderich der Große, München 21959.
Fischer, Th. /Geisler, H., Herkunft und Stammesbildung der Baiern aus archäologischer Sicht, Katalog der Bajuwarenausstellung, München-Salzburg 1988.
Giesecke, H. E., Die Ostgermanen und der Arianismus. Leipzig/Berlin 1939.
Goffart, W., Barbarians and Romans (418–584). The techniques of accommodation. Princeton 1980.
-, The Narrators of Barbarian History. Princeton 1988.
Gregorovius, F., Geschichte der Stadt Rom, neu hrsg. von W. Kampf, Darmstadt 1963.
Grimm, W., Die deutsche Heldensage. Gütersloh 1889.
Gschwantler, O., Zeugnisse zur Dietrichsage in der Historiographie von 1100 bis gegen 1350, in: H. Beck (Hrsg.), Heldensage und Heldendichtung im Germanischen, Berlin-New York 1988.
-, Zum Namen der Rosomonen und an. Jonakr. Die Sprache 17. 1971. 164ff.
Günther, R., Vom Untergang Westroms zum Reich der Merowinger, Berlin. 2. Aufl. 1985.
Hachmann, R., Die Goten und Skandinavien. Quellen und Forschungen zur Sprach- und Kulturgeschichte der germ. Völker. Nova Series 34, Berlin 1970.
Hagberg, U., Gotisches Gold in Götaland. Die Völker an der mittleren und unteren Donau im 5. u. 6. Jh.. (Hrsg. H. Wolfram/F. Daim, Denkschriften der österr. Akad. d. Wiss.) 145, Wien 1980. 205ff.
Hartung, W., Süddeutschland in der frühen Merowingerzeit, Wiesbaden 1983.
Hauptfeld, G., Die Gentes im Vorfeld von Ostgoten und Franken im 6. Jh. Die Bayern und ihre Nachbarn 1, Denkschriften der österr. Akad. d. Wiss. 179, 1985. 121ff.
Heather, P., Goths and Romans. 332–489 (Oxford historical monographs) Oxford 1994.
-, The Goths, The peoples of Europe. Oxford 1996.
Hermann, E., Sind der Name der Gudden und die Ortsnamen Danzig, Gdingen und Graudenz gotischen Ursprungs? Nachrichten AW Göttingen. Nova Series 3/8, 1941, 207ff.
Hodgkin, Th., Italy and Her Invaders. 1. Oxford 1880.
Horedt, Neue Goldschätze des 5. Jh. aus Rumänien, Ein Beitrag zur Geschichte der Ostgoten und Gepiden. Studia Gotica, Stockholm 1972, 105ff.

Hurter, F., Geschichte des ostgothischen Koenigs Theoderich und seiner Regierung, 2 Bde., Schaffhausen 1807–1808.

Kaiser, R., Die Burgunder. Stuttg. 2004.

Karlsson, G., Goten, die im Osten blieben. Studia Gotica, Stockholm 1972, 165ff.

Kiss A., Die Herrscher des Karpatenbeckens im 5./6. Jahrhundert aus archäologischer Sicht. Anzeiger des Germ. Nationalmuseums. Nürnberg 1987. 57ff.

Kohlhas-Müller, D., Untersuchungen zur Rechtsstellung Theoderichs d. Gr., Frankfurt a. M. 1995.

Krautschick, S., Cassiodor und die Politik seiner Zeit, Bonn 1983.

Krause, W., Handbuch des Gotischen, München 31968.

Krüger, B., Autorenkollektiv, Die Germanen, 2 Bde., Berlin 1986.

Kuhn, H., Amaler. Reallexikon der germ. Altertumskunde 1, Berlin 1973. 246.

Lakatos, P., From the Land of the Scythians. The Metropolitan Museum of Art Bulletin XXXII 5, New York 1975.

Liebeschuetz, J., Barbarians and bishops. Army, church and State in the age of Arcadius and Chrysostomus, Oxford 1990.

Löhlein, G., Die Alpen- und Italienpolitik der Merowinger im VI. Jh., Erlanger Abhandl. zur mittl. u. neueren Gesch. 17, 1932.

Lönnroth, E., Die Goten in der modernen krit. Geschichtsauffassung. Studia Gotica, Stockholm 1972. 57ff.

Löwe, H., Theoderichs Gepidensieg im Winter 488/489. Fs. P. Rassow. Wiesb. 1961. 1ff.

-, Von Theoderich dem Großen zu Karl dem Großen. Von Cassiodor zu Dante. Berlin/ New York 1973) 33ff.

Maenchen-Helfen, O. J., Die Welt der Hunnen. Deutschspr. Ausg. besorgt von Robert Göbl. Wien 1978.

Marold, E., Wandel und Konstanz in der Darstellung der Figur des Dietrich von Bern. Heldensage und Heldendichtung im Germanischen (Hrsg. H. Beck, Realencyclopädie der classischen Altertumswissenschaften. Erg. 2, Berlin 1988. 149ff.

Meyer-Flügel, B., Das Bild der ostgotisch-röm. Gesellschaft bei Cassiodor. Bern – Frankfurt a. M. 1992.

Mildenberger, G., Probleme der germanischen Frühgeschichte im östlichen Mitteleuropa. Zeitschrift für Ostforschung 24. 1975. 488ff.

Mirkovic, M., Die Ostgoten in Pannonien nach dem Jahre 445. Recueil de travaux de la faculte de la philosophie 10, 1. Belgrad 1968, 119ff.

Mitrea, B., Die Goten an der unteren Donau – einige Probleme im III./IV. Jahrhundert. Studia Gotica. Stockholm 1972. 81ff.

Mommsen, T., Ostgothische Studien II. Neues Archiv 14. 1889. 451ff.

-, Gesammelte Schriften 6, Berlin 1910, 362–484.

Moorhead, J., Theoderic in Italy, Oxford 1992.

Moser, H., Deutsche Sprachgesch. der älteren Zeit, überarb. Aufl. Berlin, Bielefeld 1957.

Nack, E., Germanien, Wien 1996.

Nöhbauer, H. F.; Die Bajuwaren, München 1995.

O‹Donnell, J. J., The Aims of Jordanes, in: Historia 31, 1982, 223–240.

Ohly, E. F., Sage und Legende in der Kaiserchronik, Darmstadt 1968.

Oxenstierna, E. G., Die Urheimat der Goten. Leipzig/Stockholm 1948.

-, Die Wikinger, Stuttgart 1979.

Pfeilschifter, G., Der Ostgotenkönig Theoderich d. Gr. und die kath. Kirche, Münster 1896.

Phillips, G./ Keatman, M., Artus, München 1995.

Reiser, R., Die Agilolfinger, Pfaffenhofen 1985.
Roisl, H., Teja und die versuchte Durchbruchsschlacht in der Ebene des Sarno im Oktober 552. Jb. öst. Byz. 40. Wien 1990.
-, Totila und die Schlacht bei den Busta Gallorum, Ende Juni/Anfang Juli 552. Jb. öst. Byz. 30. 1981. 25ff.
Rosen, K., Ammianus Marcellinus. Erträge der Forschung 183, Darmstadt 1982.
-, Die Völkerwanderung (Beck‹sche Reihe des Wissens 2180) München 2002.
Sasel, J., Antiqui Barbari. Zur Besiedlungsgeschichte Ostnoricums und Pannoniens im 5. u. 6. Jh. nach den Schriftquellen. Vorträge und Forschungen 25. 1979. 125ff.
Sawyer, P., Die Wikinger, Stuttgart 2000.
Scardigli, P., Die Goten. Sprache und Kultur. München 1973.
Schäfer, Ch., Probleme einer multikulturellen Gesellschaft. Zur Integrationspolitik im Ostgotenreich, Klio 83, 2001,182–197.
Schieffer, R., Die Karolinger, Stuttgart 1992.
Schmidt, L., Zur Geschichte der Krimgoten. Fs. Karl Schumacher. Mainz 1930. 332ff.
-; Die Westgermanen. 2 Bde., München 1938/40, Neudruck 1969.
-, Die Ostgermanen. München :1941 – Neudruck 1969.
-, Die letzten Ostgoten. Wege der Forschung 249. 1972. 92ff.
Schmidt, W., Geschichte der deutschen Sprache, Berlin 1959.
Schmöckel, R., Deutsche Sagenhelden und die histor. Wirklichkeit, Hildesheim 1995.
Schramm, G., Die nordöstl. Eroberungen der Rußland-Goten (Merens-Mordens u. d. anderen Völkernamen bei Jordanes, Getica XXIII 116). Frühmittelalterl. Studien 8. 1974. 3ff.
Schreiber, H., Auf den Spuren der Goten, Augsburg 1993.
-, Attila und die Hunnen, Düsseld., Ausg. 2006.
Schwarz, E., Goten, Nordgermanen, Angelsachsen. Studien zur Ausgliederung der germ. Sprachen. Bibliotheca Germanica 2, 1951.
-, Germanische Stammeskunde, Heidelberg 1956
-, Die Herkunftsfrage der Goten. Wege der Forschung 249 (1972) 287ff.
-, Die Krimgoten. Wege der Forschung 249 (1972) 202ff.
Seeck, O., Ablabius. Realencyclopädie der classischen Altertumswissenschaften 1.1893.
Spielvogel, J., Die historischen Hintergründe der gescheiterten Akkulturation im italischen Ostgotenreich, 493–553 n. Chr., Historische Zeitschrift 214, 2002, 1–24.
Staab, F., Ostrogothic Geographers at the Court of Theodoric the Great. Viator 7. 1976. 27ff.
Steinhäuser, W., Der Name der Leitha und die Hunnenschlacht am Nedao. Jahrbuch für Landeskunde von Niederösterreich 36 (1964) 844ff.
Stickler, T., Aëtius, München 2002.
Störmer, W., Die Bajuwaren, München 2002.
Stutz, E., Gotische Literaturdenkmäler. Stuttgart 1966.
-, Die germanistische These vom »Donauweg« gotisch-arianischer Missionare im 5. und 6. Jh. Denkschriften der österr. Akad. d. Wissenschaften 145, Wien 1980. 207ff.
Svennung, J., Zur Geschichte des Goticismus (Uppsala 1967).
-, Jordanes und Scandia. Skrifter utgifna av Kungl. Humanistiska Vetenskapssamfundet I Uppsala. Stockholm 1967.
-, Jordanes und die gotische Stammsage. Studia Gotica. Stockholm 1972. 20ff.
-, Skandinavien bei Plinius und Ptolemaios, Uppsala 1974.
Thompson, E. A., The Historical Work of Ammianus Marcellinus. Cambridge 1947.
-, A History of Attila and the Huns. Oxford 1948.

-, The Visigoths in the Time of Ulfilas. Oxford 1966.
Thürlemann, F., Die Bedeutung der Aachener Theoderich-Statue für Karl den Großen (801) und bei Walahfrid Strabo (829). Archiv für Kulturgeschichte 59. 1977. 25ff.
Tischler, J., Neu- und wiederentdeckte Zeugnisse des Krimgotischen. Innsbruck 1978.
Tjäder, J. O., Der Codex Argenteus u. d. Buchmeister Viliaric. Studia Gotica (Stockh. 1972)
Tönnies, B., Die Amalertradition in den Quellen zur Geschichte der Ostgoten. Untersuchungen zu Cassiodor, Jordanes, Ennodius und die Excerpta Valesiana, Hildesheim 1989.
Uecker, H., Germanische Heldensage. Stuttgart 1972.
Várady, L., Das letzte Jahrhundert Pannoniens. 376–476. Amsterdam 1969.
-, Jordanes-Studien. Chiron 6 (1976) 1ff.
Vinski, Z., Archäologische Spuren ostgotischer Anwesenheit im heutigen Bereich Jugoslawiens. Novisad 1978 33ff.
Vogel, I., Gesta Theoderici, eine frühe Quelle der Dietrichsage. Heidelberg 1970.
Wagner, N., Bemerkungen zur Amalergenealogie. Beitr. zur Namensforschung NS 14 (1979) 26ff.
-, Germanische Namengebung und kirchliches Recht in der Amalerstammtafel. Zeitschrift für deutsches Altertum und deutsche Literatur 99 (1970) 1ff.
Wenskus, R., Amaler. Reallexikon der germ. Altertumskunde 1. Berlin [2]1973. 246ff.
-, Balthen. Reallexikon der germ. Altertumskunde 2. Berlin [1]1976. 13f.
Werner, R., Zur Herkunft der Anten: Ein ethnisches und soziales Problem der Spätantike. Kölner Historische Abhandlungen 28 (1980) 573ff.
Wiesner, J., Die Thraker. Studien zu einem versunkenen Volk des Balkanraums (Urban-Bücher 41, Stuttgart 1963).
Wirbelauer, E., Zwei Päpste in Rom. Der Konflikt zwischen Laurentius und Symmachus (498–514), München 1993.
Wirth, G., Anmerkungen zur Vita des Severin v. Noricum. Quaderni Catanesi [1]1979. 217ff.
-, Attila, Stuttgart 1999.
Wolfram, H., –, Die Goten. Von den Anfängen bis zur Mitte des sechsten Jahrhunderts. Ent wurf einer historischen Ethnographie, München 31990.
-, Das Reich und die Germanen. Zwischen Antike und Mittelalter. Berlin 1994.
-, Die Goten und ihre Geschichte, München 2001.
Wrede, F., Über die Sprache der Ostgoten in Italien (Quellen u. Forschungen zur Sprach- und Culturgesch. der germ. Völker 68, Straßburg 1891.
Zibermayr, l., Noricum. Baiern und Österreich. Lorch als Hauptstadt und die Einführung des Christentums. Hörn 31956.
Zimmermann, H. I., Theoderich der Große – Dietrich von Bern. Die geschichtlichen und sagenhaften Quellen des Mittelalters, Bonn 1972.
Zottl, Ch. M., *De origine actibusque Getarum*. Textanalytische Gedanken zur Gotengeschichte des Jordanes. Concilium medii aevi 7. Wien 2004. S.104ff..

Register

Das Stichwort *Jordanes* ist – ebenso wie das Stichwort *Ostgoten* – da sie so häufig vorkommen, im Register nicht enthalten.